Brenda Jagger stammt aus der Grafschaft Yorkshire in England. Sie arbeitete in Paris und Dundee und später als Bewährungshelferin im Norden Englands. Die Beschäftigung mit schwererziehbaren Mädchen und ihrer eigenen Familie – sie ist verheiratet und hat drei Töchter – hat ihr Bewußtsein für die Situation der Frau geschärft.
Die Trilogie über die Barforth-Familie hat Brenda Jagger in England sehr bekannt gemacht.

Die Trilogie über die Barforth-Familie von Brenda Jagger
besteht aus den Bänden:

»Wolken über dem Tal« (Band 1215)
»Steine und Rosen« (Band 1370)
»Licht über dem Moor« (Band 1371)
»Aphrodites Tochter« (Band1540)

Deutsche Erstausgabe

Titel der Originalausgabe »The Sleeping Sword«

Umschlaggestaltung Adolf Bachmann, Reischach
Umschlagillustration Christine Wilhelm, München
Satz H. D. Günther, Köln
Druck und Bindung Ebner Ulm
Printed in Germany 5 4
ISBN 3-426-01371-1

Brenda Jagger:
Licht über dem Moor

Roman

Aus dem Englischen von Ingeborg Ebel

Knaur

Für Marjory,
die mich jeden Schritt dieses Weges begleitet hat.

Stammtafel

- Samson Barforth ⚭ Evelina Gray
  - William Barforth ⚭ Isabella Baxter
    - Edwin Barforth
    - Verity Barforth ⚭ Joel Barforth
      - Blaize Barforth ⚭ Faith Aycliffe
        - Blanche Barforth ⚭ Dominic Chard
          - Matthew Chard
          - Francis Chard
      - Nicholas Barforth ⚭ Georgiana Clevedon
        - Gervase Barforth ⚭ Grace Agbrigg
        - Venetia Barforth ⚭ Gideon Chard
          - Claire Chard
      - Caroline Barforth ⚭ 1) Matthew Chard 2) Duke of South Erin
        - Dominic Chard ⚭ Blanche Barforth
        - Noel Chard
        - Gideon Chard ⚭ Venetia Barforth

- Thomas Barforth ⚭ Hattie Birkinshaw
  - Joel Barforth (⚭ Verity Barforth)
  - Hannah Barforth ⚭ Ira Agbrigg
    - Jonas Agbrigg ⚭ Celia Aycliffe
  - Elinor Barforth ⚭ 1) Morgan Aycliffe 2) Daniel Adair
    - Prudence Aycliffe ⚭ Freddy Hobhouse
    - Faith Aycliffe ⚭ 1) Giles Ashburn 2) Blaize Barforth
    - Celia Aycliffe ⚭ Jonas Agbrigg
      - Grace Agbrigg ⚭ Gervase Barforth

1

Wäre die zweite Frau meines Vaters eine zutiefst boshafte Frau gewesen, hätte sie es mir wahrscheinlich leichter gemacht, sie aus vollem Herzen und reinen Gewissens zu hassen. Doch ihre geschickt verborgene Ablehnung äußerte sich in mannigfaltigen kleinen Gehässigkeiten und entwuchs wohl ihrem Verlangen, nur Vater eine liebende Frau, aber nicht Mutter seiner Tochter aus erster Ehe zu sein. Um ihr Gerechtigkeit widerfahren zu lassen, muß ich allerdings gestehen, daß ich mich nicht sehr anstrengte, liebenswert zu sein.

Als Mrs. Tessa Delaney war sie in unser Leben getreten, eine gutaussehende Frau von üppiger Gestalt, gewandtem, überzeugendem Auftreten und kluger, gelassener Lebensart. Natürlich mangelte es ihr an Tugend im herkömmlichen Sinne, denn sie war als Protegé eines ehrenwerten Ratsherrn, des betagten, aber kinderlosen und wie es hieß, einem ausschweifendem Lebenswandel nicht abgeneigten Kammgarn-Fabrikanten Mr. Matthew Oldroyd aus Fieldhead, in unsere aufstrebende Industriestadt gekommen. Doch die beiden verstanden es, ihre Affäre auf äußerst diskrete Art geheimzuhalten, und selbst Mr. Oldroyds nächste Angehörige begrüßten es, daß der alternde Lebemann sich eine vernünftige, zurückhaltende Mätresse hielt und seine Vorliebe für kostspielige, geldgierige sechzehnjährige Mädchen aufgegeben hatte.

Wahrscheinlich hätten die Oldroyd-Neffen und -Nichten, die natürlich erwarteten, das immense Vermögen ihres Onkels zu erben, sich sogar dazu herabgelassen, Mrs. Delaney zum Zeichen ihrer Dankbarkeit eine finanzielle Entschädigung nach dem Ableben ihres Gönners zukommen zu lassen – sie hätten ihr wohl erlaubt, weiterhin in dem Haus zu wohnen, das er für sie gemietet hatte –, wäre nicht bei der Testamentseröffnung die Tatsache enthüllt worden, daß Mrs. Delaney während der letzten zwölf Monate nicht mehr Mätresse, sondern Mr. Matthew Oldroyds zweite und angetraute Frau gewesen war.

Es erübrigt sich wohl darauf hinzuweisen, daß diese heimliche Ehe

in unserer sittenstrengen Stadt Cullingford – in der Grafschaft Yorkshire gelegen – auf heftige Ablehnung gestoßen war; und sofort verlangten die erregten Gemüter eine Anfechtung des Testaments. Und selbst als der Rechtsanwalt der Oldroyds, mein Vater Mr. Jonas Agbrigg erklärte, daß es keine rechtliche Maßnahmen gäbe, die Dame davon abzuhalten, als Herrin in Fieldhead einzuziehen, erwartete man, daß ihre Herrschaft nicht von langer Dauer sein würde. Schließlich hatte sie die Oldroyd-Neffen – jeder von ihnen ein aufrechter, anständiger Bürger Cullingfords – um ihr rechtmäßiges Erbe betrogen, und wenn das Gesetz, vertreten durch Mr. Jonas Agbrigg, ihr nichts anhaben konnte, so gab es doch sicherlich eine höhere Macht, die sich Geltung verschaffen würde? Zweifellos – und davon waren die Männer von Cullingford zutiefst überzeugt – konnte das Schicksal es nicht zulassen, daß diese habgierige, verschlagene Frau auch noch ihr unrechtmäßig erworbenes Vermögen genießen würde.
Doch die neue Mrs. Oldroyd bewahrte sich den Stolz und die elegante Lebensart, das strahlende charmante Lächeln, mit dem sie als Mrs. Delaney die Männer becirct hatte, so daß mein Vater, dem eher der Ruf berechnender Gerissenheit als freundlicher Herzensgüte anhaftete – obwohl er mir immer liebevolle Zuneigung entgegenbrachte –, sie unverzüglich heiratete und sich somit in den Besitz ihres Vermögens brachte und damit einen Skandal verursachte, wie ihn unser strikten Gesellschaftsregeln unterworfenes Law Valley selten erlebt hatte.
Kein Mann, der des Geldes wegen heiratete, wurde damals mit Verachtung bestraft, da so die meisten Ehen entstanden. Und einem Witwer mit einer elfjährigen Tochter und ehrgeizigen Zukunftsplänen, für die die eigenen Mittel nie ausgereicht hätten, blieben romantische Träume in bezug auf die Wahl einer passenden Partnerin versagt. Doch Vaters überstürzte Heirat mit Mrs. Delaney stempelte ihn nicht nur als Mitgiftjäger ab, er wurde darüber hinaus auch noch zu ihrem Komplizen.
Denn schließlich war Vater Matthew Oldroyds Rechtsanwalt gewesen, und in Cullingford erinnerte man sich sehr genau daran, daß Mr. Oldroyd ihm absolut vertraut hatte. Er war sicherlich bei der heimlichen Trauungszeremonie dabeigewesen, der aus Mr. Oldroyd, dem Geliebten der Mrs. Delaney, der ihr wohl einige hundert Pfund jährliche Leibrente hinterlassen hätte, einen verliebten Ehe-

mann machte und sie in seiner altersschwachen Vernarrtheit zur Alleinerbin einsetzte. Und ganz gewiß hatte Mr. Oldroyd das neue Testament in Vaters Kanzlei an jenem verhängnisvollen Morgen der Eheschließung unterschrieben, als der senile Bräutigam buchstäblich die eigenen Verwandten – die Familie seiner ersten Frau, keine Blutsverwandten, zugegeben –, aber alteingesessene Bürger der Grafschaft Yorkshire, enterbte. Und nach dieser schändlichen Verschwörung hatte mein Vater stillschweigend in den Salons der Cullingforder Gesellschaft verkehrt, ein schweigsamer Mann, der gewohnt war, Geheimnisse zu bewahren. Er hatte wortlos den Plänen gelauscht, wie die Oldroyd-Neffen über die Verwendung der Fieldhead-Fabrik sprachen, vom Geldsegen träumten, der sich in Form von Eisenbahnanteilen, Brauereiaktien, Bergbauanleihen und Bankguthaben über sie ergießen würde.

Allein die Tatsache, daß Vater kommentarlos diesen Gesprächen beiwohnte, keinen noch so versteckten Hinweis fallenließ, verurteilte ihn – nachdem die katastrophale Wahrheit enthüllt wurde – zum Verräter. Er heiratete die Hure Delaney des Geldes wegen, auf das sie keinen moralischen Anspruch hatte, das eigentlich ihnen, den Oldroyds gehörte. Als gerissener, gewissenloser Anwalt hatte er dieser Frau zu diesem Vermögen verholfen. Gemeinsam hatten sie es dem verwirrten, senilen Mann gestohlen. Gemeinsam hatten sie dieses Komplott geschmiedet – Mr. Jonas Agbrigg und Mrs. Tessa Delaney, der kühle, ehrgeizige Rechtsanwalt und die reife, kluge Jezabel. Und Cullingford konnte diesen niederträchtigen Verrat nicht billigen. Keine Frau der Cullingforder Gesellschaft, die auf sich hielt, würde die neue Mrs. Agbrigg je in ihr Haus einladen – so sagten sie jedenfalls im Aufruhr der ersten Empörung und glaubten wohl auch daran, während die Geschäftsmänner von Cullingford neugierig beobachteten, wie der in Cambridge studierte Jonas Agbrigg seine Griechisch- und Lateinkenntnisse in der Spinnerei von Fieldhead nutzen würde.

Vaters Mutter, meine aufrichtige und unbeugsame Großmutter Agbrigg und mein Großvater, der mehrere Male das Amt des Bürgermeisters von Cullingford bekleidet hatte, nahmen an der Hochzeit nicht teil und setzten sich bald danach in Scarborough zur Ruhe. Sie flohen vor der Schande ihres Sohnes. Auch die Mutter meiner Mutter, meine reizende und empfindsame Großmutter Elinor, blieb der Trauung fern. Sie fühlte sich zusehends in der Cullingforder Gesellschaft unwohl und vertauschte ihr Haus in der prachtvollen, aber engstirnigen Blenheim Lane mit einer Villa in Südfrankreich. Nur die Schwester meiner Mutter, Tante Faith, saß am Hochzeitstag in der Pfarrkirche, inmitten von leitenden Angestellten aus Fieldhead und deren Ehefrauen – die ihrem Arbeitgeber diese Reverenz schuldeten – und einer Handvoll weiterer Gäste. Dazu zählten Mr. Septimus Rawnsley von der Cullingforder Handelsbank, Mr. Outhwait, der ortsansässige Architekt, der von geplanten Umbau- und Erweiterungsarbeiten in Fieldhead gehört hatte und sich Aufträge erhoffte; einige kirchliche Würdenträger, die an die Vergebung der Sünden glaubten; und mehrere Geschäftsleute, für die es nur eine unverzeihliche Sünde – die Armut – gab. Mich hatte man für die Dauer der Flitterwochen ans Meer verbannt, und verängstigt spürte ich, wie meine festgefügte vertraute Welt zerbrach – die Großeltern waren nicht mehr da, mein Heim mußte ich verlassen, Vaters guter Name war ruiniert, unsere gegenseitige, so zarte und kostbare Zuneigung entglitt mir –, alles zerrann wie Sand zwischen meinen Händen.

Die Erinnerung an meine Mutter war noch sehr gegenwärtig und bedrückend – sie war nur ein Jahr vor Vaters Wiederverheiratung gestorben –, und die Tatsache, daß ich sie nicht vermißte, belastete mich mit Schuldgefühlen. Seit meiner Geburt war Mutter leidend, nervös und furchtsam gewesen, hatte unter Depressionen gelitten, und mit Rücksicht auf ihre angegriffenen Nerven blieben die Vorhänge im Haus stets geschlossen. Gesprochen wurde nur mit gedämpfter Stimme, und ich wagte nur auf Zehenspitzen durchs Haus zu schleichen, wenn sie kränkelnd zu Bett lag. Ihr Leiden bedrückte mich. Manchmal ärgerte ich mich auch darüber, was jedoch sofort in heftige Schuldgefühle umschlug. Ich wußte nur zwei Dinge über ihre Beziehung zu meinem Vater: Er war nicht mit ihr glücklich gewesen, und er hatte sie aus Eigennutz geheiratet.

Mein Vater war der genial begabte Sohn eines Mannes, der sich aus größter Armut zum Fabrikleiter und Bürgermeister emporgearbeitet hatte. Ein erstaunlicher Aufstieg, der aber die gesellschaftlichen Ambitionen meiner Großmutter Agbrigg keineswegs befriedigte. Deshalb setzte sie bald all ihre ehrgeizigen Hoffnungen in den Sohn, für den sie zumindest ein Ministeramt angestrebt hatte. Und da das Gehalt eines Fabrikleiters nicht genügte, um diese kostspielige politische Karriere zu verwirklichen, mußte mein Vater unbedingt ein

begütertes Mädchen heiraten, und er wählte deshalb wahrscheinlich meine Mutter – Miss Celia Aycliffe –, weil sie noch blutjung, kindlich naiv und so vollgestopft mit romantischen Träumen war, daß sie sich in jeden Mann verliebt hätte, der um sie warb.
Sie hatte eine ansehnliche Mitgift in die Ehe eingebracht, denn ihr Vater war ein sehr erfolgreicher Bauunternehmer gewesen, der die Stadt Cullingford zum größten Teil errichtet hatte und seiner Witwe – meiner lebenslustigen Großmutter Elinor – und seinen Töchtern ein beträchtliches Vermögen hinterlassen hatte. Doch die Mitgift meiner Mutter hatte nur für den Kauf eines Hauses und die Übernahme einer angesehenen Anwaltskanzlei gereicht. Meine Mutter zeigte allein Interesse für häusliche Angelegenheiten und lebte sehr zurückgezogen. Sie besaß keinerlei Eigenschaften, die sie zur Frau eines ehrgeizigen Politikers prädestinierten, und so waren meine Eltern nicht miteinander glücklich geworden.
Vielleicht hatte er ihr insgeheim vorgeworfen, daß sie seine Erwartungen nicht erfüllte. Und sie war zweifelsohne davon überzeugt gewesen, daß sie ihm – ganz abgesehen von ihrer Mitgift – mehr geboten hatte, als ein Mann in seiner Position verlangen konnte. Durch die Ehe mit ihr hatte er Beziehungen anknüpfen können, die mit Gold nicht aufzuwiegen waren. Ihre eigene Familie, die Aycliffes, besaßen enormen gesellschaftlichen Einfluß. Ihre Cousins, die Barforth', waren die mächtigsten Industriellen im Law Valley, und die Barforth-Brüder – Nicholas und Blaize – letzterer verheiratet mit Tante Faith, Mutters Schwester – besaßen die gewinnträchtigsten Fabriken und waren an jedem größeren Unternehmen in Cullingford beteiligt. Da deren Schwester – Tante Caroline – als Frau nicht am Geschäftsleben teilnehmen konnte, hatte sie ihre ganze Energie dem gesellschaftlichen Aufstieg gewidmet und war Lady Chard von *Listonby Park* geworden und hatte uns somit Zugang zu den Kreisen des Landadels verschafft.
Mit diesen vielfältigen gesellschaftlichen Beziehungen, die sie ihrem Mann eröffnet hatte, glaubte meine Mutter ihre Pflichten erfüllt zu haben, und nachdem der langersehnte Sohn ausblieb – sie hatte acht Fehlgeburten erlitten und nur mich geboren –, widmete sie sich ausschließlich der Überwachung der Dienstboten, verfiel in hysterische Anfälle beim Anblick einer Staubflocke, eines Fleckens auf ihrem Silber, ihrem Leinen, und zerrüttete ihre Nerven und erschöpfte die Geduld meines Vaters bis zu ihrem Tod. Und genau ein

Jahr danach wurde ihr penibel saubergehaltenes Haus an Fremde verkauft. Die Tochter, deren Geburt sie die Gesundheit gekostet hatte, fühlte sich unerwünscht und einsam, während ihr Mann nicht länger der arme Verwandte der mächtigen Barforth' war, sondern Herr in Fieldhead wurde.
Das Wohnhaus in Fieldhead war ein rechteckiger, düsterer Bau mit großen, hohen Räumen, praktisch und einfach eingerichtet. Die weitläufige, geflieste Küche enthielt nur das nötigste Inventar, und vor dem Kamin stand nicht einmal ein Schaukelstuhl, als ich mein zukünftiges Heim zum ersten Mal besichtigte. »Ein sehr ansehnliches Haus«, so sagte man im Law Valley, doch mir gefielen nur die matt glänzende Holzvertäfelung der Wände, die nach Bienenwachs duftete, und die Winterhyazinthen, die jede Kupferschale schmückten. Auch heute noch bringt diese Geruchsmischung die Erinnerung an jenen Nachmittag zurück, da ich als zwölfjähriges, langbeiniges, schmalschultriges Mädchen, mit dunkelbraunem, von Tante Faith zu einem Zopf geflochtenen Haar – um damit das Wohlgefallen der Frau meines Vaters zu gewinnen – dastand, obwohl ich eher der Überzeugung war, daß sie sich Mühe geben wollte, meine Zuneigung zu erlangen. Und wäre ich alt genug gewesen, die Feindseligkeit, die sie sofort in mir hervorrief, zu verstehen – denn er war *mein* Vater, und nicht einmal die eigene Mutter hatte mir seine Liebe streitig machen können –, hätte ich sie vielleicht bewundert.
Man hatte sie die Hure Delaney genannt, und jetzt – dies hatte Tante Faith mir erklärt – würde sie alles daransetzen, diesen Makel abzustreifen, um die Achtung und den Respekt ihrer Mitmenschen zu gewinnen. Deshalb mußte sie als Hausherrin absolut perfekt sein, denn ihr Auftreten und ihr Benehmen wurden mit kritischen, mißgünstigen Augen verfolgt. Sie durfte sich keinen noch so kleinen Fehler erlauben. Sie hatte sich vorgenommen, die feindselige Festung der Cullingforder Gesellschaft im Sturm zu erobern und daher wichtigere Dinge im Kopf, als sich um die Marotten eines unreifen, linkischen Mädchens zu kümmern. Und als sie mich damals zum ersten Mal in ihrem Salon in Fieldhead empfing, umgab sie nicht nur die Aura einer Frau, die in diese Umgebung hineingeboren war, sondern ihr schienen auch alle erstrebenswerten Tugenden wie Ehrlichkeit, Keuschheit, Fleiß und Sparsamkeit in die Wiege gelegt worden zu sein. Sie trug ein dunkles Seidenkleid, eine Perlenkette und ein schmales goldenes Armband. Ihr schwarzes Haar war in der

Mitte gescheitelt, es fiel in leichten Wellen herab und verlieh ihr das Aussehen würdevoller Gelassenheit. Sie schritt hochaufgerichtet einher, saß kerzengerade im Sessel und hielt die Hände gefaltet im Schoß. Sie sprach bedächtig mit leiser Stimme, vermittelte den Eindruck einer kraftvollen Persönlichkeit, und sie sah sehr gut aus. Ich haßte sie, und die fünf Jahre meiner Kindheit – bis das hochgekämmte Haar und lange Röcke mich zur jungen Dame erhoben – wurden durch diese gegenseitige törichte Ablehnung geprägt, die gedankenlose Grausamkeit meiner Jugend und die ängstliche Grausamkeit dieser Frau in mittleren Jahren, mit der wir beide um denselben, nicht immer glücklichen Mann kämpften.

Es wäre mir niemals in den Sinn gekommen, daß mein Vater diese Frau vielleicht mochte. Er hatte sie ihres Geldes wegen und *nur* deswegen geheiratet, darauf versteifte ich mich, und obwohl ich ihm insgeheim diese Schwäche nicht verzieh, so rechtfertigte ich sein Handeln mit seinem unstillbaren Ehrgeiz, der aus seinem genialen Intellekt und der jahrelangen Verbitterung gewachsen war, mit der er im Schatten anderer erfolgreicher Männer – der Barforth-Brüder vor allem – gestanden hatte. An Intelligenz und Energie hatte er sie stets überflügelt – gab es überhaupt einen Mann, der ihm das Wasser reichen konnte? –, aber sie waren als Söhne eines reichen Mannes geboren worden. Und obwohl mein Vertrauen in ihn zeitweise gestört war, so lernte ich doch bald wieder stolz auf ihn zu sein. Als Anwalt und ein Mann in mittleren Jahren hatte er die Leitung einer Spinnerei übernommen, und durch die Gründlichkeit, mit der er jeden technischen Vorgang meisterte, und die Entschlossenheit, die ihn jeden Morgen um fünf Uhr in den Fabrikhof trieb und ihn oft bis nach Mitternacht dort hielt, gewann er nicht nur meine Anerkennung, sondern auch den widerwilligen Respekt seiner Neider. Cullingford würde ihn wohl immer als Mitgiftjäger verachten und es ihm nicht verzeihen, daß er Mr. Oldroyds Testament zugunsten Mrs. Delaney beeinflußt hatte. Doch es war unübersehbar, daß unter seiner Leitung Fieldhead bald enorme Gewinne abwarf. Denn nach ein, zwei Jahren vertrat man im Zeughaus und an der Wollbörse einhellig die Meinung, daß einem tüchtigen Geschäftsmann alle Fehler verziehen werden konnten.

Die neue Mrs. Agbrigg hatte ihren Kampf gewonnen, und in Fieldhead hätte Zufriedenheit und sogar Glück herrschen können, wäre ich nicht als Störenfried dagewesen, der jede ihrer vorsichtigen Anordnungen in Frage stellte, ihre Erklärungen mit peinlicher Akribie zerpflückte und ihr bei jeder Gelegenheit zu verstehen gab, daß die Beziehung zwischen Vater und Tochter durch nichts aufzuwiegen war, was einen Mann auch immer mit seiner zweiten Frau verbinden mochte.

»Du siehst dies alles mit zu kritischen, zu jungen Augen, Grace«, versuchte Tante Faith mich verschiedentlich zu besänftigen. Doch die Jugend kennt kein Mitleid, und mit vierzehn, fünfzehn, ja noch mit sechzehn Jahren, als ich so groß war wie meine Stiefmutter, konnte ich kein Mitgefühl für sie aufbringen. Sie hatte Reichtum und Sicherheit angestrebt, und sie hatte beides bekommen. Das vormals schillernde Wesen der Tessa Delaney hatte sie in eine anständige respektable Frau gewandelt. Auch das war ihr gelungen. Aber diese Frau, die jeden Morgen die Dienstboten zum Gebet versammelte, kirchliche Würdenträger zum Tee empfing und wohltätige Gaben unter die Armen verteilte, besaß darüber hinaus eine Waffe, deren Sinn und Namen ich damals nicht kannte: Sinnlichkeit. Ihr würdevolles Auftreten, ihre milde Frömmigkeit erstickten mich, doch der Anblick ihrer Hand auf dem Arm meines Vaters, die verführerische Üppigkeit ihrer Schultern, die sie ihm beim Abendessen im schmeichelnden Licht der Lampen darbot, erweckten in mir ein prickelndes Gefühl der Scham.

»Jonas, Liebling, es ist schon spät.« Und um das peinliche Schweigen zu umgehen, das stets auf diese Worte folgte, wurde ich bald zu einem konstanten Gast bei anderen Leuten, verweilte bei Tante Faith und ihrer Tochter Blanche von Weihnachten bis Ostern, verbrachte aufregende, wenn auch wohlbehütete Sommermonate mit meiner anderen Barforth-Cousine, Venetia, am Meer. Stets war ich ein Gast, eine enge Freundin, doch niemals Mitglied einer Familie, nicht einmal meiner eigenen, und so entwickelte ich mich zu einer scharfsichtigen, unabhängigen jungen Dame, die ihre Schritte vorsichtig abwägte, und so war es für mich auch kein schmerzliches Ereignis, als ich nach Italien und in die Schweiz in verschiedene Internate geschickt wurde, um dort die einer Erbin von Fieldhead angemessene Ausbildung zu erlangen.

Ich war so groß wie mein Vater, als er mich in Luzern abholte. Mein Haar war zu einer Lockenpracht hochgetürmt, mein Kleid schmiegte sich vorn eng an den Körper und bauschte sich weit über die Tournüre im Rücken. Ich hatte gelernt, mit einer eleganten Bewegung die

Schleppe geschickt zur Seite zu schieben, wenn ich mich umdrehte oder setzen wollte. Stolz führte ich ihm meine Kenntnisse der italienischen, französischen und deutschen Sprache vor, zeigte ihm meine Gemälde und Skulpturen, erging mich in philosophischen Betrachtungen – insoweit man einer jungen Dame Zugang dazu gewährt hatte, denn meine Vorliebe für Mathematik war als wenig damenhaft abgetan worden. Und mit diesen neuerworbenen Lebenserfahrungen schien Vater mir weniger streng, umgänglicher oder vielleicht nur älter geworden zu sein, als ich ihn in Erinnerung hatte. Man hatte in mir nicht nur Verständnis für Kunst und Wissenschaft geweckt, sondern auch für die menschliche Natur – so glaubte ich zumindest –, und da mein Vater nun nicht mehr Mittelpunkt meines Universums war und ich als die gebildete Miss Grace Agbrigg die engstirnigen Ansichten der Cullingforder Gesellschaft abgestreift hatte, würde ich nun auch in Frieden mit ihm leben können.

»Du siehst alles mit so jungen Augen«, hatte Tante Faith zu mir gesagt, doch diese Augen waren nun sanftmütiger geworden – so dachte und hoffte ich –, und es würde mir wohl gelingen, meine vorlaute Zunge im Interesse der häuslichen Harmonie im Zaum zu halten, und ich wollte die Frau meines Vaters mit »Mama« anreden. Sie erwartete uns an der Auffahrt, ruhig und gelassen, in ein einfaches schokoladenfarbenes Seidenkleid gekleidet, das nur durch einen Spitzenbesatz am Hals und Saum aufgelockert wurde. Doch ihren Hals schmückte ein Kreuz aus schwerem Gold, ihre Finger zierten wertvolle Ringe; mit leiser Stimme hieß sie uns willkommen und warf meinem Vater einen gequälten Blick zu, der besagte: »Jetzt ist sie also wieder zu Hause. Nun gut, wir werden das Beste daraus machen, du und ich.« Und alles war wieder beim alten, genauso wie es immer gewesen war, und wie ich es befürchtet hatte.

Große Ereignisse standen in Cullingford bevor. Meine Cousine Blanche würde einen reichen Mann heiraten, ein Ziel, das sie immer angestrebt hatte. Meine andere Barforth-Cousine, Venetia, war wieder einmal in eine unziemliche Verbindung mit einem nicht standesgemäßen Mann verwickelt. Und was mich betraf, so erkannte ich in der ersten Stunde meiner Rückkehr, daß es trotz meiner neu erworbenen Philosophie und menschlichem Mitgefühl nur einen Weg gab, die gestörte Harmonie in meines Vaters Haus wieder herzustellen: Ich mußte es verlassen.

2

Meine Cousine, Blanche Barforth, heiratete an einem strahlenden Sommermorgen. Ein hauchzarter Spitzenschleier krönte ihr silbernes Haar, umflorte geheimnisvoll ihr feingeschnittenes helles Gesicht. In langen schmalen Händen hielt sie ihr Brautbukett aus aprikosenfarbenen Nelken und weißen Rosen. Zerbrechlich und geheimnisvoll wie eine Lilie schien sie ein Traumgebilde zu sein, das sich Männer als Belohnung für Tapferkeit und Tüchtigkeit ersehnten. Sie war schlichtweg die vollkommene Braut.

Natürlich war sie nicht verliebt, hegte auch keinerlei Wünsche in dieser Hinsicht. Diese Verbindung war die logische Folge ihrer sehr persönlichen und konsequenten Lebenseinstellung, die sie stets zur rechten Zeit das Richtige tun ließ. Wie Königin Viktoria heiratete sie ihren Cousin, und in ihrer Überheblichkeit war sie der Meinung, schon die Rolle der Braut zu erfüllen, wenn alle sie voller Bewunderung anstarrten.

Während der vergangenen sechs Monate war sie »die Verlobte« gewesen und nahm mit heiterer Gelassenheit die allgemeine Bewunderung – und auch den Neid – entgegen, während ihre geplagte Mutter und ihre Tante Caroline, die zukünftige Schwiegermutter, die anstrengenden Hochzeitsvorbereitungen für sie trafen. Heute war Blanche »die Braut«, und mit derselben kühlen Gelassenheit begegnete sie dem Bräutigam, der durch den verfrühten Tod seines Vaters bei einem Jagdunfall allzu plötzlich aus dem sorglosen, freizügigen Leben eines jungen Mannes gerissen worden war und sich nun als annehmbarer, wenn auch oft schlecht gelaunter Sir Dominic Chard von *Listonby* präsentierte.

Ohne Land und Titel wäre es Blanche nie in den Sinn gekommen ihn zu heiraten. Und wäre sie für ihn auf andere Art erreichbar gewesen, so hätte er sie nicht geheiratet, denn einem Gentleman von vierundzwanzig Jahren, vermögend und gutaussehend wie er war, stand die Welt offen, und solche Männer sahen sich selten genötigt, so früh ihre uneingeschränkte Freiheit gegen die starren Bande der Ehe einzutauschen. Doch die blasse, silberhaarige Blanche war von bezaubernder Lieblichkeit, und ihre stille, unnahbare Reinheit war eine verführerische Herausforderung. Und Dominic war Baronet, besaß zwölftausend Morgen alten Grundbesitz und ein herrliches ansehnliches altes Herrenhaus. Mehr war dazu nicht zu sagen.

»Ich werde heiraten«, hatte Blanche mir in die Schweiz geschrieben. »Ich werde Lady Chard von Listonby sein – wie Tante Caroline –, nur daß ich ihr damit natürlich den Titel wegnehme. Du mußt nach Hause kommen und meine Brautjungfer sein.« Und da mir diese Gelegenheit zupaß kam, kehrte ich nach Cullingford zurück und verbrachte die meiste Zeit – wie in all den Jahren zuvor – mit meinen Barforth-Cousinen; mit Blanche, die bald mit allem Pomp und Aufwand verheiratet werden würde; und mit Venetia, die zwar auch gern heiraten wollte, sich jedoch weitaus sehnlicher eine leidenschaftliche, wenn auch unschickliche Liebesaffäre wünschte.
Wie die meisten Menschen hatte auch ich Blanche manchmal beneidet, nicht so sehr wegen ihrer Schönheit, ihrer kühlen Gelassenheit und ihrer oft selbstgefälligen, ja törichten Gewißheit, alles zu bekommen, was sie sich wünschte, sondern weil sie eine liebevolle Mutter wie Tante Faith, einen großzügigen Vater wie Onkel Blaize hatte, der vielleicht nicht der reichere der beiden Barforth-Brüder, aber sicherlich der angenehmere war.
»Das Kind ist das Ebenbild ihrer Mutter«, hieß es in Cullingford seit den Tagen, als die zierliche, feenhafte Blanche ihre täglichen Ausfahrten im Landauer unternahm, ihr Kleid eine exakte Kopie von Tante Faith' eleganter Robe, jede einzelne silberne Haarlocke mit silbernen Schleifchen geschmückt, strahlte sie bereits als Kind jene kühle Anmut aus, die ihr angeboren war. Sie wuchs mit der selbstverständlichen Sicherheit heran, daß ihr helles seidiges Haar, ihre strahlenden blaugrünen Augen genügten, um ihr jede Tür zu öffnen, durch die sie Einlaß begehrte.
Und im zarten Alter von siebzehn hatte Blanche beschlossen, Lady Chard von *Listonby Park* zu werden, ein Wunsch, der ihre Mutter, die leidenschaftlich an die Liebe glaubte, enttäuschte und traurig stimmte, da sie erkannte, daß ihre einzige Tochter ihr Verlangen nach tiefen Gefühlen nicht teilte und der die gegenwärtige Herrin von *Listonby Park*, die Witwe Lady Chard, in rasende Wut versetzte, denn sie hatte fünfundzwanzig Jahre lang uneingeschränkt in *Listonby Park* geherrscht und zeigte keinerlei Neigung, ihre Autorität, ihre Schlüssel, ihren Platz am Kopfende der adligen Tafel an die liebliche, träge, selbstgefällige Blanche abzutreten.
So stark war Tante Carolines Empörung, daß sie auf die ersten Anzeichen einer möglichen Verlobung der beiden ihren Sohn Dominic unverzüglich nach London schickte und hoffte, er würde dort Zer-

streuung und Ablenkung finden oder sogar die Tochter eines Earls oder Ministers als zukünftige Herrin von *Listonby* heimführen, eine Partie, die *seiner* Herkunft und *ihrem* Ehrgeiz entsprachen. Denn obgleich Lady Caroline Chard als Miss Caroline Barforth, Tochter eines Fabrikbesitzers – so wie Blanche auch –, geboren worden war, hatte sie diese bourgeoise Vergangenheit längst abgestreift und fast vergessen. Aber das Barforth-Vermögen hatte es ihr ermöglicht, *Listonby* zum strahlenden gesellschaftlichen Mittelpunkt der Grafschaft zu machen, und mit ihren, den Barforthschen Charaktereigenschaften – Energie, Zielstrebigkeit, Ehrgeiz –, hatte sie ihr Lebensziel, die Eroberung hochherrschaftlicher Kreise, erreicht. Als eine Barforth hatte sie alle Hindernisse niedergerissen, jede Hürde mit Schwung und Bravour genommen, und ihre Stärke hatte sie von einem gesellschaftlichen Triumph zum nächsten getrieben und sie in einem langwierigen Akt der Metamorphose in eine Chard verwandelt. Und zutiefst in ihrem Herzen konnte sie nicht glauben, daß Blanche Barforth, die zwar schön, reich und die Tochter ihres Bruders war, gut genug für ihren ältesten Sohn sein konnte.
Doch Dominic war schon immer sehr eigensinnig gewesen. Blanche hatte für sie beide die Entscheidung getroffen, und hier standen sie nun, die vortreffliche Braut, der gutaussehende Bräutigam, im Schlepptau Venetia und ich, die Brautjungfern, in aprikosenfarbene Seide gehüllt, verloren in träumerischen Gedanken, daß demnächst wir – recht bald vielleicht – Erfüllung als Braut, Ehefrau und Mutter finden würden.
Venetia war die Tochter des zweitältesten Barforth-Bruders, Mr. Nicholas Barforth, einem Gentleman, dessen rastloser Ehrgeiz und überragende Geschäftstüchtigkeit sich nicht mit dem Vermögen zufrieden geben konnte, das er von seinem Vater geerbt hatte und das er mit seinem Bruder teilte. Blanches Vater, Onkel Blaize, hatte sein Vermögen sorgsam verwaltet, so daß es ihm ein vergnügliches Leben mit Tante Faith ermöglichte. Doch Venetias Vater verfolgte mit einer Zielstrebigkeit, die selbst im geschäftstüchtigen Law Valley einmalig war, die Vermehrung dieses ererbten Vermögens und besaß mittlerweile nicht nur die Barforth-Fabriken in Lawcroft Fold und Low Cross, wo Stoffe von feinster Qualität hergestellt wurden, sondern ihm gehörte auch die Law-Valley-Wollkämmerei, die Law-Valley-Färberei und seit kurzem eine im italienischen Stil erbaute Fabrik auf dem Gelände der alten Nethercoats-Fabrik, wo die Pro-

duktion von Samt und Seide Mr. Nicholas Barforth ein weiteres Vermögen einbrachte.
Doch sein brillant kalkulierter geschäftlicher Erfolg hatte ihm im privaten Leben keinen Segen gebracht, und selbst die wenigen ihm wohlgesinnten Menschen in Cullingford mußten zugeben, daß er im persönlichen Bereich versagt hatte. Mit seinem eigenen Bruder war er unversöhnlich zerstritten, und keine Dame in Cullingford wagte es, beide Brüder gleichzeitig in ihr Haus einzuladen. Er war auch mit allen seinen Betriebsleitern zerstritten, denn er machte ihnen unmißverständlich klar, daß er für gute Löhne Nerven aus Stahl und die Ausdauer und Leistungskraft eines Bullen erwartete. Es war bekannt, daß er mit seinem eigenen Sohn in verbitterter Zwietracht lebte, seiner Tochter Venetia mit Gleichgültigkeit begegnete, während das Verhältnis zu seiner Frau ein schier unerschöpflicher Quell von Klatsch und Spekulationen über Jahre hinweg in Cullingford gewesen war.
Im Gegensatz zu seinem Bruder, der eine Frau, Tante Faith, aus der bürgerlichen Mittelschicht geheiratet hatte, wählte Mr. Nicholas Barforth – dem Beispiel seiner Schwester folgend – eine Angehörige des Landadels zur Frau. Doch Caroline Barforth' Einheirat in die adeligen Kreise hatten ihr *Listonby Park* und einen Titel beschert, während Nicholas Barforth damit nur eine, zwar adelige, aber völlig verarmte Lady gewann und – wie die Gerüchte besagten – sich damit unlösbare Probleme einhandelte. Denn vor vielen Jahren, in Venetias frühester Kindheit, war diese Dame ihrem Mann davongelaufen und wurde unter sehr mysteriösen Umständen zurückgeholt – ein Geheimnis, das nie zur völligen Zufriedenheit der Cullingforder Klatschbasen aufgeklärt wurde, da ein Gentleman aus höchsten Kreisen darin verwickelt gewesen war und die Lady sich aus der Gesellschaft zurückgezogen hatte.
»Und wie geht es Ihrer Mama?« fragten Cullingfords Matronen beharrlich Venetia bei jeder sich bietenden Gelegenheit, begierig darauf, diese skandalumwitterte Geheimniskrämerei auszukosten.
»Oh, sehr gut«, war ihre stereotype Antwort. Doch die Tatsache, daß ihre Mutter so zurückgezogen auf ihrem Landsitz, der alten *Galton Abbey*, mit seinen wenigen hundert Morgen kümmerlichen Landes und dem heruntergekommenen Haus lebte, das seit Generationen im Besitz der Vorfahren ihrer Mutter war, während Venetias Vater seinen ständigen Wohnsitz in *seinem* Haus in Cullingford hat-

te, belastete Venetia sehr. Und der unaufhörliche Klatsch, in den ihre Eltern verstrickt waren – denn ihrer Trennung *mußte* doch ein unerhörter Skandal vorausgegangen sein –, ließ uns zu Freundinnen werden; Venetia, über deren Mutter merkwürdige Gerüchte verbreitet wurden, und ich, Grace Agbrigg, mutterlose Tochter eines Mannes, der durch die Heirat mit einer reichen und übel beleumundeten Frau einen Skandal verursacht hatte.

Venetia besaß nicht Blanches Schönheit, ihre Figur war von fast knabenhafter Schlankheit, ihr Verhalten oft sprunghaft, und sie wirkte gleichzeitig verletzlich und ungestüm. Während Blanche immer zu wissen schien, was sie vom Leben erwartete, wollte Venetia alles auskosten, was das Leben zu bieten hatte: Freude und Trauer, Triumphe und Katastrophen, und war von einem unstillbaren Lebenshunger erfüllt. Ihr Gesicht war schmal und zart, der Teint blaß und empfindlich, die Augenbrauen hoch geschwungen, das Haar von einem kräftigen Fuchsrot, und in ihrem Aussehen war keine Spur des kraftvollen robusten Barforth-Vaters zu entdecken. Sie war ihrer Mutter wie aus dem Gesicht geschnitten. Und obwohl Venetia nichts Ehrenrühriges nachgesagt werden konnte, glaubte Cullingford an das Sprichwort »wie die Mutter so die Tochter«, und viele wohlmeinende Bürger hätten Mr. Nicholas Barforth zu gern geraten – hätten sie es gewagt –, seine Tochter schleunigst zu verheiraten. Aber heute standen wir nun demütig hinter der makellosen, triumphierenden Blanche, wurden mit alten Klatschgeschichten verschont, wir waren einfach die »Brautjungfern«, wenig beachtete Mädchen in hübschen Kleidern, nur schmückende Girlanden der bräutlichen Blume. Natürlich war es eine wunderschöne Hochzeit, sehr zur Überraschung der Mutter des Bräutigams, Tante Caroline, die mit ihrer großen Vorliebe für gesellschaftliche Ereignisse aller Art, ihrer fünfundzwanzigjährigen Erfahrung in der Ausrichtung von Bällen und Dinnergesellschaften, Jagdveranstaltungen jeglicher Größenordnung in *Listonby*, sich nur widerstrebend damit abgefunden hatte, Tante Faith die Organisation dieses wichtigen Ereignisses, die Hochzeit ihres ältesten Sohnes, zu überlassen. Doch Tante Faith zeigte sich dieser Aufgabe durchaus gewachsen, nichts wurde vergessen, nichts übersehen.

Die Pferde, die die Hochzeitskutschen zur Kirche zogen, waren prachtvoll herausgeputzt, und da Tante Caroline darauf bestanden hatte – einheitlich grau. Die Kutschen waren mit weißem Satin

ausgeschlagen; die Kirche in ein Blumenmeer von aprikosenfarbenen und weißen Blüten verwandelt worden; auf der einen Seite des Mittelganges nahmen die aristokratischen Chards, die Baronets und Parlamentsmitglieder, drei Bischöfe, ein halbes Dutzend Generäle und ein echter Herzog Platz; die Bänke der gegenüberliegenden Seite füllten sich mit den Barforth', den Fabrikbesitzern und Geschäftsleuten, Bankiers und Bauunternehmern, obwohl die Standesunterschiede zwischen beiden Gruppen nicht mehr so sehr ins Auge stachen wie früher. Für einen Geschäftsmann der früheren Generation mochte es wohl eine unerhörte Ehre bedeutet haben, seine Tochter mit einem Adeligen zu verheiraten. Doch heute – obwohl die drei Chard-Bischöfe weiterhin die These vertraten, daß die Ständeordnung von Gott gewollt sei und jeder sich mit dem Platz bescheiden sollte, der ihm zugedacht worden war – wußten die Barforth', daß diese Regelung längst aufgehoben war. Mein Onkel Blaize, ein Fabrikbesitzer, geleitete seine Tochter mit würdevoller Anmut zu ihrem noblen Bräutigam. Er fühlte sich absolut unbefangen in der Gesellschaft der »regierenden Klasse«, die in zunehmendem Maße ihren Anspruch auf Regierungsmacht nur mit Unterstützung seines – und seines Bruders – Geld aufrechterhalten konnte.
Es war wirklich eine wunderschöne Hochzeit. Goldenes Sonnenlicht überflutete die Hochzeitsgäste, als sie aus der Kirche kamen. Ein wolkenloser Sommerhimmel wölbte sich über den Rasen vor Tante Faith' Haus in Elderleigh. Die Markise, die sich wie ein riesiges arabisches Zelt über die Grünfläche spannte, diente nur zur Zierde. Jeden Tisch schmückten Schalen mit blassen Rosenblüten; die Menü-Karten waren silbern bedruckt; der Hochzeitskuchen war ein kunstfertiges Prachtgebilde und befriedigte sogar Tante Carolines Ansprüche.
Champagner floß in Strömen; Violinen erklangen in romantischen Melodien. Die Neugier und auch der leise Neid, den manche Gäste empfanden, wurden vollauf befriedigt, die eine oder andere sentimentale Träne wurde vergossen. »Ein schönes Paar«, lautete die einmütige Ansicht. Blanche wirkte inmitten der dunklen, kräftigen Chards noch zerbrechlicher. Dem Bräutigam und seinen beiden Brüdern war ich ziemlich fremd, denn sie waren nicht wie die anderen Jungen der Cullingforder Gesellschaft auf das hiesige Gymnasium gegangen, sondern waren bereits als Kinder in Privatschulen erzogen worden und hatten nur die Sommer- und Weihnachtsferien

in *Listonby* verbracht. Damals hatten mich ihre lauten Stimmen, ihre gedehnte Sprechweise irritiert und ihr überhebliches Gebaren geärgert. Und sie waren sich so ähnlich gewesen – Dominic, Noel, Gideon –, daß sie mir irgendwie austauschbar vorkamen; eingebildete Jungen, die zu hochmütigen Männern heranwachsen würden, denen man gewöhnlich auf Jagdgesellschaften, in ruhmreichen Regimentern oder bevorzugten Londoner Klubs und halb schlafend auf den Bänken des Unterhauses begegnete.

Dominics Zukunft war natürlich vom Tag seiner Geburt an festgelegt gewesen, denn er war der älteste Sohn, der Erbe des Besitzes und Titels, Squire von *Listonby,* oberster Jagdherr und Vorsitzender der Friedensrichter, während sein Zwillingsbruder Noel – entscheidende zehn Minuten später geboren – und Gideon, achtzehn Monate jünger, keinerlei Anrechte geltend machen konnten und ihre eigenen Wege gehen mußten. Gemäß der Familientradition – so entschied Tante Caroline nach einem ersten Blick in die Wiege – würde Noel Soldat werden, Gideon die kirchliche Laufbahn einschlagen, und für Tante Caroline bestand kein Zweifel daran, daß beide eine glänzende Karriere machen und sich in die Reihen der Chard-Generäle und Chard-Bischöfe eingliedern würden. Und Tante Caroline hatte so überzeugend über diese Pläne gesprochen, daß sie für mich damit unbewußt zur Realität geworden waren. Noel *war* bereits General, Gideon *war* Bischof, so daß es mich überraschte, nach meiner Rückkehr aus der Schweiz dem galanten Leutnant Noel Chard zu begegnen und einige recht merkwürdige Gerüchte über Gideon aufzuschnappen.

»Man kann Tante Carolines Gefühle wohl verstehen«, äußerte sich Blanche leichthin. »Sie mochte es nie, wenn ihre Pläne durchkreuzt wurden. Erst hat ihr Dominic einen Strich durch die Rechnung gemacht – sie hatte wohl gehofft, er würde bis zu seinem fünfzigsten Lebensjahr Junggeselle bleiben, damit sie weiterhin in *Listonby* regieren könne. Und jetzt diese Geschichte mit Gideon.«

Höflichkeitshalber zeigte ich mich interessiert und ermunterte sie zum Weitersprechen. »Ja, wirklich, arme Tante Caroline. Es war ihr Herzenswunsch, aus Gideon einen Bischof zu machen, und er hat sie bitter enttäuscht. Mit Religion sei kein Geld zu machen, behauptet er, was mich verwundert, denn alle kirchlichen Würdenträger, die wir kennen, scheinen recht wohlhabend zu sein. Ich kann daraus nur schließen, daß Gideon von viel Geld spricht und es für Dinge ausgeben will, die Geistliche nicht haben dürfen oder haben sollten. Ich nehme an, du brennst vor Neugier zu erfahren, was er vorhat?«

»Oh, ich vermute du brennst darauf, es mir zu erzählen.«

»Ihn lockt das große Geld. Himmel, ich kann mir Tante Carolines Gesicht vorstellen, als er ihr das eröffnete . . . und er hat sich an Onkel Nicholas gewandt, mit der Absicht, in sein Unternehmen einzutreten. Ja, da staunst du, nicht wahr? Ich konnte es ebenfalls nicht fassen. Ein Chard als Geschäftsmann! Wo soll das hinführen? Da kommt wohl das Barforth-Blut durch, nehme ich an, und Tante Caroline befürchtet, ihre Londoner Bekannten und ihre illustren Jagdfreunde könnten es erfahren. Und da wir alle wissen, wie schlecht sich Onkel Nicholas mit unserem Cousin Gervase versteht – obwohl Venetia kein böses Wort über ihren Bruder hören will – nun, vielleicht ist er froh darüber, daß Gideon zu ihm kommt. Die arme Tante Caroline, sie dauert mich zutiefst. Denn wenn Gideon Onkel Nicholas' Anforderungen entspricht, wird er wohl danach trachten, Venetia zu heiraten. Aber natürlich zieht er das in Erwägung, Grace. Er *muß* sie sogar heiraten, um seine Position in Onkel Nicholas' Unternehmen abzusichern. Es gibt genügend Anwärter dafür, und jeder Konkurrent würde versuchen, ihn aus dem Unternehmen hinauszudrängen. Das muß er um jeden Preis verhindern.«

Blanches Erläuterungen waren absolut einleuchtend, und als ich sie an ihrem Hochzeitstag betrachtete, überlief mich plötzlich ein eisiger Schauer, denn auch ich war Erbin eines immensen Vermögens – so wie Venetia, wie Blanche –, und es war abzusehen, daß jeden Bewerber um meine Hand weniger meine Persönlichkeit, als vielmehr die Aussicht verlockte, Eigentümer von Fieldhead zu werden. Natürlich würde Vater eine sorgfältige Wahl treffen und einen Bräutigam für mich aussuchen, der geschäftstüchtig, anständig und auch gutherzig war. Aber allein der Gedanke an die unerträgliche Demütigung, nicht um meinetwillen geliebt zu werden, versetzte mich in Angst. Und diese Furcht hatte seit dem Tag, als ich das Ausmaß meines Vermögens und dessen Bedeutung begriff, mein Verhalten Männern gegenüber geprägt. Ich begegnete ihnen sehr zurückhaltend und mißtrauisch. Ich würde mich mit aller Macht gegen einen derartigen Handel sträuben. Und ich glaubte auch nicht, daß Venetia eine solche Vernunftehe akzeptieren konnte. Blanche schien derlei Bedenken niemals gekannt zu haben, denn mit selbstsicherer Unbekümmertheit hatte sie ihr Geld gegen Dominics

Titel eingetauscht und stand nun glücklich und zufrieden an seiner Seite.
Bei diesem Familienfest trafen die unterschiedlichsten, teilweise miteinander verfeindeten Angehörigen aufeinander, und es erforderte Tante Faith' ganzes Taktgefühl, geschickt zu vermeiden, daß Vaters Frau mit Vaters Mutter zusammentraf, und er selbst durfte nicht mit einem der Oldroyd-Neffen in Kontakt kommen. Mr. Nicholas Barforth, der Onkel der Braut, hatte seit zwanzig Jahren kein freundliches Wort mit seinem Bruder, dem Vater der Braut, gesprochen; und Mr. Nicholas Barforth' Frau, falls sie auf dem Fest erscheinen sollte, mußte vor der Neugier der Cullingforder Damen abgeschirmt werden.
Auf Tante Faith' Anordnung wurde meine Großmutter Agbrigg sofort von einigen älteren Damen umringt, meine Stiefmutter Agbrigg unverzüglich der Obhut eines ehrwürdigen Chard-Bischofs anvertraut und einem fröhlichen Gentleman von kleiner Gestalt vorgestellt, dem Herzog von South Erin, der zwar nicht reich oder wichtig war, aber nichtsdestotrotz ein Herzog und regelmäßiger Gast Tante Carolines in *Listonby*. Aber auch Tante Faith konnte es nicht verhindern, daß plötzlich ein aufgeregtes Wispern und Raunen durch die Menge ging und alle Köpfe sich neugierig der Auffahrt zuwandten, als Mr. Nicholas Barforth' Kutsche vorfuhr. Neben ihm saß eine Dame mit einem hohen grünen Hut. Diese Sensation konnte man sich einfach nicht entgehen lassen. Mrs. Georgiana Barforth war weit über die Grenzen von Cullingford, ja, in der gesamten Grafschaft von Yorkshire bekannt, zumindest in den Kreisen des Landadels. Alle drei Chard-Bischöfe waren ihr bereits einmal bei einer früheren Gelegenheit vorgestellt worden. Die Chard-Generäle und höheren Offiziere hatten im selben Regiment wie ihr Vater gedient oder mit ihm im selben Klub Karten gespielt; der Herzog von South Erin war öfter zur Jagd auf Moorhühner nach *Galton Abbey* eingeladen worden. Und wenn diese Gentlemen auch dazu neigten, nicht allzu strenge moralische Maßstäbe an Mrs. Georgiana Barforth' Lebenswandel zu legen, so betrachtete man es in der strengen Cullingforder Gesellschaft als skandalös, daß diese Dame aus ihrer Ehe ausgebrochen war und ohne Rücksicht auf die guten Sitten allein in *Galton Abbey* lebte. Allein diese Tatsache gab Anlaß zu mancherlei Spekulationen – man befürchtete einen schädlichen Einfluß auf die Gesellschaftsordnung, denn manche Männer könnten auf den Ge-

danken kommen, sich dieser Dame gegenüber mehr Freiheiten herauszunehmen, als es der Umgang mit einer verheirateten Frau erlaubte.
Vor allem aber erregte die Ungewißheit über den tatsächlichen Stand ihrer Ehe die Gemüter in Cullingford. Lebten die Barforth' nun getrennt oder nicht? Konnte man den Gerüchten glauben, daß Mrs. Barforth nur aus gesundheitlichen Gründen auf dem Land weilte, oder war dies Teil ihrer Scharade, um den Anschein zu wahren, damit ihr Konflikt sich nicht nachteilig auf den Ruf ihrer unverheirateten Tochter auswirkte? Hatte Mr. Nicholas Barforth seine Frau von Herd und Heim verbannt, da er ihren freizügigen aristokratischen Lebenswandel – der in Cullingford stets kritisiert worden war – nicht länger tolerieren wollte? Hatte es einen Fehltritt gegeben, was in Cullingford unweigerlich Ehebruch bedeutete, und wenn ja, mit wem?
Mrs. Barforth war von adligem Geblüt, aber äußerst arm gewesen. Mr. Nicholas Barforth war wie alle Cullingforder Geschäftsleute ein gewöhnlicher Mann, der sich nur durch enormen Reichtum auszeichnete. »Sie hat sich geholt, was sie haben wollte, und dann hat sie ihn verlassen«, frohlockte man mit hämischer Schadenfreude in Cullingford und begrüßte diese Ironie des Schicksals, daß ausgerechnet ein Mann wie Nicholas Barforth, der sein Geld so skrupellos einsetzte, um andere zu manipulieren, ein Opfer seiner eigenen Strategie geworden und des Geldes wegen geheiratet worden war.
Doch wie auch immer die wahren Hintergründe dieser Angelegenheit aussahen, Mr. Barforth besaß nach wie vor die Autorität, seine unzuverlässige Frau nach Gutdünken an seine Seite zu beordern, um den gesellschaftlichen Repräsentationspflichten nachzukommen. Gemeinsam zeigten sie sich beim Weihnachtskonzert, er präsentierte sie elegant gekleidet auf der Jahresfeier zur Cullingforder Stadtgründung, beim Galaempfang zur Eröffnung eines neuen Hotels, auf einer Hochzeit in vornehmen Kreisen, und niemand, nicht einmal die boshafteste Klatschbase, wußte mit Sicherheit, wie es um die beiden stand.
Doch für Venetias offenes und freimütiges Wesen waren diese elterlichen Täuschungsmanöver unerträglich, und ich hörte, wie sie entsetzt nach Luft schnappte, sah, wie sie sich schmerzhaft auf die Lippen biß, als ihre Mutter aus der Kutsche stieg und den Arm ihres Vaters nahm.

»Ich habe ihr geraten, nicht zu kommen«, flüsterte sie mir zu, »sie kann diese gackernden Cullingforder Hühner nicht ausstehen, die sie immer nur neugierig anstarren. Ich habe ihr gesagt, daß *ich* an ihrer Stelle nicht gehen würde. Da hat sie mich nur angelächelt und gesagt, als sie so jung war wie ich, hätte sie das auch nicht getan. Ich kann dir gar nicht sagen, wie mich das erschüttert hat – zu wissen, daß sie einmal so war wie ich und jetzt die Kraft dazu nicht mehr aufbringt. Es ist schrecklich.«

Langsam schritt Georgiana am Arm ihres Mannes über den Rasen, ihr kunstvoll drapiertes Kleid aus kostbarem apfelgrünen Satin und Brüsseler Spitze ließ sie nachlässig über das Gras schleifen, sie dachte nicht daran, den Rock sorgsam zu raffen. Ihr Haar, das im selben kastanienbraunen Farbton schimmerte wie Venetias, war modisch gelockt, ihr feingeschnittenes, schmales Gesicht wirkte fröhlich. Höflich lächelnd erwiderte sie die Begrüßungen, ihre Augen blickten ruhig und gelassen, und nichts in ihrem Verhalten ließ ahnen, wieviel Überwindung es sie gekostet hatte, hierherzukommen. Doch jeder wußte, wie sehr sie diese gesellschaftlichen Auftritte haßte und hoffte, daß sie eines Tages ihre aristokratische Würde und Selbstbeherrschung verlieren und unter dieser Bürde zusammenbrechen würde.

Dem gemeinsamen Auftritt der Nicholas Barforth' haftete jedoch heute ein zusätzlicher spektakulärer Hauch an, denn Mr. Barforth präsentierte nicht nur seine Frau einem feindseligen Publikum, sondern er selbst bewegte sich auf unsicherem Parkett. Vor über zehn Jahren hatte er zum letztenmal dieses Haus betreten, in der Hand ein Dokument, das der Zusammenarbeit mit seinem Bruder Blaize ein Ende setzte. Ich spürte förmlich, wie die Leute in gespannter Vorfreude den Atem anhielten, weil sie sich bei der Begegnung dieser beiden Männer ein Spektakel erhofften. Doch die Cullingforder Bürger wurden enttäuscht.

»Nicholas«, sagte Blaize Barforth nur kurz angebunden und nickte seinem Bruder zu.

»Blaize«, erwiderte Nicholas im selben Tonfall.

Es war offenkundig, daß sie sich nichts weiter zu sagen hatten.

Bald danach setzten wir uns an die reich gedeckte Tafel, genossen die köstlichen Speisen, den guten Wein, applaudierten nach der witzigen Ansprache des Brautvaters, bewunderten den Bräutigam für die wohlgesetzten Worte – die zweifelsohne seine Mutter, Tante

Caroline, ersonnen hatte. Wir prosteten uns gegenseitig zu, wurden sentimental und träge oder langweilten uns schlichtweg. Und als Blanche nach oben entschwand, um in das Reisekleid zu schlüpfen, das extra von Mr. Worth in Paris angefertigt worden war, sah ich, wie meine Stiefmutter sich vom Tisch erhob und weiterhin angeregt mit dem Bischof plauderte. Mein Vater gesellte sich zu einer Gruppe von Geschäftsleuten auf der Terrasse, die ernsthaft über Wollpreise, Firmenanleihen und die Veränderungen auf dem französischen Markt sprachen, nachdem dort Kaiser Napoleon III. vom Thron gejagt worden war. Ich sah, wie Mrs. Georgiana Barforth tapfer in die Menge eintauchte, die neugierigen Blicke ertrug, jedes falsche Lächeln erwiderte und mit bewunderungswürdiger Anmut die Rolle spielte, die ihr Mann ihr zugedacht hatte. Ich sah, wie Tante Caroline – die *Witwe* Lady Chard – in einem unbeobachteten Augenblick schmerzhaft das Gesicht verzog, als ihr Blick auf den Stuhl fiel, den Blanche erst vor wenigen Minuten frei gemacht hatte. In Gedanken war sie sicher in ihrem schönen und mittlerweile berühmten *Listonby*, das sie geschaffen hatte, und das sie nun einem sorglosen, leichtfertigen siebzehnjährigen Mädchen überlassen mußte.
Doch da eilte bereits der kleine, von Wind und Wetter gegerbte Herzog von South Erin an Tante Carolines Seite. Venetias Bruder, Gervase, schlenderte gemächlich, ein Glas in der Hand, auf seine Mutter zu, der er so sehr ähnelte. Er war ein ungebärdiger, zügelloser junger Mann, der – so hieß es – eher dem aristokratischen Vergnügen der Jagd frönte und mehr am Spieltisch als im Kontor seines Vaters anzutreffen war. Der Tag neigte sich dem Ende zu. Die Blaize Barforth' hatten ihre Tochter ehrenvoll verheiratet. Lady Caroline Chard hatte ihr Lebenswerk *Listonby* und ihren ältesten Sohn verloren. Die Nicholas Barforth' hatten wieder einmal auf befriedigende Weise demonstriert, daß sie ihre privaten Probleme so weit unter Kontrolle hatten, daß der Ruf ihrer heiratsfähigen Tochter Venetia nicht darunter litt. Mrs. Agbrigg, die geächtete Frau meines Vaters, hatte die Bekanntschaft eines Bischofs gemacht.
Mir hatte dieser Tag weder etwas gebracht noch etwas genommen. Morgen früh und alle weiteren Morgen würde ich wieder in Mrs. Agbriggs Salon sitzen und an ihrem Tisch essen, und so stand ich auf und wanderte ziellos zwischen den Menschen umher, daß ich wie Mrs. Georgiana Barforth eine Gefangene dieser Gesellschaft war, und zwar aus denselben Gründen. Wir waren Frauen. Wir be-

saßen kein eigenes Geld und hatten keine Möglichkeit, uns welches zu verdienen. Wir waren absolut abhängig, lebten wohl im Luxus, aber wir hatten nur die Wahl, wie mir schien, uns entweder der Autorität eines Vaters oder der eines Ehemannes zu beugen.

Wie erwartet traf ich Venetia im Kreis ihrer Verehrer an. Heiter und ausgelassen schenkte sie einmal diesem, einmal jenem ihr reizendes Lächeln, belohnte jede witzige Bemerkung mit ihrem perlenden Lachen, verteilte ihre Gunst gleichmäßig und wandte doch immer wieder den Kopf, ihren Blick wie um Zustimmung heischend, sich vergewissernd, daß er sie beobachtete, demselben Mann zu. Natürlich war es ein junger Mann, doch ein Mann, den ihr Vater niemals billigen würde, denn es handelte sich um einen gewissen Mr. Liam Adair, ein angeheirateter Verwandter meiner Familie, und er galt in Cullingforder Kreisen als unerwünschter Umgang für anständige Töchter.

Lange Zeit hatte ich Liam Adair weder gesehen noch an ihn gedacht. Doch als ich ihn jetzt ansah, sein dunkles kräftiges Gesicht betrachtete, seine fröhlichen, fast unverschämten schwarzen Augen, überraschte mich diese Reputation keineswegs. Er war der Sohn eines überaus gewitzten und lebensfrohen Mannes – der nicht mehr lebte –, der aber im mittleren Alter das große Glück gehabt hatte, die Witwe seines früheren Arbeitgebers, meine reizende Großmutter Elinor, zu heiraten. Doch mein verstorbener Großvater hatte in weiser Voraussicht sein Vermögen so angelegt, daß sein Nachfolger keinen Nutzen daraus ziehen konnte. So war Liam Adair gezwungen gewesen, die Welt auf eigene Faust zu erobern, und er hatte, wie es hieß, ein recht unstetes und chaotisches Leben geführt. Er war viel gereist und oft Risiken eingegangen, die sich meistens zu seinem Nachteil ausgewirkt hatten. Und obwohl er schon seit zwei Jahren für Venetias Vater Kammgarnstoffe in Übersee verkaufte und somit eine feste Anstellung hatte, ging unverändert das Gerücht, daß er weiterhin einem zügellosen Leben frönte. Und dieser Ruf, zusammen mit seinem guten Aussehen, seinem großspurigen Auftreten, faszinierte natürlich Venetia. War er etwa die »unziemliche Verbindung«, über die die Damen bei Stiefmutters Teekränzchen getuschelt hatten? Aber Venetia hatte erst vor wenigen Tagen über Liam Adair gesprochen und ihn als »lieben Freund« bezeichnet, und so hoffte ich – da es für sie besser wäre –, daß die Gegenwart von Gideon Chard der Anlaß für ihr etwas exaltiertes, kokettes Benehmen war.

Ich gefiel mir nicht besonders in dem aprikosenfarbenen Seidenkleid, das Blanche für ihre Brautjungfern ausgewählt hatte, doch ich war recht hübsch anzusehen, und einige von Venetias Verehrern, die wohl wenig Chancen hatten, deren Gunst zu erringen und mein Vermögen ebenso hoch einschätzten wie ihres, wandten ihre Aufmerksamkeit sofort mir zu, und einer der jungen Rawnsleys, der Sohn des Bankiers, erkundigte sich höflich nach meinem Aufenthalt in der Schweiz, während der Neffe des Parlamentsmitglieds, Mr. Sheldon, meine Meinung über Venedig hören wollte und aufmerksam zuhörte.

»Venedig ist ein übelriechender Seuchenherd, wenn du mich fragst«, ertönte da Gideon Chards näselnde Stimme aus dem Hintergrund. Und obgleich ich ihn nicht um seine Meinung gebeten hatte und besser daran getan hätte, seine Bemerkung zu überhören, versetzte mir sein überhebliches, selbstsicheres Benehmen, Ausdruck jahrhundertealter Chard-Autorität und Chard-Arroganz, einen schmerzhaften Stich und weckte in mir eine andere Art der Arroganz, die aus meiner Familientradition gewachsen war. So wie seine Vorfahren stets der privilegierten herrschenden Klasse angehört hatten, entstammte ich einer Familie, die es mit Zähigkeit und Ausdauer zu Wohlstand und Ansehen gebracht hatte, und die nicht nur Nutznießer einer traditionellen Ständeordnung war. Aus eigener Kraft und angeborener Widerspenstigkeit hatten meine Vorfahren die Fesseln der Armut gesprengt und sich einen Platz in der Gesellschaft erobert. Und genau betrachtet war Gideon nur der dritte Sohn eines Baronets, während ich die Alleinerbin von Fieldhead war.

Seit meiner zweijährigen Abwesenheit hatte er sich nicht sehr verändert und war einfach zu dem Mann herangewachsen, den ich immer in ihm gesehen hatte. Als jüngster Sohn der Chards hatte er kein Anrecht auf das Familienvermögen, wurde weder für die Fortpflanzung des Adelsgeschlechts noch für die Verwaltung des Besitzes gebraucht, außer – und dies erschien unwahrscheinlich – seine beiden älteren Brüder würden einer Krankheit oder einem Unfall zum Opfer fallen. Und vielleicht war es dieser untergeordneten Stellung zuzuschreiben, dem Bewußtsein, daß er die Rechte des Erstgeborenen und die Privilegien der älteren Brüder zu respektieren hatte, daß er sie in allem überflügelte: Er war der bessere Jäger, der tollkühnere Reiter, der hochmütigste Adelssproß und ein vorbildlicher Absolvent der Privatschule. Doch trotz dieser Abstammung, der vorzüglichen und kostspieligen Erziehung, der vortrefflichen Manieren, des vornehmen Lebensstils und seiner arroganten Überheblichkeit unterschied er sich im Grunde genommen nicht von Liam Adair und war wie dieser ein Opportunist und Mitgiftjäger. Für mich verkörperte er genau den Typ eines jungen Mannes, vor dem ich mich fürchtete; der begüterte Erbinnen der bürgerlichen Mittelschicht wie mich und Venetia nicht nur als Freiwild betrachtete, sondern darüber hinaus selbstverständlich annahm, daß es uns zur Ehre gereichen würde, im Austausch für unser Geld seinen noblen Namen annehmen zu dürfen. Er entfachte in mir eine intuitive feindselige Ablehnung, den völlig irrationalen Wunsch, ihn von seiner aristokratischen Höhe in die tiefste Pfütze der lebensnahen Cullingforder Arbeitswelt zu stürzen.

»Also hat Venedig nicht deinen Gefallen gefunden, Gideon?«

»Ich müßte lügen, würde ich das Gegenteil behaupten.«

»Armes Venedig.«

Doch einen Moment später, ehe ich mich versah, spazierte ich in seiner Gesellschaft durch Tante Faith' Rosenbeete, Venetia und Liam Adair nur wenige Schritte vor uns. Innerlich kochte ich vor Zorn, denn wieder einmal hatte ich mich in eine unangenehme Lage hineinmanövrieren lassen – so wie meine Stiefmutter es meisterlich verstand, mich zu manipulieren – und ich haßte es.

»Welch herrlicher Tag.«

Das war er tatsächlich.

»Wirklich, ein sehr schöner Sommer.«

Auch das konnte ich nicht abstreiten. Aber ich suchte Streit mit ihm, war nur zu begierig darauf ihm klarzumachen, daß zumindest eine Erbin in Cullingford »ihn durchschaut« hatte, und somit unempfänglich für seine Schmeicheleien war.

»Wie hübsch Venetia aussieht«, bemerkte ich und deutete damit unmißverständlich, wenn auch im Rahmen der Höflichkeit an, daß sie um *ihretwillen* und nicht wegen der Barforth-Millionen umworben wurde, und er selbst mit der Unterstützung ihres Vaters kein leichtes Spiel haben würde, sie zu gewinnen. Doch der Anblick ihres strahlenden, lebhaften Gesichts, das Liam Adair zugewandt war, bedeutete für einen Chard keine Herausforderung – da Liam keinerlei Chancen in diesem Kampf hatte –, und dieser Mangel an Eifersucht schürte meine Abneigung gegen ihn, und ich attackierte nun seinen Dünkel.

»Du wirst also in der Fabrik arbeiten, Gideon?«

Für den dritten Sohn eines Baronets konnte es doch keine kränkendere Schmach geben – so glaubte und hoffte ich – als die Notwendigkeit, Geld zu verdienen.
»Werde ich das?« fragte er, amüsiert über diese Bemerkung. »So siehst du es? Ich verstehe darunter den Eintritt in das Unternehmen meines Onkels – und das könnte ein durchaus verlockender Gedanke sein.«
»Er besitzt aber zufälligerweise eine Fabrik, beziehungsweise mehrere.«
»Ganz recht. Und es könnten noch mehr werden, wenn der wirtschaftliche Aufschwung anhält.«
»Großer Gott, Gideon. Ich hätte nie gedacht, daß aus dir einmal ein Geschäftsmann wird.«
»Ach, dann hast du also manchmal an mich gedacht, Grace?«
»Habe ich das! Mag schon sein, gelegentlich.«
»Aber du sahst mich nie als Fabrikant?«
»Kaum.«
»Als was dann?«
»Als Chard, nehme ich an. Ein Chard unter Chards.«
»Und du hast tatsächlich vergessen, daß mein ›anderer Großvater‹, wie mein Bruder Dominic ihn immer nennt – der Vater meiner Mutter – Sir Joel Barforth, ein Fürst des Handels war?«
»Nun, so eingehend habe ich mich wirklich nicht mit dir beschäftigt, Gideon. Allerdings – wenn du dich am Vorbild eines Fürsten mißt . . .«
»Nun, es erscheint mir als angemessener Ausgangspunkt, glaubst du nicht«, erwiderte er mit einem sarkastischen Lächeln, »für einen Chard?«
Eigentlich hätte ich mit ihm über diese groteske Unterhaltung lachen sollen, doch ich spürte wie jeder Anflug von Humor in mir erstarb und ein völlig absurdes Gefühl des Mißtrauens, das mich zur Vorsicht mahnte, von mir Besitz ergriff. Ich mußte um jeden Preis verhindern, daß dieser Mann Sympathien in mir weckte.
»Dann darf ich wohl voraussetzen, daß du ein Experte im Kammgarngeschäft bist?«
»Nein, nein, dafür halte ich mich keineswegs. Ich habe nur Verständnis für den Handel an sich, für Kauf und Verkauf und einen guten Kopf für Zahlen. Ich kann mir vorstellen, daß Großvater Barforth mit jeder Ware ein erfolgreiches Imperium hätte aufbauen

können. Das Produkt ist nicht ausschlaggebend. Was zählt, ist die Methode, der Geschäftssinn – das Resultat wäre dasselbe gewesen.«
»Ja, und die Notwendigkeit, achtzehn Stunden am Tag im Staub und in der Hitze, im ohrenbetäubenden Lärm der Maschinen zu schuften – jeden Tag des Jahres natürlich, auch bei herrlichem Wetter –, ja sogar mitten in der Jagdsaison . . . Daran hat sich auch nichts geändert.«
»Natürlich nicht.«
»Hättest du auch daran Gefallen gefunden, Gideon?«
»Wohl kaum. Glücklicherweise bleibt mir diese Erfahrung erspart, da Großvater Barforth freundlicherweise die Knochenarbeit vor meiner Zeit erledigt hat.«
»Du glaubst also, daß harte Arbeit nicht mehr gefragt ist?«
Aber auch damit hatte ich ihn nicht in die Ecke getrieben, und meine Hoffnung, ihm das Eingeständnis einer Schwäche, der Arbeitsscheu und Faulheit – die in Cullingford im Gegensatz zu Habgier als unverzeihliche Sünde galten – abzuringen, wurde enttäuscht.
»Habe ich das gesagt? Gewiß nicht. Mein Großvater mußte an alles selbst Hand anlegen, weil es niemanden gab, der es ihm hätte abnehmen können. Das Zeitalter der Maschinen hatte eben erst begonnen, und jeder half sich selbst, so gut es ging. Die Zeiten haben sich geändert. Heutzutage haben die Fachkräfte das Sagen. Nicht einmal ein Mann wie Großvater Barforth, noch mein Onkel Nicholas Barforth besitzen die Kenntnis, die komplizierten Maschinen zu warten und zu reparieren, die neurartigen Stoffe zu entwerfen, die gesamte Produktion zu überwachen und gleichzeitig als Verkäufer durch die Welt zu reisen, so wie die alten Fabrikbesitzer es zu tun pflegten. Dafür gibt es jetzt die Ingenieure, die Designer, die Verkäufer, Buchhalter, jede Menge von Spezialisten.«
»Ich bin nicht ganz unbewandert in diesen Dingen, Gideon . . .«
»Ach, tatsächlich?«
»Ja, natürlich. Immerhin ist mein Vater der Besitzer von Fieldhead.«
Diesen Hinweis nahm er mit einem mokanten Lächeln, einer leichten Verbeugung zur Kenntnis und gab mir damit zu verstehen, daß mein Wissen um diese Dinge wohl kaum höher einzustufen sei als meine Fähigkeit, mit dem Stickrahmen umzugehen, Blumen zu pressen, hübsche Zeichnungen anzufertigen, eben allen jenen trivialen Beschäftigungen nachzugehen, mit denen Frauen ihre Zeit vertrieben.

»Aber ja, das ist mir durchaus bewußt. Und deswegen wirst du die Qualität eines Mannes nicht unterschätzen, der Entscheidungen über die Firmenpolitik zu treffen hat und den Fachkräften die Richtung weist – er trägt das Risiko und die Verantwortung.«
»Er trägt das Risiko«, schoß ich zurück, »weil er Geld investiert.«
»Ganz recht.«
Und selbst in diesem Moment maßloser Wut hinderte mich meine gute Erziehung daran, ihm ins Gesicht zu schleudern: »Und um in den Besitz dieses Geldes und der damit verbundenen Macht zu kommen, bist du bereit, deine aristokratische Persönlichkeit zu verkaufen!« Ich unterdrückte den Impuls und beschleunigte nur meine Schritte, um Venetia einzuholen.
Mit einer für sie ungewöhnlichen Gelassenheit wartete sie weiter vorn, bis ihre Mutter und ihr Vater, ihr Bruder und ein paar andere Gäste zu ihr stießen. Als wir aufeinandertrafen, verbargen wir geschickt alle unterschwelligen Feindseligkeiten hinter oft praktizierten Höflichkeitsfloskeln, diesem Gerüst unserer Zivilisation. Plötzlich fühlte ich mich in dieser Atmosphäre gegenseitiger Abneigungen und individueller Ausstrahlungen wie gefangen. Der berechnende Gideon strebte durch Venetia den Besitz entsprechender finanzieller Mittel an, um einen Lebensstil aufrechtzuerhalten, der ihm angeboren und für den er erzogen worden war; Venetias launischer, unlenkbarer Bruder, der zwar sein reiches Erbe verachtete, den Anspruch darauf aber keinesfalls kampflos an Gideon abtreten würde; Venetias Verehrer, Liam Adair, der weder ein Erbe noch einen vornehmen Stammbaum aufzuweisen hatte und Gideon Chard als abenteuerlicher Opportunist einiges voraushatte, dabei jedoch die warmherzigere Persönlichkeit besaß. Und dann war da noch Venetia, lebenshungrig, ungestüm und voller Hoffnung, die begierig zu sein schien, ihre Flügel auszubreiten, um all dieser ehrgeizigen Habgier, den unerträglichen Belastungen und Erwartungen, die sich um ihre Person rankten, zu entfliehen. Da fing ich ein sehr intimes, bedeutungsvolles Lächeln auf, mit dem sie einen jungen Mann begrüßte, den ich nie zuvor gesehen hatte.
»Grace«, sagte sie leise zu mir, einen verschwörerischen Unterton in der Stimme, und weihte mich in ein noch sehr kostbares und daher überaus zerbrechliches Geheimnis ein. »Du hast Charles Heron noch nicht kennengelernt. Charles, das ist meine Cousine, Grace Agbrigg – meine liebe Freundin.« Und so offenbarte sie in ihrer

Stimme, ihrem strahlenden Blick, dieser an ihr ungewohnten inneren Ruhe, die sie wie eine Aura von Licht und Glanz umgab und sie somit mit diesem mir recht unbedeutend erscheinenden jungen Mann verband, daß die beiden deutlich von der Herde gewöhnlicher Menschen getrennt waren, die nicht von der Glut der Liebe erfüllt waren.

3

Charles Heron war, so erzählte mir Venetia am nächsten Morgen, der Sohn eines Geistlichen, eines religiösen Heuchlers, der mit einem Glas erlesenen Portweins in der Hand die Tugenden der Armut und Selbstbeherrschung predigte. Sie selbst verachtete diese Art von scheinheiliger Frömmelei zutiefst und konnte nur zu gut verstehen, daß Charles ein Leben im elterlichen Pfarrhaus unerträglich empfand. Schon als kleiner Junge war er vor dieser widerwärtigen Heuchelei geflohen, immer wieder von zu Hause weggelaufen, bis er ein Alter erreicht hatte, in dem er nicht mehr Kraft des Gesetzes zur Rückkehr gezwungen werden konnte. Und jetzt – da er ohne elterliche Unterstützung auskommen mußte – unterrichtete er Griechisch und Latein in einer Gemeindeschule, dessen engstirnige, spartanische Erziehungsmethoden – das Pauken von Vokabeln war wichtiger als das Gefühl für die Poesie einer Sprache – ihn zutiefst anwiderten. Das erste Mal waren sie sich in *Listonby* begegnet, wo Mr. Heron, durchaus von standesgemäßer Herkunft, gelegentlich zum Dinner eingeladen wurde, und danach trafen sie sich wie zufällig bei einem Konzert in der Morgan-Aycliffe-Halle, auf Tante Carolines Jagdball, einem Jagdausflug in *Galton Abbey*, wo seine Unfähigkeit, mit einem Gewehr umzugehen – er zog es vor, die Düfte und Schönheiten des Moors zu bewundern, anstatt dessen geflügelte Bewohner abzuschlachten – dem bevorzugten Zeitvertreib ihrer Mutter und ihres Bruders –, Venetia keineswegs mißfiel. Ihr kleiner Flirt mit Liam Adair, den sie unumwunden zugab, war ein notwendiges Ablenkungsmanöver gewesen, um ihre wahren Interessen zu verschleiern. Und Liam Adair, dieser leichtlebige, weltgewandte Mann, hatte den Flirt nicht ernst genommen.
»Ich habe immer gewußt, wonach ich suche«, bekannte Venetia schlichtweg, mit ruhiger Gelassenheit, die so fremd an ihr war. »Ich

wollte *fühlen*, sehnte mich nach einer Liebe, die alle Grenzen der Mittelmäßigkeit übersteigt, mein ganzes Sein auf die Probe stellt und mir das Äußerste abverlangt. Jetzt habe ich diese Liebe gefunden.«

Doch die Liebe, die ihr in Gestalt des jungen Charles begegnet war, erwies sich als sehr zerbrechliches Gefühl und war so ganz anders, als sie erwartet hatte. Er war nicht wie Liam Adair ein kühler Abenteurer, sondern ein empfindsamer Träumer, dessen Gefühle leichter verletzt werden konnten als ihre. Sie war selbst erstaunt und ein wenig erschreckt über die Intensität ihrer Gefühle, ihr Verlangen, ihn zu lieben und zu beschützen, dem plötzlichen und heftigen Bedürfnis nach seiner Zärtlichkeit und dem Wunsch, ihn vor allem Bösen abzuschirmen.

Er hatte kein Geld, doch das war völlig unwichtig, da sie doch einmal so viel davon besitzen würde und ihrer beider Bedürfnisse so gering waren. Sie erwartete von ihrem Vater nur die nötigen Mittel, damit sie eine Schule gründen könnten, die es Charles ermöglichten, seine Theorien über sinnvolles Unterrichten – die Kinder sollten Freude am Lernen haben und nicht mit Prügel zum Pauken gezwungen werden – in die Tat umzusetzen. Aber Charles lehnte selbst diese Form der Unterstützung ab.

»Er hat eine Abneigung gegen Reichtum«, sagte sie und krauste die Nase. »Er vertritt die Ansicht, daß große Vermögen niemals auf ehrliche Weise und nur durch die schamlose Ausbeutung anderer entstanden sind.«

»Womit er recht hat. Aber diese Meinung sollte er besser nicht vor deinem Vater äußern.«

»Großer Gott, nein! Aber was noch schlimmer ist, er lehnt jede Form der Religion ab, er ist so eine Art Republikaner . . .«

»Daran dürfte sich dein Vater wohl nicht so sehr stören.«

»Nein, aber anderen ist diese Einstellung ein Dorn im Auge. Deswegen verlor er seine Stellung in Sussex. Weil die Eltern mit seinen fortschrittlichen Ansichten nicht einverstanden waren. Er kam hierher in den Norden, weil er annahm, die Leute hier wären weniger engstirnig. Aber das stimmt nicht. Jedenfalls hat er Schwierigkeiten mit den Eltern, die sich die Gebühren für die St.-Walburga-Schule leisten können, und er ist zu keinem Kompromiß bereit.«

»Dann ist er ja noch ehrlicher und konsequenter als du, Venetia.« Lachend warf sie den Kopf in den Nacken, eine Bewegung, als wolle sie verborgene Ängste abschütteln.

»Ja, das ist er. Nun, was kümmert's mich. Sollte Vater mich ohne einen Penny verstoßen, so bleibt um so mehr für Gervase. Ich komme dich wieder besuchen, Grace, vielleicht morgen, oder übermorgen . . .«

Aber da blieb die Frage, was würde aus Gideon Chard und seinen Interessen werden, denn je mehr ich darüber nachdachte, um so überzeugter wurde ich, daß auch Mr. Nicholas Barforth eine Verbindung der beiden sehr gelegen käme. Im gegenwärtigen Zeitpunkt wurde eine Heirat nur als eventuelle Möglichkeit in Erwägung gezogen, und alle diesbezüglichen Pläne hingen ausschließlich davon ab, wie Gideon sich als Geschäftsmann bewährte. Und trotzdem verspürte ich eine unerklärliche Angst, kannte ich doch Venetias Verletzbarkeit, die sich hinter ihrer Tollkühnheit verbarg, und wußte, wie empfindsam sie war und wie schwer ihre Wunden heilten. Und so, als zehn Tage seit ihrem letzten Besuch verstrichen waren, lieh ich mir heimlich Mrs. Agbriggs Kutsche aus und fuhr nach *Tarn Edge*.

Es war mir bewußt, daß ich mit diesem Besuch Mrs. Agbriggs Verbot mißachtete, und ich hätte keinesfalls allein fahren dürfen. Aber in dem alten Barforth-Haus, inmitten des riesigen, kunstvoll angelegten Gartens, gab es damals keine Hausherrin, die daran hätte Anstoß nehmen können, und es bestand auch keine Gefahr, daß ich dort andere Gäste antreffen würde, die meiner Stiefmutter von dieser Ungehörigkeit berichten konnten. Außer der Haushälterin, die sich allein Mr. Nicholas Barforth, der ihr Gehalt bezahlte, verpflichtet fühlte und einem gleichgültigen Butler, der Besucher nicht ermutigte, erwartete ich nur Venetia dort anzutreffen.

Das Haus war vom Gründer des Barforth-Imperiums, Sir Joel Barforth, auf dem Höhepunkt seines Erfolgs erbaut worden und war weitaus größer als Fieldhead. Die gotische Fassade stellte ein Kunstwerk der Steinmetzarbeit dar; die hohen Mauern waren von zierlichen Spitztürmen gekrönt; und die Südseite schmückte ein Buntglasfenster, das jeder Kathedrale zur Zierde gereicht hätte. Als Sir Joel und seine Frau Verity – eine Tante meiner Mutter – hier gelebt hatten, gab es im ganzen Law Valley kein Haus, das es an Luxus und Pracht überbieten konnte. Nirgends wurden die Gäste großartiger empfangen und bewirtet. Aber Sir Joel war gestorben und Lady Verity weggezogen, und nur die Nicholas Barforth' bewohnten jetzt noch *Tarn Edge*.

Eine Zeitlang war das Haus in der gewohnten Art weitergeführt worden, bei Lady Veritys gutbezahlten und tüchtigen Dienstboten erübrigte sich eine strenge Beaufsichtigung. Doch die neue Herrin – Miss Georgiana Clevedon von *Galton Abbey*, Tochter eines Squires – vernachlässigte ihre Pflichten als Hausherrin, sie mochte dieses Haus, das mit dem Geld der Neureichen gebaut worden war, nicht, und unweigerlich hatte sich ihre Nachlässigkeit auch auf die Dienstboten übertragen; die Arbeiten wurden nur noch liederlich oder gar nicht ausgeführt, bis auch Mrs. Georgiana Barforth auszog.
Danach gaben die Haushälterinnen sich die Klinke in die Hand, denn Mr. Barforth war ein sehr anspruchsvoller und launischer Mann, sein Sohn Gervase äußerst schwierig, während es Venetia nie in den Sinn gekommen wäre – ganz im Gegensatz zu Blanche und mir, die Haushaltsführung zu übernehmen. Tante Faith war über den verwahrlosten Zustand des einst so gepflegten Hauses sehr betrübt, und jedesmal, wenn ich sie besuchte, erkundigte sie sich eingehend danach, denn sie konnte die Mißstände weder mit ansehen noch beheben. Stimmte es, daß dem bronzenen Hirsch, der in der Eingangshalle steht, seit der wilden Party, die Gervase in Abwesenheit seines Vaters veranstaltet hatte, eine Geweihsprosse fehlte? Hatte tatsächlich jemand die Kacheln am Kamin des Salons beschädigt, die Tante Verity extra aus Italien hatte kommen lassen, und den kostbaren Teppich angesengt, auf dem seit ihrer Kindheit jedes Jahr zu Weihnachten Sir Joel Barforth seinen Toast auf die Gesundheit der Familie ausgebracht hatte? Nein: der Hirsch war intakt, der Salon in Ordnung, jedoch der Aubusson-Teppich, den Tante Faith beschrieben hatte, verschwunden, wozu Venetia nur beiläufig erwähnte: »Ach, *das* . . . ja, Gervase hat ihn eines Abends versehentlich in Brand gesteckt, ich weiß nicht wie, und er kann sich nicht daran erinnern. Vermutlich hat er seine Zigarre in den Kamin geworfen und danebengetroffen.« Und so machte das ganze Haus, als ich es zum ersten Mal wieder sah, den Eindruck eines teuren, aber schlecht geführten Hotels.
Venetia und ihr Bruder saßen noch beim Frühstück, als ich an diesem Morgen kurz nach elf Uhr dort eintraf, ein ungewöhnlicher Umstand, mehr für ihn als für sie. Bei meinem Eintritt in das kleine Frühstückszimmer – kein Dienstbote hatte mich angekündigt, noch sich die Mühe gemacht, mir den Weg zu zeigen – bemerkte ich

sofort, daß sie sich stritten, und sie hatten anscheinend nicht die Absicht, meinetwegen ihre Auseinandersetzung abzubrechen. Gemessen an *Tarn-Edge*-Maßstäben war dieser Raum verhältnismäßig klein, in der Mitte stand ein Tisch, an dem bequem zwei Dutzend Personen Platz gefunden hätten, zwei ausladende Anrichten befanden sich an den gegenüberliegenden Wänden, eine davon war mit Schüsseln aus massivem Silber vollgestellt, die jedoch nur teilweise Speisen enthielten, denn sie waren für die nur mehr wenig Mitglieder zählende Familie zu groß. Niemand hatte je daran gedacht, das Geschirr den neuen Gegebenheiten entsprechend zu ersetzen. Neben Venetias Ellbogen stand eine große silberne Kaffeekanne, das Tischtuch verunzierte ein häßlicher Fleck – seit gestern, seit vorgestern? –, und im ganzen Haus bemerkte man diese seltsame Mischung aus Luxus und Vernachlässigung, für die sich Venetia, falls sie sie überhaupt zur Kenntnis nahm, keineswegs verantwortlich fühlte. Denn schließlich, wen kümmert schon eine zerrissene Serviette, eine angeschlagene Untertasse, wenn draußen vor dem Fenster ein strahlend blauer Himmel, grüne Wiesen lockten? Oder wenn Charles Heron wartete?

»Grace, Liebling!« rief sie aus und schob mir mit nachlässiger Anmut eine Kaffeetasse zu, »wir haben eine kleine Meinungsverschiedenheit, Gervase und ich. Komm und setz dich zu uns.«

»Hältst du das für angebracht? Störe ich euch denn nicht?«

»Ach, du meinst, es schickt sich nicht? O Himmel, benimm dich nicht wie Blanche, die stets auf gutes Benehmen achtet. Gervase ist wieder einmal so egoistisch und glaubt, er kommt damit durch, weil er ein Mann ist. Er erwartet von mir, daß ich die Konsequenzen trage, weil Frauen ja sowieso nicht zählen. Sei doch nicht so schüchtern, Grace! Es ist doch nur Gervase.«

»Oh, danke«, sagte er spöttisch mit heiserer Stimme, die Augen zu schmalen Schlitzen zusammengezogen, als schmerze ihn selbst das gedämpfte Tageslicht. »Aber vielleicht sollte ich sagen – ehe wir unsere Diskussion wieder aufnehmen –, wie sehr es mich freut, dich nach so langer Zeit zu sehen, Grace. Darf ich annehmen, daß du eine angenehme Heimreise hattest?«

»Ja, danke, es war sehr vergnüglich.«

»Und es geht dir gut?«

»Ja. Und dir!«

»Ich fühle mich großartig.«

»Nein, das stimmt nicht«, warf Venetia ein. Sie versuchte kühl und zurechtweisend zu klingen, konnte aber nur mühsam ein Kichern unterdrücken. »Letzte Nacht ist er mit seinem Einspänner vom Weg abgekommen und hat dabei Vaters Rosenbeet umgepflügt. Ja, ja, Gervase, ich habe dich gesehen, von meinem Fenster aus. Und wie du es geschafft hast, nicht ganz umzukippen, ist mir ein Rätsel. Ich war richtig stolz auf dich, hätte es zumindest sein können, wärst du nicht so betrunken gewesen – sich zu betrinken ist beschämend und albern. So wie damals, als du mit gebrochenem Arm, nach dem Dinner in *Listonby*, beim Hindernisrennen mitgeritten bist. Das war doch auch sehr töricht, nicht wahr?«

»Mag sein – aber ich habe gewonnen.«

»Ja, ich weiß«, sie brach in fröhliches Gelächter aus und berührte seine Hand. Diese Geste drückte liebevolle Zuneigung und bedingungslose Unterstützung aus – die beiden als Verschworene gegen die ganze Welt –, eine Einstellung, um die ich sie beneidete, denn ich war immer allein gewesen.

Gervase Barforth ähnelte seiner Schwester sehr – er hatte ebenfalls ein schmales Gesicht und das kastanienbraune Haar seiner Mutter geerbt; er war mager und sehnig, besaß grüne Augen, die fast immer zu schmalen Schlitzen zusammengekniffen waren und einen schmalen, harten Mund, schon jetzt mit einem verbitterten Zug um die Lippen. Und obwohl ich ihn zeit meines Lebens gekannt hatte, wußte ich nicht mehr über ihn, als allgemein geredet wurde.

Er war vierundzwanzig und hatte in seinem Leben noch keinen Tag hart gearbeitet, jedenfalls so, was man darunter in Cullingford verstand. Er hatte ein Büro in der Nethercoats-Fabrik, einen Schreibtisch darin, das Porträt seiner Mutter an der Wand, aber was er dort tat, falls er dort war, wußte niemand in Cullingford. Er war weder träge oder faul noch von dieser dümmlichen Arroganz, wie die Söhne reicher Männer es oft sind, sondern im Gegenteil von einer nervösen Unruhe besessen, die ihn zu einem unbequemen, ja irritierenden Gesellschafter machte. Auch seine verrückten Launen, die rücksichtslose Art, wie er andere an den empfindlichsten Stellen traf, hätte man noch bereitwillig toleriert, wäre er nur ein wenig bemüht gewesen, seine Abneigung gegen alles, wodurch Cullingford – und sein Vater – Ansehen und Macht erreicht hatten, zu verbergen.

»Der feine Herr hält sich für zu vornehm für die Textilbranche«, urteilte man mit offener Häme in Cullingford und ergötzte sich mit Schadenfreude daran, daß Mr. Nicholas Barforth, in Geschäftsdingen so überaus erfolgreich, von Frau und Sohn so schmählich im Stich gelassen wurde.

»Er schlägt seiner Mutter nach, der junge Master Gervase.« Womit sie wohl recht hatten, denn er ähnelte ihr nicht nur äußerlich, sondern teilte auch ihre Verachtung für die Industriestädte, zeigte dieselbe Intoleranz gegenüber der bürgerlichen Mittelschicht, in die er – im Gegensatz zu seiner Mutter – hineingeboren worden war.

»Der junge Squire« nannte man ihn in den Barforth-Fabriken, und er frönte auch leidenschaftlich den aristokratischen Vergnügungen: der Treibjagd, der Jagd auf Moorhühner und Fasane, je nach Saison, dem unmäßigen Genuß von Brandy und Wein, dem Kartenspiel in zwielichtiger Gesellschaft und dem liederlichen Verkehr mit schamlosen Frauenzimmern. In den Kreisen des Landadels waren diese kurzweiligen Belustigungen keineswegs verpönt, doch in Cullingford, wo die Fabrikherren von ihren Söhnen erwarteten, daß sie den größten Teil ihrer Zeit der Arbeit opferten, galt dieses Verhalten als schändliche Zeitvergeudung. Und da er auf den Namen Gervase *Clevedon* Barforth getauft worden war und der letzte männliche Sproß einer stolzen Familie war, nahm man an, daß er eines Tages den Barforth-Namen ganz ablegen würde und wie seine Mutter nur darauf wartete, seinen Anteil an dem Familienvermögen einzustecken, um dann Cullingford ganz den Rücken zu kehren und den Anteil an Barforth-Blut in seinen Adern möglichst zu vergessen.

Falls noch andere Eigenschaften in Gervase schlummerten, die ich noch nicht entdeckt hatte, würde er sie mir nicht gerade jetzt enthüllen, dachte ich, als Venetia, nachdem sie ihm ihre Zuneigung bekundet hatte, ihn weiterhin bedrängte. Er zuckte nur mit den Schultern, schloß die Augen und gab damit zu verstehen, daß sein Gesundheitszustand an diesem Morgen zu angegriffen, die Kopfschmerzen unerträglich waren, um Verständnis für die Probleme seiner Schwester aufzubringen.

»*Muß* das jetzt sein, Venetia?«

»Ja, es muß sein, denn es ist selten genug, daß ich dich zu fassen kriege. Weich mir bitte nicht wieder aus und hör mir zu – den leidenden Gesichtsausdruck kannst du dir ersparen. Du kannst den Kopf in den Sand stecken so oft du willst, Gervase, aber ich warne dich, *ich* gebe nicht auf.«

Und aufgeregt sprudelten die Worte aus ihrem Mund, begleitet von hektischen Gesten, und sie schilderte ihm ihre Eindrücke von ihrem Besuch in *Galton Abbey*, wo sie am Tag zuvor gewesen war. Sie beschrieb die spärlich eingerichteten zwei oder drei Räume, die ihre Mutter dort bewohnte, die unwirtliche Halle, in der die Porträts der Vorfahren hingen, den kleinen Salon mit den abgewetzten Teppichen und abgeschabten Möbelbezügen, die lange, niedrige Küche mit der stets offenen Tür, durch die Wind und Wetter hereindrangen, die würzige frische Luft, die vom Moor herüberwehte und das Geplätscher des klaren, schnell dahinströmenden Flusses.
Es war ein zauberhafter Tag bei sonnigem Wetter und ungezügelter Freiheit gewesen, und nichts im Verhalten ihrer Mutter deutete auf irgendeine Unzufriedenheit hin, nur Venetia *wußte*, daß sie unzufrieden war. Das Leben einer Frau, die sich von ihrem Mann getrennt hat, war in der Tat äußerst deprimierend. Einerseits entbehrte sie den gesellschaftlichen Status und Schutz des Ehemannes, war aber andererseits durch das Gesetz weiterhin absolut abhängig von ihm. Mrs. Barforth hatte sich zwar auf ihren Familiensitz zurückgezogen, doch dieser Besitz, den sie von ihrem Großvater geerbt hatte, gehörte nicht ihr, sondern ihrem Ehemann. Getrennt oder nicht getrennt, sie blieb seine Frau und hatte daher kein Anrecht auf persönlichen Besitz. Was ihr gehörte, gehörte ihm. Und was ihm gehörte, war ausschließlich seins. Er konnte *Galton* für sich beanspruchen, es nach Belieben niederreißen lassen oder verkaufen, und es gab keine rechtliche Institution, bei der sie dagegen erfolgreich hätte Beschwerde einlegen können. Eine verheiratete Frau, das wußten wir alle, nahm den Namen ihres Mannes an und ging in seiner Identität auf, sie lebte nur noch durch ihn. Eine getrennt lebende Frau schien keinerlei Identität mehr zu besitzen, sie verlor den Schutz, den der eheliche Status ihr gewährte und war weiterhin finanziell und in jeder Hinsicht vom guten Willen ihres Mannes abhängig. Mrs. Barforth' Versuch davonzulaufen, hatte sie nicht sehr weit geführt, ihr Ausbruch in die Freiheit – falls es einer gewesen war – endete in einer anderen Form der Gefangenschaft, deren Fesseln sie wohl ertrug, in ihrer Tochter jedoch Entrüstung und Auflehnung auslöste.
»Sie sollten entweder zusammenleben oder sich ganz trennen – eins von beiden«, vertrat Venetia rigoros ihre Meinung. »Und sie sollte den Mut aufbringen, ihm das zu sagen, denn er ist bei weitem

nicht so furchteinflößend, und sie hat oft bewiesen, daß sie mutig ist. *Ich* würde ihm sagen . . .«

Ihre Mutter hatte Venetia, trotz der zur Schau gestellten Fröhlichkeit, an ein gefangenes Tier erinnert, das man an die lange Leine gelegt hat und ihm somit den Aufenthalt in seiner natürlichen Umgebung erlaubt, die Illusion der Freiheit gewährt, das aber jederzeit dem Ruf seines Herrn Folge leisten muß. Und obwohl Venetia wußte, daß ihr Vater diese Leine in der Hand hielt, so vermutete sie doch, daß Gervase – zumindest teilweise – die Ursache für diese demütigende Bindung war. Wäre ihre Mutter ganz auf sich allein gestellt gewesen, so hätte sie – davon war Venetia überzeugt – längst alle Fesseln abgestreift und wäre allem entflohen. Aber sie harrte auf *Galton* aus, und da Töchter in der alten Tradition der Clevedons nicht viel galten, konnte der Grund für ihre erzwungene Fügsamkeit nur ihr Sohn sein.

»Ach ja«, sagte Gervase, äußerlich unbeteiligt. »Gib mir nur die Schuld – daran bin ich ja gewöhnt.«

»Das tue ich auch, denn sie hockt auf diesem Land und hütet es für dich. Du weißt, daß es so ist.«

»Und das tut sie zurecht, da ich der letzte Clevedon bin.«

»Und dir ist wohl auch bewußt, daß sie Vaters Wünschen nur aus dem einzigen Grund nachkommt, weil sie Angst hat, er könnte den Besitz verkaufen?«

»Ja, Venetia, das weiß ich. Vergiß nicht, daß ich ein paar Jahre älter als du bin und diese Situation mir keineswegs neu ist. Aber sie hängt an dem Land, Venetia. Sie *will* dort leben.«

»Richtig. Und was ist mit dir?«

»Wie bitte?«

»Du weißt, was ich meine. Sie liebt dieses Land – ja, mehr als alles andere auf der Welt –, aber sie betrachtet es nicht als ihr Eigentum. Es gehörte ihrem Großvater, dann ihrem Vater und sollte in den Besitz ihres Bruders übergehen. Als er verunglückte, übertrug sie den Anspruch auf dich. Aber ich weiß nicht, wie ich darüber denken soll, Gervase – ich weiß es wirklich nicht. Als wir noch Kinder waren, bist du regelmäßig nach *Galton* geflohen, und sie hat dich dort versteckt, wenn du eigentlich in der Schule hättest sein sollen, bis Vater dich zurückgeholt hat. Und auch heute noch zieht es dich dorthin – du fliehst nach *Galton*, wenn du eigentlich in der Fabrik sein solltest –, und dann gibt es wieder Zeiten, da sieht Mutter dich wochenlang nicht. Und wenn du auftauchst, zeigst du dich nicht gerade von deiner liebenswürdigsten Seite.«

Gervase erwiderte nichts darauf, lächelte nur vage, streckte die Hand nach der Kaffeekanne aus, entschied aber dann, daß es die Mühe, sich selbst einzugießen, nicht wert war, da weder Venetia noch ich Anstalten machten, ihm diese lästige Anstrengung abzunehmen.

»Merkwürdigerweise«, sagte er dann, noch immer lächelnd, »erwartet Mutter nicht, daß ich mich liebenswürdig gebe. Und das ist das Fabelhafte an ihr, verstehst du. Sie mag mich so, wie ich bin. Ja, ich gehe sogar so weit zu behaupten, daß in ihren Augen Männer so sein *müssen.*«

Eine Weile herrschte bedrückendes Schweigen. Venetia lehnte sich verblüfft und stirnrunzelnd vor, während Gervase, mit halb geschlossenen Augen, weit weg zu sein schien.

»Liegt dir überhaupt etwas an dem Besitz?« schrie sie ihn plötzlich an. »Oder wirst du sie im Stich lassen? Das möchte ich wissen.«

Langsam stand er auf, schlenderte zur Anrichte und betrachtete angewidert die verbrutzelten Würstchen auf den silbernen Platten, die unansehnlichen, mittlerweile kalt gewordenen Spiegeleier und den fetten Speck. Er nahm trotzdem von den Speisen und kam zum Tisch zurück.

»Ich muß wohl etwas essen«, murmelte er. »Ja, es muß sein . . . Du behauptest also, daß ich mich nicht zum Squire von *Galton* eigne, Venetia?«

»Das habe ich nicht behauptet. Ich habe nur angezweifelt, ob du den Wunsch hast, es zu werden.«

»Mutter ist davon überzeugt.«

»Ja, das weiß ich.«

»Damit erübrigt sich wohl jede weitere Diskussion, nicht wahr? Denn falls du glaubst, daß ich zur Führung einer Fabrik tauge, dann hast du Vater nie richtig zugehört. Und ist es denn wirklich meine Schuld, Venetia? Wir wissen, warum Mutter diese Illusion aufrechterhält – um *Galton* für mich zu bewahren. Da stimme ich dir zu. Aber warum hält Vater daran fest? Was erwartet *er* sich davon? Ihm geht es doch nur darum, dich standesgemäß zu verheiraten, dann ist er dich los, Venetia – solange hält er noch diese Scheinehe mit seiner Frau für die Gesellschaft aufrecht, denn er will dir mit böswilligem Klatsch nicht schaden. Wenn dein Herz so für Mutter blutet . . . es liegt ganz bei dir, sie aus ihrer unerträglichen Lage zu

erlösen. Sag Vater, daß du heiraten willst, und überlaß ihm die Wahl des Bräutigams.«
»Das ist ja gräßlich . . .«, erwiderte Venetia aschfahl im Gesicht, in Gedanken sicherlich bei Charles Heron. Aber schon im nächsten Moment, mit dem rasch wechselnden Stimmungsumschwung, der beiden eigen war, bekam ihr Gesicht wieder Farbe, und Gervase lächelte.
»Du Idiot!« rief sie, aber noch zitterte ihr ebenfalls lächelnder Mund. »Sie müßten mich an Händen und Füßen gebunden vor den Altar schleifen . . .«
»Nein, nein – dazu wird es nicht kommen. Zuvor würde ich dich erschießen – das wäre menschlicher.« Und als ihr Vater einen Moment später den Raum betrat, lachten sie noch immer, wieder versöhnt, suchten intuitiv Halt aneinander im Widerstand gegen ihren Vater.
Mr. Nicholas Barforth war ein sehr großer Mann – ebenso dunkel und kräftig wie seine Kinder hell und schmal waren –, ein Mann voller Autorität und einer überwältigenden Ausstrahlung, der noch immer sehr gut ausgesehen hätte, wäre nicht dieser verdrießliche Zug um den Mund gewesen, der ihm viel von seiner Attraktivität nahm. Er war ein schweigsamer Mann, eher daran gewöhnt, Befehle zu erteilen, als sich in nichtssagender Konversation zu ergehen, und dessen Handlungen stets zweckgebunden und erfolgsorientiert waren. Mein Vater hielt ihn für den härtesten und gerissensten unter den vielen ausgekochten Geschäftsleuten im Law Valley.
»Sir?« murmelte Gervase als Gruß, einen leicht fragenden Unterton in der Stimme.
»Oh . . .«, entfuhr es Venetia, die sich schuldbewußt auf die Lippen biß, obwohl nichts dagegen einzuwenden war, daß zumindest sie noch so spät vormittags am Frühstückstisch saß.
Aber Mr. Barforth ignorierte seine beiden Kinder und wandte sich mir zu. Ruhig sagte er: »Guten Morgen, Grace.«
»Guten Morgen, Mr. Barforth. Darf ich mich für meinen Besuch zu so früher Stunde entschuldigen?«
»Ich würde das nicht früh nennen«, erwiderte er. Sein Blick schweifte zu Gervase, und er gab ihm damit zu verstehen, daß in Cullingford bereits seit einigen Stunden gearbeitet wurde. »Und du bist hier immer willkommen. Du könntest mir einen Kaffee einschenken, Miss.«

Und obwohl diese letzte Bemerkung sicherlich seiner Tochter galt, die plötzlich sehr niedergeschlagen wirkte – wahrscheinlich dachte sie daran, daß dieser furchteinflößende Mann niemals Charles Heron akzeptieren würde –, griff ich zur Kaffeekanne, erkundigte mich nach Mr. Barforth' Wünschen bezüglich Sahne und Zucker und reichte ihm mit ruhiger Hand die Tasse. Jahrelang hatte ich mich neben Mrs. Agbrigg behauptet, also würde ich mich auch von ihm nicht einschüchtern lassen.
Er lächelte, trank gierig einige Schlucke, wie ich es oft bei Männern bemerkt hatte, die Stunden in den staubigen Webhallen verbracht hatten, und bemerkte dann, ohne Gervase direkt anzusehen:
»Du bist also wieder zurück. Heute morgen beim Rasieren fiel mir ein, daß ich dich ein paar Tage nicht gesehen habe. Aber dann, auf dem Weg zur Fabrik, sah ich die Verheerung in den Rosenbeeten, und daraus schloß ich, daß du uns wieder einmal mit deiner Gegenwart beehrst.«
»Ja, Sir. Der Taugenichts und Schmarotzer kehrt an die Futtertöpfe zurück.«
»Ganz recht. Es ist Ende des Monats, nicht wahr? Und du hast kein Geld mehr.«
»Ich fühle mich durchschaut, Sir.«
Und was mich bei diesem kurzen Wortwechsel am meisten überraschte, war der Mangel an Feindseligkeit. Sie begegneten sich mit einer erschreckenden Gleichgültigkeit, die vor allem in der Geschäftswelt von Cullingford in derartigen Situationen selten war. Hier trieb ein Fabrikbesitzer seinen Sohn notfalls mit der Peitsche an die Arbeit und hielt die Geldmittel so knapp, daß er gezwungen war, sich seinen Lebensunterhalt zu verdienen. Sir Joel Barforth hatte stets damit geprahlt, daß er jeden Morgen bereits tausend Pfund verdient hatte, ehe die anderen vom Frühstückstisch aufstanden, und Mr. Nicholas Barforth, sein Sohn, übertraf ihn darin wohl noch bei weitem. Gervase Barforth dagegen hatte niemals aus eigenem Antrieb auch nur einen Penny verdient. Und es wurde wohl auch nicht von ihm erwartet, denn Mr. Barforth hielt es einfach nicht der Mühe wert, seinen nichtsnutzigen, ihm so wesensfremden Sohn dazu anzuhalten. Er hat ihn schlichtweg abgeschrieben, dachte ich, so wie er eine uneinbringliche Forderung abschreibt. Er hatte sich mit dieser Tatsache abgefunden, und es entging mir nicht, daß sich Gervase – seit der Ankunft seines Vaters gab er sich übertrieben gelangweilt und oberflächlich – dessen bewußt war.

»Du hast also Schulden gemacht, Gervase?« fragte Mr. Barforth wieder und behandelte diese Angelegenheit, die in Cullingford als unverzeihliche Sünde galt, mit einer Beiläufigkeit, die ungewöhnlich war. Sein Sohn, der noch immer lässig zurückgelehnt dasaß – obwohl er mir etwas blasser vorkam –, reagierte auf dieselbe Art. Er spielte so perfekt die Rolle des verschwendungssüchtigen, nutzlosen jungen Gentlemans, daß ich mich fragte, ob er damit seinen Vater – so wie ich oft Mrs. Agbrigg – provozieren wollte, um herauszufinden, wie weit er gehen konnte.
»Nicht mehr als gewöhnlich.«
»Und besteht die Chance, daß ich diesen Monat eine Gegenleistung für mein Geld erwarten kann?«
»Das hängt ganz davon ab, was du dir darunter vorgestellt hast, Vater.«
»Oh, nichts Besonderes, ich verlange nicht viel von dir.«
»Das ist sehr freundlich, Sir.«
Und nun jagte mir die angespannte Atmosphäre, die zwischen den beiden herrschte, einen eisigen Schauder über den Rücken. Ich konnte dieses Gefühl, das sie ausstrahlten, nicht beschreiben, spürte nur, daß es quälend, schmerzhaft und bedrohlich war.
»Ich brauche jemanden, der nach London fährt und dort einen Mann zum Dinner ausführt. Das könntest du doch fertigbringen, oder?«
»Nun, ich denke schon«, stimmte Gervase mit dem näselnden Tonfall zu, der in exklusiven Privatschulen gelehrt wird – und die er nie besucht hatte. Ich warf ihm einen raschen Blick zu. Er ließ nichts unversucht, seinen Vater zu provozieren, forderte dessen Zorn heraus und gab ihm damit zu verstehen, daß er sich den Teufel um dessen schlechte Meinung scherte. Aber er verletzte damit nur sich selbst, denn sein Vater ließ sich nicht provozieren. Er hatte es nicht nötig sich aufzuregen, da er die Macht und die Autorität besaß, jedesmal diesen Kampf zu gewinnen.
»Ich weiß, wo London liegt, Sir . . . das ist kein Problem. Aber dieser Mann, den ich dort treffen soll, versteht er etwas vom Textilhandel?«
»Nein«, entgegnete Mr. Barforth mit einem grimmigen Lächeln, »davon hat er keine Ahnung. Er versteht etwas von Pferden und Gewehren – amerikanische Pferde und Gewehre –, und ich nehme an, ihr werdet noch mehr gemeinsame Interessen finden. Du könn-

test ihn zu einem Schneider bringen, ins Varieté begleiten und ihm noch andere Zerstreuungen bieten, über die du sicher bestens unterrichtet bist – das heißt, falls du dich dieser Verantwortung gewachsen fühlst.«

»Man wächst mit den Aufgaben.«

»Schön. Du nimmst morgen den Frühzug. Ich wollte eigentlich Liam Adair hinschicken, aber er wird anderweitig gebraucht.«

»Wie schön für ihn, gebraucht zu werden«, sagte Gervase aufreizend.

Und endlich flammte für einen Moment der unterdrückte Zorn auf, drängte danach, sich in einer heftigen Reaktion Luft zu machen, die die Spannung lösen würde, so wie es zwischen Vater und Sohn normal war. Aber da Zorn ja ein gewisses Maß an Gefühl beinhaltet, verging dieser Augenblick ungenutzt, und mit einem beiläufigen: »Dann will ich meine Reisevorbereitungen treffen«, stand Gervase auf und ging. Er berührte mit einer Hand leicht Venetias Schulter, als er an ihr vorbeikam.

»Ist es dir noch nie in den Sinn gekommen, Papa«, sagte Venetia und starrte auf ihre ineinander verkrampften Hände auf dem Tischtuch, »daß Gervase eines Tages vielleicht nicht mehr zurückkommt? Ich an seiner Stelle wäre schon längst geflohen.«

Aber Mr. Barforth zog es vor, diese Bemerkung zu überhören und bat mich statt dessen um mehr Kaffee. Er bedankte sich mit einem erstaunlich charmanten Lächeln. Seine eisige Verachtung wandelte sich völlig unerwartet in herzliche Anteilnahme.

»Wie ich höre, warst du recht erfolgreich in der Schweiz, Grace.«

»Ich habe mir Mühe gegeben, Mr. Barforth.«

»Hm – du warst Klassenbeste, und dein Vater bedauert, daß du nicht als Junge geboren wurdest. Er ist der Meinung, daß du die Fieldhead-Fabrik ohne weiteres leiten könntest, wärst du ein Mann.«

»Es freut mich, daß er so über mich denkt.«

Wieder schenkte er mir dieses verblüffende Lächeln und unterzog mich dann einer eingehenden Musterung, so als hätte er mich nie zuvor gesehen. Sein scharfer Blick begutachtete nicht nur mein Äußeres, er taxierte gleichzeitig meinen Charakter und die Verwendung, die er dafür finden könnte, als ob ich – wie Gideon Chard – ihn um eine Anstellung gebeten hätte.

»Hast du denn nicht gewußt, wie überaus charmant er sein kann?« fragte Venetia, als ihr Vater gegangen war.

»Nein, eigentlich nicht.«
»Das glaube ich gern, denn er hat sich noch nie zuvor die Mühe gemacht, nett zu dir zu sein. Großer Gott, er wickelt sogar mich manchmal mit seinem Charme um den Finger! Nun, Grace, sei auf der Hut. Er scheint etwas von dir oder deinem Vater zu wollen. Was könnte das nur sein? Vielleicht will er mich ins Ausland schicken, wo ich keinen Schaden anrichten kann, und glaubt, du könntest mich begleiten und im Auge behalten. Vielleicht hat er eben beschlossen, daß du die richtige Frau für Gervase wärst. Himmel! Ich wollte damit nicht sagen . . .«
»Dann sag es bitte nie wieder.«
»Keine Angst, diese Hoffnung wäre sowieso vergeblich. Gervase denkt nicht daran zu heiraten. Dafür genießt er das Leben zu sehr. Und wenn er sich dazu entschließen sollte, wird er sicher jemanden aus dem illustren Landadel wählen. Diana Flood, nehme ich an, falls sie ihm weiterhin auf diese widerliche Art schöne Augen macht.«
»Das läßt darauf schließen, daß du Diana Flood nicht besonders magst.«
Venetia zuckte nur die Schultern, in Gedanken war sie bereits wieder ganz woanders. Ich kannte Miss Flood nur dem Namen nach. Sie war die Nichte von Sir Julian Flood, dessen Familie seit Jahrzehnten die Lehnsherren von Cullingford waren. Seit langem wurde gemunkelt, daß Venetias Mutter – falls sie je einen Liebhaber gehabt hatte – ihre Gunst diesem mittellosen, leichtlebigen, aber edlen Sir Julian geschenkt haben mochte. Falls Venetia dieser Klatsch zu Ohren gekommen war, so schien es sie nicht weiter zu berühren. Ihre Ablehnung galt nur Diana, die sehr wohl eines Tages ihre Schwägerin werden könnte, denn die aristokratische Art, die sportlichen Vorlieben der jungen Damen fanden sicher Anklang bei Gervase Barforth und seiner Mutter.
»Oh, sie ist im Grunde genommen recht harmlos. Und wenn sie Gervase in Ruhe lassen würde, wäre sie sogar erträglich, so wie alle anderen mit ihren ewigen Jagdgeschichten.«
»Du gehst doch selbst auf die Jagd, Venetia.«
»Ja, das stimmt. Aber ich habe noch andere Interessen und nicht nur Reiten und Jagen im Kopf. Auch Gervase beschäftigt sich nicht ausschließlich damit – außer wenn er längere Zeit in der Gesellschaft der Floods und Chards verbringt, dann unterscheidet er sich kaum noch von ihnen.«

»Siehst du die Chards oft?« fragte ich vorsichtig und hoffte wider besseres Wissen, sie würde erröten oder irgendeine nette Bemerkung über Gideon Chard machen und damit zu erkennen geben, daß sie nicht mehr so ausschließlich in ihrer Liebe zu Charles Heron gefangen war. Doch sie tat die Chards nur mit einem Schulterzucken ab.

»Gelegentlich. Dominic und Noel kommen ja nie in die Stadt, nur Gideon läßt sich manchmal blicken, unterhält sich mit Vater über Stoffe und behandelt Gervase recht herablassend. Mit mir spricht er nicht viel.«

»Magst du ihn nicht?«

»Gideon? Ach, er ist ganz nett. Natürlich ist er sehr intelligent und sieht gut aus, aber darauf bildet er sich mächtig viel ein. Die Chards sind nun mal so. Manchmal beneide ich sie. Es muß sehr angenehm sein, so eine gute Meinung von sich selbst zu haben.«

»Ach . . . du hältst also nicht viel von Venetia Barforth?«

Sie lachte und schüttelte den Kopf. »Nein, das stimmt nicht. Ich weiß nur manchmal nicht, wer Venetia Barforth wirklich ist – oder Gervase. Weißt du, es war nie leicht für uns mit einem Vater, der so ein ausgeprägter Barforth, und einer Mutter, die so durch und durch eine Clevedon ist. Unser ganzes Leben wurden wir zwischen ihnen hin und her gerissen. Was er akzeptierte, gefiel ihr nicht, und umgekehrt. Und da wir es den beiden nie gleichzeitig recht machen konnten, mußten wir uns immer für Vater oder Mutter entscheiden. Nun, diese Zeiten sind für mich wohl vorbei. Ich bin eine Frau, und Frauen erben nicht. Niemand will aus mir einen Squire von *Galton* oder Herrscher über die Barforth-Fabriken machen. Gervase wird sich entscheiden müssen. Ich hoffe nur, er lebt lange genug.«

»Was, um Himmels willen, soll denn das heißen?«

»Nun, die männlichen Clevedons führen einen sehr unsteten Lebenswandel, sie sterben jung oder werden umgebracht. Der Friedhof von *Galton* ist voll von ihnen. Die meisten wurden im Krieg niedergemetzelt oder erschossen, andere wiederum . . . Mutters Vater wurde ein frühes Opfer der Brandyflasche; ihr Bruder, Onkel Perry, stürzte beim Reiten und brach sich das Genick. Die wilden rothaarigen Clevedons, so nennen uns die Bauern, das hast du doch sicher schon gehört? Das schmeichelt Gervase mächtig, bis er sich wieder daran erinnert, daß er eigentlich Barforth heißt.«

»Und was macht er dann?«

»Nun, dann springt er über ein höheres Gatter oder einen breiteren Graben. Was immer die Floods oder die Chards oder die Wintertons können, er kann es besser. Und er kann es – bis jetzt jedenfalls.«
»Und du, Venetia?«
»Ja«, sagte sie, ihr Gesicht weich und strahlend, wie immer, wenn sie an Charles Heron dachte. »Ich habe meine eigenen Hindernisse, über die ich springen muß, nicht wahr? Ich bin nicht naiv, Grace. Ich weiß, Vater wird Charles Heron niemals akzeptieren. Aber das beeinflußt meine Gefühle für ihn nicht im geringsten. Und ich glaube, Gervase könnte sich ebenfalls verlieben . . . ja, davon bin ich überzeugt.«
»Und dir würde es nicht gefallen, wenn er sich in Diana Flood verliebt?«
»Nein«, erwiderte Venetia, runzelte die Stirn und dachte angestrengt nach, als würde eine langgehegte Hoffnung in ihr Gestalt annehmen. »Nein, das gefiele mir ganz und gar nicht. Ich weiß, Mutter teilt diese Ansicht nicht, denn Diana mag alles, was Mutter auch mag, und sie besitzt dieselben Fähigkeiten wie Mutter. Diana würde eine großartige Herrin für *Galton* abgeben, und das ist Mutter ungeheuer wichtig. Aber *Galton* ist aus Stein und Gervase nicht. Was ich damit eigentlich sagen will, ist . . .«
»Daß du deinen Bruder nicht an diese jagdbesessene Gesellschaft verlieren willst?«
»Ein Teil von ihm fühlt sich zu ihnen hingezogen, ja. Aber da ist noch die andere Seite in ihm, verstehst du. Und was immer er auch sagt, oder wie Mutter darüber denkt, ich bin mir nicht sicher, daß bei ihm die Clevedon-Seite überwiegt. Er ist schließlich ein Barforth, und was ist daran verkehrt? Warum sollte er nicht ein Barforth sein? Ach, Grace, ich weiß gar nicht, warum ich nicht schon früher darauf gekommen bin, und eigentlich dürfte ich es nicht sagen, und ich weiß, daß es nicht geschehen wird . . . So wunderbare Dinge passieren einfach nicht. Aber wenn ich nur einen Wunsch äußern dürfte – nur einen –, weil ich ja schon Charles habe, dann würde ich . . .«
»Venetia, wenn du das denkst, was ich vermute, dann bitte . . .«
»Laß es mich doch nur einmal aussprechen, nur ein einziges Mal, falls eine gute Fee zuhört. Wenn ich einen einzigen Wunsch frei hätte, dann würde ich mir wünschen, daß Gervase dich heiratet.«

4

»Mr. Gervase Barforth«, bemerkte Mrs. Agbrigg am nächsten Morgen am Frühstückstisch, »ist ein junger Mann von höchst fragwürdigem Charakter. Den Umgang mit ihm kann ich nicht gutheißen, und ich wünsche, daß du das beherzigst.«
»Er wird eines Tages sehr reich sein, Mrs. Agbrigg.«
»Und sehr verschwenderisch. Wenn ich dagegen Mr. Gideon Chard betrachte, er hat eine sehr angenehme Art . . .«
»Und nichts, was er leichtfertig verschwenden könnte, Mrs. Agbrigg, nicht wahr? Denn er wurde als jüngster Sohn geboren.«
»Seine Mutter ist eine bewunderungswürdige Frau«, fuhr sie ungerührt über meine unverschämte Antwort fort und bedachte mich mit einem zuckersüßen Lächeln.
»Wir werden also unsere Beziehungen zu den Chards intensivieren?«
»Wenn wir unseren Verstand benutzen, liebe Grace, werden wir das als vorteilhaft erachten.«
»Ihnen ist also das Gerücht noch nicht zu Ohren gekommen, daß Gideon für Venetia als Bräutigam in Frage kommt?«
»Oh, doch«, widersprach sie mir mit würdevollem Gleichmut. »Aber Gerüchte sind oft falsch. Ein ehrgeiziger Mann braucht eine vernünftige Frau – und das ist Venetia nicht. Ein Mann, der materielle Werte höher einschätzt als philosophisches Gedankengut – und dafür halte ich Gideon Chard –, braucht eine Frau mit einer eher praktischen als phantasievollen Einstellung. Venetia mag ja faszinierend und liebenswert sein, doch für einen jungen Mann, der sich einen Platz in dieser Welt erobern will, birgt ihre Unzuverlässigkeit ein gewisses Risiko, ganz gleich, welche Versprechen ihr Vater ihm gibt.«
»Du meine Güte, Mrs. Agbrigg. Sie müssen mich ja für entsetzlich langweilig halten! Bin ich denn wirklich so zuverlässig, vernünftig und sparsam?«
»Vernünftig genug«, sprach sie wieder mit ihrer leisen sanften Stimme, »um dich vorteilhaft zu verheiraten. Sag mir, meine Liebe, gibt es irgendeinen Grund, der gegen eine baldige Heirat spricht?«
Ich erwartete nicht, daß Gervase oder Gideon mir übertriebene Aufmerksamkeit schenken würden, denn Gideons Interessen galten sicherlich Venetia, während Gervase, der alles haßte, was im gering-

sten mit Geschäften und Handel zu tun hatte, gewiß nicht eine Verbindung mit der Tochter eines Fabrikanten anstrebte. Doch an Mrs. Agbriggs nächstem Empfangstag erschienen sie beide, zuerst Gervase in Begleitung seines Vaters, der ihn wohl an den Haaren zu dieser spießigen Gesellschaft bei Tee und Gebäck hatte zerren müssen. Die beiden jungen Männer begegneten einander nicht und blieben keine Sekunde länger als die vorgeschriebene Viertelstunde. An Gervase stellte Mrs. Agbrigg nur höflichkeitshalber und weil sein Vater dabei war einige beiläufige Fragen, die dieser ebenso höflich und gelangweilt beantwortete.

»Ja, Madam.«

»Ganz recht, Madam.«

Und als sie ihm den Rücken zukehrte, zwinkerte er mir heimlich zu, verzog das Gesicht zu einer so abscheulichen Grimasse, daß ich kaum – übrigens zum ersten Mal in dieser biederen, förmlichen Umgebung – ein Kichern unterdrücken konnte.

Gideon Chard hingegen wurde mit einer Überschwenglichkeit empfangen, die mir widerwärtig war. Und die mehr oder weniger versteckten Andeutungen über den Umfang unseres Familienvermögens ließen mich vor Scham erröten.

»Was für ein hübsches Haus Sie haben, Mrs. Agbrigg«, sagte er in einem Ton, so schien mir, als gehöre es ihm, und als würde er gerade überlegen, ob er nicht die Miete erhöhen solle.

»Ja, es läßt sich ganz angenehm darin leben, Mr. Chard. Natürlich ist es nur ein einfaches Wohnhaus, aber ich versuche, das Beste daraus zu machen. Ich sehne den Tag herbei, wo wir aufs Land ziehen können, aber leider ist mein Mann in der Fabrik nicht abkömmlich – noch nicht.«

Und mit diesen wenigen Worten hatte sie den Köder ausgelegt und nachdrücklich darauf hingewiesen, daß die Agbrigg-Tochter nicht nur eine vernünftige brave Ehefrau abgeben, sondern ihrem Mann darüber hinaus ein gewinnträchtiges Unternehmen und womöglich einen Landsitz einbringen würde, was für den sportlichen Mr. Gideon Chard natürlich einen verlockenden Bonus bedeutete.

»Nein, leider kann ich meinen Mann nicht dazu überreden, sich zur Ruhe zu setzen. Er liebt den Blick aus diesem Fenster, auf die Fabrikgebäude, allzu sehr.«

»Ach, tatsächlich?« fragte Gideon, schlenderte zu besagtem Fenster hinüber und ließ seine scharfen Augen über die ausgedehnte Park-

anlage mit ihren Rasenflächen und Blumenbeeten, hinunter zur hohen Hecke und die dahinterliegenden Fabrikgebäude schweifen. »Ein herrlicher Ausblick – und ein großartiges Gebäude, wenn ich das bemerken darf.«
»Wie überaus liebenswürdig! Sollten Sie sich für Fabrikanlagen interessieren – mein Mann wäre hocherfreut, Ihnen die Gebäude zu zeigen.«
»Dafür wäre ich ihm sehr zu Dank verpflichtet.«
»Bitte, betrachten Sie die Angelegenheit als geregelt.«
»Sie ist nicht so groß«, warf ich mit trockenem Mund ein, »wie irgendeine der Barforth-Fabriken.«
Aber die beiden waren mit eigenen Gedanken und Vorstellungen beschäftigt, so daß sie meine Bemerkung gar nicht hörten.
»Paßt es Ihnen übermorgen, um drei Uhr? Mein Mann wird Sie erwarten, und falls Sie uns anschließend die Ehre erweisen würden, hier mit uns Tee zu trinken . . .«
»Eine ausgezeichnete Idee. Ich nehme Ihre Einladung gern an.«
Doch ich fand keinen Gefallen daran.
»Welch eine wunderschöne, kostbare Vase«, bemerkte Gideon und schätzte mit geübtem Blick den Wert unserer Kunstgegenstände. »Meißen, nicht wahr?«
»Ach, du meine Güte!« zierte sich Mrs. Agbrigg. »Mit Porzellan kenne ich mich nicht so gut aus. Grace wird es Ihnen sagen.«
»Meißen«, sagte ich nur knapp und erntete für diese Unhöflichkeit einen strafenden Blick der Dame und eine kurze ironische Verbeugung des Gentleman.
»Wir dürfen Sie also übermorgen erwarten, Mr. Chard?«
»Mit dem größten Vergnügen.«
Und er kam, inspizierte die Fabrik vom Erdgeschoß bis zum Speicher, als würde sie ihm zum Kauf angeboten, stellte Vater sehr direkte, sachverständige Fragen und saß anschließend über eine Stunde mit lässiger Selbstverständlichkeit – zu lässig für meinen Geschmack – im Salon und widmete seine Aufmerksamkeit nicht mir, sondern Mrs. Agbrigg, die er intuitiv als die Autoritätsperson in der Familie erkannt hatte.
»Was für ein charmanter junger Mann, Grace!«
»Er ist ein Mitgiftjäger, Mrs. Agbrigg.«
»Aber natürlich ist er das, meine Liebe. Männer sind stets auf der Jagd nach irgendwas. Es liegt in ihrer Natur – und wenn man ein

Vermögen besitzt, was kann man da anderes erwarten? Das Gute daran ist, meine Liebe, daß ein Vermögen in den rechten Händen – ganz im Gegensatz zu Schönheit und Jugend – im Lauf der Jahre nicht schwindet, sondern eher wächst.«
Aber Gideon Chard legte sich in keiner Weise fest. Wie ein geübter Geschäftsmann wartete er geduldig, bis die Bedingungen auf dem Heiratsmarkt optimal waren. Und als einige Wochen später bekannt wurde, daß er nun offiziell bei Mr. Barforth angestellt war, hielt ich Mrs. Agbriggs Spiel für verloren. Er würde nun alles daransetzen, Venetia zur Frau zu gewinnen, davon war ich überzeugt, denn er ließ sich sicher nicht auf das Risiko ein, Zeit und Energie in das Barforth-Unternehmen zu investieren, um dann tatenlos zusehen zu müssen, wie Venetia eine Hälfte des Vermögens einem anderen Mann zugute kommen ließ.
Er wurde oft in Begleitung seines Onkels in Cullingford gesehen, bei der täglichen Rundfahrt von einer Fabrik zur anderen oder im Zeughaus, im Zug nach London, an der Wollbörse; nur selten war auch Gervase mit von der Partie. Aber man traute es Gideon eigentlich nicht zu, daß er durchhalten würde, sich der strengen Disziplin unterwarf und die physischen Anstrengungen der Textilbranche ertrug. Pünktlich jeden Morgen rief die Fabriksirene zur Arbeit, und er mußte ihr – wie jeder einfache Arbeiter – Folge leisten und sich der Hitze, dem Staub und dem Lärm der Maschinen aussetzen. »Beim ersten Hauch von Herbstluft«, hieß es allgemein, »ist er weg und reitet auf der Fuchsjagd rücksichtslos die Ernte der Bauern nieder. Sie haben kein Durchhaltevermögen, diese adligen Herren. Im Grund genommen sind sie nur bessere Bauern und richten sich nach den Jahreszeiten, nicht nach der Uhr. Nick Barforth wird schon mit dem eigenen Sohn nicht fertig, welche Chancen hat er da erst bei Lady Carolines Sprößling?«
Doch wie ich es vorausgesehen hatte, war es Gervase, der Mitte August dem Ruf der Moorhühner nach *Galton Abbey* folgte, während Gideon weiterhin am Markttag im Zeughaus und anschließend in der Bar eines der neuen Hotels gesehen wurde, wo die Geschäfte bei einem Drink abgeschlossen wurden. In seinem schwarzen Gehrock, den grauen Hosen, der seidenen Weste, dem gestärkten Hemd war er vom Scheitel bis zur Sohle der perfekte Geschäftsmann, und nur die Perle in seinem Halstuch und sein arrogantes Auftreten verrieten, daß er der Sohn eines Baronets war.

»Mein Vater ist mit ihm sehr zufrieden«, bemerkte Venetia beiläufig. Sie war zu sehr in ihre Träume um Charles Heron verstrickt, um sich ernsthaft Gedanken zu machen, welche Auswirkungen diese Tatsache auf ihr Leben haben könnte. »Bei den Betriebsleitern ist er allerdings nicht sehr beliebt, was mich nicht wundert, denn sie hatten sich unter Gervase eine angenehme Zeit erhofft, wenn Vater sich einmal zur Ruhe setzt. Und obwohl Gideon bei weitem noch nicht alles im Griff hat und noch viel lernen muß, merken sie doch, daß mit ihm nicht zu spaßen ist. Nein, sie mögen ihn nicht, doch das schert ihn wenig. Schließlich will er sich nicht beliebt machen, sondern er will reich werden.«

»Venetia . . .«, sagte ich zögernd, aber sie schüttelte nur heftig den Kopf, so als bäume sie sich gegen einengende Zügel auf und lächelte.

»O ja, ich bin nicht die dumme Gans, wie du anzunehmen scheinst. Ich weiß, alle erwarten von ihm, daß er mich heiratet. Aber das ist doch Unsinn. Wie üblich wollten Vater und Tante Caroline ihren Willen durchsetzen. Und außerdem hat Gideon doch dir schöne Augen gemacht.«

Darauf gab ich ihr nur die beiläufige Antwort, daß ich nichts dergleichen bemerkt hatte. Trotzdem hatte mich ihre Bemerkung aufgewühlt, und ich suchte Ruhe und Einsamkeit im Garten, nachdem Venetia gegangen war. Zu lange schon war ich in dieser schwierigen Situation, der völlig abhängigen »jungen Dame des Hauses« – und die vielfältigen Erwartungen und Verpflichtungen, die diese prekäre Position mit sich brachten, zehrten an meinen Kräften.

Bis zu meiner Rückkehr aus der Schweiz hatte ich das Gefühl gehabt, eine erwachsene Frau zu sein, denn obwohl ich dort stets von Gouvernanten oder bezahlten Gesellschafterinnen umgeben war, die mich beaufsichtigten und um meinen guten Ruf besorgt waren, hatte man mir doch erlaubt, selbständige Entscheidungen zu treffen.

Kurz gesagt, man hatte mir vertraut und meine persönlichen Ansichten respektiert. Über mein Tun und Lassen bestimmte ich und entschied auch, welchen Umgang ich für geeignet hielt. Und da ich dieses Vertrauen niemals mißbraucht hatte, lebte ich in relativer Freiheit. Doch seit meiner Rückkehr behandelte mich Mrs. Agbrigg wie ein leichtfertiges fünfzehnjähriges Mädchen und hätte mich wohl am liebsten im Haus eingesperrt. Und das geschah nicht aus Sorge um meine Tugendhaftigkeit, so argwöhnte ich, sondern um

mir das Leben in Fieldhead unerträglich zu machen und mich sobald als möglich aus ihrem Haus zu vertreiben.
Ich hatte ihr eine fürchterliche Szene gemacht, als sie verlangte, meine Briefe zu lesen. Ich warf ihr die Blätter vor die Füße und schwor, mich bei Vater über ihre gehässigen Schikanen zu beklagen. Doch in jener Nacht war er erst spät aus der Fabrik nach Hause gekommen, erschöpft und bedrückt. Er hustete und klagte über Schmerzen in der Brust und im Kopf. Dankbar lehnte er sich im Sessel zurück, und sie stopfte ihm fürsorglich Kissen in den Rücken, reichte ihm ein Glas Glühwein. Ihre sanfte, mitfühlende Stimme spendete ihm Trost, und als ich sah, wie er sich entspannte, blieben mir die bitteren Worte im Hals stecken.
Als Lösung bot sich natürlich ein weiterer Aufenthalt auf dem Kontinent an, in Paris vielleicht, da nun der Krieg mit Preußen zu Ende war. Es müßte doch recht interessant sein, dachte ich, mitzuerleben, wie sich die junge Republik entwickelte und den Jahren der Kinderkrankheiten entwuchs. Sich aus erster Hand über diese so trügerischen und verlockenden Ideale von Freiheit und Brüderlichkeit zu informieren, die im Frankreich des vorigen Jahrhunderts geboren worden waren und über Jahre hinweg Blutvergießen, Elend und Armut über das Land gebracht hatten. Wie ließ es sich wohl heute in diesem Frankreich leben? Sicherlich ein faszinierender Gedanke, mir an Ort und Stelle ein Bild davon zu machen, doch irgendwann würde ich doch wieder nach Hause zurückkehren müssen und dort dieselben Probleme wie früher vorfinden. Ich starrte zum Fenster hinaus, hinunter auf die Fabrik, die pittoresken Häuserdächer darum herum, den grauen regenschweren Himmel darüber, und ich wußte, ganz gleich, wie lange und wie oft ich auch verreisen mochte, es würde mich immer wieder nach Hause zurückziehen.
Ich hatte großartige Städte kennengelernt, das ergreifend schöne, dem Verfall preisgegebene Venedig, das kaiserliche Rom, das überschwengliche Wien, das sprühende Luzern. Ich hatte überwältigende hohe, schneebedeckte Berge gesehen, die üppige Farbenpracht südlicher Blumen. Ich hatte die Werke genialer Künstler bewundert, ihre Gemälde und Skulpturen, herrliche Kirchen und Paläste. Cullingford hatte nichts Vergleichbares aufzuweisen. Aber diese engen, schmutzigen Gassen, die so hartnäckig die Hügel erklommen, allen Widerwärtigkeiten trotzten, bewegten mich zutiefst; hier spürte ich eine unbändige Kraft, Energie und Entschlossenheit, sich gegen jede

willkürliche Herrschaft aufzulehnen und dem Schicksal die Stirn zu bieten. Hier gehörte ich hin. Ich war ein Teil dieser kargen Landschaft und dieser widerspenstigen Menschen.
Ich wußte, daß es in diesen Straßen und den umliegenden Fabriken Ungerechtigkeit und Unterdrückung gab, wußte, daß in meines Vaters Fabriken Frauen zehn Stunden am Tag schufteten, Nacht für Nacht in die elenden Hütten in den schmutzigen, stinkenden Gassen zurückkehrten, wo ihre Familien zusammengepfercht wie Vieh hausten. Ich wußte, daß die Straßen um Fieldhead, Lawcroft und Low Cross herum voll waren mit Kindern, die sich von frühmorgens bis spät abends herumtrieben, bis die Fabriktore sich wieder öffneten und ihre Mütter herauskamen.
Auch davon war ich ein Teil, denn mein Großvater Aycliffe hatte mit der Errichtung dieser ärmlichen Hütten ein Vermögen verdient, während mein anderer Großvater, Bürgermeister Agbrigg, in einer dieser Katen gewohnt hatte. Mein Vater war dort geboren worden, und vielleicht lebte die Erinnerung daran in mir weiter. Bürgermeister Agbrigg war im Waisenhaus aufgewachsen, bis der Leiter dieses Armenhauses ihn zusammen mit anderen elternlosen Kindern auf einem Karren nach Norden schaffte und ihn an die Fabrikherren verkaufte. Er war damals noch so jung, daß er sich an seinen Namen nicht erinnern konnte, und ein Aufseher in der Fabrik nannte ihn einfach »Agbrigg«. Bis zu seinem einundzwanzigsten Lebensjahr schuftete Großvater siebzehn Stunden am Tag, aß und schlief auf einem Haufen Säcke in einer Ecke des Webschuppens. Und dieser äußerst bemerkenswerte Großvater hatte diese Torturen nicht nur überlebt – nur wenig Kinder erreichten unter diesen erbärmlichen Umständen das stolze Alter von einundzwanzig –, sondern er hatte es mit einer verbissenen Zähigkeit, die ich an ihm so bewunderte, zu beruflichem und gesellschaftlichem Ansehen gebracht. Er war Bürgermeister von Cullingford geworden und konnte seinen Sohn zum Studium nach Cambridge schicken. Und trotzdem hatte dieser harte Kampf ums nackte Überleben ihn nicht bitter und hart gemacht, stets war er ein Mann geblieben, der mit Mut und Ausdauer und echter Herzensgüte den Standpunkt vertrat, daß alle Männer – und alle Frauen – ein Anrecht auf menschenwürdige Behandlung hatten.
Großvater Agbrigg war ein einfacher Mann, mit schwieligen kräftigen Händen, einem grauen, zerfurchten Gesicht und vertrat seine

Meinung offen und schonungslos. Wie die meisten Bewohner Cullingfords prägte ihn vor allem ein zäher Lebenswille. Er hatte gehungert und gefroren, und vieles, was er verkörperte, fand ich in den Straßen von Cullingford wieder, und so wie er, hatte diese Stadt jetzt die Chance, über sich selbst hinauszuwachsen, da nun der erste Fieberrausch der industriellen Revolution vorüber war und es galt, sich auf die Tugenden menschlichen Zusammenlebens zu besinnen. Und das war die eigentliche Herausforderung – nicht die Aufstände in Paris –, der ich mich stellen wollte.

Doch meine aktive Beteiligung am sozialen Geschehen wurde durch drei Dinge behindert: mein Geschlecht, meinen Status als unverheiratete Frau und von Mrs. Agbrigg. Als weibliches Wesen war es mir nicht gestattet worden, jemals einen Fuß in die lärmenden Maschinenhallen von Fieldhead zu setzen. Es schickte sich nicht, daß ich dafür Interesse zeigte, wie unser Familienvermögen, meine Mitgift und mein Erbe entstand. Aber wenn ich die traurige Kolonne der jungen Fabrikarbeiterinnen beobachtete, wie sie in den kalten Morgenstunden, notdürftig in Decken gehüllt, an den bloßen Füßen Holzschuhe, die über das gefrorene Pflaster klapperten, in den Fabrikhof kamen, wußte ich, wenn Großvater es nicht geschafft hätte, aus diesem entsetzlichen Elend herauszukommen, so würde ich heute dort unten bei den Arbeiterinnen stehen. Ich wußte auch, wäre ich als Junge geboren worden, würde ich ihnen als der »junge Herr« von Fieldhead Anweisungen erteilen.

Der Sohn meines Vaters wäre nicht den Eingriffen in jeden Bereich seines Lebens durch seine Stiefmutter ausgesetzt gewesen und hätte aus den engen Lebens- und Moralvorstellungen ausbrechen und Zuflucht suchen können in der Arbeit, der Verantwortung, sich der Herausforderung stellen können, der ich mich als Tochter meines Vaters ebenfalls gewachsen fühlte.

Ich jedoch, die ich mich wohl in Temperament und geistigen Fähigkeiten wenig von dem imaginären Sohn unterschied, hatte nur die Verpflichtungen: Tugendhaftigkeit und Gehorsam, und durfte nur eine einzige selbständige Entscheidung treffen: entweder zu heiraten oder ledig zu bleiben. Und an jenem Tag, als ich in Vaters Garten saß, das schweigende, abweisende Haus hinter mir, den Wirrwarr der Häuser und Straßen der Stadt unter mir, entschied ich mich für die Ehe.

Ich kann wirklich nicht sagen, daß ich bewußt nach Liebe gesucht

hätte, obwohl ich mir eingestehen mußte, daß irgendwo tief verborgen in einem Winkel meines Herzens ein sehnsüchtiges Verlangen danach existierte. Aber die Erfahrungen meines jungen Lebens hatten mich gelehrt, jener Stimme in mir zu folgen, die mich vor leidenschaftlichen Gefühlen warnte. Als Kind war ich durch eine leidende Mutter in bedrückender Einsamkeit aufgewachsen, hatte meinen Vater angebetet, und obwohl er aus seiner Sicht diese Liebe nicht enttäuscht hatte – denn schließlich ermöglichte er mir ein Leben in Luxus und würde mir eines Tages ein Vermögen vererben –, hatte ich seit seiner Wiederverheiratung Stunden und Tage in so entsetzlicher Einsamkeit verbracht, ein derartiges Gefühl der Verlassenheit empfunden, daß ich intuitiv davor zurückschreckte, je wieder in eine gefühlsmäßige Abhängigkeit zu einem anderen Menschen zu geraten. Natürlich wollte ich auch keine Vernunftehe eingehen, und obwohl ich irgendwie Venetias gefühlsmäßigen Überschwang, diese absolute Hingabe an die Liebe verstehen konnte und sie darum beneidete, barg dieser Taumel der Emotionen zu viele Gefahren für mich, und ich verspürte keinerlei Neigung, ein solches Risiko einzugehen.
Es schwebte mir eine Ehe vor, die sich weder auf Vernunft noch Leidenschaft gründete, sondern aus gegenseitigem Vertrauen und Zuneigung bestand, eine ideale Verbindung also, der ich insgeheim noch ein Gefühl der Dankbarkeit meinerseits zuordnen mußte, denn sie würde mir die Flucht vor Mrs. Agbrigg ermöglichen. Und sollte sich nicht sofort ein passender Ehemann finden, so würde ich auch nicht in törichter Verzweiflung versinken – so glaubte ich jedenfalls –, sondern mich innerhalb der eisernen Regeln, die das Leben einer »jungen unverheirateten Dame« bestimmten, nach einer sinnvollen Betätigung umsehen. Denn ich hatte genügend Agbrigg-Qualitäten geerbt, um jede Form des Mißerfolgs zu verabscheuen, und es gab wohl nichts Auswegloseres als eine schlechte Ehe.
Wirklich glückliche Ehen waren sehr selten, das wußte ich. Ich wußte auch, daß Mrs. Rawnsley im Alter von dreiundzwanzig Jahren allein deshalb geheiratet hatte, weil sie die Schmach, weiterhin als Miss Milner durchs Leben zu gehen, nicht ertragen konnte. Mrs. Agbrigg hatte um der Ehrbarkeit willen geheiratet; Mrs. Sheldon, weil sie die gesellschaftliche Stellung ihres Mannes, ein Parlamentsmitglied, reizte. Die meisten Mädchen, die ich im Internat kennengelernt hatte, konnten es kaum abwarten, unter die Haube zu kom-

men. Manchen schien ein Leben als Hausfrau und Mutter wirklich verlockend, andere entschieden sich dafür aus Resignation: »Was bleibt mir denn sonst anderes übrig?« und wollten einfach von zu Hause ausbrechen.

Andererseits bot das Leben der ledigen Damen, die ich kannte, wenig Anreiz zur Nachahmung. Miss Fielding widmete sich mit aufopfernder Hingabe der Verehrung Gottes, den der Vikar für sie verkörperte und dessen willige Sklavin sie geworden war. Nur Miss Rebecca Mandelbaum führte ein Leben, das mir erstrebenswert und recht unterhaltsam zu sein schien.

Miss Mandelbaum war in mancher Hinsicht ein ungewöhnlicher Mensch, nicht zuletzt wegen ihrer musikalischen Begabung. Als Pianistin hätte sie die Konzertsäle erobern können, wären ihre Eltern nicht dagegen gewesen. Seit deren Tod vor einigen Jahren lebte sie allein in einem Haus in der noch immer vornehmen Blenheim Lane. Diese unabhängige Existenz wurde ihr durch ihr fortgeschrittenes Alter, ein ansehnliches Vermögen und das Verständnis ihres Bruders ermöglicht, der als Familienoberhaupt ebenso darauf hätte bestehen können, daß sie unter seinem Dach bleiben müsse.

Sie war eine rundliche stattliche Frau, die ihre Tage im Kreis ihrer Freundinnen zubrachte, um geistreiche Gespräche über Kunst, Musik und Philosphie zu führen. Miss Mandelbaum interessierten nicht im geringsten die kleineren und größeren menschlichen Katastrophen, die sich im Verlauf eines Balls in der Stadthalle abspielten, noch zerbrach sie sich den Kopf über die unzureichende Kanalisation in weiten Teilen Cullingfords. Nur Diskussionen über den künstlerischen Wert eines Werkes von Botticelli und Andrea del Sarto konnten sie in Aufregung versetzen, eine Beethoven-Sonate sie in Verzückung stürzen, während sie die Forderungen der Frauenbewegung, die für das Wahlrecht kämpfte, leidenschaftlich unterstützte.

»Bitte, verzeihen Sie mir, Miss Agbrigg«, sagte sie anläßlich meines dritten oder vierten Besuchs in ihrem stillen Haus, »ich spreche nicht gern über persönliche Dinge, aber haben Sie sich überlegt, wie reich Sie eines Tages sein werden?«

Und als ich ihr versicherte, daß ich mir darüber sehr wohl Gedanken gemacht hatte, fuhr sie mit zögernder Stimme fort: »Ich erwähne das nur, weil ich selbst recht vermögend bin. Und wissen Sie, Miss Agbrigg, es berührt mich doch jedesmal sehr merkwürdig,

wenn ich bedenke, daß der Gemüsehändler, bei dem ich einkaufe, überhaupt jeder Mann, der über ein noch so spärliches Einkommen verfügt, das Wahlrecht hat. Wohingegen mir, der dieses Haus gehört und noch weitere, das Wahlrecht verweigert wird. Ist es denn ein Wunder, daß die Gesetze in diesem Land so frauenfeindlich sind, wenn den Frauen jede Einflußnahme auf die Politik verwehrt wird?«
»Dann gehören Sie wohl auch den Suffragetten an, Miss Mandelbaum?«
»Ja, meine Liebe. Ich sympathisiere mit diesen mutigen Frauen. Bei meinem letzten Besuch in Manchester habe ich die Bekanntschaft von Miss Lydia Becker, einer der Gründerinnen der Frauenbewegung, gemacht. Ich habe sie eingeladen, hier zu sprechen. Wollen Sie zu diesem Vortrag kommen?«
Wie sich herausstellte, war Miss Becker verhindert und schickte stellvertretend eine strenge, recht humorlose Miss Tighe, die den versammelten Damen einige grundlegende Dinge erläuterte, die mir so einleuchtend vorkamen, und ich feststellte, daß ich schon immer an die Rechtmäßigkeit dieser Forderungen geglaubt hatte.
Die Parlamentsreform von 1832 hatte auch den Bürgern der Mittelschicht das Wahlrecht zugestanden, ein Privileg, das bis dahin der Aristokratie und der reichen Oberschicht, den Angehörigen der »regierenden Klasse« vorbehalten gewesen war. In der zweiten Parlamentsreform, im Jahre 1867, erhielt jeder Inhaber einer Stadtwohnung, also auch Arbeiter, das Wahlrecht, und diese Erweiterung nutzten die Frauenrechtlerinnen als Basis für ihre Forderung nach dem Wahlrecht für Frauen. Denn allein in Manchester lebten über viertausend Frauen – Miss Tighe zählte dazu –, die diese Besitzrechtsklausel erfüllten, Häuser besaßen und über Einkommen verfügten, die die gesetzlichen Bedingungen bei weitem überstiegen.
Miss Tighe war vor Gericht gezogen; sie hatte für die Vertretung ihrer Klage den ehrenwerten Rechtsanwalt Dr. Richard Marsden Pankhurst, einen vehementen Verfechter der sozialen Gerechtigkeit, gewonnen, und trotzdem wurde die Klage mit der Begründung zurückgewiesen, daß die Bedingungen der Wahlrechtsklausel durch einen Besitznachweis zwar erfüllt seien, durch die Tatsache aber, daß sie eine Frau sei, außer Kraft gesetzt würden.
Ziel der Frauenbewegung sei es, so erläuterte Miss Tighe weiter, die öffentliche Aufmerksamkeit auf ihre Forderungen zu lenken und

das Parlament so lange mit Bittschriften und Gesuchen zu bombardieren, bis die Abgeordneten einer entsprechenden Gesetzesänderung zustimmten.
»Sie könnten unsere Sache durch eine eigene Bittschrift unterstützen«, forderte Miss Tighe zum Abschluß und ließ ihren stechenden Blick von Miss Mandelbaums vor Aufregung gerötetem Gesicht zu Miss Fielding schweifen, die eher dem kirchlichen Gebot nach demütiger Unterwerfung zustimmte und mit skeptischer Ablehnung reagierte. Dann blieb Miss Tighes scharfer Blick auf mir haften, und sie lächelte.
»Die Zukunft dieser Bewegung – womöglich ihr Erfolg – ruht auch auf Ihnen«, sagte sie mir später, als Miss Mandelbaum Tee und Gebäck reichen ließ. »Besuchen Sie uns doch einmal in Manchester, Miss Agbrigg, und ich werde Sie Miss Lydia Becker und Dr. Pankhurst vorstellen. Ich könnte meine Freunde, die Gouldens bitten, Sie einzuladen – eine angesehene Familie, deren Tochter Emmeline in Ihrem Alter sein dürfte.«
Auch ohne meine Überzeugung für die gerechte Sache der Frauenbewegung hätte ich dieser Einladung zu gern zugestimmt, und allein das Wissen, daß Mrs. Agbrigg ihre Einwilligung dazu nicht geben würde, hätte genügt, mich dieser Bewegung anzuschließen.
Mr. Nicholas Barforth lud uns im Herbst zum Dinner nach *Tarn Edge* ein, ein außergewöhnliches Ereignis, denn seit Jahren war er derartigen gesellschaftlichen Verpflichtungen nur noch in Form von Empfängen in teuren Hotels nachgekommen und hatte es, wann immer möglich, Liam Adair oder Gervase überlassen, die Firma zu repräsentieren. Aber diesmal flatterte uns eine sehr förmliche, goldumrandete Einladung ins Haus, und Mrs. Agbrigg hätte ihren Triumph über diese gesellschaftliche Auszeichnung genießen können, wäre sie sich nicht Mr. Barforth' Absichten allzu bewußt gewesen.
Wie es schien, hatte Mr. Nicholas Barforth beschlossen, die Angelegenheiten seines Sohnes selbst in die Hand zu nehmen, um ihm – vielleicht zum letzten Mal – eine Gelegenheit zu geben, sich zu bewähren. Denn immerhin war Blut dicker als Wasser, und in der weisen Voraussicht, daß Gervase eines Tages ganz allein ehrgeizigen Männern wie seinem Cousin Gideon Chard gegenüberstehen würde, sah sich Mr. Barforth dazu veranlaßt, dafür zu sorgen, daß sein Sohn dieser Herausforderung auch gewachsen sein würde.

»Nimm doch endlich Vernunft an«, mag er wohl zu ihm gesagt haben, »such dir eine vernünftige Frau, die dir hilft – ein anständiges Mädchen mit eigenem Vermögen.« Und es war ein offenes Geheimnis, daß ich dieser »gute Fang« war, die willensstarke, vernünftige Law-Valley-Frau seiner Wahl.

»Ich verstehe«, sagte mein Vater, die Einladung in der Hand.

»Ganz genau«, stimmte Mrs. Agbrigg ihm zu. »Vor diesem Augenblick habe ich mich gefürchtet, denn nichts in der Welt kann mich dazu bringen, meine Meinung über diesen jungen Mann zu ändern. Und wenn ich dann noch die merkwürdigen Lebensumstände seiner Mutter in Betracht ziehe, die Gerüchte, die sich um ihre Person ranken – nun, dann würde ich doch vorschlagen, daß Grace wegen unerträglicher Kopfschmerzen diesem Familientreffen fernbleibt.«

Aber die Nachricht – durch Venetia übermittelt –, daß Gideon Chard zu den Gästen zählen würde, brachte Mrs. Agbriggs taktische Überlegungen durcheinander, und an dem fraglichen Abend enthielt sie sich sogar jeder kritischen Bemerkung über mein enganliegendes pfirsichfarbenes Kleid, das sich hinten in üppiger Fülle bauschte, und die Schleppe war mit schwarzen Samtschleifchen verziert. Sie trug eine zimtfarbene Robe, die ihren Teint vorteilhaft unterstrich, und Vater wirkte sehr korrekt in seinem Abendanzug. Seinem verschlossenen, traurigen Gesicht war nicht zu entnehmen, wie er über die bevorstehende Vermählung seiner Tochter dachte – ob er mich freudigen oder wehmütigen Herzens ziehen lassen würde.

»Eine historische Begebenheit«, bemerkte ich zynisch, als sich die massive Eichentür von *Tarn Edge* öffnete und der Butler uns einließ. Venetia, die noch nie zuvor die Gastgeberin gespielt hatte, betrachtete ihre ungewohnte Rolle als amüsantes Spiel.

In dem marmornen Kamin brannte ein loderndes Feuer, und davor stand Mr. Barforth, mit dem Rücken zu den Flammen. Gideon Chard lehnte lässig an einer Seite des Kamins, während sich Gervase in einem roten Samtsessel rekelte und nur widerwillig aufstand, als könne er seinem Körper diese Mühsal nach einem anstrengenden Tag im Sattel nicht zumuten.

»Wir sind eben von *Galton* herübergeritten«, plauderte Venetia angeregt, so voller Leben wie ihr Bruder gelangweilt war. »Ich hatte also kaum Zeit mich umzuziehen und hoffe, ich bin präsentabel genug. Um fünf Uhr heute morgen sind wir mit den Lawdales losgeritten, da waren selbst die Füchse zu träge.«

»Ja, viel zu träge«, warf Gervase ein, die Augenlider gesenkt. »Es hat keinen Sinn – das sage ich immer wieder – ein Tier, das nachts auf Beutefang geht, zu dieser frühen Stunde aufzustöbern. Es ist dann viel zu träge für die Jagd. Nachmittags muß man Füchse jagen – doch davon will Noel Chard nichts hören.«
»Ich bin überzeugt, Noel weiß, was er tut«, sagte Gideon mit gleichgültig näselnder Stimme, obwohl er uns damit unmißverständlich klarmachte, daß er keine Kritik an Noels Funktion als oberster Jagdherr der Lawdale-Jagd zulassen würde, ein Amt, das seine Familie seit Generationen innehatte.
»Wie sehr müssen Sie die Jagd vermissen, Mr. Chard, bei diesem wunderbaren Wetter«, bemerkte Mrs. Agbrigg beflissen und spielte damit auf die Bedeutung an, die Gideon Chard seiner Arbeit zumaß, denn schließlich war er als Sportsmann geboren und für die Jagd erzogen worden und hatte, im Gegensatz zu Gervase, auf dieses Vergnügen verzichtet und den Nachmittag in der Fabrik zugebracht.
»Ja, es kommt mich oft hart an«, gab er mit verbindlicher und ernster Stimme zu. »Aber man muß Prioritäten setzen, nicht wahr?«
»Großer Gott!« rief Venetia aus. »Weißt du, Gideon, jedesmal wenn du diesen Ton anschlägst, frage ich mich, ob du nicht doch besser Bischof geworden wärst.«
Worauf Mr. Gideon Chard ohne das leiseste Anzeichen einer Verärgerung nur ironisch lächelnd den Kopf neigte.
So weit ich mich erinnere, aßen wir der Saison entsprechend Federwild mit völlig zerkochten verschiedenen Gemüsebeilagen. Die Speisen wurden in massiven silbernen Schüsseln aufgetragen. Die Kristallgläser funkelten in ihrer Pracht, der Wein war vorzüglich, und die Herren sprachen ihm ausgiebig zu, doch die Schokoladencreme war wässerig und viel zu süß. Die Unterhaltung kam nur stockend in Gang. Mein Vater und Mr. Barforth sprachen über Webtechniken; Gervase redete beharrlich und eigensinnig nur über die Fuchsjagd, während Gideon Chard sich ganz in Schweigen hüllte, und er war höchstwahrscheinlich über dieses unzumutbare Essen entsetzt, das in *Listonby* niemals auf den Tisch kommen würde, und die fast schon beleidigende Nachlässigkeit, mit der die Dienstboten diese Gerichte servierten.
Ich brachte ebenfalls kein Wort über die Lippen und fühlte mich unbehaglich und verkrampft. Ich atmete erst erleichtert auf, als Venetia sich schließlich ihrer Pflicht als Hausherrin erinnerte, die Tafel

aufhob und ihre weiblichen Gäste in den Salon führte. Wir ließen uns in den tiefen Sesseln neben dem Kamin nieder. Mrs. Agbrigg trank Kaffee und aß Kuchen, während Venetia, die Wangen vom Wein und dem Kaminfeuer gerötet, sich in scheinbar sehr erfreulichen Träumen verlor.

Unbehagliches Schweigen herrschte im Raum. Mrs. Agbrigg und ich hatten einander nichts zu sagen; Venetia und ich wußten nicht, worüber wir in Mrs. Agbriggs Gegenwart sprechen sollten, und als ich mich daran erinnerte, welche Einwände meine Stiefmutter stets gegen Venetia als meine Freundin und Gervase als Ehemann vorgebracht hatte, stieg mir die Zornesröte ins Gesicht.

Gervase fühlte sich keineswegs zu mir hingezogen, dessen war ich mir absolut sicher. Aber sollte er übermäßig unter Druck gesetzt werden, so hielt ich es durchaus für möglich, daß er es vorzog, nachzugeben und mich mit einem gleichgültigen Schulterzucken und einem gelangweilten: »Warum denn nicht?« zur Herrin dieses eindrucksvollen, vernachlässigten Hauses, zu Venetias Schwägerin, zu machen. Und weil Venetia mir längst näher stand als jede Schwester, überließ ich mich diesen Zukunftsträumereien, meine Phantasie beschäftigte sich mit der Wiederherstellung dieses vormals glanzvollen Hauses. Ich sah mich bereits mit Venetia beim Frühstück sitzen, gab den Dienstboten Anweisung, Mrs. Agbrigg auszurichten, ich sei nicht zu sprechen und ertappte mich schließlich lächelnd dabei, daß ich in diesem Kindertraum von einer glücklichen Ehe den Ehemann – Gervase – ganz vergessen hatte.

Eine solche Mißachtung würde natürlich Gideon Chard niemals widerfahren. Er beanspruchte wie selbstverständlich seinen Platz, ganz gleich ob in der Phantasie oder in der Wirklichkeit. Aber ich hatte keine Veranlassung anzunehmen, daß er mehr als einen eigennützigen Gedanken an mich verschwendete. Mr. Nicholas Barforth war der reichste Mann in Law Valley, und Venetias Anteil an diesem Vermögen würde erheblich sein, aber ihre Erbschaft wurde durch die Existenz eines Bruders geschmälert. Wohingegen ich, obwohl mir der Wortlaut von Vaters Testament nicht bekannt war, unweigerlich eines Tages Alleinerbin sein würde. Und zwischen mir und der Inbesitznahme von Fieldhead durch den Ehemann stand kein Bruder.

Doch der Gedanke an Fieldhead bedrückte mich plötzlich – es würde immer Mrs. Agbriggs, niemals mein Haus sein –, und mit grimmiger Entschlossenheit wußte ich in diesem Moment, daß ich einen Mann heiraten mußte, der mich von dort fortholte. Mein Ehemann durfte niemals vom Wohlwollen dieser Frau abhängig sein, denn das würde mich von der demütigenden Position der »Tochter des Hauses« in die noch unerträglichere Position einer »verheirateten Tochter des Hauses« zwingen, die junge Herrin für immer in den Diensten der alten Herrin. Ich mußte meinen eigenen Wohnsitz haben, ein beschränktes Maß an Autorität und Freiheit, und kein Mitgiftjäger – wie nobel, gerissen und begehrenswert er auch sein mochte – konnte mir das geben.

»Ihr scheint euch recht wohl zu fühlen«, erklang da Mr. Barforth' Stimme von der Tür her. Er durchquerte den Salon und stellte sich wieder vor dem Kamin in Positur. Sein Sohn, sein Neffe und mein Vater folgten ihm in den Raum.

»Setz dich neben deine Frau, Jonas«, befahl er, und Vater gehorchte mit einem gequälten, traurigen Lächeln. »Venetia, du kannst uns Kaffee einschenken. Gideon, setz dich dorthin. Gervase – da.« Es war getan.

Mr. Nicholas Barforth hatte uns nach seinem Willen zu einem hübschen Gruppenbild plaziert. Venetia, die noch in ihren glückseligen Träumen von Charles Heron gefangen war, saß – wenn auch in argloser Unbekümmertheit – neben Gideon Chard; Gervase, der so sehr seiner Mutter ähnelte, saß neben mir; Mr. Barforth' mächtige Gestalt beherrschte den Raum, sein breiter Rücken war dem Feuer zugekehrt, und seine scharfen Augen blickten äußerst zufrieden auf die Gruppe vor ihm. Er hatte uns unsere Positionen zugewiesen, und ich fragte mich, wie er mit seiner Enttäuschung fertig werden würde, falls wir unsere Rollen nicht zu seiner Zufriedenheit spielen sollten.

5

Jene Herbstwochen waren mit kleinlichen Gehässigkeiten angefüllt, schier unerträglichen Spannungen, aufgestauten Aggressionen, und jeder meiner Schritte, jede Unternehmung wurde von Mrs. Agbrigg überwacht. Tante Faiths Schwester, Mrs. Frederick Hobhouse – meine Tante Prudence – Direktorin einer angesehenen Mädchenschule in Ambleside, lud mich zu sich ein und erhielt eine fast beleidigend schroffe Absage, daß es für junge Mädchen nicht zumutbar sei, allein zu reisen. Miss Tighe schrieb einen höflichen Brief aus Manchester und fragte an, ob Mrs. Agbrigg für ein oder zwei Wochen auf meine Anwesenheit verzichten könne und wurde ebenfalls mit für mich überaus demütigenden Erklärungen abgewiesen, die allerdings Miss Tighe, als ich sie wiedersah, nur ein spöttisches Lächeln entlockten.

»Armes Schäfchen«, sagte sie, in den klugen harten Augen ein amüsiertes Zwinkern. »Ihnen sind Hände und Füße gebunden, das weiß ich. Und obwohl bei näherem Hinsehen diese Fesseln nur aus Konventionen bestehen, wurde uns jahrelang mit aller Strenge eingetrichtert, daß wir den Eltern absoluten Gehorsam schulden und wir es deshalb nicht wagen, daraus auszubrechen. Ja, meine Liebe, eine willensstarke Mutter kann eine große Belastung sein, und vielleicht stellt sich Ihnen die Frage, ob man mit einem Ehemann nicht leichter auskommt.«

Zum Winteranfang kehrte meine Cousine Blanche nach Hause zurück. Sie war wie immer lieblich anzusehen und hatte sich die Aura unberührter Reinheit bewahrt. Tante Caroline, die seit der Hochzeit ein ruhiges Leben geführt hatte, stürzte sich sofort wieder mit gewohnter Energie in Aktivitäten und organisierte ein umfangreiches Programm von Festivitäten für die Winterabende, womit *Listonby* wohl ein letztes Mal unter ihrer Regie in ruhmreichem Glanz erstrahlen sollte. Die Gäste strömten ins Haus; jagdbesessene Gentlemen aus London verfügten freizügig über die Pferde der Listonby-Zucht; Damen mit wohlklingenden Doppelnamen und der flachen, näselnden Tonlage der vornehmen Kreise, saßen gelangweilt in der großen Halle, wo unablässig Tee und Gebäck, heiße Schokolade und Ingwerkuchen, gekühlter weißer Wein oder Glühwein von Lakaien in *Listonbys* blau-goldenen Livreen serviert wurden, die die Eigenschaft zu besitzen schienen, wie unsichtbare Geister durch die Räume zu schweben.

»Ist es nicht wunderbar«, fragte Blanche und unterdrückte ein zufriedenes Gähnen, »wie hier alles wie von Zauberhand funktioniert?«

Aber die Zauberin – wie Blanche sehr wohl wußte – war seit dem Morgengrauen auf und setzte die Räder dieses luxuriösen Lebens in Gang und würde erst spät in der Nacht, wenn sich der letzte Gast zurückgezogen hatte, zur Ruhe kommen.

»Tante Caroline arbeitet hart und unermüdlich«, gab ich zu bedenken, doch Blanche lächelte nur matt.
»Sie liebt es, Grace – sie blüht richtiggehend auf dabei. Sie könnte um nichts in der Welt darauf verzichten. Und was mich betrifft, nun, ich habe nicht die leiseste Absicht, ihr dieses Vergnügen streitig zu machen. Das würde ich nicht übers Herz bringen.«
Und obwohl Blanche es offensichtlich genoß, weiterhin als verwöhnter Gast im eigenen Haus zu leben, würde es doch unvermeidlich sein, daß Sir Dominics Frau bei bestimmten gesellschaftlichen Anlässen den Platz ihrer verwitweten Schwiegermutter einnahm. Und ich war neugierig, wie Tante Caroline mit dieser Situation fertig werden würde.
An einem klaren Samstag im November fanden wir uns plötzlich allein im Haus wieder, die Gäste waren mit dem Frühzug abgereist, und die nächste Gruppe wurde erst am Montag erwartet, so daß nur die Familie an diesem Abend im kleinen Salon versammelt war.
»Wie schön, nur *en famille* zu sein«, erklärte Tante Caroline fröhlich und lächelte, während sie Blanche beobachtete, die sich am Kopfende des Tisches, ihrem Mann gegenüber, niederließ. Es kam ihr gar nicht in den Sinn, den anderen ihre Plätze zuzuweisen, sie nahm nur mit kindlicher Selbstverständlichkeit die Rechte der Herrin in Anspruch, ohne sich im geringsten um die damit verbundenen Pflichten zu kümmern. Der Herzog von South Erin jedoch, der schon fast zur Familie gehörte, setzte sich automatisch auf den Ehrenplatz rechts von Blanche, Tante Caroline nahm neben Dominic Platz, Gideon Chard und Venetia saßen nebeneinander, und das war wohl als Hinweis zu verstehen, daß Tante Caroline ihre Hoffnungen auf die Tochter eines Herzogs aufgegeben und beschlossen hatte, Vernunft walten zu lassen. Noel Chard zögerte, da niemand ihn dirigierte, warf einen Blick auf den freien Stuhl neben Blanche, fragte sich wohl, ob er sich um mich bemühen sollte, bis seine Mutter mich links neben Dominic plazierte und ihm damit die Entscheidung abnahm.
Im Unterschied zu *Tarn Edge* war das Essen in *Listonby* stets vorzüglich, der Service ausgezeichnet, die Unterhaltung langweilig, aber entspannt. Sir Dominic und der wetterfeste, kleine Herzog ergingen sich in weitschweifigen Jagderzählungen, Gideon und Venetia steuerten eigene Geschichten bei, denn sie alle hatten tagsüber ihrer Reitleidenschaft gefrönt und übertrafen sich nun gegenseitig mit abenteuerlichen Schilderungen der bestandenen Gefahren.

Noel Chard, der Sir Dominic als Jagdherr vertrat, wenn dieser verhindert war, sprach sehr wenig, seine Aufmerksamkeit galt ausschließlich Blanche, die seine bewundernden Blicke noch mehr verwirrten, so daß sie die Serviette fallen ließ, Wein verschüttete und somit – zumindest in Noel – den Eindruck verstärkte, daß sie ein hilfloses, zartes Wesen sei und großer Rücksichtnahme und Fürsorge bedürfe. Tante Caroline war ungewöhnlich schweigsam, rief auch ihre Söhne nicht zur Ordnung, wenn ihnen im Übereifer des Gesprächs ein lautes »Verdammt« entschlüpfte und das bewies, daß sie mit ihren Gedanken anderweitig beschäftigt war.
»Wann kommt Tante Faith aus Frankreich zurück?« fragte sie mich dann unvermittelt, obwohl Blanche erst vor einer knappen Stunde das Datum genannt hatte, und als ich sagte, daß sie in der Woche nach Weihnachten eintreffen würde, seufzte sie und murmelte: »Das kommt mir aber sehr ungelegen, denn sie könnten sich uns anschließen . . .«, ohne näher zu erklären, was sie damit meinte.
Nach dem Dessert entstand eine Pause. Venetia und ich blickten automatisch auf Tante Caroline, wir erwarteten ihr Zeichen zum Aufbruch. Dominic warf seiner Mutter ebenfalls einen fragenden Blick zu, denn noch nie zuvor hatte sie die Damen länger als nötig bei Tisch zurückgehalten, und der Squire brannte darauf, in entspannter Männergesellschaft sein Glas Portwein zu trinken, eine Zigarre zu rauchen und auch einmal ungeniert zu fluchen.
»Mama?« fragte er verwirrt und leicht gereizt, denn er war ein Gentleman, der darauf bestand, daß seine Wünsche und Anordnungen unverzüglich erfüllt wurden.
»Ja, Dominic?« erwiderte sie.
»Solltest du nicht . . .?«
»Nein«, sagte sie. »Nicht ich, mein Lieber – diesmal nicht.«
Und auch dann dauerte es noch eine Weile, bis Blanche auf den ärgerlichen Blick ihres Mannes reagierte und ausrief: »Ach du meine Güte! Wartet ihr etwa auf *mich*?« Hastig schob sie ihren Stuhl zurück, und Noel war hilfreich gleich zur Stelle.
Doch Tante Caroline hatte ihr Ziel erreicht und uns allen gezeigt, daß ihre Schwiegertochter unfähig war. Jetzt schüttelte sie gebieterisch den Kopf.
»Noch nicht, meine Liebe. Ich habe euch etwas zu sagen, und darauf werden wir wohl einen Toast ausbringen.«
»Ach, ja«, murmelte Blanche erleichtert. Sie setzte sich wieder, denn

sie nahm wohl an, daß auf »ein langes Leben und das Glück der Braut« getrunken werden sollte, und es traf sie daher völlig unvorbereitet, als Tante Caroline verkündete: »Dominic, du als das Oberhaupt der Familie weißt bereits, was ich zu sagen habe. Mein Sohn hat sein Einverständnis gegeben, und auch ihr werdet nichts dagegen haben. Der Herzog von South Erin hat mich gebeten, seine Frau zu werden – und ich habe angenommen, was euch wohl nicht überraschen wird.«
Und durch den darauffolgenden Tumult – Stühle wurden zurückgestoßen, freudige Ausrufe und Gelächter ertönte, als die drei Söhne dem kleinen Herzog die Hand schüttelten und die zukünftige Herzogin küßten, alle drei waren sich nur zu gut der Vorteile bewußt, die ein herzoglicher Stiefvater ihnen brachte – hörte ich plötzlich Venetias klare Stimme sagen: »Großer Gott, was für ein Spaß! Du warst doch schon immer eine Herzogin, Tante Caroline«, während Blanche, die bereits die Last *Listonbys* auf ihren Schultern spürte, Dominic anklagte: »Du hast *mir* nichts davon gesagt, Dominic.«
Diese Verbindung war natürlich ein großartiger Triumph, denn obwohl der Herzog von South Erin keinen bedeutenden politischen Einfluß hatte, seine Familie kaum älter als die der Clevedons und Chards war, so gehörte er doch dem Hochadel an, und selbst Sir Dominic, der so von sich eingenommen war, zeigte sich beeindruckt.
Im vornehmsten Stadtteil Londons, Belgravia, wartete ein großes, etwas heruntergekommenes Haus auf Tante Caroline, das sie mit gewohnter Energie renovieren würde, außerdem ein Landhaus in Devonshire, das ebenfalls ihrer tüchtigen Hand bedurfte. Sie würde am Hof empfangen werden, denn obwohl Königin Viktoria grundsätzlich gegen eine Wiederverheiratung verwitweter Frauen war – das Herz jeder anständigen Witwe sollte im Grab ihres Mannes ruhen –, konnte sie der neuen Herzogin von South Erin doch eine Audienz nicht verweigern.
Tante Caroline hatte wirklich alle Erwartungen übertroffen und das zweite Mal in ihrem Leben eine hervorragende Wahl getroffen. Und es bestand kein Zweifel, daß ihre Söhne – Dominic spielte bereits mit dem Gedanken an eine politische Karriere, Noel strebte einen höheren Rang beim Militär an, Gideon nutzte Macht und Einfluß, wo immer sie sich ihm boten – sehr mit ihr zufrieden waren. Noch lange blieben wir mit dem freundlichen haselnußbraunen Herzog

im Salon und freuten uns mit ihm über dieses Ereignis. Blanches Empörung, ihr wehleidiges Klagen: »Wie soll ich nur dieses Riesenhaus führen, wo doch jeder weiß, daß ich keinen Kopf für Zahlen habe und mir Namen nicht merken kann – ich wollte doch hier ein friedliches und geruhsames Leben verbringen«, wurde mir bald unerträglich, und ich floh aus dem Salon.

Über die geschwungene Treppe gelangte man in den Ballsaal, und selbst in der Dunkelheit war dessen glitzernde Pracht zu erkennen. Dann kam man in die lange Galerie, beide Wände schmückten Ahnenporträts in wuchtigen Rahmen, deren strenge Gesichter unbeteiligt den Verfall der Tradition zur Kenntnis nahmen, daß die Tochter eines Fabrikanten zuerst einen ihrer Nachkommen heiratete und sich dann einen Herzog einfing.

Aber ich hatte diese Porträts zu oft betrachtet und jetzt keine Lust, in ihren Gesichtern nach Ähnlichkeiten mit Dominic, Noel oder Gideon zu forschen. Ich hatte diesen Ort nur gewählt, um über die Ereignisse nachdenken zu können und stellte fest, daß ich an Blanches Stelle diese Veränderung begrüßen würde. Ich hätte mich gegen eine so willensstarke Schwiegermutter wie Tante Caroline zur Wehr gesetzt, mich umgehend mit dem Haushalt von *Listonby*, dem Gästebuch, den Bediensteten und Pächtern vertraut gemacht und mir die überragenden Kenntnisse meiner Vorgängerin angeeignet und ihr nachgeeifert, um sie eines Tages sogar mit ein wenig Glück zu übertreffen. Doch für Blanche gab es nur den sportlichen, egozentrischen Dominic – es war mir völlig unverständlich, was sie an ihm anziehend und bemerkenswert fand –, und da stand plötzlich Gideon vor mir. Mir stockte einen Moment der Atem vor Argwohn, nicht weil ich glaubte, daß er zufällig hier aufgetaucht war, sondern weil ich annahm, daß er nach mir gesucht hatte.

Ja, ich war selbst erstaunt über meine Reaktion, und da ich mir auf keinen Fall etwas anmerken lassen durfte, sagte ich ganz kühl und beiläufig: »Was für aufregende Neuigkeiten!«

»Ja, in der Tat – obwohl Blanche nicht begeistert darüber ist.«

»Oh, es besteht kein Grund, sich um Blanche Sorgen zu machen. Sie wird jemanden finden, der ihr über diesen Schock hinweghilft.«

»Wie wahr – nur muß Noel nach Weihnachten wieder zu seinem Regiment zurück.«

Ich enthielt mich einer Antwort, denn dieses Thema war zu persönlich und konnte leicht zu anderen Dingen führen, obwohl ich sie

nicht hätte benennen können, und so wandte ich mich ab und studierte eingehend das Gesicht des einen Vorfahren, der kein Chard gewesen war. Das Porträt zeigte einen finster dreinblickenden und doch gutaussehenden Mann, der mich sehr an Mr. Nicholas Barforth erinnerte – es war Sir Joel Barforth, Nicholas', Blaizes und Carolines Vater.
»Mein Fabrikanten-Großvater«, sagte Gideon mit einem halben Lächeln. »Weißt du, ich glaube, Dominic will sein Porträt entfernen lassen, wenn Mutter nach South Erin zieht. In der Schule mußten wir sehr darunter leiden, weil Vater in die Welt der Neureichen eingeheiratet hat.«
»Aber Dominic hat es doch auch getan.«
»Ja. Aber Blanche gehört nicht mehr dieser ersten Generation an. Die reichen Bürger haben mittlerweile an Ansehen gewonnen. Und außerdem ist sie sehr schön.«
»Ja.«
»Und sehr verwöhnt.«
»Ja. Und ich mag sie sehr gern.«
»Wie wir alle, denn sie hat so gar nichts Bourgeoises an sich. Man kann sich überall mit ihr zeigen. Und nicht zu vergessen, sie ist sehr reich.«
Eigentlich hätte ich Gideon wegen dieser Bemerkung böse sein müssen. Ich nahm sogar an, daß er mich hatte ärgern wollen. Doch irgend etwas in seinem Tonfall hinderte mich daran, ihn scharf zurechtzuweisen, und ich fragte statt dessen zu meiner eigenen Überraschung: »Mißfällt es Dominic sehr, daß du Geschäftsmann werden willst? Hält er dich für . . .?«
»Was? Einen Verräter an meiner eigenen Klasse? Höchstwahrscheinlich.«
»Nun, das tut mir leid.«
»Wie nett von dir, soviel Mitgefühl zu zeigen. Aber es ist völlig unangebracht. Es kann durchaus sein, daß er mich einen geldgierigen Händler nennt, wenn wir das nächste Mal streiten, aber sollte jemand anders sich eine solche Bemerkung erlauben, würde Dominic ihn niederschlagen.«
»Und du würdest natürlich dasselbe für Dominic tun?«
»Selbstverständlich.«
»Gideon . . .«, und ich wollte diese Frage eigentlich nicht stellen, wollte nicht, daß er sie als Ausdruck meiner Sympathie sah – ob-

wohl es Sympathie war. »Gideon – hattest du es schwer – ich meine, im Zeughaus und an der Wollbörse?«
»O ja«, gab er ungezwungen, fast gleichgültig zu. »Um die Wahrheit zu sagen, ich finde ganz Cullingford schwierig. Aber Probleme sind da, um überwunden zu werden, hast du das noch nicht gewußt?«
»O ja, das weiß ich sehr wohl.«
»Das dachte ich mir.«
Und da ich darauf keine Antwort wußte – wieso dachte er überhaupt an mich? – und weil er mir so sehr schmeichelte, daß ich ihn beschäftigte, schaute ich nur zu ihm auf und konnte meinen Blick eine ganze Weile nicht von seinem Gesicht lösen. Ein merkwürdiges Gefühl breitete sich in mir aus, das ich noch nie empfunden hatte. Diese Erregung in meinem Körper konnte nur physisches Begehren sein. Und dieses Gefühl spürte ich auch in ihm, ein überraschtes Aufflackern in seinen Augen, ein plötzliches Bewußtwerden entfachte in mir eine leidenschaftliche Glut. Wie von einem Druck befreit, pulsierte mein Blut durch die Adern, ließ mich mit ungeheurer Intensität nicht nur meinen eigenen Körper fühlen, sondern auch die Ausstrahlung des dunklen, harten und schönen Körpers Gideon Chards, und ließ mich die Freuden physischer Lust ahnen.
Ich hatte mich stets als vernünftige, selbstbeherrschte junge Frau gesehen, doch was jetzt eben in mir erwachte – was immer in mir geschlummert haben mußte –, war ein Aufruhr der Sinnlichkeit. Und obwohl ich wußte, daß dieses Phänomen existierte – natürlich nur bei Männern, bei Frauen nannte man es Lüsternheit und hielt es absolut für verwerflich –, war ich völlig unvorbereitet darauf, mit welcher Macht dieses heftige Gefühl nicht etwa die Weiblichkeit in mir weckte, sondern den tiefverwurzelten, primitiven Wunsch der Hingabe. Wie herrlich! Wie entsetzlich! Wie gefährlich! Und allein dieses erregende Gefühl der Gefahr war schon so erstrebenswert, daß nichts in meinem glühenden nachgiebigen Körper, noch irgend etwas in meinem schwindligen Kopf mich davon zurückhalten konnte, es auszukosten. Er hätte mich nur zu berühren brauchen, ich hätte ihm nicht widerstehen können, bis ich plötzlich wieder zu mir kam und rasch, mit gepreßter Stimme sagte: »Es ist dunkel hier und recht kühl.«
»Ja«, stimmte Gideon zu, »das ist es«, und seine Stimme verriet mir nichts. Er war ein Mann, im Umgang mit Frauen erfahren, und er wußte, was in mir vorgegangen war.

Es war vorbei. Ich war der Gefahr entronnen. Doch als ich die Treppe hinabging, setzte ich vorsichtig einen Fuß vor den anderen, war mir bewußt, daß ich nicht ganz aus eigener Kraft entkommen war, denn falls er mich berührt hätte, wenn . . . Meine Gedanken sperrten sich dagegen, dieses »Wenn« weiterzuspinnen, schreckten davor zurück wie ein störrisches Pferd vor einer Hürde, wagten nicht, dieses riskante Spiel weiterzuspielen.

Am nächsten Morgen fuhren wir nach *Galton Abbey*, und Blanches Genugtuung, daß sie nun als verheiratete Frau als Anstandsdame für Venetia und mich agieren konnte, wurde durch den Mißmut getrübt, den sie über Tante Carolines abtrünniges Verhalten empfand. Während wir durch die kahle Novemberlandschaft fuhren, prangerte sie unaufhörlich den unersättlichen Ehrgeiz und die Falschheit ihrer Schwiegermutter an.

»Dieser arme kleine Mann ist ihr doch völlig gleichgültig, sage ich euch. Sie strebt doch nur nach der herzoglichen Krone und will sich als Dame der Gesellschaft in Belgravia in Szene setzen. Sie wird auch keineswegs in London bleiben, o nein, regelmäßig wird sie nach *Listonby* kommen, um sich davon zu überzeugen, daß zu ihrer Zeit alles besser und perfekter war. Mich trifft daran keine Schuld, sie hätte uns in ihre Pläne einweihen müssen, anstatt sich so klammheimlich aus dem Staub zu machen. Dominic kümmert's wenig. Mach einfach so weiter wie Mutter es getan hat, sagt er mir. Nun, Dominic Chard hat nicht die leiseste Vorstellung, wie diese gewaltigen Mahlzeiten viermal am Tag zustande kommen – und mir ist es ebenfalls schleierhaft.«

Und du hast auch wenig Neigung es herauszufinden, überlegte ich, denn als wir die halbe Strecke nach *Galton* zurückgelegt hatten, dachte Blanche bereits laut darüber nach, wie eine Sekretärin, eine Gesellschafterin und ihre Cousine Grace Agbrigg ihr zu Diensten sein könnten.

»Du könntest doch von Freitag bis Montag oder Dienstag nach *Listonby* kommen, oder ganz zu mir ziehen. Du wärst froh, Mrs. Agbriggs Fittichen zu entkommen, und ich wäre froh, dich bei mir zu haben.«

Doch Venetia zerstörte diese rosigen Träume im Handumdrehen, indem sie einen eigenen Plan für meine Zukunft darlegte: »Unsinn, Blanche. Du mußt mit deinen Problemen allein zurechtkommen, denn Grace könnte bald ihr eigenes Leben führen.«

Das Wohnhaus in *Galton* war klein und sehr alt, die Steine der Mauern älter als das Haus, denn die ersten Clevedons bekamen diesen Grundbesitz, auf dem einst ein Kloster gestanden hatte, von König Heinrich VIII. als Belohnung für treue Dienste geschenkt, und da dieser damals mit dem Papst gebrochen hatte, erhielten sie die Erlaubnis, das römisch-katholische Kloster niederzureißen und die Steinquader zum Bau eines Hauses zu verwenden. Ich war erst einmal hier gewesen, als Kind, und hatte damals die alten Gemäuer als düster und bedrückend empfunden und eine Nacht voller Angst und Grauen in einer muffigen, niedrigen Kammer, hinter wallenden Bettvorhängen verbracht und mit klopfendem Herzen auf das Knarzen der alten Balken und die ungewohnten, unheimlichen Geräusche der freien Natur gelauscht.

Aber heute verfiel auch ich dem seltsamen Charme dieses alten, wie in die Landschaft geduckten Hauses, das verborgen hinter Sträuchern und Bäumen an der Biegung eines Flusses lag. Der Salon, in dem Mrs. Barforth uns erwartete, verströmte trotz der Unordnung, der altmodischen, schäbigen Polstermöbel eine trauliche Geborgenheit. Im Kamin knisterte ein loderndes Feuer, auf dem Teppich davor lagen in friedlicher Harmonie ein altersgrauer Hund und eine Katze.

Die Zinnkrüge auf dem Kaminsims quollen über vor Krimskrams, Briefen und Rechnung, ein Stiefelknöpfer, ein Stück Leder, ein Paar Reithandschuhe lagen auf dem Sofa, das teilweise mit Hundehaaren bedeckt war. Auch Mrs. Barforth war recht nachlässig, was ihre Kleidung betraf und schien erst ins Haus gekommen zu sein, so vermutete ich, als das Geräusch der herannahenden Kutsche sie daran erinnerte, daß sie Gäste erwartete und ihr somit keine Zeit blieb – oder sie keinen Wert darauf legte – ihr Reitkleid gegen ein Hauskleid auszutauschen.

»Liebling«, sagte sie und küßte Venetia auf die Wange, »und Lady Chard – gütiger Himmel, Blanche, wie großartig das klingt! Ist es nicht ein wenig zu pompös für dich? Und Miss Agbrigg . . .«

Und obwohl ihr Lächeln, der flüchtige Blick ihrer hellgrünen Augen so offen und freimütig war wie Venetias, ihr Händedruck fest und warm war, konnte ich mich des Eindrucks nicht erwehren, daß sie von ihrem Mann erfahren hatte, daß ich als mögliche Braut für Gervase in Betracht kam, und diese Vermutung raubte mir meine Unbefangenheit, machte mich verkrampft, kühl und formell.

»Welch ein faszinierendes Haus, Mrs. Barforth.«
»Ach, gefällt es dir? Dann will ich dir gern alle Räume zeigen.«
Und während Blanche am Kamin ein Nickerchen hielt – in ihrem Bedürfnis nach Behaglichkeit ähnelte sie sehr einer Katze –, führte Mrs. Georgiana Barforth mich durch dieses Haus, das ihr mehr bedeutete als alle Reichtümer, die die Barforth-Fabriken hervorbrachten, für das sie ihre Freiheit und ihren Seelenfrieden – so nahm man an – geopfert hatte, damit sie eines Tages dieses noble Erbe der Clevedons ihrem Clevedon-Barforth-Sohn Gervase übergeben konnte.
Auch hier gab es eine große Halle, winzig im Vergleich zu *Listonby*, mit einem nackten Steinfußboden, einigen abgenutzten Eichentruhen, einem langen Eichentisch, auf dem Becher und ein Krug aus zerbeultem Zinn standen. Ein hoher, aus Stein gemauerter Kamin spendete anheimelnde Wärme, an den Wänden hingen alte Waffen und Familienporträts, und eine Steintreppe führte hinauf ins Obergeschoß zu den niedrigen Schlafkammern, die noch von den Geistern der Urahnen bewohnt zu sein schienen.
»Das hier«, sagte Venetia und zeigte auf eine georgianische Lady, »war meine Urgroßmutter Venetia, die Tochter eines Grafen, und ihr Vater war nicht sehr begeistert davon, daß sie in unsere Familie einheiratete, nicht wahr, Mama?«
»Ihm gefiel es überhaupt nicht«, stimmte Mrs. Barforth heiter zu. »Er war so erbost, daß er sie enterbte oder es getan hätte, wenn er etwas zu vererben gehabt hätte. Auch sie war sehr arm, so wie wir alle . . .«
»Sind wir arm, Mama? Das ist mir noch gar nicht aufgefallen.«
»Ach«, sagte Mrs. Barforth lächelnd und begegnete Venetias klaren, leicht vorwurfsvollen Augen mit offenem Blick, »ich sprach wohl von der Vergangenheit, als wir tatsächlich sehr arm waren, mein Bruder, ich und Sir Julian und all die anderen, die wir kannten, und ich vergesse manchmal . . . Grace, was hältst du von dem Bild dort drüben?«
Es war ein großes Porträt, deutlich sichtbar über dem Kamin aufgehängt, und zeigte einen jungen Mann, der so alt war wie Gervase und denselben Jagdrock und dieselbe auffallende Halsbinde trug, die Gervase bevorzugte. Er hatte dieselbe nervöse, angespannte Körperhaltung, das blasse spitze Gesicht unter kastanienbraunem Haar – und aus irgendeinem Grund wollte Mrs. Barforth, daß ich in dem Porträt Gervase erkannte, obwohl er es nicht sein konnte.

»Das ist mein Onkel Peregrine«, sagte Venetia plötzlich und machte damit dem kleinen Spielchen ihrer Mutter ein Ende. »Du solltest ihn für Gervase halten. Jeder fällt darauf herein. Aber es ist der berühmte Perry Clevedon, der jederzeit mit achtzig Schuß Munition achtzig Moorhühner erlegen konnte . . .«
»Mein Bruder«, sagte Mrs. Barforth mit einem traurigen Lächeln, »starb vor vielen Jahren, noch als Junggeselle. Wir standen uns sehr nahe, denn wir wuchsen miteinander auf und hatten – ja, wir brauchten – weiter keine Gesellschaft. Ich glaube, wir waren wahrhaft glücklich. Ein sehr gefährliches Geschenk für ein Kind, glaube ich, soviel Glück zu erfahren, denn man wächst in dem Glauben auf, daß das ganze Leben ein nicht enden wollender Glückszustand ist, und man tut sich dann sehr hart, die bittere Realität zu erkennen. Sein Tod brachte mir nicht nur unendliche Trauer – ich werde seinen Verlust nie verschmerzen können –, sondern er ließ auch *Galton* das erste Mal seit dreihundert Jahren ohne direkten männlichen Erben. Ich frage mich, Grace, ob du verstehst, was das für Menschen wie uns bedeutet?«
»Wohl kaum, Mrs. Barforth. Ich kenne zwar die Namen meiner Urgroßeltern, doch was davor war, woher sie kommen, welcher Familie sie entstammen, das weiß ich nicht.«
»Ja, bitte verzeih mir, Grace, aber ich glaube, das Wort ›Erbschaft‹ hat für Städter eine andere Bedeutung als für uns. Für euch ist es immer mit Geld oder Besitz verbunden, den man leicht zu Geld machen kann . . . Wir denken ganz anders darüber. Dieser Besitz, *Galton*, hat für uns keinen materiellen Wert, wir bewirtschaften ihn nicht in der Absicht, Gewinn daraus zu erzielen, sondern wir dienen dem Land, das uns dreihundert Jahre lang ernährt hat, und sind für unsere Pächter da, die es bebauen, und kümmern uns um die Dörfer, die darauf entstanden sind. Es ist ein sehr hartes, entbehrungsreiches Leben, ein Dasein, das nur dem Erhalt dieses Landes gewidmet ist, und wir betrachten es eigentlich nicht als Erbe, sondern eher als ein *Vermächtnis*, dem viele Männer meiner Familie treu gedient haben.«
Und ich deutete diese Worte richtig, denn obwohl sie ganz ruhig gesprochen und es sie offensichtlich Überwindung gekostet hatte, verstand ich die Warnung: meine mittelmäßigen, bürgerlichen Wertvorstellungen würden niemals weder *Galton* noch ihrem Sohn gerecht werden. Ich murmelte irgendeine nichtssagende Bemerkung

und ging zum Fenster hinüber, um mich abzulenken, und entdeckte zu meiner Erleichterung, daß eine Gruppe von Reitern den Hügel herabgeprescht kam.
Sie galoppierten durch den Fluß, so daß das Wasser um sie hoch aufspritzte, in den Hof herein – Gervase Barforth und alle drei Chards, schlammbedeckt, durchnäßt und außer Rand und Band von der wilden Jagd durch das kühle Novemberwetter. Und sofort schüttelte Mrs. Barforth den Zwang ab, den meine Anwesenheit ihr auferlegt hatte, und in der Halle, die so ungeeignet war, vornehme Damen mit Tee zu bewirten, gesellte sie sich mit strahlendem Gesicht und ungetrübter Freude zu »ihresgleichen«, trug Bier und weißen Wein auf, stand mitten unter ihnen, als sie mit dampfenden Kleidern vor dem Kamin durstig tranken, lachten und erzählten. Und obwohl Noel kurz bemerkte: »Ihr habt sicher davon gehört, daß unsere Mutter Herzogin wird«, und sie darauf erwiderte: »Aber ja – ich habe es von meinem Dienstmädchen erfahren, der es wiederum ein Dienstmädchen von *Listonby* erzählt hatte . . .«, konnte auch diese Neuigkeit ihre Aufmerksamkeit nicht von den vier jungen Männern ablenken, die in ihrer anmaßenden, ungebärdigen Großartigkeit tausend Meilen von Cullingford entfernt zu sein schienen.
Aber die vier waren mit ihrem Tag nicht zufrieden, sie hatten kein Glück bei der Jagd gehabt, und Sir Dominic beschuldigte die Bauern, die Füchse heimlich zu erschießen oder zu vergiften, um ihre erbärmlichen Hühnerställe zu schützen, anstatt es den Gentlemen zu überlassen, diese Füchse zu jagen.
»Auf meinem Land wird nicht gewildert«, widersprach ihm Gervase.
»Von welchem Land sprichst du?« erkundigte sich Sir Dominic, der als Erstgeborener großen Wert darauf legte, über Erbschaftsregelungen genauestens informiert zu sein.
»Dieses Land hier.«
»Oh, ich bitte um Verzeihung. Ich dachte, *dieses* Land gehört deinem Vater.«
Vielleicht hatte Sir Dominic gar nicht beabsichtigt, Gervase zu kränken. Er war wohl nur schlechter Laune und ließ sie an anderen aus. Doch für einen Moment herrschte eine aggressive Stimmung, Gervase reagierte wie eine gereizte, argwöhnische Katze, die drei Chards schlossen sich instinktiv zusammen, wie drei Jagd-

hunde, die jeden in Stücke reißen würden, der sie bedrohte. Und es war Blanche, vielmehr ihre Stimme, die träge von der Tür her ertönte, die die streitsüchtigen Kampfhähne zur Besinnung brachte. Automatisch zog sie alle Blicke auf sich, als sie den Raum betrat, und sie stand einfach nur da, rosig und zersaust vom Schlaf, ihr Körper weich und nachgiebig, träge wie eine schnurrende Katze.
Noel Chard beruhigte sich sofort und verlor sich ganz in ihrem Anblick.
»Himmel«, sagte sie, »welch ein Spektakel! Es hörte sich an, als wären feindliche Truppen eingedrungen.« Was Gideon ein breites Grinsen entlockte, und er verneigte sich vor ihr.
»Ich hatte ganz vergessen, daß du hier bist«, sagte Sir Dominic, ein Mann, der seine Frau selten vermißte, bis es Zeit war, zu Bett zu gehen. Doch als er sie jetzt anblickte – dieses verträumte, schläfrige Wesen mit ihrer sinnlichen Ausstrahlung, die gar keine Sinnlichkeit war, obwohl er sie einmal dafür gehalten hatte –, schluckte er krampfhaft, und sein Streit mit Gervase und sein Ärger über die Wildhüter und die Füchse schien kindisches Geplänkel im Gegensatz zu der zeitlosen Weisheit seiner wunderschönen Frau zu sein.
»Ich habe geschlafen«, sagte sie, und ihre Stimme, ihre ganze Haltung drückte aus, daß diese simple Feststellung von unergründlicher, unerhörter Wichtigkeit war.
Noel Chard lächelte sie liebevoll an; Gideon Chards Lächeln war amüsiert und abwägend, und Gervase schmunzelte ebenfalls. Dominic Chard, ihr Ehemann, betrachtete sie mit dieser angespannten Konzentration, die ich am Vorabend bei Gideon gespürt hatte, ein plötzlich aufflammendes Begehren.
»Na, bitte«, gurrte sie und streckte sich ein wenig. »Jetzt bin ich jedenfalls wach.« Und auf diese unnachahmliche Weise, die weder Venetia noch ich je gelernt hatten, entwaffnete sie alle.
Ein einfacher Imbiß, bestehend aus Brot, Käse und gepökeltem Fleisch, wurde aufgetragen, dazu gab es Krüge mit Milch und Bier, einen riesigen Pflaumenkuchen und süße rote Äpfel. Und danach, die Sonne war doch noch durchgekommen, schlenderten die Gentlemen nach draußen, hatten ihre gereizte Stimmung mit Bier gedämpft und suchten rastlos nach neuen Aktivitäten.
»Ich ziehe mich in den Salon zurück, Tante Georgiana, wenn du erlaubst«, sagte Blanche. »Die Männer werden wohl irgendeinen Wettkampf austragen wollen oder einen anderen törichten Zeitver-

treib suchen. Du bleibst besser bei mir, Grace, und leistest mir Gesellschaft.« Aber nach einer halben Stunde unaufhörlicher Klagen über ihre Schwiegermutter wurde ich es müde, ihr zuzuhören, und als ihr endlich die Augen zufielen, nahm ich meinen Umhang und ging ebenfalls nach draußen. Erleichtert spürte ich den frischen, feuchten Wind auf meinem Gesicht, betrachtete den grauen Himmel und das weite kahle Land.

Venetia und ihre Mutter standen an einer Steinmauer, die ein Feld eingrenzte, und beobachteten Gervase, der im leichten Galopp auf eine Stange zuritt, die auf zwei Pfosten lag. Mühelos sprang er darüber.

Natürlich waren Wetten abgeschlossen worden. Gervase hatte damit geprahlt, daß seine braune Stute höher springen könne als Dominics Rotschimmel oder die beiden Pferde aus der *Listonby*-Zucht, die Noel und Gideon ritten. Er hatte zwanzig Barforth-Guinees geboten, eine Summe, die Noel schwerlich von seinem Sold aufbringen konnte und die auch Gideons Gehalt, das mein Onkel ihm zahlte, bei weitem überstieg, für denjenigen, der die Höhe von zwei Metern zehn überspringen konnte, die der legendäre Perry Clevedon jederzeit, ganz gleich ob nüchtern oder betrunken, bei Tag oder Nacht überwunden hatte.

Dieser Wettstreit barg für mich keine weitere Gefahr, außer daß der Stolz oder die Geldbörse des einen oder anderen darunter leiden könnte, denn da ich keine Reiterin war, konnte ich nicht abschätzen, wieviel Können, Nervenkraft und Einfühlungsvermögen dazu gehörten, ein Pferd dazu zu bringen, dieses Hindernis zu überspringen und wieder sicher auf dem nassen, unebenen Boden aufzukommen.

»Höher?« fragte Gervase.

Und da Mrs. Barforth' zwei alte Stallknechte anderes zu tun hatten, als den Marotten der noblen Herren zu dienen, sahen Noel Chard und Gervase sich gezwungen, die Stange in die nächsthöhere Kerbe zu legen. Sir Dominic hätte sich nie zu dieser Anstrengung herabgelassen, und Gideon schaute ungerührt zur.

Noel sprang als erster. Er galoppierte an, gab seinem Pferd jedoch nicht rechtzeitig die nötige Sprunghilfe, und es bremste abrupt vor dem Hindernis ab, worauf Noel über dessen Kopf hinweg in den Morast segelte. Grinsend stand er auf, ein echter Sportsmann und guter Verlierer.

»Höher?« fragte Gervase wieder.

Eine Viertelstunde später landete Sir Dominic im Matsch, und es war ihm beim Aufstehen anzumerken, daß er wütend war und ganz selbstverständlich angenommen hatte, er würde gewinnen. Seine gute Erziehung verbot es ihm jedoch, irgendeine Gefühlsreaktion zu zeigen.

»Also, Gideon . . .«, sagte er nur barsch und wünschte nicht, daß zuviel Aufhebens über seine Niederlage gemacht wurde. Es war nun an Gideon, die Ehre von *Listonby* zu verteidigen, denn keinesfalls durfte dieser Emporkömmling, der Clevedon-Barforth-Bastard gewinnen. Und Gideon nahm diese Herausforderung aus Loyalität gegenüber der Familie – und wohl auch weil er an die zwanzig Guinees dachte – an, trieb sein Pferd rücksichtslos auf das Hindernis zu, hob sich aus dem Sattel und übersprang die Stange scheinbar mühelos.

»Sehr gut«, sagte Noel.

»Nicht schlecht«, bemerkte Sir Dominic.

»O Gott!« rief nun Venetia aus, »müssen wir hier den ganzen Tag herumstehen?« Aber sie machte keinerlei Anstalten zu gehen, fixierte ihren Bruder mit einem so intensiven Blick, daß auch ich ihn prüfend ansah, um herauszufinden, was Venetia denn in ihm sah und was seine Mutter – die Schwester Peregrine Clevedons – nicht wahrhaben wollte.

Gervases Verhalten heute erinnerte mich stark an den jungen Mann, der morgens um elf Uhr beim Frühstück seinen Vater bis an die Grenzen des Erträglichen reizte und dabei ein sehr gefährliches Spiel spielte. Dieser junge Gentleman war boshaft, provozierend und tollkühn gewesen. Er hatte aber auch Angst gehabt. Und diese Angst wurde nicht allein durch seinen Vater – der durchaus ein furchteinflößender Mann war – hervorgerufen, sondern erwuchs wohl dem ständigen Zwang, sich selbst in Frage stellen zu müssen. An jenem Morgen hatte er bewußt Streit mit seinem Vater gesucht. Heute hatte Gervase die Chards herausgefordert und schien entschlossen, den Kampf bis zum bitteren Ende auszutragen. Und als ich die schlanke Gestalt auf dem nervösen Pferd betrachtete, dessen Ähnlichkeit mit seinem Onkel, Perry Clevedon, nun so verblüffend war, erkannte ich plötzlich mit peinigender Überraschung, gepaart mit Mitgefühl und Verärgerung, daß er auch jetzt Angst hatte. Und es bedurfte nicht Venetias besorgter Miene, um mir zu sagen, daß sein verzweifelter Wagemut ihn eines Tages Kopf und Kragen kosten würde.

»Höher?« fragte er wieder.
»So hoch, wie du willst«, antwortete Gideon. Und mit einer Gehässigkeit, die meinem Wesen zutiefst widersprach, schloß ich, daß es Gideon – diesem hochwohlgeborenen Landedelmann, der davon überzeugt war, daß er sich das Vermögen eines Fabrikanten aneignen konnte, ohne sich die Hände dabei schmutzig zu machen – wohl an Phantasie mangelte, um Angst zu haben.
Bei ihrem ersten Versuch verweigerten beide Pferde schnaubend vor dem Hindernis, bäumten sich auf und drohten die Reiter abzuwerfen. Beim zweiten Versuch übersprangen sowohl Gideon als auch Gervase spielend die Stange und damit, so dachte ich, war ihrem Ehrgeiz wohl Genüge getan.
»Wir könnten es dabei belassen«, schlug Noel vor. »Was meinst du, Dominic?« Doch noch ehe der Baronet antworten konnte, schüttelte Gervase den Kopf und gab damit zu verstehen, daß er sich den Anordnungen der Chards nicht beugen würde.
»Wir brauchen eine klare Entscheidung, nicht wahr – das heißt, wenn du mitmachst, Gideon.«
Gideon Chard zuckte nur die breiten Schultern, nickte und trieb sein von Schweißflocken bedecktes Pferd ein zweites Mal über das Hindernis. Ein wenig eleganter Sprung, dachte ich, der sich mehr durch Kraft als Können auszeichnete und seinem Pferd das Äußerste abverlangte, wofür er es nur mit einem gleichgültigen Klaps auf den Hals belohnte.
Aber er hatte die Stange ein zweites Mal übersprungen. Er hatte seinen Durchgang erfolgreich abgeschlossen, und was immer danach geschehen mochte, er hatte sich der Herausforderung gestellt und sie erfolgreich bestanden.
Mit jeder Faser meines Seins wünschte ich mir, daß Gervase gewinnen möge. Angespannt verfolgte ich, wie die Hufe seines Pferdes den Morast hochschleuderten, hörte sein Schnauben und roch die starke Ausdünstung.
Ich habe nie begriffen, was dann passiert ist. In meinen Augen hatte Gervase die Hürde bereits glatt übersprungen, da fiel die Stange herab und das Pferd – so erzählte man mir später – landete mit einem Vorderhuf darauf. Ich glaubte, das Splittern von Knochen zu hören, dann einen entsetzlichen Schrei, und mit einem dumpfen Aufprall stürzten beide zu Boden. Fluchend sprangen die Chards aus ihren Sätteln und rannten zu dem Verunglückten.

»Lieber Gott!« hörte ich Mrs. Barforth' erschreckten Ausruf, als sie Gervase unter dem Pferd hervorgezogen hatten und die Stute nicht wieder auf die Beine kam.
»Nein«, flehte Venetia und ballte die Hände. »Gervase . . .«
Er hatte sich aufgerichtet und war mit heilen Gliedern wieder einmal dem Schicksal seines Onkels Peregrine entkommen, dann sank er plötzlich auf die Knie und verharrte so bewegungslos, das Gesicht an den Hals seines Pferdes geschmiegt, das zitternd, dem Tode geweiht, im Morast lag.
Steh auf, dachte ich, Gervase, steh auf! Denn obwohl es mir völlig natürlich vorgekommen wäre, hätte er die Arme um den Hals des Pferdes gelegt und bitterlich geweint, so wußte ich, daß die Chards anders darüber dachten. Für solche Vorkommnisse gab es strikte Regeln – gemäß den Sitten und Bräuchen, der Abstammung und der guten Erziehung –, die unbedingt eingehalten werden mußten. Das Pferd litt entsetzliche Qualen und mußte von seinem Schmerz erlöst werden. Und da es Gervase gehörte und er dieses Unglück verursacht hatte, was, zum Teufel – so war es in den verächtlichen Augen der Chards zu lesen –, tat er dann da am Boden, den Kopf gesenkt, als würde er beten, anstatt wie ein wahrer Gentleman seine Pflicht zu erfüllen?
»Du solltest aufstehen und dein Gewehr holen, nicht wahr?« stellte Gideon fest.
»Und beeil dich!« befahl Sir Dominic, »das Tier leidet entsetzlich. Großer Gott, *Gervase* . . .«
»Soll ich . . .?« fragte Noel zögernd und wurde sofort durch eine unwirsche Geste des Baronets zum Schweigen gebracht, der zurecht die Ansicht vertrat, daß niemand sich da einmischen dürfe. Es war die ehrenvolle Aufgabe eines jeden Reiters, seinem Pferd den Gnadenschuß zu geben.
Sie hatten natürlich in allem recht. Das Pferd mußte erschossen werden. Dem zitternden, unerträglichen Leid mußte ein Ende gesetzt werden, und zwar schnell und durch den Mann, der es verschuldet hatte, oder die ganze Grafschaft würde davon hören – und es verurteilen.
Aber Gervase hob den Kopf nicht, wollte niemandem die Gefühle offenbaren, die ihn bewegten. Und da ich erkannte, daß weder Venetia noch seine Mutter – die längst das Gewehr geholt und geschossen hätte – wußten, wie sie ihm helfen konnten, trat ich einen

Schritt vor und sagte, ohne einen Blick auf Pferd und Reiter zu werfen, sehr scharf und bestimmt: »Nun, was auch immer zu geschehen hat, so gibt es keinen Grund für uns, hier herumzustehen und zuzusehen. Ich habe nie ein Pferd besessen, doch ich kann mir vorstellen, daß dessen Verlust eine sehr intime Angelegenheit ist. Außerdem ist mir kalt, und ich würde gern hineingehen und mich an Ihrem Kamin aufwärmen, Mrs. Barforth, wenn Sie erlauben? Ich habe Blanche gesagt, ich würde nur einen Moment hinausgehen, und sie macht sich vielleicht bereits Sorgen.«

»Ja, ja, natürlich«, antwortete Mrs. Barforth geistesabwesend, ihr Gesicht aschfahl, bis sie dann plötzlich verstand. »*Natürlich* . . . kommt, wir wollen alle hineingehen. Ich hatte Blanche ganz vergessen.«

Und so sprachen wir über Blanche, während wir zum Haus gingen. Die Männer führten ihre Pferde am Zügel, und ich plapperte laut über das Wetter, die ungewöhnliche Kälte, alles, was mir so in den Sinn kam, während meine Gedanken bei der einsamen, zusammengesunkenen Gestalt weilten. Ein Mann, der trauerte, doch worum? Weil er weder Peregrine Clevedon noch Nicholas Barforth war? Weil die Umstände, seine Abstammung, seine Erziehung ihn nicht zu einer eigenen Identität finden ließen? Weil er alles wollte und gleichzeit alles ablehnte? Ich wußte es nicht. Es ging mich nichts an. Es war wohl besser, dachte ich, die Anwort darauf Venetia oder Miss Diana Flood zu überlassen.

6

Wir hörten den Schuß, als wir in dem schäbigen kleinen Salon Tee tranken. Venetia zuckte zusammen, und Mrs. Barforth fuhr aus ihrem Sessel hoch, als wollte sie nach draußen eilen, setzte sich dann jedoch wieder. Blanche murmelte nur träge: »Zucker und Rahm?«, als wäre nichts geschehen.

»Der Nachmittag neigt sich dem Ende zu«, plapperte sie heiter, »wir müssen uns bald auf den Weg machen. Ich habe so angenehme Stunden hier verbracht, Tante Georgiana.«

»Das freut mich, Liebes.«

Aber Venetia verkniff sich wie immer jegliche Höflichkeitsfloskel. »Ich muß Gervase sprechen, ehe ich gehe«, erklärte sie entschlossen,

und da die Chards bereits fort waren, bedrängte sie mich, ihr bei der Suche nach ihm zu helfen.
»Er ist sicher nicht im Haus. Ich gehe zu den Ställen, Grace, und du suchst nach ihm im Kloster.« Meinen halbherzigen Protest, daß ich wirklich nicht wüßte, was ich ihm sagen sollte und ob es nicht besser wäre, ihn jetzt allein zu lassen, tat sie unwirsch ab, stampfte zornig mit dem Fuß auf und fuhr mich an: »Himmel, Grace, sei doch nicht so eigensinnig! Du brauchst ihm doch nur zu sagen, daß ich ihn sehen will, und deswegen wird er dich schon nicht beißen.«
»Aber Venetia – ich soll ins Kloster gehen?«
»Gott – was kann dir im Kloster schon passieren? Ich erwarte ja nicht, daß du in die Ställe gehst, weil ich weiß, daß du Angst vor den Pferden hast und der Geruch nach Mist deiner feinen Nase nicht behagt. Im Kloster ist niemand, außer – so hoffe ich zumindest – Gervase, und das ist nicht einmal gewiß.«
Mir blieb nichts weiter übrig, als ihr zu glauben, und so eilte ich zu der kleinen Seitentür, die sie mir zeigte, durch den kurzen Gang zum Kloster, dem einzigen Teil des ursprünglichen Gebäudes, das noch intakt war. Dort in dem unheimlich stillen stickigen Gemäuer fand ich Gervase – wie Venetia es gewußt haben mußte. Er stand gegen eine Mauer gelehnt da, den Blick ins Leere gerichtet.
Ich sah keinen Sinn darin, in dem bedrückenden Schweigen zu verharren, denn er hatte mich längst bemerkt, und so rief ich laut: »Gervase, es tut mir leid, aber wir fahren jetzt, und Venetia sucht dich.«
»Ach, tatsächlich?« fragte er, und seine Stimme klang zu meiner Erleichterung kühl und fest. Er war wieder ganz der hochnäsige, des Lebens überdrüssige junge Squire, hart und gefühllos, wenn auch noch recht blaß. »Ich kann mir vorstellen, sie weiß, wo sie mich finden kann.«
»Nun – sie ist zu den Ställen gegangen.«
»Dann wollte sie, daß *du* mich findest.«
»Nun, wie auch immer, da ich dich jetzt gefunden habe – soll ich zu Venetia gehen und ihr sagen, wo du bist?«
»Wie geschäftig sich das anhört. Willst du mich nicht fragen, was mit dem Pferd geschehen ist?«
»Ist es für mich wichtig, das zu wissen?«
»Nun – interessiert dich nicht wenigstens, woher ich die zwanzig Guinees nehmen will, die ich an die Chards verloren habe?«

»An Geld mangelt es dir doch gewiß nicht.«
»Nein«, sagte er, und ein nervöses Lachen schüttelte ihn. »Daran mangelt es mir nie. Zwanzig Guinees aufzubringen, wäre für Gideon Chard ein Problem gewesen, aber kaum für mich. Du hältst mich wohl für einen Feigling, nehme ich an.«
»Vielleicht bist du einer.«
»Wie liebenswürdig . . .«
»Aber nicht, weil es dir schwerfiel, dein Pferd zu erschießen. Das wäre mir entsetzlich gewesen.«
»Ach ja, aber dir hätte man es erlaubt, deine Gefühle zu zeigen. Von dir hätte man es erwartet, während dergleichen bei mir fehl am Platze ist.«
»Ist das jetzt noch wichtig, da du letztendlich doch das tatest, was man von dir erwartete?«
»Bist du dir da so sicher?«
»Ich hab' den Schuß gehört.«
»Und was beweist das? Nur daß ein Gewehr abgefeuert wurde. Aber habe ich geschossen? Oder habe ich, nachdem die Luft rein war – du hattest ja freundlicherweise dafür gesorgt – einen Stallknecht geholt, der die Schmutzarbeit für mich erledigte?«
»Gervase, das ist doch jetzt nicht mehr wichtig.«
Schweigen senkte sich über uns, in den uralten, stillen Gemäuern verlor sich Zeit und Raum, schuf ein Vakuum um uns, in dem unbewußt eine vertrauliche Atmosphäre entstand, die uns einander näherbrachte und die Hemmungen auflöste, die sonst ein ehrliches Gespräch verhinderten.
»Es ist wichtig für mich«, sagte er. »Man hat ein ganz bestimmtes Bild von sich, und es ist sehr bitter, wenn man merkt, daß man sich getäuscht hat. Die Chards hätten sich niemals so benommen wie ich. In altbewährter Eton-Manier hätten sie ihre Gefühle beherrscht und damit anderen die Peinlichkeit dieser Szene erspart. Unsere großartigen Privatschulen erziehen zur ›Charakterstärke‹, verstehst du? Nach diesem Ereignis heute werden die Chards sagen, daß ich – weil ich ja nur das Cullingforder Gymnasium besucht habe – keinen Charakter habe.«
»Liegt dir denn etwas an ihrer Meinung?«
»Ja. Es macht mir etwas aus. Das kann man mir als Schwäche auslegen, aber mir liegt an beidem etwas – an ihrer Meinung und wie ich mich selbst einschätze.«

»Ich nehme an, du willst damit sagen, daß du nicht der Mann bist, der du zu sein glaubtest. Und wer bist du?«
»Wollte ich das damit sagen? Welch tiefgründige Erkenntnis!«
»Außerdem glaube ich, daß du das Pferd erschossen hast.«
»Glaubst du das wirklich?«
»Ja. Und die Chards werden das ebenfalls glauben – denn es fehlt ihnen an Phantasie, etwas anderes zu denken.«
Gervase verneigte sich leicht, wobei sein Körper sich kaum von der Mauer löste, und als ich seinem Blick begegnete – weil ich es mir angewöhnt hatte, den Menschen in unangenehmen Situationen in die Augen zu sehen – sah ich, daß seine grünen Augen jetzt sehr hell, fast transparent waren, und ein feines Netz von Falten sie umgab, weil er sie im Gegensatz zu Venetia, die einen stets offen und freiheraus ansah, meist zu schmalen Schlitzen zusammenzog. Und jetzt enthüllten sie mir nur für einen kurzen Moment dieselbe Verletzlichkeit, die ich auch bei Venetia schon gespürt hatte.
»Was hältst du von diesem Ort hier?« wechselte er abrupt das Thema und drückte sich wieder fest gegen die Mauer, mit einer Bewegung, als suche er daran Halt oder nehme sie in Besitz.
»Von *Galton*? Nun, ich . . .«
»Sag ruhig die Wahrheit.«
»Das werde ich. Als Kind hat mir das Haus Angst eingeflößt. Ich hatte erwartet, an jeder Biegung der Treppe einen Geist zu sehen. Als wir heute hierherkamen, da fand ich es – streng, fast ehrwürdig. Und ich glaube allmählich, daß es auch so sein *sollte*.«
Er nickte nur leicht, sein Blick glitt flüchtig den Gang entlang, über die nackten grauen Wände, das Fächergewölbe der Decke und blieb dann an mir hängen.
»Ja, dieser Ort strahlt etwas aus – Kraft . . . Mutter hat einmal versucht, Vater zu verlassen, weißt du – sich ganz von ihm zu trennen –, und *Galton* hat sie davon abgehalten. Ich glaube, sie war damals überzeugt davon, sie könne ganz aus seinem Leben verschwinden, doch als er sie vor die Entscheidung stellte: ›Entweder du tust, was ich von dir verlange, oder *Galton* kommt unter den Hammer‹, hat sie nicht darauf verzichten können.«
»Gervase, wenn du mir damit sagen willst . . .«
»Ja«, erwiderte er, einen verbitterten Ausdruck in den grünen Augen, die dünnen Lippen fest aufeinandergepreßt. »Es geht nicht darum, was ich ›sollte‹ oder ›nicht sollte‹. Ich bin ein verwöhnter, laster-

hafter junger Mann, jeder weiß das, und für mich zählt nur, was ich ›will‹ und nicht was ich ›sollte‹. Wenn Onkel Peregrine noch lebte, wäre alles anders. *Galton* würde dann ihm gehören, und er wäre wohl jetzt so an die fünfzig, gerade im richtigen Alter, um sich mit einem fünfzehnjährigen Mädchen zu verheiraten und einen Erben zu zeugen, und kein Mensch würde sich um mich kümmern. Mutter hätte Vater verlassen können, oder sie hätte sich irgendwie mit ihm arrangiert, und Onkel Perry jeden Monat ihr Taschengeld gegeben, was sie regelmäßig tat, solange er lebte. Aber Onkel Perry hat sich das Genick gebrochen . . .«

»Als er tat, was auch du heute nachmittag getan hast.«

»Genau – oder etwas Ähnliches. Doch anstatt den Besitz mir zu vererben und Mutter als Treuhänderin einzusetzen, hat mein Großvater *Galton* ihr vermacht, was – wie Miss Grace Agbrigg sehr wohl weiß – bedeutet, daß es damit automatisch meinem Vater gehört.«

»Und dein Vater wollte es verkaufen.«

»Nein – der *drohte* damit, es zu verkaufen – gebrauchte es als Waffe für seine Zwecke. Und eines Tages, gemäß ihrer Abmachung, bekomme ich es. Aber bis dahin – und er wählt den Zeitpunkt – hat er sie damit in der Hand. Denn falls er *Galton* verkauft – nun, Grace Agbrigg, in dem Friedhof dort drüben ruhen dreihundert Jahre Clevedon-Tradition. Wie könnten wir zulassen, daß er uns das wegnimmt?«

Er verstummte, aus Empörung, ohnmächtiger Wut, oder weil die Last dieser dreihundert Jahre alten Bürde ihn erdrückte, das wußte ich nicht, aber dadurch hatte ich Gelegenheit, ihm die Frage zu stellen, die mir auf der Zunge brannte.

»Dein Vater ist also fest entschlossen, sich nicht von deiner Mutter zu trennen. Warum?«

»Mein liebes Mädchen!« rief er und hob die Hände in spöttischer Verwunderung. »Du wirst doch nicht im Ernst annehmen, daß er ihr erlauben würde, ihn zu verlassen? Frauen sind ihren Männern gegenüber zu untertänigstem Dank verpflichtet – oder sollten es sein. Sie kämpfen doch unerbittlich darum, einen Mann vor den Altar zu zerren. Und nachdem er sie mit allen weltlichen Gütern ausgestattet und sie vor einem schmachvollen Leben als alte Jungfer bewahrt hat, muß es doch sehr peinlich für ihn sein, wenn sie ihm das alles wieder vor die Füße wirft. Die Leute würden darüber reden,

Miss Agbrigg. Sie würden sagen, daß er wohl sehr niederträchtig und böse oder absonderlich sein muß, damit eine Frau das alles aufgibt.«
»Gervase, ich habe dir eine ernsthafte Frage gestellt.«
»Und ich habe sie beantwortet. Aber eigentlich weiß ich die Antwort darauf nicht. Venetia hat damit etwas zu tun, vermute ich. Schließlich *ist* er ihr Vater, und er kann nicht wollen, daß sie in einen Skandal verwickelt wird. Man kann zwar nicht behaupten, daß er in sie vernarrt ist, aber er hat sich nie der Verantwortung entzogen. Die Barforth' sind so.«
»Ich auch.«
»Ja, davon bin ich überzeugt. Also vermeidet er einen Skandal um Venetias willen. Mag sein, daß er sogar meine Mutter vor sich selbst schützen will – oder vor Julian Flood. Es ist kaum anzunehmen, daß er mit mir darüber redet. Wir haben kein so gutes Verhältnis, um Vertraulichkeiten auszutauschen. Gideon Chard könnte es wissen – vielleicht möchtest du ihn fragen?«
Aber ich ließ mich nicht ablenken.
»Wenn das wirklich seine Beweggründe sind, dann kannst du ihn doch nicht für niederträchtig und absonderlich halten – das verstehe ich nicht.«
Er grinste, und dies war das erste Mal, daß ich ihn heiter sah.
»Dir gefällt mein Vater also, Grace Agbrigg?«
»Ich nehme mir nicht die Freiheit, ein Urteil über ihn abzugeben . . .«
»Ach, tatsächlich? Das sehe ich aber anders. Auf mich machst du einen sehr bestimmten und positiven Eindruck. Und darin dürfte doch gerade ich mich nicht täuschen, wo ich doch so negativ eingestellt bin.«
»Du bist voller Selbstmitleid. Das dürfte wohl eher zutreffen.«
»Und du hast kein Mitleid mit mir? Das hatte ich eigentlich angenommen. Schließlich hast du vorhin, draußen auf der Wiese, sehr eindrucksvoll und wirksam gehandelt – und hast sie alle fortgescheucht, aus Angst, ich könnte mich nicht zusammenreißen, und sie würden über mich lachen.«
»Gervase – ging es dabei nur um das Pferd?«
»Mein Gott, bist du auch noch eine Philosophin, neben all den wunderbaren Dingen, die ich über dich höre? Nein – weil du mich danach fragst. Es war nicht nur das Pferd. Manchmal werde ich sehr schnell müde und fühle mich total erschöpft. Wohl eine Unbestän-

digkeit meines Charakters, eine gewisse Instabilität, die du vielleicht ganz interessant findest?«
»Keineswegs. Tatsächlich empfinde ich diese ganze Unterhaltung allmählich als recht sinnlos.«
»Dann solltest du nicht länger hier bleiben, Grace, an einem einsamen Ort, mit einem sonderlichen fremden Mann.«
»Du bist nicht sonderlich.«
»Bin ich das nicht?« Gervase warf den Kopf zurück und lachte so fröhlich, wie ein weniger komplizierter Mann darüber gelacht hätte, daß ich auf sein Wortspiel hereingefallen war. »Nun, in dieser Hinsicht zumindest bin ich nicht sonderlich. Das kann ich dir beweisen, wenn du möchtest – ich glaube, ich sollte wirklich . . .«
»Das läßt du bleiben.«
Doch als er sich von der Mauer abstieß und auf mich zukam, hatte ich keine Angst vor ihm, so wie ich mich vor Gideon Chard gefürchtet hatte. Es hatte nichts mit Größe oder Stärke zu tun, denn obwohl Gervase schwächer und schlanker war, besaß er allemal Kraft genug, um mir weh zu tun, und er neigte wohl eher dazu, Gewalt anzuwenden als Gideon, der dies niemals für nötig halten würde. Nein, es war einfach, daß nichts in Gervases hagerem, angespanntem Körper mir bedrohlich erschien, so wie mich Gideons Nähe erschreckt hatte. Und dieser Mangel an Angst – den ich in meiner Unkenntnis nicht als Mangel an Begehren erkannte – entfesselte meine Neugier, meine Begierde, die Erfahrung zu machen, nach der ich mich längst sehnte. Blanche war bereits verheiratet und Venetia leidenschaftlich verliebt, und ich ärgerte mich darüber, daß ich mit achtzehn noch darauf wartete, meinen ersten Kuß zu bekommen.
Nachdem ich also beschlossen hatte, die Gelegenheit zu nutzen, konnte ich es kaum abwarten und war überrascht, als seine Hand über meine Wange streichelte und meinen Nacken umfaßte, daß seine Berührung so sanft und irgendwie kühl war, denn ich war auf eine gewisse Grobheit von diesem jungen ungestümen Squire gefaßt gewesen, hatte einen Mund erwartet, der forderte oder mit Gewalt nahm, anstatt nur zögernd zu forschen. Ich erwiderte den Kuß nicht. Ich ließ es nur zu, daß seine Lippen meinen Mund berührten, seine Zunge meine Lippen teilte. Ich blieb ganz ruhig und still, verspürte kein rasendes Herzklopfen, aber auch keine Peinlichkeit, sondern nur ein angenehmes Gefühl, irgendwo im Unterbewußt-

sein, daß diese Erfahrung recht erfreulich und wohl auch verwegen war, mich aber keineswegs meiner Selbstkontrolle beraubte.
»Grace Agbrigg«, flüsterte er in mein Ohr, und sein kurzes nervöses Lachen ließ meine Haut prickeln. »Ich habe dich verkannt. Ich hielt dich für ein unschuldiges Schulmädchen und frage mich nun, was sie dich in der Schweiz gelehrt haben?«
Worauf ich mit gespielter Entrüstung antwortete: »Gütiger Himmel! Gervase, mit achtzehn werde ich bei einem Kuß wohl kaum in Ohnmacht fallen.«
Und als er am nächsten Morgen nach *Listonby* geritten kam und mich bat, seine Frau zu werden, fragte ich mich natürlich als erstes, was ihn dazu veranlaßt haben mochte. Und meine Antwort entbehrte nicht nur jeglicher romantischer Anwandlung, sondern hörte sich selbst in meinen Ohren eher wie Schelte an.
»Also wirklich, Gervase, wenn es nur deswegen ist, was im Kloster geschehen ist, so laß dir gesagt sein, daß ich mich kein bißchen kompromittiert fühle. Wenn dich nur Pflichtgefühl hierhergeführt hat oder die Meinung, du hättest dich in irgendeiner Weise festgelegt . . .«
Aber er ließ mich nicht weiterreden. Seine seltsamen hellen Augen zornig zu schmalen Schlitzen zusammengekniffen unterbrach er mich. »Nun gut, ich habe dich im Kloster geküßt. Und wenn schon, Grace Agbrigg? Ich wäre nicht hier und würde dir einen Antrag machen, wenn ich es nicht wollte, selbst wenn ich dir Schlimmeres angetan hätte.«
Als er sich endlich so weit beruhigt hatte, daß er meine ablehnende Antwort akzeptieren konnte und davonritt, mußte ich mir eine Stunde später die Vorwürfe seiner Schwester anhören, die sich bitter beklagte, daß ich damit auch ihr das Herz gebrochen hätte.
»Es gibt keine gebrochenen Herzen, Venetia. Gervase liebt mich nicht.«
»Wie willst du das wissen?«
»Ich weiß es einfach. Und außerdem hat er es auch nicht gesagt . . .«
»Natürlich hat er es nicht gesagt. Er wüßte nicht, wie er diese Worte über die Lippen bringen sollte. Aber eines weiß ich gewiß – darüber gibt es absolut keinen Zweifel –, er ist nicht gekommen, weil sein Vater es von ihm verlangt hat. Das allein wäre Grund genug für ihn, dich *nicht* zu bitten, seine Frau zu werden. Und die Tatsache, daß er dir einen Antrag gemacht *hat*, bedeutet, daß er dich haben

will – und ich will dich – und Vater will dich. Und ich weiß auch, wie sehr er dich haben will, denn Mutter ist dagegen – absolut dagegen –, und er stellt sich sehr selten gegen sie. Du könntest so viel für ihn tun, Grace.«

»Und was könnte er für mich tun?«

Venetia lächelte und schob ihre Hand in meine.

»Nun – zuerst einmal würde er dich zu meiner Schwägerin machen. Und dann, er ist auch sehr reich. Und hältst du ihn nicht für sehr gut aussehend?«

»Da muß ich dir wohl zustimmen, weil er dir so ähnlich ist.«

»Danke, Liebes. Und wirst du ja sagen, wenn er dich wieder fragt?«

Diese Gefahr bestand wohl nicht, entschied ich. Der Antrag war nur einer seiner launischen Einfälle gewesen. Irgendein Schnörkel in seinem komplizierten Wesen hatte mich wohl an jenem Tag in *Galton* attraktiv für ihn erscheinen lassen. Ganz gewiß würde er mich nicht noch einmal fragen und würde mir eher deswegen dankbar sein, so dachte ich, daß ich so vernünftig war, ihn abzuweisen. Und falls er unbedingt heiraten wollte, so würde er mittlerweile bestimmt Diana Flood den Hof machen. Und es blieb Miss Flood überlassen, mich über diesen Irrtum aufzuklären, denn als ich ihr einige Tage später in *Listonby* begegnete, war sie sehr abweisend und unglücklich und brachte nicht mehr als ein frostiges: »Geht es Ihnen gut, Miss Agbrigg?« über die Lippen.

Miss Flood ging es offensichtlich nicht gut, und ich zuckte leicht zusammen, als Venetia beiläufig erklärte: »Ach . . . Diana. Sie muß sich eben einen echten Squire – den herzhaften, vierschrötigen Typ – suchen und das Beste daraus machen.«

Bei meiner Rückkehr nach Fieldhead erwartete mich eine erboste, vorwurfsvolle Mrs. Agbrigg und verlangte mit eisiger Miene zu wissen, welche Entschuldigung ich für mein ungehöriges Benehmen vorzubringen hätte. Denn wie sich herausstellte, hatte Gervase keine Zeit verloren und nicht nur seine Mutter über sein Vorhaben informiert, sondern war noch am selben Tag nach *Tarn Edge* geritten, um das erste Mal seit Jahren, ja vielleicht das erste Mal überhaupt, seinen Vater um Hilfe zu bitten. Mr. Barforth war daraufhin sofort nach Fieldhead gefahren und hatte Vater seine Vorstellungen über die Bedingungen der bevorstehenden Verbindung unterbreitet. Ich war das Mädchen, das er sich für *Tarn Edge* wünschte. Vater mochte wohl berechtigte Bedenken in bezug auf Gervases Persönlichkeit haben, doch der Ehevertrag würde ganz in Vaters Sinn abgefaßt werden. Man würde mir ein Taschengeld und Haushaltsgeld in jeder gewünschten Höhe zugestehen. Mr. Barforth war zu großzügigen Zugeständnissen bereit, und obwohl er von Vater dasselbe erwartete, ließ er auch keinen Zweifel darüber aufkommen, daß er sich persönlich für mein Wohlbefinden verantwortlich fühlte und Gervase ihm Rechenschaft ablegen müsse, sollte er mich nicht glücklich machen. Und um die Angelegenheit endgültig zu regeln, fuhr er anschließend nach *Galton* und instruierte seine Frau dahingehend, daß sie gefälligst ebenfalls ihr Einverständnis zu unserer Ehe zu geben habe.

»Du hättest es deinem Vater nicht sagen dürfen«, warf ich Gervase vor, als wir uns wiedersahen.

»Das weiß ich. Aber ein verzweifelter Mann greift zu verzweifelten Mitteln.«

»Mir wäre lieber, du würdest dich nicht so verzweifelt geben. Das kommt mir sehr töricht vor.«

»Mein Vater scheint über meinen jetzigen Zustand höchst erfreut zu sein. Und ich kann es irgendwie nicht fassen, wie natürlich es mir plötzlich erschien, ihn um Hilfe zu bitten.«

»Vielleicht solltest du dir das zur Gewohnheit machen.«

»Glaubst du?«

»Ich glaube, du wärst glücklicher, wenn du dich dazu durchringen könntest.«

»Ich würde es gern versuchen. Aber dazu brauche ich dich, damit du mir zeigst, wie man das macht.«

»Was für ein Unsinn, Gervase . . .«

»Nein«, wehrte er entschieden ab, und seine grünen Augen hatten wieder diesen durchsichtigen hellen Schimmer, wie immer, wenn er sehr erregt war. »Nein, das ist absolut kein Unsinn, Grace. Du erlaubst doch, daß ich dich weiterhin besuche? Ich verspreche, ganz ruhig und geduldig zu sein und mich anständig zu benehmen.«

Und die einzige Verbündete, die ich in meinem Dilemma fand, war ausgerechnet meine Stiefmutter.

»Das alles ist einfach lächerlich«, empörte sie sich. »Jonas, du mußt das unterbinden.«

»Es liegt an Grace, eine Entscheidung zu treffen«, erwiderte Vater bedrückt. »Ich werde sie in keiner Weise beeinflussen. Es ist die wichtigste Entscheidung ihres Lebens – vielleicht die einzige, die sie jemals allein treffen muß. Da darf ich mich nicht einmischen.«

Doch obwohl ich immer wieder mit Nachdruck erklärte, daß ich mich bereits entschieden hätte, ihn einmal abgewiesen hatte und es wieder tun würde, schien niemand mir zu glauben. Jeder war so seinen eigenen Wunschvorstellungen verhaftet, daß meinen Worten wenig Bedeutung beigemessen wurde.
Ich sollte ins Ausland geschickt werden, entschied Mrs. Agbrigg. Ich würde früh genug das Haus verlassen, erwiderte mein Vater, und zum ersten Mal seit er mit ihr verheiratet war, stellte er sich zwischen uns und befahl ihr, mich in Ruhe zu lassen. Man sollte mir Zeit geben, stimmte auch Mr. Barforth zu. Ich war jung und dabei, den wichtigsten Schritt in meinem Leben zu tun. Zu diesem Zugeständnis war er bereit, vorausgesetzt, ich zögerte nicht zu lange und fügte mich schließlich wie jede vernünftige Frau in mein Schicksal, das ihm so sehr zupaß kam. Und bald hatte ich das alptraumhafte Gefühl, daß jedesmal, wenn ich den Mund aufmachte, um nein zu sagen, zu erklären, daß die Entscheidung bereits gefallen sei und ich Gervase nicht heiraten würde, niemand meine Stimme hörte oder die Worte in einer unverständlichen Sprache herauskamen.
»Eine vortreffliche Partie«, schrieb Großmutter Agbrigg aus Scarborough, denn sie war eine geborene Miss Hannah Barforth, und ihr gefiel der Gedanke, daß das Barforth-Geld in der Familie blieb.
»Sagte ich nicht, du würdest die nächste Braut sein?« schrieb Großmutter Elinor begeistert aus Cannes, denn auch sie war eine Barforth, die hübsche, lebenslustige Miss Elinor, die einmal des Geldes wegen und ein zweites Mal aus Liebe geheiratet hatte und auch jetzt noch für romantische Gefühle empfänglich war.
»Du wärst dann außerordentlich reich«, sagte Blanche, »mit mehr Taschengeld, als ich habe, denn *Listonby* ist sehr kostspielig, und Westminster – da Dominic sich nun für eine politische Karriere entschieden hat – wird noch mehr kosten.«
Aber Mr. Nicholas Barforth, der genau zu wissen schien, welche Saite er in mir zum Klingen bringen mußte, schickte Venetia, die mir versicherte, daß meine Position in *Tarn Edge* ein erhebliches Maß an Machtbefugnis und Freiheit einschließen würde.
»Ich weiß, dir ist die ganze Geschichte verhaßt«, sagte sie und ließ sich neben mich auf das Sofa plumpsen, und du wirst mich möglicherweise dafür hassen, daß ich überhaupt darüber rede. Aber Vater sagt, wenn du zu uns kommst, brauchst du dir meinetwegen keine Sorgen zu machen. Ich bin nur die Tochter des Hauses, deren

Meinung nicht zählt, und da Mutter nicht mehr in *Tarn Edge* lebt, wärst du dort alleinige Herrin, so als würde das Haus Gervase gehören. Vater sagt, du könntest ganz nach eigenem Gutdünken schalten und walten, Dienstboten einstellen und entlassen, alles nach deinen Vorstellungen ändern – das Haus ist so heruntergekommen, daß *jede* Veränderung nur von Vorteil wäre. Und Mrs. Agbrigg hätte in seinem Haus kein Recht, dir etwas vorzuschreiben. Wir haben uns gefragt, ob dir bewußt ist, daß niemand, absolut niemand dir im Wege stehen würde . . .«

Diese überaus verlockende Möglichkeit hatte ich verdrängt, denn ich war mir bewußt, sie könnte meine Entscheidung beeinflussen. Nun konnte ich die Augen nicht mehr davor verschließen, ließ der Sehnsucht nach einem freien, unabhängigen Leben freien Lauf, und das beunruhigte mich zutiefst. Natürlich würde mich keine absolute Freiheit erwarten, denn für jeden Entschluß, den ich faßte, hatte ich meinem Ehemann und meinem Schwiegervater Rechenschaft abzulegen. Doch innerhalb der Grenzen dieses überaus prächtigen Hauses bot man mir soviel Macht, soviel Freiheit, wie sich eine Frau nur wünschen konnte, mehr vielleicht, als ich woanders finden würde. Und von dieser Vorstellung beflügelt, erkannte ich rasch das Ausmaß dieses verlockenden Angebotes – wie Mr. Barforth sicher vorhergesehen hatte –, und da nur die Ehe mir einen Weg zur Selbstverwirklichung bot, konnte ich nicht länger leugnen, daß es keine vorteilhaftere Verbindung für mich geben würde.

Natürlich lehnte ich nach wie vor eine Ehe mit Gervase ab, denn dazu bedurfte es mehr als die gewiß sehr verlockenden Vorteile, die sich mir boten. Aber nur einmal angenommen, ich würde ihn heiraten, was sprach dagegen, daß Gervase die beiden widersprüchlichen Seiten seines Charakters nicht vereinen könnte, gleichzeitig das freie Leben in *Galton* zu genießen und das Barforth-Imperium zu verwalten.

Jemand mußte eines Tages *Tarn Edge* übernehmen, denn Mr. Barforth war nicht mehr der Jüngste, und Venetia, dessen war ich mir sicher, würde weder Gideon Chard noch einen anderen Mann heiraten, den ihr Vater für sie auswählte, sondern vermutlich einen idealistischen, sanftmütigen, lebensuntüchtigen Träumer wie Charles Heron, der für die Leitung der Fabriken ebensowenig taugte wie Gervase. Dann mußte jemand zur Stelle sein, der klare und vernünftige Entscheidungen traf, der damit vertraut war, wie diese Unter-

nehmen entstanden und gewachsen waren und der dafür sorgen konnte, daß die Arbeit von Generationen weitergeführt wurde.
Natürlich würde dieser jemand nicht Grace Agbrigg sein, doch Grace Agbrigg sah sich durchaus in der Lage, entscheidenden Einfluß auf das Leben in *Tarn Edge* zu nehmen und fühlte sich befähigt, einen Vorteil, der sich ihr bot, zu nutzen. Nur wenige Frauen in ihrer Situation erhielten die Chance einer echten Lebensaufgabe. Und obwohl diese Aussichten, diese Verlockungen meine ablehnende Haltung nicht ins Wanken brachten, so verursachten sie doch allmählich einen Wandel in mir, bis mich die Herausforderung, die *Tarn Edge* bedeutete, ebensosehr reizte wie die Herausforderung, die in Gervases schwierigem Charakter lag, und ich erreichte den Punkt, wo ich mich fragte, warum er mich überhaupt heiraten wollte.
Ihn lockte nicht mein Geld, wie es wohl bei den meisten Männern der Fall gewesen wäre, und ich mußte mir eingestehen, wie sehr die schreckliche Vorstellung, nur des Geldes wegen umworben zu werden, mir zugesetzt hatte. Und gleichzeitig war ich doch enttäuscht, wie rasch Gideon Chard sich von mir zurückgezogen hatte, aus Angst, wie ich vermutete, seine Anstellung und jegliche Chance auf Venetia zu verlieren, sollte er Mr. Barforth' Plänen in bezug auf mich und Gervase in die Quere kommen.
Nein, Gervase Barforth wollte nicht mein Geld. Was dann?
»Liebes, du bist so schön«, rief Venetia aus.
»Unsinn – absoluter Unsinn!«
»Aber ja, das bist du. Ich habe dich immer um dein dichtes dunkles Haar beneidet, deine blaugrauen Augen und deine *Ausstrahlung*, Grace. Wenn du einen Raum betrittst, wenden sich dir alle Augen zu, und wenn du sprichst, hört man dir zu. Aber das ist ja eigentlich gar nicht so wichtig. Du bist schön, und ich habe dich lieb.«
»Aber Gervase kennt mich doch gar nicht, wie kann er mich da lieben?«
»Also das«, erklärte Venetia empört, »ist nun wirklich Unsinn. Mein Gott! Ich habe nicht länger als eine halbe Stunde gebraucht, um mich in Charles zu verlieben und jetzt – sieh mich doch nur an – liebe ich ihn von Minute zu Minute mehr. Und es tut mir so *wohl*. Ich habe das Gefühl, ich blühe richtig auf, und sogar Prinzessin Blanche, die sonst keiner Frau Beachtung schenkt, fragte mich letzthin, welche Creme ich denn benutze, meine Haut schimmere so

wunderbar. Nun, das ist ein Töpfchen, aus dem sie nie schöpfen wird, das sage ich dir, oder sollte ich es lieber dem armen Noel sagen? Grace, willst du denn nicht geliebt werden?«

Ja. Ja, natürlich. Selbst gewissenhafte kleine Mädchen, die zu vernünftigen, tüchtigen jungen Frauen heranwachsen, haben sich manchmal in romantischen Träumen verloren, vor allem dann, wenn deren Kindheit, wie in meinem Fall, so arm an liebevoller Zuneigung gewesen war.

»Meine Liebe«, murmelte Mrs. Rawnsley vertraulich, die unbedingt als erste die Neuigkeit erfahren wollte, »dieser junge Mann quält sich so, daß man wirklich ein Herz aus Stein haben müßte, ihn nicht zu bedauern. Und wenn man bedenkt, wie wild er war – meine Liebe, was für ein Triumph für Sie.«

»Er liebt dich«, beteuerte Venetia immer wieder. »Frag nicht warum, freu dich einfach darüber. Was gibt es Schöneres auf der Welt als *das*?«

Und allmählich, obwohl ich immer noch überzeugt war, keine Zuneigung für Gervase zu empfinden, zog er mich in seinen Bann.

Er versuchte nicht mich durch Beteuerungen wie: »Ich liebe dich – ohne dich kann ich nicht mehr leben«, für sich zu gewinnen, er tigerte nur in Mrs. Agbriggs Salon auf und ab wie ein gefangener Kater und war verdrossen über die erneute Ablehnung seines Antrags. Er sagte: »Ich werde warten. Das kam alles zu plötzlich für dich. Sag jetzt bitte nichts, Grace . . . kein Wort. Überleg es dir . . . *bitte.*«

»Ich *habe* es mir überlegt. Ich glaube, du täuschst dich in mir, Gervase. Deine Mutter wird es niemals gutheißen . . .«

»Sie wird mir verzeihen. Sie wird einsehen, daß ich mit dir ruhiger und umgänglicher – ja vielleicht sogar glücklich – sein werde. Sie wird schließlich erkennen, daß damit auch ihre Wünsche in Erfüllung gehen. Grace, sie sind beide meine Eltern. Gibt es irgendeinen Grund, warum ich sie nicht beide zufriedenstellen könnte?«

»Das wäre durchaus möglich.«

»Ich glaube dir. Ich hielt es immer für möglich. Doch jetzt glaube auch ich daran. Ich muß dich haben, Grace.«

Und so verbreitete sich in Cullingford, in Scarborough, in bestimmten Stadtteilen Londons, in Südfrankreich die Nachricht, daß er Anspruch auf mich erhob, daß ich das ausschließliche Eigentum der Barforth' geworden war und jeder andere hoffnungsvolle junge Mann diese Tatsache gefälligst zu akzeptieren habe.

Es war natürlich ärgerlich für mich, daß die anderen jungen Männer, die ich kannte, plötzlich auf Distanz gingen oder Miss Mandelbaum mir zuflüsterte: »Meine Liebe, man muß Ihnen wohl gratulieren, obwohl Miss Tighe sehr enttäuscht sein wird. Sie hatte so fest damit gerechnet, daß Sie sich für das Frauenwahlrecht engagieren würden, aber dafür fehlt Ihnen jetzt wohl die Zeit – und die Motivation.« Verärgert erkannte ich, daß dieser mächtige Mr. Barforth geschickt die Fäden zog. Ich fühlte mich manipuliert und war gleichzeitig geschmeichelt, denn seine Anerkennung war nicht leicht zu erringen, und ich fragte mich, ob ich sie mir auf Dauer würde erhalten können.

Und in zunehmendem Maße wurde Gervase ein Bestandteil meines Lebens. Ich begegnete ihm fast täglich, er nahm immer mehr meiner Zeit und Aufmerksamkeit in Anspruch, verwirrte und erschöpfte mich, brachte mich zum Lachen, wärmte mich, berührte mich, ließ mich manchmal grausam, manchmal lieb zu ihm sein – doch er war immer da.

»Was für ein Ärgernis du doch bist, Gervase.«

»Ja, das bin ich.«

Und er blieb es weiterhin. In jedem Salon begegnete ich seinem vorwurfsvollen Blick, doch wenn er am nächsten Tag nicht kam, fing ich an, ihn zu vermissen. Mein Blick wanderte unaufhörlich zur Tür und ich hoffte, dort den stets etwas zerzausten Kopf, das blasse Gesicht und die hellen Augen zu entdecken.

An dem Abend, als ich an dem Ball in der Stadthalle teilnahm und in meinem weit ausgeschnittenen Kleid aus weißer Spitze keinen Tanz ausließ und vergnügt von einem Partner zum nächsten flog, vermied ich bewußt in die Richtung zu sehen, wo Gervase wie ein unheilvoller Geist gegen die Wand gelehnt dastand und sich vor Verlangen nach mir verzehrte. Und als wir dann miteinander tanzten, umklammerten mich seine Finger so eisern, daß es mich schmerzte.

»Du hast kein Recht darauf, so eifersüchtig zu sein, Gervase, und so ein verdrießliches Gesicht zu machen.«

»Das kannst du mir nicht verbieten, Grace. Ich bin eifersüchtig, und ich bin unglücklich.«

Ich war fest entschlossen, mich nicht durch sein Elend beeinflussen zu lassen. Ich würde ihn weiterhin freundlich und höflich behandeln, bis dieses seltsame Gefühl in ihm, das wie ein Strohfeuer aufgeflammt war, wieder erlosch. Doch als er dann mit aschfahlem Gesicht den Ballsaal verließ, um mich, wie er sagte, meinen Vergnügungen zu überlassen, blickte ich ihm bekümmert nach und wünschte ihn an meine Seite zurück, nicht weil ich mich nach *ihm* sehnte – natürlich nicht –, sondern weil ich mir Sorgen um ihn machte. Er war so aufgebracht und zornig gewesen, und in dieser Stimmung war er zu allem fähig. Er jagte womöglich mit seinem Pferd auf halsbrecherische Weise durch die Finsternis oder provozierte einen Streit – und ich begann mich für ihn verantwortlich zu fühlen.

An einem strahlenden, frostklaren Dezembernachmittag begleitete Gervase Mrs. Agbrigg und mich durch die neu erbaute Fabrik in Nethercoats, und wir wurden mit Aufmerksamkeiten überhäuft. Mr. Nicholas Barforth höchstpersönlich begrüßte uns mit einem Glas Sherry und zeigte uns die eleganten, eichengetäfelten Büroräume, die weitläufigen Lagerhallen, in denen die Regale von Ballen aus Samt und Seide überquollen.

»Auf Sie wartet ein riesiges Erbe, Mr. Barforth«, bemerkte Mrs. Agbrigg, als Gervase uns zur Kutsche brachte. Und in seinem dunklen Anzug, dem weißen Hemd kam er mir wie ein Fremder vor, als er den Blick über das geschäftige Treiben im Fabrikhof, die gewaltigen Schornsteine im Hintergrund schweifen ließ, diese äußeren Zeichen einer ungeheuren Verantwortung, die dieses Erbe mit sich brachte.

»So ist es, Mrs. Agbrigg«, erwiderte er ruhig. »Und unglücklicherweise habe ich nicht die Fähigkeiten und die Begabung dafür geerbt. Ich muß einfach versuchen, das Beste daraus zu machen. Grace, darf ich dich morgen besuchen?«

»Ja, bis morgen dann.«

Und intuitiv hielt ich ihm meine Hand hin und übersah Mrs. Agbriggs mißbilligenden Blick, als er sich darüber beugte und sie küßte.

Lady Caroline Chard wurde in der kleinen Dorfkirche von *Listonby* die Herzogin von South Erin. Die Hochzeit fand im Beisein ihrer Mutter, Lady Verity Barforth, die extra zu diesem Ereignis aus Südfrankreich angereist war, zwei Tage vor Weihnachten statt. Ihre Brüder, Mr. Nicholas Barforth und Sir Blaize, waren ebenfalls in Begleitung ihrer Frauen erschienen – Mrs. Georgiana Barforth, strahlend im Glanz ihres wertvollen Smaragd- und Diamantschmucks,

den sie bei solchen Gelegenheiten anlegte; und Tante Faith, liebenswürdig und elegant wie immer, bevorzugte die gedämpften Farbtöne des Bernsteins und Aquamarins. Nur wenige auserwählte Gäste waren zu dieser Feierlichkeit geladen worden.
Sir Dominic geleitete seine Mutter zum Altar; Blanche schwebte wie eine Fee in die Kirche und nahm ihren Platz zwischen Gideon und Noel ein, der sehr gut in der Paradeuniform der Husaren aussah. Mrs. Agbrigg saß neben mir; auf der anderen Seite saßen Gervase und Venetia. Gervase war angespannt und schweigsam, während Venetia vor Aufregung glühte, denn es war ihr gelungen, auch eine Einladung für Charles Heron zu ergattern.
Ich wußte, daß sie ihn in letzter Zeit häufig getroffen hatte, denn ihr Vater, der mit aller Kraft die Heiratsabsichten seines Sohnes unterstützte, forschte nicht näher nach, wenn sie vorgab, ihre Mutter in *Galton* oder mich zu besuchen, während sie in Wirklichkeit jede Gelegenheit nutzte, keine Entfernung scheute, um eine Stunde mit Charles zu verbringen.
»Ich bin dabei, meinen guten Ruf zu ruinieren«, eröffnete sie mir übermütig. Doch ich wußte, daß nichts Unschickliches vorgefallen war. Im Überschwang ihrer Gefühle mochte sie sich ihm wohl zur Begrüßung in die Arme werfen, und schon die Tatsache, daß sie sich mit einem jungen Mann allein traf, konnte ihr gehörigen Schaden zufügen. Aber Venetias Liebe war viel zu romantisch und idealistisch, ihre Umarmung drückte eher Vertrauen als Sinnlichkeit aus, und sie bot ihm nicht das Gefühl drängender Leidenschaft, sondern eher eine allmähliche liebevolle Erfüllung ihrer Hoffnungen, eine starke hingebungsvolle ausschließliche Liebe.
Ich kannte Charles Heron kaum; er hatte ein blasses, empfindsames Gesicht, sprach stets ruhig und etwas stockend, obwohl seine Ansichten über soziale Gerechtigkeit, Atheismus und republikanische Staatsformen sehr revolutionär waren. Ich glaubte jedoch, daß er nicht gläubig war, weil er seinen strengen frömmlerischen Vater verachtete. Die umstürzlerischen Thesen, die er vertrat, waren bei weitem nicht so rigoros wie die Parolen, die ich auf dem Kontinent gehört hatte. Er befürwortete das allgemeine Wahlrecht und hatte zustimmend genickt, als ich forderte, dieses Recht auch den Frauen zuzugestehen. Er glaubte an das Recht auf Bildung für Kinder beiderlei Geschlechts, und so hatte ich das Gefühl, daß aus ihm eines Tages ein vernünftiger Lehrer werden würde.

Charles Herons republikanische Theorien würden sich ebenso geben, wie seine kindliche Verachtung für materielle Werte und die unrealistische, wenn auch christliche Einstellung, alle Güter dieser Welt sollten gleichmäßig und gerecht unter allen Menschen verteilt werden. Ich konnte mir ein Lächeln nicht verkneifen, als ich mir vorstellte, was Mr. Nicholas Barforth ihm darauf erwidern würde und wandte dann hastig den Kopf ab, denn während ich versuchte, einen Blick auf Charles Heron in den hinteren Bänken zu werfen, entdeckte ich plötzlich das dunkle verlebte Gesicht von Julian Flood, und neben ihm stand mit verbitterter, eisiger Miene seine Nichte Diana.

Die frischvermählte Herzogin und ihr fröhlicher kleiner Herzog würden nicht lange in *Listonby* bleiben, denn in London wurden sie zu unzähligen Weihnachtsfestivitäten erwartet, die es nicht zu versäumen galt. In *Listonby* wurde ein opulentes Hochzeitsessen aufgetragen; der Champagner floß in Strömen; die Herzogin genoß ihren Triumph; Blanche strahlte selbstzufrieden, denn sie hatte einen Weg gefunden, die sozialen und häuslichen Verpflichtungen als Herrin von *Listonby* zu umgehen, und ihrer Schwiegermutter am Abend zuvor eröffnet, daß sie schwanger sei.

Die Herzogin hüllte sich dann in ihren pelzbesetzten Mantel, setzte den Federhut auf, und der Herzog verteilte Abschiedsküsse, als wären es Orden. Der Kutsche des Brautpaares zum Bahnhof folgten weitere Kutschen, die die Gäste davontrugen. Blanche sank anmutig, einige reizende Tränen in den schönen Augen, auf ein Sofa, und Venetia – die durch ein Fenster hinausspähte – streckte die Hand nach Charles Heron aus. Ihr Gesicht war vor Freude und Liebe so verklärt, daß es mir einen schmerzhaften Stich versetzte. Und dann kam Gervase. Er führte mich hinaus in den klaren frostigen Tag, ein wolkenloser Himmel wölbte sich über den kahlen Bäumen der kargen Landschaft.

Schweigend und mit entschlossenen, weit ausholenden Schritten, denen ich in meinem hinderlichen Rock und den dünnen Schuhen kaum zu folgen vermochte, eilte er durch die beißende Kälte.

»Gervase, ich bin ganz außer Atem.«

»Ja, das sehe ich.«

»Würde es dir etwas ausmachen . . .?«

»Ja«, sagte er grimmig, »ja, es macht mir etwas aus.« Und im Schutz einer immergrünen Hecke blieb er plötzlich stehen, umklammerte

mit schmerzhaftem Griff meine Schultern und küßte mich hart auf den Mund. Energisch befreite ich mich aus dieser heftigen Umarmung.
»Ich glaube, das reicht . . .«
»Ich kann nicht länger warten, Grace.«
»Das verlangt niemand von dir. Ich habe dir schon wiederholt gesagt . . .«
Doch wieder riß er mich in seine Arme, preßte mich gegen seinen harten, angespannten Körper, und diesmal gab ich nach, spürte die Qual in ihm und ließ dem uralten weiblichen Bedürfnis zu lieben und zu heilen freien Lauf.
Neben der Hecke stand eine schmiedeeiserne Bank, wir setzten uns. Mit hochgezogenen Schultern, den Kopf gesenkt, das Gesicht in den Händen verborgen, saß er da, und die Anspannung seines Körpers brachte die Luft um uns herum förmlich zum Erzittern. Und ich erinnerte mich daran, wie er auf der Wiese vor seinem Pferd gekniet war – so schwach und verletzlich –, da legte ich ihm eine Hand auf die Schulter und erschrak über das Beben, das ihn durchlief, das zerquälte, zornige Gesicht, das er mir zuwandte, als er mir mit schmalen Lippen die Worte entgegenschleuderte: »Ich brauche dich, Grace. Verdammt noch mal, verstehst du das denn nicht? Grace – *bitte*!«
Und immer noch dachte ich, warum mich? Aber auch ich war jetzt außer Atem, nicht nur wegen des ungestümen Marsches hierher. Ich fühlte mich ein wenig schwindlig, wollte lachen und weinen gleichzeitig, und ich wehrte mich nicht mehr, als er dann meine Hände ergriff, ganz zart diesmal, und mich wieder küßte.
»Ich brauche dich, Grace.«
Ich schüttelte den Kopf. Aber jetzt wartete ich auf seinen Kuß, neigte mich ihm zu, legte meine Arme um diesen schmalen, so verletzlichen Mann, dessen harter, sehniger Körper mich nicht erschreckte. Wohlig atmete ich seinen Geruch nach Lavendel und Zitrone ein, schmiegte meine Wange an seine weiche Haut, liebkoste sie mit den Lippen.
Dann standen wir auf und gingen zum Haus zurück. Es bedurfte keiner Worte mehr, und hinter jedem schützenden Baum, jeder Hecke, blieben wir stehen, und wie verzaubert schmolz aller Widerstand in mir, und ich erwartete von Mal zu Mal begieriger seinen Kuß, folgte den Impulsen meines Körpers und genoß dieses süße hingebungs-

volle Prickeln, das mich in seine Arme drängte. Und noch ehe neugierige Augen uns entdecken konnten, erwiderte ich seine Küsse mit einer Freizügigkeit und Lust, die mich ergötzte. Ein befreiendes Gefühl durchströmte mich, so als würde ich mit losem Haar, ohne einengende Kleidung durch wärmende Strahlen tanzen. Es war wohl ein sehr wollüstiges Gefühl, aber das bekümmerte mich nicht.

Noch hatte ich mein Jawort nicht gegeben. Nichts war bisher entschieden. Aber als wir das Haus betraten, wo noch immer einige Gäste in der Halle Champagner tranken, verebbten die plaudernden Stimmen so plötzlich, als ob man spürte, daß »etwas in der Luft lag«. Und als wir uns den Anwesenden in gehörigem Abstand zueinander näherten, blickte Gervase seinen Vater an und umfaßte dann mit festem Griff meine Hand.

»Guter Junge«, sagte Mr. Barforth. Es war geschehen.

7

Die erste Woche unseres Ehelebens verbrachten wir in Cumbria in einem versteckten kleinen Cottage mit Schieferdach, unweit des Dorfes Grasmere am Rydal Water. Wir fühlten uns erleichtert, daß wir nun verheiratet waren und das ganze Spektakel vorüber war.

Die Verbindung zweier so bedeutender Handelshäuser mußte schließlich mit allem Pomp und Aufwand gefeiert werden, das wurde von den Barforth' und Agbriggs erwartet. Reichtum mußte zur Schau gestellt und Geld verschwenderisch ausgegeben werden.

Am Abend vor unserer Hochzeit hatte Vater mich zu sich in sein Arbeitszimmer gerufen und mir in seiner Eigenschaft als Rechtsanwalt den Status einer verheirateten Frau erklärt, der kein selbständiger Status mehr war. Wenn ich am nächsten Morgen am Arm meines Mannes die Kirche verließ, würde nur noch eine Mrs. Gervase Barforth existieren, die ihrerseits keinerlei Rechte besaß. Meine Mitgift, mein Besitz gehörten dann meinem Mann. Er konnte ganz nach Gutdünken über mich und die Kinder, die wir haben würden, verfügen. Alles gehörte ihm.

Doch wie es bei vermögenden Familien üblich war, so erklärte mir Vater, hatte man zu meinem Schutz gewisse Vorkehrungen getroffen und mittels eines Ehevertrages meine finanzielle Situation abgesichert. Zu meiner Verfügung würde eine bedeutende Summe stehen,

in verschiedenen komplizierten Treuhandfonds war mein Anspruch auf das zu erwartende Erbe geregelt, es würde mir also nie an Geldmitteln fehlen.
Zusätzlich hatte mein Vater von Mr. Barforth verlangt, Gervases Einkünfte offen darzulegen und Auskunft darüber gefordert, welche Vermögensanteile eines Tages an Venetia, ihren Mann und deren Kinder gehen würden. Mein Vater, als mein Rechtsberater, hatte darauf bestanden, in allen Einzelheiten zu erfahren, wie meine finanzielle Position in der Barforth-Familie aussehen würde. Mr. Barforth war sehr entgegenkommend gewesen, und in Zukunft würde Gervases Einkommen nicht mehr aus willkürlichen Zuwendungen, sondern einem garantierten Festeinkommen bestehen. Jedoch – und mein Vater hielt es für klug, mir dies mitzuteilen – als Mrs. Barforth die Gunst der Stunde nutzen wollte und ihrem Mann vorschlug, Gervase jetzt schon *Galton* zu überschreiben, hatte Mr. Barforth dies rundweg abgelehnt mit einem entschiedenen: »Noch nicht.«
Als Vater seine detaillierten Erläuterungen abgeschlossen hatte, öffnete er eine Schublade seines Schreibtisches und entnahm ihr eine flache, kleine Kassette und legte sie vor mich hin. Mir stockte der Atem, denn ich wußte sofort, daß dies der Schmuck meiner Mutter war.
»Vielleicht liegt dir nicht viel daran«, sagte er kühl, öffnete die Kassette und deutete auf zwei Halsketten aus Gold und Koralle, ein Medaillon, eine Kamee, Ohrringe aus Koralle und Türkis, eine Brosche aus blauem Email. »Es sind nur Kleinigkeiten – nicht sehr wertvoll. Damals war ich kein reicher Mann, verstehst du, und deine Mutter legte nicht viel Wert auf Schmuck. Es besteht keine Veranlassung, daß du ihn trägst, aber vielleicht möchtest du ihn haben – denn ich weiß wirklich nicht, wem ich ihn sonst geben könnte.«
»Danke, Papa.« Und als er mir die Kassette reichte, griff ich nach seiner Hand und sagte mühsam, mit den Tränen kämpfend: »Vater, bist du glücklich?« verzweifelt darüber, daß ich die Worte: »Vater, ich liebe dich«, nicht über die Lippen brachte, obwohl ich vor Liebe zu ihm überströmte.

Ich wollte unsere Hochzeitsnacht an einem stillen, ruhigen Ort verbringen und scheute davor zurück, in einem eleganten Hotel den verstohlenen Blicken wissender Fremder ausgesetzt zu sein. Und das

Haus in Grasmere, das Vater gehörte und versteckt in einem Garten lag, zu dem nur eine taktvolle, verschwiegene Haushälterin Zugang hatte, bot eine heimelige einsame Atmosphäre.
Ich hatte mir auch vorgestellt, daß wir diese gemeinsamen Stunden dazu benützen würden, um über unsere Vergangenheit zu sprechen, uns gegenseitig die kleinen Geheimnisse anzuvertrauen, die niemand sonst erfahren durfte. Ich wollte mit Gervase auch über seine Mutter sprechen und Pläne für unsere gemeinsame Zukunft machen. Doch es kam ganz anders. Wir liebten uns, und ich hatte nicht geahnt, daß dies auch eine Form der Unterhaltung war, bis Gervase an jenem ersten Abend die Lampe neben unserem Bett ausblies und mich mit zarter Hand berührte, nur sanft über meinen Körper strich, von den Augenbrauen über den Hals hinunter zu meinen Brüsten und weiter bis zu den Fußknöcheln. Diese Hand sprach zu meinem Körper, wisperte Zärtlichkeiten in meine Haut, und er zitterte leicht dabei, war zaghaft und verletzlich. Und obwohl ich wußte, daß er schon andere Frauen geliebt hatte, nahm ich ihm seine Unsicherheit erst, als auch ich ihn berührte, und ich fühlte mit erstaunter Wonne, wie sein zartgliedriger Körper, die weiche braune Haut unter meinen Fingern bebte, wie köstlich es war, ihn mit den Lippen zu liebkosen.
Ineinander verloren erforschten wir mit sanfter Zärtlichkeit unsere Körper, die Zeit verstrich wie im Traum – eine Stunde, zwei Stunden? – dann ein unbehaglicher Moment, als ich meine Jungfräulichkeit verlor. Entspannt und glücklich legte er den Kopf an meine Schulter und schlief in meinen Armen ein; diesen unruhigen Schlaf, der selten länger als zwei Stunden andauerte, wie ich erfahren sollte. Irgendwann in der Nacht weckten mich seine zärtlichen Küsse, und im Halbschlaf nahm er mich wieder, diesmal ohne Schmerz, eine liebevolle Vereinigung.
Am nächsten Morgen spazierten wir am See entlang, Hand in Hand, blieben alle paar Minuten stehen, und küßten uns. Nur das wollten wir – uns berühren, diese wohlige Sprache unserer Sinne genießen. Seine Lust weckte mein Begehren, bis unmerklich die Wonne, geliebt zu werden, sich in das Gefühl zu lieben wandelte, eins wurde und untrennbar miteinander verschmolz. Ich liebe ihn, dachte ich überrascht. Er braucht mich. Wie wunderbar, daß er mich braucht. Und ich war nur noch einen Atemzug davon entfernt einzugestehen, daß auch ich ihn brauchte.

Wir liebten uns oder wir sahen einander an und verlangten danach. Wir träumten davon, sehnten uns danach, doch wir sprachen es nicht aus. Unsere Körper sagten alles, was nötig war, und sehr bald wartete ich nicht mehr – wie es sich für eine Frau schickte –, daß er mich liebte, sondern streckte die Hand aus und verlangte nach ihm. Mit freudiger Wonne erwiderte er meine Leidenschaft, diese ungeahnte Sinnlichkeit, die er in mir geweckt hatte.
»Ich brauche dich, Grace.«
»Ich gehöre dir.«
Und er hatte Besitz von mir ergriffen. Ich konnte es in jenen ersten Frühlingstagen nicht ertragen, auch nur einen Meter von ihm entfernt zu sein. Ich sehnte mich nach einer halben Stunde bereits wieder nach seiner Berührung, und er – das spürte ich – hatte sich mir mit Leib und Seele ausgeliefert. Wir erlebten einander mit einer Intensität, die ich niemals für möglich gehalten hätte. Ich wußte nicht, wie lange dieses Hochgefühl andauern würde und wäre vielleicht erschrocken gewesen, hätte ich geahnt, daß Gervase sich nichts sehnlicher wünschte, als für immer in diesem Zustand zu leben.
»Ich möchte nicht nach Hause zurückkehren«, sagte er, und er klang wie ein schmollendes Kind. Ich lachte und küßte ihn.
»Es ist mir ernst damit, Grace. Wir könnten nach London fahren – warum nicht? – und ich kaufe dir einen Diamanten.«
»Ich habe bereits einen Diamanten.«
»Würdest du einen zweiten ablehnen?«
Aber wir kehrten nach Cullingford zurück, denn obwohl mir nicht bewußt war, daß ich Druck auf ihn ausübte, so war es doch das, was ich tun wollte. An einem verregneten Nachmittag trafen wir dort ein, und dem schrieb ich auch die Schuld für seine schlechte Laune zu. Kaum in unserem riesigen Schlafzimmer in *Tarn Edge* angekommen, riß er mich in seine Arme und liebte mich, und diesmal kam mir seine Liebe wie eine Trotzhandlung vor.
Am nächsten Morgen fuhr er in die Fabrik, nicht so früh wie sein Vater, aber doch früh genug, um Mr. Barforth zufriedenzustellen, und ich begann ein wenig ängstlich und doch voller Stolz meinen ersten Tag als Herrin von *Tarn Edge*.
Doch ehe ich mich mit den Angestellten bekannt machte, verbrachte ich eine Stunde mit Venetia, die mich am Abend zuvor stürmisch begrüßt und mir gleichzeitig eröffnet hatte, daß bedeutende Ereig-

nisse sich ankündigten, die sie mir am nächsten Morgen beim Frühstück anvertrauen wollte.

»Keine Angst«, sagte Venetia. Sie saß aufgeregt auf der Kante ihres Stuhls und krauste vor Übermut die Nase, »Ich will dir nicht die ›großen Geheimnisse der Hochzeitsnacht‹ entlocken. Meine kindliche Naivität habe ich schon in den Ställen von *Galton* verloren. Aber ich sehe mit Vergnügen, daß du Gefallen daran gefunden hast. Liebes, ich *wußte*, ihr würdet euch lieben, und darüber bin ich glücklich oder könnte es sein, wenn mir nicht so etwas Schreckliches passiert wäre . . .«

Doch diese Katastrophe, wie entsetzlich sie auch immer war, schien sie nicht gänzlich niedergeschmettert zu haben, denn sie lehnte beide Ellbogen auf den Tisch, stützte ihr Kinn in eine Hand und schüttelte lächelnd den Kopf, als wäre sie über ihre eigene Torheit erstaunt. Sie sah keineswegs verzweifelt aus. Es stellte sich heraus, daß sie – wie ihre Mutter – die Gunst der Stunde hatte nutzen wollen – und Charles Heron ihrem Vater vorgestellt hatte. Diese Begegnung war ein Mißerfolg gewesen. Mr. Barforth fand an dem Lehrer mit seinen radikalen Theorien keinen Gefallen, und Charles Heron war obendrein noch so eingeschüchtert gewesen, was aber Mr. Barforth keineswegs als Ausdruck eines empfindsamen Gemüts anerkannte – er hielt ihn einfach für einen Schwachkopf.

An Mr. Herons Mittellosigkeit störte mein Schwiegervater sich keineswegs, denn unter gewissen Voraussetzungen konnte er einen armen Mann durchaus akzeptieren, jemanden wie Gideon Chard, der sich durch Gerissenheit und Ehrgeiz auszeichnete oder auch Liam Adair, dem es zwar an Ehrbarkeit mangelte, der aber vor harter Arbeit nicht zurückschreckte. Doch Charles Heron besaß Ideale anstelle eines gesunden Ehrgeizes, und Mr. Barforth, der wußte, daß mit Idealen kein Gewinn zu machen war, hatte einfach erklärt: »Schlag dir diesen jungen Mann aus dem Kopf. Er kommt für dich nicht in Frage.« Und als Venetia sich dagegen auflehnte, hatte er ihr damit gedroht, sie nach Südfrankreich zu ihrer Großmutter zu schicken.

»Und jetzt darf ich Charles nicht mehr sehen«, jammerte sie kläglich, »und was noch schlimmer ist – Gideon Chard macht mir den Hof. Ist das nicht lächerlich?«

»Eigentlich nicht. Das war zu erwarten, als er die Stellung bei deinem Vater antrat. Das war doch vorauszusehen, Venetia.«

»Mein Gott, ja. Natürlich wußte ich, daß die Leute damit gerechnet haben. Es paßt doch so vorzüglich in seinen hübschen kleinen Plan. Aber Grace, hier geht es um mein *Leben* – das einzige Leben, das ich habe – die einzige Chance, die mir bleibt, es nach meinen Vorstellungen zu leben. Und *Gideon*, du meine Güte! In zehn Jahren wird er wie mein Vater sein, nur noch imposanter und eingebildeter. Denk an meine Worte, Gideon Chard wird reich werden, und er wird diesen Reichtum zur Schau stellen. Er wird wie ein König leben, und du weißt ganz genau, daß ich nicht für die Rolle einer Königin tauge.«

Ich befahl den Dienstboten, den Frühstückstisch etwas früher als gewöhnlich abzuräumen, und gewappnet mit den Kenntnissen, die ich mir in der Schweiz angeeignet hatte und den Erfahrungen, die ich im Umgang mit der perfektesten Haushälterin – meiner Stiefmutter – gesammelt hatte, verbrachte ich den Vormittag damit, die übergeordneten Dienstboten einzeln im Salon zu befragen. Diese Gespräche hielt ich für notwendig, um von vornherein keine Zweifel darüber aufkommen zu lassen, daß ab sofort meinen Anordnungen prompt Folge zu leisten war, obwohl ich noch sehr jung und nur die Frau des Sohnes des Hauses war. Die Rolle der Hausfrau – da ich nun einmal geheiratet hatte – sah ich als überaus bedeutend an, und beabsichtigte, mit der ganzen Kraft meiner Agbrigg-Natur, darin zu reüssieren.

Mrs. Winch, die Haushälterin, die ich für eine nachlässige Frau hielt, hatte ich nach diesem Gespräch davon überzeugt, daß die Dinge in Zukunft nach meinen Vorstellungen zu geschehen hatten, und sie schien – zwar widerstrebend – einzusehen, daß sie sich meinem Willen beugen mußte. Ich glaubte, mit ihr zurecht kommen zu können, denn sie war schon Mitte Fünfzig, und in diesem Alter sucht man sich nicht gern eine neue Stelle.

»Das Speiseservice, die Schüsseln und Platten sind für den jetzigen Bedarf viel zu groß, Mrs. Winch. Gibt es hier im Haus kein kleineres Tafelgeschirr?«

»Nein, Madam. Sir Joel und Lady Barforth waren an ein Leben im großen Stil gewöhnt, und da die Schränke voll waren mit herrlichem Geschirr, schienen Neuanschaffungen nicht gerechtfertigt . . .«

»Nun, ich halte sie für unerläßlich. Beim Frühstück ist nichts unappetitlicher als der Anblick von drei kleinen Würstchen auf einer riesigen Platte. Und mit einer kleineren Kaffeekanne würden wir nicht jeden Morgen einen halben Liter kalten Kaffee vergeuden. Allein das macht sich bald bezahlt.«

»Wie Sie wünschen, Madam«, sagte sie, straffte die Schultern und ging hinaus, wie mir schien, ganz zufrieden mit dieser Lösung.

Mit dem Butler, Chillingworth, hatte ich kein so leichtes Spiel, denn ich konnte mir gut vorstellen, daß er in diesem von Männern dominierten Haushalt ein angenehmes Leben geführt hatte. Gelegentlich mochten hier zwar Trinkgelage veranstaltet worden sein, wo es galt, Gläser und Zigarrenstummel aus dem Rauchzimmer zu entfernen – manchmal auch einen oder zwei betrunkene junge Männer –, aber es gab keine offiziellen Besuchstage, keine Damen mit ihrem ständigen Verlangen nach frischem Tee, knisternden Kaminfeuern, keine Besuche und keine Dinnergesellschaften. Doch anstatt diese Veränderungen zu akzeptieren, versuchte er mich wie ein dummes Kind mit seinem herablassenden Hochmut einzuschüchtern, wie es manchen Butlern mit sehr jungen unerfahrenen Hausherrinnen oft gelingt.

Und um ihm gleich zu zeigen, daß ich weder ängstlich noch unerfahren war, zählte ich ihm sofort auf, was ich in Zukunft von ihm erwartete. Sobald die Türglocke anschlug, hatte er unverzüglich zu erscheinen und die Gäste mit ausgesuchter Höflichkeit hereinzubitten. Ab sofort sei zu jeder Stunde zwischen dem späten Vormittag und vier Uhr nachmittags mit Besuchern zu rechnen, und ich wünschte jeden Tag um fünf Uhr pünktlich den Tee serviert zu bekommen. Ich würde regelmäßig meine Freunde und Angehörigen zum Dinner einladen, und es wäre seine Aufgabe dafür zu sorgen, daß das Silber, die Gläser, alles auf Hochglanz poliert sei und die Bedienung bei Tisch tadellos zu funktionieren habe. Er würde die Gelegenheit bekommen, mit seinen Qualitäten als Butler zu brillieren.

»Ja, Madam«, murmelte er mit steifer Förmlichkeit und wünschte mich wohl nach Timbuktu. Ich war mir nicht sicher, ob ich mich auf seinen guten Willen verlassen konnte.

Das erste Hausmädchen mochte ich sofort, es machte einen ruhigen, tüchtigen Eindruck, war selbstbewußt, ohne sich in den Vordergrund zu spielen, während die Köchin, Mrs. Loman, mir wohl noch manches Kopfzerbrechen bereiten würde. Wie Chillingworth war sie daran gewöhnt, nach eigenem Gutdünken schalten und walten zu können. Niemand in der Familie hatte sich bisher groß darum ge-

kümmert, welche Speisen aufgetragen wurden. Mr. Barforth hatte nur Wert darauf gelegt, daß das Essen heiß und reichlich war, Gervase war selten genug zu Hause gewesen, und Venetia hätte sich auch von Äpfeln und Käse ernährt. Die füllige, grämliche Mrs. Loman war wohl mehr um ihr eigenes leibliches Wohl besorgt gewesen und hatte den Barforth' tagein, tagaus mehr oder weniger dieselben Speisen aufgetischt. Jetzt war sie keineswegs erfreut darüber zu erfahren, daß sie sich nun jeden Morgen zur Besprechung des Menüs bei mir im rückwärtigen Salon einzufinden hatte.
»Mrs. Nicholas Barforth hat das immer mir überlassen.«
»Das kann ich mir vorstellen. Aber wie Sie wissen – neue Besen kehren gut, Mrs. Loman. Ich bin sicher, Sie werden meinen Erwartungen entsprechen.«
Ich hatte meine eigene Zofe, die fröhliche hübsche Sally aus Fieldhead, mitgebracht und hielt es für das Beste, alle übrigen Bediensteten in der Halle zusammenzurufen und nur einige Worte der Begrüßung an sie zu richten und es ansonsten dem übergeordneten Personal zu überlassen, den Stallknechten, Küchenmädchen, Zimmermädchen und männlichen Hilfskräften die Arbeit zuzuweisen und sie zu überwachen, denn dafür waren sie ja schließlich zuständig und erhielten entsprechend hohe Gehälter.
Und nachdem dies alles erledigt war und ich, wie mir schien, einen recht vielversprechenden Anfang gemacht hatte, ließ ich die Kutsche vorfahren und gönnte mir den Triumph eines ersten Besuchs als verheiratete Frau bei Mrs. Agbrigg.
Alles war bisher zu meiner Zufriedenheit verlaufen, und auch als mir die Nachricht aus Lawcroft überbracht wurde, daß mein Schwiegervater nicht zum Abendessen nach Hause kommen könne, da er nach Leeds fahren müsse, war ich darüber nicht unglücklich, denn seine Anwesenheit wirkte sich oft als bedrückend aus. Doch zum Abendessen erschien auch Gervase nicht, und nachdem ich das Essen solange wie möglich hinausgeschoben hatte, zwangen mich mein Stolz und Venetias Gleichgültigkeit dazu, ohne ihn zu essen.
»Ob er in der Fabrik aufgehalten worden ist?«
»O Gott, bestimmt nicht. Er hat noch nie bis spätabends gearbeitet. Vater ist schon froh, wenn er überhaupt zur Arbeit erscheint.«
»Vielleicht hat er deinen Vater nach Leeds begleitet?«
»Stand das in Vaters Nachricht?«
»Nein.«

»Dann ist er auch nicht mitgefahren.«
Wir tranken einen Kaffee im Salon, und erfreut bemerkte ich, daß auf dem Tablett eine kleinere Kanne stand, doch diese Freude wurde gleich wieder durch meine Sorge um Gervase verdrängt. Venetia beugte sich zu mir herüber, kicherte verschmitzt, und ihre Augen leuchteten spitzbübisch.
»Grace Agbrigg – ich bitte um Verzeihung – Grace Barforth, gib zu, daß ich recht hatte. Du dachtest immer, daß du ihn nicht haben willst, und jetzt schau dich an – du kannst nicht einmal einen Abend auf ihn verzichten.«
»Venetia, um Himmels willen! Darum geht es doch nicht.«
»Worum dann?«
»Aber das ist doch naheliegend – ich mache mir Sorgen um ihn.«
Einen Moment starrte sie mich einfach verständnislos an.
»Du machst dir Sorgen? O Gott! Du siehst ihn wohl tot in einem Graben liegen, wie? Beruhige dich, das sind Hirngespinste. Ich glaube eher, daß er nach *Galton* gefahren ist, um Mutter zu besuchen . . .«
»Ohne mir etwas davon zu sagen?«
»O je! Ja, Grace, er *könnte* es vergessen haben.«
Wir saßen noch eine Stunde beieinander. Venetia war in Gedanken wohl bei Charles, und ich war verstimmt darüber, daß Gervase nicht wenigstens die Höflichkeit besessen hatte, mir mitzuteilen, daß er nach *Galton* oder sonstwohin gefahren war. Dann wieder wurde dieser Ärger durch die Angst um ihn verdrängt, und ich erinnerte mich mit Entsetzen daran, in welch halsbrecherischem Tempo er mit seinem Einspänner durch die Gegend raste. Es regnete, und kein Mondlicht erhellte die pechschwarze Nacht, und ich wollte nur – so dachte ich jedenfalls – sicher sein, daß ihm nichts geschehen war.
Ich hörte die Türglocke anschlagen, erstarrte zu Stein, als ich auf Chillingworth' Schritte lauschte, der gemächlich durch die Halle ging, um zu öffnen, unterdrückte den heftigen Impuls aufzuspringen, als die Tür zum Salon aufgestoßen wurde – und Liam Adair eintrat. Er kam nicht als Unglücksbote, das sah man sofort. Der Vorwand, Mr. Barforth einige Dokumente überbringen zu wollen – obwohl er wußte, daß dieser nicht im Haus war – konnte nur bedeuten, daß er Venetia besuchen wollte.
Sie begrüßte ihn mit herzlicher Freundlichkeit, sprang aus ihrem

Sessel auf und lief mit ausgestreckten Händen auf ihn zu. Neben ihm wirkte sie sehr schmal und zierlich.

»Liam, komm und heitere uns auf. Wir sind beide am Trübsalblasen.«

»Nun, das können wir nicht zulassen, nicht wahr«, sagte er mit volltönender warmer Stimme, dem unverkennbaren irischen Akzent, ein breites, spitzbübisches Lächeln auf den Lippen und in den fröhlichen Augen. Doch Liam war der älteste unserer Generation. Er ging auf die Dreißig zu und hatte in seinem Leben bereits so viele Herausforderungen und Niederlagen überstanden, daß er Charles Heron wohl nicht als ernsthaften Konkurrenten ansehen konnte.

»Und welches Elend hat euch überfallen?«

»Oh, mich hat Papa mal wieder tyrannisiert, und Grace befürchtet, daß Gervase ihr davongelaufen ist . . . Nein, das ist natürlich Unsinn, ich sollte nicht so sprechen. Er ist nur einfach nicht zum Abendessen erschienen und hat auch keine Nachricht geschickt. Hast du ihn heute gesehen, Liam?«

»O ja – oder vielmehr die Staubwolke, die er auf der Straße aufwirbelte. Ich dachte mir gleich, daß er auf dem Weg nach *Galton* ist.«

»Nun«, sagte Venetia zufrieden, »die Straße führt schließlich nur nach *Galton*.«

»So, damit wäre ein Problem gelöst«, murmelte Liam und wußte, daß dem nicht so war. »Aber was ich dir eigentlich erzählen wollte, Grace . . . Großmutter Elinor hat mir einen ganz kuriosen Brief aus Cannes geschickt. Es würde mich nicht überraschen, wenn wir demnächst die Neuigkeit erführen, daß sie sich wieder verliebt hat.«

Und dankbar griffen wir dieses amüsante Thema auf, erzählten uns gegenseitig die heiteren Geschichten, die um diese lebenslustige, bezaubernde Dame, die jetzt dreiundsechzig Jahre alt war, rankten, und die nichts von ihrer Lebenslust verloren hatte. Großzügig hatte sie Liam nach dem Tod seines Vaters – ihres zweiten Mannes – unterstützt, obwohl das Aycliffe-Vermögen so sicher angelegt war – bedauerlich für Liam, jedoch vorteilhaft für mich –, daß sie nicht freizügig darüber verfügen konnte. Und Liam erzählte uns, wie gern er das Angebot Mr. Nicholas Barforth' angenommen hatte, als Verkäufer für dessen Stoffe durch die Welt zu reisen, denn Wollprodukte zu verkaufen sei leichter gewesen, als die Wolle von den Schafen zu scheren, was er für einige Zeit in Australien getan hatte.

»Australien«, seufzte Venetia mit schwärmerischem Blick und lauschte fasziniert Liams anschaulichen Schilderungen des abenteuerlichen Lebens, das er dort geführt hatte. Er weckte ihre Sehnsucht nach diesem fernen Land. Fröhlich lachend rief sie aus:
»Liam Adair, du hast Schafe geschoren, das glaube ich nicht.«
»Würde ich dich denn jemals anlügen?«
»Ja, das würdest du, ohne mit der Wimper zu zucken. Aber das macht nichts, erzähl nur weiter. Ich kann nicht genug von deinen Geschichten kriegen.«
Und sie lachte noch immer, als er ihr schließlich zum Abschied die Hand küßte. Er war viel länger geblieben, als ihr Vater jemals erlaubt hätte. Ich wünschte beiden eine gute Nacht und ging hinauf, zum ersten Mal seit einem Monat allein. Das riesige Bett war kalt, und ohne Gervases unruhigen, rastlosen Körper neben mir war an Schlaf nicht zu denken.
Ich erwartete ihn in dieser Nacht nicht zurück, und selbst wenn ich damit gerechnet hätte, wäre ich nicht aufgeblieben, bis er kam. Ich hatte auch keinerlei Anweisungen gegeben, ein Licht brennen oder eine Tür für ihn offenzulassen. Ich würde auch nicht die halbe Nacht mit gespitzten Ohren auf jedes Geräusch, das seine Ankunft verkündete, lauschen. Doch als ich so einsam zwischen den klammen Laken lag, zuckte ich bei jedem Geräusch von draußen zusammen und bekam einen ganz trockenen Mund, als eine Kutsche vorfuhr, doch es war mein Schwiegervater.
Offensichtlich war Gervase zu seiner Mutter gefahren, und dagegen war schließlich nichts einzuwenden. Ich hatte meinen Vater am Nachmittag besucht, und Mrs. Barforth hatte jedes Anrecht darauf, ihren Sohn zu sehen. Doch in diesen einsamen, düsteren Stunden erschien mir *Galton*, das unheimliche Moor, das gespenstische uralte Haus als Bedrohung, und ich bildete mir ein, es besitze eine feindselige Ausstrahlung und sähe in mir einen unwillkommenen Eindringling, gegen den sich seine Bewohner mit aller Macht zur Wehr setzen würden.
Aber dieses Gefühl war nicht neu für mich. Oft hatte ich über diese unterschwellige Ablehnung nachgegrübelt, der ich ohnmächtig ausgeliefert war. Durch die Heirat mit mir, hatte sich doch sicherlich Gervases gespaltene Persönlichkeit, diese Zerrissenheit, die aus dem gegensätzlichen Erbgut entstanden war, gegeben? Sein Vater schien davon überzeugt zu sein. Aber Gervases Gemütszustand wechselte

ebenso rasch wie Venetias, war einen Moment wie ein heiterer Sommermorgen und gleich darauf wie eine bitterkalte Winternacht, und angenommen – ich wagte kaum diesen Gedanken zu Ende zu verfolgen –, er bereute bereits, mich geheiratet zu haben? Angenommen, dieser Tag, eingesperrt in die Fabrik, hatte ihn wie früher dazu getrieben, die Flucht zu ergreifen? Und er war nicht zu mir geflohen, sondern zu seiner Mutter, die dieses Leben ebenso verachtete wie er. Zuerst hatte ich Gervase aus dem einzigen eitlen, selbstsüchtigen Grund geliebt, weil er mich liebte. Doch meine Liebe zu ihm hatte sich gewandelt, sie war echt und tief geworden. Jetzt brauchte ich seine Liebe. Ich hatte mich daran gewöhnt und war nicht bereit, freiwillig darauf zu verzichten.

Natürlich war meine Liebe voller Eigennutz und besitzergreifend, aber noch stärker fühlte ich das Bedürfnis zu geben, alle die Versprechen zu erfüllen, die ich ihm aus freiem Willen gegeben hatte. Ich war voller Vertrauen und guter Vorsätze, ich wünschte, daß er jetzt hier wäre, bei mir, und dieses Gefühl mit mir teilte. Ich war verletzt und unglücklich, weil ich wieder einmal enttäuscht worden war. Und das ängstigte mich, denn ich hatte nicht angenommen, daß es je wieder passieren würde.

Schließlich fiel ich doch in einen unruhigen Schlaf und wachte auf, als Gervase eben sein nasses Hemd über den Kopf zog und es zu Boden fallen ließ, wo schon die anderen Kleidungsstücke lagen. Es war drei Uhr morgens; der Regen klatschte gegen die Fensterscheiben; ein Sturm heulte ums Haus.

»Herrliches Wetter für eine Fahrt durch die Finsternis«, sagte er nackt und zitternd.

»Ach, wirklich? Ich habe geschlafen.«

»Dann hätte ich mir ja die Anstrengung ersparen können, durch diesen Sturm hierherzukommen, um bei dir zu sein.«

»Ich habe dich nicht erwartet. Ich habe dich in *Galton* vermutet und dachte, du würdest dort übernachten.«

»Das hatte ich auch vor. Von dort wollte ich direkt in die Fabrik fahren, aber Mutter war dagegen. Sie sagte, es wäre meine Pflicht, nach Hause zu fahren – und die Clevedons sind sehr eigen, wenn es um Pflichterfüllung geht. Ich sagte ihr, daß sie mich womöglich in den Tod schicke, aber sie meinte, ein wenig Regen könne mir nicht schaden, und wenn ich im Graben landen sollte – nun, das wäre schon öfter passiert.«

Er war wieder ganz der Gervase, den ich von früher kannte, Venetias schwieriger Bruder, ein Fremder in meinem Bett, der jede Berührung vermied. Und so richtete ich meinen schroffen Rücken an seinen nackten Rücken.
»Du hättest mir eine Nachricht schicken sollen.«
»Welchen Inhalts?«
»Daß du nicht nach Hause kommen würdest.«
»Ja«, gab er zu. »Ich weiß, das hätte ich tun sollen.«
So einfach wollte ich ihn nicht davonkommen lassen, diese Frage mußte ein für allemal geklärt werden. Wütend fauchte ich ihn an: »Und warum hast du es nicht getan?«
Er seufzte und legte sich auf den Rücken.
»Es ist dir doch wohl klar, Grace Barforth, daß ich deine Fragen nicht beantworten muß.«
»Mach, was du willst.«
»Genau. Ich habe dir keine Nachricht geschickt, weil ich erst wußte, daß ich nach *Galton* fahren würde, als ich bereits auf der Straße dorthin war.«
»Ach so. Ich verstehe.«
»Was ich stark bezweifle. Ich nehme an, du hattest einen großartigen Tag, Grace, und hast den Haushalt in Ordnung gebracht und sogar dem alten Chillingworth Manieren beigebracht. Du meine Güte, er war sogar höflich zu *mir*, als er mich eben einließ.«
Meine Augen brannten, ich war dem Weinen nahe, doch tapfer schluckte ich die Tränen hinunter, setzte mich im Bett auf und fühlte nur, daß ich mich gegen diese Gehässigkeiten wehren mußte. Ich durfte es nicht zulassen, daß Gervase mich so behandelte. Womit hatte ich nur diese Feindseligkeit verdient? Was hatte ich mir zuschulden kommen lassen! Hatte ich seine Erwartungen enttäuscht? Ich hatte mich nicht verändert. Nichts in mir hatte sich verändert, außer daß meine Liebe zu ihm tiefer geworden war, und dagegen konnte er doch nichts einzuwenden haben. Ich war verwirrt und verletzt, aber fest entschlossen herauszufinden, was sich plötzlich zwischen uns gestellt hatte. Und weil ich so krampfhaft bemüht war, die Tränen zurückzudrängen, klang meine Stimme gepreßt und kalt, als ich fragte: »Wie geht es deiner Mutter?«
»Großartig – einfach wunderbar. Ein Wurf junger Hunde hält sie auf Trab. Ich soll dich von ihr grüßen.«
»Gervase, ich glaube, es ist höchste Zeit, daß ich dir eine Frage stel-

le, und du solltest sie mir beantworten. Deine Mutter war mit unserer Heirat nicht einverstanden, nicht wahr?«

»Nein, Grace. Es hat ihr ganz und gar nicht gefallen. Gute Nacht, Grace.«

»Das ist keine Antwort. Wird sie sich je mit diesem Gedanken anfreunden können?«

»Ich denke schon. Vater hat ihr klargemacht, daß unsere Ehe auch für sie von Vorteil ist. Was immer in Zukunft geschieht, selbst wenn Vater mich mit einem Tritt aus *Tarn Edge* hinausbefördert, so wird immer genügend Geld – dein Geld – dasein, um *Galton* zu erhalten. Dieses Trostpflaster wird sie versöhnen.«

Ich hätte es nie für möglich gehalten, daß er mir derart weh tun könnte. Mit den Worten »mein Vater hat ihr klargemacht«, umschrieb er »ich habe dich deiner Mitgift und deines Erbes willen geheiratet«, und somit war mir genau das widerfahren, wovor ich mich mein Leben lang gefürchtet hatte. Aber das war mir jetzt gleichgültig. Er hatte mich verletzen wollen, und das war ihm gelungen. Und noch lange lag ich wach, litt unsäglich unter der entsetzlichen Wahrheit, die er mir enthüllt hatte. Wäre er mit den Fäusten auf mich losgegangen, hätte er gedroht, mich zu schlagen, so wäre mein Entsetzen, meine Verwirrung nicht größer gewesen. Doch gegen diese boshafte Gehässigkeit – die er bewußt oder unbewußt angewandt hatte – war ich hilflos. Dagegen konnte ich mich nicht wehren, mußte sie stillschweigend und wehen Herzens ertragen.

Ich wußte, ich würde nicht einschlafen können. Aber dann wachte ich auf und fühlte, wie in Grasmere, seine Arme um mich, spürte sein Begehren, und instinktiv stieß ich ihn grob zurück. Der Gedanke widerte mich an, mich derart von ihm mißbrauchen zu lassen. Ich weigerte mich, ein Lustobjekt für ihn zu sein, nur weil das Gesetz und die Gewohnheit es von der Frau verlangten, ihrem Mann zu Willen zu sein. Aber im grauen Dämmerlicht des Morgens war sein Gesicht so blaß und angespannt, er zitterte am ganzen Körper, so wie er in unserer ersten Nacht gezittert hatte, und er schmiegte und drängte sich an mich wie ein Kind, bis mein Körper nachgab und ihn umfing. Danach hielt ich ihn in den Armen, bis sein Zittern nachließ.

»Liebling, was ist mit dir?«

»Weiß Gott – halt mich nur fest – und sei mir nicht böse. Halt mich nur fest.«

So redegewandt er sonst war, für Zärtlichkeiten fehlten ihm die Worte, ob es ihm leid tat, daß er mich so verletzt hatte, wußte ich nicht. Nur der entspannte Körper, sein Kopf an meiner Schulter zeigten mir, daß er mich anscheinend wieder liebte. Und ich glaubte, das würde mir genügen.

8

Blanche bekam im Juli ihr erstes Kind, und die Geburt verlief so komplikationslos wie alles, was sie tat. Das Kind war ein Junge, der neue Erbe von *Listonby.*

»Du hast es also gleich beim ersten Mal richtig gemacht«, meinte Venetia, als wir beide sie besuchten, um ihr zu gratulieren, worauf Blanche mit größtem Ernst erwiderte:

»Ja, das habe ich – und mit ein bißchen Glück kann ich mir wohl eine weitere Schwangerschaft ersparen.«

»Wie kleinlich«, entgegnete Venetia. »Ich glaube, ich hätte gern ein Dutzend Kinder.« Doch Blanche, die hingegossen in ihrem spitzenbesetzten Bett lag, lächelte nur überlegen und schüttelte den Kopf.

»Vom Kinderkriegen verstehst du überhaupt nichts, meine Liebe. Ich rate dir, erst einmal *eins* zu bekommen und abzuwarten, wie du damit fertig wirst, ehe du Pläne für ein ganzes Dutzend machst. Und auf jeden Fall betrachtet man solch reichen Kindersegen als . . . nun, als etwas überschwenglich.«

»Die Königin hat neun Kinder geboren.«

»Ja. Aber die Königin ist ja auch überschwenglich.«

»Natürlich«, sagte Venetia und zwinkerte mir hinter Blanches Rücken zu. Denn Blanche legte – seit ihre Schwiegermutter Herzogin geworden war – eine Vertrautheit mit dem Hof an den Tag, die uns beide irritierte und amüsierte. Nicht daß es Tante Caroline gelungen war, in den inneren Kreis, der unsere Königin umgab, vorzudringen, weil Viktoria beschlossen hatte, den Rest ihres Lebens um ihren verstorbenen Gemahl zu trauern und von anderen Witwen dasselbe erwartete. Aber schließlich lebte in London der gesellige Prinz von Wales und seine schöne Frau, die dänische Prinzessin Alexandra, die für das Bedürfnis ihres Mannes, sich zu amüsieren, vor allem, da er keine Aufgabe hatte, viel Verständnis zeigte. Und dieser Prinz zog Tante Caroline an wie das Licht eine Motte, und sie erklärte jedem, der es hören wollte, daß an den Skandalen und Skandälchen, die um den Prinzen kursierten, einzig und allein Viktoria die Schuld trage.

Wurde doch in jeder Sonntagsschule die Weisheit verkündet, daß »Müßiggang aller Laster Anfang ist«, und folgerichtig war es von der Königin höchst töricht, ihren Sohn nicht an den Regierungsgeschäften zu beteiligen und ihn jeder Verantwortung zu entbinden. Dann brauchte sich auch niemand zu wundern, wenn der Arme aus reiner Langweile in mißliche Situationen geriet.

Aber leider konnte die Königin einem jungen Mann nicht ihr Vertrauen schenken, der bei weitem mehr ihren Onkeln – den liederlichen Söhnen König Georgs III. – ähnelte als ihrem »heiligen« Albert. Der Prinz war jetzt zweiunddreißig und wollte arbeiten. Doch alle seine diesbezüglichen Bemühungen waren von seiner Mutter zunichte gemacht worden; sie hielt ihn für unfähig. Was erwartete die Königin dann von ihm? Aber Blanche, die uns Tante Carolines Frage wiederholte, war nicht wirklich an der Antwort interessiert. Sie interessierte sich auch wenig für den neugeborenen Matthew Chard, dachte ich, ihre Anteilnahme galt vielmehr dem zweitgeborenen Sohn der Königin, Prinz Albert, der sich kürzlich mit der Tochter des Zaren verlobt hatte.

»Stellt euch nur einmal vor«, sagte sie und zitierte ganz offensichtlich die Herzogin von South Erin, »der Zar hat sich geweigert, seine Tochter nach Balmoral reisen zu lassen, damit die Königin sie vor der Hochzeit kennenlernt.«

»Wie außerordentlich interessant«, entgegnete Venetia und unterdrückte nur mühsam ein Gähnen.

»Ja. Nicht wahr?« sagte Blanche und lehnte sich in ihren spitzenbesetzten Kissen zurück. Das Kind ruhte bequem doch völlig unbeachtet neben ihr. Für sie hatten sich alle Probleme erledigt, denn einen Teil des Jahres würde sie in Tante Carolines Haus in Belgravia verbringen, die restliche Zeit ausgedehnten Besuchen in anderen Grafschaften widmen und nur nach *Listonby* zurückkehren, wenn Sir Dominics sportliche Aktivitäten es erforderten. Auf diese Weise konnte sie am gesellschaftlichen Leben teilnehmen, ohne sich im geringsten anstrengen zu müssen.

»Ja, so ist Blanche eben«, sagte Venetia, als wir nach Hause fuhren. »Sie wird nach London reisen, noch ehe das arme Wurm entwöhnt ist. Die Amme und das Kindermädchen werden schon für ihn sorgen, bis er zur Schule gehen kann. Würde eine Arbeiterin ihr Kind auf diese Weise behandeln, hielte man sie für eine Rabenmutter. Doch wenn Lady Blanche so etwas tut . . . nun, auf diese Art werden eben Kinder in der feinen Gesellschaft groß. Was hat es für einen Sinn, Kinder zu bekommen, wenn man sie dann Fremden überläßt? An ihrer Stelle würde ich mich mit meinem Kind wie ein Kätzchen in seinem Korb einrollen und es bemuttern.«

»Venetia, ich wußte gar nicht, daß du so kinderlieb bist.«

»Das wußte ich auch nicht. Ich habe ja noch nie eins aus der Nähe gesehen. Aber als ich den kleinen Kerl vorhin in den Armen hielt, bin ich schier dahingeschmolzen, und dabei ist er doch nicht einmal mein eigenes Kind. Was würde ich empfinden, wenn ich mein Kind in den Armen hielte? Grace, kannst du dir das Glück vorstellen? Sehnst du dich nicht auch danach?«

Dessen war ich mir nicht so sicher. Natürlich würde es eines Tages geschehen, wenn die Zeit dafür gekommen war. Doch im Augenblick beanspruchte Gervase noch meine ganze Aufmerksamkeit und Zeit. Ich konnte ihn mir außerdem als Vater nicht vorstellen.

Wir waren jetzt seit fast einem halben Jahr verheiratet, und ich hielt uns für ein glückliches Paar. Nach und nach fanden wir eine gemeinsame Basis. Ich war die Stärkere und Beständigere von uns – wir beide wußten es. Vielleicht war dies allein der Grund, warum er sich am Anfang zu mir hingezogen gefühlt hatte, und es gab immer noch Zeiten, wo diese Charakterstärke alles war, was er von mir forderte. An jenem Wintertag hatte er neben seinem Pferd in *Galton* gekniet und war unfähig gewesen, es zu töten, noch seine Tränen des Mitleids zurückzuhalten, die selbst seine Mutter und Schwester ihm als unverzeihbare Schwäche ausgelegt hätten. In diesem Augenblick hatte er sich in seiner selbstgewählten Rolle allein gelassen gefühlt. Nur ich – die Städterin, die andere Hälfte von ihm – war ihm zu Hilfe gekommen, die er erst zähneknirschend, dann glücklich angenommen hatte. An jenem Tag hatte unsere Beziehung angefangen; ein Anfang, so gut wie jeder andere. Er hatte in mir eine Eigenschaft entdeckt, die er zum Leben brauchte, und ich hatte ihn nicht enttäuscht. Er hatte mein wahres Gesicht gesehen, und nun konnte ich ihm Kraft geben. Manchmal – doch nicht sehr oft – stellte er mich schmerzhaft auf die Probe, vielleicht weil er sich seiner selbst nicht sehr sicher war.

»Ich kann dir gar nicht sagen, Grace, was für ein beruhigendes Gefühl es ist zu wissen, daß du immer die richtigen Entscheidungen triffst. Diese ganze Last ist mir jetzt abgenommen.«

»Meine liebe Frau, wenn du sagst, ich muß es tun, dann muß ich es tun. Es sei denn, du würdest mich dazu zwingen? Ja, zwing mich doch dazu . . .«

Aber das sagte er dann, während er mich umarmte und mich zärtlich auf den Nacken küßte. In der körperlichen Liebe war er erfahrener als ich, und wenn zwischen uns noch Unstimmigkeiten herrschten, so wurden sie dadurch ausgelöscht.

Fast jeden Tag ging er in die Fabrik, doch wenn ich ihn fragte, was er dort tat oder ob er Erfolg gehabt hätte, antwortete er nur: »Ach, ich bin kein sehr guter Mitarbeiter, denn ich kenne mich mit den Maschinen nicht aus und habe auch keinen Sinn für Zahlen. Viele Dinge, die meinem Vater oder Gideon völlig klar sind, kann ich überhaupt nicht verstehen. Aber ich bin beharrlich, Grace. Vielleicht gelingt es dir doch noch, aus mir eines Tages einen Geschäftsmann zu machen.«

»Kommst du mit Gideon zurecht?« fragte ich zögernd.

»Ist es denn nötig, mit seinen Angestellten ›zurechtzukommen‹?« entgegnete er kalt. Und ich machte mir bittere Vorwürfe, der versteckten Warnung in seiner Antwort keine Beachtung geschenkt zu haben.

Trotzdem stand er jeden Morgen auf und erschien zur Arbeit, und die alleinige Tatsache, daß er *versuchte*, etwas zu tun, gefiel seinem Vater so gut, daß er Gervase erlaubte, eine Woche in *Galton* zu jagen. Entweder wurde Gideon diese Gunst nicht gewährt oder er machte von ihr keinen Gebrauch, denn er arbeitete während dieser Zeit. Und so nahm unser Leben langsam die Gestalt an, die ich mir wünschte, und ich war zufrieden.

Mrs. Winch, die Haushälterin, und ich verstanden uns bald prächtig, und zu meiner Überraschung und meiner Freude beugte sich auch der Butler, Chillingworth, meinen Entscheidungen, die er wohl von einer so jungen Frau nicht erwartet hatte, aber trotzdem akzeptierte, da ich nie Launen hatte. Nur Mrs. Loman machte mir noch Kummer; weiterhin servierte sie uns dubiose Saucen und zerkochtes Gemüse. Sie lehnte sich gegen meine Anordnungen auf, da sie wohl wußte, daß ich nicht mal Eier kochen konnte. Als sie uns dann fünfmal hintereinander mit einem Apfelkuchen als Nachtisch beglückte, fuhr ich nach Manchester und stellte eine Mrs. Kincaid als Köchin ein, die ihre eigenen Küchenmädchen mitbrachte. Damit war Mrs. Loman entlassen.

»Die arme Seele«, sagte Venetia. »Wahrscheinlich hat sie irgendwo zehn am Hungertuch nagende Kinder und einen Mann, der ihr ganzes Geld vertrinkt.«

»Unsinn. Sie ist nicht verheiratet und hat ein Kind, so fett wie ein Schweinchen, das bei ihrer Schwester in Huddersfield lebt.«

»Venetia«, bemerkte Gervase mit gespieltem Vorwurf, »du hättest dir denken können, daß Grace das *weiß*.«

Das Haus wurde wieder warm und gemütlich. Jeden Morgen wurden in den Kaminen Feuer entzündet; ständig stand heißes Wasser zur Verfügung. Die Mädchen wußten, was sie zu tun hatten und erledigten ihre Arbeiten meistens gut. Niemand wartete mehr vor der Tür, während Chillingworth die Zeitung las. Besucher wurden höflich empfangen und bedient. Die Mahlzeiten wurden pünktlich aufgetragen und schmeckten. Ich hatte eine Maschinerie in Gang gesetzt, wie ich sie schon bei Tante Faith und Mrs. Agbrigg beobachtet hatte, und wenn auch Venetia und Gervase kaum davon Notiz nahmen, so wußte ich doch, daß mein Schwiegervater sich sehr darüber freute.

Ich hatte Angst davor gehabt, mit ihm in einem Haus zu leben, denn ich kannte seinen dominierenden und anspruchsvollen Charakter, doch sehr bald wurde mir klar, daß er nur ein wirkliches Interesse im Leben kannte – seine Arbeit. Sicherlich arbeitete er wegen des Geldes und der Macht, die es ihm verlieh, aber er arbeitete auch aus reiner Freude an der Arbeit. Er stand früh auf und kehrte erst zum Abendessen zurück. Dann verschwand er meistens in seiner Bibliothek und empfing dort Besucher: seine Fabrikleiter, seinen Rechtsanwalt, seinen Architekten, Liam Adair oder Gideon Chard. Manchmal kam mein Vater; dann sprachen sie über Geschäfte und konsumierten eine Menge Brandy dabei. An drei oder vier Abenden in der Woche ging er aus, und von Zeit zu Zeit verbrachte er ein oder zwei Nächte außer Haus, wobei er mich immer über seine Abwesenheit und den Zeitpunkt seiner Rückkehr informierte. Mir gegenüber benahm er sich sehr rücksichtsvoll, wenn auch ziemlich schweigsam, so daß ich überhaupt nicht verstehen konnte, daß seine Frau und Kinder Angst vor ihm hatten.

»Warte es nur ab«, sagte Venetia. »Bis jetzt ist er erstaunlich freundlich zu dir gewesen. Warte nur, bis ihr einmal gegensätzlicher Meinung seid. Denn er wird seinen Willen immer durchsetzen. Nichts kann ihn davon abbringen. Die meisten Menschen geben irgendwann mal nach. Aber Vater niemals. Und wenn du erst einmal diese Erfahrung gemacht hast, zermürbt sie dich. Ich glaube, deshalb ist Gervase so oft weggelaufen. Er wußte, wenn er bliebe, würde er nachgeben, ganz gleich, was es ihn kosten würde, weil dieser Augenblick unweigerlich kommt. *Glaube* mir . . . dir wird einmal dasselbe passieren. Deshalb lief Gervase immer weg. Es hat zwar nichts gebracht, denn Vater hat ihn immer wieder zurückgeholt.«

»Und du?«

»Ich kann ihm auch nicht die Stirn bieten, Grace«, entgegnete sie sehr ernst und traurig. »Niemand kann das.«

Ich wollte sie nach Charles Heron fragen, doch sie schüttelte den Kopf und gebot mir mit einem Finger auf den Lippen Schweigen.

»Grace, was du nicht weißt, kann dich nicht bekümmern, nicht wahr? Ich will dich nicht mit meinen Geheimnissen belasten – das wäre einfach nicht fair.«

Bezüglich Mr. Heron hatte Mr. Barforth keine bestimmten Anordnungen gegeben. Wir alle wußten nur, daß er in *Tarn Edge* nicht willkommen war und eine Ehe mit Venetia völlig außer Betracht stand. Als passender Bräutigam wurde Gideon Chard erachtet, es sei denn, Venetia könnte mit einem Mann, der ähnliche Qualitäten besaß, aufwarten. Und vielleicht, weil Venetia den Zukunftsplänen ihres Vaters für sie offensichtlich nichts entgegenstellte, hatte auch er nichts dagegen, wenn sie sich mit Charles Heron außerhalb des Hauses traf. Wir alle wußten, daß Venetia auch vorher schon andere Männer gefallen hatten. Charles Heron würde wie andere vor ihm schnell wieder aus ihrem Leben verschwinden, und ich glaube, daß Mr. Barforth weitaus beunruhigter gewesen wäre, hätte Liam Adair ihr den Hof gemacht – da dieser junge Mann ihm ähnelte und er ihn deswegen verstehen konnte –, als dieser sanfte Revolutionär.

Doch welches auch immer seine Gründe waren, er verbot Charles Heron nicht den Umgang mit seiner Tochter.

Auch wenn Gideon Chard das Haus betrat und mit ihrem Vater Zigarren rauchte und Brandy trank, begrüßte Venetia ihn immer voller Freude und Übermut.

»Gideon, ich wußte gar nicht, daß du so fleißig bist.«

»Wenn etwas es wert ist, dafür zu arbeiten, tut man sein Bestes.«

»Du bist ja ein richtiger Tugendbold geworden.«
»Wohl kaum, Venetia.«
»Aber ja. Denn du bist in dieser Saison erst zweimal zur Jagd gewesen, und die jungen Damen fragen ständig nach dir.«
»Und was sagst du ihnen dann?«
»Oh, daß du dich im Büro meines Vaters verkriechst und nicht eher wieder auftauchst, bis du es zum Millionär gebracht hast.«
Und als ich auf Anregung meines Schwiegervaters mein erstes Dinner gab, führte Gideon Venetia zu Tisch. Sie lachte unbeschwert an seiner Seite, während sein Bruder Dominic sich sehr überschwenglich über die Speisen meiner neuen Köchin äußerte. Blanche unterhielt uns mit den Schilderungen der Hochzeitsvorbereitungen des Herzogs von Edinburgh und seiner russischen Prinzessin. Hätten wir es nicht besser gewußt, man hätte glauben können, sie wäre dazu eingeladen.
»Welch gelungener Abend«, sagte Mr. Barforth zu mir, und ich konnte ihm nur zustimmen. Im ganzen gesehen war ich sehr glücklich. Meine Ehe war nicht perfekt, aber welche Ehe war das schon? Wer konnte eine solche Perfektion aufrechterhalten? Doch schon sehr bald, als mir meine Freiheit nicht mehr als reines Wunder erschien und als *Tarn Edge* nicht mehr meine ständige Anwesenheit erforderte, damit der Haushalt reibungslos lief, verspürte ich ein Bedürfnis nach noch etwas anderem, um meine Tage auszufüllen. In jenem Jahr fand eine Neuwahl unseres Parlamentsabgeordneten statt, da Mr. Fielding erkrankt war, für die sich Miss Mandelbaum und ihre Suffragetten-Gruppe ernsthaft interessierte, da der neue liberale Kandidat versprochen hatte, sich für die Frauen einzusetzen. Als ich jedoch Miss Mandelbaums Einladung zu einem Treffen mit ihm annahm – obwohl ich ihn schon von gemeinsamen Essen in *Tarn Edge* und Fieldhead kannte, wo er gespeist hatte, um sich der Stimmen von Mr. Agbrigg und Mr. Barforth zu versichern –, mußte ich feststellen, daß sich meine eigene Position als Suffragette beträchtlich geändert hatte.
Der Kandidat, Mr. Colclough, und sein Kollege Mr. Sheldon waren beide angenehme Männer und äußerst höflich in ihren Umgangsformen, doch sie gaben mir zu verstehen, daß die Möglichkeit, selbst wahlberechtigt zu sein – eine Chance, die niemals sehr groß gewesen war –, nun null und nichtig war, allein durch die Tatsache, daß ich jetzt verheiratet war.

»Meine Liebe«, sagte Miss Mandelbaum nervös und warf Miss Tighe einen Blick zu, die kürzlich nach Cullingford gezogen war, »wir sind immer nur für das Wahlrecht von Witwen und unverheirateten Frauen eingetreten – nie für das verheirateter Frauen.«
»Und warum?«
»Falls Sie dieses Problem einmal ernsthaft durchdacht hätten, Mrs. Barforth«, antwortete Miss Tighe, »wären auch für Sie die Gründe offensichtlich. Bei unserem ersten öffentlichen Treffen vor sechs Jahren in Manchester haben wir eine Resolution abgegeben, die das Stimmrecht für Frauen nach denselben Konditionen der Männer verlangte. Und diese Resolution sollte nicht geändert werden.«
»Aber warum, Miss Tighe?«
»Weil das Wahlrecht sich auf persönlichen Besitz gründet, nicht Individuen, Mrs. Barforth.«
»Ja. Das kann ich verstehen, Miss Tighe.«
»Dann werden Sie auch begreifen, daß manche Männer so wohlhabend sind, daß sie über zwei oder sogar mehr Stimmen verfügen. Andere hingegen sind so arm, daß sie überhaupt nicht wählen dürfen.«
»Und das empfinden Sie als gerecht?«
»Das habe ich nicht gesagt. Ich lege nur Fakten dar. Das Wahlrecht gründet sich auf Besitz, Mrs. Barforth, und da bei einer Heirat der Besitz einer Frau automatisch ihrem Ehemann zufällt, welches Recht hat sie da noch zu wählen? Eine verheiratete Frau hat einen Mann, der für sie wählt. Würde man ihr das Wahlrecht zugestehen, wäre dieser Besitz dadurch zweimal repräsentiert.«
»Und die Gesellschaft der Suffragetten in Manchester teilt Ihre Ansicht, Miss Tighe?«
»Nein«, erklärte sie knapp. »Ich kann nicht erwarten, daß meine Meinung von allen akzeptiert wird. Es gibt immer verschiedene Ansichten und manche vertreten die extreme Doktrin, daß jeder Mann wahlberechtigt sein sollte. So wünschenswert dieser Gedanke auch ist, ich glaube nicht, daß wir dazu politisch reif sind. Dieselben Extremisten möchten auch verheirateten Frauen das Wahlrecht zugestehen.«
»Und wie denken Sie darüber, Mr. Colclough?« fragte ich unseren neuen Kandidaten. Doch wenn ich gehofft hatte, ihn mit meiner Frage in Verlegenheit zu stürzen, wurde ich schnell enttäuscht. Mr. Colclough besaß wie alle Politiker die Fähigkeit, sein Fähnchen

nach dem Wind zu hängen, und ein rascher Blick in die Runde sagte ihm, es wäre für ihn besser, Miss Tighe zu unterstützen, da sie weitaus mehr Leute kannte und ihm auch mehr als ich schaden konnte.
»Mrs. Barforth«, begann er feierlich und gab vor, mich ernst zu nehmen, denn vielleicht würde mir ja durch Gottes Gnade oder irgendeine Revolution eines Tages doch noch das Wahlrecht verliehen. »Diese Frage ist von außerordentlicher Komplexität. Ich kann mich nur der Meinung unseres geschätzten Premierministers, Mr. Gladstone, anschließen, der die Ehe als heilig betrachtet und daher fürchtet, daß das Stimmrecht die Position der verheirateten Frau eher schwächen als stärken würde. Sie haben es nicht nötig, Mrs. Barforth, Ihren Lebensunterhalt zu verdienen wie wir Männer. Sie können Ihre ganze Kraft wohltätigen Organisationen widmen und durch Ihren Einfluß indirekt die Politik mitbestimmen. Dadurch, daß Sie dann solche Posten bekleiden – natürlich ehrenamtlich – könnten Sie die Männer, die sie vorher innehatten, entlasten, die dann wiederum ihre Arbeitskraft ganz in den Dienst *unserer* Partei stellen könnten. Wenn eine Frau zu solchen Dingen in der Lage ist, Mrs. Barforth, ohne ihre Weiblichkeit dabei einzubüßen, fragt man sich doch, warum sie überhaupt ein Wahlrecht braucht. Jedenfalls ist der Premierminister dieser Ansicht. Und die Königin lehnt es strikt ab, daß Frauen sich politisch betätigen. Dort gibt es für Frauen keinen Platz, und schließlich weiß sie, wovon sie spricht. Habe ich Ihre Frage beantwortet, Mrs. Barforth?«
»Ich glaube schon, Mr. Colclough.«
Und es war Venetia, die bisher schweigend ihren Tee getrunken hatte, die der Diskussion ein Ende machte. Sie kicherte leise vor sich hin und vertrieb meine trüben Gedanken; ich mußte lächeln.
»Nein, da hast du wirklich nichts zu suchen«, erklärte sie. »Überlaß das Regieren Mr. Sheldon, Mr. Colclough, Miss Tighe und mir. Geh nach Hause, Grace Barforth, zu deinem Mann und deinem Strickzeug.«

Mein erstes Weihnachtsfest als verheiratete Frau verbrachte ich in *Listonby* im Schoß der Familie. Nur Mr. Barforth blieb in *Tarn Edge* und seine Frau in *Galton*, wo Gervase, Venetia und ich einen Tag mit ihr verbrachten. Der Herzog und die Herzogin von South Erin waren aus London angereist; Captain Noel Chard war von seinem Regiment beurlaubt worden, um seine Beförderung zu feiern; mein Vater und Mrs. Agbrigg kamen zu dem Ball am Weihnachtsabend; und Blanche setzte sich und ihren Sohn sehr wirkungsvoll in Szene, dann schmollte sie, als ihr Vater ihr erklärte, er würde mit Tante Faith im neuen Jahr auf den Kontinent reisen, und sie könnten den kleinen Matthew deshalb nicht in *Elderleigh* bei sich aufnehmen, während Blanche in London weilte.

Gervase schenkte mir Diamantohrringe. Am zweiten Weihnachtsfeiertag galoppierte er morgens mit den Lawdales davon, kehrte jedoch schon vor Mittag alleine zurück. Er erklärte, sein Pferd würde lahmen, obwohl es mir ganz gesund schien. Wir verbrachten einen prächtigen, sonnigen Winternachmittag in den Wäldern von *Listonby* und beobachteten die Eichhörnchen, die hektisch nach ihren versteckten Nüssen suchten.

Ich war glücklich. Ich glaube, Gervase war es auch, zumindest in dem Maße, wie seine komplizierte Natur das zuließ. Blanche löste ihre Probleme auf die ihr eigene unbekümmerte Art. Und obwohl Venetia am Heiligen Abend, während die Toasts ausgebracht wurden, weinte und zugleich lachte – wahrscheinlich dachte sie an den armen Charles Heron, der ein wohl kümmerliches Weihnachtsfest in der nahe gelegenen St.-Walburga-Schule verbrachte –, flirtete sie während der ganzen Zeit mit allen jungen Männern, einschließlich Gideon, der sie unter dem Mistelzweig küßte, was seiner Mutter nicht ganz gefiel. Denn seit sie dem Hochadel angehörte, erhoffte sie sich wohl eine bessere Partie für ihren gutaussehenden jüngsten Sohn.

Im neuen Jahr wurde in Cullingford ein Wohltätigkeitsball veranstaltet, eine ziemlich prätentiöse Festivität, die ich geholfen hatte zu organisieren und an der Gervase im letzten Moment nicht teilnehmen konnte. Er mußte verreisen, um geschäftliche Kontakte zu knüpfen. Zwar war ich über seiner Abwesenheit enttäuscht, freute mich jedoch gleichzeitig, weil ich annahm, daß sein Vater ihm in beruflicher Hinsicht jetzt mehr vertraute. Damals kam mir nicht in den Sinn, daß er einfach weggeschickt worden war, weil er sich vehement gegen eine engere familiäre Bindung mit den Chards wehrte. Denn vom Tage seine Abwesenheit an war Gideon ein häufiger Besucher im Haus. Regelmäßig erschien er jeden Abend und redete nicht nur mit Mr. Barforth in dessen Bibliothek, sondern wurde auch zum Essen eingeladen – »Sicher macht es Grace nichts aus, noch ein Gedeck auflegen zu lassen« –, und später richtete Mr. Bar-

forth es dann so ein, daß Gideon und Venetia – wenn auch nur für ein paar Minuten – allein sein konnten.
Also hatten Mr. Barforth' Pläne hinsichtlich der Zukunft seiner Tochter feste Gestalt angenommen, und er erwartete von ihr ebenso wenig Widerstand, wie einst sein Sohn ihm geboten hatte. Erstaunlicherweise zeigte sich Venetia, die sonst immer rebelliert hatte, äußerst gelassen.
»Du willst also seinen Antrag ablehnen?« fragte ich sie gerade heraus.
»Nein. Denn er wird mir gar keinen machen.«
»Venetia, das *wird* er – glaube mir.«
»Nein, das wird er nicht. Das kannst du *mir* glauben.«
Und sie sang vor sich hin, während sie durchs Haus trippelte, auf dem verträumten Gesicht einen verzückten Ausdruck.
Am Abend, an dem der Wohltätigkeitsball stattfand, speiste Gideon Chard mit uns. Er sah in seinem Abendanzug blendend aus. Das maßgeschneiderte Jackett saß faltenlos; das blütenweiße Hemd wies keinen Makel auf; an einem Finger trug er einen schweren goldenen Ring. Er war ein sehr verwöhnter und anspruchsvoller junger Mann, der viel mehr Wert auf sein Äußeres legte als sein schwerreicher Onkel oder sein Bruder, der Baronet. Und damals erkannte ich nicht, welche Konsequenzen seine Ehe mit Venetia für mich und Gervase haben würde – denn wir glaubten einfach nicht, daß Venetia ihn heiratete.
Nach Tisch ließ sie uns ein wenig warten, da sie nach oben gegangen war, um sich frisch zu machen. Also waren Gideon und ich genötigt, die Art gestelzter Konversation zu machen, zu der man gezwungen wird, wenn es schon spät ist und die Kutsche draußen wartet.
»Soll ich nach oben gehen und sie holen?«
Aber da stand sie schon in der Tür, ihre hauchzarten Röcke umflatterten sie wie die Flügel eines grünen Schmetterlings, und sie strahlte eine immense innere Freude aus, die sie einfach nicht unterdrücken konnte.
»Venetia . . . wie schön du bist!« sagte Gideon, so als wäre er höchst überrascht, aber auch begeistert.
»Bin ich das wirklich? Das freut mich.«
Und als er die Hand nach ihr ausstreckte, ging sie mit einem Tanzschritt auf ihn zu, auch ihre Hand ausgestreckt. Doch dann hielt sie plötzlich inne und ließ die Hand sinken, in einer Geste fast komischen Bedauerns.

»Das ist doch alles Unsinn, Gideon.«
»Was ist Unsinn, Venetia?«
»Das alles . . . Du weißt schon, was ich meine. Denn du begehrst mich doch überhaupt nicht, und du weißt sehr gut, daß ich in jemanden anders verliebt bin.«
»Ah«, entgegnete er lächelnd und sah ihr in die Augen. »Reden wir nicht mehr darüber. Wenigstens heute abend.«
Aber Venetia hatte nun einmal dieses Thema angeschnitten und konnte sich nicht mehr bremsen. Sie klatschte in die Hände und vollführte ein paar weitere Tanzschritte.
»Gideon, bitte, glaub mir. Ich *bin* in jemanden anders verliebt.«
»Venetia, ich *glaube* dir. Solche Dinge passieren, das wissen wir doch alle. Aber wir reden nicht übers Verliebtsein, meine Liebe. Wir reden übers Heiraten.« Und bei diesen Worten lächelte er noch immer.
»Das ist doch dasselbe, Gideon. Jedenfalls für mich.«
»Dann brauchen wir nur eins zu tun. Ich werde zusehen, daß du dich in mich verliebst.«
»Gideon!« sagte sie halb erzürnt, halb schockiert, jedoch unfähig, ein Lachen zu unterdrücken, als sie ihn ansah.
»Was für ein Gedanke! Wirklich!«
»Ja . . . wirklich. Und du wirst gut mit mir auskommen. So schrecklich bin ich gar nicht.«
»Nein, du bist überhaupt nicht schrecklich. Wenn du mich nur nicht so an meinen Vater erinnern würdest, könnte ich dich faszinierend finden. Aber merkst du denn nicht, Gideon, daß das *seine* Idee ist? Weil du so geschäftstüchtig bist? Und außerdem ist es *deine* Idee, denn wenn du mich heiratest, wird er dir wahrscheinlich die Partnerschaft anbieten, und wenn er stirbt, wird dir die Hälfte seines ganzen Besitzes gehören – und wenn du mich nicht heiratest, bekommt jemand anderes das, was du jetzt schon als *deinen* Anteil betrachtest. Ich habe das alles längst durchschaut, und an deiner Stelle wäre ich auch so klug. Mit uns beiden würde es niemals klappen. Ich wäre dir keine gute Frau, Gideon. Ich will dich nicht verletzen, aber ich bin einfach nicht die Frau, die zu dir paßt. Und du bist nicht in mich verliebt. Das macht mich froh, denn wärst du es . . .«
»Das *bin* ich aber, Venetia.«
»Oh«, sagte sie ziemlich verblüfft. »Nein, das bist du nicht. Das weiß ich, sonst hätte ich dich nicht im leisesten ermuntert . . .«

Doch er schüttelte nur den Kopf und lächelte wieder.
»Dann hast du dich eben geirrt. Ich bin in dich verliebt, Venetia. Wer wäre das nicht? Du bist einfach umwerfend. Das sagt jeder.«
»Wirklich?«
»Ja. Aber du bist auch sehr amüsant.«
»Wie nett!«
»Und du bist sehr hübsch, Venetia.«
»Gideon, ich könnte dir fast glauben.«
»Dann glaube mir. Sollen wir jetzt auf den Ball gehen?«
Sie lächelte, und wieder leuchtete diese innere Freude aus ihr.
»Ja«, sagte sie. »Ich möchte mit dir tanzen, Gideon.« Dann ging sie auf uns zu, hakte sich bei mir und Gideon ein, und wir drei gingen hinaus in die frostkalte Nacht.

9

Am nächsten Morgen schlief ich sehr lange, da Gervase nicht da war und mich durch seinen unruhigen Schlaf störte. Deshalb war es nicht verwunderlich, daß sich niemand mehr im Frühstückszimmer aufhielt. Der Februarmorgen war trübe und verhangen; Regen lag in der Luft, und der Tag verleitete dazu, neben dem Kamin zu sitzen und ihn bei einem Buch und einer Tasse Schokolade zu verträumen. Heute mußte ich Mr. Colclough zustimmen: Es war angenehm, nicht darauf angewiesen zu sein, sich den Lebensunterhalt selbst zu verdienen.
Ich vertrödelte meine Zeit und merkte erst zur Mittagessenszeit, daß Venetia nicht zu Hause war.
Doch wo konnte sie hingegangen sein? Um vier Uhr früh war sie todmüde zu Bett gegangen und hatte ihrem Mädchen gesagt, daß sie »nur noch schlafen möchte«. Niemand hatte sie gestört. Falls Miss Venetia ihr Frühstück wünschte, würde sie läuten. Ihr Bett war benutzt worden, und sie hatte ihr Ballkleid achtlos über einen Stuhl geworfen. Konnte sie – und ich betete, daß es so war – einfach aufgestanden sein, um einen Spaziergang zu machen? Nein, natürlich nicht. Dann wäre wenigstens eines der Mädchen aufgewacht. Wahrscheinlich hatte ihr Mädchen ihr beim Auskleiden geholfen, worauf sie es fortgeschickt und gewartet hatte, bis auch Chillingworth wieder zu Bett gegangen war. Dann war sie leise wie-

der aufgestanden, hatte warme Reisekleidung angezogen und war durch die Nebentür geschlüpft, die auch Gervase immer für seine nächtlichen Streifzüge benützte, und war mit Charles Heron auf und davon gelaufen.
Ich wußte: so mußte es gewesen sein, obwohl ich nicht daran glauben konnte. Da griff ihr Mädchen nach dem Ballkleid, und ein an mich adressierter Brief flatterte ihr vor die Füße.

»Liebe Grace,
das hättest Du sicher nicht von mir erwartet, nicht wahr? Und glaube mir, auch ich hätte es lieber gehabt, ganz offiziell im Beisein der Familie und Vaters zu heiraten. Aber er hätte es nie erlaubt, und ich habe Dir doch gesagt, daß ich ihm nicht die Stirn bieten kann. Grace, ich wollte es Dir erzählen. Ich wollte es selbst Gideon gestern abend sagen und mich bei ihm entschuldigen, weil ich ihn für meine Zwecke mißbraucht habe, damit ich Vater Sand in die Augen streuen konnte. Nicht, daß Gideon darunter leiden würde. Gervase wird mich verstehen. Mir macht es auch nichts aus, wenn Vater mich deswegen enterben würde. Liebe Grace, ich habe dir schon einmal gesagt, daß ich nur ein Leben habe und die Chancen nutzen muß, es so zu leben, wie ich es für richtig halte. Und diese Entscheidung ist richtig. Bitte, erzähle Gervase alles und wünsche mir Glück.«

Ich setzte mich auf ihr Bett und betete innerlich – wenn auch ohne größere Überzeugung –: »Venetia, das hoffe ich von ganzem Herzen.« Dann weinte ich, und es überkam mich eine große Angst. Ich stand auf und schrieb einen kurzen Brief an meinen Schwiegervater, wobei ich betonte, daß ich ihn unbedingt sofort sehen müsse. Den Brief ließ ich in die Fabrik bringen.
Als er kam, wußte ich nicht, was ich ihm sagen sollte. Also schwieg ich und reichte ihm Venetias Zeilen. Während er sie las, wagte ich nicht ihn anzusehen. Doch kein Unwetter entlud sich über meinem Haupt; er fragte nur knapp:
»Wie heißt der Mann.«
»Charles Heron.«
»Der Lehrer?«
»Ja.«
»Und wohin, glaubst du, sind sie geflohen?«
»Sicherlich nach Schottland. Dort können sie heiraten.«

Er warf einen Blick auf den Brief, klopfte mit der Hand dagegen und ließ ihn dann in seine Tasche gleiten.
»Schottland? Ja, das klingt einleuchtend. Grace, würdest du bitte jemanden nach Lawcroft schicken und Liam Adair hierher bitten lassen?«
Natürlich erfuhr ich erst später und nach und nach, was sich in der Folge zutrug. Ein weniger gewitzter Mann als Mr. Barforth würde stehenden Fußes nach Gretna Green aufgebrochen sein, wo man kraft des Gesetzes im Handumdrehen heiraten konnte. Das war offensichtlich, doch für einen Nicholas Barforth zu offensichtlich, der sein ganzes Leben lang weitaus gewitztere Leute als Charles Heron überlistet hatte.
»Ah, Liam«, sagte er und begrüßte den jungen Mann per Handschlag in der Halle. »Nur ein kurzes Wort, und dann gibt es für dich etwas zu tun.« Zwanzig Minuten später saß Mr. Barforth Zigarre rauchend in seiner Bibliothek, während Liam zur St.-Walburga-Schule ritt, wo er dank seines irischen Charmes so viel aufschnappte, daß Charles Heron Venetia in der Tat nicht nach Norden, sondern nach Süden entführt hatte, wo er weniger Ungemach erwartete.
Der Norden bedeutete eine bestimmte Absicht: die Ehe um jeden Preis, selbst gegen den Zorn eines allmächtigen Vaters. »Enterbe uns doch, wenn du willst. Uns ist nur unsere Liebe wichtig«, hieß diese Losung. Dorthin hätten der idealistische Charles und die starrköpfige Venetia gehen *sollen*, denn wenn sie einmal verheiratet waren, was konnte ihr Vater Schlimmeres tun, als ihr kein Geld mehr zu geben? Und sie hatte ja oft genug erklärt, daß ihr daran nichts liege. Doch der Süden bedeutete etwas ganz anderes. Das war die Richtung, in die ein Mann ein Mädchen entführte, um sie zu verführen, aber nicht um zu heiraten, weil er genau wußte, daß sie dann nie wieder eine Heiratschance bekäme, und so der Vater des entführten Mädchens glücklich sein würde, wenn wenigstens ihr Verführer sie heiratete – natürlich zu einem Preis, den der Ehemann glaubte diktieren zu können. Doch Charles Heron fehlte dazu einfach das Format.
»Nun gut, Liam«, sagte Mr. Barforth, dessen Gedanken gewiß in diese Richtung gingen. Kurz darauf stand die Kutsche vor der Tür und brachte die beiden Männer zum Zug. Mr. Barforth war sehr ernst und ruhig; Liam ebenfalls ernst, aber es glomm wohl ein Fun-

ken Aufregung in ihm, denn mußte für Venetia schnell ein Ehemann gefunden werden, wäre das vielleicht die Chance seines Lebens.
Die beiden hatten keinerlei Schwierigkeiten, Charles Herons Vater ausfindig zu machen, denn Pfarrer leben nicht in der Anonymität, und da der kirchliche Herr Geld nicht widerstehen konnte und außerdem Liams kräftige Statur ziemlich einschüchternd wirkte, hatten sie bald alles Nötige herausgefunden. Und weniger als eine Stunde später standen sie vor der Tür der Davongelaufenen in einem sehr schäbigen Gasthof. Venetias Augen blickten entsetzt, nicht weil ihr Vater vor ihr stand, dachte Liam, sondern über ihre schreckliche Enttäuschung. Denn das hatte sie niemals erwartet. Sie hatte Charles Heron bedingungslos vertraut, sich so eins mit ihm gefühlt, daß es ihr unmöglich gewesen war, ihm nicht zu trauen. Nach Norden zu reisen, hatte er erklärt, bärge ein zu großes Risiko, dort würde ihr Vater sie aufspüren, ehe sie verheiratet wären. Und so hatte sie ihre Hand in seine gelegt, während sie nach Süden fuhren, in diese billige Absteige, das kleine Zimmer mit dem schmalen Bett, wo er sie unter Tränen gebeten hatte, ihm ihre Liebe zu beweisen.
Sehr zögernd nur hatte sie seiner Bitte nachgegeben, denn ihre Hochzeitsnacht hatte sie sich so ganz anders vorgestellt. Doch der Verlust ihrer Jungfernschaft war der Schlüssel für Charles Herons ausgeklügelten Plan und durfte nicht hinausgezögert werden. So hatte er ihre Gefühle mißbraucht und ihr zu verstehen gegeben, falls sie sich ihm verweigere, wäre es gleichbedeutend damit, daß sie ihn nicht liebe. Und da er ohne ihre Liebe nicht leben könne, würde sie ihn somit töten.
Obwohl sie sich seit Monaten nach seinen Umarmungen gesehnt hatte, bereiteten sie ihr jetzt keinen Genuß. Und ihr Widerwille war so offensichtlich, daß sie sich verpflichtet fühlte, sich deswegen bei ihm zu entschuldigen. Um daraufhin seine verletzten Gefühle zu beschwichtigen, glaubte sie, diese ganze traurige Vorstellung wiederholen zu müssen. Eigentlich hätte das doch ein zauberhaftes Erlebnis sein müssen, eine langsame Progression zur perfekten körperlichen Harmonie. Doch tatsächlich hatte sich der Liebesakt als schnell, plump und taktlos erwiesen, so unausgegoren wie seine revolutionären Theorien. Auf diesem dornenvollen Pfad war nur Charles Heron zu einem Orgasmus gekommen. In der zweiten Nacht dann preßte er die Hand auf Venetias Leib und sagte: »Wenn

ich daran denke, daß du meinen Sohn jetzt wahrscheinlich in dir trägst.« Da drehte sie sich um und weinte.
Venetia hatte geglaubt, daß er vor Angst zittern würde, als sie beide ihren Vater den Hof durchqueren und die Treppe heraufkommen hörten, doch er blieb völlig ruhig. Diese Gelassenheit – so dachte sie später – weckte in ihr den Argwohn, daß er entdeckt werden wollte.
»Mr. Barforth«, sagte er.
»Mr. Heron«, antwortete mein Schwiegervater. »Und ist dies vielleicht Mrs. Heron?«
»Wahrscheinlich würde es Ihnen gefallen, daß sie es wäre. Vielleicht sollten wir hinuntergehen, um zu bereden, wie sich das am besten bewerkstelligen läßt.«
»Das ist nicht nötig, junger Mann. Alles ist doch offensichtlich. Allem Anschein nach haben Sie meine Tochter verführt, und ich will nur wissen, wieviel mich das kostet. Sicher haben Sie schon an eine ganz bestimmte Summe gedacht.«
»Gehen wir doch hinunter, Sir«, sagte Charles verwirrt. »Es gibt keinen Grund, warum Venetia sich das anhören sollte.«
Mr. Barforth hatte nie daran gezweifelt, seine Tochter zu finden und auch wieder nach Hause zu bringen, aber er wollte nicht, daß sie sich monatelang nach diesem Lumpen verzehrte. Also schüttelte er den Kopf.
»Es gibt Gründe genug, damit Venetia uns zuhört. Und weil es für sie nicht angenehm sein wird und sie erbärmlich aussieht, mache ich es kurz. Sie kriegen kein Geld von mir, Mr. Heron. Sie können sie heiraten, falls sie Sie noch will. Aber Geld bekommen Sie nicht.«
»Das glaube ich nicht, Sir.«
»Glauben Sie es nur. Sie glaubt, Sie lieben sie. Doch das ist nicht der Fall. Sie kriegen kein Geld.«
Ein mutigerer Mann als Charles Heron hätte die Herausforderung wohl angenommen. Cullingford war eine Kleinstadt, klatschsüchtig, und ein Skandal dieser Größenordnung hätte ihm ewig Nahrung gegeben. Mr. Barforth konnte doch seine Tochter nicht wieder so aufnehmen, als wäre nichts geschehen? Charles Heron war in dem Glauben erzogen worden, daß eine Frau jungfräulich in die Ehe zu gehen hatte. Der Verlust der Jungfräulichkeit war eine Tragödie – es sei denn, ihr Verführer heiratete sie – das war immer noch besser als zu sterben. Denn einer ledigen Schwangeren blieb nur der

Tod, und offensichtlich geschahen solche Dinge, denn wir hatten noch nie eine solche Person kennengelernt. Doch Mr. Barforth schien sich seiner verzweifelten Situation nicht bewußt zu sein, er wiederholte nur: »Heiraten Sie sie, aber Geld von mir bekommen Sie nicht.« Und Venetia, die ihm zu Füßen hätte niedersinken sollen – wie es die Pflicht erforderte –, drehte nur das Gesicht zur Wand und sagte kein einziges Wort.

»Heiraten Sie sie, wenn sie Sie noch haben will.« Charles Heron starrte auf Venetias angespannten, abweisenden Rücken und war sich seiner Sache gar nicht mehr sicher. Dann murmelte er etwas über sein gebrochenes Herz, wohingegen Mr. Barforth – der keinen Zweifel bei seiner Tochter über den wahren Charakter ihres Liebhabers aufkommen lassen wollte – ihm die Summe von tausend Pfund anbot. Solches Ansinnen, erklärte Charles Heron, wäre armselig, einfach lächerlich.

Möglich, stimmte Mr. Barforth zu, doch trotzdem würde er sein Angebot bis drei Uhr nachmittags aufrechterhalten und danach um die Hälfte reduzieren. Und um fünf vor drei ging Charles Heron auf das Angebot ein, damit er nicht ganz mit leeren Händen dastünde.

»Glaube nicht, daß ich dich nicht geliebt habe«, sagte er zu Venetias stummem Rücken. »Ich habe niemals behauptet, stark zu sein. Und du weißt nicht – kannst es dir nicht vorstellen –, was es bedeutet, arm zu sein.«

Jedenfalls trat Liam Adair Charles Heron zum Abschied in den Hintern, so daß er die Treppe hinunterfiel, er wurde bezahlt, damit er für immer aus Venetias Leben verschwände.

»Komm, Liebes«, sagte Mr. Barforth dann zu Venetia, »wir wollen nach Hause fahren.« Und mehr sagte er nicht zu ihr. Er überließ es Liam, sie nach Möglichkeit zu zerstreuen.

Sie hatte sich in allem getäuscht. Sie hatte Charles bedingungslos vertraut, und da sie das Vertrauen in ihn verloren, hatte sie es auch in sich selbst verloren. Die Welt war für sie aus den Fugen geraten, Dinge, die vorher ihren unverrückbaren Platz darin gehabt hatten, waren plötzlich nicht mehr greifbar, rannen ihr wie Sand durch die Finger oder verflüchtigten sich einfach. Und zu ihrem unendlichen Kummer hatte dieser Vertrauensverlust nicht auch zum Verlust ihrer Liebe geführt, denn dieser tölpelhafte Fremde, mit dem sie zwei Tage und Nächte verbracht hatte, war in Wirklichkeit gar nicht Charles Heron. *Ihren* Charles hatte sie verloren und würde ihn wohl auch niemals wiederfinden – denn er hatte ja nie existiert –, doch sie hatte ihn von ganzem Herzen geliebt, denn dieser Mann hatte mit einem gewöhnlichen Mitgiftjäger nichts gemein, und jetzt trauerte sie um ihn. Sie war jeder Hoffnung beraubt, und hätte ihr Vater ihr vorgeschlagen, auf undramatische Weise aus dem Leben zu scheiden, sie wäre wohl freudig diesen Weg gegangen.

Sie konnte mir nicht ins Gesicht sehen und versteckte sich an der Schulter ihres Vaters. Verzweifelt hielt sie ihn umklammert, bis er sie wie ein kleines Kind aufnahm und in ihr Zimmer trug.

»Liam?«

»Sie wird es überwinden.« Und wir gingen in den Salon, wo Liam geistesabwesend meine Fragen beantwortete. Er lauschte auf Mr. Barforth' Rückkehr, und als dessen Schritte erklangen, eilte er in die Halle zurück.

»Ah, Liam«, sagte Mr. Barforth, während er langsam die Treppe hinunterging. Er war mit seinen fünfzig Jahren ein kräftiger, gesunder Mann, dem eine schlaflose Nacht im Zug nichts ausmachte. Und Liam entgegnete: »Ja, Sir?« Sein ganzer Körper drückte angespannte Aufmerksamkeit aus, denn er wußte, daß über seine Zukunft, die in den Händen dieses mächtigen Mannes lag, bereits entschieden war.

»Ich stehe in deiner Schuld, Liam.«

»Es gibt keine Schuld, Sir.«

»Ich wußte, du würdest das sagen. Du bist ein guter Junge, Liam. Ich habe genug über deine Zeit verfügt. Du möchtest sicher nach Hause gehen.«

»Dann kann ich also nichts mehr für Sie tun, Mr. Barforth?«

»Das ist sehr nett von dir, Liam. Wenn es noch etwas geben sollte, werde ich es dich wissen lassen.«

»Dann verabschiede ich mich jetzt, Sir.«

»Ja. Nimm die Kutsche.«

Und als Liam auf die Tür zuging, sagte Mr. Barforth: »Chillingworth, lassen Sie diesen Brief Mr. Chard, meinem Neffen, überbringen.«

Wieder einmal hatte mein Schwiegervater nicht nur eine Entscheidung getroffen, sondern sie auch durchgesetzt. Trotzdem fragte ich mich, als ich in den Salon zurückkehrte, ob Gideon wohl so willfährig und auch so gierig war, wie er das von ihm erwartete. Venetia mußte sofort verheiratet werden, Liam Adair hätte sie ohne zögern zur Frau genommen. Und vor drei Tagen hätte Gideon wohl dassel-

be getan. Doch nun hatte das Schicksal ihm bessere Karten in die Hand gegeben, und er würde den Preis in die Höhe treiben. Falls er es nicht täte, würde Mr. Barforth ihn wohl für einen Dummkopf halten. Denn man wollte ja mit seiner Hilfe nicht nur einen Skandal vertuschen, sondern verlangte auch von ihm, daß er seinen Namen dem Kind eines anderen gab. Und das würde gravierende finanzielle Konsequenzen zur Folge haben, überlegte ich – auch für Gervase.
Ich hörte Gideon die Halle betreten und Mr. Barforth' festen Schritt, als er ihn begrüßte. Sie redeten anderthalb Stunden miteinander. Da ging ich nach oben und holte meinen Hut und meine Handschuhe und schickte nach der Kutsche. Bis jetzt hatte ich nur an Venetia gedacht, aber meine Pflicht gebot es, an Gervase zu denken. Er mußte unbedingt wissen, wie über die Zukunft seiner Schwester entschieden wurde, denn es betraf ja ebenso die unsere. Und da er nicht hier war und Mr. Barforth mir seine Pläne nicht enthüllen würde, mußte ich unbedingt meinen Vater fragen, welche Schritte zu unternehmen seien.
Doch Mr. Barforth hatte wohl Instruktionen gegeben, daß man ein Auge auf mich haben solle. Denn kaum hatte ich das Haus verlassen und wollte in die Kutsche steigen, erschien er, die unvermeidliche Zigarre in der Hand.
»Grace, darf ich dich einen Moment sprechen?«
»Natürlich.«
Er legte mir den Arm um die Schultern und ging mit mir in den Garten, weg von der Kutsche.
Zuvor hatte er mich nie berührt, doch nun ging von seiner mächtigen Gestalt, die oft so drohend wirkte, etwas Tröstliches aus. Seit drei Nächten hatte ich kaum geschlafen und fühlte mich unsicher und erschöpft.
»Wohin wolltest du fahren, Grace?«
»Zu meinem Vater.«
»Ganz recht. Aber ich wäre dir verbunden, wenn du diesen Besuch bis morgen aufschieben könntest. Falls du dir um Gervases Position Sorgen machst, dann überlege gut. Es wäre besser, wir hielten ihn aus dieser ganzen Geschichte heraus, weißt du. Sollte er zu früh davon erfahren – ehe alles wieder ins Lot kommt –, wäre er durchaus in der Lage, diesem Schurken ein Loch in den Kopf zu schießen. Jedenfalls hat Venetia davor Angst, und es würde kaum zur Verbesserung der Lage beitragen. Duelle sind schon seit geraumer Zeit ge-

setzlich verboten. Heutzutage nennt man so etwas ›Mord‹ und nicht mehr ›Ehre‹. Und es wäre zudem völlig unnütz. Sprich einmal mit Venetia darüber. Ich glaube, sie wird wohl bald nach dir fragen.«
Wir kehrten zum Haus zurück. Die Kutsche war verschwunden und mit ihr meine Entschlossenheit. Wie konnte ich denn nach Fieldhead fahren, wenn Venetia mich brauchte? Wie konnte ich es riskieren, daß mein Vater Gervase telegrafierte, und er Charles Heron mit einer Pistole auflauerte? Ohne Zweifel hatte Mr. Barforth mich geschickt beeinflußt, aber nicht nur zu seinem eigenen Vorteil, sondern zu meinem und Venetias. Also schien mir seine Entscheidung richtig.
»Werden Sie zum Abendessen hier sein?« fragte ich und zog meine Handschuhe aus.
»Wahrscheinlich.«
Und da erhaschte ich einen Blick auf Gideon Chard, der die Bibliothekstür öffnete, um einen Bediensteten mit einem Tablett einzulassen.
Mich fror plötzlich, denn nichts in Gideons düster drohender Haltung deutete auf einen glücklichen Bräutigam.
Die Verlobung wurde am nächsten Morgen verkündet und stellte für Cullingford keine Überraschung dar, da alle wußten, daß Mr. Barforth diese Verbindung wünschte. Venetia kam selbst sehr früh in mein Zimmer, um es mir zu sagen. Wie eine Fremde saß sie mit dunkel umschatteten Augen auf meinem Bett. Über die Vergangenheit wollte sie nicht reden. Es wäre am besten, nie wieder davon zu reden. Sie wollte mir nur sagen, daß sie Gideon heiraten würde.
»Und das ist sehr anständig von ihm«, sagte sie, »sehr anständig – das darfst du nie vergessen. Eigentlich müßte er mich doch widerwärtig finden – ich selbst finde mich ja widerwärtig. Aber er sagt nur, daß ich dumm gewesen bin. Mein Gott! Was für ein kleines Wort dafür. Ich war ein dummes kleines Mädchen, aber so fühle ich mich nicht. Armer Gideon, ich weiß gar nicht wie er es über sich bringen kann, mich zu heiraten – selbst mit all dem Geld. Er muß es genauso wie Charles hassen, arm zu sein. Grace, darf ich dich um etwas bitten?«
»Natürlich.«
»Versprichst du mir etwas?«
»Was?« Und sie stellte keine unangemessene Bitte.
»Nur das eine. Sag es Gervase nicht. *Bitte.* Grace, ich schäme mich so. Ich will nicht, daß er sich meinetwegen schämt. Soll er glauben,

daß Gideon um meine Hand angehalten hat und ich eingewilligt habe. Vater hat mir geraten, zu dieser Erklärung Zuflucht zu suchen und sie mir so lange einzureden, bis ich selbst daran glaube. Daß ich daran glauben *muß*, schon Gideon zuliebe, da ich ihm so viel verdanke. Grace, bitte verhindere, daß mein Bruder schlecht von mir denkt.«

»Seine Achtung würdest du niemals verlieren. So engstirnig ist er nicht.«

»Aber ich habe mich völlig idiotisch benommen und mich in allem geirrt. Ich glaubte, Vater wär' im Unrecht und Charles hätte recht. Und trotzdem ist Vater so lieb zu mir gewesen. Ich glaubte, er würde mich umbringen, wenn er mich fände, doch er war nur lieb. Ich werde nie wieder in der Lage sein, irgendeine Entscheidung zu treffen. Die ganze Welt scheint auf dem Kopf zu stehen und kommt mir so fremd vor – ich bin eine Fremde in dieser Welt. Grace, du weißt doch, wie leicht Gervase mit Vater in Streit gerät, und das könnte ich jetzt nicht ertragen. Schließlich heiratet man doch nur einmal im Leben, und da das das einzige ist, was Frauen können, will ich es auch richtig machen. Ich muß an mir arbeiten und ihm eine gute Frau werden. Jedenfalls sagt Vater das.«

Sie heirateten bald darauf mit großem Gepränge, wobei die überstürzte Hochzeit dem Ungestüm der Jugend zugeschrieben wurde. Venetia wußte jetzt, daß sie von Charles Heron kein Kind erwartete, aber sie war immer noch äußerst beflissen, jedem Wunsch ihres Vaters sofort nachzukommen. Einen eigenen Willen besaß sie nicht mehr. Sie war teilnahmslos, ermüdete schnell und war so zerstreut, daß man oft dieselbe Frage mehrmals stellen mußte, und auch dann nicht immer eine Antwort bekam. »Habe ich die Kutsche bestellt? Nein, ich glaube nicht. Ich wollte doch noch etwas erledigen?« Sie war gehorsam geworden, gehorsamer als sie es jemals als Kind gewesen war und hatte sich wieder in das kleine Mädchen verwandelt, das den Kopf an der breiten Brust seines Vaters barg und murmelte: »Ja, Papa.« An ihrem Hochzeitsmorgen in der Kirche sah sie sehr klein aus. Das reichbestickte weiße Satinkleid mit einer wahrhaft königlichen Schleppe, die nicht mit den herkömmlichen Orangenblüten, sondern mit Orchideen bestickt war, schien zu voluminös für diese kleine zarte Person. Zur Hochzeit hatte ihr Vater ihr diamantene Ohrringe und eine ebensolche Kette geschenkt. Ein großer Solitär schmückte ihre Hand, die auf dem Arm ihres stattlichen Va-

ters ruhte, als sie die Kirche betrat und dann auf dem Arm ihres gutaussehenden Cousins, als sie sie wieder verließ.
»Was sind das nur für Spitzen?« flüsterte Blanche. »Es sieht aus, als kämen sie aus Valencia. Du meine Güte, was die wohl kosten mögen! Und diese Diamanten. Mama sagte mir, daß ich noch zu jung sei, um Diamanten an meinem Hochzeitstag zu tragen. Aber sieh dir einmal diesen Solitär an! Ich frage mich, wie hoch ihre Mitgift gewesen ist.«
»Sie sieht sehr blaß aus«, sagte Tante Faith. »Das kommt wohl von der Aufregung.«
»Sie ist schon immer nervös gewesen«, erklärte die Herzogin von South Erin, der Venetia als Schwiegertochter ebenso unwillkommen wie Blanche war, ganz gleich wie hoch auch die Mitgift sein mochte.
Der Hochzeitsempfang war ziemlich kurz, da Braut und Bräutigam mit einem frühen Zug nach London reisen wollten, und als wir sie verabschiedet hatten, kehrte ich mit Mrs. Barforth und Gervase nach *Galton* zurück, wo wir die Nacht über bleiben wollten. Mrs. Barforth zog sich zum Dinner um, doch diesmal kleidete sie sich nicht in Grün – ihre Barforth-Kleider –, sondern wählte ein schlichtes braunes Kleid. Ihr Haar hatte sie zu einem lockeren Knoten im Nacken gekämmt. Und als ihre ringlosen Hände glücklich die Hunde streichelten, schien sie zu sagen: »Jetzt bin ich endlich wieder ich selbst.«
Das Essen wurde in der Halle serviert, die nur spärlich von Kerzen und dem Kaminfeuer erhellt war. Schatten krochen aus den Ecken; nur wenn plötzlich die Flammen aufloderten, konnte ich die alten Waffen und goldgerahmten Familienporträts an den Wänden erkennen: schmale, hochwangige Gesichter wie Gervase und seine Mutter und Venetia, die Sorglosigkeit und Abenteuerlust verrieten und manchmal auch eine gewisse Schwäche, nicht diese zähe Hartnäckigkeit, die die Barforths und Agbriggs auszeichnete.
»Nun, Mutter«, sagte Gervase und füllte sein Glas aus dem Rotweinkrug, der neben ihm stand. Prüfend hielt er das Glas ins Licht. »Jetzt hast du also deine Tochter mit einem Chard verheiratet. Soll ich mein Glas heben, um auf ihr Wohl zu trinken oder um sie zu bemitleiden?« Und mit einer großartigen Gebärde, mit der er dem Porträt Peregrine Clevedons, das direkt über ihm hing, zuzuprosten schien, hob er sein Glas und leerte es auf einen Zug. Dann griff er wieder nach dem Weinkrug.

»Ja, Mutter, wie gefällt dir das? Und wie wird es Grace gefallen, frage ich mich? Das wüßte ich doch zu gern.«
Da spürte er, wie ich ihn ansah, und ich beantwortete schnell die Frage, die er gar nicht gestellt hatte. »Es gibt überhaupt keinen Grund – *keinen* –, warum er sie nicht lieben sollte.«
»Was wohl heißen soll, meine liebe Grace, daß du sehr gut weißt, daß er sie nicht liebt und sie nur ihres Geldes wegen geheiratet hat. Und sollte er die Möglichkeit dazu bekommen, wird er mir auch noch nehmen, was mir gehört.«
»Dann mußt du eben verhindern, daß er dir etwas nimmt.«
»Ach ja«, sagte er und griff wieder nach dem Weinkrug, wobei er mir sein hageres Gesicht zuwandte. »Du hörst, wie präzise Grace ist, Mutter, und wie selbstsicher. Siehst du sie nicht vor dir, wie sie auf ihrem Grund und Boden steht, wenn die Chards kommen und sagt: ›Bleibt davon!‹ oder etwas ähnlich Damenhaftes?«
»Gervase, ist das nötig?« fragte Mrs. Barforth und beugte sich zu ihrem Sohn. Ihre Ähnlichkeit war derart groß, daß ich mich ausgeschlossen fühlte. »Du verfügst doch über ein beträchtliches Einkommen. Zählt der Rest da überhaupt noch?«
»Der Rest ist ziemlich groß, Mama.«
»O ja. Ich weiß. Ein ganzer Berg aus Gold.«
»Und warum sollte ich den Gideon Chard überlassen?«
»Soweit wird es nie kommen. Dein Vater hat gewisse Verfügungen getroffen, die dich in die Lage versetzen . . .«
»In welche Lage, Mama? Hier wie ein Gentleman leben zu können?«
»Nur, wenn du das wünschst, Gervase. Obwohl ich immer geglaubt habe, es wäre dein Wunsch.«
Er stand auf, den Weinkrug in einer Hand und stellte einen Fuß auf den Rand des Kamins, direkt unter dem Porträt seines Onkels. Die beiden scharfgeschnittenen Profile ähnelten sich verblüffend, die zusammengekniffenen grünen Augen, die hageren nervösen Körper. Und ich kannte keinen von beiden.
»Wir wollen einmal nicht von meinen Wünschen reden, Mama«, entgegnete er und starrte in die Flammen. »Ja, Vater hat gewisse Vorkehrungen getroffen. Aber glaubst du, Gideon wird sich nur einen Moment länger als nötig daran halten? Wird er sieben Tage die Woche so hart wie Vater arbeiten und mir dann die Hälfte des Gewinns überlassen? Sollte sich ihm nur die kleinste Möglichkeit bieten, mich aus dem Geschäft zu drängen – oder auszuzahlen –, wird er

sie nicht sofort beim Schopf ergreifen? Ja, es existiert ein ganzer Berg von Gold, Mama. Und es gibt Augenblicke, wo ich um meinen Anteil zittere.«

Mrs. Barforth stand auf, die Handflächen hatte sie auf den Tisch gestemmt, und der Kerzenschein ließ ihr Haar kupferrot aufleuchten. In dem flackernden Licht wirkte sie jünger, und man hätte sie mit Venetia verwechseln können.

»Auch ich habe mir dieses Geld einmal gewünscht«, sagte sie, »für *Galton* und für meinen Bruder. Ich sah eine glückliche Zukunft für jeden von uns vor mir. Ich wollte aber nicht alles, nicht einmal die Hälfte. Ich war und bin nicht raffgierig. Aber es brachte nichts Gutes. Verzichte auf das Geld, Gervase, denn es gehört *ihnen*. Belaste dich nicht damit, wie ich es getan habe. Lieber Gott, wenn ich nur davon frei sein könnte . . .«

Und jetzt, in dem flackernden Licht, *wurde* sie Venetia und schleuderte mir ihre längst begrabenen Hoffnungen entgegen und malte mir ein düsteres Bild der Zukunft – wo es weder Hoffnung noch Freude, noch Freiheit geben würde.

»Oh, mein Gott!« sagte sie und preßte beide Hände gegen die Schläfen. »Oh, mein Gott! Wie benehme ich mich nur. Das ist unverzeihlich. Was wird Grace von mir denken?«

»Sie wird dir verzeihen, Mama.«

»Ja. Natürlich. Ich glaube, ich ziehe mich jetzt besser zurück.«

Sie lächelte mich um Entschuldigung bittend an und ging.

Gervase und ich schwiegen – zu lange. Er brütete neben dem Feuer vor sich hin und trank, während ich, halb amüsiert, halb verärgert, herauszufinden versuchte, ob Mrs. Barforth mich hatte kränken wollen. Denn das Geld, von dem sie gesprochen hatte, war mein Geld. Sie hatte es nicht einmal für nötig gehalten, mich zu fragen, sondern einfach vorausgesetzt, daß ich als Frau selbstverständlich den Interessen meines Mannes zustimmen würde. Sie hatte als selbstverständlich vorausgesetzt, daß mein Erbteil Gervase *Galton* erhalten würde. Wie konnte sie es wagen? Doch meine Entrüstung dauerte nur bis zu dem Moment, als ich erkannte, daß sie nicht kaltherzig, sondern enttäuscht war. Eine Frau, die einer anderen Gesellschaftsschicht angehörte und allein deren Gesetzen gehorchte.

Früher einmal hätte sie durch eine Ehe mit einem Adeligen *Galton* zu neuem Ruhm verhelfen können. Aber die Zeiten hatten sich geändert. Um den Besitz für ihren Großvater und Bruder – und auch

Gervase – zu erhalten, hatte sie sich verkauft. Wie schrecklich mußte es nun für sie sein, wenn ihr Sohn, *mein* Mann, dieses Erbe ablehnte. Dann war ihr Opfer umsonst gewesen. Doch ich war nicht geneigt, Opfer zu bringen, noch wollte ich mich, der einen Gefangenschaft kaum entronnen, in die nächste begeben. Und obgleich mich ihr verzweifelter Schrei nach Freiheit tief bewegt hatte, wollte ich meine eigene nicht aufgeben. Schließlich hatte sie sich nicht für mich geopfert, sondern für ihren Bruder. Und ich war mir nicht einmal sicher, ob Gervase gewillt war, dieses Vermächtnis anzunehmen. Doch etwas stand außerhalb jeder Diskussion. Sollte Gervase sich entscheiden, hier zu leben, mußte ich es auch tun. Und dann würde ich nicht mehr die gefügige Schwiegertochter, sondern die Herrin hier sein. Wenn mein Geld schon für *Galton* ausgegeben werden sollte, wollte ich dabei auch ein Wörtchen mitreden.

Gervase kam zum Tisch zurück und ließ sich gereizt auf seinen Stuhl fallen. Er goß den letzten Tropfen Wein in sein Glas und gab dem Krug dann einen Stoß, so daß er über die glatte Oberfläche des Tisches rutschte und sicher am Boden zerschellt wäre, hätte ich ihn nicht aufgefangen.

»Er ist leer«, sagte er unnötigerweise.

»Ja.«

»Und ich habe noch nicht genug getrunken. Was soll ich jetzt tun?«

»Meiner Ansicht nach hast du genug getrunken.«

Er kam schwankend auf die Füße, verneigte sich übertrieben vor mir und ließ sich wieder auf seinen Stuhl fallen.

»Natürlich hast du recht, denn das hast du ja immer. Nicht wahr, Grace?«

»Falls ich dich irgendwie erzürnt habe, Gervase, solltest du es mir lieber sagen.«

»Mein Gott, nein! Was für eine absurde Idee. Wie könnte mich deine Perfektion je erzürnen?«

»Doch offensichtlich möchtest du mit mir streiten. Darf ich fragen, warum?«

»Das weiß ich nicht. Vielleicht habe ich nur schlechte Laune. Vielleicht hat mir der Anblick meiner Schwester heute in der Kirche nicht gefallen. Die Diamanten, die sie trug, als wären es Fesseln.«

»Gervase . . .«

»Vielleicht habe ich mich gefragt, warum es so vieler Diamanten bedarf, um Gideon Chard einzufangen.«

»Ich weiß nicht, wovon du sprichst.«
»Ich hoffe, du tust es nicht, Grace. Ich hoffe, mein Gerede hat überhaupt keine Bedeutung. Vielleicht bin ich nur schlecht gelaunt, wie ich schon sagte.«
»Dann laß deine schlechte Laune nicht an mir aus. Entweder habe ich etwas getan, das dir mißfällt, oder nicht. Falls es so ist, dann sage es mir. Aber ich ertrage deine Launen nur, wenn ich sie verursacht habe.«
»Bravo«, sagte er verächtlich. »Das ist doch reiner Blödsinn, meine Liebe. Du hast meinen Unwillen nicht erregt. Ich würde es gar nicht wagen, solche Gefühle zu zeigen.«
»Was für ein Unsinn . . .«
»Nein, Grace. Die reine Wahrheit. Du stehst immer mit beiden Beinen auf der Erde und weißt, wohin du gehst. Doch ich nicht.«
»So? Ist es etwa mein Fehler, wenn du ein verwöhntes . . .«
»Was? Ein verwöhntes Kind bin? Jedenfalls komme ich mir in deiner Gegenwart so vor.«
»Wie kannst du das nur behaupten?«
»Ganz einfach. Soll ich es wiederholen?«
»Es ist mir gleich, was du sagst. Wenn du dich wie ein verwöhntes Kind benimmst, darfst du dich nicht wundern, wenn man dich auch als solches behandelt.«
Er stand auf und stellte sich wieder neben den Kamin. Die Verachtung in seinem Gesicht hatte einem finsteren Brüten Platz gemacht, und sein ganzer Körper drückte eine immense Anspannung aus.
»Niemand hat mich jemals verwöhnt, Grace. Das weißt du – außer dir.«
»Offensichtlich war das verkehrt.«
»Aber nein. Vielleicht bist du zu gut zu mir.«
»Es ist schrecklich, daß du das sagst.«
»Ja. Wahrscheinlich.«
Doch als ich aufstand, weil ich fühlte, ich würde gleich in Tränen ausbrechen, schleuderte er mir seine Worte wie Steine entgegen.
»Das heißt noch lange nicht, daß ich dich nicht haben will.«
Ich stand wie erstarrt da und keuchte, als wäre ich gerannt. Mühsam kämpfte ich meine Tränen nieder.
»Grace . . . um Himmels willen!« Er kam auf mich zu und nahm mich in die Arme.
»Du weißt, daß ich den ganzen Tag getrunken habe, Grace. Und das

macht mich manchmal übellaunig. Die Ehe Venetias mit *Gideon*. Himmel, schon jetzt sehe ich ihn jeden Tag in der Fabrik. Aber ich will nicht mit ihm leben.«
»Das wird doch bestimmt nicht nötig sein. Sie werden sicher ein eigenes Haus beziehen?«
»Wo denkst du hin? Venetia hat keinen Sinn für solche Dinge. Und Gideon wird erst aus *Tarn Edge* ausziehen, wenn er sich etwas Besseres leisten kann. Er wird immer nach etwas Höherem streben, mein lieber Cousin Gideon, dessen kannst du gewiß sein.«
»Dann können wir doch ausziehen.«
»Wohin? Hierher?«
»Es gibt noch andere Häuser, Gervase.«
»Wirklich?«
Ich machte wohl eine ungeduldige Gebärde, denn im Kopf legte ich mir schon den Plan für eine neue elegante Villa zurecht, da umarmte er mich noch fester und preßte seine Wange schmerzhaft gegen meine. Sein ganzer Körper sprach zu mir, liebkoste mich, wie Worte es niemals hätten ausdrücken können.
»Als erstes muß ich mich um dieses Haus hier kümmern, Grace. Und wenn das getan ist und es richtig scheint – wirst du dann hier mit mir leben?«
»Wenn es richtig ist, ja.« Doch selbst in diesem Moment lautete die Antwort in meinem Kopf wohl anders. »Wenn es *mir* richtig erscheint« hätte ich eigentlich sagen müssen.
»Ich bin ziemlich betrunken«, flüsterte er mir ins Ohr, und ich roch trotz des Geruchs des Weins diesen vertrauten Duft aus Zitrone und Lavendel.
»Ja. Das weiß ich.«
»Und war ich ein Scheusal?«
»Ja.«
»Und ein Ekel?«
»Ein großes Ekel.«
Aber der Schmerz, den ich empfunden hatte, war vergangen. Der Mann, den ich in den Armen hielt, bat mit seinem Körper um Verzeihung, und wußte auch, daß sie ihm gewährt werden würde.
»Habe ich dich verletzt, Grace?«
»Ja, das hast du.«
»Immer verletzt man die Menschen, die man am liebsten hat. Von jetzt an werde ich immer gut zu dir sein.«

»Jeden Tag?«
»Nun, das ist sehr viel verlangt, aber ich werde mir verdammte Mühe geben. Ich brauche dich, Grace.«
»Das tust du sicher, wenn du die Treppe hinaufgehen willst, ohne dir das Genick zu brechen.«
»Dann hast du mir also verziehen?«
»Ich denke schon.«
»Gott sei dafür gedankt!« sagte er mit Inbrunst. Und als wir eng umschlungen und lachend die Treppe hinaufstiegen, denn gleich würden wir uns lieben – und jetzt war er mein Mann und nicht ihr Sohn –, warf ich einen Blick zurück auf das Porträt über dem Kamin und dachte: »Zum Teufel mit dir, Perry Clevedon! Geh zum Teufel!«

10

Venetias Flitterwochen waren nicht geglückt, denn obwohl sie immer noch gefügig und dankbar war, ja, untertänig in einer Weise, die mich schmerzte, hatte sie überhaupt noch nicht begriffen, daß sie verheiratet war.
Schon seit Monaten hatte sie sich als Charles Herons Frau gefühlt. Zwar war sie nun Gideon angetraut, aber gefühlsmäßig akzeptierte sie ihn nicht als ihren Ehemann. So große Mühe sie sich auch gab, er blieb einfach ihr hochmütiger Cousin, dessen Nacktheit sie im Bett in die schlimmste Verwirrung stürzte.
Die ersten paar Tage ihrer Hochzeitsreise verbrachten sie in einem Londoner Luxushotel. Damit befriedigte Gideon seine Vorliebe für erlesene Speisen und Champagner, und er war nett zu Venetia. Doch als er dann auch körperlich von ihr Besitz ergriff, sah sie nichts anderes in ihm als einen Fremden mit Charles Herons Gesichtszügen, einen Mann, der sie verletzt und gedemütigt hatte, und so reagierte ihr Körper mit völliger Ablehnung. Schließlich brach sie auch noch in Tränen aus, was Gideon mit Abscheu erfüllte.
Am nächsten Morgen war er kurz angebunden. Trotzdem führte er sie ins Theater und nachher zum Souper in ein teures Restaurant. Venetia fühlte sich schuldig, und dank des reichlich genossenen Champagners gelang es ihr, Charles Herons bösen Geist zu bannen. Sie warf sich in die Arme ihres Mannes, und sie vermochte wenigstens ihn zu *ertragen*. Dann liebte er sie jede Nacht, denn er war ein

sinnlicher Mann. Außerdem war er in dem Glauben erzogen worden – wie wir alle –, daß Flitterwochen einzig und allein dazu da waren. Doch er war schnell befriedigt, und obwohl Venetia ihn nicht ablehnte, war sie viel zu verängstigt durch den Gedanken, ihm nicht genügen zu können. Als die beiden nach Cullingford zurückkehrten, wußte sie, daß sie ihm niemals genügen würde und er deswegen außerhalb der Ehe suchen würde, was sie ihm nicht gab. Aber sie hatte auch das Gefühl, ihm deshalb nicht zürnen zu dürfen.

Am Tage ihrer Ankunft gab sich Gervase wachsam wie eine Katze, und er lächelte über den Eifer des Bräutigams, der sofort darauf bestand, in die Fabrik zu gehen.

»Es ist alles in Ordnung, Gideon«, sagte er boshaft. »Die Fabrik ist in deiner Abwesenheit nicht abgebrannt.«

Gervase war beim Abendessen sehr still. Er schien nicht einmal zuzuhören, während sein Vater und Gideon über geschäftliche Belange sprachen. Die beiden schenkten Venetia und mir nicht einmal einen Blick, als wir uns zurückzogen, so sehr waren sie in ihr Gespräch vertieft. Und als sie sich uns dann im Salon zugesellten, war Gervase nicht dabei. Sie schienen gar nicht bemerkt zu haben, daß er verschwunden war. Lange nachdem schon jeder zu Bett gegangen war, kam er wieder, indem er seinen früheren Gewohnheiten gemäß durch die Seitentür schlüpfte. Er hatte getrunken, doch ich machte ihm keine Vorwürfe. »Mich friert«, sagte er, und ich schlug die Decke zurück, nahm ihn in die Arme, wärmte und tröstete ihn. Unsere Lebensumstände hatten sich verändert, und ich beschloß, auf der Hut zu sein.

Drei Wochen später trat Gideon zusammen mit Liam Adair eine Amerikareise an – eine Reise, die eigentlich Gervase hätte machen müssen, wie ich dachte –, und obwohl die Reise ein großer geschäftlicher Erfolg war, entdeckte ich auf Liams Gesicht denselben mißtrauischen Ausdruck, den ich schon von Gervase kannte. Fast sofort nach ihrer Rückkehr kündigte Liam seine Stellung bei Mr. Barforth.

»Jetzt hat Liam Adair also ausgedient«, sagte Gervase viel zu gelassen.

»Aber er hat doch gekündigt, Gervase. Sicher hat ihn niemand vor die Tür gesetzt.«

»Nein, sicherlich nicht. Aber ›irgend jemand‹ hat ihm vielleicht während dieser langen Reise klargemacht, daß es für ihn hier keinen Platz mehr gibt.«

Am Tag, als Liam seine Siebensachen im Büro in Nethercoats zusammenpackte, besuchte er mich. Er hatte nichts von seiner Fröhlichkeit und seinem Enthusiasmus verloren und erzählte mir, er habe gerade eine kleine Druckerei gekauft, die ihn wahrscheinlich jeden Penny, den er besaß, gekostet hatte – wie ich vermutete.

»Kennst du dich denn in der Druckkunst aus, Liam?« fragte ich. Doch er lächelte nur breit.

»Überhaupt nicht. Aber das ist gerade das Schöne daran. Ich konnte ja auch keine Schafe scheren oder Textilien verkaufen, ehe ich es probiert habe.«

»Du könntest alles dabei verlieren, weißt du das?«

»Ja. Gut möglich. Aber ›alles‹ in meinem Fall ist nicht sehr viel, Grace. Ich könnte auch zum Millionär werden.«

Doch als ich erfuhr, daß seine Druckerei vorwiegend für den maroden *Cullingford Star* arbeitete, zweifelte ich daran.

Denn solange ich mich erinnern kann, gab es bei uns nur eine Zeitung von Bedeutung: Mr. Roundwoods *Courier & Review*. Mr. Roundwood war in meiner Jugendzeit ein häufiger Gast zum Dinner in Fieldhead gewesen, wo er offen seine liberalen Ansichten vertrat. Der *Courier* war eine Zeitung, die ausschließlich auf die Geschäftsleute zugeschnitten war, die sie ja kauften, und konnte als deren Sprachrohr gelten. Im *Courier* stand nichts über Skandale am königlichen Hof; unseren eigenen Wohltätigkeitsbällen, Hochzeiten, Taufen und Begräbnissen wurde weitaus mehr Bedeutung zugemessen als einem glänzenden Empfang des Prinzen von Wales.

Auch kümmerte sich der *Courier* nicht um soziale Mißstände. Er war eine Zeitung, die ein Gentleman jederzeit auf dem Tisch liegenlassen konnte, ohne Angst zu haben, seine Frau oder seine Töchter könnten durch unangenehme Nachrichten schockiert werden – während der *Star* versuchte, gerade diese sozialen Mißstände aufzuzeigen.

Die Zeitung war vor fast fünfzig Jahren von einer Gruppe radikaler Intellektueller – unter ihnen ein Mitglied meiner eigenen Familie, der Halbbruder meiner Mutter, Crispin Aycliffe – gegründet worden und residierte jetzt in einem baufälligen Haus in der Gower Street.

Aber die Leserschaft dieses in den Augen der Bourgeoisie anrüchigen Blattes war immer sehr klein gewesen. Jetzt erschien es nur noch ein- oder zweimal die Woche, und obwohl der Kaufpreis gering war und man annahm, daß wenigstens die Hälfte der Cullingforder Bevölkerung lesen konnte, hatte der *Star* irgendwie nicht »eingeschlagen« und sich von seinen glühenden Anfängen zu einer niveaulosen Gazette entwickelt.

»Was weißt du über Zeitungen, Liam?« fragte ich ihn.

»Nichts«, erklärte er fröhlich.

»Kannst du mir sagen, wer heute noch den *Star* liest?«

»Nun, Grace, wahrscheinlich würdest du ihn lesen, wenn ich mich für das Wahlrecht der Frauen einsetzte.«

»Dann bist du also für die Suffragetten, Liam?«

»Warum nicht? Ich gebe zu, daß ich früher nie einen Gedanken daran verschwendet habe. Aber jetzt tue ich es. Ich habe ja auch nicht an die Barforth-Stoffe *geglaubt*, sie aber trotzdem verkauft. Vielleicht schadet es nichts, wenn ich dieser Tage einmal ein Kännchen Tee mit Miss Mandelbaum und Miss Tighe trinke.«

»Mir scheint, du brauchst ein wenig mehr als Miss Tighe, um deinem Blättchen auf die Beine zu helfen.«

»Da hast du wohl recht. Was ich brauche . . . nun, es gibt ja immer noch Großmutter Elinor und Lady Verity Barforth. Die beiden haben schon immer eine gute Sache unterstützt. Und Grace Barforth, die Enkelin meiner Stiefmutter, ist ja auch noch da. Vielleicht investiert sie ihr Taschengeld.«

»Liam, du beutest Frauen aus!«

»So würde ich das nicht nennen. Doch sollte ich wirklich ein Ausbeuter sein, achte ich darauf, daß sie sich dabei amüsieren.«

»Liam, tut es dir nicht leid, nicht mehr für Mr. Barforth zu arbeiten?«

»Ich weiß nicht, warum du mich das fragst, Grace, aber es war Zeit für mich, etwas Neues zu beginnen. Und du hast doch jetzt sicher alle Hände voll zu tun, Grace – mit einem neuen Mann unter deinem Dach. Und dazu ein Mann, der große Bedürfnisse hat und nicht leicht zufriedenzustellen ist.«

Außer mir schien niemand auf den Gedanken zu kommen, daß sich Gideon und Venetia ein eigenes Haus einrichten sollten. *Tarn Edge* war immens, und es paßte ausgezeichnet in Mr. Barforth' Pläne, daß Gideon dort wohnte. Mehr gab es dazu nicht zu sagen. Für die beiden wurde ein großes, nach vorn gelegenes Schlafzimmer mit anschließendem Ankleidezimmer und Bad eingerichtet. Ich veranlaßte, daß das große, mit einem Baldachin überspannte Bett mit duftenden Kräutern und Lavendel parfümiert wurde. Ich stellte Blumen ins Zimmer. Ich ließ den Kaminrost polieren und ein Feuer entzünden und fragte mich nicht zum ersten Mal, welche Spannungen wohl in diesem Haus bei zwei Herrinnen und zwei – drei – Herren entstehen würden.

Doch Venetia zeigte derart wenig Interesse an der Haushaltsführung, daß mein Vorschlag, die Verantwortung zu teilen, sie nur in Erstaunen versetzte. Wahrscheinlich wäre sie der Herausforderung, den Haushalt für Charles Heron zu führen, tapfer begegnet. Doch *Tarn Edge* – das Haus ihres Vaters – stellte weder eine Herausforderung noch etwas Neues für sie dar. Schließlich hatte dieser Haushalt auch immer ohne ihr Zutun funktioniert.

»Gütiger Himmel, Grace! Ich möchte mich da nicht einmischen. Du erledigst das alles so perfekt, und wir wissen doch alle, daß ich zu nichts nütze bin.« Und sofort, und wahrscheinlich auch dankbar, nahm sie wieder ihre Stellung als »Tochter des Hauses« an, verbreitete überall Unordnung, verlangte zu den unmöglichsten Zeiten nach Tee und kam und ging ohne die geringste Erklärung. Der einzige Unterschied zu ihrem früheren Status bestand nur darin, daß sie jetzt jeden Abend mit ihrem Mann zu Bett ging.

Doch – wie ich befürchtet hatte, war Gideons ständige Anwesenheit im Haus weitaus problematischer, denn seinem Charakter nach, wie seine Mutter, war er anspruchsvoll. Wenn er einen Raum betrat, wurde man sich seiner sofort bewußt, der Ton und das Sujet einer Unterhaltung veränderte sich, damit er sich wohl fühlte, und man merkte sofort, daß er ein schwieriger Mensch war, um so mehr, als die vergangenen anderthalb Jahre bei seinem Onkel für ihn nicht leicht gewesen waren.

Er war erst spät zum Textilhandel gestoßen und kam aus einer Welt, in der der Handel verachtet wurde, so daß man ihm von allen Seiten mit Vorurteilen begegnet war – seine alten Schulfreunde und Jagdkameraden waren erstaunt; die Barforth-Fabrikleiter waren der Meinung, daß er zu schnell die Leiter des Erfolgs emporstieg; und die Arbeiter lachten über seinen Akzent und stellten seine Männlichkeit in Frage, denn ein *Mann* hatte nicht so zu reden. Und obwohl sein Bruder, der Baronet, und seine Mutter, die Herzogin, ihn beide liebten, hatten sie ihm klargemacht, daß er bei seinen Besuchen in *Listonby* oder South Erin über seine Arbeit zu schweigen hätte.

Es war eine schwierige Zeit für ihn. Das wußte ich, und obwohl ich ihn für geldgierig hielt und ihn scharf beobachtete – denn er war fähig, Gervase jederzeit zu schaden –, konnte ich ihn andererseits auch verstehen. Wäre ich an seiner Stelle gewesen, arm und ehrgeizig, hätte ich wohl genauso skrupellos um einen Platz im Leben gekämpft. Er hatte mir gesagt, daß er keine besonderen Kenntnisse in der Textilbranche vorzuweisen habe, nur gewisse Erfahrungen im Ein- und Verkauf. Doch Mr. Barforth hatte von Anfang an darauf bestanden, daß er das Handwerk von der Pike auf lernte – diese Ausbildung hatte er Gervase nie zukommen lassen – und bei jedem einzelnen Prozeß der Tuchherstellung kräftig selber Hand anlegte.

»Wenn die Arbeiter dir sagen, daß es so nicht gemacht werden kann, du es aber auf diese Weise gemacht haben willst, mußt du dich darin auskennen«, hatte Mr. Barforth erklärt. »*Ich* weiß alles über Stoffe. Mein Bruder Blaize glaubt alles darüber zu wissen. Deshalb hat er auch nur eine Fabrik und ich ein halbes Dutzend. Er kann die Stoffe verkaufen, aber ich kann sie produzieren und sogar meine eigenen Webstühle reparieren, falls nötig. Und dann kann ich Stoffe ebenfalls verkaufen. Niemand kann dich jemals betrügen, Junge, wenn du es besser als die anderen weißt.«

Vielleicht waren diese Worte an einen Chard von *Listonby Park* verschwendet, dem es nie im Leben einfallen würde, die Arbeit seiner Pächter zu kontrollieren, solange nur der Pachtzins entrichtet wurde. Doch dessenungeachtet widmete Gideon dieser Arbeit seine ganze Kraft. Er ertrug die Launen und oft unvernünftigen Forderungen seines Arbeitgebers, die Hitze, den Lärm und den Gestank in den Fabrikhallen – was schwer für einen Mann war, der sein ganzes Leben bisher an der frischen Luft verbracht hatte. Zu alledem mußte er sich mit der Tatsache abfinden, mit einer Frau verheiratet zu sein, die ihn nicht liebte, trotz aller Anstrengungen, die sie diesbezüglich machte. Gideon ertrug das Ganze aus einem Grund, denn er hatte schon seit langem seinen Onkel als einen Meister seines Fachs erkannt – er wollte ein reicher Mann werden.

Die langen Stunden, die er außer Haus war, und seine häufigen Reisen machten das gespannte Verhältnis, das zwischen ihm und Gervase herrschte, weniger deutlich. Trotzdem war Gideon – der ja

nicht Herr von *Tarn Edge* war und es vielleicht nie sein würde – außerordentlich anspruchsvoll und bürdete mir mit seinen Ansprüchen eine große Last auf.
Er war von Jugend auf in einer Weise erzogen worden, daß er gelernt hatte, persönliche Gefühle zu unterdrücken und sich stets unter Kontrolle zu haben. Aber er hatte immer im Luxus gelebt. In *Listonby* gab es nur das Beste vom Besten aus Küche und Keller. Und obwohl er mir nie einen Vorwurf machte, wenn ihm ein Gericht mißfiel – dazu war er zu gut erzogen –, so hatte er doch eine Art, die Speisen auf seinem Teller verächtlich hin- und herzuschieben, daß Gervase dann plötzlich aufblickte und fragte: »Was ist, Gideon? Schmeckt dir das Essen nicht?«
»Das Essen?« antwortete Gideon, und ich hörte allein durch die Art, wie er die Frage wiederholte, daß er hatte sagen wollen: »Essen? Großer Gott, geht es *darum*?«, daß ich innerlich zusammenzuckte, während Gervases Augen – wie immer in Momenten unterdrückter Emotionen – jegliche Farbe verloren. Ich war entschlossen, den Konflikt nicht zum Ausbruch kommen zu lassen, wenn es mir nur irgendwie möglich war, und deshalb gestalteten sich meine morgendlichen Besprechungen mit Mrs. Kincaid, der Köchin, immer schwieriger.
»Nein, nein, Mrs. Kincaid. Keinen Schellfisch und auch keinen Kabeljau – das ist zu gewöhnlich.«
»Soll ich dann Steinbutt nehmen, Madam?«
»O ja. Steinbutt ist sehr gut. Doch wir haben ihn vergangene Woche schon zweimal gegessen. Vielleicht servieren Sie ihn einmal anders als mit einer Hummersauce.«
»Wie wäre es mit Lachs, Madam?«
»Ja – aber wie wollen Sie ihn zubereiten?«
»Oh, mit Champignons und Trüffeln in einer Béchamelsauce.«
»Vorzüglich, Mrs. Kincaid!«
»Um noch einmal auf den Schellfisch zurückzukommen, Madam. Ich könnte ihn zu einer Mousseline verarbeiten und ihn mit Scheiben geräucherten Lachses umwickeln.«
»Eine ausgezeichnete Idee, Mrs. Kincaid. Tun Sie das bitte.«
»Ja, aber bis zum Lunch wird es nicht gehen, denn die Mousseline braucht Zeit, wie Sie sicher wissen.«
»Nein, zum Lunch ist es auch nicht nötig, denn Mr. Chard ißt dann nicht hier. Zum Lunch können Sie kochen, was Ihnen beliebt.«

»Vielen Dank, Madam.«
»Also bleiben wir bei dem Lachs mit Champignons und Trüffeln, dann Lammbraten in Jägersauce und als Nachtisch eine gute *Crème Chantilly*?«
»Sehr gut. Und die Suppe, Mrs. Barforth? Wollen Sie die mir überlassen?«
»Ja, gern. Doch sie sollte ausgefallen sein. Irgend etwas, das man nicht identifizieren kann.«
Die Weine jedoch gehörten natürlich nicht zu meinem Aufgabenbereich. Mr. Barforth lagerte in seinem Keller vornehmlich schwere Rotweine, die Gideon zwar auch liebte, aber nicht ausschließlich. Worauf natürlich Gervase sofort die Gelegenheit ergriff und seine Verwunderung über den feinen Gaumen der Chards ausdrückte. Natürlich mußte ich mich auch um Gideons Wäsche und Garderobe kümmern, worin er ebenfalls sehr heikel war, und seine Einstellung den Dingen des täglichen Lebens gegenüber erinnerte mich häufig an einen Engländer in Übersee, der bei seinem besten Willen die Eingeborenen nicht immer verstehen kann.
»Ist es vielleicht möglich, das irgendwie in Ordnung bringen zu lassen?« fragte er und deutete mit leichtem Abscheu auf ein perfekt gebügeltes Hemd.
»Mein Gott! Das weiß ich nicht«, antwortete Venetia dann.
»Da mußt du Grace fragen.«
»Mir würde nicht im Traum einfallen, sie damit zu belästigen.«
Und so machte er mir das Leben schwer. Seine ständige unausgesprochene Forderung, perfekt gekleidet, perfekt ernährt zu werden – was ihm nicht als Luxus, sondern völlig normal erschien –, stellte eine tägliche Herausforderung für mich dar und war außerdem mein praktischer Beitrag, den Frieden im Haus zu erhalten.
»Nimmst du ihn vor mir in Schutz, Grace, oder ist es umgekehrt?« wollte Gervase wissen.
»Ich versuche hier den Friedensengel zu spielen, damit ich einen Platz im Himmel erbe.«
»Ah, da wir schon einmal vom Erben sprechen, und wenn du das alles tust, um über mein Erbe zu wachen, soll es mir recht sein.«
Doch Gervases Wachsamkeit ließ schon sehr bald nach. Und hätte ich mich vielleicht weniger um die Zusammenstellung exquisiter Menüs gekümmert, wäre mir wohl schon früher die Veränderung aufgefallen, und ich hätte sie richtig deuten können.

Mr. Barforth und Gideon brachen jeden Morgen frühzeitig zur Fabrik auf. Manchmal begleitete Gervase sie, manchmal nicht. Getrennt kehrten sie spät jeden Abend zurück, aßen und zogen sich dann in Mr. Barforth' Bibliothek zurück, wo Gideon immer blieb, während Gervase sich öfter aus dem Staub machte und Brandy im *Old Swan* trank. Und weil er dann immer wie ein ungezogener Schuljunge zurückkehrte – und vielleicht, weil der Abend durch seine Abwesenheit viel harmonischer verlaufen war –, machte ich ihm nie eine Szene.
»Ich weiß, es ist schon nach Mitternacht, Grace. Aber sieh es doch einmal so – wenn ich nie etwas verkehrt machen würde, hättest du keinen Grund zum Schimpfen und bräuchtest mir auch nicht zu verzeihen. Und das genießt du doch, nicht wahr?«
Ja, ich genoß es. Vor allem, wenn der Abend voller Spannungen gewesen war – wenn das Rindfleisch nicht ausreichte, Venetia dummes Zeug daherschwatzte, und wenn es mir mit knapper Not gelungen war, einen Streit zwischen Gideon und Gervase zu verhindern. Ich genoß seine komischen, ein wenig ängstlichen Entschuldigungen und die Art, wie ich ihm verzieh. Bald lachten wir beide zusammen, er vergrub seinen Kopf an meiner Schulter, und ich war mir seines Körpers sehr bewußt. Ich genoß sogar den Geruch des Gasthauses, der für mich den Inbegriff dieser verderbten, maskulinen Welt darstellte, die ich wie alle liebenden Frauen als gar nicht so verrucht empfand.
Dann liebten wir uns, und wenn er am nächsten Morgen ohne ein Wort zu sagen nach *Galton* verschwand, entschuldigte ich ihn bei seinem Vater, der sich über seine Abwesenheit bitter beklagte.
»Nun, Grace, da er dich ja über alle seine Schritte auf dem laufenden hält, vielleicht kannst du *mir* dann sagen, wann er wieder zu arbeiten gedenkt.«
»Morgen früh.«
»Und dessen bist du dir ganz sicher?«
»Oh . . .«
»Du bist ein gutes Mädchen, Grace. Es widerstrebt dir, mir Zusicherungen zu machen, wenn du selber Zweifel hegst. Ich bin froh, daß du so bist.«
Und Gervases Abwesenheiten in diesem ersten Jahr häuften sich. An einem Abend betrat er weiß vor Zorn das Haus, dicht gefolgt von seinem Vater. Eine halbe Stunde lang schlossen sich die beiden in die

Bibliothek ein. Dann hörte ich die Tür schlagen, Gervases Schritte in der Halle, und zehn Minuten später seine Kutsche beängstigend schnell die Auffahrt hinunterrasen.
»Wie es scheint, wird dein Mann heute nicht mit uns zu Abend essen«, erklärte Mr. Barforth. Seine mächtige Gestalt füllte wie eine drohende Gewitterwolke die ganze Tür aus. Er bebte noch vor Zorn.
»Oh? Und warum?«
»Weil ich durch die Unfähigkeit deines Mannes Geld verloren habe. Nicht sehr viel – jedenfalls seiner Meinung nach nicht. Aber darum geht es nicht, habe ich recht?«
»Sicherlich.«
»Ja. Denn verlorenes Geld ist verlorenes Geld, und weitaus schlimmer, wir haben, verdammt noch mal, einen guten Ruf zu verlieren. Denn dein Mann war nicht zur Stelle, als er hätte dasein müssen. Deshalb hat ein alter Kunde seinen – wenn auch kleinen – Auftrag anderweitig vergeben. Und falls er bei der Konkurrenz gut beliefert wird, bekommen wir von ihm nie wieder einen Auftrag. Und das ist gravierend. Verstehst du mich?«
»Ja.«
»Offensichtlich hat dein Mann – mein Sohn – mich nicht verstanden.«
»Wohin ist er gefahren?«
»Ich nehme an, zu seiner Mutter. Zu diesem Schlupfwinkel in dem verdammten Kloster. Er kann dort bleiben, solange es ihm gefällt. Das kannst du mir glauben.«
»Dann sollte ich ihm wohl nachfahren?«
»Wie bitte?«
»Wenn er länger in *Galton* bleibt, ist mein Platz an seiner Seite. Ich werde morgen früh aufbrechen.«
Mein Schwiegervater durchquerte den Raum, zündete eine Zigarre an und stellte sich eine Weile schweigend mit dem Rücken vor den Kamin. Er runzelte die Stirn. Jeder Zorn war jetzt aus ihm gewichen, als er mich ansah.
»Er hat einen Schatz in dir, Grace. Ich hoffe, er weiß es.«
»Oh, was das betrifft . . .« Und dann ging ich langsam auf ihn zu, denn selbst in dieser nachgiebigen Stimmung blieb er immer noch ein furchteinflößender Mann, und sagte zögernd:
»Schwiegervater, Gervase hat nicht diese natürliche Begabung fürs

Geschäft wie Sie und Gideon es haben. Die Arbeit fällt ihm schwer, und manchmal braucht er seine Freiheit. Ich glaube, bis vor kurzem hat er sich große Mühe gegeben.«
Er hörte mir zu. Meine Stimme verebbte, denn im letzten Moment fehlte mir der Mut, mich über Gideon zu beklagen. Dann tat er einen tiefen Zug an seiner Zigarre und lächelte mich mit seinem ganzen Charme an.
»Bis vor kurzem? Du meinst, seit Gideon hier lebt? Ja, ich weiß, daß er Gideon nicht im Haus haben will. Aber er muß es lernen, sich dem Konkurrenzkampf zu stellen, Grace, wenn er jemals Erfolg haben will. Das weißt du. Und wenn er dazu nicht fähig ist, muß er wenigstens eine Entscheidung treffen. Wäre ich davon überzeugt, daß er die Ländereien seiner Mutter bewirtschaften will, würde ich ihm eine gewisse Summe geben. Doch er hat mich nicht überzeugt. Dich etwa?«
Ich schüttelte den Kopf. Er stieß eine Rauchwolke aus, beugte sich vor und grinste mich an.
»Ich bin reich, Grace. Und wenn er jetzt geht, wer weiß, wem ich mein Geld dann überlasse. An seiner Stelle würde ich abwarten, bis ich einmal sterbe. Doch falls er das vorhat, und ich wäre dir dankbar, wenn du ihm das sagen würdest – muß er sich einmal entscheiden. Früher oder später. Und wenn ich du wäre, Grace – ich weiß, daß du nicht in *Galton* leben möchtest –, würde ich die Entscheidung für ihn treffen. Du wirst schon einen Weg finden.«
Wahrscheinlich glaubte ich, daß ich diesen Weg finden würde, und deshalb – verblendet durch mein Selbstvertrauen und den Glauben an meine Zukunft – machte ich mir viel mehr Sorgen um Venetia als um Gervase.
Ihre Fügsamkeit hatte sich langsam in eine Passivität verwandelt, die mir überhaupt nicht gefiel. Früher war sie wißbegierig und lebhaft gewesen. Jetzt schien sie immer halb zu schlafen und geistesabwesend. Sie hatte eine unbändige Lebensfreude ausgestrahlt, doch nun, da ihre Zukunft besiegelt war, schien jeder Funken Vitalität in ihr erloschen zu sein.
Sie interessierte sich nicht für ihre Hochzeitsgeschenke, die noch immer mit jedem Zug aus der ganzen Welt eintrafen.
»Gütiger Himmel! Was soll ich damit? Die Schränke sind schon voll davon.«
Es konnte sie auch niemand dazu bewegen, die fälligen Dankesbriefe zu schreiben.

»Venetia, das kann ich nicht für dich erledigen.«
»Natürlich nicht. Morgen fange ich damit an.«
»Warum nicht jetzt? Hier ist dein Federhalter und Papier.«
Doch obwohl sie sich voller guten Willens hinsetzte, fand ich sie eine Stunde später schlafend am Schreibtisch vor, den angefangenen Brief zerknüllt am Boden.
»Du meine Güte! Ich kann mich einfach nicht konzentrieren. Ich weiß, nicht warum. Und dann überfiel mich eine unsägliche Müdigkeit.«
Diese Müdigkeit überfiel sie sehr häufig, und sie saß dann in irgendeinem versteckten Eckchen, wo sie gähnend und dösend den Tag verbrachte.
»Ich bin so schläfrig.«
»Dann geh ins Bett«, sagte ihr Vater.
»Oh . . .«, und sie warf Gideon einen ängstlichen Blick zu wie ein kleines Kind, das fragte: »Darf ich?«
Sie gab sich immer noch sehr viel Mühe, ihm zu gefallen, doch dieser Übereifer wurde zu einer Quelle ständigen Ärgers, denn Gideons Vorstellung, wie sich eine Ehefrau zu benehmen hatte, waren genauso präzise wie seine Vorstellung über die Kochkunst, während Venetia vom Leben eigentlich gar keine Vorstellung hatte, außer, der Sinn einer Ehe sei allein gegenseitige Liebe.
»Venetia, zufällig traf ich heute Mr. Rawnsley, und er erzählte mir, seine Frau hätte dich zum Tee erwartet. Sie war wohl – gelinde gesagt – etwas überrascht über dein Nichterscheinen.«
»Oh, mein Gott. Die Einladung war doch für die nächste Woche, nicht?«
»Nein, Venetia. Gestern, um genau zu sein.«
»Gideon, es tut mir leid. Ein Tag gleicht so sehr dem anderen.«
»Allerdings. Mrs. Rawnsley hatte ziemliche Ungelegenheiten, denn es waren fremde Gäste eingeladen, die dich kennenlernen wollten und jetzt sicher beleidigt sind. Du wirst diese Geschichte natürlich in Ordnung bringen, nicht wahr?«
»Ich würde das auf die leichte Schulter nehmen«, sagte Gervase aus der Tiefe seines Sessels heraus. Er hob kaum den Blick von seiner Zeitung.
»So, das würdest du?« fragte Gideon mit verkniffenem Mund.
»Aber ja. Mrs. Rawnsley ist weder für mich noch meine Schwester eine Person, die zählt. Und diese anderen, fremden Gäste, darum

brauchst du dich überhaupt nicht zu kümmern, Venetia. Das sind doch nur Frauen von Geschäftsleuten aus Manchester, alte dicke Matronen, deren Männer wohl für Gideon wichtig sind, da er ja noch ein Neuling im Geschäft ist. Aber wir kennen sie doch alle schon, Venetia, und haben uns nie etwas aus ihnen gemacht.«

»Oh . . .«, entgegnete Venetia ziemlich hilflos, denn sie spürte wohl genau wie ich, wie der Zorn Gideon übermannte. Und um die Wogen zu glätten, sagte ich schnell – obwohl mir meine Stimme hohl und falsch vorkam –: »Ich glaube nicht, daß dieser Lapsus irreparabel ist. Heute nachmittag traf ich Amelia Rawnsley und habe sie zum Dinner eingeladen. Wenn wir morgen bei ihr vorbeischauen und das Silber bewundern, das sie von ihrer Großtante geerbt hat, dann . . .«

»Ja, tu das, Venetia«, sagte Gideon knapp und ging aus dem Zimmer.

»Das hast du fein gemacht!« schimpfte Gervase Barforth da seine Frau aus und schloß die Augen. Damit zog er sich ebenso effektiv von uns zurück wie Gideon.

Am nächsten Morgen entschuldigten wir uns bei Amelia Rawnsley. Auf dem Weg zurück nach Hause war Venetia sehr still und teilnahmslos, auch hatte sie keine Lust, wie versprochen, ihre Schubladen nach anderen Einladungen zu durchsuchen.

»Ich glaube, ich lege mich vor dem Mittagessen noch eine Stunde hin.«

Doch in letzter Zeit hatte sie viel Post bekommen und den größten Teil nicht einmal gelesen, wie ich vermutete. Und da es für sie leichter war, nachzugeben, gingen wir in den kleinen Salon, wo unsere Schreibtische standen, und machten uns an die Arbeit.

»Venetia, wie kannst du in diesem Durcheinander überhaupt etwas finden?«

»Das kann ich ja nicht. Und das ist mein Problem.«

»Gütiger Himmel! Hier ist ein Brief von Miss Mandelbaum. Sie bittet dich, Gideon mitzubringen, damit Miss Tighe ihn kennenlernen kann. Hast du darauf geantwortet?«

»Nein. Ich glaube nicht.«

»Und dieser Brief von den Sheldons ist auch nicht geöffnet.«

»Tom Sheldon ist ein aufgeblasener Dummkopf.«

»Das weiß ich. Aber er gehört dem Parlament an – das kann immer nützlich sein. Warum zahlen wir wohl soviel für seinen Wahlkampf-

fonds? Weil wir ihn brauchen. Alles mögliche kann in diesem Brief stehen.«
Sie zuckte nur mit den Schultern.
»Willst du ihn nicht einmal lesen?«
Wieder zuckte sie nur mit den Schultern. Dann warf sie ganz plötzlich den Kopf zurück und fegte mit beiden Händen ihren Schreibtisch leer. Alles fiel in einem Tohuwabohu zu Boden: Feder, Tinte, Siegelwachs, gelesene und ungelesene Briefe, worauf sie in einem Anfall ohnmächtigen Schmerzes mit den Fäusten und dem Kopf auf den Tisch schlug. Wieder und immer wieder. Und als schließlich dieser Ausbruch verebbte, konnte sie nur entsetzt fragen: »Was soll bloß aus mir werden, Grace? Was wird als nächstes geschehen?«
Doch sie kannte die Antwort bereits. Sie stand auf, ordnete ihr Haar und ihre Kleider mit unsicheren Bewegungen und gab sich Mühe, vernünftig zu sein. Vorher hatte sie sich in einer Art Schockzustand befunden, aus dem sie nun schmerzhaft erwachte. Wie oft hatte sie mir gesagt, daß sie nur ein Leben besäße und nur eine Gelegenheit, es richtig zu leben. Und diese Gelegenheit hatte sie nun endgültig verpaßt. Andere hatten für sie entschieden, sie manipuliert, und da sie sich dem Willen anderer gebeugt hatte, blieb ihr nur die Wahl, es auch weiterhin zu tun.
»In meinem Leben wird nichts mehr passieren«, sagte sie. »Ich sehe das ganz klar.« Ich war tief gerührt über ihre Worte und ihr ruhiges besorgtes Gesicht.
»Venetia . . .«
»Ja, ich sehe es ganz klar. Und wahrscheinlich werde ich damit fertig werden.«
»Liegt dir denn gar nichts an Gideon?«
»Mein Gott, ja! Er ist sehr intelligent und geduldig mit mir. Und ich enttäusche ihn in allem. Er wird mich verabscheuen.«
»Das kann ich nicht glauben.«
»Oh, das ist aber die Wahrheit. Der arme Mann . . . schließlich hat er gewisse Bedürfnisse, und ich kann einfach nicht . . . Grace, ich muß es dir sagen, denn es zerfrißt mich innerlich.«
»Ja, sprich nur.«
»Es wird dich schockieren.«
»Das spielt keine Rolle.«
»Grace . . . wenn er mich berührt . . . im Dunkeln . . . oh, mein Gott! In was für einem Zustand ich dann bin! Denn manchmal wird er für

mich zu Charles Heron, was wohl ganz natürlich ist. Aber manchmal ... und das ist entsetzlich ... manchmal denke ich, daß mein Vater dort liegt.«
»Venetia ... oh, Venetia, wie furchtbar!«
»Ja. Furchtbar. Mich überläuft dann eine Gänsehaut. Und kann ich ihm das sagen? Und wie soll ich ihm erklären, daß ich mich von ihm abwende? Und dann vergesse ich die Einladungen seiner Freunde und lese ihre Briefe nicht. Der arme Mann! Ich bin ihm eine schlechte Frau.«
»Das wird doch sicher vorübergehen?«
»Glaubst du?«
»Sicher.« Und da ich ihre Reue und Ergebenheit nicht ertragen konnte, fügte ich hinzu: »Venetia, du brauchst nicht so zerknirscht zu sein. Gideon ist nicht perfekt.«
»Himmel, nein! Aber ich ...«
»*Venetia,* betrachte dich nicht als minderwertig.«
»Aber welchen Wert habe ich denn?«
»Einen sehr großen. Ja, den hast du. Du bist großzügig und lieb und sehr hübsch, wenn du fröhlich bist.«
»O nein. Jetzt nicht mehr.«
»Ja. Jetzt genauso wie früher. Und er hat dich nicht aus Barmherzigkeit geheiratet – das darfst du *nie* denken. Er wollte dich von Anfang an heiraten. Ganz gleich, was du für Fehler begangen hast – sie werden eines Tages vergessen sein –, er hat das bekommen, was er wollte. Er *wollte* dich, Venetia. Das solltest du niemals vergessen.«
Sie lächelte. »O Grace, wir beide wissen sehr gut, was er wollte, und ich hoffe, er ist damit zufrieden. Denn er war nicht der edle Ritter, der mich aus der Not rettete, nicht wahr? Nein, das war Liam Adair. Und weißt du, ich frage mich noch immer, wie er – ein Chard – mich, so eine verschwenderische kleine Hure, zur Frau nehmen konnte. Liam hätte es nur für mich getan, und das wäre sehr nobel gewesen. Aber Gideon hat es aus ganz anderen Gründen getan, nicht einmal aus Mitleid. Einfach nur des Geldes wegen. Und wenn man die Sache so betrachtet, haben wir beide wohl soviel – oder sowenig – wie wir verdienen.«
An jenem Abend war Venetia ein bißchen lebhafter. Sie sprach zwar fast nur mit Gervase, aber sie redete wenigstens. Am nächsten Tag schrieb sie ein paar Briefe, trug eine neue Frisur und lächelte wieder.

Vielleicht begannen ihre inneren Wunden zu heilen, und selbst wenn sie immer noch unglücklich war, so lernte sie es – wie so viele Frauen –, es nicht zu zeigen.
Anderthalb Jahre vergingen. Ich war zielbewußt, erfolgreich und hatte die Position der Herrin von *Tarn Edge* errungen. Ich hatte innerhalb der Grenzen meines Geschlechts und meiner Klasse Autorität und Freiheit gewonnen. Mein Vater und mein Schwiegervater waren mit mir zufrieden. Und wann verlor ich in diesen arbeitsreichen, doch alltäglichen Monaten Gervase?

11

Blanche sah ich immer weniger. Kurz nach Venetias Hochzeit war sie nach London zurückgekehrt, um an Festlichkeiten teilzunehmen, die zu Ehren einer ganzen Anzahl Mitglieder des russischen Zarenhauses veranstaltet wurden. Es handelte sich zwar um einen Staatsbesuch, der jedoch ausgesprochen familiären Charakter hatte, denn Königin Viktorias zweiter Sohn, Prinz Albert, hatte vor kurzem die einzige Tochter des Zaren, Marie, geheiratet. Und deren Bruder, der Zarewitsch und Erbe des russischen Throns, war der Mann Prinzessin Dagmars, der Schwester der Prinzessin Alexandra von Wales.
Natürlich bestand noch immer die Möglichkeit, daß England Rußland den Krieg erklärte, um seine Interessen in Indien zu verteidigen, doch die engen familiären Bande rückten eine solche Möglichkeit in weite Ferne, und bis dahin feierte ganz London.
In jener Saison servierte die Herzogin von South Erin natürlich Kaviar, auch hatte sie einen Balaleika-Spieler engagiert, der ihre Gäste mit schmelzenden Melodien unterhielt. Im *Marlborough House* wurde ein großer Kostümball gegeben, wo ihre verführerische, aber nichtsdestoweniger unberührbare Schwiegertochter Blanche die Aufmerksamkeit keines Geringeren als des Prinzen von Wales erregte. Wäre Blanche eine sinnliche Frau gewesen, hätte sie wohl leicht zu einer der königlichen Mätressen avancieren können. Vielleicht machte ihr der Prinz auch einen diesbezüglichen Antrag, und sie gab in ihrer kühlen Art vor, ihn nicht zu verstehen. Oder vielleicht – und das war weitaus wahrscheinlicher – hatte der Prinz eine viel zu große Erfahrung mit Frauen und erhoffte sich nicht Leidenschaft,

wo keine existierte. Aber jedenfalls hatte meine Cousine sein Wohlgefallen erregt, und als man feststellte, daß er geneigt war, eine Einladung zum Dinner anzunehmen, wenn auch Blanche geladen war, hatte sie sich nicht nur einen Platz in der feinsten Gesellschaft, sondern auch im Herzen ihrer Schwiegermutter erobert.

Allein durch ihr Aussehen und ihr laszives Lächeln war es Blanche gelungen, daß sich nun die Weltelite in Tante Carolines Salon versammelte; sie selbst hatte sich von einer kleinen Fabrikantentochter, die nicht gut genug für Sir Dominic gewesen war, zu einem strahlenden Juwel entwickelt. Natürlich war jetzt keine Rede mehr davon, daß sie ihren Pflichten in *Listonby* nachging oder in die Rolle der liebenden Mutter schlüpfte – diese Aufgaben konnte sie anderen überlassen –, galt es doch, den verwöhnten Thronerben zu unterhalten.

Im Oktober des Jahres 1875 jedoch begab sich der Prinz auf eine sechsmonatige Indienreise, und die Chards beschlossen, nach *Listonby* zurückzukehren. Sir Dominic konnte sich um seine Ländereien kümmern, die Herzogin um das Haus ihres Sohnes, und Blanche würde wieder ein Kind gebären, vorzugsweise männlichen Geschlechts, da sich ein wahrer Gentleman mit nur einem Erben seines Namens niemals sicher fühlte.

Natürlich fand zu dieser Gelegenheit ein großer Ball statt. Der Ballsaal war renoviert worden – ganz in Weiß und Gold –, jeder Kronleuchter wurde abgenommen und geputzt, ebenso jedes Glas, Besteck und alles Porzellan. Und während Tante Caroline die Arbeiten beaufsichtigte, saß Blanche mit mir neben dem prasselnden Kaminfeuer in der großen Halle und klärte mich über die Ehebruchsgeschichten der oberen Zehntausend auf, die sie nicht unmoralisch, aber eher überflüssig fand.

»Natürlich will Tante Caroline in diesem Haus nichts davon hören, und sie scheint auch woanders nichts davon zu bemerken«, sagt sie. »Aber es kommt ziemlich häufig vor. Niemand stört sich daran, solange gewisse Richtlinien beachtet werden.«

»Und wie sehen diese Richtlinien aus, Blanche? Falls ich einmal in eine derartige Situation kommen sollte?«

»Oh, sie sind ganz einfach. Wenn Lord A und Lady B sich ineinander verlieben, stellt das überhaupt kein Problem dar, bis seine Frau oder ihr Mann mit einem Skandal drohen. Dann wird die Beziehung sofort abgebrochen, denn sonst würde man sich unnötige Schwie-

rigkeiten einhandeln. Schließlich darf man sich nicht mit lächerlichen Eifersuchtsszenen blamieren, und der Gang zum Scheidungsrichter ist vollends undenkbar.«
»Ja, das leuchtet mir ein.«
»Genau. Deshalb kommen der Prinz und die Prinzessin von Wales auch so gut miteinander aus. Wenn er eine neue Affäre hat, übersieht Alexandra das einfach. Sie kümmert sich um ihren Haushalt und ihre Kinder und läßt ihm sein Vergnügen.«
»Wie praktisch!«
Blanche spitzte ihr Mündchen und zuckte mit den Schultern. »Für diese Leute ist es das wohl. Hast du schon die neue Mode gesehen, Grace? Sehr eng und fast keine Tournüre mehr. Dir werden diese Kleider viel besser stehen als mir, denn ich bin im dritten Monat schwanger. Im März ist dann alles vorbei. Ja, im März bekomme ich noch einen Sohn, im April und Mai erhole ich mich, und im Juni kehre ich nach London zurück. Das habe ich mir dann redlich verdient.«
Doch ich war mir ganz und gar nicht sicher, daß mir die neuen engen Kleider besser als Blanche stehen würden, denn ich war ebenfalls schwanger, eine Tatsache, mit der ich mich nicht abfinden konnte. Um Verhütungsmittel hatte ich mich nie gekümmert. In jener Zeit war es normal, daß Frauen Kinder bekommen. Alles hätte also ganz einfach sein müssen. Jedoch war ich schon drei Jahre verheiratet und hätte mich über meine Schwangerschaft freuen müssen, denn sie bewies ja, daß ich nicht unfruchtbar war. Aber jeden Morgen erwachte ich jetzt mit einem Schwindelgefühl und Übelkeit, ein Zustand, der sich während des Tages noch verschlimmerte.
Ich fühlte mich trotzdem körperlich und geistig völlig gesund. Tausende von Frauen starben im Kindbett, das wußte ich, doch ich erwartete nicht, eine dieser Frauen zu sein. Auch lehnte ich die Verantwortung für ein Kind nicht ab. Ich würde ihm eine gute Mutter sein. Und trotz aller dieser guten Vorsätze geriet ich zusehends durch meinen Zustand in Panik.
Dreimal fuhr ich nach *Elderleigh*, um es Tante Faith zu erzählen. Dreimal schwieg ich. Hundertmal wollte ich es Gervase sagen, der schließlich das Recht hatte, es zu wissen. Und hundertmal sagte ich ihm statt dessen, daß das Essen später oder früher serviert würde, daß es wahrscheinlich morgen früh regnen würde. Und an dem Abend, als der Ball in *Listonby* stattfand, wußte er immer noch nicht, daß er bald Vater werden würde.

Dieser Abend begann unglücklich. Gervase kam spät und schlecht gelaunt nach Hause. Er wollte allein sein.
»Müssen wir wirklich dorthin gehen, Grace?«
»Natürlich.«
»Warum denn? Weil Prinzessin Blanche uns erwartet? Zieh doch dein Ballkleid aus und komm mit mir ins Bett. Und dann packen wir einen Koffer und fahren bis Montag nach Grasmere. Das würde dir doch gefallen, nicht wahr?«
»Ja, das würde es. Aber du weißt ganz genau, daß das heute abend nicht möglich ist.«
»Ich weiß nur, daß *du* es heute abend nicht tun willst, Grace. Das ist nicht dasselbe.«
Und als ich ihm Vorhaltungen gemacht und gesagt hatte, wie unvernünftig er war, daß man diese Einladung nicht ablehnen konnte, und er schließlich mürrisch seinen Abendanzug angezogen hatte, hielt uns Venetia auf. Erst konnte sie einen Ohrring, dann ihren Handschuh nicht finden. Sie eilte nach oben, als die Kutsche schon vor der Tür stand, so daß Gideon, der seine Ungeduld stets schlecht zügeln konnte, schließlich zornig wurde.
»Wir kommen zu spät, Venetia.«
»Guter Gott, ja. Spielt das denn eine Rolle? Schließlich ist Pünktlichkeit allein die Höflichkeit der Könige – oder Königinnen. Und das ist Tante Caroline wohl kaum.«
»Ganz recht. Aber sie ist meine Mutter, und man sollte auch ihr mit Höflichkeit begegnen.«
»Ja. Und schließlich gehörst du ja noch immer nach *Listonby*, Gideon. Ist das nicht so?« sagte Gervase gedehnt. Er stand an den Kaminsims gelehnt da, als hätte *er* seine ganze Zeit zur Verfügung und müßte sich nicht im geringsten beeilen.
Ehe er antwortete, musterte uns Gideon mit verhaltenem Zorn. Er nahm Gervases Herausforderung an, obwohl wir ihm zahlenmäßig überlegen waren.
»Das ist wohl richtig«, stimmte er zu und sah Gervase direkt an. »Ich bin in *Listonby* geboren, und das bedeutet schließlich etwas. Aber ich glaube, ein Mann gehört an den Platz, den er gewählt hat – wo er sich eine Position schaffen kann.«
»Oder sie einem anderen wegnimmt?«
»Deine?«
»Wenn du es so siehst.«

»Machst du mir ein Angebot, Gervase, oder ein Geschenk?«
»Ich konstatiere nur.«
»Das ist sehr höflich von dir, Gervase. Doch wenn ich schon eine Position innehätte, würde ich sie mir von keinem anderen wegnehmen lassen.«
»Dann brauchst du dir ja keine Sorgen zu machen, Gideon, denn für den dritten Sohn eines Baronets gibt es ja nicht viele Gegner.«
Dies war der Moment, den ich gefürchtet hatte, die Konfrontation, die nicht hätte stattfinden dürfen, und die mir jetzt in meiner geschwächten körperlichen Verfassung – wenn ich hätte stark sein müssen – Übelkeit verursachte.
»O mein Gott . . .«, sagte Venetia. Sie rang die Hände, und ihre Stimme verlor sich in nervösem Lachen. Und dann – es war das Beste, was ich tun konnte – sagte ich scharf: »Nun, solltet ihr euch für ein Pistolenduell im Morgengrauen entscheiden, dann seid bitte so gut erzogen, auch bis morgen früh zu warten. Es wäre häßlich, den Teppich hier im Salon mit Blutflecken zu verunzieren.«
»Ich bitte dich um Entschuldigung«, sagte Gideon und verneigte sich steif vor mir.
»Ah«, sagte Gervase, »das wäre ganz und gar gegen deinen geschäftlichen Instinkt, nicht wahr, Grace?« Diesen Satz hatte ich schon oft von ihm gehört; doch bisher hatte er ihn immer trocken und humorvoll ausgesprochen, aber jetzt war er beleidigend – er wollte damit den Unterschied zwischen uns herausstreichen, und ich wurde kalt und gleichgültig.
Während der Fahrt richtete er nicht einmal das Wort an mich, half mir nicht aus der Kutsche, sondern marschierte vor mir ins Haus, wo er ärgerlich Hut und Mantel in eine Ecke warf. Doch zur Begrüßung entwickelte er wieder seinen ganzen Charme: küßte Tante Caroline die Hand, Tante Faith die Wange und Blanche, zu ihrem Entsetzen, auf den Mund. Dies tat er nicht allein, um Blanche zu ärgern, dachte ich, sondern auch Captain Noel Chard, der während seiner häufigen Abwesenheit von seinem Regiment nicht von Blanches Seite wich.
»Gervase . . . wirklich!« sagte sie und stieß ihn von sich fort. »Warum müssen Männer sich nur so benehmen?«
»Männer sind eben so, Blanche. Weißt du das nicht?«
Ich ging schnell in den Ballsaal, sah mich nicht um und hoffte, daß er mir folgen würde. Aber wir waren ja schon drei Jahre verheiratet, deshalb würde er nicht lange an meiner Seite bleiben und lieber das

Billardzimmer oder den Rauchsalon aufsuchen. Und in dieser schlechten Laune würde er zuviel trinken, Karten spielen um Einsätze, die ich skandalös fand – und verlieren. Das würde seine Laune morgen nur verschlechtern, wo wir nach *Galton* eingeladen waren, und diesen schwierigen Besuch noch schwieriger gestalten. Wie lästig er doch sein konnte! Und völlig verantwortungslos.
»Gervase!« rief ich in befehlendem Ton.
»Ja«, antwortete er. »Ich weiß schon. Jetzt wirst du mir sagen, daß ich mich benehmen soll.«
»Ich bitte dich nur, das Beste daraus zu machen. Und der Auftritt zwischen dir und Gideon . . . nun, es war einfach nicht der richtige Moment dafür.«
»Wie?« sagte er. »Kann ich meinen Ohren trauen? Willst du dich etwa bei mir entschuldigen, weil du nicht meine Partei ergriffen hast?«
»Gervase, das ist doch Unsinn . . .«
Aber da war er schon gegangen.
Ich kannte alle Leute, doch jetzt hatten sie sich durch die strahlenden Lüster und verspiegelten Wände in kostbare, in Samt und Seide gekleidete Wesen verwandelt. Als junge verheiratete Frau brauchte ich nicht zu tanzen, es gehörte auch nicht zu den Pflichten der Herren, mit mir zu tanzen, aber es gab viel zu sehen, und ich verbrachte eine sehr angenehme Stunde in Tante Faith' Gesellschaft, die wegen der Barforthschen Familienfehde mich nicht in *Tarn Edge* besuchen durfte. Wir sprachen über Blanche, die heiter und zufrieden war, und über Venetia, der wohl Zufriedenheit verwehrt blieb, obwohl sie sich an diesem Abend wohler zu fühlen schien, denn sie tanzte eine wilde Polka mit einem Unbekannten aus London.
»Sie gewinnt ihr altes Strahlen zurück«, murmelte Tante Faith, »und ihre wilde, ungestüme Art. Sieh nur, wie ihre Röcke fliegen. Schade, daß wir verheirateten Frauen uns nicht auf dieselbe Weise vergnügen dürfen. Doch gleich wird ihre Schwiegermutter sie wieder zur Ordnung rufen.«
Da erschien auch schon Tante Caroline am Rand der Tanzfläche und beorderte die Frau ihres jüngsten Sohnes mit einer einzigen Handbewegung zu sich.
»Venetia, du bist ja ganz außer Atem!«
»Mein Gott, ja! Und wie ich das liebe, Tante Caroline.«
Doch für Tante Caroline war der Ballsaal kein Ort des Vergnügens,

sondern ein Ort, wo es das schwierige Geschäft des sozialen Aufstiegs zu bewältigen galt, und sie schüttelte den Kopf.
»Nein, Liebes. Setz dich hierher, zu Grace und Faith. Wir haben heute ein paar Politiker zu Gast, die für Dominic nützlich sein könnten und die vielleicht ein Wort mit der Frau seines Bruders sprechen möchten. Nur ein Wort, Liebes, nicht mehr . . . Und sollten sie dich über die geschäftlichen Aktivitäten deines Vaters befragen, brauchst du nur zu sagen, daß sie *bedeutend* sind.«
»Und die Rolle, die mein Bruder spielt?«
»Wirklich, Liebes!« sagte Tante Caroline unbestimmt und wandte sich ab. Ihre Nonchalance drückte ganz deutlich aus, daß für Dominics Politikerfreunde Venetia keinen Bruder hatte, denn Mr. Nicholas Barforth' Imperium – so hatte man ihnen zu verstehen gegeben – würde eines Tages Gideon zufallen, der nach wahrhaft herrschaftlicher Art nicht zögern würde, es seinem Bruder für dessen politische Karriere zur Verfügung zu stellen.
»Dann wird Dominic also Premierminister?« fragte Venetia vorlaut an Tante Carolines Rücken gewandt.
»Still, Liebes«, murmelte Tante Faith. »Es ist nur traurig, daß Tante Caroline nicht selbst Premierminister werden kann, denn sie wäre weitaus besser für dieses Amt geeignet.«
Eigentlich hatte ich nicht erwartet, Gervase wieder im Ballsaal zu sehen, aber als mich Onkel Blaize zum Tanz führte, sah ich ihn in einem der großen Spiegel. Er stand neben einem Stuhl, auf dem Diana Flood saß. Nichts an diesem Bild beunruhigte mich. Sie hatte vor einem Jahr einen ihrer älteren Cousins, einen Militär geheiratet. Und diese Ehe hatte nur ihren Status, nicht aber ihren Namen geändert. Ich hatte der Hochzeit damals beigewohnt. Vor drei Jahren noch war sie ein junges, nervöses Mädchen gewesen, das unbedingt Gervase heiraten wollte. Doch Gervase hatte mich geheiratet und Diana den Major Compton Flood. Seitdem hatte sie sich kaum verändert. Sie war noch genauso rastlos und mager, aber nicht unattraktiv. Es gab keinen Grund, warum Gervase nicht bei ihr und seinen Jagdfreunden sitzen sollte, deshalb lächelte ich sie freundlich an, als ich an ihr vorübertanzte, worauf sie mit einem überraschten Zurückwerfen des Kopfes und nervösem Gelächter reagierte, was mir klarmachte, daß sie über mich gesprochen hatten. Sie hatten zusammen über mich getuschelt. Einen Augenblick war ich völlig verblüfft, dann atmete ich tief ein und wandte mich hocherhobenen Kopfes ab.

Ich hatte meine erste Lektion in dieser stolzen, aber schmerzhaften Kunst erhalten, so zu tun, als würde es mir nichts ausmachen.
Ich ging mit Onkel Blaize und Tante Faith zum Souper, und wir unterhielten uns. Ich gab vor, meinen Mann, der in einer anderen Ecke des Speisesaals mit einer anderen Frau saß, nicht zu bemerken. Und als ihr Lachen und ihre Heiterkeit nicht mehr zu übersehen war – lachten sie über mich? –, wandte ich mich um und schenkte den beiden ein nachsichtiges Lächeln, das deutlich ausdrückte, daß mich ihr Beisammensein nicht irritierte.
Handelte ich aus Stolz so? Wahrscheinlich. Doch innerlich war ich zutiefst bestürzt, da ich an eine Untreue meines Mannes noch nicht recht glauben konnte. Auch begann ich mich wieder unwohl zu fühlen, und vielleicht verschaffte mir dieses Gefühl eine gewisse Erleichterung.
Noch vor ein paar Stunden hätte ich Gervase einfach gesagt, daß es mir nicht gutginge und wäre zu Bett gegangen. Das konnte ich jetzt nicht. Auch konnte ich nicht einfach gehen, ohne meine Selbstachtung zu verlieren. Wenn ich das täte, würde er mich für eifersüchtig halten – und *sie* ebenfalls. Also blieb mir nichts weiter übrig als dazusitzen, zu plaudern und zu lächeln. Und erst als der Ballsaal sich leerte, und Sir Julian Flood seine Nichte hinausbegleitete, folgte ich Tante Faith' Ratschlag und ging zu Bett. Und dann, auf halbem Weg die Treppe hinauf, kam es mir erst in den Sinn, daß ich durch mein langes Dableiben vielleicht das Gegenteil von dem erreicht haben könnte, was ich wollte: daß ich meine Eifersucht offenkundig zur Schau gestellt hatte.
Doch als ich das große Schlafzimmer in *Listonby* betrat, überfiel mich eine solche Welle von Übelkeit, die jeden diesbezüglichen Gedanken zunichte machte. Ich läutete nach dem Mädchen, die mir ins Bett half, und dann war ich so schwach, daß ich nur noch vor Selbstmitleid weinen konnte.
Ich fiel in einen leichten fiebrigen Schlaf, voller wirrer Träume, und fand es bei meinem Erwachen deshalb nicht verwunderlich, daß Gervase nicht da war. Und als ich nach einiger Zeit merkte, daß es doch höchst seltsam war, fühlte ich mich zu krank, um mir darüber ernsthaft Gedanken zu machen. Ich schlief wieder ein und erwachte diesmal voller Panik, denn der Platz neben mir war immer noch leer. Was konnte ich nur tun? Nichts. *Natürlich* nichts. Vielleicht war er im Rauchsalon, mit einem Brandyglas vor sich, eingeschla-

fen. Das passierte auf jedem Fest. Oder er spielte noch Karten. Denn Gervase war diesen Vergnügen keineswegs abgeneigt. Auch ritt er waghalsig, selbst in finsterer Nacht, nur um irgendeine dumme Wette zu gewinnen. Dieser Gedanke entsetzte mich – denn er konnte ja verletzt in einem Graben liegen –, also stand ich auf, schlug eine Decke um mich und verbrachte den Rest der Nacht zitternd in einem Sessel.

Doch als ich ihn mir zusammen mit Diana Flood vorstellte, brach ich wieder in Tränen aus.

Ich hatte gesehen, wie sich ihre Hände berührten. Ich hatte ihr schmales Gesicht dicht vor seinem gesehen, näher, als es schicklich war. Und einmal angenommen, sie hatte zu Gervase gesagt: »Warum reitest du nicht mit uns nach Hause? Was für ein Spaß!« Hätte Gervase abgelehnt oder geantwortet: »Dann reiten wir aber in *Galton* vorbei und trinken dort Champagner.« Natürlich hatte es sich so zutragen können, schließlich hatten sie dort früher oft genug Champagner-Parties gefeiert, und Diana war jetzt keine Jungfrau mehr, sondern eine verheiratete Frau.

Ja, es bestand die Möglichkeit, daß sie zusammen waren, denn Gervase war zornig genug gewesen, um mich verletzen zu wollen, er hatte diesen ganzen Unsinn nur mit dem Ziel angefangen, mich zu verletzen, und wie ich ihn kannte, würde er zu weit gehen.

Zur Frühstückszeit hatte ich mich wieder gefangen und war entschlossen, nicht als erste unten zu erscheinen. Lächelnd betrat ich das überfüllte Speisezimmer, obwohl mir der Geruch des Essens Übelkeit verursachte, und noch immer spürte ich diesen scharfen Schmerz im Rücken. Ich plauderte ein wenig mit Fremden, Blanche und Tante Faith lagen noch im Bett, und Venetia war im Billardzimmer, wo sich eigentlich keine Dame aufhalten sollte. Die Chards waren alle schon längst zur Jagd aufgebrochen. Hatte Gervase sie begleitet? Und das plötzliche Wissen, daß ich niemanden nach seinem Verbleib fragen konnte, machte mich noch kränker.

»Meine Liebe, Sie sehen sehr blaß aus«, sagte eine Dame aus London zu mir.

»Ja. Ich glaube, ich brauche ein wenig frische Luft.«

Und draußen auf dem Rasen sah ich ihn dann. Er war in Begleitung von einem halben Dutzend anderer junger Männer, noch alle in ihren Abendanzügen, die in ihrer schwindenden Trunkenheit die Welt wohl als sehr grell und laut empfanden.

»Guten Morgen, Gervase.«
»Guten Morgen, Grace.« Und er wäre einfach weitergegangen, hätte ich nicht gebieterisch eine Hand ausgestreckt und ihn zurückgehalten. Ich wollte sofort eine Erklärung von ihm.
»Später, Grace . . .«
»Nein, jetzt.«
»Grace . . . ich bin dazu nicht in der Lage.«
Doch dann bemerkte er meinen Gesichtsausdruck, seufzte, zuckte die Schultern und drehte sich nach seinen Freunden um – die ich alle nicht kannte. Er schnitt eine Grimasse, so als wollte er sagen: »Gütiger Himmel . . . Frauen . . .«
Ich war zu verletzt, um reden zu können. Und meine schreckliche Angst um ihn hatte sich in einen heiligen Zorn verwandelt. Ich wollte ihm mit kühler Zurückhaltung, mit Würde begegnen, doch stattdessen trat ich einen Schritt vor – ich zitterte am ganzen Körper – und schlug ihn hart auf die Wange.
Vielleicht glaubte ich, er würde zurückschlagen. Vielleicht wollte ich, daß er zurückschlug, damit er meine Wut steigerte. Doch die Ohrfeige schien ihn jeder Bösartigkeit beraubt zu haben. Wie versteinert stand er da und starrte mich eine Weile sprachlos an.
»Mein Gott!« sagte er schließlich, »oh, mein Gott!« Und obwohl ich vor Schande fast in den Boden versunken wäre, konnte ich doch deutlich sehen, daß er nicht wußte, wie er die Lage meistern sollte.
»Grace, um Himmels willen! Ich habe nichts Unrechtes getan, was auch immer du denken magst . . .«
Aber er hätte ebensogut schweigen können, ich wollte nichts mehr hören, wollte ihn nicht mehr sehen. Ich konnte seinen Anblick nach diesen langen quälenden Stunden nicht mehr ertragen. Und da er keine Anstalten machte zu gehen, drehte ich mich um und setzte, immer noch zitternd, langsam einen Fuß vor den anderen.
»Grace!«
»Laß mich in Ruhe!«
»Gütiger Himmel!«
»Laß mich in Ruhe. Komm mir nicht nach!«
»Nun gut!« rief er hinter mir her. »Wenn du das willst, werde ich es auch tun.«
Doch man belastet andere Menschen nicht mit privaten Schwierigkeiten, und als wir uns zum Lunch trafen, war ich äußerlich sehr ruhig. Ich konnte auch meinen Besuch in *Galton* nicht absagen, denn

die Beziehung zu meiner Schwiegermutter war nicht einfach, und ich wollte keine Mißverständnisse aufkommen lassen. So brach ich dann an diesem frühen Herbstnachmittag wie geplant allein in einem Einspänner auf. Die leichte Mahlzeit lag mir wie Blei im Magen.
Gervase war schon vorausgeritten. *Galton* war nur fünf Meilen von *Listonby* entfernt, doch die Strecke war sehr hügelig, der Weg voller Schlaglöcher, und ich wurde erbarmungslos durcheinandergeschüttelt und fühlte mich miserabel und hatte kein Auge für diesen strahlenden Oktobertag mit seinem blauen Himmel, den bauschigen Wolken und den wie in Flammen stehenden Wäldern.
»Was für ein herrlicher Tag!« rief meine Schwiegermutter mir zur Begrüßung zu. Ich sah andere Pferde neben Gervases Braunem stehen, also lächelte ich und marschierte durch die Halle in den ungepflegten Salon, wo Diana Flood saß. Sie ließ die Katze, die auf ihrem Schoß saß, zu Boden gleiten, stand auf und streckte mir eine aristokratische, aber schlecht manikürte Hand entgegen.
Auch ihr Onkel, Sir Julian, sowie ein junger Mann, der ihm sehr ähnlich sah – mager, dunkel und nervös wie alle Floods –, waren anwesend.
»Mrs. Barforth, sicher erinnern Sie sich noch an meinen Mann?«
»Ja, natürlich . . . wie geht es Ihnen, Major Flood?«
»Was für ein herrlicher Tag!« entgegnete er.
»Ja . . . er ist sehr schön.«
»Es wäre kriminell, an einem solchen Tag im Haus zu bleiben.«
»O ja. Da haben Sie recht.«
»Dann kommt jetzt!« unterbrach Diana Flood uns. »Mrs. Barforth ist höflich, Liebling. Aber sie macht sich aus dem Landleben nichts. Stimmt das nicht, Mrs. Barforth?«
Doch im Augenblick wollte ich mich nur hinsetzen, ehe die Schwäche in meinen Beinen zu offensichtlich wurde, und so brachte ich wohl nur ein frostiges Lächeln zustande.
Der Tee wurde gebracht, nur für mich, denn sobald die Herren den Teekessel erblickten, war das für sie das Zeichen zum Aufbruch. Diana Flood und meine Schwiegermutter blieben allein, weil es die Höflichkeit verlangte. Die Unterhaltung schleppte sich träge dahin und wurde ständig unterbrochen durch Ausrufe wie: »Oh, hört doch mal! Ich glaube, jetzt haben sie die neue schwarze Stute aus dem Stall geholt – dieses Wiehern erkenne ich sofort.« Und da keine zweite Tasse Tee angeboten wurde, schlug Mrs. Barforth vor: »Wollen wir nicht et-

was frische Luft schöpfen? Wir könnten bis zur Brücke gehen.« Ich stand sofort auf und demonstrierte damit meine Bereitschaft.
»Ich fürchte, Mrs. Gervase Barforth ist zum Marschieren nicht richtig gekleidet«, bemerkte Diana Flood mit einem Blick auf ihre soliden Reitstiefel. Ich schwieg dazu und ging hinaus in die kühle Luft und unterdrückte ein Schaudern, als mir der kalte Wind vom Moor ins Gesicht blies.
»Wie belebend«, sagte Diana Flood.
»Ja, in der Tat.«
Doch als wir auf die morsche Brücke, die den kleinen Fluß überspannte, zuschritten, wurde mir jeder Schritt schwerer und schwerer. Mühsam nur hielt ich mich aufrecht, und wieder überkam mich diese grenzenlose Übelkeit.
»Da! Seht nur! Gervase reitet die schwarze Stute. Wirklich, Tante Georgiana, sie ist ein Klassepferd!«
»Ja. Das ist sie. Und so gelehrig. Grace, Liebes, komm von der Brücke herunter, sonst wirst du noch naß, wenn sie hier vorbeireiten.«
Wir drei hatten auf der klapprigen Brücke gestanden und in das steinige Flußbett geschaut, wo das klare Wasser schnell dahineilte. Die beiden waren weitergegangen, ich hatte es kaum bemerkt. Kraftlos folgte ich ihnen und hörte kaum zu, was sie sagten. Plötzlich mußte ich die Zähne fest zusammenbeißen, da mich ein heftiger Schmerz überkam, und ich beobachtete, wie Gervase und die beiden Floods durch das Flußbett zu uns hergeritten kamen.
Ich wußte nicht mehr, ob ich Gervase vergeben hatte, ja, ob ich ihm überhaupt etwas vergeben mußte, denn ich konzentrierte mich einzig und allein darauf, auf den Füßen zu bleiben. Und als er aus dem Sattel seiner schönen schwarzen Stute glitt, erschien mir seine so offensichtlich schlechte Laune weitaus weniger bedrohlich als dieser rasende Schmerz in meinem Rücken.
»Mußt du denn so ein mürrisches Gesicht machen?« zischte er mir aus dem Mundwinkel zu. »Was auch immer du glaubst, daß ich dir getan habe, meine Mutter betrifft es nicht. Du tätest mir einen Gefallen, nicht sie dafür bezahlen zu lassen.«
Ich war unfähig, ihm zu antworten.
Doch jetzt stand die schwarze Stute im Mittelpunkt des Interesses. Alle lobten sie, streichelten sie, prüften ihre Hufe und Zähne und diskutierten lang und breit, welches wohl die hervorragendsten

Qualitäten dieses Pferdes seien. Und als das getan war, wollten sie ihre Reittiere gegen die Stute antreten lassen.

»Stargate Meadows wäre der geeignete Platz für einen Galopp«, verkündete Major Compton Flood. Es handelte sich um ein Stück Land, das Sir Julian gehörte und nicht weit vom Herrensitz der Floods entfernt war. Und während Diana darauf wartete, daß man ihr ihr Pferd brachte, lächelte sie meine Schwiegermutter an und sagte: »Würdest du nicht gerne mit uns reiten, Tante Georgiana?« obwohl sie genau wußte, daß meine Anwesenheit einen solchen Ausflug unmöglich machte.

»Nein, Liebes . . .«

»Bitte«, sagte ich schnell. »Wenn Sie gehen möchten, dann tun Sie es. Ich fühle mich sehr wohl hier.«

Aber der Clevedonsche Ehrenkodex erlaubte nicht, daß man seine Gäste allein ließ, selbst solch langweilige Kreaturen, die nicht ritten.

»Nein . . . nein, Liebes.«

»Auf Wiedersehen, Mama!« rief Gervase und beugte sich aus dem Sattel nieder, um ihr die Wange zu küssen. Doch auch wenn er mich mit dieser Geste kränken wollte, so war ich in dem Moment unfähig, Eifersucht zu empfinden. Ich spürte nur, wie in meinem Körper etwas zu zerreißen schien, und ich brauchte einen Ort, wo ich mich verstecken und genesen konnte.

Sie ritten fort. Ich kehrte um und ging ins Haus. Hinter mir sprach meine Schwiegermutter noch immer von dem schönen Wetter. Und dann kam mir der aus Steinen gemauerte Kamin in der großen Halle plötzlich entgegen. Ich streckte die Hände aus, um mich abzustützen, doch ich fiel.

»Oh, Liebes!« flüsterte Mrs. Barforth. »Meine arme Liebe!« Und als mich ihre kräftigen Reiterhände hielten, fühlte ich, daß ich blutete und begriff, daß ich mein Kind verloren hatte.

12

Ich wußte, daß meine Schwiegermutter einer solchen Situation gewachsen war, denn sie kannte sich mit fohlenden Stuten und werfenden Hündinnen und Katzen aus und war nicht zimperlich wie die Städterinnen. Ich wußte auch, daß sie liebevoll zu mir sein würde, denn sie hatte sich immer Mühe gegeben, mich in ihr Herz zu schließen. Doch hatte ich niemals geglaubt, daß ich ihre liebevolle Zuneigung derart brauchen würde, mich an sie verzweifelt klammern würde und soviel Sicherheit und Geborgenheit bei ihr finden würde. Ich hatte auch nicht geglaubt, soviel Angst ausstehen zu müssen, denn in dieser halben Stunde, ehe der Arzt kam, kämpfte ich gegen eine Todesangst, immer das Bild Tausender sich verblutender Frauen vor Augen. Auf diese Weise wollte ich nicht sterben. Noch vor kurzem hatte ich geglaubt, ich würde niemals sterben. Diese Illusion hatte sich verflüchtigt, aber trotzdem konnte ich meinen Zustand nicht ertragen, er machte mich hilflos. Aber da nahm sie mich in die Arme, und ich spürte, sie würde nicht zulassen, daß mir etwas passierte.

Ich glaube, der Arzt konnte nicht viel für mich tun, und so sagte er geradeheraus, daß man der Natur – die mich ja auch in diesen Zustand versetzt hatte – einfach ihren Lauf lassen müsse. Er verschaffte mir so viel Erleichterung, wie in seinen Kräften stand, und dann müsse ich eben einige Tage im Bett verbringen, und mit viel Ruhe und gutem Essen würde ich wieder genesen.

»Fleischbrühe«, sagte er. »Kräutertee. Rotwein mit verquirltem Ei. Essen Sie, was Sie mögen. Wenn Sie glauben, daß es Ihnen guttut, wird es das auch. Regen Sie sich nicht auf. Das passiert alle Tage.«

Und danach war ich ruhiger.

»Meine Liebe«, sagte Mrs. Barforth, als sie mir die heiße Milch mit Zimt brachte, um die ich gebeten hatte, »ich wußte wirklich nicht . . .«

»Ich wußte es selbst kaum.«

»Und Gervase?«

»Nein. Ich habe es ihm nicht gesagt. Ich wünschte, ich müßte es ihm auch jetzt nicht sagen.«

»Das können wir wohl kaum vermeiden, Liebes, nicht wahr?«

»Nein. Wo ist er denn?«

»Ich nehme an, bei den Floods. Sie haben ihn sicher zum Dinner eingeladen. Ich habe ihn benachrichtigen lassen.«

Doch sie muß genauso wie ich gewußt haben, daß er so bald nicht kommen würde. Sie hatte auch in *Listonby* Bescheid sagen lassen, denn ein wenig später hörte ich eine Kutsche, und dann kam mein Mädchen mit meinen Toilettenartikeln. Sie brachte auch einen Brief von Blanche mit, in dem sie schrieb, sie würde so bald wie möglich

kommen, und Venetia sei sofort nach dem Essen mit Gideon nach Cullingford zurückgekehrt. Jetzt erst merkte ich, wie sehr mir Venetia fehlte, und ich war überrascht, daß ich weinen mußte.
Schmerzen hatte ich nicht mehr. Ich war nur unendlich erschöpft. Also schloß ich die Augen, um zu schlafen. Ich glaube, es war spät in der Nacht, als ich Hufgetrappel unten hörte, worauf sich Mrs. Barforth schnell aus ihrem Sessel erhob und Gervase entgegeneilte, der erst *viel* später – wie es mir vorkam – in der Tür stand und mich auf diese seltsame Art ansah, die ich so gut an ihm kannte.
»Geht es dir einigermaßen gut?«
»Ja. Einigermaßen.«
»Du hättest es mir sagen sollen.«
»Ich war mir nicht ganz sicher. Komm doch herein.«
Vorsichtig betrat er das Zimmer, wie eine Katze, die sich auf unsicherem Boden befindet. Sorgsam vermied er es, den Blick auf diesen vielen Dingen um mich ruhen zu lassen, die ihn vielleicht anekeln könnten. Und plötzlich fiel mir ein, wann ich ihn schon in diesem Zustand gesehen hatte, und ich schloß schnell die Augen, damit er meine Tränen nicht sah.
»Wann hat es angefangen?«
»Spielt das noch eine Rolle?«
»Nein, sicher nicht. Mir . . . tut es leid.«
»Ja.«
Und ich wußte, daß er nicht meine Hand nehmen würde, selbst wenn er den Wunsch dazu haben sollte. Er war hilflos vor meinem Schmerz, so wie er an jenem Tag hilflos neben seinem verletzten Pferd gekniet hatte, denn er fühlte sich schuldig. Er litt. Doch auch ich litt, und seine Angst bot mir in meiner jetzigen Schwäche keinen Trost.
»Der Arzt sagt, daß du ruhen sollst.«
»Ja . . . soviel wie möglich.«
»Störe ich dich?«
Ich schüttelte den Kopf.
»Grace?«
»Ja?«
Doch was auch immer er sagen wollte, er sprach es nicht aus. Vielleicht wollte er etwas Zärtliches sagen oder sich Selbstvorwürfe machen. Vielleicht auch nur sagen: »Ich hätte es nicht ertragen, dich zu verlieren«, oder: »Ich liebe dich.« Doch er war dazu nicht in der

Lage. Er schluckte nur und ging im Zimmer auf und ab, und er war sicherlich sehr froh festzustellen, daß ich offensichtlich eingeschlafen war.

Am nächsten Morgen kam er sehr früh und blieb wieder zögernd in der Tür stehen.

»Es heißt, du hättest eine gute Nacht verbracht.«

»Ja.«

»Grace . . . du brauchst mich doch nicht?«

»Nein.«

»Dann . . . dann kann ich also in die Fabrik gehen?«

»In dem Fall beeilst du dich am besten.«

»Doch wenn du lieber . . .«

»Mir geht es *gut*. Deine Mutter kümmert sich ja um mich.«

»Natürlich.«

Er kam auf mich zu und strich mir mit dem Handrücken über die Wange, was ihn sicherlich viel kostete, und er haßte sich sicherlich dafür, daß es ihn viel kostete. Doch ich hatte noch immer die Erinnerung an das sterbende Pferd im Gedächtnis und mußte schon wieder gegen Tränen ankämpfen, deshalb sagte ich nur kühl: »Laß deinen Vater lieber nicht warten.«

Dann hörte ich seine Stimme und die seiner Mutter unten im Hof, und dann brachte man mir mein Frühstückstablett. Mrs. Barforth schenkte mir eine duftende heiße Tasse Schokolade ein, setzte sich an mein Bett und schickte das Mädchen fort.

»Weißt du, Liebes, daß Gervase schrecklich unter Schuldgefühlen leidet?«

»Das weiß ich.«

»Trägt er denn die Schuld daran? Er erzählte mir, daß ihr euch in *Listonby* gestritten habt und daß er ziemlich . . . schwierig war. Aber wir wußten gestern nachmittag nicht, daß du krank warst. Wir dachten . . .«

»Ihr dachtet, ich hätte schlechte Laune.«

»Oh, mein Gott! Selbst wenn du schlechte Laune gehabt hättest, wäre ich deswegen nicht überrascht gewesen. Ich weiß doch, wie schwierig Gervase sein kann. Aber warum hast du dir nur diese Fahrt aufgebürdet . . . und dann noch den Spaziergang?«

»Das war meine Entscheidung, Mrs. Barforth.«

»Hoffentlich kannst du Gervase davon überzeugen.«

»Sollte er mich je danach fragen, will ich es versuchen.«

Bald darauf kam der Arzt und erklärte meinen Zustand als sehr zufriedenstellend. Und dann schickte Mrs. Agbrigg einen Brief, in dem sie ihr Bedauern über die Abwesenheit meines Vaters ausdrückte, jedoch ihren Besuch für den Nachmittag ankündigte. Auch Blanche könnte sich aufraffen, die paar Meilen von *Listonby* hierher zu fahren, dachte ich. Vielleicht würde Noel Chard sie begleiten. Doch bald schon merkte ich, daß ich eigentlich nur auf Venetia wartete. Gervase würde um acht Uhr in Cullingford angekommen sein, rechnete ich mir aus, und wenn er von dort aus geradewegs eine Nachricht geschickt hatte, konnte Venetia im Laufe des Vormittags hier sein. Sie würde sofort alles fallenlassen und kommen. Doch die Zeit verstrich, und sie kam nicht. Ich kämpfte gegen meine Enttäuschung an und merkte überhaupt nicht, daß das Wetter sich verschlechtert hatte. Deshalb war ich überrascht, als Mrs. Barforth murmelte: »Heute wird sicher niemand aus Cullingford kommen. Seit Mittag stehen in der Richtung drohende Wolken am Himmel, und Blanche wird in diesem Regen nicht einmal von *Listonby* hierher kommen. Ich fürchte, wir bekommen Sturm.«
»Sie könnte schon längst hier sein.«
»Wer, Liebes? Mrs. Agbrigg? Ich bezweifle, daß sie bei diesem Wetter überhaupt fortgefahren ist.«
»Nein, nein. Venetia.«
»Du lieber Himmel! Du wartest also auf Venetia, Liebes!«
»Ja, natürlich.«
Behende stand sie von ihrem Stuhl am Fenster auf und nahm meine Hand.
»Grace, es tut mir so leid. Natürlich hätte ich zuerst eine Nachricht nach *Tarn Edge* schicken sollen. Aber das habe ich versäumt. Sie weiß sicher nichts davon, es sei denn Mrs. Agbrigg . . . doch das ist unwahrscheinlich.«
»Aber Venetia *muß* es doch wissen. Gervase wird es ihr gesagt haben.«
»Gervase?«
»Natürlich. Er ist heute morgen in die Fabrik geritten, und sicher hat er vorher in *Tarn Edge* haltgemacht? Oder sein Vater, Gideon oder . . . Mrs. Winch . . .«
Und als mir vor lauter Tränen die Stimme versagte, sah meine Schwiegermutter einen Moment lang so aus, als ob sie auch weinen würde.

»Er ist doch zur Fabrik geritten, Mrs. Barforth?«
»Ach, Liebes. Vielleicht. Jedenfalls hat er es *gesagt*. Grace, wenn dich das Weinen erleichtert, brauchst du dich deshalb nicht zu schämen. Ich werde es niemandem erzählen.«
Ich schlief eine Stunde, und als ich am späten Nachmittag erwachte, war der Himmel schwarz vor Regen, und ein Sturm heulte ums Haus und rüttelte an den Dachziegeln. Mrs. Barforth war nicht da, nur mein Mädchen Sally. Sie saß ganz nah am Feuer, und lange lag ich schweigend da und starrte aus dem kleinen Fenster auf den trostlosen Himmel und die nackten, windgepeitschten Bäume.
Ich lebte und würde wohl am Leben bleiben. Und jetzt erst konnte ich meiner inneren Verzweiflung nachgeben, denn ich hatte mein Kind verloren.
Gervase mochte sich wegen des Kummers, den er mir bereitet hatte, anklagen. Aber ich – die ich ja über meinen Zustand Bescheid gewußt hatte, er hingegen nicht – hatte mich nicht geschont. Ich war auf den Ball in *Listonby* gegangen und die halbe Nacht aufgeblieben, nur weil ich Gervase beweisen wollte, daß ich nicht eifersüchtig war. Und am nächsten Tag war ich hierher gefahren, hatte die Fassade aufrechterhalten, aus demselben Grund. Ich hatte nur meinem Stolz und meiner Selbstachtung gehorcht und dadurch mein Kind geopfert. Und der Schmerz über dieses verlorene Leben überwältigte mich derart, daß ich mein Gesicht hilflos schluchzend in den Kissen barg. Jetzt erst gewährte ich den Tränen freien Lauf, die ich mein ganzes Leben unterdrückt hatte.
Die gute Sally war solche Ausbrüche nicht gewohnt und wußte daher nicht, wie sie dieser Situation begegnen sollte. Ihr Erschrecken brachte mich bald wieder zur Besinnung.
»Oh, mein Gott!« sagte sie, mit vor Angst runden Augen, »und Mrs. Barforth ist nicht hier . . .«
»Wo ist sie denn, Sally?«
»Oh, sie ist nach *Tarn Edge* gefahren, um Mrs. Chard zu benachrichtigen, obwohl ihr alle davon abgeraten haben.«
»Sally, bei diesem Wetter ist sie *allein* nach *Tarn Edge* gefahren?«
»Ja. Ma'am. Gerade wegen des Wetters fuhr sie ja allein, denn niemand wird in dem Sturm mit ihren Pferden fertig. Jedenfalls hat sie das gesagt, Ma'am. Vor Einbruch der Dunkelheit will sie zurück sein, obwohl es heute ja den ganzen Tag dunkel ist. Zum Abendessen gibt es Hühnersuppe«, sagte sie. »Soll ich die Suppe holen, Ma'am?«

Eine halbe Stunde später ließ der Sturm nach, und dann folgte ein ohrenbetäubender Donnerschlag, der das Licht zum Flackern brachte. Danach öffnete der Himmel seine Schleusen, wie es schien, direkt über uns.

»Jetzt kommt das Unwetter, Ma'am.« Und da war es: zuckende Blitze, die Pferde in Panik versetzen konnten, der Wind, der peitschende Regen und die undurchdringliche Finsternis. Ich hatte meine Schwiegermutter nicht gemocht und geglaubt, daß auch sie mich nicht mochte. Doch das spielte keine Rolle mehr. Sie hatte mein Bedürfnis erkannt und war sofort trotz aller Widrigkeiten nach *Tarn Edge* gefahren, um mir eine Freude zu machen. Ich war sehr stolz auf sie und hatte gleichzeitig Angst um sie und schämte mich meiner Tränen um so mehr.

Hoffentlich hatte sie *Tarn Edge* vor Ausbruch des Unwetters erreicht. Natürlich würde sie die Nacht dort verbringen und Venetia am nächsten Morgen mitbringen. Ich betete, daß sie nicht so verrückt sein würde, trotzdem die Heimfahrt anzutreten und lauschte gleichzeitig angestrengt, ob ich nicht ihre Kutsche unten im Hof hörte.

»Sie ist mit dem Einspänner gefahren, Ma'am.«

Großer Gott! In diesem leichten, zweirädrigen Wagen.

»Die Küchenmädchen erzählen, daß der Blitz einen Baum auf der Straße nach Cullingford getroffen hat, der nun die Straße blockiert, Ma'am.«

»Sie scheinen ja gut informiert zu sein.«

»Und wenn der Fluß, wie gewöhnlich, über die Ufer tritt, ist die Zufahrt hierher unmöglich.«

»Sally, es interessiert mich wirklich nicht, was die Küchenmädchen erzählen.«

»Möchten Sie jetzt Ihre Hühnersuppe, Ma'am?«

»Ja. Und ich möchte, daß irgend jemand mit einer Laterne nach draußen geht, um Mrs. Barforth den Weg zu weisen.«

Doch das war nicht mehr nötig. Ich hörte die Pferde, das Lachen zur Begrüßung – und wieder mußte ich gegen aufsteigende Tränen ankämpfen –, doch da wurde schon die Tür aufgerissen und Venetia stürmte ins Zimmer.

»Liebes, ich bin zu naß, um dich zu umarmen. Wie hübsch du aussiehst! Das dürfte ich ja gar nicht sagen, aber es stimmt. Oh, Grace, Liebes ... wie schrecklich! Wie traurig! Aber ich bin gekommen,

weil ich dich aufmuntern will. Zum Clück war Vater nicht zu Hause, als Mama kam – Gideon auch nicht. Nun, da bin ich, und zurückholen können sie mich jetzt nicht mehr, auch wenn sie wütend sind. Ich bleibe natürlich, bis du wieder gesund bist.«
Ich fragte sie nicht, wann sie Gervase zum letzten Mal gesehen hatte, denn ich kannte die Antwort schon.
In den folgenden Tagen kamen mehr Besucher, als *Galton* im Laufe von Jahren gesehen hatte. Mein Vater besuchte mich oft, doch ich fand bei ihm weniger Trost, als ich erwartet hatte. Meine Mutter hatte mehrere Fehlgeburten erlitten, ehe ich auf die Welt kam, und noch mehrere nach meiner Geburt. Das hatte ihre Gesundheit untergraben, und als Vater mich in diesem Zustand sah, konnte er kaum seinen Kummer darüber verbergen. Doch da er zeit seines Lebens seine Gefühle unter Kontrolle hielt, nahm er nur meine Hand und sagte mit tonloser Stimme: »Es ist noch nichts verloren. Du bist noch jung, und ich bin nicht der Ansicht, daß man den Wert der Frau an dem Grad ihrer Fruchtbarkeit messen soll.«
Und weil ich wußte, daß er in Wirklichkeit sagen wollte: »Ich habe dich so lieb, Grace. Begib dich nicht wieder in Gefahr. Für mich brauchst du es nicht zu tun«, lächelte ich nur und murmelte: »Ja, Papa.«
Tante Faith besuchte mich oft; Onkel Blaize gab vor, geschäftlich verhindert zu sein, doch er kam nicht gern nach *Galton*, da es das Haus seines Bruders war. Aber er schickte mir wundervolle Blumenbouquets. Großmutter Elinor, die in Südfrankreich lebte, wurde nicht informiert, doch Großmutter Agbrigg schrieb mir einen Brief, angefüllt mit guten Ratschlägen, während ihr Mann, der Bürgermeister, aus Scarborough kam und einen ganzen Tag an meinem Bett verbrachte. Auch meine Stiefmutter besuchte mich. Sie hatte das Taktgefühl, ihren Besuch auf dieses eine Mal zu beschränken, schickte mir aber von ihrem köstlichen selbst hergestellten Eingemachten. Auch Blanche kam, in Begleitung ihres Mannes und Noel. Tante Caroline und ihr Mann, der Herzog, verbrachten eine Stunde mit mir. Sie gab mir den Ratschlag, mein Mißgeschick tapfer wie ein Mann zu ertragen, und der Herzog wünschte mir für das nächste Mal mehr Glück. Auch mein Schwiegervater schaute kurz vorbei. Ich war von lauter lieben und wohlmeinenden Menschen umgeben und war dankbar – wieder stiegen mir diese verhaßten Tränen in die Augen –, daß mein Wohlergehen so vielen Menschen am Her-

zen lag. Ich aß meine Suppen, trank meine Schokoladen und den Rotwein, auf den meine Schwiegermutter bestand, und erzählte allen, daß es mir von Tag zu Tag besser ginge.
Natürlich besuchte auch Gervase mich. Doch er richtete es geschickt ein, niemals allzu lange mit mir allein bleiben zu müssen. Ich erfuhr nie, wo er jene Sturmnacht verbracht hatte, denn er war weder in der Fabrik noch bei den Floods gewesen, was sich herausstellte, als sie mir ihre Aufwartung machten. Von sich aus sprach er nicht darüber, und ich fragte ihn nicht, das allein war schon ein Zeichen, wie weit wir uns auseinandergelebt hatten. Noch vor einer Woche – als ich glaubte, er liebe und brauche mich – hätte ich ihn gefragt und auch eine zufriedenstellende Antwort gefordert. Doch jetzt, da ich das Vertrauen zu ihm verloren hatte, fragte ich nicht. Denn jetzt, in meiner Schwäche, konnte ich der Wahrheit nicht gegenübertreten. Ich war zu schwach, um zu streiten, zu schwach, um Forderungen zu stellen oder Entscheidungen zu treffen. Es war viel leichter, einfach nur höflich zu sein.
Nach fünf Tagen verließ ich zum ersten Mal mein Bett und installierte mich auf dem Sofa im Salon. Und sofort fielen wie ein Heuschreckenschwarm die Cullingforder Damen über mich her und überhäuften mich mit ihren Sympathiebezeigungen, denn es wäre nicht schicklich gewesen, wenn sie mich in meinem Schlafzimmer besucht hätten. Als Miss Mandelbaum, Miss Tighe, Mrs. Sheldon und alle anderen das Feld wieder geräumt hatten, erschien auch Liam Adair.
Natürlich war Liam nicht wohlhabend geworden. Sein Liebäugeln mit dem *Cullingforder Star* hatte zwar seine abenteuerlichen Gelüste befriedigt und ihm zu einer gewissen traurigen Berühmtheit verholfen, die er offensichtlich genoß, ihm aber keineswegs die Taschen gefüllt. Trotz all seiner Anstrengungen blieb der *Star* ein schäbiges Blatt, das nur unregelmäßig erschien und sein Erscheinen ohne das geliehene Geld von Großmutter Elinor hätte ganz einstellen müssen. Aus diesem Grund war Liam nach Südfrankreich gereist, wo sie in der Nähe von Cannes zusammen mit Lady Verity Barforth eine Villa bewohnte.
»Ich schwatze ihr soviel Geld wie möglich ab«, gestand er freimütig, »und ihr gefällt es noch. Besser ich bekomme es, als das Kasino oder dieser schwarzäugige Geiger, der um sie herumscharwenzelte, als ich das letzte Mal da war. Und als ich ihr den Artikel zeigte, in dem

über diese Hütten, die ihr erster Mann gebaut hat, die Rede ist, und in denen nicht einmal Schweine hausen möchten, starb sie fast vor Lachen. Sie wollte den Artikel sogar mit ihrem eigenen Namen zeichnen. Ich sage dir, sie genießt es.«

Ich glaubte Liam. Obwohl er keineswegs frische Luft in mein Krankenzimmer brachte – ihn umgab stets eine Aura aus Zigarren- und Whiskyduft –, war seine Gegenwart weitaus amüsanter als das langweilige Gerede der Cullingforder Damen, vor allem Miss Tighes ständiges Wiederholen, daß nur betuchten Jungfrauen das Wahlrecht zugestanden werden sollte – so wie sie selbst eine war.

Liam interessierte sich nicht für die Reise des Prinzen von Wales nach Indien. Er interessierte sich weitaus mehr für die Mißstände, die in Cullingford herrschten, und offenbarte diese auch schonungslos im *Star*. So schlug man ihm eines Nachts die Fenster in dem schäbigen Redaktionsgebäude ein. Aber nichtsdestotrotz kämpfte er mit seinen Artikeln weiterhin gegen Ungerechtigkeit und Korruption, so daß viele Händler in Cullingford ihm nichts mehr verkauften, weil sie sich von ihm angegriffen fühlten, und schließlich seine Hauswirtin ihn sogar vor die Tür setzte. Er tat dies alles nicht aus reiner Selbstlosigkeit, doch er hatte ein Herz für die Armen und Schwachen. Lächelnd saß er im Salon meiner Schwiegermutter und berichtete Venetia und mir von seinen Schwierigkeiten.

»Und was willst du jetzt tun?« fragte Venetia gespannt.

»Ach, irgend etwas wird sich schon ergeben. Man kann immer zu irgendeinem Kreuzzug aufbrechen – ich meine, gegen etwas kämpfen.«

»Ein Kreuzzug? Daran habe ich überhaupt noch nicht gedacht. Nun, wenn *ich* einen Kreuzzug unternähme, Liam, würde ich alles verkaufen und nicht mal eine Landkarte mitnehmen, um das Heilige Land zu befreien. Du aber nicht.«

»Nein. Das würde ich nicht tun. Ich würde alle möglichen Landkarten mitnehmen, das wäre in der Wüste nur nützlich. Denn einmal muß man doch zurückkommen, nicht wahr?«

Aber Venetia lachte nur und schüttelte den Kopf. »O nein, Liam. Denn wenn man schon an seine Rückkehr denkt, ist es doch überhaupt kein Kreuzzug mehr, sondern eine Expedition. Der Sinn eines Kreuzzuges ist doch, daß man alles einsetzt, ohne daran zu denken, was später wird. *Das* nenne ich einen Kreuzzug. Wäre ich ein mittelalterlicher Ritter, dieses Leben hätte mir gefallen. Glaubst du nicht, daß ich dafür wie gemacht bin?«

Ich glaubte ihr, und einen Augenblick lang überkam mich eine ungute Vorahnung, die Venetia jedoch durch ihr herzliches Lachen zerstreute. Lange Zeit nach ihrer Heirat war sie schweigsam und in sich gekehrt gewesen, doch hier, im Haus ihrer Mutter, gewann sie ihre alte Lebhaftigkeit wieder, und es war eine Freude, das mit anzusehen.

Ich stellte ihr keine Fragen, denn ihr Leben war das gleiche. Sie hatte an die Liebe geglaubt und war gezwungen worden, eine Vernunftehe einzugehen. Und es wäre wohl vom Leben zuviel, zu verlangen, daß sie sich jetzt in ihren Mann verliebte. Doch der Mensch findet immer irgendeinen Ausweg oder geht Kompromisse ein – jedenfalls *ich* war so veranlagt –, und vielleicht gelang es ihr jetzt, mit Gideon zu leben. Das hoffte ich von ganzem Herzen, wurde jedoch bald zu meiner großen Enttäuschung eines anderen belehrt.

Es war ein herrlicher frostklarer Tag, an dem es Venetia und ihre Mutter nicht im Haus gehalten hatte. Also war ich allein, als Gideon kam, und sein Erscheinen bereitete mir Unbehagen. In *Tarn Edge* kümmerte ich mich um seine persönlichen Bedürfnisse, doch hier begegneten wir uns auf einer anderen Ebene. Hier war er nicht mehr mein Schwager, aber ein Mann, dessen Anwesenheit mich aus Gründen, die ich nicht näher zu erforschen trachtete, zutiefst verwirrte. Und so war ich froh, als aufgeregtes Hundegebell Venetias Rückkehr ankündigte.

Sie hatte sich weiß Gott wo herumgetrieben, wie eine Zigeunerin. Den Arm voller Heidekraut, das Haar und ihr Kleid in Unordnung – doch gleichzeitig bezaubernd in ihrer jugendlichen Frische –, so betrat sie den Salon.

»Gütiger Himmel! Wie siehst du denn aus?« fragte Gideon nicht unfreundlich. Anscheinend gefiel ihm ihr zigeunerhafter Charme. Doch es war offensichtlich nicht ihre Absicht, ihm zu gefallen.

Seit zehn Tagen hatte sie ihn nicht gesehen, und jetzt starrte sie ihn derart überrascht an, als hätte sie seine Existenz völlig vergessen. Seine Anwesenheit beraubte sie ihrer Lebhaftigkeit; sie war nicht mehr diese bezaubernde Waldelfe, nur noch eine ziemlich ungepflegte junge Dame, die nicht mehr wußte, was sie mit ihrem Strauß Heidekraut machen sollte.

Sie legte ihn auf den Tisch und las die Blüten auf, die auf den Boden gefallen waren, während der Hund noch immer aufgeregt kläffend um sie herumtobte, bis Gideon kalt sagte:

»Ich glaube nicht, daß dieser Hund ins Haus gehört.«
Venetia reagierte auf die Worte ihres Mannes nicht, da packte Gideon den Welpen kurzentschlossen beim Genick und warf ihn ziemlich unsanft aus dem Fenster.
»Ein Hund gehört nicht ins Haus, es sei denn, er benimmt sich.«
»Du hast sicher recht.«
»In *Listonby* dürfen die Hunde nie ins Haus.«
»Ihr Landedelleute kümmert euch doch gar nicht um die Tiere. Entweder eßt ihr sie, oder ihr reitet sie, oder ihr richtet sie für die Jagd ab. Ihr laßt sie für euch *arbeiten*, aber ihr *liebt* sie nicht.«
»Wirklich?«
»Ja. Das stimmt. Und natürlich tötet ihr sie auch. Aber das ist ja egal. Bist du schon lange hier, Gideon?«
»Nein«, gab er barsch zurück. »Noch nicht lange. Und ich kann auch nicht lange bleiben. Ich dachte, du würdest mich nach Hause begleiten, da Grace ja morgen heimkommt.«
»Ja. Natürlich«, sagte sie, weil dies die Worte waren, die ihre Rolle von ihr verlangte. »Eine gute Idee. Ich lasse meine Sachen packen. Wann müssen wir fahren?«
»In einer Stunde.«
»Gut.«
Sie lächelte und ging. Ihr ganzes Gebaren sagte mir, daß es keine Kompromisse, kein Verständnis zwischen ihnen gegeben hatte, und daß diese zehn glücklichen Tage in *Galton* nur eine Gnadenfrist gewesen waren.

13

Ich kann mich nicht an ein bestimmtes Ereignis erinnern, das aus mir, einer glücklichen Frau, die sich geliebt fühlte, eine unglückliche Frau machte, deren Ehe – wie so viele andere – nur mehr auf dem Papier bestand. Vielleicht hatten diese beiden Möglichkeiten von Anfang an existiert, bis wir uns nach und nach nichts mehr zu sagen hatten.
Zwischen uns herrschte Schweigen, weil ich zu schwach gewesen war, es zu brechen, und als ich meine alte Kraft wiedergewonnen hatte, wußte ich nichts, was ich ihm hätte sagen sollen. Gervase brachte mich von *Galton* nach Hause. Er erkundigte sich eingehend

nach meinem Gesundheitszustand, aß fast regelmäßig mit uns und schlief in meinem Bett. Er begleitete mich zu gesellschaftlichen Veranstaltungen, und wir benahmen uns in der Öffentlichkeit, wie sich ein Ehepaar benehmen sollte. Privat gingen wir höflich miteinander um.

Wir nahmen auch unsere ehelichen Beziehungen wieder auf, oder vielmehr bestand er auf seinen ehelichen Rechten, denn das, was sich zwischen uns abspielte, verdiente die Bezeichnung Liebe kaum. Manchmal nahm er mich, noch halb im Schlaf, in einem rüden Akt rein sexueller Begierde, die auch irgendeine Frau hätte befriedigen können. Währenddessen verhielt ich mich völlig passiv und verachtete mich wegen meiner Untergebenheit, und gleichzeitig verachtete ich ihn, weil er sie akzeptierte. Doch kraft des Gesetzes war er Herr über meinen Körper und durfte sich dessen bedienen, wann immer er wollte. Aber langsam, als die Kluft zwischen uns immer tiefer wurde, beleidigte ich ihn absichtlich mit meiner Passivität, so wie er mich mit seiner schnell befriedigten Begierde beleidigte. Und als wir diesen trostlosen Zustand erreicht hatten, ging es mir wohl kaum schlechter als Tausenden von Frauen, die die Ehe immer nur als eine Last empfunden hatten; zwischen uns jedoch hatte es einmal etwas anderes gegeben.

Noch konnte ich mich an einen bestimmten Augenblick erinnern, an dem Gervases Untreue zur Gewißheit für mich wurde. Ich hatte sie eher geahnt, und als sie dann offensichtlich war, begriff ich, daß er mir schon seit einiger Zeit untreu war; und obwohl ich darunter litt, überraschte es mich nicht. Er betrog mich zu Anfang nicht mit Diana Flood, wie ich annahm, oder irgendeiner mir bekannten Frau. Ich wußte nur, daß es jemanden gab und dann eine andere. Selbstquälerisch lernte ich die Anzeichen dafür zu erkennen: seine wechselnden Stimmungen, die von angespannter Wachsamkeit zu nervöser Fröhlichkeit wechselten, oder von dumpfer Selbstverachtung in eine schläfrige Müdigkeit umschlugen. Seine Stimmungen wechselten mit den Frauen, je nachdem, ob sie ihn trösteten, amüsierten oder aufreizten.

Und ich tat nichts.

Selbst in jener Sommernacht, als ich durch das alte Kloster in *Galton* schlenderte und ihn die nackte Schulter einer Frau küssen sah – eine von Blanches Londoner Freundinnen –, reagierte ich nicht. Ich drehte mich nur um und eilte davon in der Hoffnung, daß sie mich nicht gesehen hatten. Ich reagierte nicht, weil ich zu stolz war und Angst hatte und auch aus dem einfachen Grund, weil ich nicht wußte, was ich tun sollte. Mein Mann betrog mich. Hunderttausende von Frauen wurden ebenfalls betrogen. Frauen waren von Natur aus treu, Männer nicht. Die Stuten grasten friedlich mit der Herde, Hengste liefen wild herum. Ich hörte, wie die Cullingforder Damen murmelten: »Meine Liebe, Männer sind nun einmal so. Sie müssen ihn verstehen und ihm verzeihen.« Und über allem hörte ich Mrs. Rawnsleys schrille Stimme: »Lassen Sie sich von ihm ein teures Geschenk machen, als Entschuldigung. Ich tue das immer.«

Ich konnte diese Stimmen nicht ertragen.

Natürlich hätte ich zu meinem Vater zurückkehren können, doch das brachte ich nicht über mich, denn ich wußte, daß er mich glücklich sehen wollte. Das Leben hatte ihn nicht mit Glück überhäuft, und er wünschte sich nichts sehnlicher, als daß ich es erlangte. Ich durfte ihn nicht enttäuschen. Wenn er mich glücklich sehen wollte, *würde* er mich glücklich sehen. Er *sah* mich glücklich. Wenigstens das konnte ich für den Mann tun, der soviel für mich getan hatte. Auch war es für mich unvorstellbar, wieder mit Mrs. Agbrigg unter einem Dach zu leben.

Nichtsdestotrotz hätte ich mir ein Fünkchen Hoffnung bewahrt, wäre ich nicht so klarsichtig gewesen. Doch ich wußte zutiefst, daß Gervases Untreue nur das Symptom unserer Entzweiung war. Die Tragödie bestand darin, daß mein Mann, der geglaubt hatte, mich zu lieben, mich nicht länger liebte. Er fand mich weder begehrenswert noch interessant. Und dagegen gab es kein Mittel.

Er hatte mich nicht beleidigt oder tätlich angegriffen. Er unterhielt auch keine aufwendige Mätresse, so daß ich am Hungertuch nagen müßte, oder zeigte sich mit seinen Geliebten in der Öffentlichkeit, wie Mr. Rawnsley es zu tun pflegte. Er ging nur »seinen Vergnügungen nach«, wie man das in Cullingford nannte. Doch das taten viele Männer, und niemand hätte mich verstanden, wenn ich deswegen einen Skandal machen würde.

Ich machte keinen Skandal, um meines Vaters und um meinetwillen. Ich hatte einen schwierigen Mann geheiratet, trotz aller Warnungen, und die anderen hatten recht behalten. Ich hatte an seine Liebe geglaubt, doch sie hatte nicht angedauert. Und ich zog es vor, ohne Liebe zu leben, anstatt ihn zu zwingen, mir Gefühle vorzuspielen, die nicht mehr existierten.

Die Liebe war vorüber, doch wir waren bis an das Ende unseres Lebens durch die Ehe miteinander verbunden. Die äußere Hülle blieb. Ich konnte sie als solche bestehen lassen oder mit Gift füllen, doch ich war fest entschlossen, die Fassade aufrechtzuerhalten. Niemand durfte davon erfahren. Doch als ich erkannte, daß es unmöglich war – da ja Gervase davon wußte –, suchte ich wieder Zuflucht in einer angeblichen Gleichgültigkeit.

Was mich nicht bekümmerte, brauchte auch sonst niemanden zu bekümmern, und ich wurde eine Expertin darin und sagte, nachsichtig lächelnd: »Gütiger Himmel! *Natürlich* sind Männer so, die Armen.« Außerdem kümmerte ich mich den ganzen Tag um alles mögliche, so daß jeder sagen konnte: »Die liebe Grace ist ja derart beschäftigt, daß es nicht verwundert, daß sie nichts merkt . . .« Oder: »Grace Barforth? Natürlich weiß sie es. Aber was macht das schon? Sie lebt doch in diesem herrlichen Haus, und solange sie das Geld ihres Mannes ausgeben kann, braucht sie das nicht zu kümmern.« Und sollten diese Gerüchte jemals bis Fieldhead dringen, wäre Mrs. Agbrigg bestimmt so gescheit, sie nicht meinem Vater weiterzuerzählen, denn sie hatte genausowenig Lust wie ich, wieder unter einem Dach mit mir zu leben.

Natürlich litt ich schrecklich unter dieser Situation und auch unter der Entscheidung, die ich so kühl überlegend getroffen hatte. Manches Mal war ich versucht, nach Fieldhead zu fahren, änderte jedoch in letzter Minute immer wieder meinen Entschluß und ließ mich ziellos durch die Straßen kutschieren.

Es gab auch Augenblicke, wo ich nahe daran war, die Beherrschung zu verlieren und mich gerne weinend in Gervases Arme geworfen – oder ihm am liebsten ein Messer in die Brust gestoßen hätte. Doch ich widerstand auch diesen Versuchungen. Von Natur aus konnte ich dieser Situation nur Widerstand bieten, obwohl es mir Kummer und bittere Stunden bescherte.

Natürlich war ich auch eifersüchtig auf alle diese Frauen, die ich kaum kannte oder gar nicht kannte: flüchtige Bekanntschaften. Und obwohl es logisch gesehen falsch war, diese Frauen zu hassen, denn nicht sie, sondern Gervase fügte mir Leid zu, hätte ich sie manchmal alle töten können und war hinterher erschrocken über die Gewalttätigkeit meiner Gedanken.

Doch wie gesagt, das alles geschah erst nach und nach. Und als ich in jenem Herbst nach meiner Fehlgeburt aus *Galton* zurückkehrte, schien Venetia mehr als ich der Hilfe zu bedürfen. Sie hatte getrauert, war unterwürfig und dankbar gewesen. Sie hatte Angst und Scham ertragen und eine Zeitlang in völliger Lethargie verbracht. Körperlich war sie wieder gesund und hatte auch eine gewisse Selbstachtung zurückgewonnen. Was nun? Und weil sie keine Antwort gefunden hatte, denn sie glaubte, es gäbe keine – und weil sie nicht mehr in die Rolle des lieben, gehorsamen Mädchens schlüpfen konnte –, war sie in jenem Winter ständigen Stimmungsschwankungen unterworfen, die sie oft so launisch und schwierig wie Gervase machten.

»Grace, ich muß unbedingt etwas *tun*. Ich will nicht noch einen Tag ungenützt verstreichen lassen. Es muß doch irgend etwas Wichtiges zu tun geben?«

Doch nichts fesselte ihre Aufmerksamkeit für längere Zeit. Ihre ursprüngliche Begeisterung machte schnell Langeweile Platz.

»Ach, mein Gott! Wozu soll das denn gut sein?«

Und die Einladungen zum Dinner, die ich sie gebeten hatte zu schreiben, blieben liegen; die französischen Kochrezepte aus einer geliehenen Zeitschrift wurden nicht abgeschrieben; und die Blumen, die sie mit viel Geschmack arrangierte, verwelkten.

»Wozu soll das gut sein? Wenn ich einmal sterbe, meißeln sie auf meinem Grabstein ein, daß ich eine schöne Handschrift hatte und Blumenbouquets arrangieren konnte. Lohnt es sich, *deswegen* zu leben?«

Und eines Tages, nach einer Stunde rastlosen Schweigens, erschreckte sie mich zutiefst mit der Frage: »Ich möchte doch zu gern wissen, ob man in Erfahrung bringen kann, was aus Charles Heron geworden ist?«

»Das ist sicher möglich, wäre aber nicht sehr klug.«

Daraufhin lachte sie kurz auf und ging im Zimmer hin und her, wobei sie ständig irgendwelche kleinen Gegenstände nahm und wieder an ihre Plätze stellte.

»Sieh mich nicht so böse an, Grace. Ich bin überhaupt nicht mehr in ihn verliebt.«

»Warum interessiert dich dann noch, was aus ihm geworden ist?«

»Weil . . .«, sie schwieg und zuckte mit den Schultern. Auf dem Gesicht hatte sie wieder diesen verträumten Ausdruck, da sie an die Vergangenheit dachte. »Weil . . . oh, ja . . . um die Wahrheit zu sagen, ich glaube, ich bin wieder so in mich verliebt, wie ich es damals war.«

Und weil ich einen schlimmen Tag hinter mir hatte, denn Gervase hatte mich wieder einmal verletzt, und weil Venetia ihm so ähnelte, sagte ich barsch: »Es wäre besser, du würdest dich in Gideon verlieben.«

Abrupt blieb sie stehen, nicht vor Zorn, sondern allein der Klang seines Namens hatte wie ein Gewicht gewirkt, das sie niederdrückte.

»Nun, das wäre wirklich sehr nett.«

»Venetia, es tut mir leid, daß ich davon gesprochen habe, aber da es nun einmal geschehen ist . . . ich wäre sehr glücklich, wenn du ihn lieben könntest.«

»Weißt du, Grace, das wäre ich auch. Wirklich sehr glücklich.«

»Ja, dann . . .«

»Was? Glaubst du, das Wollen allein genügt schon?«

»Ja. Das glaube ich.«

»Aber du hast unrecht damit.«

Sie machte wieder einen Schritt oder zwei, doch diesmal mit einer Würde, die ich bisher nicht an ihr kannte.

»Gideon müßte es sich doch eigentlich auch wünschen. Aber das tut er nicht«, sagte sie.

»Oh, Venetia . . . bist du dir sicher. Er *muß* es doch tun.«

»Da gibt es kein Muß. Du weißt sehr gut, Grace, daß niemand Gideon sagt, was er tun *muß*. Er will nicht, daß ich ihn liebe. Er will, daß ich seine Frau bin.«

»Ich dachte immer, daß beides gut zusammenpaßt.«

Sie zuckte die Schultern.

»Nicht in unserem Fall. Und natürlich ist es traurig, daß ich ihn lieben könnte, wenn er es mir erlauben würde. Mir wird erst jetzt bewußt, daß Liebe gar nicht so exklusiv ist, wie ich immer dachte. Sie existiert nur im Körper, und man muß ihr freien Lauf lassen. Natürlich hat man auch das Bedürfnis, treu und aufopferungsvoll zu sein – seinen kleinen Kreuzzug zu unternehmen – ich jedenfalls. Und wahrscheinlich gibt es Hunderte von Männern, die ich lieben und denen ich treu sein könnte. Also warum nicht Gideon?«

»Ja . . . warum nicht?«

»Weil er es nicht will. Will Dominic von Blanche geliebt werden? Ich bezweifle, daß ihm jemals dieser Gedanke gekommen ist. Er ist zufrieden, sie wann immer er will in seinem Bett zu haben, oder es schmeichelt ihm, wenn andere Männer sie begehren. Und genau das möchte Gideon von mir haben. Es ist nicht einmal viel, verstehst

du? Und das ist gerade das Schreckliche daran – daß es so wenig ist. Wenn er mehr von mir verlangen würde – etwas, das mich fordert –, ich gäbe mir jede erdenkliche Mühe. Ich würde seine *Herausforderung* annehmen, denn schließlich ist er ein gutaussehender Mann, und die Umstände, die zu unserer Ehe führten, stellen an sich schon eine Herausforderung dar. Es wäre herrlich, könnte ich etwas Schönes und Dauerhaftes aus diesem entsetzlichen Anfang machen, wir könnten uns kennenlernen und einander verzeihen, Freunde und Liebende werden. Denk doch nur, welche Gefühle man bei einem solchen Abenteuer erleben könnte.«
»Und du hast diese Gefühle alle in dir, Venetia.«
Sie lächelte, auf eine etwas traurige Weise.
»Ich weiß. Dessen bin ich mir ganz sicher, und ich freue mich auch darüber. Ich wäre Gideon eine ausgezeichnete Krankenschwester, und würde er sein ganzes Geld verlieren, wäre ich ihm eine tapfere Frau. Selbst wenn er ins Gefängnis müßte, stände ich vor dem Tor und würde auf ihn warten. Kannst du dir das vorstellen? Doch so viele Tragödien verlange ich vom Leben gar nicht. Ich würde nur gern seine Freuden und Enttäuschungen mit ihm teilen, wenn er mich wissen ließe, wann er sich freut oder enttäuscht ist. Doch in kostbaren Abendkleidern herumzusitzen, nur damit die anderen merken, was für ein glücklicher Bursche er ist, dazu habe ich kein Talent. Nun, und was die Sinnlichkeit angeht – ich habe nichts dagegen, aber schließlich kann man nicht ein Leben darauf aufbauen. Ich jedenfalls kann es nicht.«
»Venetia, bist du dir ganz sicher?«
»Was Gideon betrifft? Natürlich bin ich das. Ehefrauen sind für die Salons und Schlafzimmer gemacht, meine Liebe. Denn eine Frau kann ihren Erfolg nur an der Wirkung messen, die sie auf ihren Mann macht. Und so betrachtet, habe ich total versagt. Ich finde, daß Frauen wie Blanche am besten im Leben zurechtkommen. Sie weiß, was von ihr erwartet wird. Ihr gefällt sogar noch, was man von ihr erwartet. Sie kennt die Spielregeln und setzt sich durch, ohne auch nur eine einzige zu verletzen. Ich habe sie immer für ein dummes Mädchen gehalten, aber sie ist eine kluge Frau. Wahrscheinlich bin ich jetzt der Dummkopf.«
Doch sie war nicht immer so einsichtig oder wollte Gideon bei seinen gesellschaftlichen Verpflichtungen unterstützen. Ziemlich oft bot sie ihm trotzig die Stirn.

»Mein Gott, Gideon! Spielt es denn eine Rolle, ob wir dorthin gehen. Es ist doch nur Miss Mandelbaum.«
»Und Miss Mandelbaums Bruder ist Tuchhändler – wie du dich vielleicht erinnerst. Wir haben viel geschäftlich miteinander zu tun.«
»Die Mandelbaums hatten immer geschäftlich mit *uns* zu tun. Natürlich weiß ich das. Ist das ein Grund, diesen schönen Abend zu verderben, nur damit wir Rebecca Mandelbaum auf ihrem Klavier herumhämmern hören?«
»Dein Vater ist jedenfalls dieser Ansicht.«
»Ja, gewiß. Doch deshalb fühlt er sich noch längst nicht verpflichtet, selbst hinzugehen.«
»Warum sollte er auch?« entgegnete Gideon mit einem sarkastischen Lächeln. »Dafür bin ich doch da. Sollte sich Gervase jemals zu solchen Besuchen herablassen, bräuchten wir nicht hinzugehen. Aber solange wirst du mich begleiten.«
»Nimm Grace mit. Sie versteht die Musik Mozarts.«
»Niemand verlangt von dir, daß du Mozart verstehst, Venetia. Du sollst nur so tun als ob.«
»Oh, ich verstehe. In diesem Fall nimm besser Blanche mit.«
Sie gingen dann zusammen zu Miss Mandelbaums Klavierabend und kehrten beide verärgert zurück. Und diese Verärgerung wuchs sich bald zu ihrem ersten offenen Streit aus. Der Musik hatten sie überhaupt nicht zugehört. Gideon war mehr daran interessiert, die Bekanntschaft eines Herrn aus Hamburg zu machen, der im Tuchhandel eine Rolle spielte, und eines Bankiers aus Berlin. Damit gehorchte er instinktiv den Regeln, die seine Mutter ihn gelehrt hatte, denn solche persönlichen Beziehungen waren oft nicht mit Gold aufzuwiegen.
»Darf ich Ihnen meine Frau vorstellen«, hatte er gesagt. Doch seine Frau hatte diese werten Herren vollständig ignoriert und war sich indessen in Lobeshymnen über Miss Mandelbaums Klavierspiel ergangen, die um so überschwenglicher ausfielen, da Venetia ja nichts davon verstand.
»Noch nie habe ich etwas Schöneres im Konzertsaal gehört, Miss Mandelbaum.«
»Diesen Weg wollte ich auch als junges Mädchen einschlagen, meine Liebe.«
»Ja, warum haben Sie es denn nicht getan?«
»Nun, weil meine Eltern es nicht erlaubt haben.«

»Was für ein Unsinn. Sie hätten sich gegen sie durchsetzen müssen. Um der Kunst willen.«
»O nein, meine Liebe. Das war damals unmöglich.«
»Nein, Miss Mandelbaum. Wir müssen unsere Interessen verteidigen. Das sagt Miss Tighe auch immer.«
Und Venetia machte der sichtlich überraschten Miss Mandelbaum Vorhaltungen wegen ihres verschwendeten Talents und riet ihr, das bequeme Leben in Cullingford mit dem einer vagabundierenden Künstlerin zu vertauschen.
»Stellen Sie sich nur die Freiheit vor! Mein Gott, ich wünschte, ich hätte selbst Klavierspielen gelernt, oder wenigstens Geige.«
Vielleicht hatte diese Konversation die beiden ausländischen Herren amüsiert, doch auf keinen Fall deren Frauen. Es stand außer Frage, daß man in Hamburg und Berlin in maßgeblichen Geschäftskreisen keinen guten Eindruck von ihr gewonnen hatte, und weder Frau Grassmann noch Frau Goldschmid würden es versäumen, diesen negativen Eindruck, den sie von Mrs. Chard gewonnen hatten, in ihren Kreisen publik zu machen.
Gideon arbeitete jetzt seit über vier Jahren für seinen Onkel und war mit dem Erreichten bei weitem nicht zufrieden. Er war entschlossen – genau wie seine Mutter, die Herzogin von South Erin –, internationales Ansehen zu gewinnen und sich einen Platz in der industriellen Elite Europas zu schaffen. Doch durch ihre Oberflächlichkeit hatte Venetia zwei Mitglieder dieser Elite vor den Kopf gestoßen, denn sie fragten sich wohl, wie es mit dem gesunden Menschenverstand eines Mannes bestellt sei, der mit einer solchen Frau verheiratet war.
»Himmel!« rief sie jetzt aus. »Wie diese beiden schon aussahen. Die eine war unmöglich herausgeputzt, und die andere hatte einen Schnurrbart und den Kopf voller Löckchen.«
»Mrs. Goldschmid ist eine außerordentlich intelligente Frau«, sagte Gideon kalt. »Sie spricht fließend fünf oder sechs Sprachen.«
»Und was hat das für einen Sinn, wenn sie nichts Interessantes zu erzählen hat?«
»Venetia, ist dir nicht bewußt, daß dieser Goldschmid sehr nützlich für mich sein könnte?«
»Nein«, sagte sie und sah ihren Mann direkt an. »Ich bin es nicht gewohnt, Leute nach ihrer Nützlichkeit zu beurteilen, noch nach dem Profit, den ich durch ihre Bekanntschaft erzielen könnte.«

»Dann bist du sehr naiv.«
»Naiv? Oder ehrlich . . . glaubst du nicht?«
»Naiv. Oder dumm . . . das trifft die Sache wohl besser.«
»Ach!« sagte sie und ließ diese Silbe provozierend klingen, um jedoch gleich wieder einen versöhnlichen Ton anzuschlagen. »Himmel, Gideon. Welchen Schaden habe ich denn angerichtet? Cullingford ist nicht *Listonby* oder South Erin, wo es darauf ankommt, von den richtigen Leuten eingeladen zu werden. Du hast etwas zu verkaufen, und wenn dein Preis stimmt, wird dein Kunde auch kaufen. Da ist es doch völlig egal, ob ich mich gut oder schlecht mit seiner Frau verstehe.«
Er stand vor dem Kamin und sah sie mit unverhohlener Verachtung an.
»Ich danke dir für deine aufklärenden Worte«, sagte er. »Doch die Welt ist seit der Zeit, als dein Großvater diese Fabriken gründete, größer geworden. Größer und komplizierter. Dein Großvater hatte kaum Konkurrenten, denn es gab damals nur eine Handvoll Fabrikanten, und er konnte ungehindert überallhin seine Stoffe verkaufen. Und was wird zum Beispiel Mr. Goldschmid tun, wenn ihm ein Dutzend Fabrikanten zu gleichen Bedingungen ihre Waren anbieten? Dann kauft er doch bei dem, den er persönlich kennt und dem er vertraut, nicht wahr? Schließlich besteht die Welt nicht nur aus Cullingford, jedenfalls für mich nicht.«
Ich sah, wie Venetias Kinn zitterte, als sie die Augen niederschlug und murmelte: »Spielt das alles denn wirklich eine Rolle? Wir haben doch schon soviel Geld. Mehr als wir jemals ausgeben können. Warum immer nur dahinter herjagen. *Warum*?«
Doch als Antwort hörten wir nur ein Türenschlagen. Gideon war mit seiner Geduld am Ende, und Venetia fragte sich, ob sie ihren Mann nicht zu sehr provoziert hatte, denn in seinem Zorn hatte er ganz wie ihr Vater ausgesehen.
Ein paar Tage später kamen die Goldschmids, Grassmanns und Mandelbaums zum Dinner. Obwohl ich mir größte Mühe gab, den Eindruck zu erwecken, Venetia sei die Gastgeberin, machte sie die Anstrengung sofort zunichte, indem sie jedes neue Gericht, das auf den Tisch kam, mit einem überraschten, entzückten Ausruf bedachte. Trotzdem gewann sie Mrs. Goldschmids Sympathie, als sie deren Ausführungen über kulinarische und häusliche Künste mit einem Ausdruck gespannter Aufmerksamkeit lauschte, der bei ihr jedoch

stets das Zeichen höchster Langeweile war. Und jedesmal, wenn Mrs. Goldschmid Atem schöpfte und nach Zustimmung heischend fragte: »Ist es nicht so?« nickte Venetia beflissen.
Miss Mandelbaum spielte und sang für uns, Mr. Mandelbaum, ihr Bruder, ein weltgewandter Mann, plauderte amüsant und hinderte seine Schwester taktvoll daran, sich nach Gervases Verbleib zu erkundigen.
Die Herren aus Hamburg und Berlin diskutierten bei Zigarren und Portwein lange mit Gideon.
»Sollten Sie demnächst nach Berlin reisen . . .«, sagte Mr. Goldschmid beim Abschied und ergriff Gideons Hand mit beiden Händen.
»Auch Hamburg wird Sie außerordentlich interessieren«, meinte Mr. Grassmann.
»Du meine Güte!« sagte Venetia, als sie alle gegangen waren. »Nun sag es mir doch . . . War ich nicht grandios?«
Und als sie Gideons kalten Blick und die hochgezogenen Brauen bemerkte, die klar ausdrückten: »Grandios? Ich würde es nicht einmal als adäquat bezeichnen«, sah ich, wie sie die Stirn runzelte und ihr Gesicht sich vor Zorn rötete.
»Nun gut«, sagte sie und straffte die Schultern. »Du brauchst mir nichts zu sagen. Ich war nicht grandios. Ich war nur scheinheilig. Willst du, daß ich mich so benehme?«
Noch nie vorher hatte sie ihren Zorn an ihm ausgelassen, doch jetzt sah er nur kurz überrascht aus und seufzte dann wie als Reaktion auf ein ungezogenes Kind.
»Venetia, mußt du denn derart übertreiben?« Und wir wußten beide, daß er das Wort im *Listonby*-Sinn verwendet hatte, wo es »ungezogen« oder »taktlos«, »bourgeois« bedeutete.
»Oh, kehre jetzt nicht den Adeligen heraus, Gideon«, entgegnete sie, »obwohl du das wirklich bist.«
»Ist das denn nötig, Venetia?«
»Ja, das ist es. Denn ich möchte gerne wissen, ob ich heute abend vor deinen Augen bestanden habe. Ich habe meine Zeit damit verbracht, einer Frau, die ich nicht leiden kann und die mich nicht leiden kann, zu schmeicheln. Allein aus dem Grund – falls ich ihn begriffen habe –, dir eine Einladung in ihr Haus nach Berlin zu verschaffen. Nicht weil du dir aus diesen Leuten etwas machst, sondern allein, weil sie dir *nützlich* sein könnten. Das habe ich doch getan?«

»Wirklich? Ich dachte, du hättest sie zum Dinner eingeladen, oder vielmehr Grace tat es für dich. Wozu diese ganze Aufregung, Venetia?«

»Weil ich wissen möchte, ob ich mich richtig verhalten habe. Bist du eingeladen worden? Ist es das, was du von mir willst?«

Und lange Zeit antwortete er nicht.

»Ach ja«, sagte er schließlich und zündete sich eine Zigarre an, deren Rauch er genußvoll inhalierte. Doch das Schweigen war – wie er beabsichtigt hatte – für Venetia zuviel. Sie atmete tief ein und schleuderte ihm entgegen: »Verdammt! Ja, ich habe gesagt: *verdammt*! Weißt du, Gideon, ich würde dich mehr achten, wenn du der Liebhaber dieser Frau wärst, anstatt ihr nur nach dem Mund zu reden, damit du in der Achtung ihres Mannes steigst. Ja, würdest du sie begehren, das könnte ich verstehen. Siehst du . . . jetzt rümpfst du die Nase, allein bei dem Gedanken daran. Das heißt doch, du kannst sie auch nicht leiden.«

»Ich rümpfe allein über deine schlechten Manieren die Nase.«

»Nein, das ist es nicht. Ich habe sie nur für dich ins rechte Licht gerückt, und du mußt zugeben, daß sie eine alte Harpie ist. Ich stelle mir nur eine Frage: Würde es dir etwas ausmachen, wenn . . .« Und ich vollendete den Satz für mich, wie es Gideon sicher auch tat – diese Worte, die niemals ausgesprochen werden durften –: »Wenn du mit ihr ins Bett gehen müßtest, Gideon, um das zu erreichen, was du willst, würdest du so weit gehen? Wäre es dieselbe Anstrengung, als ob du mit mir schläfst?«

Menschliche Beziehungen jedoch sind derart komplex, daß niemand jemals ganz im Recht oder Unrecht ist. Gideon war ein harter, ehrgeiziger Mann – Qualitäten, die man in Cullingford schätzte und die er auch von seiner Frau verlangte. Seine Mutter hatte ihre ganze Kraft *Listonby* gewidmet und dort eine Atmosphäre geschaffen, die einflußreiche Männer anzog, wie Bienen vom Klee angezogen wurden. Und dies waren alles Männer, die Tante Carolines Mann und ihren Söhnen irgendwie nützen konnten. Er hatte gesehen, wie Tante Faith alles stehen und liegen ließ, wenn ein Telegramm von Onkel Blaize eintraf, worin er sie bat, ihn – war es auch tausend Meilen entfernt – zu treffen. Er wußte, daß Mrs. Rawnsley, die weder besonders nett noch besonders klug war, die Interessen ihres Mannes in jedem Salon mit Vehemenz vertrat. Und alle diese Damen opferten sich nicht etwa auf. Sie taten einfach nur das, was man von ihnen erwartete. Sie erfüllten ihr eheliches Gelübde.

Zu Beginn ihrer Ehe war Gideon erstaunlich geduldig gewesen, und auch noch jetzt, als seine Geduld abnahm, war er sich seiner Verantwortung immer bewußt. Ich glaube, er hätte Venetia mit jedem nur erdenklichen Luxus überschüttet. Er hätte ihr auch Reisen gestattet, denn er teilte nicht die bourgeoise Ansicht, daß eine Frau immer bei ihrem Mann sein müsse. Auch eine eventuelle Jagdleidenschaft Venetias oder eine Vorliebe fürs Kartenspiel hätte er toleriert, vorausgesetzt, sie hätte diese Vergnügen mit den »richtigen« Leuten geteilt und wäre immer passend gekleidet. Sie hätte wie Blanche den ganzen Morgen im Bett verbringen können, während er in die Fabrik ging, um ihre tägliche Portion an Kaviar und Champagner zu verdienen, wäre sie ihm nur jeden Abend fröhlich entgegengekommen und hätte er sich auf sie verlassen können.

Doch Gideons Ehrgeiz – obwohl Venetia ihn verstand – irritierte sie in zunehmendem Maße und verstärkte das Gefühl der Unzulänglichkeit in ihr. Sie war mit Geld aufgewachsen und wußte, daß mehr als genug davon vorhanden war. Warum sollte sie also ihr kostbares Leben damit verschwenden, noch größere Reichtümer anzuhäufen? Worauf sie Wert legte, war die *Lebensqualität*, nicht Luxus. Sie wünschte sich nichts sehnlicher als eine intensive Beziehung, die ihr alles abverlangte und sie erfüllte. Und sie konnte zwischen ihren Wünschen und Gideons keine Gemeinsamkeiten entdecken, denn ihr Mann würde sich nicht mit dem zufrieden geben, was die Ehe mit Venetia ihm gebracht hatte; er wollte mehr.

Er steckte voller großartiger Ideen, war verschwenderisch, und es schmeichelte seiner Eitelkeit – der Empfindlichkeit des Jüngsten, der nichts geerbt hatte –, die Barforth-Fabriken nur als Ausgangspunkt zu betrachten. Er war nicht als Fabrikant geboren, doch die Erbfolge hatte ihn dazu gezwungen, es zu werden, und von Anfang an war er entschlossen, aus dem Milieu der Cullingforder Bourgeoisie zu glorreichen Höhen emporzusteigen – ein Niveau zu erreichen, wo Geschäfte von Gentlemen geführt wurden. Zwar interessierte sich Gideon nicht für Politik, doch sein Bruder Dominic würde bald einen Sitz im Unterhaus einnehmen, und es gab keinen Grund – falls sie das Spiel richtig spielten –, warum die Chards keinen Einfluß im Land gewinnen sollten. Blanche würde ihre Rolle in dem Spiel spielen, Tante Caroline darin brillieren. Doch Venetia

konnte man nicht dazu bringen, sie würde höchstens fragen: »Wozu soll das denn gut sein? Geht mich das etwas an? Es ist nicht einmal *wirklich*.«
Vielleicht hatte sie recht. Doch es war nicht an mir, darüber zu richten, ich kümmerte mich nur jeden Tag um die Haushaltsführung und konstruierte eine perfekte Fassade, die jedoch allein Gideon zu schätzen wußte.
»Das Menü war außerordentlich gut zusammengestellt, Grace.«
»Vielen Dank, Gideon.«
»Erzähl doch mal . . . Hast du dich gut mit Frank Brewsters Frau beim Kaffee unterhalten?«
»Sehr gut. Sie glaubt, daß sie die Reise nach New York nächste Woche nicht lebend überstehen wird.«
»Dann reisen sie also nach New York. Ich frage mich, warum Brewster mir nichts davon erzählt hat?«
»Nun . . . sie wohnen bei den Ellison-Turnbulls.«
»Ach ja? Mein Gott! Vielen Dank, Grace.«
Und so ging es weiter.
Ich würde in jenem und dem folgenden Jahr eine besessene Hausfrau und Gastgeberin. Ich legte Karteien für meine Menüs und Einladungen an, damit keinem Gast dieselben Speisen zweimal vorgesetzt wurden. Ich legte sogar Karteien über die Gäste an, ihre gastronomischen und persönlichen Vorlieben, die Namen ihrer Kinder, ihrer Freunde und Feinde. Ich machte es mir zur Aufgabe, über die Ankunft jeder wichtigen Persönlichkeit in Cullingford informiert zu sein, denn wenn Gideon diesen Mann treffen wollte, arrangierte ich eine Zusammenkunft. Ja, ich ging soweit, es als Herausforderung zu betrachten, den Lieblingswein eines völlig Fremden und die Lieblingsblumen seiner Frau herauszufinden.
Meine Bestrebungen waren einseitig geworden, aber gaben mir Selbstvertrauen, weil ich – im Gegensatz zu meiner Beziehung zu Gervase – darin Erfolg hatte. In Wahrheit war meine Ehe leerer Schein. Doch die Illusion, die ich zur Schau stellte, wurde allgemein bewundert.
Eines Sommerabends saß ich am Eßtisch und genoß die laue, nach Rosen duftende Luft, die durch die geöffneten Fenster hereinströmte. Ich wußte, daß alles in diesem großen luxuriösen Haus perfekt geregelt war.
Ich war von Ordnung und Tüchtigkeit umgeben und stand im Mit-

telpunkt dieser täglichen, sich wiederholenden Arbeiten. Und selbst wenn meine Arbeit nur wenig Mühe im Vergleich zur Leitung einer großen Fabrik erforderte, hätte niemand sie besser machen können. Ich nahm mein Leben in die Hände – was andere nicht taten –, und wenn immer es mir in den Sinn kam, daß Grace Agbrigg mit ihrer Begabung für Mathematik und Fremdsprachen mehr als das hätte leisten können, beschwichtigte ich mein Innerstes und paßte mich wieder meiner wirklichen Situation an. Ich wollte zufrieden sein.

An jenem Abend schwiegen wir bei Tisch. Venetia starrte teilnahmslos die Wand an; Gideon wälzte geschäftliche Probleme; Gervase lehnte sich in seinem Stuhl zurück und schwieg. Und als ihr Schweigen anfing mich zu bedrücken, erzählte ich, was mir gerade einfiel: von Tante Faith' Rückkehr aus Paris, von Mrs. Rawnsleys Dinner am Vortag, als das Dienstmädchen einen Krug Wein auf einen nagelneuen Teppich verschüttet hatte.

»Was für ein Pech«, sagte Gideon, der zu höflich war, um nicht zu antworten.

»Hmmm«, sagte Venetia.

»Ja. Es war schon Pech, denn der Teppich ist hellgrün, und der Wein war rot. Ich glaube nicht, daß sich der Fleck entfernen läßt.«

Da beugte Gervase sich zu mir vor. Sein Gesicht war im Zwielicht sehr bleich; die Augen hatte er zu schmalen Schlitzen zusammengezogen, und sein Lächeln täuschte mich, denn er lächelte damals nicht oft.

»Grace«, sagte er sehr deutlich, »wie außerordentlich langweilig du doch bist.«

Worauf ich sehr kühl und zu niemandem im besonderen antwortete: »Ich glaube, diese Sauce gewinnt durch den Estragon. Ich darf nicht vergessen, es der Köchin zu sagen.«

14

Im folgenden Herbst kehrte eines Nachts mein Mädchen, Sally Grimshaw, nicht nach Hause zurück. Ich hatte ihr freigegeben, damit sie an einer Hochzeit teilnehmen konnte. Wie sich später herausstellte, war sie auf dem Heimweg von einem Mann niedergeschlagen und vergewaltigt worden.

Trotz heftiger Einwände meiner Haushälterin fuhr ich nach Cullingford ins Krankenhaus, wohin man sie eingeliefert hatte, und brachte sie nach *Tarn Edge* zurück, denn auch ihre Familie würde sie nicht aufnehmen, doch nicht wegen ihrer eventuellen Schwangerschaft, sondern weil in der schäbigen Hütte ihrer Eltern einfach kein Platz mehr war: ihre Mutter hatte siebzehn Kinder geboren.

Sie war ein Opfer männlicher Gewalttätigkeit geworden, doch nur ich schien sie dafür zu halten.

»Meine Liebe, das Mädchen kannte den Mann sicher und ließ ihn gewähren«, murmelte Mrs. Rawnsley.

»Sollte es zum Schlimmsten kommen«, sagte Mrs. Sheldon, »könnte ich eine Adoption des Kindes in die Wege leiten.«

»Sie ist von der Schande nicht in dem Maße betroffen, wie wir es wären«, erklärte Miss Tighe bestimmt. »Diese Mädchen haben ihre eigene Moral, und so ein kleiner Unglücksfall macht ihnen wenig aus. Sie wird schon einen Mann finden, der sie heiratet, vor allem, wenn Sie ihr ein hübsches Hochzeitsgeschenk machen. Dann wird alles vergessen.«

»Mein Gott! Was macht das schon aus?« sagte Venetia. »Sie ist doch nur eine Frau. Und Frauen sind schließlich dafür da.«

Doch Sally hatte nichts Schlechtes getan. An ihr war ein Verbrechen begangen worden, und zwar von einem Mann, den diese Damen mit ihren heimlich geflüsterten: »Männer sind nun einmal so«, nur zu bereit waren zu entschuldigen. »Es sind immer die Frauen, die leiden«, sagten sie, und wenn sie diese Tatsache auch nicht besonders erstrebenswert fanden, so akzeptierten sie sie doch naturgegeben. Und von allen meinen Bekannten verstand nur Liam Adair meine Entrüstung.

»Ja, diese Frauen sind die reinsten Teufel«, sagte er fröhlich, »vor allem, wenn sie über ihre Geschlechtsgenossinnen herziehen können. Ich glaube, sie reagieren aus Furcht so. Denn manche wünschen sich insgeheim nichts sehnlicher als das, während andere eine höllische Angst davor haben. Finden sie dann einen Sündenbock, sind sie erleichtert, daß es nicht ihnen so ergangen ist. Grace, ich weiß, daß es Männer gibt, die Frauen vergewaltigen, aber nicht alle sind so. Du glaubst doch nicht, ich gehöre zu diesen Bösewichten?«

»Das hast du doch gar nicht nötig, Liam. Du mit deinem Charme? Vielleicht ist es bei dir manchmal umgekehrt.«

Aber nichtsdestotrotz machte mir diese neue Erkenntnis über männliche Gewalttätigkeit zu schaffen, und ich fragte mich, wieviel Zuneigung denn noch bei unseren flüchtigen morgendlichen ehelichen Begegnungen übriggeblieben war. Warum ertrug ich sie noch? Oder prostituierte ich mich, weil ich in Frieden leben wollte, den Regeln dieser Gesellschaft folgend? Ich konnte diese Frage nicht beantworten, doch als Gervase mich wieder einmal berührte, konnte ich ihn nicht ertragen und wandte mich voller Ekel ab.

»Entschuldige bitte«, sagte er kalt, obwohl ich ihm wohl jetzt den Grund geliefert hatte, nicht mehr mit mir zu schlafen. Doch ich hatte mir wenigstens ein kleines Stück Selbstachtung bewahrt.

Nicht nur Sally, auch ihre Mutter machte mir Sorgen, und so war ich Liam Adair sehr dankbar, als er in seiner Zeitung einen Artikel über die skandalösen Zustände der Armen mit ihren vielen Kindern veröffentlichte.

»Du hast mir einen großen Gefallen getan, Grace, mit dieser armen Mrs. Grimshaw zu sprechen. Denn zu mir wäre sie nie so offen gewesen«, sagte Liam. »Warum kommst du nicht einmal in den *Star* und schaust dir an, wie eine Zeitung gemacht wird?«

Und weil ich mich zerstreuen wollte, und auch weil ich Venetia etwas Abwechslung bieten wollte, nahm ich Liams Einladung an.

»Ist das denn wichtig?« war zwar noch immer eine ihrer ständigen Reden, doch häufiger sagte sie jetzt: »Es ist mir völlig egal, ob das wichtig ist« oder: »Es ist mir *verdammt* egal.« Und etwa eine Woche später besuchte sie zusammen mit Gervase auf der Rückfahrt von *Galton* einen Hahnenkampf, allein um ihren Mann zu provozieren. Es war von Gervase unverantwortlich, sie dorthin mitzunehmen, denn in dieser rauhen Gesellschaft hatte sie sich in wirklicher Gefahr befunden. Ich war schockiert und wütend und trotzdem dankbar, daß Gervase nicht zu Hause war, als Gideon am folgenden Abend in den Salon kam und ein einziges Wort ausspie: »Warum?« Ich hatte noch nie einen Mann derart zornig gesehen, doch Venetia sprang sofort auf und ging zum Angriff über.

»Weil ich einmal sehen wollte, wie Männer ihre Zeit verbringen – was ihnen gefällt.«

»Hat dich etwa jemand dort gesehen?«

»Das ist mir egal, obwohl ich weiß, daß es dir nicht egal ist. Außerdem muß derjenige ja selbst dort gewesen sein. Bist du schon einmal dagewesen, Gideon?«

»Ja«, sagte er. »O ja. Ich habe schon vielen Hahnenkämpfen zugesehen, Venetia, zusammen mit Huren und Dieben – mit dem Abschaum.«

»Und hat er dir gefallen, Gideon?«
»Früher – ja. Doch was zählt: Hat er dir gefallen, Venetia?«
»Ich fand es abscheulich«, schrie sie ihn an, völlig aus der Fassung. »Es war grausam, entwürdigend und ekelhaft. Ich fand diesen Kampf widerlich und auch die Leute, die sich daran ergötzten – selbst Gervase. Aber das heißt noch längst nicht, daß ich nicht wieder hingehen würde oder etwas täte, was Männer tun. Einfach nur um herauszufinden, an welchen Dingen sie Gefallen haben, und um zu wissen, warum sie mir verboten sind. Du folgst doch deinen Neigungen, Gideon? Warum sollte ich denn meinen nicht folgen?«
Mit diesen Worten hatte sie ihn zum Schweigen gebracht, und einen Moment glaubte ich, er würde sie vor sprachloser Wut schlagen. Doch er ließ seinem Zorn keinen freien Lauf, sondern drehte ihr einfach nur den Rücken zu. Es war eine bittere Erfahrung für sie beide.
Am nächsten Morgen besuchten Venetia und ich Liam Adair. Mein Kutscher zeigte sich über diese Fahrt ziemlich entrüstet, nicht etwa weil er sich Sorgen um mich machte, sondern weil der *Star* in einer Gegend lag, wo er um seine Pferde fürchtete. Und die Fahrt war von Anfang an abenteuerlich. Die breite gepflasterte Straße wurde immer schmaler und war von Lagerhäusern, halbverfallenen Fabriken, schäbigen Unterkünften, Kneipen und billigen Läden gesäumt. Das war die Gower Street.
Die Fenster im Erdgeschoß des *Stars* waren mit Brettern vernagelt, die Liam Adair nicht durch Scheiben ersetzen ließ, denn irgend jemand würde sich durch einen seiner provokativen Artikel wieder angegriffen fühlen und sie erneut einschlagen. Im ersten Stock gelangten wir in ein Büro, das einem dubiosen Advokaten hätte gehören können. Überall, auf dem Boden und den zwei schäbigen Schreibtischen lagen Papiere und Dokumente verstreut; sie quollen aus halbgeöffneten Schubladen hervor und verbreiteten eine Atmosphäre gemütlicher Unordnung. In der Luft hing schwer der Geruch von Zigarren und Bier, das aus der nächsten Kneipe geholt wurde.
»Wie aufregend!« sagte Venetia, und sie meinte es auch. Ich warf Liam einen scharfen Blick zu, denn er war einmal in sie verliebt gewesen und war auch heute sicher nicht ihrem Charme unempfänglich. Ihr kleines Gesicht strahlte geradezu vor Lebhaftigkeit und Neugier. Liam hätte sie sofort geheiratet. Ich wollte, er hätte es getan. Doch ihr Vater hatte anders entschieden. Liam fing meinen

Blick auf – und las meine Gedanken – da nickte er, zuckte die Schultern und lächelte.
»Ja. Es ist wirklich aufregend. Denn wenn der Hausbesitzer wegen der Miete an die Tür klopft, muß ich erst mit meinem Hut rumgehen, damit ich sie bezahlen kann.«
»Oh, Liam. Du wirst nie reich werden.«
»Warum sollten wir uns das wünschen?« erkundigte sich eine Stimme aus dem Hintergrund. Sie gehörte einem Mann, der sich dort über seine Arbeit beugte und jetzt aufblickte, ein dunkles, schmales Gesicht, das, ohne schön zu sein, eine eindringliche Intensität ausstrahlte.
»Warum denn nicht?« fragte Venetia überrascht, denn sie hatte den Mann für einen einfachen Angestellten gehalten, doch sein Akzent verriet eine ebensolche Bildung wie Gideons.
»Weil wir nicht arbeiten, um reich zu werden, Mrs. Chard. Wir arbeiten, um die Menschen zu informieren, sie zu erziehen oder ihnen zu helfen – falls möglich. Damit kann man kein Geld verdienen.«
»Mein Gott!« sagte sie lachend – wie sie seit langem nicht mehr gelacht hatte. »Und wer sind Sie? Ein Heiliger?«
»Das ist Robin Ashby«, sagte Liam. »Mein Assistent – mein Gewissen. Er glaubt nicht an die Macht des Geldes.«
Mr. Ashby stand auf. Wir gaben uns die Hand und sagten, wie »erfreut« wir wären, obwohl es ihm offensichtlich nicht gefiel, in seiner Arbeit gestört zu werden.
»Ich bin mit Ihrem Mann zur Schule gegangen, Mrs. Chard«, sagte er unfreundlich. »Nein, an mich wird er sich nicht erinnern. Doch ich glaube, er ist mit meinem Cousin, Lord Macclesworth, befreundet.«
»Gütiger Himmel!« sagte Venetia, als wir nach Hause fuhren, nachdem wir pflichtschuldigst Liams Druckpressen besichtigt hatten. »Lord Macclesworth Cousin. Und hast du seinen abgetragenen Rock und den schmutzigen Kragen seines Hemdes gesehen? Und er ist so mager, als hätte er seit einer Woche nichts mehr gegessen. Auch wenn er nicht an Geld glaubt, sollte Liam ihn wenigstens bezahlen.«
»Wahrscheinlich gehört er zu denen, die alles verschenken.«
»Ja«, sagte sie, noch immer lachend. »Und er ist so häßlich wie ein Affe. Der arme Kerl.«
Als wir den Namen Gideon gegenüber am Abend erwähnten, konn-

te er sich zuerst nicht daran erinnern. »Ashby? Ja . . . da *gab* es einen Ashby – die *Wiltshire* Ashbys. Sehr gute Familie, aber wenn er der ist, an den ich mich erinnere, kann ich ihn nicht empfehlen. Er wurde von der Schule gewiesen und landete später wegen irgendeines politischen Delikts im Gefängnis. Nein, diese Bekanntschaft möchte ich nicht erneuern. Und er sicher auch nicht.«
Natürlich wiederholten wir unsere Besuche beim *Star*; ich, weil hier die politische Realität viel deutlicher zu spüren war als bei Miss Mandelbaums Teekränzchen; und Venetia, weil sie ein neues Spiel entdeckt hatte, indem sie Robin Ashby reizte. Sie spielte dieses Spiel nicht immer fair, und sie gewann es auch nicht immer.
Zu diesem Zweck wählte sie ihre eleganteste Garderobe, legte kostbaren Schmuck an und amüsierte sich damit, eine recht falsche Extravaganz zur Schau zu stellen.
»Sagen Sie mir doch, Mr. Ashby, da Sie nicht an Geld glauben, woran glauben Sie denn?«
»An die Freiheit, Mrs. Chard.«
»Das ist Unsinn. Niemand ist frei. *Sie* sind nicht frei.«
»Doch. Ich bin so frei wie möglich. Ich besitze nichts außer dem Notwendigsten – was gerade in eine kleine Reisetasche passen würde. Nichts hält mich zurück, irgendwohin zu gehen.«
»Ja. Das klingt zwar großartig, aber Sie sind einer der *Wiltshire* Ashbys, Mr. Ashby. Das sagte mir mein Mann. Es ist leicht, Armut zu predigen, wenn man soviel Reichtum und Ansehen hinter sich hat.«
»Ich habe von den Ashbys nichts zu erwarten, Mrs. Chard. Ich habe seit langem mit meiner Familie gebrochen.«
»Aber vielleicht hinterläßt sie Ihnen trotzdem ein Vermögen.«
»Dann würde ich es nach meinem Gutdünken verwenden.«
»Das heißt, Sie würden es verschenken?«
Er nickte, und da er ihr plötzlich auf die Nerven ging, klopfte sie mit ihrem Sonnenschirm gegen seinen Schreibtisch.
»Was für ein Unsinn! Eigentlich wollen Sie nur keine Verantwortung übernehmen. Stimmt es, daß Sie im Gefängnis waren?«
»Ja«, entgegnete er so ruhig, als hätte sie ihn nach der Uhrzeit gefragt.
»Und wahrscheinlich sind Sie auch noch stolz darauf?«
»Nein.«
»Nun, hoffentlich haben Sie es genossen, denn Sie glaubten sicher, daß der Gefängnisaufenthalt Sie zum Märtyrer machen würde.«

»Da gab es nichts zu genießen.«
Natürlich war er wegen einer Rede, die einen Aufruhr verursacht hatte, für sechs Monate eingesperrt worden. Und im Gefängnis wäre er fast an einer Lungenentzündung gestorben.
»Das geschieht ihm recht«, sagte Venetia, als Liam es uns erklärte. »Er ist unausstehlich. Mein Gott! Warum rede ich überhaupt mit ihm?«
Aber sie redete weiter mit ihm. Über die Freiheit, die sie als nicht existent erklärte; über soziale Gerechtigkeit, die sie für den Traum eines Narren hielt. Und alle diese Diskussionen fanden unter Liams und meinen wachen Augen statt. Nie konnte ich in diesem schäbigen Revolutionär eine Gefahr für ihre Ehe erkennen – einen Kreuzritter, denn wir wußten, daß Venetia zu einer Kreuzfahrt bereit war. Ein kühner, gutaussehender Mann wie Liam wäre für diese Rolle viel passender gewesen.
»Was für ein Narr er ist . . . ein richtiges Kind!«
Doch als ich beschloß, zum Winteranfang einen Ball zu geben, und Venetia fragte, ob ich Robin Ashby dazu einladen solle, antwortete sie mir mit ungewohnter Heftigkeit, nicht weil sie ihn nicht in *Tarn Edge* sehen wollte, sondern weil sie sich Gedanken machte, daß er nichts anzuziehen hatte.
»Grace, hast du denn überhaupt kein Taktgefühl? Du mußt doch wissen, daß er keine Abendgarderobe besitzt.«
»Nun, schließlich ist er ein *Wiltshire* Ashby und weiß sicher, wo man solche Sachen bekommt.«
»*Grace*, er blufft nicht. Er meint, was er sagt. Warum sollte er seine Zeit damit verschwenden, sich einen Frack zu leihen, der dann doch nicht paßt?«
Doch trotz allem gehörte er zu unserem Bekanntenkreis, und er war ein Gentleman. Man sollte ihm wenigstens Gelegenheit geben, die Einladung abzulehnen, fand ich. Aber bei unserem nächsten Besuch im *Star* marschierte Venetia geradewegs zu ihm und platzte heraus: »Grace ist ganz aus dem Häuschen, weil sie Sie zu ihrem Ball einladen möchte.«
»Und Sie wollen nicht, daß ich komme.«
»Nein.«
Einen Augenblick sah sein Gesicht wie verletzt aus.
»Nun, da Sie mich nicht in Ihrem Haus empfangen möchten, Mrs. Chard, gibt es nichts mehr darüber zu sagen.«

»Ja«, entgegnete sie, und ihr schelmisches Gesicht wirkte sehr klein unter dem breitrandigen Hut. »Es würde Ihnen bei mir zu Hause nicht gefallen, Mr. Ashby.«

Ich wollte den Ball in *Tarn Edge* aus einem einzigen Grund veranstalten: der Ballsaal war seit Jahren nicht benutzt worden. Und die Zeit dafür war wie geschaffen. Blanche – die im Jahr zuvor ihren zweiten Sohn geboren hatte – war in *Listonby,* auch die Goldschmids hielten sich in der Nähe auf und würden uns zu dieser Gelegenheit gern einen Besuch abstatten. Und da die Goldschmids kommen würden und alle wichtigen ortsansässigen Leute, schlug Gideon vor, auch einen gewissen Monsieur Fauconnier aus Lyon und einen Mr. Ricardo aus New York, die beide mit ihren Frauen in London weilten, zu diesem Ereignis einzuladen.

»Eigentlich«, sagte er, als er eines Morgens mit einer Namenliste ins Frühstückszimmer kam, »könntest du erwägen, diese Leute auch einzuladen. Das ist natürlich nur ein Vorschlag, aber wenn wir schon einen Ball veranstalten, können wir auch das Beste daraus machen.«

Und mit einem einzigen Blick auf die Liste begriff ich, daß sein »Vorschlag« mir weitaus mehr Arbeit bescheren würde, als ich geplant hatte, denn den Ricardos, Goldschmids, Brisbane Matthewsons und Auckland Faringdons war nicht zuzumuten, im Hotel zu logieren. Schlafzimmer mußten hergerichtet werden, die seit Jahren nicht benutzt worden waren, Unmengen heißen Wassers Tag und Nacht zur Verfügung stehen. Alles in allem mußte ich mein Haus für ein paar Tage in ein luxuriöses, gut funktionierendes Hotel verwandeln.

Dabei handelte es sich um ein Bravourstück, das Tante Caroline fünfundzwanzig Jahre lang in *Listonby* praktiziert hatte und auch weiterhin auf ihren verschiedenen Besitzungen praktizierte. Und Gideon hatte mich dazu herausgefordert, es ihr gleichzutun. Ich nahm die Herausforderung an und plante sie, wie Venetia sich ausdrückte, wie eine militärische Operation. Tagelang beschäftigte ich mich mit Zugfahrplänen, Menüs fürs Abendessen, Menüs fürs Frühstück, Sitzordnungen. Ich fertigte Listen für Mrs. Winch an, worauf stand, was ich in jedem Gästezimmer vorfinden wollte, wenn ich sie inspizierte, Listen des Tafelgeschirrs, der Tafel- und Bettwäsche, und Listen, wann wer wo abgeholt werden sollte.

Vor Eröffnung des Balls war eine große Dinner-Party angesetzt, am folgenden Morgen würde in *Listonby* zur Jagd geblasen – natürlich nur für jene, die sich dafür interessierten –, für andere gab es eine Besichtigungsfahrt zu den Barforth-Fabriken. Von *Listonby* würden auch ein paar Hausgäste kommen – eine Kleinigkeit, die Gideon mir nebenbei mitteilte –, unter ihnen ein paar Politiker. Und im Hinblick auf Sir Dominics zukünftige Karriere in Westminster riet Gideon mir, doch ein gemütliches Zimmer mit einer Karaffe Brandy und Zigarren herrichten zu lassen, falls die Herren sich in Ruhe zu unterhalten wünschten.

»Ja. Natürlich, Gideon.«

»Gut. Und dann wäre ich dir für ein oder zwei Spieltische dankbar, denn diese Burschen tanzen normalerweise nicht. Und übrigens, ich habe gehört, daß der junge Fauconnier mit seiner Frau am siebzehnten in London ist. Dürfte ich dich bitten, ihnen auch eine Einladung zu schicken?«

Ich schrieb. Fauconnier *fils* akzeptierte gütigst meine Einladung und versicherte mir, die Reise in den Norden sei keineswegs zu anstrengend für seine zarte Frau. Ich befahl, noch ein Schlafzimmer herzurichten, dann mußten es zwei sein, als Gideon berichtete, die junge Madame Fauconnier hätte zu schwache Nerven, um mit ihrem Mann das Bett zu teilen.

»Aus irgendeinem Grund trinkt sie auch Ziegenmilch«, sagte er, und ich enteilte, um mich um eine Ziege zu kümmern.

Ich arbeitete bis zum Umfallen. Ich stand bei Morgengrauen auf, in Gedanken bei Madame Fauconniers Diät, und sank lange nach Mitternacht erschöpft in mein Bett, den Klang des Violinorchesters aus Manchester in den Ohren. Und als schließlich der Abend kam, als das Haus voller Licht, Duft und Musik war, Chrysanthemen die Halle und jede Treppenstufe schmückten, als der Tisch sich vor Speisen aller Art bog – es gab allein zwei Dutzend verschiedene Torten, Eiscremes, Sorbets und Soufflés –, als der Champagner gekühlt bereitstand, die Musiker ihre Plätze eingenommen hatten, die Gäste vergnügt miteinander plauderten, hätte ich sie alle am liebsten zum Teufel geschickt.

Doch dieses Gefühl dauerte nicht an, als ich merkte, daß der Abend ein Erfolg werden würde. Alle amüsierten sich königlich, je nach Geschmack. Es wurde getanzt, geplaudert, Karten gespielt. Blanche erstrahlte in goldenem Satin, und die Herzogin von South Erin hatte es sich – Gideon zuliebe – zur Aufgabe gemacht, Mr. Goldschmid und Mr. Ricardo zu betören. Sogar Sir Dominic machte

mir das Kompliment, mein Haus so zu betrachten, als gehöre es ihm.
Ich kann mich sogar noch an das Kleid erinnern, das ich an jenem Abend trug. Es war aus feiner aprikosenfarbener Seide und schulterfrei. Mein Haar hatte Tante Faith' Mädchen – Sally war gegangen, als sie feststellte, daß sie nicht schwanger war – zu einer Hochfrisur aufgetürmt, in der ich Perlen und seidene Rosen trug. Auch hatte ich Ohrringe aus Perlen angelegt und trug den Diamantring, den Gervase mir vor vier Jahren geschenkt hatte und einen Saphir von meinem Vater. Ich glaubte, daß ich gelassen und würdevoll aussah, nicht schön wie Blanche, oder aufregend wie Venetia, aber elegant genug, um in der Menge bemerkt zu werden.
Venetia trug ein gewagtes giftgrünes Kleid mit einem so tiefen Ausschnitt, daß Gideon spöttisch eine Braue hochgezogen hatte, als er sie sah. Sie war wie immer Gast in ihrem Haus und an jenem Abend sehr fröhlich. Sie tanzte, lachte, plauderte und flirtete mit einem jungen Husarenleutnant, einem jungen Geistlichen und dem jungen Squire von *Winterton Park*, der kurz vor dem Bankrott stand.
Ich kann mich gut an sie erinnern. Doch am meisten erinnere ich mich an Gervase und den Augenblick, an dem unsere Beziehung endgültig zerbrach.
An jenem Abend hatte ich nicht viel an ihn gedacht, denn ich mußte so viele Einzelheiten, Namen und Kleinigkeiten in meinem Kopf haben, daß ich ihn ganz vergessen hatte. Und ich erinnere mich sehr gut an meine Überraschung, als ich ihn im Speisesaal sah, nicht weil Diana Flood bei ihm war, sondern weil er überhaupt noch hier war. Sie berührten sich nicht, sie standen nicht einmal sehr nahe beieinander. Sie flirteten nicht. Doch es war diese Stille, die sie umgab, die mich warnte. Wäre ich eine Fremde gewesen, ich hätte es nicht gewagt, diese zutiefst glückliche Versunkenheit ineinander dieser beiden Menschen zu stören.
Sie bemerkten mich nicht. Doch ihr kühnes Gesicht wirkte jetzt schüchtern, und Gervases Augen hatten diesen fast transparenten Ausdruck, mit dem er mich immer angesehen hatte, als er mich noch liebte. Ich öffnete die erste Tür auf meinem Weg und setzte mich in das dunkle Zimmer, bis mein Zittern aufhörte. Ich wußte, das, was ich gesehen hatte, war kein Flirt, sondern Liebe.
Wie lange er sie schon liebte, wußte ich nicht, auch nicht, wie lange es dauern würde. Aber er liebte sie, dessen war ich mir sicher und

gleichzeitig überrascht, daß mein Schmerz darüber so tief und mächtig war. Die namenlosen Gesichter dieser anderen Frauen hatte ich ertragen können, doch wie sollte ich mit Diana Floods Gesicht leben?

Aber ich konnte es mir nicht leisten, in diesem dunklen Zimmer herumzusitzen, wenn ich das Haus voller Gäste hatte. Also richtete ich mein Haar, setzte ein Lächeln auf und spielte weiter die perfekte Gastgeberin. Und als die letzten Kutschen davonrollten und auch die Hausgäste zu Bett gingen, stand ich auf der Terrasse. Der fahle Winterhimmel rötete sich bereits, und ich war unfähig, meinem Schmerz – den ich so tief in mir verschlossen hatte – nachzugeben.

Schweigen. Ich dachte an mein Leben: in Trümmern. Schweigen. Ich mußte mich auf die Einsamkeit vorbereiten. Und dann erschien plötzlich Venetia neben mir, vielleicht suchte auch sie Ruhe und Schweigen. Sie hatte einen Ohrring verloren, wie ich zerstreut bemerkte und – eine Zigarre in der Hand.

»Ach ja«, sagte sie und wedelte damit in der Luft herum. »Da bist du perplex, aber das war jeder. Seit heute abend stehe ich in dem Ruf, als erste Frau in Cullingford Zigarren zu rauchen.«

»So, wirklich?«

Sie war zu sehr mit sich selbst beschäftigt, um zu merken, daß mich das alles nicht kümmerte.

»Ja, wirklich. Mindestens ein Dutzend Leute und Gideon haben es gesehen.«

»Und warum?«

»Um meine Freiheit zu demonstrieren, Grace. Weil jemand mir erzählte, daß Frauen immer Beschränkungen auferlegt sind. Warum ist es Frauen verboten zu rauchen, wenn es doch alle Männer tun?«

»Ich habe nicht die leiseste Ahnung.«

»Ich auch nicht. Das ist doch nur eine dieser lächerlichen Fesseln, und ich beschloß, sie abzulegen.«

Dann warf sie die Zigarre in den Garten und ging. Ich war zu müde, um ihr gute Nacht zu sagen. Doch ich mußte mich noch um gewisse Dinge kümmern, praktische Dinge, notwendige Dinge. Und als ich die Treppe hinunterging, sah ich Gideon an der Tür zum Rauchzimmer stehen und meine Arbeit erledigen.

Den ganzen Abend über war er ein sorgsamer, aber unauffälliger Gastgeber gewesen, denn dieses Haus war nicht seins. Aber er war

da, wo immer er gebraucht wurde. Und jetzt, obwohl er genauso viel Champagner und Brandy getrunken hatte, war er immer noch umsichtig, denn er wußte, daß die Dienstboten noch für den nächsten Tag instruiert werden mußten.
Also erledigten wir das und gingen dann ins Rauchzimmer, wo Gideon mir einen Sessel vors Feuer schob und mir ein Glas Brandy reichte.
»Danach wirst du besser schlafen können.«
»Das glaube ich auch.«
»Wollen wir auf deinen Erfolg trinken? Es war großartig, Grace.«
»Danke, Gideon.«
»Ich muß dir danken.«
»Oh, nein . . .«
Obwohl noch niemand mir gedankt hatte. Und jetzt waren sie alle gegangen, und ich saß da mit den Überresten – und Gideon.
»Ich bin sehr glücklich«, sagte ich zögernd, denn schließlich hatte ich das alles ja nicht für ihn getan, »sehr glücklich, daß es dir gefallen hat . . .«
Er hob sein Glas und lächelte. Seine Zähne blitzten weiß in dem dunklen Gesicht; ein Wolfslächeln, hatte ich oft gedacht, obwohl er jetzt nichts Wolfsähnliches an sich hatte. »Ja, ich habe es genossen, du aber nicht. Doch das tut eine Gastgeberin nie – jedenfalls hat meine Mutter mir das gesagt. Sie trank hinterher mit meinem Vater immer ein oder zwei Gläser, wenn alles vorüber war.«
Tante Caroline? Ich hatte sie nicht für so menschlich gehalten. Und als ich sie mir jetzt vorstellte, wie sie ihr Glas hielt und ihren Mann fragte: »Hat alles geklappt, Matthew?« und er sie beruhigte – wie Gideon mich gerade beruhigt hatte –: »Es war großartig, Caroline«, wurde mir bewußt, daß dies Gideons Idealvorstellung von der Ehe war.
Ich hatte ihm Ideale und Phantasie abgesprochen. Doch jetzt mußte ich unbedingt das Schweigen zwischen uns brechen, denn es war gefährlich, weil ich mich so wohl dabei fühlte. Also sagte ich schnell: »Ich habe deinen Vater kaum gekannt.«
»Oh, er war ein feiner Kerl. Ich glaube, von uns dreien ähnelt Noel ihm am meisten. Meine Eltern kamen gut miteinander aus, glaube ich.«
Tante Caroline? Und wieder sah ich sie durch die Nebel aus Müdigkeit und Alkohol in meinem Kopf, wie sie ihren Matthew anlächelte, während er ihr Glas nachfüllte.

»Komm, Liebling, trink . . . das hast du dir redlich verdient.«
»Oh, Matthew, hast du auch gesehen, als . . . Ich wäre fast vor Lachen gestorben.«
»Ja, ich habe alles gesehen.«
Ich verscheuchte das Bild aus meiner Phantasie, schluckte den letzten Tropfen Brandy und stellte mein Glas hin.
»Ich bin jetzt sehr müde, Gideon.«
»Ja, das wundert mich nicht. Grace, würdest du ein Geschenk von mir annehmen?«
»Um alles in der Welt, warum solltest du mir . . .«
»Weil ich meiner Wertschätzung für alles, was du getan hast, Ausdruck verleihen möchte. Während dieser letzten Wochen hast du wie eine Sklavin geschuftet, und wenn es auch nicht für mich war, so habe ich doch davon profitiert. Du würdest mir eine große Freude machen, wenn du das hier akzeptierst. Es hat keinen großen Wert . . .«
Es war ein sehr schönes Armband, bestehend aus einzelnen Ketten, die ineinander verwoben waren und alle einen anderen Goldton hatten. Dazwischen waren kleine Amethyste eingepaßt. Und es war genau das richtige Geschenk. Nicht zu wertvoll, daß es den Verdacht eines Ehemannes erregen konnte – und ich hatte ja in Wirklichkeit keinen Mann mehr –, aber derart geschmackvoll, daß jede Frau ausrufen würde: »Wie exquisit, meine Liebe. Wo haben Sie es nur her?« Und jedesmal, wenn diese Frage gestellt würde – wäre er mein Geliebter –, würde ich mich an ihn erinnern.
Er war nicht mein Geliebter. Aber er *könnte* es sein. In diesem großen Haus, wo wir uns täglich begegneten, wäre es sehr leicht möglich – hatte er je daran gedacht? Wollte er es? Der Gedanke faszinierte mich und stieß mich gleichzeitig ab, dann wurde er glücklicherweise lächerlich, denn Gideon Chard, der Materialist, der Opportunist, der Glücksjäger würde niemals durch eine solche Torheit sein Barforth-Erbe aufs Spiel setzen.
»Gideon . . . wie exquisit!«
»Ich wußte, es würde dir gefallen.«
Vielleicht hatte sein Vater seiner Mutter bei solchen Gelegenheiten immer ein Geschenk gemacht. In meiner Phantasie hatte es sich so abgespielt.
Gemeinsam gingen wir die breiten, mit Teppich belegten Stufen empor und sagten uns kurz gute Nacht. Es war fast Morgen, und mein Schlafzimmer war kalt. Ein fahles graues Licht schimmerte

durch die zugezogenen Vorhänge. Gervase lag mit geschlossenen Augen auf dem Rücken. Ich wußte, daß er nicht schlief. Vorsichtig glitt ich neben ihn, ohne ihn zu berühren, und lag dort und lauschte seinem Atem. Ich konnte sein Elend förmlich spüren. Was konnte ich ihm sagen? Nichts. Wie konnte ich mich ihm nähern? Ich konnte es nicht. Wie sollte ich es ertragen? Arbeit – sie würde es mich ertragen lassen. Ich hatte Gäste, morgen den ganzen Tag war ich beschäftigt. Ich würde überleben.

15

Im folgenden Frühjahr unternahm Gideon eine Auslandsreise, die ihn nach Deutschland, Österreich, Italien, Frankreich und Belgien führte, um in den dortigen Ländern die Barfothschen Interessen zu vertreten. Und wie wir erfuhren, hinterließ er überall einen blendenden Eindruck, sowohl in geschäftlicher als auch gesellschaftlicher Hinsicht, eine Mischung, die unter Europas Spitzenkaufleuten Furore machte.

Venetia hatte ihn nicht begleiten wollen, und ich glaube auch nicht, daß er sie hatte mitnehmen wollen. Aber nichtsdestotrotz – wahrscheinlich auf das Drängen ihres Vaters hin – fuhr sie widerwillig mit und kehrte mit einer Unmenge neuer Kleider und derart niedergeschlagen zurück, daß ihr Zustand Schlimmes ahnen ließ. Sie waren in Paris, Wien, Rom, Brüssel und einem Dutzend anderer berühmter Städte gewesen. Wie sie sagte, hatte sie nichts außer überladenen Salons, Grand Hotels und Damen der Gesellschaft mit den dazugehörigen aufgeblasenen Ehemännern kennengelernt. Sie hatte nichts *Wirkliches* gesehen, nichts Fremdländisches; alles hatte Cullingford so sehr geglichen, war aber schlimmer als Cullingford gewesen, da sie nicht einmal allein ausgehen durfte.

Sie hatte sich zu Tode gelangweilt, erzählte sie mir, und man hatte sie nur – und das oft widerstrebend – als Gideons Frau akzeptiert. »Oh, sie alle beten Gideon an«, sagte sie. »Er könnte die meisten dieser Ausländerinnen haben, und ich weiß, daß er sich keinen Zwang auferlegt. Nun, ich wünsche ihm viel Glück. Was könnte mir das noch ausmachen?«

Sie meinte, was sie sagte. Früher einmal war sie ihm dankbar gewesen, doch es war ihr nicht entgangen, daß er sich ihrer Notlage bedient hatte, nun erfolgreich war und ein erfülltes Leben führte, während sie eine frustrierte und oft verzweifelte Frau war, die bitter für die beiden Nächte in Charles Herons Bett bezahlt hatte. Der Preis dafür war jetzt für sie zu hoch geworden, und sie hatte einen Punkt erreicht, wo sie Gideon keine Dankbarkeit mehr schuldete und wenig Treue.

Die ersten paar Tage nach ihrer Heimkehr verbrachte sie damit, sich das Haar zu frisieren und die Garderobe zu wechseln, und wenn sie ausging, besuchte sie nicht den *Star*, sondern nahm brav den Tee mit Mrs. Agbrigg in Fieldhead oder fuhr zu Tante Faith oder Miss Mandelbaum, wo Miss Tighe sich weitschweifig über die Fortschritte bezüglich des Wahlrechts für Frauen erging. Nachdem Venetia ihr eine Weile übelgelaunt zugehört hatte, erklärte sie plötzlich forsch: »Sie werden dieses Wahlrecht niemals erlangen, Miss Tighe.«

»Wie bitte, Mrs. Chard?«

»Sie werden das Wahlrecht nicht durchsetzen, und ich werde Ihnen erklären, warum. Welche Beachtung finden wohl Ihre netten, kleinen Petitionen in Westminster? Keine. Dessen können Sie gewiß sein. Höchstens, daß sie den Herren dort ein mildes Lächeln und Kopfschütteln entlocken. Sie sind nicht wichtig genug, um Beachtung zu finden, Miss Tighe. Die Abgeordneten wissen, daß Sie hier, um einen Teetisch hübsch artig gruppiert, Versammlungen abhalten. Haben sie diese Versammlungen etwa zu fürchten? Irgendein engagierter junger Politiker mag zwar für Ihre Sache eintreten und eine flammende Rede halten, doch wenn er erst einmal aus der Anonymität herausgetreten ist, wird er sich bald ergiebigeren Themen als dem Ihren zuwenden. Er wird ihre Petitionen einfach vergessen, und warum auch nicht? Sie haben doch Zeit genug, eine neue zu schreiben. Niemand, der Privilegien besitzt, wird sie freiwillig mit anderen teilen. Ich bin nicht sehr intelligent, aber das weiß ich. Auf der ganzen Welt existiert nur eine Handvoll Männer, die den Frauen das Wahlrecht zugestehen würde. Und selbst wenn Sie es erlangten, Miss Tighe, würden Sie nicht wollen, daß auch ich es besäße. Ich hätte mit einem Spruchband herumlaufen sollen und rufen: ›Das Wahlrecht für *verheiratete* Frauen. Wir verlangen dieselben Rechte wie Witwen und alte Jungfern.‹ Und ehe ich diese Rechte nicht verlangen kann – ehe ich nicht eine Waffe habe –, werde ich sie auch nicht bekommen.«

»Ach je!« sagte Miss Mandelbaum, und ich fragte mich, ob sie oder

Miss Tighe merkten, daß Venetias Rede ein einziges Zitat von Robin Ashbys letztem Artikel aus dem *Star* war.
Ich weiß nicht, wann sie ihn zum ersten Mal nach ihrer Reise wiedersah, noch, wie oft sie sich trafen. Nur daß sie sich trafen, wurde mir bewußt, denn wenn sie sich im *Star* begegneten, schien es mir immer, als ob sie nicht eine Unterhaltung anfingen, sondern sie fortsetzten. Doch ich sagte nichts und war darüber auch nicht besonders beunruhigt, auch wollte ich mich nicht mehr in ihre Privatangelegenheiten mischen, denn schon einmal hatte ich ihr einen fatalen Rat gegeben.
Ich respektierte Robin Ashby in dem Sinne, daß ich ihn für aufrichtig und sehr realistisch bezüglich seiner Erfolgschancen hielt. Er war ein kluger, sehr einsamer Mann, der Mitleid mit den unterdrückten Massen zeigte, einzelnen Menschen gegenüber jedoch wenig Geduld aufbrachte und hart gegen sich selbst war. Sicherlich empfand er Venetias Engagement ihm gegenüber als eine Last, so wie er den Reichtum während seiner Jugend als Last empfunden und abgeschüttelt hatte. Er könnte sich wohl in aktuelle Fragen verlieben, dachte ich, aber nie in eine Frau.
»Ich erhebe auf niemanden einen Anspruch«, behauptete er, und das hieß wohl: »Ich lasse es nicht zu, daß jemand auf mich einen Anspruch erhebt.«
Venetia war nicht in Robin verliebt wie in Charles Heron. Welches Band auch immer zwischen ihnen bestehen mochte, sie wurde deswegen nicht fröhlich, vielmehr wurde ihre Zunge spitzer, und ihr Humor schwärzer, was sie reizbar und ungewöhnlich lieblos erscheinen ließ.
»Grace, du erstaunst mich – früher hast du mehr Selbstachtung gezeigt.«
»Wie bitte?«
»Ach, du weißt sehr gut, was ich meine. Genügt es dir denn, immer nur höflich zu sein?«
»Ich komme sehr gut zurecht, Venetia.«
»Mein Gott! Ja, das tust du. Und natürlich bewahrst du dir auch deine Würde. Ich nehme an, daran kannst du dich innerlich wärmen.«
Die Chards kamen in diesem Jahr schon früher, um im August die Jagdsaison auf die Moorhühner zu eröffnen. Dominic und Gideon verbrachten lange Stunden damit, ihre politische und finanzielle Zukunft zu planen, während Noel Blanche auf allen ihren Besuchen

begleitete. In ihrer Gegenwart war sein Gesicht – eine etwas feinere und gemäßigtere Version des seines Bruders – immer wie von innen erleuchtet. Er liebte sie, das wußte jeder, doch es war mehr eine geistige als eine sinnliche Liebe. Auch wurde diese Liebe von jedem akzeptiert, und die Leute fanden es wunderbar, daß er so stellvertretend die gesellschaftlichen und Gutsherrenpflichten des Ehemannes übernahm, dessen parlamentarische Aufgaben soviel Zeit beanspruchten.

Der *Listonby*-Besitz war immer sehr groß gewesen und hatte durch die Großzügigkeit von Tante Carolines Vater, Sir Joel Barforth, noch an Umfang zugenommen. Ein Gut dieser Größe forderte einen fähigen Mann an der Spitze. Die Pächter neigten dazu, den Squire seiner Privilegien zu berauben, wenn er oft abwesend war; die Jagdhüter verkauften das Wild, anstatt es von den Gästen des Squires jagen zu lassen. Während der letzten beiden Jahre hat es nur wenig Moorhühner gegeben; die Bauern hatten Füchse geschossen, während Gutsverwalter ohne Aufsicht Experten im Fälschen der Bücher waren, wie jedermann wußte. Dominic, der sehr verschwenderisch mit Geld umging, glaubte, daß er betrogen wurde. Doch Gideon war zu beschäftigt und kam sich wohl auch zu bedeutend vor, um als Stellvertreter seines Bruders zu fungieren, so daß die Familie Noel – dessen militärische Karriere sich nicht wie erwartet entwickelt hatte – zu überzeugen versuchte, sich ausschließlich um *Listonby* zu kümmern, ein Plan, den Blanche mit Vehemenz unterstützte.

»Noel liebt das Land«, sagte sie uns – und ihm – wiederholt. »Die Pächter sind ganz vernarrt in ihn, und das ist kein Wunder, denn er hat eine Geduld mit ihnen, die Dominic nie aufbringt.«

Und eines Nachmittags, als sie sich – in einer unnachahmlichen Attitüde ermatteter Traurigkeit – weigerte, Noel noch weiter zuzuhören, da er gerade erzählt hatte, daß sein Regiment wahrscheinlich in Übersee stationiert werden würde, und ihn hinausschickte, um ihr irgend etwas zu holen, beugte sich Venetia zu ihr hin und sagte sehr deutlich: »Soll ich dir etwas sagen, Blanche? Ich wünsche mir von ganzem Herzen, Noel würde dich vergewaltigen.«

»Meine Liebe«, entgegnete Blanche daraufhin sehr höflich, »es tut mir leid, dich enttäuschen zu müssen, aber das wird er nie tun.«

»Natürlich wird er das nicht, der arme Kerl. Warum bist du dann nicht *anständig*, Blanche – ehrlich – und gibst dich ihm hin?«

»Weil – Venetia, Liebe«, entgegnete sie und lächelte ernst, »es einfach nicht nötig ist.«
Bald darauf ging Venetia, da sie ihre Mutter in *Galton* besuchen wollte – jedenfalls sagte sie uns das. Blanche goß Tee nach und fragte mich nachdenklich: »Grace, hat sie eine Affäre?«
»Ich weiß es nicht. Hast du eine Affäre?«
»Mit Noel? Liebes, ich habe es doch eben gesagt. Es ist wirklich nicht nötig.«
»Und wenn es nötig werden sollte?«
»Dann muß ich alles noch einmal überdenken. Aber kommen wir auf Venetia zurück. Falls sie eine Affäre haben sollte, hoffe ich, sie behandelt die Angelegenheit diskret. Deswegen braucht man schließlich nicht die ganze Welt in Brand zu stecken. Glücklicherweise begreifen wir beide das.«
Das taten wir, denn die Chards lebten oft getrennt, Blanche in London, und Dominic reiste aus politischen Gründen im Lande umher. Er fuhr nach Newmarket und sie nach Cowes; jeden Winter verbrachte er einige Wochen allein in Schottland und im Sommer desgleichen ein paar Wochen in Baden-Baden. Diese Trennungen begünstigten natürlich seine gelegentlichen Seitensprünge und die absolute Verehrung, die Noel ihr entgegenbrachte. Ihre Ehe basierte auf einem gesunden finanziellen und sozialen Arrangement. Sie hatte ihm zwei Söhne geboren, und gegenseitig hatten sie ihre Pflichten erfüllt. Die beiden betrachteten sich als verheiratet, obwohl sie in Wirklichkeit nicht zusammenlebten.
Und da Blanche weder erwartete noch wollte, daß Dominic ihr treu war, war sie über das Betragen meines Mannes nicht überrascht. So wie sie hatte ich die Diskretion, den Kompromiß gewählt, es vorgezogen, nicht sehen zu wollen, was sie als geringen Preis im Austausch für den häuslichen Frieden erachtete. Sie wurde für ihre Haltung reichlich entschädigt und nahm wohl an, ich würde auch entschädigt werden. Und sie schien – um meinetwillen – sehr froh zu sein, mich in dem Kreis dieser klugen Frauen begrüßen zu können.
Ich hatte mir meine Würde bewahrt, wie Venetia bemerkte, und ich hatte *Tarn Edge*. Aber ich hatte auch große Angst vor der Zukunft, eine Angst, die ich oft kaum unterdrücken konnte. Und die ständige Selbstdisziplin, die ich mir auferlegen mußte, ließ mich oft kalt und unnahbar erscheinen, so daß die jüngeren Dienstmädchen sich in

meiner Gegenwart unsicher fühlten und die Diener bockig wurden. Ich sah alles und kommentierte alles mit spitzer Zunge, und nachdem ich einmal mit Miss Tighe gestritten hatte – ein Streit, den ich genoß –, stritt ich nun von Zeit zu Zeit mit jedem, außer mit Gervase.

In unserem Reden miteinander beschränkten wir uns auf reine Höflichkeitsfloskeln, denn wir wußten, würden wir wirklich miteinander sprechen, wäre es über Diana Flood. Und da sie eine konventionelle Ehe führte, und ihr Mann eine tugendhafte Frau besaß, was gäbe es noch darüber zu sagen? Einen diskreten Flirt hätte Major Compton Flood wohl toleriert, doch sicher keine leidenschaftliche Liebesaffäre, die das Gesicht seiner Frau jedesmal aufleuchten ließ, wenn mein Mann das Zimmer betrat. Er würde nicht gelangweilt danebensitzen, wenn die Blicke meines Mannes Diana nicht mehr losließen, und seine Augen vor Sehnsucht und Begehren ganz hell und transparent wurden. Vorsicht war geboten, denn Major Flood würde seine untreue Frau zu bestrafen wissen. Und sie waren vorsichtig. Während des ganzen Winters jagte Gervase mit den Lawdales, aber er kam oft nach Hause und erstickte auf diese Weise eventuelle Gerüchte, daß wir getrennt lebten. Schlaflos und elend lag er neben mir. Ich nehme an, er war krank bei dem Gedanken, seine Geliebte in den Armen ihres Mannes zu wissen und verfluchte sich insgeheim, nicht sie, sondern mich geheiratet zu haben.

Er litt, und obwohl ich nicht selbstlos genug war, ihn zu bemitleiden, konnte ich ihn doch verstehen. Sie hätte seine Frau sein können, doch seine unsteten Gefühle hatten ihm einen bösen Streich gespielt, ihm vorgegaukelt, daß er eine ganz andere Frau brauche, und er hatte sie gehen lassen. Und jetzt, nach ein paar flüchtigen Abenteuern, hatte er sich ausweglos in sie verliebt und suchte in ihr denselben Halt, den er einmal bei mir gesucht hatte. Aber sie gehörte Compton Flood. Er war elend und unglücklich und konnte weder essen noch schlafen oder fünf Minuten stillsitzen, und wie ich ihn so in *Tarn Edge* wie ein eingesperrtes Tier herumwandern sah, war ich froh, wenn er wieder fortritt.

Er arbeitete auch und öfter, als ich vermutet hatte, wohl einerseits, um Ärger mit seinem Vater zu vermeiden und andererseits, damit Major Flood keinen Verdacht schöpfte. Aber seine Arbeit beschränkte sich auf müßiges Herumstehen im Fabrikhof, und ich glaube, es war die Resignation seines Vaters, die auch mich schließlich den Mut verlieren ließ.

Wieder einmal hatte Mr. Nicholas Barforth seinen Sohn aufgegeben. Eine Zeitlang hatte er gehofft, daß die Ehe Gervase stabilisieren und er sich mehr für seinen Beruf interessieren würde. Doch diese Hoffnung hatte sich zerschlagen. Da mein Schwiegervater aber erkannte, daß er mir eine nicht zu lösende Aufgabe übertragen hatte, machte er mich für diesen Fehlschlag nicht verantwortlich, sondern versuchte, mir das Leben so angenehm wie möglich zu gestalten. Schließlich hätte ich die Atmosphäre im Haus ja auch durch abscheuliche Eifersuchtsszenen vergiften oder mich in der Öffentlichkeit beklagen können. Doch ich schwieg würdevoll, kam meinen Pflichten nach – was blieb einer betrogenen Ehefrau schon anderes übrig? –, und deshalb zügelte Mr. Barforth sein Temperament in Anwesenheit seines Sohnes und fragte mich nie nach Gervases Verbleib, wenn er nicht da war. Ich war ein braves Mädchen. Es gab keinen Skandal. Man mußte eben abwarten und würde dann weitersehen.

Doch das war nicht das Leben, das ich mir wünschte. Noch vor anderthalb Jahren hätte ich nicht geglaubt, es ertragen zu können. Aber ich ertrug es – manchmal leichter, manchmal schwerer – und war unendlich froh, als mein Schwiegervater, vielleicht um mir die Lage zu erleichtern, Gervase in jenem Sommer ins Ausland schickte.

Am Tag seiner Abreise fuhr ich nachmittags nach *Galton* und legte mich erschöpft ins Gras. Ich dürstete nach Ruhe und verbrachte zehn Tage dort. Meine Schwiegermutter verwöhnte mich mit frisch gebackenem Brot und selbstgekochten Speisen; ich schlief in der Sonne und in dem großen Bett, wo ich mein Kind verloren hatte. Ich war wieder krank, und nur die Stille konnte mich heilen – bis er zurückkommen würde und mit ihm die unerträgliche Last, den Schein zu wahren. Und als ich genug Kraft hatte, mit Mrs. Barforth und ihren Hunden am Fluß spazieren zu gehen, erzählte sie mir von ihrem Bruder, Peregrine Clevedon, und ihrer glücklichen Kindheit, die sie in *Galton* verbracht hatten, und ihrer Liebe für dieses karge, steinige Land. Doch meistens gingen wir schweigend in der warmen Luft nebeneinander her, lauschten auf das Murmeln des Flusses, dem Zwitschern der Vögel und dem geschäftigen sommerlichen Treiben der Tiere in Bäumen und Hecken. Wir waren zwei Frauen, deren Ehen fehlgeschlagen waren, der *einzigen* Karriere, die einer Frau offenstand – und die trotzdem Gefangene blieben und keine andere

Wahl hatten, als sich, so gut es ging, in dieser Gefangenschaft zu arrangieren.
Sie hätte mir alles, was ich so brennend zu erfahren trachtete, über Gervase erzählen können. Würde er mich zwingen, genauso wie ihr Mann sie gezwungen hatte, den Rest meines Lebens innerhalb dieser Konventionen zu verbringen, so daß die Leute nicht über uns reden würden und über Diana Flood nicht reden *konnten*? Oder würde er eines Tages die Nerven verlieren und ohne Rücksicht meinen und Dianas guten Ruf zerstören, nur um etwas glücklich zu sein? Doch ich stellte keine Fragen, ich war zu erschöpft, und Mrs. Barforth erkannte mein Ruhebedürfnis. Sie erzählte mir nichts.
Und seltsamerweise erfuhr ich in *Galton* von Robin Ashbys bevorstehender Abreise aus Cullingford. Liam Adair ritt extra deswegen herüber, um es mir zu berichten.
»Cullingford fordert ihn nicht genug heraus«, sagte er und ließ es wie obenhin klingen, obwohl ich spürte, daß er sich nicht wohl in seiner Haut fühlte. »Er fährt nach Norden, in die schottischen Bergarbeiterdörfer. Irgend jemand hat ihm erzählt, daß dort immer noch Frauen unter Tag die Loren ziehen und nicht Ponies. Dem will er ein Ende machen.«
»Hat er gekündigt, oder hast du ihn entlassen, Liam?«
»Warum sollte ich das wohl tun? Er arbeitet wie ein Pferd, an Sonntagen und Feiertagen. Und er ist intelligent und billig. Warum sollte ich ihn entlassen?«
»Hast du es Venetia gesagt?«
»Wahrscheinlich hat er das selbst getan. Grace, es ist die reine Wahrheit, ich *will* nicht, daß er geht. Aber auf der anderen Seite ist es auch gar nicht so schlecht – verstehst du, was ich damit sagen will?«
Ich fuhr einen Tag früher als geplant nach Hause, doch Venetia war vollkommen gelassen.
»Hast du schon von Robin Ashbys Plänen gehört?« fragte sie. »Nicht, daß ich geglaubt hätte, er würde immer in Cullingford bleiben. Er könnte sich hier ein bequemes Leben einrichten, aber daran liegt ihm nichts. Deshalb will er in einem schottischen Bergwerk arbeiten und später über seine Erfahrungen dort schreiben. Und danach? Wer weiß. Vielleicht fährt er nach Indien und legt sich wie ein Fakir auf ein Nagelbett.«
Am nächsten Morgen besuchten wir ihn und Liam Adair im *Star*,

um ihn zu verabschieden und ein Glas Champagner auf sein Wohl zu trinken. Venetia hatte sich wieder sehr extravagant herausgeputzt und über und über mit Schmuck behängt. Sie war ganz die Frau eines erfolgreichen Geschäftsmannes.
»Auf Wiedersehen, Robin Ashby«, sagte sie plötzlich schroff, »und viel Glück, es sei denn, Sie lassen sich verschütten oder sterben vor Hunger . . .«
»Oder ich werde gehängt.«
»Ja. Die Möglichkeit besteht auch. Ich wollte sie nur nicht erwähnen.«
Und da begriff ich, daß die beiden schon seit langer Zeit ein Verhältnis miteinander hatten.
Eine Stunde später bestieg Robin den Zug nach Leeds, und Venetia kehrte unbewegten Gesichts nach Hause zurück und zog sich für eine Dinner-Party um, die Gideon mich gebeten hatte zu geben.
»Morgen früh fahre ich nach London«, sagte er. »Es könnte sein, daß ich Bordoni und McKinlon mitbringe. Macht dir das etwas aus, Grace?«
Gideon reiste ab, und als er zurückkam, brachte er Mr. Bordoni und einen Mr. Chene mit, beides sehr angenehme, doch verwöhnte Herren, die meine ganze Aufmerksamkeit in Anspruch nahmen. Und während ich ihnen die Fragen stellte, die sie von mir erwarteten und die Antworten gab, die sie hören wollten, sah ich, wie Venetia mich mit kalter Belustigung musterte. Zum ersten Mal hatte ihr Gesicht einen harten Ausdruck.
Nachdem mir die Herren Bordoni und Chene überschwenglich die Hand geküßt hatten, reisten sie wieder ab. Und ein, zwei Tage später, beim Frühstück, blickte Gideon plötzlich von seiner Korrespondenz auf und sagte: »Verdammt! Ich muß mit dem nächsten Zug nach Sheffield fahren. Und es sieht ganz danach aus, als müßte ich meine Reise nach New York ein oder zwei Wochen vorverlegen, Grace. Der nächste Freitag würde mir sehr gut passen, wenn du bis dahin alle meine Sachen vorbereiten könntest? Und Venetia begleitet mich am besten. Dem Brief nach zu schließen, scheinen die Ricardos es zu erwarten.«
»Ja, Gideon«, sagte Venetia und stand vom Tisch auf. Und mir scheint noch heute, daß wir sie auf eine gewisse Weise nie wiedersahen.
Diesmal war es keine Flucht, es gab keinen erklärenden Brief. Sie

ging ganz ruhig in ihr Zimmer, packte eine kleine Reisetasche und befahl dem Kutscher, sie zum Bahnhof zu bringen. Und während ich mit den Vorbereitungen für ihre Reise nach New York beschäftigt war, bestieg sie den Zug nach Leeds. Mindestens ein Dutzend Leute sahen sie auf dem Bahnsteig in Cullingford und andere am Fahrkartenschalter in Leeds und wunderten sich wohl, warum Mrs. Gideon Chard alleine reiste, nicht einmal in Begleitung eines Mädchens. Doch sie hatte ja den Ruf einer leichtfertigen Frau, und niemand stellte ihr eine Frage, obwohl der Schalterbeamte sich später daran erinnerte, ihr eine Fahrkarte nach Glasgow verkauft zu haben.
»Ich fahre mit dem nächsten Zug hin«, sagte Liam Adair, den ich sofort zu Hilfe gerufen hatte. Doch Mr. Nicholas Barforth schüttelte nur den Kopf.
»Das wirst du nicht tun, Liam. Weder du noch ich haben das Recht, sie zurückzuholen. Das geht nur ihren Mann etwas an, falls er sich entschließt, es zu tun. Ich bin in meinem Arbeitszimmer, Grace. Ich nehme an, du wirst erleichtert sein, ihn dann gleich zu mir zu schicken, wenn er aus Sheffield zurückkommt.«
Ich saß allein im Salon und war so entsetzt wie in der Nacht, als ihr Vater und Liam sie von Charles Heron befreit hatten. Die Doppeltür stand offen, damit ich Gideons Ankunft auf keinen Fall versäumte und er etwas von den geschwätzigen Dienstboten erfuhr. Der Tag war schön gewesen, doch jetzt klatschte ein kalter Sommerregen gegen die Fenster. Ich fröstelte und dachte an den Regen hoch oben im Norden und rief mir Venetias offen zur Schau gestellte Verachtung während der letzten Woche ins Gedächtnis zurück. Sie hatte mich verletzt, denn schließlich hatte sie sich auch gegen mich gewandt. Sie war gegangen, weil nichts sie in diesem Haus zurückhielt. Sie hatte uns alle zurückgewiesen, und ich wußte, sie würde mir schrecklich fehlen.
Gideon kam; mit hochgezogenen Brauen nahm er meine Nachricht entgegen und verschwand in Mr. Barforth' Arbeitszimmer. Er blieb lange dort. Schließlich hörte ich seine Schritte wieder in der Halle und wie er Chillingworth nach seiner Kutsche schickte.
»Wollen Sie zu Abend essen, Sir?«
»Nein.«
»Wie es Ihnen beliebt, Sir.«
Ich stand auf, durchquerte die Halle und klopfte leise an die Tür des Arbeitszimmers. Mein Schwiegervater saß an seinem Schreibtisch,

eine brennende Zigarre in der Hand. Vor ihm standen auf einem silbernen Tablett zwei Gläser.
»Ach, du bist es, Grace. Setz dich.«
»Danke.«
Und mit etwas schwerfälligeren Bewegungen als gewöhnlich drückte er seine Zigarre aus und zündete sofort wieder eine neue an. Er füllte sein Glas und trank nachdenklich einen großen Schluck.
»Nun, Grace. Du hast das Recht, alles zu wissen. Was soll ich dir sagen?«
»Ist Gideon ihr hinterhergefahren?«
»Nein.«
»Aber er wird es tun?«
»Nein, das wird er nicht.«
»Dann fahren Sie also?«
»Nein, Grace.«
»*Schwiegervater!*«
Er inhalierte, kniff die Augen gegen den aufsteigenden Rauch zusammen und schloß sie kurz, als ob das Licht ihn blende. Dann schüttelte er den Kopf.
»Aus welchem Grund, Grace?«
»Nur um zu sehen, ob sie gut aufgehoben ist – wenigstens das.«
»Ich bezweifle, daß sie uns überhaupt sehen möchte. Und es gibt sehr viele Bergarbeiterdörfer in Schottland, Grace. Wie könnte ich das richtige finden?«
»Wenn Sie nur wollen, finden Sie es auch.«
Er seufzte, betrachtete eine Zeitlang den aufsteigenden Rauch seiner Zigarre und schüttelte dann wieder den Kopf.
»Du erinnerst dich an die Episode mit Charles Heron, Grace. Damals war ich für sie verantwortlich, und jetzt ist ihr Mann für sie verantwortlich. Die Entscheidung liegt bei ihm. Ich respektiere seine Entscheidung, und das wirst du auch tun. Das ist ein Befehl, meine liebe Schwiegertochter – und glaube mir, das ist das wenigste, was du für ihn tun kannst.«
»Für Gideon?«
»Ja, für Gideon«, entgegnete er und schlug mit der Faust auf den Schreibtisch. »Verdammt noch mal, Grace! Kannst du irgendeine Entschuldigung für sie finden? Ich nicht. Gideon hat mehr als recht, wenn er sie eine Hure nennt. Und bei Gott, dabei ist sie nicht einmal eine intelligente Hure, sondern eine Wahnsinnige, eine Idiotin. Und

lebt ein Mann, wenn er im Recht ist, mit einer verrückten Hure zusammen? Ja, Grace, eines Tages *möchte* sie sicher zurückkommen, denn wie es scheint, ist sie mit einem genauso Verrückten zusammen, der sich nicht um sie kümmern wird, denn sie ist ja wohl nicht in der Lage, für sich selbst zu sorgen. Wenn dieser Tag kommt, werde ich ihr wahrscheinlich eine Rente von ein paar hundert Pfund aussetzen, aber ich kann und will ihrem Mann nicht mehr zumuten, mit ihr zusammenzuleben. Grace, sie hat ihn in eine Lage gebracht, die das unmöglich macht. Ich würde es nicht tun. Und ich möchte eines klarstellen: solange Gideon unter diesem Dach lebt – und es gibt keinen Grund, warum er nicht hierbleiben sollte –, wünsche ich, daß jeder ihm den nötigen Respekt entgegenbringt, *jeder,* Grace. Ich hoffe, du hast mich verstanden. Und jetzt entschuldige mich bitte. Ich muß meiner Frau einen Besuch abstatten.«

Um nichts in der Welt wäre ich in diesem leeren Haus geblieben, und selbst wenn keine Kutsche zur Verfügung gestanden hätte, wäre ich zu Fuß in die Gower Street gegangen. Doch der Einspänner war, wie immer, für mich bereit, und Liam Adair stand schon wartend mit einer Reisetasche an der Tür.

»Liam, du fährst doch trotz allem nach Glasgow, nicht wahr?«

»Ja, das tue ich. Ich arbeite nicht für Nick Barforth, und wenn ich nach Norden reisen will, geht ihn das nichts an.«

»Sie wollen nicht, daß Venetia zurückkommt, Liam.«

»Hast du das denn geglaubt?«

Ich schwieg eine Weile nachdenklich. »Ja. Ich dachte, Gideon würde sie *brauchen.*«

»Warum? Um bei Barforth zu bleiben? Gütiger Himmel, Grace, bist du naiv.« Er setzte sich umständlich und holte ebenfalls eine Zigarre hervor.

»Er braucht jetzt überhaupt nichts zu tun, Grace, was ihm gegen den Strich geht. Er hat Nick Barforth nun genau da, wo er ihn haben will, was nur beweist, daß der alte Nick endlich seinen Meister gefunden hat. Und Venetia – Gott behüte sie – hat Gideon kräftig dabei geholfen. Er riskiert überhaupt nichts. Wie könnte Onkel Nick ihn denn entlassen, da ihm doch solch ein Unrecht geschehen ist? Und wenn Gideon seine Karten richtig ausspielt – was er sicher tut –, kann er sicher Mr. Barforth dazu bringen, ihm eine Art Entschädigung anzubieten, damit er in der Firma bleibt. Du tust gut daran, deinem Vater zu empfehlen, die Augen offenzuhalten, denn wenn Mr. Barforth sich dazu entschließt, Gideon zu entschädigen, könnte das sehr leicht auf Gervases Kosten gehen.«

»Was für eine Entschädigung?«

»Ich wüßte, was ich fordern würde. Die Umwandlung des Privatunternehmens in eine Gesellschaft – die Nicholas Barforth GmbH, wie es jetzt oft üblich ist. Natürlich bleibt Mr. Barforth dann Vorstandsvorsitzender der Firma, doch Gideon wird Direktor und bekommt ein oder zwei Anteile. Dasselbe gilt für Gervase, jedenfalls am Anfang. Ich denke, daß dein Vater diese Garantien fordern wird. Aber ich glaube kaum, daß Gervase lange seine Position hält. Wahrscheinlich wird er alles verkaufen und nach *Galton* ziehen, was dir kaum gefallen dürfte, Grace. Und wenn Gideon die Firma wirklich in seinen Besitz bringen will, ist das für ihn der günstigste Augenblick. Doch das wird er genausogut wie ich wissen.«

Aber Gervase würde auf jeden Fall nach *Galton* gehen, dachte ich plötzlich mit einem unguten Gefühl. Ich würde bei dieser Regelung keinen finanziellen Schaden erleiden; und ich wollte auch nicht über meine Zukunft reden.

»Wird es Venetia gutgehen, Liam?« Vor allem das wollte ich wissen.

»Mit Robin? Mein Gott! Das glaube ich nicht. Aber es kommt ganz darauf an, was sie sich erhofft.«

»Hat er sie denn wenigstens gebeten, ihm nachzureisen?«

Liam lächelte. Trotz allem dachte er voller Zuneigung an Robin Ashby.

»Nein. Das ist nicht seine Art. Er glaubt viel zu sehr an die persönliche Freiheit, um eine solche Forderung zu stellen. Wahrscheinlich traf sie ihn eines Tages beim Packen an, und nachdem er ihr alles über die schottischen Bergleute erzählt hatte, mag er sie wohl gefragt haben, ob sie ihn begleitet. Wenn nicht, dann wäre es auch in Ordnung.«

»Mein Gott, Liam. Liebt er sie denn wenigstens?«

»Weißt du, Grace, ich glaube, es gibt keinen Grund, warum er das nicht tun sollte.«

»Und du wußtest es?«

»Natürlich wußte ich es. Wenn ich nur irgend etwas dagegen hätte tun können . . . Ich habe mir sogar überlegt, es ihrem Mann zu sagen, mich aber dagegen entschieden. Ich habe nicht gemerkt, daß sie einfach am Ende mit ihrer Geduld war. Nun, jetzt ist sie zu ihrem Kreuzzug aufgebrochen. Möge Gott sie beschützen!«

»Liam, sag mir die Wahrheit. Hat sie auch nur eine winzige Chance, glücklich zu werden?«
Er blickte auf seine Uhr und dachte nach. Vielleicht hoffte er, sie schon enttäuscht und elend vorzufinden. Vielleicht würde sie einem Kompromiß zustimmen und sich von ihm lieben lassen. Aber er antwortete mir ehrlich, die Erinnerung an Venetia zwang ihn dazu.
»Du meinst, was sie alles aufgegeben hat? Für die meisten Menschen würde es sehr viel bedeuten, doch ihr bedeutet es nichts, weil sie es nicht wollte. Schon lange, ehe Robin in ihr Leben trat, war sie krank wegen dieses Lebens hier. Nein, das was sie aufgegeben hat, bereut sie sicher nicht. Und Robin liebt sie, er ist aufrichtig. Wenn er nach Hause zurückkehren würde, empfänge ihn seine Familie sicher nicht mit offenen Armen, aber sie würde ihm eine anständige Rente aussetzen. Doch er nimmt das Geld nicht, weil er es nicht braucht. Selbst wenn Venetia es bräuchte, würde er es nicht nehmen. Ich glaube, er merkt nicht einmal, sollte Venetia etwas brauchen. Geld ist für ihn nur überflüssiges Gepäck. Es vernebelt ihm das Hirn und hindert ihn daran, die Wahrheit zu erkennen. Ich weiß nicht, was mit Männern wie ihm passiert, wenn sie alt werden. Aber vielleicht sterben sie alle jung.«
Ich zitterte, mir war kalt.
»Weißt du, wo er ist?«
»Nein. Er hat es mir nicht gesagt, und ich habe auch nicht gefragt. Ich fahre einfach dorthin und lasse wissen, nach wem ich suche. Ein Paar wie die beiden fällt auf. Irgendwie finde ich es schon heraus. Da deine Kutsche vor der Tür steht, wirst du mich sicher zum Bahnhof fahren.«
Wir gingen zusammen die Treppe hinunter und fuhren schweigend zum Bahnhof.
»Falls du sie siehst, sagst du ihr dann, daß ich . . . daß ich immer noch dieselbe bin und sie sich auf mich verlassen kann? Ganz gleich, was geschieht?«
»Ja . . . falls ich sie sehe.«
Und Liams plötzliche Unsicherheit machte mich so offensichtlich betrübt, daß er mich kameradschaftlich in die Arme nahm und an sich drückte, trotz der erstaunten Blicke unseres Stationsvorstehers.
»Nun, Grace, wollen wir einmal das Schlimmste annehmen, dann finde ich sie nicht.«
Er blickte in die Richtung, wo der Zug sich schnaufend näherte, und seufzte.

»Ja, das wäre das Schlimmste.«
»Und das Beste?«
»Das Beste wäre, ich würde sie in einer dieser elenden Bergarbeiterhütten antreffen. Und ich bezweifle, daß du dir ein solches Leben überhaupt vorstellen kannst.«

16

Am nächsten Tag sowie in den folgenden Tagen kam mein Vater nach *Tarn Edge,* wo er immer sofort in Mr. Barforth' Arbeitszimmer verschwand. Wiederholt gesellten sich auch Gideon, die Barforthschen und Agbriggschen Anwälte, Sir Dominic und der Herzog von South Erin zu den beiden. Die männlichen Mitglieder der Familie hielten Gericht über eine ihrer Frauen und verteilten ihr Erbe.
Wütend und verletzt kam Gervase nach Hause. Er trauerte über den Verlust seiner Schwester und suchte Streit, konnte sich jedoch einer gewissen Schadenfreude nicht enthalten, da Gideon nun als gehörnter Ehemann dastand. Doch kam es zu keinem Eklat zwischen den beiden, Mr. Barforth wußte das zu verhindern, und Gideon hatte sich entschlossen, seine unrühmliche Rolle mit Würde zu tragen. Da wandelte sich Gervases Streitsucht in eine verächtliche Ablehnung allen gegenüber, die an der Neuregelung des Barforthschen Vermögens beteiligt waren.
»Zum Teufel damit!« rief er und schlug die Tür des Arbeitszimmers hinter sich zu. Fast hätte er mich zur Seite gestoßen, als ich in der Halle auf ihn zutrat. »Sie teilen da drin den Kuchen auf. Aber mach dir keine Sorgen, Grace. Dein Vater achtet darauf, daß dir dein Stück bleibt. Venetia geht es sicher besser dort, wo sie jetzt ist.«
Ich setzte mich wieder in den Salon. Doch diesmal war ich nicht allein, denn es gab einige Frauen in unserer Familie, die an den stattfindenden Verhandlungen sehr interessiert waren. Tante Caroline bestand darauf, daß Gideons Position in der Firma nun endlich präzisiert werden müsse; Mrs. Agbrigg wachte darüber, daß die Barforth' nicht auch noch Fieldhead schluckten. Doch zu meiner freudigen Überraschung zeigte Blanche für Venetia Mitgefühl und Trauer. Selbst meine Schwiegermutter, die man so selten in diesem Haus sah, hielt mit uns Wache. Sie wartete wohl auf eine Gelegenheit, sich

und *Galton* aus der Barforthschen Bevormundung zu befreien. Sie und Tante Caroline saßen sich wie zwei fauchende Katzen gegenüber, als die Herzogin nach mehrstündiger Wartezeit und vielen Tassen Tee ihren Zorn nicht mehr zügeln konnte.

»Mein Sohn ist das Opfer, Georgiana. Deine Tochter hat ihn aufs schändlichste betrogen.«

»Natürlich ist das deine Ansicht, Caroline. Aber man könnte auch sagen, daß dein Sohn sie aus dem Haus vertrieben hat.«

Diese beiden gegensätzlichen Ansichten würden sich niemals auf einen Nenner bringen lassen, doch die Schwägerinnen stimmten darin überein, daß etwas geschehen müsse. Tante Caroline war der Meinung, ihr Bruder, Mr. Barforth, müsse nun bindende Zusagen Gideons Zukunft betreffend machen. Wäre seine Ehe normal verlaufen, hätte er eines Tages die Hälfte von Mr. Barforth' Vermögen geerbt. Und ihres Bruders Testament, so glaubte Tante Caroline, trug zwar Venetias Tod, aber nicht ihrem Ehebruch Rechnung. Gott allein wußte, was jetzt mit ihr passieren konnte, doch die Anwälte mußten alle Hebel in Bewegung setzen, daß Robin Ashby auch nicht an einen Penny von Venetias Vermögen kam. Und das konnte nur bedeuten, daß Mr. Barforth den Namen »Venetia« in seinem Testament strich und durch den Namen »Gideon« ersetzte.

»Wirklich?« fragte Mrs. Georgiana Barforth, die nur ihren Anteil beanspruchte, sollte ihr Mann einmal sterben, aber gewillt war, für ihre Tochter zu kämpfen. »Ziehst du nicht voreilige Schlüsse, Caroline? Es sieht zwar im Moment ziemlich unwahrscheinlich aus, und *du* hältst es auch sicher nicht für wünschenswert, aber es besteht die Möglichkeit, daß sie sich eines Tages wieder versöhnen. Und ehe wir Venetia alle in Grund und Boden verdammen, dürfte ich dich vielleicht an deine christliche Nächstenliebe erinnern! Ich bin nicht religiös, aber ich habe dich oft auf den Knien in der Kirche von *Listonby* gesehen, Caroline Chard. Und mit deinem ganzen Gerede über Moral und Anständigkeit ist es doch schade, daß du zu Mitleid überhaupt nicht fähig bist.«

»Ich konnte dich noch nie leiden, Georgiana Clevedon«, entgegnete Tante Caroline mit flammenden Augen, worauf meine Schwiegermutter nur hochmütig ihren aristokratischen Kopf zurückwarf.

»Deine Ansichten lassen mich kalt, Caroline. Laß dir nur eins sagen: als du meinen Cousin, Matthew Chard, geheiratet hast, warst du so linkisch und deine Ansichten derart borniert und bürgerlich, daß alle sich darüber lustig machten. Wahrscheinlich amüsierst du London jetzt genauso, da du ja angefangen hast, die Herzogin zu spielen.«

Womöglich wären die beiden aufeinander losgegangen, hätte nicht Mrs. Agbrigg mit ihrer samtenen Stimme vermittelt. Blanche war von diesem Streit viel zu belustigt, um einzugreifen, und mir war es schlichtweg egal, ob sie sich prügelten oder nicht. Kurz darauf läutete ich nach mehr Tee, und dann öffnete sich die Tür des Arbeitszimmers und entließ die würdigen Herren, die uns über unser zukünftiges Schicksal informierten.

Sicherlich hatte Mr. Barforth unter großem Druck gestanden, doch daran war er ja gewöhnt, und ich glaube, alles was die Chards erreicht hatten, war, daß er eine schon gefaßte Entscheidung jetzt früher bekanntgab. Die Barforth-Fabriken würden mit Ausnahme der Wollkämmerei und Färberei in eine Gesellschaft mit beschränkter Haftung umgewandelt werden, deren Vorstandsvorsitzender natürlich Mr. Barforth war, mit einem Löwenanteil von achtzig Prozent. Die restlichen zwanzig Prozent würden unter seinem Sohn und Gideon zu gleichen Teilen aufgeteilt werden, wobei jeder einen Sitz im Vorstand erhielt. Diese Regelung entsprach zwar nicht ganz den Chardschen Vorstellungen, war jedoch ein Schritt in die Richtung, die Gideon anstrebte. Dann wurde über Venetias Belange gesprochen.

Vielleicht – ich bin mir da nicht sicher – aber vielleicht wollte Mr. Barforth sein Testament nicht ändern, denn der Besitz einer verheirateten Frau gehörte ja automatisch ihrem Mann, der Gideon noch immer war, ob sie nun mit ihm lebte oder nicht. Jedoch machten die Anwälte der Chards ihn darauf aufmerksam, daß Bestrebungen im Gange seien, dieses Recht zu ändern und es somit möglich sein würde, daß eine verheiratete Frau ohne Zustimmung ihres Mannes über ihr eigenes Vermögen verfügen könne. Und während sie alle über diese unfaßbare Tatsache die Köpfe geschüttelt hatten – was war das für eine Welt, in der solches möglich war? – und Mr. Barforth sich mit dieser neuen Situation abfand, standen alle abwartend da, bis mein Schwiegervater kurz nickte.

»Dann ändern Sie das Testament.«

Und in diesem neuen Letzten Willen existierte Venetias Name nicht mehr. Das Gros seines Vermögens – außer dem Anteil für seine Frau – würde an seinen Sohn und Schwiegersohn fallen, während

Venetia nichts erbte, außer vielleicht ein kleines Legat, wie man es treuen Dienstboten vermachte.
Tante Caroline jubilierte. Meine Schwiegermutter ließ sich ihre Handschuhe und ihren Hut bringen und ging, obgleich ihr Kummer wegen Venetia sicher durch die Tatsache gemildert wurde, daß Gervase nun unabhängig war.
»Ich möchte über diese Dinge jetzt nicht mehr sprechen«, sagte mein Schwiegervater und ging mit Gideon zum Essen ins *Station Hotel*, wo sie die Einzelheiten von Gideons Reise nach New York besprachen.
Und so begann ein trauriges, nicht enden wollendes Jahr, das ich in meiner Erinnerung nur mit einer Wüstenlandschaft vergleichen kann. Natürlich wurde geklatscht, doch niemand wußte etwas Konkretes. Cullingford mußte sich mit der langweiligen Tatsache begnügen, daß Mrs. Gideon Chard nicht länger in *Tarn Edge* lebte. Doch wo sie war und mit wem, wußte man nicht. Wahrscheinlich war sie mit einem Mann auf und davon gegangen, aber es bestand auch die Möglichkeit, daß sie verrückt geworden und in einem teuren Sanatorium untergebracht war. Wie schrecklich für ihren Mann, sagten die Leute. Doch die romantische Aura, die Gideon eine Zeitlang umgab, wurde bald zerstört, als er allen klarmachte, daß er kein Mitleid wünschte. Er reiste wie geplant nach Amerika, dann nach Deutschland und Frankreich. Er arbeitete hart und verbrachte zwei oder drei Nächte in der Woche nicht zu Hause, denn niemand erwartete von ihm, daß er gänzlich allein lebte.
Ich kümmerte mich um das Haus und wartete. Ein Tag glich dem anderen. Sie waren gesichtslos, ohne Farbe und Abwechslung. Ich wartete auf irgendein Ereignis, das die dünne Eisschicht, die sich um meine Seele gelegt hatte, aufbrach. Ich wartete auf etwas, das mich Gervase entweder näherbringen oder mich ihm noch mehr entfremden würde. Doch am meisten wartete ich auf eine Nachricht von Venetia. Ich wollte hören, daß sie glücklich war und es ihr gutging, daß sie die richtige Entscheidung getroffen hatte. Ich wollte hören, daß sie sich in Robin Ashby nicht getäuscht hatte, daß dies wirklich ihr Kreuzzug war.
Unser Leben ging weiter. Ich erfuhr, daß Liam Adair eine Romanze mit einer verwitweten Dame hatte, die geneigt war, eine beträchtliche Summe in den *Star* zu investieren, bis sie entdeckte, daß er auch ihrer zehn Jahre jüngeren Nichte den Hof machte, die bei ihr lebte und keinen Penny besaß.

Mit höflichem Lächeln lauschte ich der Neuigkeit, daß Colonel Compton Flood mit Regiment und Frau nach Indien gegangen war, und mit demselben Lächeln erfuhr ich – jede Hoffnung hatte ich schon begraben – ein paar Monate später, daß Mrs. Flood nicht in der Lage gewesen sei, die Hitze dort zu ertragen und nach *Cullingford Manor* zurückgekehrt wäre. In sechs Monaten oder einem Jahr würde ihr Mann ebenfalls wiederkommen. Wie interessant, sagte ich und war entsetzt, daß es mir überhaupt nichts ausmachte, daß sie zu Gervase zurückgekehrt war.
Mein Warten endete erst im folgenden Herbst, an einem windigen Tag, als die Wolken über den Himmel dahinjagten, und Liam Adair mich endlich besuchte. Er kam direkt vom Bahnhof und war hungrig und durstig – ja, Kuchen und ein starker Tee wären ihm angenehm. Er war wie immer unbeschwert, doch seine Augen blickten müde.
»Hast du eine Stunde für mich übrig, Grace?«
»Natürlich.«
»Dann laß noch eine Kanne frischen Tee bringen und sag den Dienstboten, daß du nicht zu Hause bist. Gideon oder der alte Nick werden doch jetzt nicht hereinplatzen?«
»Sie sind beide in der Stadt. Geht es um Venetia?«
»Ja.«
Und mich überlief ein eisiger Schauer, denn ich fürchtete das Schlimmste.
Ich wartete, bis er gegessen und getrunken hatte. Es schien, als habe er die ganze Nacht und den ganzen Tag nichts zu sich genommen und sei sich erst jetzt dessen bewußt geworden.
»Grace, kannst du einen oder zwei Tage verreisen?«
»Ja.«
»Ohne daß jemand weiß, wohin?«
»Ich sage einfach, ich fahre nach Scarborough, zu meiner Großmutter. Wohin soll ich fahren?«
»Nach Glasgow. Und irgendwie mußt du sie mit nach Hause bringen.«
Nach und nach erfuhr ich die ganze Geschichte, während er noch eine Tasse Tee trank. Er sprach noch immer, als wir den Zug bestiegen.
Zum ersten Mal hatte er Venetia vor zehn Monaten ausfindig gemacht. Da fand er sie, dünn und bleich aussehend, wie sie in der Tür einer dieser elenden Bergarbeiterhütten stand. Doch sie strahlte eine

Art gespannter Entschlossenheit aus, die ihn an einen Knappen erinnerte, der zum Ritter geschlagen werden sollte. Sie hatte ihn höflich aber gleichgültig behandelt, offensichtlich war sie mit ihren Gedanken ganz woanders. Es kam ihm vor, als wären zwanzig Jahre vergangen, seit sie sich zum letzten Mal gesehen hatten, und würden sich nun als völlig Fremde gegenübertreten. Sein Besuch, glaubte Liam, sei für Venetia bedeutungslos gewesen. Er fragte sich, ob sie ihn überhaupt Robin gegenüber erwähnen würde oder sich an ihn erinnerte. Sie lebte in einer kleinen Bergarbeiterstadt, wo rauhe Sitten herrschten und Gewalt an der Tagesordnung war. Trotzdem hatte sie gelächelt, als er ihr das Versprechen abnahm, ihn zu benachrichtigen, sollte sie etwas brauchen. Und nachdem sie ihm das Versprechen gegeben hatte, war wieder ein Lächeln über ihre Züge gehuscht. Sie wartete höflich, daß er wieder ging und wirkte derart entrückt und auch rein, daß er es nicht gewagt hatte, ihr die zwanzig Guinees zu geben. Doch später hatte er das Geld dann geschickt, aber niemals erfahren, was sie damit gemacht hatte.
Sie war nicht glücklich gewesen – nicht in dem Sinne, was Liam unter Glück verstand –, aber sie hatte exaltiert auf ihn gewirkt. Ja, das war das Wort – *exaltiert*. Und obwohl er in den folgenden Monaten mehrere Briefe schrieb, hatte er von ihr nie eine Antwort bekommen, was ihn in dem Eindruck bestärkte, daß er ihr nicht helfen konnte.
Doch dann hatte sich ihre Situation geändert. Sie hatte ihm geschrieben, und er hatte sie unter der angegebenen Adresse in Glasgow besucht.
»Nun, du wirst das alles mit eigenen Augen sehen, Grace. Es ist ein schlimmer Ort, aber das ist nicht einmal das Schlimmste. Ich glaube, ich war darauf vorbereitet.«
Die Tatsachen – soweit sich Liam ihrer sicher war – sahen folgendermaßen aus. Sie hatte mit Robin in dieser Elendshütte gelebt, bis der Mineneigentümer, der gleichzeitig der Hausbesitzer war, hinter Robins Absichten kam. Er brandmarkte ihn als Unruhestifter und verhinderte, daß Robin irgendwo im Distrikt noch Arbeit fand. So waren die beiden zuerst nach Glasgow gegangen, dann nach Newcastle und Liverpool, bis sie nach Glasgow zurückkehrten. Sie lebten mehr schlecht als recht von gelegentlichen Artikeln, die Robin veröffentlichte. Kurz nach ihrer Rückkehr hatte Robin in Glasgow einen Mann getroffen – ein genauso dünnes, exaltiertes Individu-

um wie er selbst –, der eine Zeitlang im Londoner East End unter Menschen gelebt hatte, die in den sogenannten Ausbeuterbetrieben arbeiteten; arme Immigranten, die wie Vieh zusammengepfercht lebten und fünfzehn Stunden am Tag unter den unwürdigsten Bedingungen schuften mußten. Fabrikinspektoren bekamen keinen Zutritt zu diesen Tretmühlen – also waren die Reformen, für die Robin so glühend eingetreten war, dort nur ein Hohn. Und diese Nachricht war der zündende Funke für ihn, zu einem neuen Kreuzzug aufzubrechen.

Am nächsten Morgen schon war Robin fest entschlossen, nach Süden zu reisen und glaubte ohne Zweifel, Venetia würde ihn begleiten. Aber er war auch der Meinung, daß eine Frau das Recht habe, unabhängig zu sein und allein über ihr Leben bestimmen zu können. Darauf war ihre Beziehung aufgebaut; sie waren Kameraden, Partner und lebten zusammen, weil sie beide das wollten, nicht weil Kirche oder Staat oder irgendwelche finanziellen Vereinbarungen sie dazu zwangen. Und so fragte er sie, ob sie für ein neues Abenteuer bereit wäre, wobei er völlig ihre Kräfte überschätzte, die durch die miserablen Lebensumstände geschwächt waren. Doch Venetia erwiderte, sie wolle zu ihrem Mann zurückkehren. Und als er sie ein paar Tage später verließ, sagte sie ihm nicht, daß sie ein Kind von ihm erwartete.

Ich hatte noch nie eines dieser gewöhnlichen Logierhäuser betreten, doch meine Phantasie hatte mich gegen dieses Elend gewappnet, diese üblen Gerüche, abgeblätterten Wände und ausgetretenen Stufen. Aber es gab noch schlimmere Orte, wie Liam mir erklärte, Unterschlupfe, wo sich nicht mal ein Hund verkriechen würde, wo man kein Zimmer, sondern nur einen Schlafplatz mietete, auf einer fauligen Strohmatratze. Und erst als ich mir mühsam meinen Weg durch den Unrat auf der Treppe gebahnt hatte und einen schmalen, stinkenden Korridor betrat, sagte Liam schroff zu mir: »Du wirst sie sehr verändert finden. Manche Frauen blühen während der Schwangerschaft auf, andere nicht. Wie ich schon sagte, sie ist . . . anders.«

Venetia hatte Liam gebeten, mich mitzubringen, und nach einer Weile ließ er uns allein. Venetia saß auf der Bettkante, ich auf dem einzigen Stuhl. Das Zimmer war nur mit einem niedrigen Tisch, einem gesprungenen Waschgeschirr und dem Bett und Stuhl möbliert. Vorhänge vor dem Fenster gab es nicht. In einer Ecke stand

ihre Reisetasche. Zu meiner großen Überraschung war Venetia sehr ruhig. Sie war sehr mager, ihre Haut von einer ungesunden kalkweißen Farbe, ihr Haar gebleicht zu einem hellen Braun, und ihr schmutziges Kleid hing lose um ihren ausgemergelten Körper. Sie sah aus, wie ich mich manchmal fühlte: eine Frau, die ein, zwei Schritte von der Realität entfernt lebt, doch sich der Eitelkeit der Welt noch bewußt, aber zu schwach ist, irgendwelchen Schmerz darüber zu empfinden. Sie sah leicht überrascht zu, wie das Leben aus ihr strömte, und betrachtete sich mit distanziertem Selbstmitleid.
Hatte sie Robin in einer Anwandlung von Selbstaufopferung fortgeschickt? Sie zuckte die schmalen Schultern und lächelte. Vielleicht war es so, doch was hätte sie sonst tun können? Natürlich würde er sich um sie kümmern, wenn er wüßte, daß sie schwanger ist. Doch das wollte sie nicht. Wollte sie ihm denn schreiben und ihm die Wahrheit sagen? Dann würde er sofort zurückkommen, das wußte sie. Und falls nötig, würde er sogar seine Familie in Wiltshire um Hilfe bitten und auch die Bedingungen akzeptieren, die daran geknüpft waren. Doch sie wollte nicht der Grund sein, daß er sein Lebensziel aufgab.
Über die Möglichkeit, Kinder zu bekommen, hatten sie nie gesprochen. Weder Charles Heron noch Gideon hatten sie geschwängert, obwohl Gideon sich große Mühe gegeben hatte, erzählte sie mir tonlos, denn er glaubte, die Mutterschaft würde sie ruhiger werden lassen. Sie hatte gedacht, sie wäre unfruchtbar. Es war ihr Fehler gewesen, und jetzt mußte sie die Verantwortung dafür tragen. Und sie würde Robin Ashby niemals zumuten, in diese konventionelle Welt zurückzukehren, die ihn fast zerstört hatte. Ihre Kondition als Frau hatte sie zur Gefangenen gemacht, aber Robin dürfe deswegen nicht zum Gefangenen werden. So hatte sie anfangs gedacht und sich ziemlich heroisch gefühlt. Doch bald merkte sie, daß es an der Geschichte nichts Heroisches gab. Trotzdem war ihre Entscheidung die einzig richtige. »Was wird aus solchen Männern, wenn sie alt werden?« hatte Liam einmal gefragt und seine Frage selbst beantwortet. »Wahrscheinlich werden sie nicht alt.« Und ein Mann, dessen Zukunft derart begrenzt war, dessen innere Flammen zu bald erlöschen würden, konnte kein Kind in seinem Leben brauchen.
Freiheit hatte sie nie gekannt, nur eine Illusion der Freiheit, als sie jünger war, und jetzt akzeptierte sie, daß sie niemals frei sein würde. Als Frau geriet sie nur von einer Gefangenschaft in die nächste, und

eine davon war eben ihre unwillkommene Fruchtbarkeit. Doch ihr ganzes Leben hatte sie sich Freiheit gewünscht, wünschte sie noch immer, und deswegen könne sie sie jemand anders nicht verweigern. Nichts im Leben sei ihr geglückt, doch dieses eine Mal würde sie Erfolg haben.
Trotzdem blieb die Frage, was mit dem Kind geschehen solle, und in den letzten Wochen habe sie genug Zeit gehabt, um die Ausweglosigkeit ihrer Lage zu erkennen. Sie hatte bitterste Armut kennengelernt und wußte, daß man sie in dem Moment, wo ihr Zustand sichtbar wurde, auf die Straße setzen würde. Ihr blieb nur Betteln übrig, da sie arbeiten nie gelernt hatte – und müßte dann ihr Kind in einem der zahllosen Armenhäuser zur Welt bringen, wo man es ihr wegnehmen würde.
Sie hatte klare Vorstellungen von der Zukunft. Für sich selbst wünschte sie nichts und hatte auch keine Hoffnungen mehr. Aber sie war schwanger, und ihr Kind könnte – in dieser maskulinen Welt – sehr leicht ein Mädchen sein, und sie hatte hautnah erfahren, was es hieß, eine ausgebeutete Frau zu sein. Sie war in einer oberflächlichen Welt eingesperrt gewesen, bis sie glaubte, nicht mehr atmen zu können. Sie war erzogen worden, um eines Tages das schmückende Beiwerk für einen Mann abzugeben, und sie hatte deswegen gelitten. Doch in den Bergarbeiterdörfern war sie alten Frauen begegnet, die man in ihrer Jugend vor die Kohleloren gespannt und wie Tiere behandelt hatte, da sich kein Mann durch die engen Gänge zwängen konnte. Und sie hatte alte, verbrauchte Frauen von neunzehn Jahren gesehen, mit vier oder fünf Kindern an ihrem Schürzenzipfel, die nur eine Zukunft vor sich hatten, nämlich weitere Kinder zu gebären. Sie hatte fröhliche, junge Huren in Glasgow kennengelernt, nicht mehr als dreizehn oder vierzehn Jahre alt, und sie dann ein halbes Jahr später wieder getroffen, als sie von Geschlechtskrankheiten aufgefressen wurden. Sie hatte den gewalttätigen Tod und den Hungertod gesehen, auch den freiwilligen. Eine Mieterin, die unter ihr wohnte, hatte sich letzte Woche ertränkt, und ein junges Mädchen – nachdem sie ihr Neugeborenes erwürgt hatte – aufgehängt. Und alle diese Frauen waren aus Unwissenheit und Armut – und vor allem aber, weil sie Frauen waren – gestorben. Sie hatte es gesehen. Sie wußte es. Frauen *waren* schwach, so wie ihr immer erzählt worden war, nicht in geistiger Hinsicht, aber ihre fruchtbaren Körper, gepaart mit ihren weiblichen Empfindungen,

die sie jedes unerwünschte Kind lieben ließen, machten sie zu Verlierern. Deswegen war sie zu ihrem Kreuzzug aufgebrochen, aber sie war selbst eine Frau, ihr Körper verlangte, neues Leben zu produzieren, und sie glaubte diesen Kampf jetzt hoffnungslos. Vor langer Zeit hatte sie einmal geglaubt, daß es wunderbar sein müsse, ein Kind zu haben, das »halb ich selbst und halb irgendein wunderbarer Mann« ist. Doch für die Frauen in den Bergarbeiterdörfern galt diese These nicht, und sie fragte sich jetzt, was für eine Bedeutung das Wahlrecht wohl für diese Frauen haben könnte? Was zählte, waren einzig und allein Nahrung und ein warmes Haus und etwas Geld für den Arzt oder eine Beerdigung.

Und wenn einer Frau die Wahl blieb zwischen Untätigkeit und endloser Plackerei, würde sie ihrer Tochter eher das erstere wünschen. Sie wußte, daß ich Geld hatte, über das ich frei verfügen konnte. Würde ich mich um das Kind kümmern und ihm eine entsprechende Erziehung angedeihen lassen? Dann wäre sie schon zufrieden. Sie hatte sich gegen die Gesellschaft aufgelehnt, doch jetzt sei sie zu müde, um sich noch gegen irgend etwas aufzulehnen. Sie sah ihren Irrtum ein. Sie hatte die Grenzen ihrer Weiblichkeit überschritten, den Gesetzen, die Männer wie ihr Vater und Gideon für Frauen errichtet hatten, zuwidergehandelt, und wußte nun, daß sie niemals gewinnen würde. Die *Männer* – Männer, die Frauen ausbeuteten, sie fürchteten und begehrten – würden immer gewinnen, und deshalb wünschte sie sich, daß ihre Tochter eine von Männern begehrte Frau sein würde – eine Frau wie Blanche.

Sicher würde ich ihr gern helfen, sie würde ihr Schicksal ganz in meine Hände legen. In den letzten Tagen fiele es ihr schwer, sich zu konzentrieren, auch überkämen sie manchmal Schwindelgefühle.

Ich nahm Venetias Reisetasche und hüllte sie in ihren Mantel ein. Liam bezahlte die restliche Miete, und wir brachten sie zum Bahnhof. Wir waren beide erschrocken über ihre scheinbare Gewichtslosigkeit, die Art, wie sie passiv und fast substanzlos zwischen uns dahinschwebte wie eine Nebelwolke. Das Wichtigste war, sie in ein warmes sauberes Bett zu stecken, ihr etwas Kräftiges zu essen zu geben und dann den Arzt zu holen.

»Wohin?« fragte Liam, als wir in den Zug nach Leeds stiegen.

»Ich sage es dir rechtzeitig.«

Und erst kurz vor Ende unserer Reise sagte ich ihm, er solle sie vorläufig zu ihrer Mutter nach *Galton* bringen.
Sie ging gehorsam mit – wäre wohl überallhin mitgegangen, dachte ich –, während ich nach *Tarn Edge* fuhr und die Kleider wechselte. Ich mußte an den nächsten Oktober denken – was Venetia nicht getan hatte – und den Oktober im Jahr darauf, wenn sie ihr Kind geboren haben würde und sich wieder erholt hatte. Sie befand sich in einem Schockzustand wie damals, als man sie von Charles Heron zurückgeholt hatte. Aber sie hatte das überwunden und würde es auch diesmal überwinden. Das Leben würde zu ihr zurückkehren, und wenn ich jetzt für sie Vorkehrungen traf, mußte ich dem Rechnung tragen. Zwar glaubte sie im Moment nicht mehr an eine Zukunft, doch nichtsdestotrotz besaß sie eine, und ich wollte auf keinen Fall, daß sie irgendwo unter unwürdigen Umständen niederkam, ihr Kind verließ und sich ins nächste Unglück stürzte.
Sie würde ihr Kind lieben, wenn sie es erst einmal in den Armen hielt, nicht weil es Robin Ashbys Kind, sondern ihr eigenes war. Und obwohl ich noch nicht wußte, wie ich es anstellen sollte, würde ich dafür sorgen, daß sie zusammen mit ihrem Baby in Ruhe leben konnte.
Ich glaubte nicht, daß mein Schwiegervater sich diesen Plänen widersetzen würde. Und mein Vater würde mich unterstützen, auch Tante Faith. Aber Tante Caroline würde sicher die Rückkehr einer so unwürdigen Schwiegertochter zu verhindern wissen und Sir Dominic ebenfalls keinen Sinn darin sehen, wo Gideon doch bewiesen hatte, daß er sehr gut ohne seine Frau auskam. Und was mochte Gideon empfinden? Doch ich konnte ihn mir nicht mitfühlend vorstellen, ich betrachtete ihn eher als Sieger und Gegner. Denn er trug die Verantwortung für Venetia, und er würde entscheiden.
Ich ließ meinen Einspänner vorfahren und lenkte ihn nach Nethercoats. Meine Kutsche im Hof gab zu keinem Gerede Anlaß, denn schließlich war ich »die Frau des jungen Squire«. Und so marschierte ich kühn durch die Flügeltür, zog einen Handschuh aus und lächelte mit viel mehr Selbstsicherheit als ich eigentlich empfand, als ich sah, wie überrascht Gideon von meinem Besuch war. Denn wir waren uns während Venetias Abwesenheit ziemlich aus dem Weg gegangen – und ich konnte nicht erwarten, daß die nächste halbe Stunde leicht für mich werden würde.
»Guten Tag, Gideon«, sagte ich. Und als er hinter seinem Schreib-

tisch hervorkam, um mir einen Stuhl zurechtzurücken und mich fragte, ob ich eine gute Reise gehabt hätte – wen hatte ich besucht? – fragte ich mich, wie ich ihm am besten erklären könnte, daß ich in Schottland gewesen sei und seine schwangere Frau mit nach Hause gebracht hätte.
Aber auf irgendeine Weise mußte es ausgesprochen werden. Allein die Tatsache, daß ich mich in seinem Büro befand, ließ darauf schließen, es müsse sich um eine ernsthafte Angelegenheit handeln. Und als Gideon sich wieder gesetzt hatte, erzählte ich ihm alles, mit dieser leidenschaftslosen Stimme, mit der auch Venetia gesprochen hatte, wobei ich meine Augen auf die silberne Zigarrenschachtel auf seinem Schreibtisch heftete.
Ich berichtete ihm die »Tatsachen«, wie Liam sie mir berichtet hatte, dann schilderte ich ihm meine Eindrücke und welche Schlüsse ich daraus gezogen hatte. Das einfallende Sonnenlicht wanderte langsam weiter, so daß es jetzt dunkler im Büro zu sein schien. Und als ich geendet hatte, sagte er: »Wie kannst du es wagen, hierherzukommen und mir das zu erzählen!«
»Irgend jemand mußte es dir schließlich sagen, Gideon.«
»Ah, ich verstehe. Du bewahrst mich nur vor der Neugier und Boshaftigkeit meiner Mitmenschen.«
»Ich tat es, weil ich es als notwendig – und richtig – erachtete.«
Er öffnete den Deckel der Zigarrenkiste, ließ ihn wieder zufallen und trommelte nervös mit den Fingern auf die Schreibtischplatte. Dann fauchte er mich an: »Ganz recht. Und was soll ich jetzt tun, Grace? Willst du mir etwa vorschlagen, daß ich sie in christlicher Nächstenliebe wieder aufnehmen soll?«
»Es steht mir nicht zu, diesen Vorschlag zu machen.«
»Nein«, entgegnete er und warf verächtlich den Kopf zurück. Sein ganzes Gesicht war eine Maske unterdrückten Zorns und Ekels. »Nein. Das würdest du nie tun – jedenfalls nicht mit Worten. Aber dein ganzes Verhalten drückt es aus, Grace. Und ich frage dich wieder: Wie kannst du es wagen?«
Er stieß seinen Stuhl zurück, stand auf und ging zum Fenster und starrte auf den Fabrikhof – die Barforth-Fabrik, die Barforth-Tochter – hinab; sein Rücken drückte noch immer Zorn aus, seine Finger trommelten nervös auf das Fensterbrett. Doch langsam schien er sich etwas zu beruhigen.
»Nun gut, Grace«, sagte er, halb zu mir gewandt. »Was willst du sa-

gen? Willst du mir erzählen, daß ich sie heiratete, um einem nie geborenen Kind einen Namen zu geben – und natürlich des Geldes wegen – und daß ich jetzt, wo sie ein Kind bekommen wird und ich das Geld habe, dasselbe noch einmal tun soll? Wenn das stimmt, Grace, dann sage es mir.«
Es stimmte. Und ich wiederholte es, Wort für Wort, wobei ich ihm fest in die Augen sah, denn anders wäre ich mir feige vorgekommen. Doch in Wirklichkeit sah ich ihn gar nicht.
»Es tut mir sehr leid, Gideon. Ich weiß, in welcher Lage du dich befindest. Ich weiß, wie schrecklich das alles ist. Aber . . .«
»Aber was? Meine Lage bringt gewisse Unannehmlichkeiten mit sich, aber im ganzen gesehen, habe ich mich gut aus der Affäre gezogen. Denkst du das, Grace?«
»Ich sagte, es tut mir leid, Gideon. Ich will dir nur sagen, was immer du beschließt – ich werde mich auf jeden Fall um sie kümmern.«
»Das überrascht mich nicht. Es paßt zu dir«, entgegnete er und kehrte langsam zu seinem Schreibtisch zurück. Er setzte sich wieder und runzelte nachdenklich die Stirn.
»Hat sie den Wunsch geäußert, zu mir zurückzukehren?«
»Ich glaube, das ist ihr nicht einmal in den Sinn gekommen – weder nach Hause zu kommen noch die Möglichkeit, du könntest sie wieder aufnehmen. Sie ist nur hier, weil ich sie mitgebracht habe. Sie wäre überallhin gegangen. Es geht ihr wirklich nicht gut, Gideon. Sie möchte nur an einem sicheren Ort ihr Kind bekommen. Was hinterher einmal wird, darüber hat sie sich noch keine Gedanken gemacht.«
»Wundert dich das? Hat sie jemals Pläne, auch nur für den kommenden Tag, gemacht? Hast du mit ihrem Vater gesprochen?«
»Nein. Aber ich bin überzeugt, daß er deine Entscheidung respektiert – er tat es auch, als sie fortlief.«
»Ja, meine Entscheidung, ihr nicht hinterherzulaufen und sie ihrem Schicksal zu überlassen. Aber *gefiel* ihm diese Entscheidung?«
»Es ist anzunehmen.«
»Warum? Weil er eine Gesellschaft mit beschränkter Haftung gründete, wie ich es ihm schon lange vorgeschlagen hatte? Man muß sich hüten, Mr. Barforth' Handlungen falsch zu interpretieren, Grace. Er machte mich nicht zum Generaldirektor, wie ich gehofft und wie man mir versprochen hatte. Ich bekleide dieselbe Position wie Gervase. Und die Gesellschaft schließt weder die Wollkämmerei noch

die Färberei ein, beides gewinnträchtige Unternehmen, über die ich keine Kontrolle habe. Auch habe ich nicht die geringste Ahnung, was in Zukunft mit ihnen geschehen wird. Also war er vielleicht gar nicht damit einverstanden, daß ich seine Tochter gehen ließ. Vielleicht ist das sein wunder Punkt. Wer hätte das gedacht?«
Ich hatte nichts mehr zu sagen. Ich hatte einen Mann, den seine Frau verlassen hatte, weil sie ihn nicht leiden konnte, gefragt, ob er sie wieder aufnehmen würde – und das, obwohl sie von einem anderen Mann schwanger war. Was konnte ich noch sagen? Gideon würde seine Entscheidung treffen. Ich hatte ihn nur mit den Tatsachen konfrontiert und besaß nun keinen Einfluß mehr. Alle meine Glieder schmerzten von der langen unbequemen Reise, im Magen hatte ich ein hohles Gefühl von schlecht zubereiteten Mahlzeiten. Ich war todmüde und dankbar für das Schweigen zwischen uns. Es wurde Abend, dunkle Wolken zogen auf, und Gideon starrte auf seinen Schreibtisch, tief in Gedanken versunken.
»Ich danke dir, Grace«, sagte er so plötzlich, daß ich aufschreckte. »Das war sehr lieb von dir.«
»Nun, darüber denke ich anders. Ich würde es kaum so nennen.«
»Darüber wollen wir nicht streiten. Ich bringe dich zu deiner Kutsche.«
Ich zog meine Handschuhe an, erlaubte, daß er meinen Arm nahm, während wir die Treppe hinunter und in den Hof gingen. Er war sehr höflich und gelassen, doch sein Blick prüfend, so als ob er automatisch damit ausdrücken wollte, daß er nicht »der junge Squire«, sondern »der junge Herr« war.
»Fährst du nach *Galton*?«
Und in dem Zwielicht wirkte sein Gesicht sehr dunkel und seine Zähne sehr weiß, als er mich anlächelte. Er war ein gesunder, ehrgeiziger junger Mann, dessen gute Laune mich jetzt völlig überraschte.
»Später vielleicht«, entgegnete er. »Zuerst muß ich mit meinem Vorgesetzten, unserem Schwiegervater, reden. Würdest du das nicht an meiner Stelle tun, Grace?«
Ich fuhr nach *Tarn Edge* zurück und nahm sofort ein heißes Bad. Körperlich und geistig fühlte ich mich zerschlagen und war völlig unvorbereitet, als eine Stunde später Gervase in mein Zimmer stürmte. Ich hatte befohlen, mir das Abendessen auf mein Zimmer zu bringen: ein Tablett mit Suppe, Brot und Käse.

»Das hast du fein gemacht!« schrie er mich an, »mit Liam Adair nach Schottland zu fahren und dann mit meiner Schwester – ja, *meiner* Schwester wieder zurückzukommen. Ich war heute nachmittag in *Galton*, wie du dir vielleicht hättest denken können. Und was glaubst du, wie ich mich gefühlt habe, als sie in diesem Zustand ankam – mit Liam? Was, zum Teufel, sollte ich davon halten?«
»Ich hoffe nur, du hast keinen Skandal gemacht.«
»Himmel! Und wenn es so wäre?«
»Ich hoffe, du hast es nicht getan. Sie hat genug Aufregung gehabt.«
»Sie ist meine Schwester«, sagte er und beugte sich drohend über mich. Er war ganz weiß vor Wut und zitterte. Doch ich geriet in einen ebensolchen Zorn, denn endlich konnten wir um etwas streiten, was nicht Diana Flood betraf.
»Sie ist meine Schwester. Hast du nicht daran gedacht? Sie ist meine Schwester, und ich habe ein Recht, ihr zu helfen, verdammt noch mal!«
Ich sprang auf die Füße und stieß dabei das Tablett um. Alles stürzte zu Boden, doch das kümmerte mich nicht.
»Sie ist deine Schwester!« schrie ich ihn an, »und was heißt das? Ich bin deine Frau. Das bedeutet ebenfalls nichts. Nur Worte, wie Fabrikleiter, wo du doch nie etwas leitest. Wie Ehemann, wo du nur zweimal in der Woche nach Hause kommst. Wie Bruder, wenn . . . Gott verdammt noch mal, Gervase Barforth! Welche Hilfe hätte sie denn schon von dir bekommen können? Wie Sohn . . .«
»Das reicht!«
»Wie Sohn, wo du wie ein Parasit vom Geld deines Vaters lebst und deine Mutter anlügst. Ja, du lügst sie an, Gervase, damit sie auf diesem verdammten Gut bleibt, damit du deine Huren dorthin mitnehmen kannst . . .«
»Jetzt reicht es aber wirklich.«
»Das entscheide ich.«
»Ich schere mich einen Dreck darum, was du entscheidest, Grace«, sagte er voller Haß. »Und was meine Huren angeht, es wundert mich, da sie dir nichts auszumachen schienen, solange ich *dich* nur in Ruhe ließ.«
Das war genug. Wäre ich in dem Zimmer geblieben, ich glaube, ich hätte versucht ihn umzubringen. Und er mich ebenso. Ich ging die Treppe hinunter. »Mrs. Barforth«, sagte meine Haushälterin, »was ist denn mit Ihrem Kleid geschehen?«

»Das Tablett fiel um. Bitte, kümmern Sie sich darum.«
Und ich ging an ihr und Chillingworth vorbei, der sich beeilte, mir die Tür zu öffnen. Ich dankte ihm nicht einmal, und es war mir gleich, was die beiden von mir dachten. So ging ich hinaus in die kalte Oktobernacht, einsam und verletzt.

17

Es war nicht die Venetia, die wir kannten, die zu uns zurückkehrte, doch ich glaubte, daß die Zeit alle Wunden heilen würde, und machte mir nicht allzu viele Sorgen.
An den weiteren Geschehnissen hatte ich nicht mehr teilgenommen und wurde nur in groben Umrissen informiert, wie die Dinge abliefen. Die Männer hatten die Zügel wieder fest in der Hand, und ich wurde – wie schon so oft – in den Salon geschickt, um zu warten. Gideon hatte mit seinem Schwiegervater gesprochen. Dann war Mr. Barforth nach *Galton* gefahren und erst spät in der Nacht zurückgekehrt. Am folgenden Morgen – einem Sonntag – hatte er erst Gideon und dann Gervase zu sich gerufen, dann mit Gideon noch einmal allein gesprochen. Darauf fuhr Mr. Barforth zum zweiten Mal nach *Galton*, und Gideon folgte ihm eine Stunde später. Gervase ritt fort. Ich brauchte ihn nicht zu fragen, wohin. Mr. Barforth und Gideon kamen zurück und verschwanden wieder in der Bibliothek. Dann ritt Gideon fort, wie ich glaubte, nach *Listonby*, um seiner Mutter die Lage zu erklären, und ein paar Minuten später ließ mein Schwiegervater mich zu sich bitten.
»Grace, ich zähle auf dich wegen aller häuslichen Belange. Das Zimmer neben Gideons muß für Venetia hergerichtet werden. Und du könntest bei den Dienstboten durchblicken lassen, daß sich die beiden während der letzten drei Monate wieder versöhnt haben, mehr noch, daß Gideon seine Frau wiederholt besucht hat. Du verstehst doch, worauf ich hinaus will? Braves Mädchen . . . Dann verstehst du auch, wie wichtig es ist zu betonen, daß sie *zusammen* waren . . . heimliche Treffen in Hotels. Du weißt schon, was du zu sagen hast. Venetia war in Südfrankreich, bei meiner Mutter. Die Leute werden es vielleicht nicht glauben, aber wenn ich und du es behaupten und meine Mutter es bestätigt, wird das schon genügen.«
Gideon kam mit grimmigem Gesicht zurück. Sicherlich hatte er eine

mörderische Unterredung mit Tante Caroline hinter sich, die Venetia noch nie hatte leiden können und ihr auch nie verzeihen würde. Wir aßen zu Abend, und wenig später kam Venetia mit ihrer Mutter. Wir tranken den Kaffee im Salon, dann ging sie zu Bett. Ihr Gepäck sei noch nicht angekommen, sagte ich meiner Haushälterin, denn auf die kontinentalen Züge könne man sich nicht verlassen.
»Wie ärgerlich!« entgegnete Mrs. Finch, die mir kein Wort glaubte. »Soll ich nicht veranlassen, daß man ein paar ihrer alten Kleider wäscht und bügelt?«
»Bitte kümmern Sie sich darum, Mrs. Finch.«
Sonst gab ich keine Erklärungen ab, und ich war dankbar, daß Mrs. Rawnsley und Miss Mandelbaum bei ihrem Besuch so taktvoll waren, keine Fragen zu stellen, denn sicherlich waren ihnen Gerüchte zu Ohren gekommen. Aber ich verheimlichte auch die Tatsache nicht, daß Venetia sozusagen als verlorene Tochter heimgekehrt sei. Natürlich streng vertraulich gestand ich, sie hätte Mann und Heim verlassen, doch Gideon war es als liebendem Ehemann gelungen, sie zur Rückkehr zu bewegen. Und ihre Schwangerschaft hatte sicherlich zu diesem Entschluß beigetragen, denn wie man ja wußte, festigten Kinder eine Ehe, und man konnte diese Tatsache nur als Segen betrachten. Und weil diese Version viel romantischer und besser klang als die Wahrheit, wurde sie nach und nach akzeptiert.
Venetia war wieder zu Hause, und das allein war wichtig. Einen Monat später gab ihr Vater seinen Posten als Generaldirektor auf und übertrug Gideon diese Funktion. Doch daraus wollte ich keine Schlüsse ziehen.
»Siehst du«, sagte Venetia, mit der nun ihr eigenen erstaunlichen Ruhe. »Ich bin wieder einmal verkauft worden. Der Preis war hoch, nehme ich an.«
Doch in ihrer Stimme lag keine Bitterkeit, auch keine Demut. Sie war nicht mehr so schwach wie zu Beginn ihrer Ehe, aber auch nicht dankbar. Sie verhielt sich neutral und hatte sicher dieses Stadium des Nichtfühlens erreicht, das Sally Grimshaws Mutter dazu befähigt hatte, die Vergewaltigung ihrer Tochter mit einem Achselzucken abzutun. »So etwas passiert eben.« Sie war nicht apathisch, aber unendlich resigniert. »So etwas passiert.« Und sie schien sich über Frauen wie mich, die immer noch glaubten, man könne etwas ändern, zu amüsieren.

Ich weiß nicht, ob sie mit Gideon sprach, denn ich selbst lebte ja an der Seite eines Mannes, an den ich nur selten das Wort richtete. Gideon hatte seinen Direktorposten bekommen, und dafür würde ihr Kind ein eheliches sein. Für den Augenblick genügte das. In jenem Winter empfingen wir in *Tarn Edge* keine Gäste; Gideon bewirtete seine Besucher im *Station Hotel*; und Mr. Barforth aß meistens allein in seinem Arbeitszimmer. Weihnachten war ein freudloser, kalter Tag: Gervase war in *Galton*, Gideon in *Listonby*, mein Schwiegervater wie gewöhnlich in seinen Fabriken, und mein Vater mit seiner Frau in Eastbourne. Nur Blanche besuchte uns am zweiten Weihnachtsfeiertag. Sie trauerte ein wenig, weil Noel seinem Regiment nun doch nach Afrika gefolgt war, wo kriegerische Aufstände herrschten. Doch als sie Venetia sah, vergaß sie ihre Sorgen und wohl auch ihre Neugierde, wessen Kind das wohl sei, denn diese Information hatte selbst Sir Dominic nicht seinem Bruder entlocken können.
»Venetia, du siehst gar nicht gut aus.«
»Nein. Aber dafür siehst du blendend aus, Blanche.«
»Ja. Du besuchst mich doch in London, wenn du das alles hinter dir hast – zusammen mit Grace? Das wird dich zerstreuen und auch mich auf andere Gedanken bringen, denn ich bin ganz krank vor Sorge um Noel. Ihm gefällt es ja, wenn er den Soldaten spielen kann. Aber mir überhaupt nicht. Und wenn ich einen Brief von ihm bekomme, kann er in der Zwischenzeit schon tot sein.«
Doch als ich sie dann zu ihrer Kutsche begleitete, sagte sie schnell: »Es geht ihr nicht gut, nicht wahr? Was sind sie doch alle für gemeine Kerle. Dominic sagte doch unverblümt zu Gideon, er hoffe, daß die Barforth' sich dafür erkenntlich gezeigt hätten. Und Gideon antwortete grinsend, er könne sich nicht beklagen. Und Tante Caroline redet den ganzen Tag nur davon, daß es am besten ein Mädchen würde, denn ein Mädchen kann man ja mit einer Mitgift abfinden, während ein Junge erbberechtigt ist – und hätte Gideon sich schon überlegt, wie er die Interessen seiner eigenen Kinder schützt, falls er und Venetia jemals welche haben sollten? Und wenn ich dann Venetia anschaue, kommt mir das alles so schrecklich vor. Du meine Güte? Noel hätte sich niemals so benommen. Noel wäre verständnisvoll gewesen. Nun, ich werde ihm schreiben, daß er sein Regiment verlassen soll. Er wird zu Hause gebraucht.«
Venetia ging es nicht gut. Gleich zu Beginn ihrer Schwangerschaft

waren ihre Füße geschwollen. Ihre Hände waren so aufgedunsen, daß sie keine Ringe tragen konnte. Und immer wieder erlitt sie Schwindelanfälle. Ihr Bauch war aufgebläht, während ihre Glieder und das Gesicht sehr dünn blieben. Ihre ganze Kraft schien in diesem enormen Leib zu ruhen.

Im Januar war sie so unsicher auf den Füßen, daß sie nur mühsam gehen konnte und man ihr verbot, ohne Hilfe Treppen zu benutzen. Im Februar hütete sie drei lange grauverhangene Wochen das Bett. Sie schlief viel und lächelte über die mit besticktem Leinen ausgestattete Wiege, die wir in ihr Zimmer gestellt hatten.

»Ich habe noch nie jemanden gesehen, der so ausgezehrt wirkt«, sagte ihre Mutter zu mir, »außer – mein Gott! Ich wünschte, der Gedanke wäre mir nicht gekommen! Ich habe wilde Vögel in Käfigen gesehen, die nicht einmal mehr wegfliegen wollten. Das ist furchtbar traurig. Was hat er ihr angetan, Grace, daß sie derart erschöpft ist?«

»Sicherlich nichts, wovon er glaubte, daß es sie verletzen könnte. Ich denke er behandelte sie so, wie sie behandelt werden wollte.«

»Gibt es Frauen, die das aushalten?«

»Vielleicht. Aber Venetia gehört nicht zu ihnen. Ich glaube, diese Erkenntnis hat ihr das Herz gebrochen.«

Manchmal redete Venetia auch viel, doch immer nur von der Vergangenheit. Sie sprach nie von Robin Ashby oder Charles Heron, nur von sich, wie sie einmal in ihrer Jugend gewesen war, voller Freude und Lebenslust. Doch hatte sie nie die Grenzen ihres Geschlechts und ihrer Herkunft erkannt und die Pflichten akzeptiert, die ihr Stand ihr auferlegte. Sie hatte lange gebraucht, um zu begreifen, daß sie niemals ein Forscher, Arzt, Rechtsanwalt oder Architekt werden könnte, jemand, der *aktiv* sein Leben gestaltete. Ja, sie hatte sich sogar geweigert, ihre Pferde im Damensitz zu reiten oder ein Korsett zu tragen.

»Mein Gott? Erinnerst du dich, welche Mühe sie mit mir hatten, als sie mich zum ersten Mal einschnürten? Ich lag auf dem Boden, und Mary-Jane stemmte den Fuß gegen meinen Rücken und zog und zog, bis ich kaum noch atmen konnte. Und was hatte das für einen Sinn? Ich war doch flach wie ein Waschbrett und hatte überhaupt keinen Busen. Niemand hätte sagen können, ob ich ein Korsett trug oder nicht, aber ›keine anständige Frau geht jemals ohne Korsett aus‹. Mein Gott, wie ich darüber gelacht habe.«

Die Mode jedoch hatte sie gezwungen, ein Korsett wie alle Frauen zu tragen. Und das Reiten hatte sie aufgegeben, nicht weil sie im Damensitz reiten sollte, sondern weil ihr der Fuchs bei den Jagden so leid tat. Auch konnte sie jetzt nicht mehr auf die alten Eichen in *Galton* klettern oder stundenlang, eingerollt wie eine Katze, unter seinen schattenspendenden Zweigen liegen.

Ende Februar kam sie die Treppe herunter und setzte sich in den Salon. Ihr Leib war derart grotesk angeschwollen, daß es unmöglich schien, ihr Kind würde erst in zwei Monaten auf die Welt kommen. Ich engagierte ein Kindermädchen und eine Amme, da der Arzt es mir riet.

»Noch zwei Monate«, sagte Venetia. »Bis dahin werde ich dick wie ein Faß sein.«

Aber in der Nacht zum vierzehnten März setzten schon ihre Wehen ein. Mrs. Winch, das Kindermädchen und ich brachten sie zu Bett. Wir benachrichtigten den Arzt, ihren Mann und ihre Mutter. Ich fühlte eine seltsame Erregung wie als Kind zur Weihnachtszeit, die jedoch leicht in Tränen umschlagen konnte.

Von einer wirklichen Schwangerschaft hatte ich keine Ahnung. Lange hatte ich kein Kind gewollt. Und nun – zum ungünstigsten Zeitpunkt – verzehrte ich mich vor Sehnsucht danach, mein eigenes Kind in den Armen zu halten, wollte gebraucht werden, doch im Augenblick brauchte mich Venetia mehr.

Sie ertrug die Wehen während der ganzen Nacht, den nächsten Tag und die folgende Nacht. Das sei nicht ungewöhnlich, meinte der Arzt, für eine Erstgebärende, als Mrs. Barforth ihn bat, ihrer Tochter ein Medikament zu geben. Man könne nur abwarten.

»Liebe Mrs. Barforth«, sagte Dr. Blackwood beruhigend. »Das ist eine weibliche Angelegenheit, die nie ohne Schmerzen abgeht.«

»Ja, das weiß ich, Dr. Blackwood. Ich kann mich noch sehr gut an diese speziellen Schmerzen erinnern.«

»Dann sollten wir doch das alles ganz gelassen nehmen, Mrs. Barforth. So können wir Ihrer Tochter am besten helfen.«

Mrs. Barforth und ich setzten uns neben Venetias Bett und versuchten, so gut wir konnten, ihr Mut zu machen. Doch am Morgen des sechzehnten waren ihre Wehen so heftig und schmerzhaft, daß sie kaum noch Atem schöpfen konnte. Ihre Wangen waren tief eingesunken und ihre Augen von dunklen Ringen umschattet. Sie war erschöpft und kaum noch bei Bewußtsein. Der Arzt hatte einen

Kollegen zugezogen, einen jüngeren Mann, der sehr kompetent schien.
»Vielleicht lassen Sie uns jetzt mit ihr allein«, sagte der neue Arzt, und ich ging nach unten, zu den anderen, die im Salon warteten. Alle waren übernächtigt, selbst Gideons Gesicht wies Zeichen der Schlaflosigkeit auf – und auch der Schuld, die Männer immer bei diesen Gelegenheiten empfinden.
»Es geht ihr nicht gut?« fragte Mr. Barforth barsch, als ob ich dafür verantwortlich wäre.
»Ich glaube, sie geben ihr jetzt etwas. Ich weiß nicht . . .«
»Sie geben ihr etwas?« schrie er. »Verdammt noch mal, das hoffe ich doch! Wenn das noch länger dauert, kannst du mir diesen scheinheiligen Blackwood runterschicken, dann werde ich *ihm* etwas geben.«
»Es gibt noch andere Ärzte«, sagte Gideon. »Meine Mutter kennt sicher den besten. Ich reite nach *Listonby*.«
»Das mache ich«, sagte Gervase und sprang auf die Füße. Sein Gesicht war weiß, und er sah verzweifelt aus. »Geh du in die Fabrik, Gideon. Ich kümmere mich darum.«
Ich will mich nicht über die Schwierigkeiten einer Geburt auslassen. Entweder man hat geboren und weiß darüber Bescheid, oder man hat es nicht; dann ist es müßig, darüber zu schreiben oder es verstehen zu wollen. Venetia schlief eine oder zwei Stunden an jenem Morgen. Sie wimmerte während ihres Schlafs. Ihr Gesicht war eingefallen, nur die Nase trat scharf hervor, so daß ihr Kopf wie der eines Vogels aussah. Und als um die Mittagszeit ihre Wehen mit großer Heftigkeit erneut einsetzten und das Kind noch immer nicht kam, erklärte der junge Arzt, sie habe jetzt genug gelitten und er wäre dafür, eine Zangengeburt einzuleiten, während Dr. Blackwood weiterhin für eine normale Geburt plädierte.
Ich stand gegen die Wand des Korridors gelehnt und war zu Tode erschrocken, als die beiden Ärzte meiner Schwiegermutter ihre Theorien unterbreiteten.
»Es besteht die Gefahr, daß ihr Herz das nicht aushält«, sagte der junge Arzt. »Und außerdem hat sie genug gelitten.«
»Natürlich«, sagte Dr. Blackwood auf seine onkelhafte Art. »Aber eine Zangengeburt, mein lieber Junge . . . Natürlich können wir der Mutter auf diese Weise Schmerzen ersparen, doch wir wissen, daß das Kind auch ein Schädeltrauma davontragen kann, das können

Sie nicht bestreiten . . . Und es ist unsere Pflicht, die Verwandten auf diese Möglichkeit hinzuweisen.«
»Leiten Sie die Zangengeburt ein«, sagte meine Schwiegermutter.
Aber der junge Arzt sah nur fragend Dr. Blackwood an, denn Venetia war die Patientin Blackwoods, aber Dr. Blackwood schüttelte den Kopf und lächelte sein onkelhaftes Lächeln.
»Liebe Mrs. Barforth, natürlich leiden Sie mit Ihrer Tochter, doch sie ist jung genug, um es ertragen zu können. Außerdem wissen wir, daß diese Schmerzen unerläßlich sind, um die mütterliche Liebe zu dem Kind zu wecken. Und weder Ihre Tochter noch deren Mann würden uns danken, sollte die Gesundheit des Kindes durch einen chirurgischen Eingriff beeinträchtigt werden. Vor allem müssen wir an das Leben des Kindes denken, vielleicht wird ihm ja der Sohn und Erbe geboren.«
»Fangen Sie endlich damit an!« schrie Mrs. Barforth.
»Auf wessen Verantwortung?«
Sie drehte sich wortlos um und schritt den Korridor entlang, hoch aufgerichtet wie ein Paradesoldat. Minuten später kam sie mit ihrem Mann zurück.
»Sie gehen jetzt in das Zimmer und tun alles, was in Ihrer Macht steht«, sagte Mr. Barforth zornig an den jungen Arzt gewandt. »Und Sie, Blackwood, *assistieren* ihm – falls er Sie braucht.«
»Aber der Ehemann«, sagte Dr. Blackwood ölig, der an hysterische Ausbrüche während des Kindbetts gewöhnt war. »Ich bestehe immer auf der Einwilligung des Ehemannes in solchen Fällen.«
»Der Ehemann«, brüllte Mr. Barforth, »wird sich meiner Entscheidung beugen, genau wie Sie.«
Die beiden Ärzte narkotisierten Venetia mit Chloroform. Mrs. Barforth kniete neben dem Bett ihrer Tochter und hielt ihre Hand. »Liebling«, sagte sie, »es dauert nicht mehr lange.« Und ich sah Venetia daliegen, ehe die Krankenschwester mich hinausscheuchte, diesen vogelhaften Kopf, von schweren Wellen ihres kastanienbraunen Haars umgeben, das jetzt dunkel vom Schweiß war, ihre aufgebissenen Lippen, ihr von unerträglichen Schmerzen gezeichnetes Gesicht . . . Nichts war von ihrem wahren Selbst übriggeblieben, sie war nur ein weiblicher, aufgedunsener Körper, der sich vor Qual wand.
Ich stand wieder gegen die Wand gelehnt da, mit geschlossenen Augen, und lauschte auf die Geräusche: die Schritte, plötzliche Ausru-

fe, gedämpftes Murmeln. Und dann, als ich schon die Hoffnung aufgegeben hatte, erklang ein leises Wimmern, und Tränen der Dankbarkeit strömten über mein Gesicht. Ich hatte mein Zeitgefühl verloren und wußte nicht einmal mehr, welcher Tag es war, geschweige denn, welche Stunde. Aber es war vorüber. Jetzt konnte sie sich ausruhen, mit ihrem Kind, das neben ihr in seiner Wiege lag, konnte sich verwöhnen lassen, läge da, in ihrem Bett, von Blumen und Geschenken umgeben, wie junge Mütter sie erhielten. Und ich wurde wieder aufgeregt, war begierig ihr zu sagen, wie tapfer sie gewesen wäre, so daß ich meine Angst und Müdigkeit ganz vergaß.
»Es ist ein Mädchen«, sagte Mrs. Barforth da. Steif wie eine alte Frau kam sie aus der Tür. »Geh und sag es ihnen.«
Doch als ich auf sie zuging, weil ich Venetia sehen, das Kind berühren wollte, schrie sie mich an: »Grace! Sag es ihnen!« Ihre schlanke Gestalt verwehrte mir den Zutritt, bis irgend jemand sie zurück in das Zimmer rief. Da schlug sie die Tür vor mir zu.
Aber ihre Absicht, mir unnötiges Leid zu ersparen, war überflüssig, denn ich hätte nicht gewagt, das Zimmer zu betreten. Ich wußte, dort war etwas Entsetzliches geschehen, und instinktiv wollte ich davonlaufen.
Ich hörte jemanden schluchzen und dann die schmerzbeladene, zornige Stimme meiner Schwiegermutter. »Gehen Sie, und sagen Sie es ihnen!« rief sie. »Erzählen Sie ihnen, daß Sie die Mutter nicht retten konnten, das Kind aber lebt. Wahrscheinlich erwarten Sie dafür noch Dank. *Gehen Sie*!«
Und es war Dr. Blackwood, der ihren Befehl ausführte und die Treppen hinuntereilte. Sein junger Kollege kam gleich darauf, noch immer in Hemdsärmeln, dann die Kinderschwester, Mrs. Winch, beide Ärzte wieder und dann Mrs. Barforth mit einem Bündel in den Armen, das ich mir nicht ansehen wollte. Darauf wurde die Wiege von der Amme in ein anderes Zimmer gebracht, da Venetia von uns gegangen war – wann? War seitdem schon eine Stunde verstrichen?
Ich ging zum Treppenabsatz, meine Glieder schmerzten, und lehnte den Kopf auf das Geländer und blickte hinunter in die Halle, wo die Dienstmädchen wispernd zusammenstanden, bis Chillingworth erschien und sie auseinanderscheuchte. Die Salontür stand ein wenig offen. Ich wußte, daß Mr. Barforth und Gideon und vielleicht auch Gervase sich dort aufhielt. Ich wußte, daß ich zu ihnen hinunterge

hen sollte, aber ich konnte es nicht. Es war meine Pflicht. Mrs. Barforth mußte sich um ihre Enkelin kümmern und hatte keine Zeit für die vielen Dinge, die jetzt erledigt werden mußten. Jemand mußte die Ruhe bewahren und den Dienstboten Anweisungen erteilen und – den Männern dort unten Trost spenden. Und zum ersten Mal in meinem Leben drückte ich mich vor etwas – denn sollte ich bei Gideon auch nur das geringste Zeichen der Erleichterung entdecken, da das Kind ja ein Mädchen war, seine Frau tot und alles Geld ihm gehörte –, würde ich ihn umbringen wollen, und ich hatte weder die Kraft noch die Neigung, zwischen ihm und Gervase zu vermitteln. Aber am meisten fürchtete ich, Mr. Barforth' Schmerz hilflos gegenüberzustehen, denn er war ein Mann, der Schmerz nicht kannte, und ich wollte ihn nicht zusammenbrechen sehen, wo ich selbst dem Zusammenbruch so nahe war.

Und so blieb ich weiter am Geländer stehen und bemerkte nur so triviale Dinge wie das Schlagen der Uhr, das verkündete, daß es schon später Nachmittag war. Der sechzehnte März, dachte ich. Wir waren beide vierundzwanzig, und bald würde ich fünfundzwanzig werden. Was macht es schon aus? Und ich ging langsam die Treppe hinunter – weil es nichts mehr ausmachte –, und ich weiß nicht, welches Wunder gerade in diesem Augenblick Tante Faith ins Haus brachte. Seit zwanzig Jahren hatte sie diese Schwelle nicht mehr überschritten, und einen Moment lang glaubte ich, ihr Erscheinen wäre eine Fata Morgana.

»Grace«, fragte sie. »Ist es wahr?«

»Nein«, antwortete ich. »O ja – es stimmt«, und warf mich in ihre Arme. Aber das Zuschlagen der Salontür ließ mich aufschrecken – denn einst hatten sich die Barforth-Brüder zerstritten –, und selbst jetzt wußte ich nicht, ob mein Schwiegervater Tante Faith erlauben würde zu bleiben.

Vielleicht wollte sie es auch nicht.

»Nicholas?« sagte sie, als er in die Halle kam. Sein Gesicht wirkte wie aus staubigem Granit gemeißelt.

»Faith.« Und einen Augenblick glaubte er seinen Augen nicht zu trauen.

»Oh, mein Gott! Faith . . .«

Und sie ging schnell auf ihn zu, als spüre sie seine aufsteigenden Tränen und wollte ihn beschützen und trösten. Sie gingen zusammen in den Salon und machten die Tür hinter sich zu.

Ich war mit Gideon allein in der Halle, und nach einer Weile frostigen Schweigens setzte ich mich auf einen Stuhl. Ich hatte Gideon nichts zu sagen. Viele Menschen würden ihr Mitgefühl bekunden und ihm sagen: »Kopf hoch, alter Junge. Schließlich haben Sie ja noch eine Tochter zu Ihrem Trost.« Aber das Kind war nicht seine Tochter. Sie war kein Trost, aber auch keine Last für ihn. Nun war er frei und konnte wieder eine reiche Frau heiraten und Söhne zeugen, die Venetias Geld erben würden. Und weil das Schicksal ihn wieder einmal zum Sieger gemacht hatte, war es leichter für mich, ihn zu hassen. Eine halbe Stunde saß ich da und beschuldigte ihn in Gedanken all dessen, was geschehen war. Vor Jahren hatte ich ihn gefürchtet, weil er ein Mitgiftjäger war und kurz zwischen meinem Reichtum und Venetias gezögert hatte. Und ich hatte so recht gehabt, mich von ihm fernzuhalten. Bereitwillig hatte er Venetia aus Charles Herons schmutzigen Händen genommen und war nicht allein mit dem Geld zufrieden gewesen, sondern hatte versucht, seine Frau, die ihm nicht paßte, zu ändern. So wie er den ganzen Haushalt hier nach seinen Vorstellungen, seinem Geschmack geändert hatte. Er war ein Opportunist und auch ein sinnlicher Mann, wie ich vermutete, doch ohne Zärtlichkeit für seine Frau. Jetzt war er Witwer, mit einer tadellosen Haltung. Er sah nicht kummervoll, nur traurig aus. Seine adlige Erziehung verbot ihm jede Gefühlsregung. Es war eine Schande, und ich starrte ihn voller Haß an, bis er die Stirn runzelte und einen Schritt auf mich zukam.

»Was habe ich denn getan, Grace Barforth?«

»Was willst du damit sagen?«

»Das weißt du sehr gut. Du bist doch sonst nicht so zimperlich. Komm, Grace . . . raus damit . . . was denkst du?«

»Ich denke überhaupt nicht an dich.«

»Aber ja, das tust du. Und selbst wenn das Schlechteste, was du über mich denkst, wahr sein sollte . . . Sag mir doch, was habe ich getan, das nicht auch dein Vater getan hat – außer daß Mrs. Delaney älter war und sich ihr Geld auf unrechte Weise angeeignet hat?«

Doch da tauchte plötzlich Tante Faith auf und machte dem ein Ende. Sie umarmte Gideon voller Mitleid und sagte zu ihm: »Niemand würde etwas dabei finden, wenn du jetzt nach *Listonby* zu deiner Mutter fährst.«

»Bin ich hier im Wege, Tante Faith?«

»Nein, Liebling. Du leidest und kannst es nicht zeigen, wie Nicholas. Ich biete dir nur eine Möglichkeit, dich zu verstecken.«
Er leidet doch niemals, dachte ich. Sie gibt ihm nur die Gelegenheit, daß er seiner Familie erzählen kann, er sei wieder frei, und daß Tante Caroline ihn auf dem Heiratsmarkt präsentieren kann. Das Herz lag mir wie ein Stein in der Brust.
»Grace«, sagte Tante Faith da, »bitte begleite mich.« Sie nahm mich bei der Hand und führte mich die Treppe hoch. Tränen rannen ihr über die Wangen. Ich glaubte, sie wolle Venetia noch einmal sehen, und wollte ihr meine Hand entziehen, denn ich konnte dieses Zimmer nicht mehr betreten.
»Nein, Liebes«, sagte sie, und wir gingen einen Stock höher, in den Flügel, wo die Kinderzimmer lagen. Daran erinnerte sie sich sicher noch aus ihrer Kinderzeit, als sie hier mit Tante Caroline gespielt hatte.
Die Kinderschwester sprang sofort auf und machte einen Knicks. Sicher war sie erleichtert, daß eine ältere Verwandte jetzt die Verantwortung übernahm, denn das Kind war sehr klein und die Amme ein Bauerntrampel, und die arme Mutter der Toten hatte man jetzt auf Anordnung des Arztes zu Bett gebracht und ihr eine Dosis Laudanium verabreicht, die einen Esel umgeworfen hätte.
»Sie wird erst morgen früh wieder aufwachen, Ma'am.«
»Gut«, entgegnete Tante Faith. »Ich denke, wir werden es bis dann sehr gut allein schaffen, Schwester. Grace, Liebes, komm doch und sieh dir dieses hübsche Elfchen an.«
Ich brauchte lange, bis ich das Zimmer durchquert hatte, und als ich schließlich vor der Wiege stand, neigte ich den Kopf mit geschlossenen Augen.
»Sie sie dir an, Liebes«, sagte Tante Faith, und an ihrer Stimme merkte ich, daß sie noch immer weinte. Doch dann legte sie eine Hand auf meine Schulter und schüttelte mich. Ich gehorchte und sah den winzigen Kopf, lang bewimperte Lider, die in friedlichem Schlaf geschlossen waren, das leichte regelmäßige Atmen und winzige Fäustchen.
Als ich aus dem Zimmer ging, weinte ich wie Tante Faith und dachte zum ersten Mal an Gervase und mußte feststellen, daß er mir immer noch etwas bedeutete. Wenn ich ihm jetzt die Hand reichte, würde er sie nehmen? Würde er mich wieder brauchen? Wollte ich, daß er mich wieder brauchte? War dies die letzte Gelegenheit zur Versöh-

nung, die uns blieb? Ich hörte seine Stimme in der Halle und lief die Treppe hinunter. Er und Gideon standen sich in unversöhnlicher Feindschaft gegenüber. Jahrelang hatte ich diese Konfrontation gefürchtet, war immer bereit gewesen einzuschreiten, doch jetzt stand ich hilflos daneben.

»Soll ich dich vielleicht jetzt beglückwünschen, Gideon?«

Vor noch nicht einmal einer Stunde hatte ich dasselbe gedacht, aber nun jagte mir der Haß in Gervases Stimme einen eisigen Schauer über den Rücken.

»Geh zum Teufel, Gervase!«

»Das würde mich nicht wundern. Und wo gehst *du* hin, Gideon? Nach *Listonby,* um ihnen die gute Nachricht zu überbringen.«

»Geh mir aus dem Weg!«

»Oh, das bringst du sicher fertig.«

»Ja, dazu wäre ich in der Lage.«

Und mit einem Fluch legte Gideon Gervase die flache Hand auf die Brust und stieß ihn brutal zurück.

Ich schüttelte ungläubig den Kopf und warf mich zwischen die beiden. Es war eine skandalöse, widerliche Situation. »Hört auf!« schrie ich und machte mich gleichermaßen lächerlich.

»Du weißt überhaupt nicht, was du an ihr gehabt hast«, zischte Gervase. Er zitterte am ganzen Körper. »Das waren Perlen vor die Schweine geworfen, und du warst das Schwein, Chard.«

»Ich habe es nicht nötig, mich vor einem faulen Parasiten zu rechtfertigen – und vor einem verdammten Herumtreiber, wie du einer bist.«

»Ja, weil du nichts zu deiner Verteidigung vorbringen kannst.«

»Ich habe es dir schon einmal gesagt, Gervase: Geh mir aus dem Weg! Und aus den Augen. *Sofort!*«

»Und aus *deinem* Haus wohl auch. Das willst du doch, Gideon, nicht wahr?«

Gideon schwieg.

»Ich habe verstanden«, sagte Gervase. »Hör mir gut zu, Chard. Ich will dir sagen, was du mit diesem Haus und den Fabriken machen kannst.«

Und er sagte es ihm. Es war eine Sturzflut ordinärster Obszönitäten, mit bitterster Verachtung hervorgestoßen. Und als er das getan hatte – als er somit den Barforth in sich getötet hatte –, lief ich hinter ihm her in den Garten und holte ihn in der Nähe der Ställe ein.

»Gervase ... Oh, Gervase ... warte einen Augenblick ...«
Aber er hatte die Nerven verloren und war den Tränen nahe. Er schüttelte meine Hand ab, als hätte ich ihn beschmutzt.
»Laß mich in Ruhe.«
Und da ich nicht von ihm abließ, nahm er mich bei den Schultern und schüttelte mich schmerzhaft.
»Du hast mich gehört, Grace. Ich habe ihm gesagt, was er mit dem Haus und den Fabriken tun kann. Das schließt dich mit ein, Grace. Das sollst du wissen. Läßt du mich *jetzt* gehen?«
Ich sah ihn um die Ecke verschwinden und ging zum Haus zurück. Ich ging wie im Traum, jeder Schritt war von bleierner Schwere und kostete mich unsägliche Kraft.
Gideon stand in der offenen Tür. Das Licht hinter ihm unterstrich seine machtvolle Gestalt, seine Selbstsicherheit und Autorität; Gideon, der Anführer der Herde, der seinen Rivalen vertrieben hatte. Er war kein Mitgiftjäger mehr, denn Geld besaß er jetzt, aber der dominierende Mann des Klans, denn der Alte würde ihn nicht länger herausfordern, und der Junge hatte sich ihm nicht gewachsen gezeigt.
»Laß ihn gehen«, sagte er ruhig und war sicherlich davon überzeugt, daß ich – eine Frau seines Klans – ihm gehorchen mußte. »Gib ihm Zeit sich wiederzufinden ... das kann nicht schaden. Und du, Grace, komm ins Haus.«

18

Venetia hatte viele Fehler im Leben begangen, so viele, daß sie schließlich daran endgültig zerbrochen war. Ich an ihrer Stelle wäre nicht auf Charles Heron hereingefallen, und hätte ich einer Vernunftehe zugestimmt, hätte ich mich weitaus besser der Situation angepaßt. Auch wäre ich nicht mit Robin Ashby durchgebrannt. Ich war aus härterem Holz geschnitzt und hätte überlebt. Da ich weniger vom Leben erwartete, wurde ich auch besser mit Enttäuschungen fertig, und da ich auch weniger ehrlich war, konnte ich leichter Kompromisse schließen. Doch ich glaube, niemand trauerte mit dieser Intensität um sie. Die Welt war kälter und ärmer ohne sie geworden.
Nur unter Aufbietung aller Kräfte hielt ich mich an diesem stürmi-

schen Märztag aufrecht an ihrem Grab und versuchte nicht daran zu denken, wer in dem Sarg lag. Ich hatte sie nicht mehr angesehen und nicht auf die Worte derer gehört, die behaupteten, sie »schliefe« nur und »sähe so schön« im Tode aus. Ich wußte, sie war tot, und daran konnte ich nichts Schönes finden.

Wie versteinert stand ich da. Miss Mandelbaums und Mrs. Rawnsleys Tränen irritierten mich, doch am meisten ärgerte ich mich über den Pfarrer, der sich darüber zu freuen schien, »daß sie zu gut für diese Welt gewesen wäre und jetzt in höheren Gefilden weilte«.

Natürlich war ihre Beerdigung ein Ereignis. Alle fünf Barforth-Fabriken waren an diesem Tag geschlossen, so daß die steile Kirkgate, die zur Kirche führte, mit Barforth-Angestellen gesäumt war. Sie reckten die Hälse, um auch ja nichts von dieser schwarzgekleideten Parade der Cullingforder Prominenz zu versäumen, deren Höhepunkt Tante Carolines schwarze Kutsche mit dem herzoglichen Wappen bildete.

Auch von weit entfernt waren Trauergäste eingetroffen, nicht um Venetia die letzte Ehre zu erweisen, die sie gar nicht gekannt hatten, sondern um ihrem Vater, Mann und auch Großvater, Sir Joel Barforth, zu kondolieren, dessen Witwe nun seit fünfundzwanzig Jahren zum ersten Mal wieder zwischen ihren Söhnen stand. Tante Faith klammerte sich an Sir Blaizes Arm, meine Schwiegermutter stand sehr aufrecht da und lehnte sich dann plötzlich – wohl das erste Mal seit Jahren – gegen ihren Mann.

Der Witwer stand inmitten seiner Familie, das Gesicht ernst, aber ausdruckslos. Tante Caroline wußte nicht recht, welcher Gesichtsausdruck angemessen war, da sie Venetia nicht hatte leiden können, durch ihren frühen Tod aber verstört war. Blanche weinte, und Sir Dominic, jeder Zoll ein Baronet, langweilte sich sicher entsetzlich. Ich stand bei meiner Familie und neben dem Haltung bewahrenden, aber nicht ganz nüchternen Liam Adair. Eine Hand hatte ich auf Vaters Arm gelegt und war sogar über Mrs. Agbriggs Anwesenheit froh, die mich von Gervase abschirmte. Seit Venetias Tod hatte ich ihn nicht wiedergesehen. Sein Gesicht war bleich und geisterhaft.

Wir gingen alle, bis auf Gervase, der noch einen Augenblick am Rand des Grabes stehenblieb und sich dann in entgegengesetzter Richtung entfernte. Wir bestiegen unsere Kutschen und fuhren nach *Tarn Edge* zurück, wo ich den Damen Tee und den Herren Brandy servieren ließ. Ich besprach mich mit Mrs. Winch wegen des Mittagessens; ich funktionierte wieder wie die Maschine, die aus mir geworden war.

Aber heute herrschte zwischen meinen Verwandten nicht die Feindseligkeit, an die ich gewöhnt war. Auf dem Friedhof hatte Sir Blaize lange die Hand seines Bruders gehalten und war eine ganze Weile neben ihm stehengeblieben, auch Tante Caroline setzte ihren Streit nicht mit ihrer Schwägerin fort, die nun ihre einzige Tochter verloren hatte. Als sich alle Gäste verabschiedet hatten, versammelte die Familie sich um das Kaminfeuer im Salon und sprach von glücklichen Tagen.

»Was soll nun aus dem armen Kind werden?« fragte Tante Caroline, die Gideon jede Verantwortung dafür ersparen wollte, da es nicht sein Kind war, und die es haßte, diese Lüge aufrechterhalten zu müssen. Doch Mr. Barforth schüttelte nur den Kopf und sagte müde: »Mach dir darüber keine Sorgen, Caroline. Schließlich ist genug für alle da – mehr als genug.«

»Das will ich gern glauben, Nicholas. Denn schließlich hat dir unser Vater ein florierendes Unternehmen hinterlassen. Aber davon wollte ich nicht sprechen. Das Kind muß schließlich ›erzogen‹ werden. Grace, Liebes, solltest du je einen Rat brauchen, wäre ich glücklich, du wendest dich an mich. Kinder sind nicht immer so einfach, wie man allgemein annimmt.«

»Grace wird schon damit zurechtkommen«, sagte mein Schwiegervater, und sofort ließ die Familie im Chor ein beifälliges Murmeln hören. »Natürlich wird sie das.« – »Grace ist doch so überaus tüchtig.« – »Wie glücklich du dich schätzen kannst, Nicholas, sie hier im Haus zu haben. Wie praktisch und angenehm für dich!« – »Grace liebt Kinder.«

Liebte ich Kinder? Doch welchen Unterschied machte das schon? Wieder galt es eine rein weibliche Pflicht zu erfüllen. Und offensichtlich war ich die Frau, die sie zu erfüllen hatte. Niemandem war es in den Sinn gekommen, daß ich Einwände dagegen machen könnte, vielleicht andere Pläne oder Wünsche hatte.

»Ich nehme an, du möchtest gern das Taufkleid der Chards ausleihen«, sagte Tante Caroline ein paar Tage später mit deutlichem Widerwillen zu mir. Sie nahm wohl an, daß ich an dem kleinen Wesen Mutterstelle vertreten würde.

»Natürlich möchte sie das«, antwortete Blanche für mich, die sich

Tante Caroline weitaus weniger unterwürfig zeigte als gewöhnlich. »Ich habe es mitgebracht. Es liegt draußen in der Kutsche. Doch ich warne dich, Grace. Es wurde für *Riesen* angefertigt. Du wirst es enger schneidern lassen müssen, damit es dem Würmchen paßt.«
Die Taufe war kein frohes Ereignis. Blanche und ich – noch immer in Schwarz – fungierten als Taufpatinnen. Gideon hätte eigentlich darauf bestehen sollen, daß sie in der Kapelle von *Listonby* stattfand. In der Cullingforder Kirche wirkte er leicht verstört, denn hier hatte er seine Frau geheiratet, deren Kind er nun taufen ließ, nicht seins. Und Gervase als leiblicher Verwandter hätte die Patenschaft anbieten sollen, aber er war nicht da. Wir brachten das kleine anonyme Wesen in kostbare Spitze gehüllt zur Kirche und nahmen sie als Miss Claire Chard mit nach Hause zurück, in den Armen ihrer Tante Blanche – die auch den Namen ausgewählt hatte.
An jenem Abend speiste ich allein mit meinem Schwiegervater. Wir wurden so exquisit bedient, als wären wir auf einem Bankett. Das Kind lag wohlumsorgt in seiner Wiege. Gideon hatte den Zug nach London bestiegen und würde übermorgen zurückkommen. Gervase war nicht zu Hause.
Ich ließ Mr. Barforth mit seinem Brandy und seinen Zigarren allein und setzte mich in den Salon. Ich trank meinen Kaffee und warf einen resignierten Blick auf den Stapel Kondolenzbriefe, die ich beantworten mußte. Das war mein Leben. Gideon würde kommen, und ich mußte mich um seine Wäsche, Anzüge und sein Wohlbefinden kümmern. Bald würde er wieder erlesene, kleinere Dinners für seine Freunde geben. Ich hatte dafür zu sorgen. An Sonntagnachmittagen würde ich meinen Vater besuchen und Blanche gelegentlich in London. Weiterhin würde ich an den langweiligen Teekränzchen teilnehmen. Gervase würde nicht hier sein. Vielleicht würde Gideon wieder heiraten, natürlich eine Frau, deren Herkunft und Geld ihr eine Machtstellung in *Tarn Edge* verleihen würde. Und mein Schwiegervater würde nicht ewig leben. Wo würde Gervase dann sein?
»Grace, geht es dir nicht gut?« fragte Mr. Barforth, als er den Salon betrat und sich schwer in den Sessel mir gegenüber fallen ließ.
»Oh, doch . . . ganz gut.«
»Ja. Das würdest du noch auf dem Totenbett behaupten. Grace, ich muß dir etwas sagen.«
»Ja?« Aber ich fühlte mich plötzlich sehr müde, meine Lider brannten, und ich konnte kaum Interesse aufbringen.«

»Es betrifft *Galton.*«
Und selbst in diesem Moment, als mir klar wurde, daß es auch Gervase betraf, wurde meine Neugier nicht größer.
»Ich habe die Abtei meiner Frau vermacht, Grace. Sie kann jetzt vollständig und allein darüber verfügen. Ich frage mich, ob du weißt, was das bedeutet?«
»Sie haben sie freigegeben.«
Er lächelte. »So mag sie es sehen. Aber es heißt noch mehr.«
»Ich weiß. Es bedeutet, sie kann den Besitz jederzeit Gervase vermachen, und er kann mit den zehn Prozent Einkommen aus den Fabriken dort wie sein Onkel Peregrine leben.«
»Hast du das Gefühl, daß ich dich im Stich gelassen habe?«
»Warum sollten Sie sich um mich Sorgen machen?«
»Das ist dummes Geschwätz«, entgegnete er brüsk. »Es ist dir sicherlich nicht recht, den Besitz in den Händen deines Mannes zu wissen. Das wußte ich, als ich meine Entscheidung traf. Doch diese Entscheidung galt es zwischen den Wünschen meiner Frau und deinen Wünschen zu treffen, und ich entschied mich für meine Frau. Ich schuldete ihr etwas. Ich habe bezahlt – und da du wahrscheinlich auch noch bezahlen mußt, Grace –, nun, ich habe selten das Bedürfnis, meine Beweggründe darzulegen. Vielleicht hörst du mir eine Minute zu. Du hast lange genug in diesem Haus gelebt, um zu wissen, wie es um mich und Georgiana steht. Vielleicht sind die Dinge für dich leichter, wenn du weißt, warum es so ist. Georgiana hat mich wegen meines Geldes geheiratet. Das ist kein Geheimnis und schien mir damals nur gerecht. Ich habe sie geheiratet, weil ich sie haben wollte, und es war nicht allein ihr Fehler, daß unsere Ehe Schiffbruch erlitt. Ich mußte zu meiner Überraschung feststellen, daß ich für feste Bindungen nicht geeignet bin, und so konzentrierte ich mich auf das, was mir liegt – die Fabriken zu leiten und Geld zu verdienen. Dessen schäme ich mich nicht. Ich glaube, ich hätte meinen Sohn nach meinen Vorstellungen formen können, hätte ich mich nur um ihn gekümmert. Aber als er von sich aus keine Anstrengungen machte, habe ich bald aufgegeben. Ich kann meinen Geschäftsführern und Gideon etwas beibringen – bei Gott, das kann ich! Denn das Lernen ist für sie so hart, daß ihnen die Arbeit dazu im Vergleich leicht vorkommt. Doch dabei wahre ich immer Distanz, aber Gervase hätte es mich zu nahe gebracht. Also – wenn du jemanden dafür verantwortlich machen willst, daß er so ist, wie

er ist, dann mach mich dafür verantwortlich. Du kannst mich auch einen Narren heißen, Grace – einen verdammten Narren. Ich distanzierte mich auch von Venetia. Ich wollte nicht wahrhaben, was sie mir bedeutete, und was habe ich dadurch gewonnen? Deshalb ist mir ihr Verlust nicht leichter gefallen. Bei Gott, das ist er nicht!«
Eine Weile saßen wir in bedrückendem Schweigen da, und dann fragte er voller Schmerz: »Was hätte ich denn tun können, als sie das erste Mal fortlief? Ich habe sie nicht in die Kirche zu Gideon gezerrt. Verdammt noch mal! Ich glaubte, sie würde kämpfen, nur immer dieses: ›Ja, Vater, wenn du denkst, das ist das Beste.‹ Und es *war* das Beste. Ich hatte meine Gründe, Gideon an mich zu binden, aber ich wußte auch, er würde sich um sie kümmern, denn schließlich hat er alle fünf Sinne beisammen und erkennt eine sich ihm bietende Chance . . . Und was ist daran verkehrt? Als sie dann keine Einwände machte, glaubte ich, daß sie ihn mag. Er ist ein gutaussehender Mann – warum sollte sie sich nicht in ihn verlieben? Was hätte ich sonst tun können?«
»Ich weiß es nicht.«
»Dann will ich es dir sagen. Zu allererst hätte ich mich mehr um meine Frau kümmern sollen. Hätte ich meine Geschäfte so wie meine Ehe gehandhabt, wäre ich jetzt ein armer Mann. Das kannst du mir glauben, Grace.«
Wieder herrschte dieses angespannte Schweigen zwischen uns, dann beugte sich mein Schwiegervater plötzlich zu mir vor und sagte zornig: »Verdammt noch mal! Grace, du wirst von allen hier geschätzt. Das weißt du doch, nicht wahr?«
»Ja, ich weiß es.«
»Ich bin froh, das zu hören. Vergiß es nicht. Wir brauchen dich hier. Ich will noch deutlicher werden. In Wirklichkeit sieht es so aus, daß ich nicht wüßte, wie es ohne dich weitergehen soll. Dieses Haus gehörte dir, Grace. Ganz allein dir. Und dieses Recht wird dir niemand streitig machen. Niemand.«
Ich wartete noch ein paar Tage, kümmerte mich um Gideons Belange, und fuhr dann an einem strahlenden Frühlingsmorgen nach *Galton*. Mrs. Barforth spazierte am Fluß entlang. Zwei junge Apportierhunde plantschten vergnügt im Wasser herum, und ein schwarz-weißer Schäferhundwelpe tollte am Ufer. Ich war froh, nirgendwo Gervase zu entdecken.

»Grace, Liebes . . . Ich habe gehofft, du würdest kommen. Sicher hast du die Neuigkeiten schon gehört?«
»Wegen *Galton*? Ja. Fühlen Sie sich jetzt wohler, da der Besitz nun Ihnen gehört?«
Sie lächelte und schirmte ihre Augen gegen die Sonne ab, als sie die jungen Hunde beim Spielen am anderen Ufer beobachtete.
»Weißt du«, entgegnete sie, »das ist sehr seltsam . . . Jahre meines Lebens habe ich auf diesen Augenblick gewartet. Er schien das Wichtigste überhaupt für mich zu sein – eine Frage von Leben und Tod. Und nun, wo mir *Galton* gehört, hat sich überhaupt nichts geändert. Wahrscheinlich habe ich zutiefst gewußt, daß mein Mann den Besitz nie verkaufen würde, obwohl er damit gedroht hat. Wie schön zu wissen, daß ich ihm im Grunde immer vertraut habe.«
Sie hakte mich unter, und wir gingen über die alte verwitterte Brücke, der Schäferhundwelpe sprang um unsere Füße.
»Und was wollen Sie jetzt tun?«
»Tun? Muß ich denn irgend etwas tun? Nun, ich könnte meine Flügel ausbreiten und davonfliegen. Vor zwanzig Jahren glaubte mein Mann, ich würde zu Julian Flood fliegen, deshalb stutzte er mir die Flügel . . . nicht aus Eifersucht, sondern weil er glaubte, Julian wäre nicht der richtige Mann für mich.«
»Wären Sie denn damals zu ihm gegangen?«
»O ja«, sagte sie wieder lächelnd. »Ja, ich wäre zu Julian gegangen, hätte mein Mann es erlaubt. Und vielleicht wäre ich sehr glücklich geworden. Wenn ich überhaupt ein Talent habe, dann zur Freundschaft. Diese Stürme der Leidenschaft, diese Passionen . . . das ist zu gewaltig für mich. Aber in einer freundschaftlichen Beziehung fühle ich mich geborgen. Und außer meinem Bruder Peregrine war Julian immer mein bester Freund. Und als Peregrine starb, war er der einzige, der mir blieb. Und dieses Gefühl gab es nicht zwischen meinem Mann und mir. Wir waren nie Freunde.«
Sie beugte sich nieder und tätschelte den kleinen Hund.
»Ja«, sagte sie und atmete tief ein, als hätte sie eine plötzliche Entscheidung getroffen. »Du hast mich gefragt, was ich zu tun gedenke. Aber was willst du tun, Grace? Denn ich glaube nicht, daß Gervase nach *Tarn Edge* zurückkehrt. Und hier will er auch nicht bleiben.«
»Wo will er denn hingehen?« fragte ich kalt und schneidend.
»Liebes . . . Ich weiß es nicht. Was soll ich dir sagen?«

Liebevoll legte sie mir eine Hand auf den Arm, doch ich konnte ihre Zuneigung nicht ertragen und schüttelte sie ab.
»Sie können mir nichts sagen, was ich nicht weiß. Und eigentlich sollte Gervase den Mut besitzen, mit mir selbst zu sprechen. Aber ich habe unsere Situation erkannt. Gervase heiratete mich aus denselben Beweggründen, aus denen Ihr Mann Sie einst heiratete: aus einer momentanen Faszination, die nicht andauerte. Ich glaubte, er liebt mich, wie Sie sich von Ihrem Mann geliebt glaubten. Jetzt fühle ich mich verraten. Können Sie mir das übelnehmen?«
»Nein. Ich nehme es dir nicht übel. Ihm aber auch nicht.«
»Natürlich mußten Sie das sagen.«
»Warum? Weil ich seine Mutter bin? Und weil ich ihn immer verteidigt habe? Grace, ich verteidige ihn nicht blindlings, und ich bin auch bereit, meinen Teil der Verantwortung an seinem Versagen zu tragen. Als ich ihn nach seiner Geburt zum ersten Mal in den Armen hielt und diesen feinen rothaarigen Clevedon-Kopf sah, vergaß ich, daß er Barforth heißt. Und als sich später herausstellte, daß er keinerlei geschäftliche Neigung besitzt, bestärkte ich ihn in der anderen Richtung. Ich versteckte ihn, wenn er aus der Schule fortlief, denn er wurde ja ganz anders als die Chards und mein Bruder erzogen. Als mein Mann und ich uns trennten, hielt er zu mir, nicht zu seinem Vater. Ich habe nur eine Entschuldigung für meine Handlungsweise. Ich glaubte immer, sein ganzes Herz wäre hier, in *Galton*.«
»Und ist es das nicht?«
»Wie könnte es denn sein, Grace? Er hätte dich nie geheiratet, wäre er sich seiner wahren Neigungen sicher gewesen. Bei eurer Hochzeit war die Nachfolge auf seinen Vater in greifbare Nähe gerückt, denn mein Mann hätte Gideon in die Schranken gewiesen, hätte Gervase sich als zuverlässig erwiesen. Er hat die Fabriken aufgegeben. Er kann *Galton* haben, falls er es will. Aber da bin ich mir nicht sicher. Grace, wenn er sich nun entschließen würde, für eine Weile ins Ausland zu gehen, allein, damit er zu einem Entschluß kommen kann – würdest du es ihm erlauben?«
»Kann ich es denn verhindern?«
Mrs. Barforth schüttelte den Kopf. Eine plötzliche Röte hatte ihre Wangen gefärbt. Sie war verwirrt, eine Eigenschaft, die ich nicht an ihr kannte.
»Oh, ich glaube nicht, daß das auf legalem Weg möglich ist. Ich

wollte nur wissen, ob du sein Bedürfnis, für gewisse Zeit zu verreisen, verstehst? Ach, Liebes, wie schwierig das alles ist!«
»Ja, es ist schwierig. Und es wird sicher noch schwieriger werden. Ich glaube, Sie wollen mir zu verstehen geben, daß Gervase schon fest entschlossen ist, ins Ausland zu gehen und daß ich ihm keine Steine in den Weg legen soll. Stimmt das?«
»Ja, Liebes. Es stimmt.«
»Und jetzt läuft er vor mir davon, wie er auch aus der Schule fortgelaufen ist, nicht wahr?«
»Ja, Liebes. Das tut er. Grace, es gehört nicht viel dazu, ihn für einen verwöhnten und wertlosen Mann zu halten, aber du hast ihn doch auch als einen anderen Menschen kennengelernt und dich sicher nicht getäuscht. Wir – mein Mann und ich – haben zuviel von ihm verlangt. Er wußte nie, wo er hingehört, und jetzt *braucht* er Zeit, um zu sich selbst zu finden. Er spürt, daß er versagt hat – nicht zuletzt als Ehemann. Aber, Grace . . . ich glaube nicht, daß er vor dir davonläuft, nicht einmal vor sich selbst. Er versucht sich zu *finden*. Bitte, gestatte ihm diesen Versuch.«
Und wieder spürte ich ihre Verwirrung, spürte, daß sie sich nicht wohl fühlte. Und obwohl sie mir die Wahrheit sagte, merkte ich, es war nicht die ganze Wahrheit.
»Dann will er mich also verlassen – für immer?«
»Das hat er nicht gesagt. In seiner jetzigen Lage ist er nicht imstande, eine Entscheidung von derartiger Tragweite zu treffen.«
»Ich verstehe. Ich soll also warten. Wie lange? Sechs Monate, ein oder zwei Jahre? Ich soll ihn also nicht stören, bis er einen Entschluß gefaßt hat?«
Eine Weile gingen wir schweigend weiter. Der aufsteigende Zorn in mir ließ mich meine Schritte beschleunigen. Gervase hatte mich schon vor Jahren verlassen, und jetzt verlangte man von mir, daß ich der Konvention Genüge tat. Blanche und Dominic führten im wahren Sinne des Wortes keine Ehe. Meine Schwiegereltern taten es nicht. Meine Mutter hatte sich der Verantwortung entzogen, indem sie in die Krankheit flüchtete. Und mir war wohl bewußt, daß Damen wie Mrs. Rawnsley oder Mrs. Goldschmid eigentlich von ihren Männern getrennt lebten, obwohl sie unter einem Dach wohnten. Sie hatten sich »arrangiert«, wie man es jetzt von mir verlangte. Sie hatten den Status, das Ansehen einer Ehefrau, ohne mit ihren Männern zu leben. Sie hatten keinen Skandal gemacht. Sie hatten den

ungeschriebenen Regeln gehorcht und ihre Pflicht getan. Und meine Pflichten waren fest umrissen. Ich mußte meine gesellschaftliche Stellung wahren, den Haushalt führen und Venetias Kind aufziehen. Aber ich besaß ein eigenes Leben. »Nur ein Leben«, hörte ich Venetias Stimme in meiner Erinnerung flüstern, als sie noch an die Zukunft geglaubt hatte. »Ich habe nur ein Leben und einmal die Chance, etwas daraus zu machen.« War dies jetzt meine einzige Chance? Oder waren die Würfel schon längst gefallen, durch meine Geburt und Erziehung?

Ich war eine anständige Frau, und anständige Frauen brachten Opfer. Frauen kümmerten sich instinktiv um Kinder. Ich besaß diesen Instinkt. Wer würde sich sonst um Venetias Kind kümmern, außer einer Reihe Gouvernanten, die ihm keine Liebe geben konnten, weil sie für Geld arbeiteten? Und was sollte ich meinem Vater sagen? »Ein Leben«, flüsterte Venetia wieder und fügte dann spöttisch hinzu: »Aber schließlich bewahrst du dir ja deine Würde.«

Wir kehrten um und gingen wieder über die Brücke zurück. Die Luft prickelte und war klar; die Hunde tobten noch immer um unsere Füße.

»Du mußt dir die Kätzchen ansehen, Grace«, sagte Mrs. Barforth, und pflichtschuldig kniete ich neben dem Katzenkorb, der von winzigen getigerten Kätzchen überquoll. Ebenso pflichtschuldig trank ich meinen Tee, und während sie über Belanglosigkeiten redete, spürte ich erneut, wie verstört sie war.

Ich nahm meinen Hut und die Handschuhe, zum Aufbruch bereit.

»Wird Gervase mich hier treffen, wenn er nicht nach *Tarn Edge* kommen will?«

»Liebes, ich glaube, er kann *dir* nicht gegenübertreten.«

»Ach, ich dachte, er hätte mir etwas zu sagen. Nämlich das, was Sie mir so offensichtlich verschweigen.«

»Oh, Liebes. Ich wünschte, du wärst weniger scharfsinnig . . .«

»Dann gibt es also etwas?«

»Ich muß es verneinen.«

»Das bedeutet nur, man hat Sie angewiesen, nicht zu mir davon zu sprechen. Aber ich werde es schon herausfinden.«

Und eine ganze Weile stand Mrs. Barforth da und rang nervös die Hände im Widerstreit mit ihrem Versprechen zu schweigen und sich mir anzuvertrauen. Doch schließlich seufzte sie tief und sah mich entschlossen, aber auch voller Mitleid an.

»Ich sollte es dir nicht sagen, Grace. Du brauchst es nicht zu wissen.«
»Ich bin kein Kind mehr.«
»Es wird dich verletzen, Grace.«
»Ich bin schon verletzt. Und wenn es so wichtig ist, habe ich vielleicht ein Recht zu wissen. Wenn Entscheidungen getroffen werden müssen, dann *muß* ich wissen.«
»Nun gut. Diana Flood wird in fünf Monaten niederkommen. Und da ihr Mann schon seit über einem Jahr in den Kolonien lebt . . . Liebes . . .«
»Ja«, sagte ich nur. Der schrille Ton meiner Stimme erschreckte mich, und ich fühlte eine Bitterkeit, die ich vorher nicht hatte wahrhaben wollen. »Natürlich ist Gervase der Vater. Gut. Ich bin wenigstens froh – ich bin so froh –, daß er etwas haben kann, was ich nicht haben kann: Kinder. Mir bleibt ja nichts anderes übrig, als mich um die Waisen zu kümmern, die niemand haben will . . . Ach, geben Sie nichts darauf, was ich gesagt habe . . .«
Etwas später hatte ich mich wieder gefaßt – und tief in mir diese Bitterkeit verschlossen. Und als ich wieder fähig war zu sprechen, fragte ich knapp: »Und was wollen die beiden jetzt tun?«
»Das übliche, Liebes. Traurige Arrangements, die man gewöhnlich in solchen Fällen trifft. Julian wird Diana irgendwo hinschicken, wo sie heimlich ihr Kind auf die Welt bringen kann. Denn das passiert in seiner Familie nicht zum ersten Mal. Auch nicht in meiner oder bei den Chards. Das ist die einzige Lösung, denn Dianas Mann erbt eines Tages den Titel seines Onkels und wird einmal Lord Sternmore, dann braucht er einen Erben.«
»Das ist ja fürchterlich.«
»Ja, ich weiß.«
»Und Gervase?«
»Nun, er wird finanziell gesehen für das Kind sorgen. Und Diana wird sicher nach Indien zu ihrem Mann zurückkehren. Das Kind wird irgendwo aufwachsen, und vielleicht in zehn Jahren werde ich einer Waise hier ein Heim bieten. Vielleicht nimmt auch Diana diese Waise zu sich, vor allem, wenn sie in der Zwischenzeit dem Colonel Erben geboren hat. Lösungen dieser Art haben sich immer als zufriedenstellend erwiesen.«
»Und Diana Flood hat ihre Zustimmung gegeben?«
»Ja.«

»Warum? Sie sagten doch, Gervase würde für das Kind sorgen. Hat er ihr nicht mehr versprochen? Hat er sie nicht gebeten, mit ihm ins Ausland zu gehen?«

»Ich glaube, das hat er getan. Ja.«

»Und sie? Wie hat sie reagiert? Bitte sagen Sie mir die Wahrheit.«

»Ja, du hast ein Recht darauf. Zuerst wollte sie wohl sein Angebot annehmen. Doch schließlich – nach eingehender Beratung mit ihrer Familie – entschloß sie sich, sich nicht in eine derart prekäre und gefährliche Situation zu begeben. Sie hat viel zu verlieren. Die Sternmores sind ein sehr altes und berühmtes Geschlecht, und Lady Sternmore ist somit eine bedeutende Persönlichkeit. Eine offene Verbindung mit ihrem Geliebten würde sie gesellschaftlich zu einer Unperson machen. Auch Geliebte bleiben nicht immer treu. Das kann ihr niemand garantieren und Gervase erst recht nicht. Jetzt liebt er sie, doch vor noch gar nicht langer Zeit liebte er dich. Verzeih mir, Liebes. Aber du wolltest die ganze Wahrheit erfahren.«

»Diana ist also eine konventionelle Frau und wird sich an die Spielregeln halten. Gervase ist aber kein konventioneller Mann.«

»In diesem Fall muß er sich an die Abmachung halten.«

»Und wer weiß sonst noch von ›diesem Fall‹?«

»Mein Mann und dein Vater. Wir hielten es für richtig, daß er informiert wurde.«

»Und niemand hielt es für richtig, mich zu informieren?«

»Habe ich das nicht gerade getan, Grace?«

Was hatte sich verändert? Ich hatte von der Affäre gewußt und nichts dagegen unternommen. Ich hatte mich an das unbefriedigende Leben einer Frau, die von ihrem Mann getrennt lebt, gewöhnt. Was hatte sich geändert, außer daß von unserer Trennung jetzt noch ein paar Leute mehr wußten? Nichts. Vielleicht würde die Situation für mich noch etwas unerträglicher, oder ich brachte den Mut auf, einen Entschluß zu fassen, der mich frei machte und aus dieser ständigen Bevormundung eines Mannes entließ, dem ich nichts bedeutete. Vielleicht war es das – und die gefährlich beunruhigende Erinnerung an Venetia.

Während der letzten Monate ihres Lebens hatte sie mich manchmal auf eine sehr irritierende Weise angesehen, der Blick klar und distanziert, als wollte sie sagen: »Arme Grace. Sie ist genauso wie alle anderen. Sie erträgt jede Beleidigung und Demütigung, solange nur die Fassade gewahrt bleibt.« Aber würde es mich am Ende meines

Lebens trösten zu wissen, daß ich mich der Konvention gebeugt hatte und immer eine vernünftige Frau geblieben war?
»Was hat er ihr angetan?« hatte Mrs. Barforth mich gefragt, als sie von Venetia und Robin Ashby sprach. Und ich hatte geantwortet, daß er sie als die Frau behandelt hatte, die sie zu sein wünschte.
»Gibt es denn solche Frauen, Grace?«
»Ich hoffe es.«
Gab es Frauen, die nicht nur einfach Dinge geschehen ließen, sondern aktiv ihr Leben mitbestimmten? War ich solch eine Frau? Ich wünschte es mir von ganzem Herzen.
Schon lange hatte sich in meinem Unterbewußtsein eine Lösung für meine Lage abgezeichnet, vor deren Konsequenzen ich jedoch zurückschreckte, da vor mir noch keine Frau diesen Weg gegangen war. Trotzdem war ich sehr ruhig, als ich nach *Tarn Edge* zurückfuhr, denn mein Entschluß stand nun fest. Es war das einzige, was mir zu tun übrigblieb.
Chillingworth begrüßte mich in der Halle und instruierte mich über ein paar häusliche Probleme. Ich gab die entsprechenden Anweisungen. Das Zimmer der kleinen Claire Chard betrat ich nicht mehr aus Angst, sie könnte mich des Verrats bezichtigen.
Ich packte eine kleine Reisetasche, speiste Mrs. Winch mit irgendwelchen Lügen ab, fuhr nach Fieldhead und fragte meinen Vater in der uns eigenen kühlen Agbrigg-Manier, wie ich am besten die Scheidung beantragen könnte.

19

Mein Vater war ein Mann von wachem Verstand und brillanter Intelligenz. Sein ganzes Leben hatte er eine Fülle komplexer Probleme und Situationen gelöst. Doch trotz seines distanzierten Verhaltens konnte ich seine Verblüffung über meinen Wunsch erkennen. Er war nicht geneigt, mich ernst zu nehmen.
»Du hast einen Schock erlitten«, sagte er. »Ich bin über die Situation deines Mannes hinsichtlich Mrs. Flood informiert. Und wie bedauernswert das alles sein mag, muß ich dir doch sagen, daß es nicht ungewöhnlich ist. Ja, natürlich hast du einen Schock gehabt. Ich bedaure das zutiefst und schlage vor, du bleibst ein oder zwei Tage hier in Fieldhead, damit du deine Fassung wiedergewinnst.« Und als ich

ihm versicherte, daß ich gefaßt wäre, fügte er scharf hinzu: »Gütiger Himmel, Grace. Das ist eine elende Geschichte, und ich habe deutlich mein Mißvergnügen ausgedrückt, als Mr. Barforth mir davon erzählte. Aber solche Dinge passieren nun einmal, und man muß sich einfach einen Sinn für die Verhältnismäßigkeit bewahren. Vielleicht verdient Mrs. Flood am meisten Mitleid, denn entweder muß sie das Kind hergeben, oder ihr Mann toleriert den Kuckuck in seinem Nest – was für beide unangenehm ist, wie immer die Entscheidung auch fallen mag.«

»Ich verstehe, Vater. Und von mir verlangt man nur, daß ich vergebe und vergesse?«

»Ah«, entgegnete er und in seinen hellen schmalen Augen stand ein Ausdruck trockenen Humors. »Du bist eine Frau, meine Liebe. Und dafür sind Frauen doch gemacht, nicht wahr?«

Er ließ zwei Tage verstreichen, ohne mit mir zu sprechen, und dann, am Abend des dritten Tages, bat er mich in sein Arbeitszimmer.

»Setz dich, Grace.« Und eine Weile blickte er nicht einmal auf, sondern beschäftigte sich nur mit den schweren, ledergebundenen Büchern auf seinem Schreibtisch.

»Vor kurzem hast du mir eine Bitte vorgetragen. Nach langer Überlegung möchte ich wissen, ob du noch derselben Meinung bist?«

»Das bin ich.«

»Das erstaunt mich. Nun gut. Aber sicherlich wirst du deine Meinung ändern, wenn du erst einmal gehört hast, was ich dir zu sagen habe.«

Vater hatte lange Jahre nicht mehr als Anwalt praktiziert und auch nie eine Scheidungsklage vertreten und deshalb erst die Gesetze studieren müssen. Kannte ich meine Rechtslage? Nein. Das habe er sich gedacht und deswegen eine grundlegende Analyse der Situation vorbereitet. Noch vor zwanzig Jahren hätte ich keinerlei Rechte gehabt, da das Gesetz den Ehebruch von seiten des Mannes als unwesentlich erachtete, den der Frau jedoch als schwere Verfehlung ansah. Wenn dieses Gesetz auch nicht moralisch sei, entbehre es doch nicht einer gewissen Logik, denn auf diese Weise könne einem Mann ein Kind untergeschoben werden, das nicht sein eigenes sei und somit sein Erbe antreten könne, während eine verheiratete Frau ja nichts zu vererben habe, da ihr Eigentum bei der Eheschließung in den Besitz ihres Mannes übergegangen sei.

Jedoch waren im Jahre 1857 einige Gesetzesänderungen eingetreten.

Seit dieser Zeit war es einer *geschiedenen* Frau gestattet, Geld, das sie verdiente oder erbte, zu behalten, ohne daß ihr ehemaliger Mann darüber verfügen konnte. Auch gab man ihr ihre bürgerlichen Rechte zurück. Sie konnte ein Testament aufsetzen und jeden Beliebigen zum Erben machen. Ob ich ihn verstanden hätte, wollte mein Vater wissen.

»Ja, Vater. Und wie kann ich nun die Scheidung erlangen?«

»Das will ich dir sagen. Reicht ein Mann die Scheidung ein, ist die Sache erstaunlich einfach. Er braucht nur den Ehebruch seiner Frau zu beweisen, das ist eigentlich alles. Eine Frau jedoch muß den Ehebruch ihres Mannes zusammen mit einem anderen Vergehen beweisen.«

»Was für ein Vergehen?«

»Oh, da gibt es eine ganze Reihe. Ich habe mir eine Liste gemacht. Eines davon können wir sicher gegen Gervase verwenden. Tatsächlich *müssen* wir eins davon verwenden, denn sonst kommt es nicht zur Gerichtsverhandlung. Soll ich anfangen? Gut. Hat er sich des Ehebruchs und Inzests schuldig gemacht? Das heißt, unterhält er körperliche Beziehungen zu seiner Mutter oder Schwester?«

»Gütiger Himmel, Vater! Du weißt, daß er das nicht getan hat.«

»Du bist schockiert, wie ich sehe.«

»Ich bin empört.«

»Ganz recht. Aber das ist eine häßliche Angelegenheit, Grace. Und wenn du darauf bestehst, mußt du auf viel Häßliches gefaßt sein. Das will ich dir nicht verschweigen.«

Er nahm seinen Federhalter und strich säuberlich die Worte »inzestuöser Ehebruch« aus.

»Bigamie kommt wohl auch nicht in Frage?«

»Nein, Vater.«

»Dann Sodomie, Grace. Weißt du, was das ist?«

»*Vater*!«

»Meine Liebe, ich spreche nicht als Vater zu dir, sondern als dein Rechtsanwalt. Ich will nur herausfinden, welche Möglichkeiten das Gesetz uns gewährt, und deshalb muß ich dich fragen, ob sich dein Mann dieses Vergehens schuldig gemacht hat. Also unterdrücke bitte deinen Widerwillen und antworte mir.«

»Gibt es denn Männer, die so etwas tun?«

»Grace, das ist keine Antwort. *Natürlich* gibt es solche Männer. Es gibt andere, die achtjährige Kinder deflorieren und Mütter, die ihre Töchter zu diesem Zweck anbieten. Aber wir reden jetzt über Gervase.«

»Nein. Natürlich hat er sich dessen nicht schuldig gemacht. Gibt es nichts anderes?«
»Ja. Vergewaltigung. Doch dieses Delikt können wir wohl außer acht lassen, denn eine Vergewaltigung, das brauche ich wohl nicht zu betonen, gibt es bei der eigenen Frau nicht, da sie sich ihm nicht verweigern darf. Aber es gibt noch Ehebruch in Verbindung mit böswilligem Verlassen . . .«
»Ja. Darauf können wir uns berufen, denn seine Mutter hat mir gesagt, daß er nicht nach *Tarn Edge* zurückkehren will. Und er hat mich nicht gebeten, irgendwo anders mit ihm zu leben.«
»Böswilliges Verlassen, Grace, bedeutet, daß es schon seit wenigstens zwei Jahren so ist.«
»Oh, Vater. So lange?«
»Ja, Grace.«
Er ließ mir ein wenig Zeit, bis ich meine erste Enttäuschung überwunden hatte, dann faltete er sorgfältig seine Liste, legte sie in die Schreibtischschublade und lächelte.
»Jedoch . . .«
»Es *gibt* also noch eine Möglichkeit?«
»Ja. Der Ehebruch ist offensichtlich und beweisbar. Folglich müßtest du einen Gerichtsbeschluß mit der Aufforderung bewirken, daß dein Mann innerhalb von sechs Monaten die häusliche Gemeinschaft wiederherstellt. Falls er das nicht tut, kannst du die Scheidung gegen ihn einreichen.«
»Und ist dieser Gerichtsbeschluß schwierig zu erlangen?«
»Soviel mir bekannt ist, nicht. Die Schwierigkeit liegt darin, daß dein Mann dieser Aufforderung nachkommen könnte. Sollte er das tun, hast du kein Rechtsmittel mehr gegen ihn. Denn Ehebruch allein genügt nicht, um die Scheidung einzureichen. Das mußt du dir vor Augen halten.«
»Ich glaube nicht, daß er zu mir zurückkehrt.«
»Meine Liebe – und es schmerzt mich, dir das sagen zu müssen –, er könnte es allein wegen Mrs. Flood tun. Wie ich hörte, möchte sie die Affäre vertuschen und zu ihrem Mann zurückkehren. Doch wenn du die Scheidungsklage einreichst, wird ihr das unmöglich. Vielleicht möchte *dein* Mann sie vor dem gesellschaftlichen Ruin retten. Hast du diese Überlegung schon angestellt?«
Das hatte ich nicht und tat es jetzt. Mir wurde bewußt, daß dies das erste schwierige Hindernis von vielen war, das erste Risiko, aber ich

mußte auch eine Entscheidung zwischen meinen Interessen und denen eines anderen Menschen treffen. Ich würde das Risiko eingehen und meine Interessen wahren.

»Vater, ich habe einen Entschluß gefaßt. Ich bitte dich nur darum, einen Zustand zu legalisieren, der schon seit langer Zeit existiert. Es geht nicht um eine Ehescheidung. Die Ehe besteht nicht mehr. Vielleicht war sie von Anfang an nur eine Illusion. Gervase will nicht mit mir leben und ich nicht mit ihm. Ich bin an ihn gebunden. Er nicht an mich. Und ich will nicht – glaub mir, Vater – dieses falsche und unnütze Leben weiterführen. Ich habe keine Angst vor dem Skandal. Mir ist lieber, Mrs. Rawnsley klatscht über mich, als daß sie mich bemitleidet.«

»Unterschätze die Mrs. Rawnsleys dieser Welt nicht, Grace. Allein können sie nicht viel ausrichten, doch gemeinsam stellen sie eine Macht dar.«

»Ich sagte es schon, Vater . . . ich habe keine Angst.«

Er lächelte mich wieder an und räumte dann seine Bücher fort.

»Nun gut. Du hast einen Entschluß gefaßt, und du hast keine Angst. Es bleibt nur noch eine Frage übrig, und ich bestehe darauf, daß du sie mir offen beantwortest. Wieviel tust du bei dieser Geschichte für dich und wieviel für Venetia?«

Ich senkte kurz den Kopf, sah wieder auf und blickte in seine Augen.

»Du bist sehr scharfsichtig, Vater.«

»Natürlich bin ich das. Ich habe einen ausgezeichneten Verstand, wie du ja weißt, da du ihn glücklicherweise geerbt hast.«

»Glücklicherweise? Glaubst du das? Es ist für eine Frau sicher besser, ein bißchen dumm und gutmütig zu sein.«

»Es ist wahrscheinlich bequemer. Doch wir reden nicht über Bequemlichkeiten noch über die Möglichkeit, unbequemen Fragen aus dem Weg zu gehen. Jedenfalls hoffe ich das nicht.«

»Nein, Vater. Ich glaube, Venetia würde meine Handlungsweise verstehen und auch wollen, daß ich so handele. Sie war ein ehrlicher Mensch. Sie ist daran zerbrochen, mit Lügen leben zu müssen.«

»Nein, Grace. Was sie zerbrach, war ihre Erkenntnis, daß sie nicht die Kraft hatte, mit der Wahrheit zu leben.«

Ich blickte wieder zu Boden, meine Augen füllten sich mit Tränen, die ich schnell wegwischte, da Vater Emotionen peinlich waren.

»Ja, Vater. Das weiß ich. Doch ich habe diese Kraft. Und Venetia war nicht schwach, weißt du. Es gab Zeiten, wo sie großen Mut bewies, obwohl sie kein Durchhaltevermögen besaß. Sie fühlte tiefer als ich, und deshalb waren ihre Enttäuschungen auch größer. Und es fehlte ihr an Entschlußkraft, doch die besitze ich.«

»Das weiß ich sehr wohl. Ich möchte nur sicher sein, daß du für dich kämpfst, nicht für sie. Sie war eine bezaubernde junge Dame, das gebe ich gern zu, aber ich kann mich des Gedankens nicht erwehren, daß sie sich fast alle ihre Probleme selbst schuf.«

»Nein, Vater. Sie war ihnen nicht gewachsen, aber sie schuf sie nicht. Nein . . . bitte laß mich ausreden. Ich möchte nicht behaupten, daß jemand sie grausam behandelte. Ihr Vater und Gideon benahmen sich wie ganz normale Väter und Ehemänner. Sie gehorchten den ungeschriebenen Gesetzen, die die Gesellschaft den Menschen auferlegt. Doch diese Regeln wurden von Männern für Männer gemacht. Und Venetia beugte sich diesen Regeln nicht. Auch ich habe es nicht vor. Eine Zeitlang war ich fähig, Kompromisse zu schließen. Aber Venetia konnte weder ihre Gefühle verbergen noch mit ihnen leben. Und ihr Tod hat mir gezeigt, wie flüchtig alles im Leben ist. Vater – das habe ich noch niemandem gesagt –, ich glaube, ihre Flucht mit Robin Ashby war ein reiner Akt der Selbstzerstörung. Ich glaube fast, sie wußte, daß sie lebensunfähig war, aber sie wollte wenigstens ein Jahr etwas erleben, das ihr etwas bedeutete.«

Ich zitterte heftig, nachdem ich ausgeredet hatte, und zu meiner großen Überraschung legte Vater mir beruhigend die Hand auf die Schulter.

»Nun gut. Ich werde dann die nötigen Schritte unternehmen – aber vorsichtig. Als erstes, meine Liebe, schlage ich vor, daß du für eine oder zwei Wochen Cullingford verläßt. Du kannst nach Scarborough, zu deiner Großmutter, oder in mein Cottage nach Grasmere fahren. Das ist gleich. Unternimm lange Spaziergänge, überdenke deine Lage noch einmal, und bei deiner Rückkehr reden wir wieder. Ich brauche dir wohl nicht zu sagen, daß du Gervase auf keinen Fall begegnen darfst, sonst wäre deine Klage von vornherein verloren. Denn falls der Fall Barforth gegen Barforth je vor Gericht kommt, muß einer von euch schuldig gesprochen werden und der andere absolut unschuldig sein. Ich nehme an, du bist morgen zur Abreise bereit?«

Ich fuhr nach Grasmere, vielleicht um mich einer Prüfung zu unterziehen, denn dort hatte ich meine glücklichsten Tage mit Gervase verbracht. Doch während ich gehorsam in der Frühlingsluft spazierenging, mußte ich hauptsächlich an Venetia denken, da sie der Anlaß meiner Entscheidung war. Ich würde tun, was sie hätte tun sollen. Ich würde eine Frau werden, die stark genug war, das Leben eines Mannes zu führen, Verantwortung zu tragen und deshalb auch an den Privilegien teilhaben.

Ich wich nicht von meinem Entschluß ab, selbst an jenen duftenden warmen Aprilabenden nicht, an denen ich schlaflos dalag und an Gervase dachte. Auch wenn er den Schlag, den ich gegen ihn führte, verdiente, so war es doch für mich nicht einfach. Wir hatten uns nicht verstanden, trotzdem würde die Scheidung uns beiden weh tun. Doch vielleicht würden wir eines Tages wieder zueinanderfinden. Aber jetzt war nicht der Moment, näher darüber nachzudenken.

Vater schrieb mir einen ernsten Brief, worin er mich noch einmal auf die Konsequenzen eines solchen Schrittes aufmerksam machte. Ich antwortete, daß ich meinen Entschluß nicht geändert hätte, und als ich drei Wochen später wieder nach Fieldhead zurückkehrte, war ich noch immer derselben Meinung.

»Nun gut«, sagte Vater, »dann werde ich bei Gericht formell die Instandsetzung der ehelichen Gemeinschaft beantragen. Und du, meine Liebe, wartest am besten hier ruhig, bis der Sturm losbricht.«

Vor allem fürchtete ich den Zorn meines Schwiegervaters. Und als er dann kam und schweigend auf den Teppich in Mrs. Agbriggs Salon starrte, befürchtete ich das Schlimmste. Doch dann stand er auf und lehnte sich mit dem Rücken gegen den Kamin; seine breiten Schultern wirkten schmaler als gewöhnlich; und nicht nur das graue Haar an seinen Schläfen machte ihn älter. Dann sagte er plötzlich – und wie immer mit der ihm autoritären Weise –: »Ich nehme an, du bist dir durchaus darüber im klaren, daß ich dem allen ein Ende bereiten könnte? Und dein Vater ebenso? Wir geben einfach die Zustimmung nicht, daß du frei über dein Geld verfügen kannst, dann wärst du gezwungen, nach *Tarn Edge* zurückzukommen und müßtest die Ehefrau weiterspielen, ganz gleich, ob es dir gefällt, oder nicht. Wahrscheinlich ist das der Grund, warum Tausende von Frauen bei ihren ungeliebten Männern bleiben. Nur damit sie ein Dach über dem Kopf und etwas zu essen haben. Das begreifst du doch?«

»Ja.«

»Und wenn ich es wirklich wollte, junge Dame, wäre es mir ein leichtes, deinen Vater davon zu überzeugen, daß er dir die Flügel stutzt, denn in Wahrheit gefällt ihm die Geschichte nicht. Genausowenig wie mir. Vielleicht wäre er froh, wenn ich dich zwingen würde, nach *Tarn Edge* zurückzukehren. Versteht du *das*?«
»Ja.«
»Gut. Vergiß es nicht. Und jetzt will ich dir sagen, was ich vorhabe. Du hast Geld mit in die Ehe gebracht. Davon wird dir jeder Penny wieder zurückgezahlt. Das ist kein Problem.«
Und weil ich wußte, daß er mir damit seine Dankbarkeit und Liebe ausdrücken wollte, konnte ich kaum meine aufsteigenden Tränen zurückhalten.
»Danke.«
»Möchtest du mir noch etwas sagen? Kann ich etwas für dich tun?«
»Mr. Barforth . . . Sie verstehen doch diesen Gerichtsbeschluß, nicht wahr? Sie wissen, daß ich nicht möchte, daß Gervase ihm nachkommt?«
Er lächelte und setzte sich.
»Mach dir keine Sorgen, Grace. Falls du glaubst, ich zerre ihn an den Haaren wieder an den heimischen Herd, kannst du beruhigt sein. So dumm bin ich nicht. Ich habe mich genug in die Ehen anderer eingemischt. Mein Sohn muß jetzt selbst zurechtkommen.«
»Mr. Barforth, bitte bestrafen Sie ihn nicht. Ich möchte nicht, daß er meinetwegen ein armer Mann wird. Das möchte ich auf keinen Fall.«
Er hob den dunklen, noch immer schönen Kopf und sah mich durchdringend an. »Zehn Prozent meiner Fabriken gehören ihm, Grace. Davon kann er sehr gut leben.«
»Und dieses Einkommen kann er nicht verlieren?«
»Nur, wenn er seinen Anteil verkauft. Dann gehe ich jetzt, Grace. Ich wollte dir nur sagen, daß du deine Mitgift zurückbekommst.«
Und ich war ihm sehr dankbar, daß er nicht über die winzige hilflose Claire gesprochen hatte.
Natürlich wußten nur wenige über meine wirkliche Lage Bescheid, doch mein langer Aufenthalt in Fieldhead gab zu gewissen Spekulationen Anlaß.
»Meine Liebe«, murmelte Mrs. Sheldon, »ich kann mich des Eindrucks nicht erwehren, daß irgend etwas Sie bedrückt. Und es liegt sehr viel Wahrheit in dem Sprichwort, daß geteiltes Leid halbes Leid ist.«

»Ich mache Ihnen überhaupt keinen Vorwurf, ein paar Wochen Ferien von *Tarn Edge* genommen zu haben«, sagte Mrs. Rawnsley. »Pflichterfüllung ist ja sehr schön, aber es war ein Skandal, wie man Ihnen alles überlassen hat.«

Diese Damen besuchten Mrs. Agbrigg regelmäßig und überhäuften mich mit Einladungen.

Deshalb war es von Sir Julian Flood sehr unklug, mich in Fieldhead zu besuchen. Der Anblick seines Pferdes vor der Tür verursachte mir Magenschmerzen. Langsam ging ich die Treppe hinunter, um wieder etwas Fassung zu gewinnen.

Wie mein Schwiegervater stand er gegen den Kamin gelehnt da, ohne Zweifel ein gutaussehender Mann, dessen Familie jetzt seit dreihundert Jahren in *Cullingford Manor* residierte, während meine Vorfahren Bauern, Vagabunden oder Schlimmeres gewesen waren. Obwohl er das wenige ererbte Geld vertan hatte, besaß er noch immer die Arroganz der Adeligen den Bürgerlichen gegenüber. Und er war der Mann, den meine Schwiegermutter als ihren besten Freund bezeichnet hatte. Ich wollte und ich durfte keine Angst vor ihm haben.

»Mrs. Barforth. Ich hoffe, es geht Ihnen gut?«

»Ja, danke. Ganz gut.«

»Und Sie fragen sich sicher, was ich hier will. Obwohl die Frage eigentlich überflüssig ist.«

»Sir Julian, Sie hätten nicht kommen dürfen.«

Er lachte. Seine dunklen Augen glitten über mich mit dieser automatischen Abschätzung, wie er Pferde oder Frauen taxierte, vor allem Frauen, die ihren guten Ruf verloren hatten, dachte ich wütend.

»Ich hätte nicht kommen dürfen? Nun, Mrs. Barforth, solche Worte höre ich nicht oft. In meiner Welt würde man mein Kommen wohl eher als ›geschmacklos‹ bezeichnen.«

»Sie leben doch nur zehn Meilen von hier entfernt, Sir Julian.«

»Das ist richtig. Aber trotzdem trennen uns Welten. Wir haben andere Werte, eine andere Lebensweise. Ich hoffe, wir werden uns verstehen.«

»Was soll ich verstehen?«

»Nun, ich möchte diesem Unsinn ein für allemal ein Ende setzen, meine Liebe. Das ist doch gar nicht nötig. Eine schlimme Geschichte – das gebe ich ja zu –, und niemand kann es Ihnen verübeln, darüber verärgert zu sein. Aber wir können die Sache doch sicherlich wie unter kultivierten Menschen üblich regeln?«

»Ja, natürlich. Das ist meine Absicht.«
Er runzelte die Brauen, so als könnte er nicht recht glauben, so ein einfaches Spiel mit mir zu haben.
»Das heißt also, Sie strengen keinen Prozeß an?«
»Nein. Ich werde prozessieren. *Das* nenne ich eine kultivierte Lösung.«
Er machte ein, zwei Schritte und warf mir einen verachtungsvollen Blick zu.
»Ich verstehe, Mrs. Barforth.«
Aber vielleicht wurde ihm bewußt, daß er mich nicht von seinem Grundstück vertreiben konnte und somit keine Macht über mich hatte, also bezähmte er seine Wut und kehrte zum Kamin zurück.
»Nennen Sie es kultiviert, eine Frau in den Ruin zu treiben? Das ist wohl kaum das passende Wort dafür.«
»Das finde ich auch nicht.«
»Dann werden Sie wohl auf den Prozeß verzichten müssen, Madam, es sei denn, Sie wollen die Verantwortung für den Ruin meiner Nichte tragen. Das ist die reine Wahrheit, Madam. Und Sie können sie nicht leugnen.«
Wir schwiegen eine Weile. Ich konnte seinen Zorn fast körperlich spüren und noch etwas mehr als Zorn, denn er war gekommen, um ein Mitglied seiner Familie zu beschützen. Dann hörte ich mich mit kalter Stimme sprechen, langsam, weil ich diesen Augenblick gefürchtet hatte, und es mir nicht leicht fiel.
»Sie haben ganz recht damit, daß meine Scheidungsklage Mrs. Flood schaden wird. Aber dafür bin ich nicht verantwortlich.«
»Wer dann?« schnaubte er, fast am Ende seiner Geduld.
»Darüber habe ich nicht zu befinden.«
Wieder schwiegen wir, doch dann erinnerte er sich daran, daß er ja gekommen war, um den guten Ruf seiner Nichte zu retten und nicht meinen zu beschmutzen, und er bezähmte sich und lächelte.
»Sehen Sie, Mrs. Barforth. Wir wollen nicht streiten. Haben Sie einmal überlegt, was das für Diana bedeutet? Ich entschuldige ihr Verhalten nicht, aber Sie dürfen sie nicht in ein solches Elend stürzen. Wenn die Öffentlichkeit davon erfährt – ein Leckerbissen für die Zeitungen. Das arme Mädchen wäre für ihr ganzes Leben gebrandmarkt. Es könnte ihr Ende bedeuten, Mrs. Barforth. Und ich weiß nicht, wie Sie das vor Ihrem Gewissen verantworten können. Und

dann *muß* man auch ihren Mann berücksichtigen. Schließlich hat er Ihnen nichts getan. Compton Flood ist ein anständiger Bursche, ehrgeizig. Das wäre das Ende seiner Karriere.«
»Was schlagen Sie also vor, Sir Julian?«
»Üben Sie Nachsicht, meine Liebe. Und seien Sie vernünftig, auch wenn Sie nicht verzeihen können. Sie wissen, in welcher üblen Lage sich Diana befindet. Machen Sie sie nicht fertig, Mrs. Barforth. Lassen Sie sie in Ruhe ihr Kind bekommen, dann wird sich alles finden, und es gibt keinen Skandal. Das ist die einzige Möglichkeit.«
»Ich wollte, ich könnte Ihnen zustimmen.«
»Wie bitte?«
»Es tut mir leid, Sir Julian. Mir ist die prekäre Lage von Mrs. Flood voll bewußt. Doch ich muß auch meine Lage berücksichtigen, und das werde ich tun. Es ist sehr bedauerlich, daß Mrs. Flood nicht die Konsequenzen ihres Handelns bedacht hat, ehe es zu spät war. Ich wiederhole, es tut mir leid. Aber ich halte mich nicht für verantwortlich.«
Er warf mir einen Blick reinen Hasses zu, ballte hilflos die Fäuste und verzog das Gesicht zu einem verunglückten Lächeln.
»So sieht das also aus. Sie sind rachsüchtig, hm? Aber damit kommen Sie nicht durch, Mrs. Barforth. Ich werde nicht zusehen, wie Sie dieses reizende Mädchen ruinieren. Ich warne Sie, Madam, diese Krämermentalität ist mir fremd, und ich werde das nicht tolerieren.«
Ich hätte antworten können: Wie können Sie es wagen, in diesem Ton mit mir zu reden? Ich hätte ihn aus dem Haus weisen lassen oder in Tränen ausbrechen können. Doch ich blieb ganz ruhig, stand mit gefalteten Händen hoch aufgerichtet da; starr vor Entschlossenheit.
»Sir Julian, Sie können mich beschimpfen. Aber es ist eine Tatsache, daß ich Mrs. Flood nichts angetan habe. Als sie die Geliebte meines Mannes wurde, war sie sich sicher des Risikos bewußt. Sie kannte die Konsequenzen, die für sie und Colonel Flood eventuell daraus erwachsen würden, und ich bin nicht bereit, sie an ihrer Stelle zu tragen. Diese Scheidung ist für mich von größter Wichtigkeit. Sie ist der einzige Weg für mich, ein anständiges Leben zu führen. Und das werde ich nicht für Colonel Floods Karriere oder Mrs. Floods guten Ruf aufgeben. Würden die beiden Ihre Interessen den meinen hintanstellen? Natürlich nicht. Und Sie würden das auch nicht tun. Also ist es völlig unnütz, Sir Julian, mich einschüchtern zu wollen, denn ich werde meinen Entschluß nicht ändern. Ich übernehme die volle

Verantwortung für meine Handlungsweise, und Mrs. Flood muß dasselbe tun.«

Er starrte mich wohl eine Minute an, die Lippen zu einer dünnen Linie zusammengepreßt, das Gesicht voller Zorn. Und dann traten Tränen in seine Augen.

»Das kann sie umbringen. Verdammt noch mal, begreifen Sie das nicht?«

Und als ich schwieg, ballte er die Faust und schlug sie in die andere Handfläche und rief: »Selbstgerechtes Weibsbild!«

»Guten Tag, Sir Julian.«

»Nicht für Sie, Madam. Denn für Sie wird es keinen ›guten Tag‹ mehr geben. Das verspreche ich.«

Damit verschwand er türenschlagend, und ich ließ mich mit zitternden Beinen in den nächsten Sessel fallen.

Draußen erstrahlte der Frühlingsnachmittag in seiner ganzen Pracht. Ich hörte eine Stimme, und dann betrat Mrs. Agbrigg den Salon und setzte sich mir gegenüber. Sie hatte den Augenblick gut gewählt, dachte ich, denn ich war von der Auseinandersetzung mit Sir Julian so erschöpft, daß ich keine weitere durchstehen konnte.

»Grace, ich denke, es ist Zeit, einmal über deine Lage zu sprechen«, sagte sie. Und ich warf ihr einen Blick zu, diesem Drachen meiner Kindheit, der seine Krallen jetzt eingezogen hatte, und lächelte.

»Ja. Aber Sie brauchen nicht zu fürchten, daß ich immer hier wohnen werde, denn ich habe die Absicht, allein zu leben, wenn alles vorüber ist.«

Sie erwiderte mein Lächeln und faltete die ringgeschmückten Hände im Schoß.

»Dein Vater hat mir das schon gesagt, und ich habe volles Vertrauen in dich, daß du dein Haus in Ordnung hältst. Ich wollte mit dir aber über – sagen wir mal – den sozialen Aspekt deiner Situation reden.«

»Du meine Güte, Mrs. Agbrigg! Sie wollen sagen, daß Mrs. Rawnsley mich nicht mehr grüßt?«

Aber sie schüttelte ihren noch immer schönen Kopf.

»Nein, Grace. Das meine ich nicht. Du gibst nicht sehr viel auf Mrs. Rawnsleys gute Meinung über dich, da du nie darauf angewiesen warst – wie ich. Sag mir, Grace, war Sir Julian sehr unhöflich?«

»Ja.«

»Er hat also mit dir gesprochen, wie es sich nie zuvor ein Mann erlaubt hat?«
»Ja. So war es.«
»Ich frage mich, ob du weißt, warum er das tat? Nein, nicht nur wegen Mrs. Flood, sondern weil du dich in eine Lage begeben hast, in der er dich nicht mehr als Dame betrachtet. Männer haben eine feine Nase für solche Dinge, meine Liebe. Und wenn eine Frau aufhört, eine Dame zu sein, ist sie einfach nur . . . nur eine Frau, und wird zum Spielball für jeden Mann. Denn ein Mann tut immer, was ihm gefällt – mit einer *Frau*.«
Ich rutschte unbehaglich in meinem Sessel hin und her, denn ich war nicht nur von ihren Worten, sondern auch von der Ernsthaftigkeit, mit der sie sprach, überrascht.
»Aber warum denn, Mrs. Agbrigg? Ich bin doch keine Ehebrecherin. Ich habe nichts getan, was meinen guten Ruf schädigen könnte.«
»Doch. Das hast du. Du hast die Konvention mißachtet. Du hast dich der Autorität der Männer entzogen und strebst nach Unabhängigkeit, während dein Mann und dein Vater noch leben. Du bist eine Bedrohung für die Gesellschaft, meine Liebe. Denn was würde geschehen, wenn alle Frauen deinem Beispiel folgten? Häusliches Chaos würde entstehen, Liebes, und was weitaus gravierender ist – ein *finanzielles* Chaos ebenfalls. Nein, es darf dir nicht erlaubt werden, frei und glücklich zu leben, denn da könnten andere Frauen in Versuchung geraten, dasselbe zu tun. Also belegt die Gesellschaft dich mit einem Bannfluch und macht dir soviel Ärger wie möglich. Meine Liebe, die Leute würden dir eher verzeihen, wenn du Ehebruch begangen hättest. Und davon einmal abgesehen, glaubst du, daß ein Mann sich Jahre später noch dafür interessiert, aus welchen Gründen du geschieden wurdest? Du wirst für immer das Etikett ›geschiedene Frau‹ tragen. Und das bedeutet ›eine Frau von zweifelhaftem Ruf‹ zu sein. Kein Mann wird sich nach deiner Scheidung irgendwelche Zwänge auferlegen, wenn er dich begehrt und das mit einer Aufdringlichkeit, die du dir wohl kaum vorstellen kannst, mein Kind.«
»Mrs. Agbrigg – ich glaube, Sie haben Angst um mich.«
Sie seufzte und betrachtete angelegentlich ihre Hände.
»Und das erstaunt dich natürlich? Du kennst mich nicht sehr gut, Grace. Ich habe auch einmal ein Etikett getragen, das hieß ›böse Stiefmutter‹. Du hattest dich entschlossen, mich nicht zu mögen,

was mir nicht viel ausmachte. Meine mütterlichen Instinkte sind nicht sehr ausgeprägt. Ich wollte die Frau deines Vaters sein, nicht die Mutter seines Kindes, und außer der häuslichen Geborgenheit hatte ich dir nichts zu bieten. Du hattest deine Tante Faith und deine Freunde. Und ich hatte deinen Vater und wollte ihn nicht verlieren. Das weißt du. Aber deine Tante Faith konnte dir nicht erzählen, wie man sich fühlt, wenn man als Hure behandelt wird. Ich kann es. Willst du es hören?«

»Ja. Gern.«

»Mein erstes Geld verdiente ich mit dreizehn, indem ich die perversen Gelüste eines fünfzig Jahre älteren Mannes befriedigte. Und sollte es dich schockieren, Grace, daß es Frauen – und Kinder – gibt, die solche Dinge für Geld tun, dann darf ich dich darauf hinweisen, daß es Männer sind, die Vergnügen daran finden. Als der Mann starb, fand ich einen neuen ›Beschützer‹. Das ist ein ausgezeichneter Terminus, denn eine Frau des ältesten Gewerbes der Welt braucht vor allem eins: Schutz. Nicht allein vor ihren Klienten, sondern vor den Selbstgerechten und den Bigotten, die überhaupt kein Mitleid kennen. Ich fand jedoch schnell heraus, daß der einzig wirkliche Schutz Achtbarkeit ist. Ich verdiente Geld. Ich lernte, wie eine Dame zu reden und mich so zu kleiden. Wenn es die Umstände erlaubten, verkehrte ich mit anständigen Leuten und führte ein anständiges Leben. Aber das dauerte nie lange. Dann ging ich nach Norden und lernte in Leeds Mr. Matthew Oldroyd kennen. Wieder einen Mann dieses Typs, den ich schon zur Genüge kannte. Er brachte mich nach Cullingford und richtete mir ein ›Liebesnest‹ ein. Diesmal war ich entschlossen, das Beste daraus zu machen. Das Haus war warm und bequem. Ich trug Schmuck und hatte mehr als genug zu essen. Aber die Damen in der Stadt rümpften die Nase, wenn sie mir begegneten. Nun, in dieser Situation wirst du dich nicht wiederfinden, Grace, aber wenn du einmal das geheiligte Reich der Respektabilität verläßt, betrittst du einen Dschungel, wo die Jäger alles andere als Gentlemen sind. Glaube mir.«

»Aber schließlich sind nicht alle wilde Tiere, Mrs. Agbrigg.«

»Nein«, sagte sie sinnend. »Nicht alle. Tom Delaney, zum Beispiel. Ja, es *gab* einen Mr. Delaney, meinen Mann, der mit fünfundzwanzig am Fieber im Gefängnis starb. Und Matthew Oldroyd war auch kein wildes Tier, nur ein alter Mann, der dumm genug war, mich zu heiraten. Und dein Vater – darf ich über deinen Vater sprechen?«

Ich nickte, und zum ersten Mal seit ich sie kannte, lehnte sie sich bequem in ihrem Sessel zurück, wie eine Frau, die jetzt alt genug war, nicht mehr ihre Schönheit zur Schau stellen zu müssen.
»Ich mag deinen Vater«, sagte sie. »Ja, das tue ich. Von Anfang an hatte ich einen Entschluß gefaßt, damals, als wir beide sozusagen Angestellte von Matthew Oldroyd waren – dein Vater als sein Anwalt und ich als seine Mätresse. Ich wollte ihn haben.«
»Und er?«
»O nein. Er nicht. Er war noch immer in einen alten Traum vernarrt, glaube ich. Aber die Wirklichkeit – meine Wirklichkeit – fand er sehr angenehm. Natürlich wollte er mein Geld, und ich wollte dafür die Respektabilität. Das war der Handel, den wir abschließen würden, so glaubte er, denn er hatte ein kümmerliches Leben gelebt und wagte nicht, sich mehr zu nehmen als er dachte, daß ihm zustände. Aber ich bin eine sehr entschlossene Frau, Grace – genau wie du – und ich sagte mir, wenn ich überlebt hatte, was mir in der Vergangenheit widerfahren war, und wenn ich meine fünf Sinne beisammenhielt, würde es mir auch gelingen, meinen Mann zu ändern. Es ist mir gelungen. Ich habe mehr bekommen, als ich verdiene. Doch ich sitze hier, weil wir über dich sprechen wollten. Glaubst du die Kraft zu haben, das alles durchzustehen, Grace?«
Ich nickte.
»Das dachte ich mir. Natürlich wäre es viel leichter für dich, einfach fortzugehen. Ein neuer Anfang in irgendeiner Großstadt oder im Ausland, wo du als Witwe gelten könntest.«
»Ja . . .«
»Es würde deinen Vater sehr erleichtern, wenn er wüßte, daß du hierbleibst, wo er dir immer noch eine Hilfe sein kann.«
»Ja«, sagte ich wieder. Da beugte sie sich lächelnd vor und legte ihre glatte braune Hand über meine.
»Siehst du, Grace, absolute Freiheit gibt es nicht – so lange nicht, bis der letzte Mensch, dem du etwas bedeutest, gestorben ist. Ich glaube, du hast an einen solchen neuen Anfang gedacht, nicht wahr?«
»Ja. Ein Mann würde doch einfach alles hinter sich lassen, ohne Rücksicht auf andere. Oder nicht?«
»Dein Vater würde das niemals tun.«
Jetzt stand sie auf, denn sie hatte wie immer ihr Ziel erreicht, aber diesmal verstand ich sie, und es schien mir nur recht und billig, daß

sie meinem Vater das Versprechen, ich würde in Cullingford bleiben, wie ein Geschenk überbringen würde – das Geschenk *ihrer* Liebe, nicht meiner. Und das war ich ihr schuldig.
»Mrs. Agbrigg?«
»Meine Liebe?«
»Wie darf ich Sie jetzt nennen? Mrs. Agbrigg scheint mir nicht mehr angemessen, und auch Stiefmutter ist wohl unpassend.«
»Ich heiße Tessa, Liebes«, entgegnete sie. »Warum denn nicht? Nenn mich so. Wenn Mrs. Rawnsley das nächstemal zum Tee kommt und du dann ihren zusammengekniffenen Mund und vorwurfsvollen Blick siehst, weißt du, daß du deine ersten Schritte in die Freiheit getan hast.«

20

»Aber wozu soll das alles gut sein?« fragte Blanche völlig verwirrt. »Ich bin doch wirklich aufgeschlossen und tolerant – großer Gott! In den Kreisen, in denen ich verkehre, muß man das einfach sein, aber ich sehe keinen Sinn in diesen extremen Maßnahmen. Frag dich doch selbst, Grace, ist das wirklich nötig? Um ehrlich zu sein, ich halte dein Vorgehen für nicht sehr weise.«
Und als ich darauf nur lächelte, zuckte sie die Schultern und seufzte resigniert.
»Nun gut, wenn du es dir in den Kopf gesetzt hast, dann komm wenigstens mit mir nach London, bis alles vorbei ist. Denn die falschen Katzen hier in Cullingford werden dir die Augen auskratzen, wenn es erst einmal bekannt wird. O doch, das werden sie, obwohl sie weidlich über Gervase geschimpft haben, solange du als brave kleine Frau seine Seitensprünge toleriert hast. Aber sobald sie erfahren, daß du dich gegen ihn gewandt hast, ist es vorbei mit ihrer weiblichen Solidarität. Denn schließlich ist er ein *Mann*, für dessen Liederlichkeit sie zu gern Verständnis zeigen. Seitensprünge liegen nun einmal im Wesen eines Mannes, und eine gute Frau hat sich damit abzufinden. Du brauchst keine Angst zu haben, daß Tante Caroline nach London kommt. Der Herzog hat eine Bronchitis, und sie wird wohl in *South Erin* bleiben und ihn pflegen. Wir werden das Haus ganz für uns alleine haben.«
Es würde eine ruhige Saison werden, sagte sie, denn sie trug noch

Trauer wegen Venetia. Aber Blanches Vorstellung von schlichter Trauerkleidung war ein Traum aus schwarzer Spitze, der ihre wunderbaren Schultern vorteilhaft zur Geltung brachte und den silbernen Farbton ihrer Haare unterstrich. Die »ruhige Saison«, wie sie es ausdrückte, bedeutete eine Flut von Einladungen und Visitenkarten, die jeden Morgen den Tisch in ihrer Eingangshalle überhäuften. Ihre Freundschaft mit dem Prinzen von Wales, die ihr Zugang zu den höchsten gesellschaftlichen Kreisen verschafft hatte, war zwar nicht mehr das Gesprächsthema in London, denn der Prinz hatte sich mittlerweile so auserlesenen Damen wie Sarah Bernhardt und Mrs. Langtry zugewandt. Aber das Ansehen, das Blanche dadurch gewonnen hatte, ließ sie nach wie vor zum strahlenden, begehrten Mittelpunkt gesellschaftlicher Ereignisse werden, und jedes Jahr, von April bis Juni, konnte sie unter Einladungen zu illustren Dinner-Parties und Nachmittag-Tees wählen. Sobald ihre Kutsche im Park auftauchte, zog sie die neugierigen und neidischen Blicke der Damen auf sich, während die Herren bemüht waren, ihre Aufmerksamkeit zu erregen. Selbstverständlich ließ sie sich in Ascot und Goodwood und anläßlich der Regatta in Henley bewundern, fuhr gelegentlich auch nach Hurlington, um einem Polospiel zuzusehen, besuchte Kunstgalerien und Ausstellungen, zeigte sich dazwischen auf dieser oder jener Gartenparty oder einem Konzert und fand dabei noch Zeit zu ausgedehnten Einkaufsbummeln und glänzte mindestens einmal in der Woche in Tante Carolines Loge in der Oper. Dieser unaufhörliche Reigen von festlichen Aktivitäten beschäftigte sie von neun Uhr morgens, wenn sie ihr Frühstück einnahm, bis vier Uhr am darauffolgenden Morgen, wenn sie mit den ersten Sonnenstrahlen von einem Ball nach Hause fuhr.
In dieser Zeit sah sie Dominic nur selten, der anderen gesellschaftlichen Vergnügungen und seinen Verpflichtungen im Parlament nachging, die ihn allerdings nicht übermäßig in Anspruch nahmen, denn die Regierungsgeschäfte ruhten mit Beginn der Jagdsaison und forderten seine Anwesenheit nur von Februar bis August. Die Zeit, die ihm seine sportlichen und politischen Aktivitäten ließen, verbrachte er in freundlicher harmonischer Atmosphäre mit seiner Frau.
Nein, gab Blanche unumwunden zu, als ich sie danach fragte, eigentlich lebten sie nicht miteinander, es war eher ein Arrangement, wie Gervase und ich es in den letzten beiden Jahren getroffen hatten,

aber weder sie noch Dominic neigten dazu, ein Drama daraus zu machen. In Cullingford wäre es vielleicht – und dabei hob sie leicht die Augenbrauen – nicht so einfach, diesen Lebensstil zu kultivieren, aber in London war es durchaus üblich, und kein Mensch verschwendete auch nur einen Gedanken daran.
»Du solltest mehr Zeit in London verbringen, Grace.«
»Dafür fehlt mir die Kraft und Ausdauer, Blanche. Dein Lebenswandel würde mich umbringen.«
»Unsinn. Daran gewöhnt man sich schnell. Du weißt, was ich meine. Und wenn du diese Vorliebe hast und unbedingt allein leben möchtest, so nimm dir ein Haus in London, und Gervase bleibt in *Galton*. Eine Zeitlang werden unsere lieben Matronen hier darüber klatschen, aber das vergeht – und sie werden dich mit offenen Armen aufnehmen, wenn du für ein paar Monate im Jahr in den Norden zurückkommst –, so wie sie sich freuen, mich zu sehen. Grace, du könntest leben, als wärst du geschieden, aber du behältst dabei deinen guten Ruf.«
»Und ich wäre nach wie vor mit Gervase verheiratet.«
»Ja. Aber das macht doch keinen Unterschied, außer du möchtest jemand anderen heiraten? Das hast du doch nicht vor, oder?«
»Nein.«
»Dann verstehe ich dich nicht, Grace – wozu diese ganze Aufregung? Wenn man die Möglichkeit hat, das Beste aus beiden Lebensformen zu machen – frei zu sein und doch verheiratet zu bleiben. Großer Gott! Da greift man doch mit beiden Händen zu. Und warum auch nicht? Es sei denn . . . O Grace, ich hoffe nicht, daß du auf der Suche nach der großen Leidenschaft bist, wie Venetia.«
Aber auch in Blanche schlummerte eine Spur Sehnsucht nach leidenschaftlicheren Gefühlen, eine gewisse Unruhe und ein menschliches Bedürfnis nach liebevoller Zuneigung, die auch der Pomp der Londoner Saison nicht befriedigen konnte.
Anfang Januar jenes Jahres waren fünftausend britische Soldaten im Zululand einmarschiert, Captain Noel St. John Chard unter ihnen, und bei den mörderischen Kämpfen gegen den Zulukönig Cetewayo waren Hunderte von britischen Offizieren und Soldaten niedergemetzelt worden. Blanches Sorge um Noel wuchs, die bange Ungewißheit, ob er unter den Toten oder Verletzten sein könnte, überschattete ihr Vergnügen an dem oberflächlichen Zeitvertreib. Am vierten Juli wurde die letzte Schlacht ausgetragen, der Zulukönig floh, der Krieg war vorüber.

»Gibt es denn keine Liste der Verwundeten oder Toten«, stöhnte Blanche, als sie die Neuigkeit erfuhr. »Dominic muß sofort zu Disraeli gehen und sich erkundigen. Der Premierminister wird wissen, ob etwas mit Noel geschehen ist.«

Aber auch Dominic gelang es nicht, etwas über Noel zu erfahren, und wir mußten weiterhin warten und hoffen. Wir suchten Zerstreuung in dem plötzlich zu Eintönigkeit gewordenen Trubel der gesellschaftlichen Veranstaltungen. Wenige Tage später, während einer Ausfahrt durch den Park, sah ich Gideon Chard neben einer Kutsche stehen. Er war in eine Unterhaltung mit einer Dame vertieft.

Zweifellos hatte er uns bemerkt, doch weder er noch Blanche nahmen die geringste Notiz voneinander. Sie blickte durch ihn hindurch, als wäre er Luft, und auch sein Gesicht blieb völlig ausdruckslos.

»Blanche, das ist doch Gideon?«

»Schau nicht hin«, flüsterte sie mir zu, als wir so nahe an ihm vorbeifuhren, daß ich ihn mit der Hand hätte berühren können. Dann neigte sie den Kopf und begrüßte einen Bekannten auf der anderen Seite ihrer Kutsche und beschäftigte sich angelegentlich mit ihrem Sonnenschirm.

»Also, Blanche – will er denn nicht mit uns sprechen?«

Aber sie gebot mir mit einer Handbewegung Schweigen.

»Du benimmst dich wie eine dumme Gans, Grace. Das hat doch mit uns nichts zu tun. Du hast doch wohl Lebenserfahrung genug, um zu wissen, daß ein Gentleman niemals eine Dame in die peinliche Verlegenheit bringen wird, sie anzusprechen, wenn er in Begleitung seiner Mätresse ist. Großer Gott! Grace, ich wäre vor Scham in den Boden versunken, wenn du ihn gegrüßt hättest. Und ihm wäre das ebenfalls unerträglich gewesen. Um Himmels willen, schau jetzt nicht zurück – was denkst du dir nur dabei?«

»Seine Mätresse? So kurz nach Venetias Tod?«

Unwirsch hob sie die Schultern und machte ein verärgertes Gesicht. »Vielleicht ist sie das jetzt nicht mehr. Jedenfalls habe ich die beiden vor drei Jahren zum ersten Mal zusammen gesehen, und Affären dieser Art dauern gewöhnlich nicht solange. Komm schon, Grace, du weißt doch, wie es zwischen ihm und Venetia stand. Das kann man ihm doch nicht verübeln. Und Venetia hätte es nichts ausgemacht. Die Frau ist Schauspielerin oder Tänzerin, und er hätte sie uns unmöglich vorstellen können.«

»Also haben wir ihn gar nicht gesehen?«
»Natürlich nicht. Und er wird es mit keiner Silbe erwähnen. Ich frage mich nur, wann Gideon gekommen ist, und ob er bei uns wohnt? Das kann durchaus sein, denn wir sind ja gleich nach dem Frühstück losgefahren, und ich habe auch Dominic heute noch nicht zu Gesicht bekommen. Vielleicht waren die beiden gestern nacht gemeinsam unterwegs und haben heute lange geschlafen. Denn es sieht nicht so aus, als ob Gideon in diesem Anzug eben aus dem Zug gestiegen wäre.«
Seit meinem Auszug aus *Tarn Edge* war ich Gideon nicht mehr begegnet, und ich verspürte nun ein derartig heftiges Gefühl der Abneigung, auch nur eine Nacht mit ihm unter einem Dach zu verbringen, daß ich am liebsten in ein Hotel gezogen wäre, um ein Zusammentreffen mit ihm zu vermeiden. Ich konnte mir nicht erklären, warum ich derart gereizt auf seinen Anblick reagierte. Die Tatsache, daß er eine Mätresse hatte, überraschte mich nicht. Ich nahm auch nicht an, daß er sich in meine Angelegenheiten einmischen würde. Dazu hatte er kein Recht. Und ich hatte kein Recht, ihm einen Besuch im Haus seines Bruders übelzunehmen. Aber es störte mich maßlos. Aus irgendwelchen unsinnigen albernen Gründen wollte ich ihn nicht sehen, und es brachte mich völlig aus der Fassung, als ich bei unserer Rückkehr zwei Hüte und zwei Paar Handschuhe in Blanches Halle sah. Die beiden Brüder saßen im Salon und tranken Tee.
Gideon war natürlich gekommen, um Erkundigungen über den Verbleib von Noel einzuholen, und der Krieg gegen die Zulus war einziges Gesprächsthema während der nächsten Stunde. Danach nahm Sir Dominic Gideon mit in den Club, und Blanche folgte einer Einladung zu irgendeinem Dinner. Ich ließ mir das Essen auf mein Zimmer bringen und fand endlich Zeit, mich um meine eigenen Angelegenheiten zu kümmern. Ein Brief von meinem Vater besagte, daß Gervase die offizielle Aufforderung, zu mir zurückzukehren, zugestellt worden war. Mrs. Agbrigg erkundigte sich nach meinem Wohlergehen und bat mich, eine bestimmte Sorte Honig zu besorgen, die sie meinem Vater gegen seinen Husten geben wollte. Tante Faith schrieb: »Liebes – hast du dir diesen Schritt auch reiflich überlegt? Möge Gott dich schützen.« Großmuter Agbrigg schrieb aus Scarborough und ließ durchklingen, daß Mrs. Agbrigg wohl einen schlechten Einfluß auf mich ausgeübt hätte. Und Mrs. Barforth –

betrachtete sie mich wohl noch immer als ihre Schwiegertochter? – erzählte von ihrem Leben in *Galton*, ihrer Freude an dem schönen Sommerwetter und den Streichen ihrer jungen Hunde. Tante Caroline hatte Blanche geschrieben, ohne auch nur meinen Namen zu erwähnen.

Aber ich erfuhr nichts über Gervase. Ich hatte keine Ahnung, wo er sich aufhielt – er war weder in *Tarn Edge* noch in *Galton* –, ich wußte nicht, was er vorhatte, wie seine Zukunftspläne aussahen. Was ging in ihm vor? Wie reagierte er auf mein Scheidungsgesuch? Würde er einwilligen, meinen Antrag ablehnen, oder war ihm alles gleichgültig? Ich wußte nicht, ob er ins Ausland gehen würde oder ob ihn Diana Floods Weigerung ihn zu begleiten verletzt hatte. Womöglich hatte sie diesbezüglich ihre Meinung geändert und zog es vor, mit ihm vor der gesellschaftlichen Ächtung zu fliehen. Jeden Morgen erwachte ich mit der bangen Ungewißheit, ihn plötzlich in Blanches Salon anzutreffen, mit der Aufforderung, das eheliche Zusammenleben mit ihm wieder aufzunehmen. Vielleicht beugte er sich dem Druck, den Sir Julian Flood und Diana in dieser Hinsicht sicherlich auf ihn ausübten.

Das letzte Mal hatte ich seine Stimme gehört, als er mich bat, ihn allein zu lassen. Zum letzten Mal hatte ich ihn gesehen, als er wie ein Gespenst an Venetias Grab gestanden hatte, von derselben Hoffnungslosigkeit und Zerrissenheit geprägt, an der Venetia zugrunde gegangen war. Ich konnte ihm nicht helfen. Das wußte ich seit langem, und ich hatte es sorgfältig vermieden, ihm Zuneigung oder Verständnis zu zeigen. Aber ich machte mir um ihn Sorgen – ständig quälte mich eine unbestimmte Angst, die ich ins Unterbewußtsein verdrängte, und oft wünschte ich mir, daß ich ihn hätte hassen können, das hätte mir vieles erleichtert.

Aber auch Gideon beunruhigte mich auf eine Weise, die mir unerklärlich blieb, und ich war keineswegs erfreut, ihm im Salon zu begegnen, als er früher als erwartet nach Hause kam.

»So, haben sie dich allein gelassen, wie?« fragte er, obwohl ich vermutete, daß er gehofft hatte, mich allein anzutreffen.

»Wie du siehst. Gibt es Neues von Noel?«

Er schüttelte den Kopf.

»Noel scheint nicht unter den Toten zu sein, und es besteht die Hoffnung, daß er wohlauf und gesund ist und sich womöglich mehrere Orden und Auszeichnungen verdient hat. Darüber würde ich mich

sehr freuen, denn eigentlich ist er der am wenigsten Kriegerische von uns dreien.«
»Ja. Aber bitte entschuldige mich, Gideon. Ich bin müde.«
Wieder schüttelte er den Kopf und lächelte leicht gezwungen wie ein Mann, der seinen Charme einsetzt, um jemanden zu überzeugen oder ihm etwas zu verkaufen.
»Das tut mir leid. Ich bin extra früher nach Hause gekommen, weil ich mit dir sprechen möchte, und ich wäre dir dankbar . . .«
»Ich bin wirklich sehr müde, können wir das Gespräch nicht auf morgen verschieben?«
»Morgen bin ich wahrscheinlich nicht mehr hier.«
»Das ist bedauerlich. Aber trotzdem wünsche ich dir eine gute Nacht.«
»Nein, Grace.«
»Wie bitte?«
»Ich bestehe auf diesem Gespräch. Bitte, weich mir nicht aus.«
»Ach – nimmst du den Frühzug?«
»Das weiß ich noch nicht. Bitte setz dich, Grace. Bitte.«
»Nein . . . nein . . . könntest du wohl ein Päckchen für Mrs. Agbrigg mitnehmen?«
»Sehr gern – nachdem wir miteinander gesprochen haben.«
»Ich gebe dir das Päckchen dann morgen beim Frühstück . . .«
»*Grace.*«
Und als ich unbeirrt zur Tür ging, fuhr er mich scharf an: »Grace, zwing mich nicht dazu, dir hinauf in dein Zimmer zu folgen, das würde nur deinen Nerven und deinem guten Ruf schaden.«
Die Hand auf dem Türgriff, blieb ich bewegungslos stehen, wollte die Tür öffnen, hinaufgehen, ohne auch nur einen Blick zurückzuwerfen, fort von dieser drängenden Stimme, den Ansprüchen und Forderungen dieses Mannes.
»Grace«, sprach er weiter, »wenn du nicht willst, daß ich meine Fragen laut durchs ganze Haus schreie, bitte ich dich, hierzubleiben und mir zu erklären, was du mit dieser Torheit bezweckst.«
»Du hast kein Recht dazu, mir diese Frage zu stellen.«
»Mag sein. Aber ich bestehe auf einer Antwort, und du solltest mich gut genug kennen, daß ich nicht lockerlasse, bis ich eine zufriedenstellende Antwort bekomme.«
Ich kannte ihn nur zu gut. Also ging ich zurück, stellte mich vor den Kamin und nahm genau jene Position ein, die Mr. Barforth und

mein Vater bevorzugten, wenn sie als Herren des Hauses ihre autoritären Entscheidungen verkündeten. Hoch aufgerichtet, die Hände verschränkt, stand ich da, so wie damals bei der Auseinandersetzung mit Sir Julian Flood, und redete mir ein, daß die Konfrontation mit Gideon kaum schlimmer sein konnte.

»Mit ›Torheit‹, Gideon, meinst du wohl meine Scheidung. Und dazu gibt es nicht viel zu sagen. Denn diese Entscheidung berührt dich nicht im geringsten.«

»Ich glaube, da irrst du dich.«

Ich zwang mich, ihm ins Gesicht zu sehen. Der verbindliche, charmante Ausdruck darin war gewichen. Ernst und sehr bestimmt erwiderte er meinen Blick.

»Grace, wir haben während der vergangenen Jahre unter einem Dach gelebt, und in dieser Zeit habe ich dich kennen- und schätzengelernt. Ich kann einfach nicht stillschweigend mit ansehen, wie du dich selbst zerstörst. Bist du dir darüber im klaren, daß du ein sehr beschütztes Leben geführt hast? Jemand muß dich einfach vor der grausamen Realität der Welt draußen warnen.«

»Die Mühe kannst du dir sparen, Gideon. Mrs. Agbrigg und Sir Julian Flood sind dir zuvorgekommen.«

Diesen Einwand tat er mit einer gereizten Geste ab, die ausdrückte, daß Sir Julian ein alter und wohl etwas weltfremder Hagestolz und Mrs. Agbriggs moralische Ansichten aufgrund ihrer eigenen Vergangenheit zumindest zweifelhaft waren.

»Von deiner Auseinandersetzung mit Sir Julian habe ich gehört. Dir ist doch wohl bewußt, daß er ausschließlich eigennützige Zwecke damit verfolgte?«

»Was man von dir nicht behaupten kann?«

»Ja, natürlich . . . wenn du damit auch die Sorge um dich meinst. Ich will einfach nicht tatenlos zusehen, wie du dich selbst ruinierst.«

»Gütiger Himmel! Deine Ritterlichkeit in allen Ehren, aber ich hoffe nicht, mich jenseits der Grenzen des Erlaubten wiederzufinden. Ich beabsichtige nicht, mit irgendeinem Mann in wilder Ehe zu leben.«

»Du willst allein leben«, erwiderte er ärgerlich, »und das ist ebenso schlimm.«

Seine unerwartet heftige Reaktion und dieser mühsam unterdrückte Zorn erschreckten mich. Ich war zu nervös und angespannt, um mich auf einen Streit mit ihm einzulassen.

»Dieser Schritt ist einfach unnötig«, fuhr er rasch fort. »Was hoffst du dadurch zu gewinnen? Ja, ich kenne die Schwierigkeiten, die du hattest. Ich kenne Gervase und weiß, was er getan hat. Ich habe deinen Mut bewundert, mit dem du alles ertragen hast, und es überrascht mich nicht, daß deine Geduld mit ihm zu Ende ist. Aber warum willst du um seinetwillen dein Heim aufgeben? *Tarn Edge ist* dein Heim, Grace. Man könnte ihn ohne weiteres dazu bringen, dich in Ruhe zu lassen, und dann spricht doch nichts dagegen, daß du in *Tarn Edge* bleibst. Dort wirst du als angesehene Frau und Hausherrin geachtet und verfügst über ein großes Maß an Unabhängigkeit. Denn wer hat je versucht, deine Eigenständigkeit einzuschränken? Warum willst du das alles aufgeben? Und wofür? Für die scheinbaren Vorzüge, allein in einem schäbigen Haus zu leben und dich den Beleidigungen jener Damen auszusetzen, die dir nicht das Wasser reichen können, und die sogenannten »Gentlemen«, die dich wie die Motten das Licht umschwärmen werden. Grace, wenn du auch auf einfache Weise die Möglichkeit hast, dich von Gervase zu trennen, sehe ich keinen Sinn darin, warum du dich freiwillig diesen Beleidigungen und Demütigungen aussetzen willst. Es ist mir unbegreiflich.«

»Ah . . . und ich sehe, daß du nicht damit zufrieden bist, wie man deine Hemden wäscht und bügelt, seit ich *Tarn Edge* verlassen habe.«

Wie leicht hätte er mit einem Lachen die unerträgliche Spannung zwischen uns lösen können. Aber meine Hoffnung wurde enttäuscht. Statt dessen zog er mißmutig die Brauen zusammen, und sein Gesicht verdunkelte sich in einem Anflug von Zorn. Aber seine Stimme blieb ruhig und gelassen, als er weitersprach.

»Grace, da wir jetzt so offen miteinander reden – ich weiß, es gibt Zeiten, da kannst du mich nicht ausstehen. Und ich frage mich, ob die Gründe für diese Ablehnung wirklich bei mir zu suchen sind.«

»Du kannst wahrscheinlich nichts dafür.

»Nun gut. Du glaubst, daß ich Venetia des Geldes wegen geheiratet habe. Womit du natürlich recht hast.«

»Gideon, es geht mich überhaupt nichts an . . .«

»*Grace* – hör auf, mir ständig auszuweichen! Ich will, daß du mir zuhörst. Ich habe das Recht, mich zu verteidigen. Ja, ich habe des Geldes wegen geheiratet. Aber hast du einmal darüber nachgedacht, wie wenig Chancen in einer Familie wie meiner die jüngeren Söhne haben? Wir werden zu Prinzen herangezogen, doch im End effekt bekommt das Land, den Titel, das wenige Geld, das verfügbar ist – alles –, der älteste Sohn, der Erbe. Dagegen lehne ich mich gar nicht auf. Nur so bleibt der Familienbesitz erhalten. Wenn er unter die Söhne aufgeteilt würde, gäbe es bald keine großen Güter mehr. Das weiß ich und akzeptiere es. Die jüngeren Söhne müssen eben das Beste aus ihrem Leben machen, und dazu gehört die Möglichkeit einer Geldheirat. Grace, ich sah eine Chance, den Lebensstil zu erreichen, den ich mir wünschte, indem ich als Geschäftsmann für meinen Onkel arbeitete. Und nichts, absolut nichts, weder in meiner Familientradition noch in meiner Erziehung, sagte mir, daß es falsch ist, die Tochter meines Arbeitgebers zu heiraten.«

»Nein, natürlich nicht.«

»Und doch hast du mir das verübelt. Du hast es nie ausgesprochen, aber ich habe es gefühlt. Und jetzt wirst du dir meine Rechtfertigung anhören. War ich etwa grausam zu ihr? Venetia glaubte, wollte es einfach glauben, daß ich sie nur des Geldes wegen geheiratet habe. Und damit hatte sie recht, da ich sie ohne Geld nicht genommen hätte. Aber die Wahrheit ist, daß ich sie zu Anfang sehr anziehend und bezaubernd fand, und wenn sie mir nur erlaubt hätte . . . ach verdammt! Grace, du weißt genau, was ich meine. Du hast mich heute mit dieser Frau im Park gesehen. Und du verstehst sicher, wie bedeutungslos diese Art von Beziehungen sind.«

»Sicher. Sie ist eine Frau, die nur deiner Annehmlichkeit dient, wann immer es dir beliebt. Was könnte das schon bedeuten?«

»Es bedeutet«, fuhr er mich an, »daß sie eine Frau ist, die mir genau das gibt, wofür ich sie bezahle, nicht mehr. Und ich weiß jederzeit, woran ich mit ihr bin. Kein ideales Arrangement, aber ein faires geschäftliches Abkommen für beide Seiten. Und es hat den Vorteil, daß niemand dabei verletzt wird.«

»Ja. Bitte verzeih.«

»Willst du mir dann auch zugestehen, daß ich Venetia nicht aus gefühllosem Egoismus geheiratet habe, sondern durchaus Zärtlichkeit und Zuneigung für sie empfand und ich sie aus Mitleid wieder aufgenommen habe? Glaubst du wirklich, ich hätte es nur getan, um dafür den Posten des Generaldirektors zu bekommen?«

»Venetia hat es jedenfalls geglaubt.«

»Ja, Venetia hat es geglaubt. Und wie denkst du darüber?«

»Ich glaube, daß du die Beförderung verlangt oder zumindest erwartet hast.«

»Ja«, gab er mit entwaffnender Offenheit zu. »Das habe ich getan.«
»*Gideon*?«
»Und warum nicht? Nicholas Barforth an meiner Stelle hätte ebenso gehandelt. Er wußte genau, was ich wollte und daß ich lange auf die Gelegenheit gewartet hatte. Und er wußte, daß ich es mir verdient hatte. Als Venetia mich verließ, hielt er nur eine Hälfte seines Versprechens. Er beteiligte mich an der Gesellschaft. Als sie wieder zurückkam, wußte er selbst, daß er die zweite Hälfte des Versprechens einlösen mußte – ich wurde Generaldirektor des Unternehmens. Ich habe es nicht verlangt. Ich saß einfach in seinem Büro und wartete auf sein Angebot. Aber er wußte nicht – ebensowenig wie du es weißt, Grace – was ich getan hätte, wäre das Angebot ausgeblieben.«
»Das ist doch jetzt egal.«
»Nein. Nicht, wenn ich damit deine negative Meinung über mich revidieren kann. Wenn nicht, nun . . . Grace, falls ich der Grund dafür bin, daß du nicht nach *Tarn Edge* zurückgehen willst, dann werde *ich* dort ausziehen und nicht du. Ein Mann kann überall unbehelligt leben, und ich bin sowieso die längste Zeit des Jahres geschäftlich unterwegs.«
»Ja, Gideon. Und wie lange würdest du wegbleiben?«
Ich fühlte mich plötzlich mit ihm eingesperrt in diesem großen, hohen Raum. Ich war ihm zu nahe, und es galt, dieses Gespräch unverzüglich zu beenden.
»Ich frage dich, Gideon – sollte ich den Gedanken an eine Scheidung aufgeben und nach *Tarn Edge* zurückkehren –, würdest du doch in kürzester Zeit auch wieder dort leben?«
»Ich muß zugeben, daß ich gehofft hatte, du würdest mich dann dazu überreden.«
»Und falls diese ›Einladung‹ ausbliebe, würdest du trotzdem kommen.«
Er grinste plötzlich verschmitzt wie ein Schuljunge, und dieser Ausdruck überwältigenden Charmes ließ mir den Atem stocken.
»Ich kann mir durchaus vorstellen, daß ich einen Versuch wagen würde.«
»Dessen bin ich mir sicher. Und ich verstehe auch, warum. Ein Haus von dieser Größe braucht eine tüchtige Herrin, denn selbst die beste Haushälterin vernachlässigt irgendwann ihre Aufgaben. Ich nehme an, manches läßt bereits jetzt zu wünschen übrig, aber ich würde

das im Handumdrehen wieder in Ordnung bringen. Ich weiß, Gideon, das Haus wartet auf mich und ein Kind, das ein Heim braucht. Ich weiß aber auch, daß du früher oder später wieder heiraten wirst. Meine Anwesenheit in *Tarn Edge* wäre dir dann wohl nicht mehr so willkommen, und deine neue Frau hätte gewiß etwas dagegen einzuwenden.«
Er stellte sich nun dicht neben mich, der Saum meines Kleides berührte seine Schuhe, eine Hand stützte er gegen den Kaminsims hinter meinem Kopf und sein Körper beugte sich über mich. Er berührte mich nicht. Allein die Ausstrahlung, der Hauch seines Atems, das Bewußtsein der vitalen Kraft in diesem muskulösen Körper erregte meine Sinne, die allzu lange jeden erotischen Reiz entbehrt hatten. Ich war erst fünfundzwanzig und für sinnliche Genüsse sehr empfänglich.
»Ich werde nicht wieder heiraten«, sagte er.
»Unsinn!«
»*Grace* – ich werde nicht wieder heiraten, und du weißt auch, warum.«
Er war mir jetzt ganz nahe. Sein Blick bohrte sich in meine Augen, so als wolle er mir eine Botschaft vermitteln. Sein übermächtiger Wille lähmte mich, mein Atem ging schneller, das Herz pochte mir in der Kehle. Seine Erregung übertrug sich auf mich, verschmolz zu einem einzigen leidenschaftlichen Begehren. Wie ein untätiger Vulkan hatte diese Begierde in uns geschlummert, und er zwang mich jetzt, dieser Leidenschaft nachzugeben, da mein Mann und seine Frau nicht mehr zwischen uns standen. Er forderte mich auf, dem Drängen meines Körpers nachzugeben und die Sehnsucht zu stillen, die mein Verstand mir verweigert hatte. Ich schämte mich nicht der sinnlichen Reaktion meines Körpers. Aber Gideon nachzugeben, hieße nicht nur Genuß sinnlicher Freuden, es barg auch die Gefahr einer erneuten Gefangenschaft; seine Forderungen und Wünsche würden bald mein Leben bestimmen, seine Identität meine überschatten. Außerdem vertraute ich ihm nicht.
Gideons Hand ballte sich zur Faust, sein Gesicht erstarrte zur Maske, nicht aus Wut, sondern vor Anstrengung, die Gefühlsaufwallung zu bezähmen.
»Es ist jetzt nicht der geeignete Zeitpunkt, mit dir darüber zu sprechen, das weiß ich. Aber du läßt mir keine Wahl. Wenn du in *Tarn Edge* geblieben wärst, so wie ich es erwartete, hätten wir uns dieses

Gespräch ersparen können. Ich hätte geduldig den geeigneten Moment abgewartet.«

»Gideon . . .«

»Ja, und sogar jetzt, da ich gezwungen bin, es auszusprechen, wie soll ich mich dir verständlich machen? Wie kann ich dich davon überzeugen, daß es absolut notwendig und *richtig* ist für dich, Grace? Ich will nicht, daß du nach *Tarn Edge* zurückkommst, um dort den Haushalt zu führen oder das Kind aufzuziehen, sondern um dort zu leben.«

»Mit dir?«

»Ja, irgendwann. *Ja*. Grace, schau mich an – wenn du nicht so überstürzt Gervase geheiratet hättest, glaube ich, daß du dich für mich entschieden hättest. Und das weißt du sehr genau.«

»Du hast mich nicht gebeten, dich zu heiraten, Gideon.«

»Ich hatte keine Gelegenheit dazu. Ganz plötzlich gehörtest du Gervase Barforth – so jedenfalls stellte es sein Vater dar –, und er riet mir, die Finger von dir zu lassen. Das war nicht leicht für mich, Grace. Bitte, glaube mir das. All die Jahre mit dir in einem Haus zu leben, in dem ständigen Bewußtsein, wie wunderbar wir zusammengepaßt hätten.«

»Und jetzt willst du, daß ich mit Gervase verheiratet bleibe, nach *Tarn Edge* zurückkehre, um dir weiterhin die ideale Partnerin zu sein – als deine Geliebte vorzugsweise, nicht wahr?«

»Ja«, sagte er und senkte den Kopf. »Irgendwann . . . So ausgedrückt ist es natürlich ein Schock für dich, das verstehe ich. Aber ich konnte es einfach nicht riskieren, schweigend zuzusehen, wie du deine gegenwärtigen Pläne in die Tat umsetzt. Grace, bitte glaub' mir, diese Lösung wäre ideal für dich.«

Natürlich konnte ich ihm nicht zustimmen. Also schüttelte ich nur den Kopf und spürte dann seine große warme Hand in meinem Nacken, die sich so ganz anders anfühlte, als Gervases kühle, nervöse Berührung. Er ließ sie dort liegen, zögernd und fragend, und als ich mich nicht wehrte, glitten seine Finger über meine Schultern, streichelten meinen Rücken, weckten Erinnerungen in meinem Körper an die schmerzlich vermißte Zärtlichkeit eines Mannes.

»Ja, Grace, es ist richtig. Wir sind wie füreinander geschaffen. Wir könnten uns wunderbar ergänzen. Du verstehst meine Art zu leben, und ich kenne deine Vorstellungen von einem erfüllten Leben. Und dieses Leben kann ich dir ermöglichen. Gervase steht nicht mehr zwischen uns. Ich begehre dich, Liebling. Und ich glaube, nein, ich weiß es, daß du mich ebenfalls begehrst.«

Natürlich wollte ich ihn haben. Schon vor Jahren, damals in der Galerie in *Listonby*, hatten mich meine leidenschaftlichen Gefühle für ihn derart erschreckt, daß ich mich dem weniger bedrohlichen Gervase zuwandte. Ich begehrte ihn jetzt und fürchtete nicht mehr die überwältigende Leidenschaft, die er in meinem Körper entfachte, im Gegenteil, ich war mir nur zu bewußt, welch sinnliche Freuden er mir geben könnte. Es genügte eine winzige Geste, und er würde mich sofort – heute nacht noch und in diesem Haus – in Besitz und mein ganzes zukünftiges Leben in seine tüchtigen, so verführerischen Hände nehmen. Schon morgen früh könnte ich als seine Geliebte aufwachen, wonnig und zufrieden schnurrend wie eine Katze, aber völlig abhängig von seinem Begehren und der Ungewißheit, wie lange ich seine Bedürfnisse befriedigen konnte. Und welch größeres Risiko, welch größere Demütigung gab es für eine Frau, als diese Abhängigkeit?

Nur ein heilsamer Zorn konnte mich gegen dieses wundervolle Dahinschmelzen meiner Glieder ankämpfen lassen, diese verräterische Sehnsucht, die meine Widerstandskraft lähmte. Welche Waffe blieb mir? Wie konnte ich mich gegen diese süße, bezaubernde Verwirrung wehren?

»Warum bittest du mich nicht, dich zu heiraten, Gideon?«

Diese Frage schien er erwartet zu haben, denn er hatte die Antwort parat.

»Wie könnte ich das denn?«

»Nach meiner Scheidung wäre es dir doch möglich?«

»Wenn das so einfach wäre, hätte ich nicht jetzt mit dir gesprochen. Wie gern hätte ich gewartet, auf eine günstige Gelegenheit gehofft, um dir dann in aller Form den Hof zu machen. Welch ein Vergnügen wäre mir das gewesen, Grace. Aber ein Mann darf nicht die Schwester seiner verstorbenen Frau heiraten, das weiß ich. Wie die rechtliche Lage in unserem Fall ist, entzieht sich meiner Kenntnis. Du wärst die geschiedene Frau des Bruders meiner verstorbenen Frau. Das könnte durchaus rechtswidrig sein. Man müßte sich da genauestens erkundigen.«

Da endlich stieg der Zorn in mir auf, paarte sich mit Wut und Abscheu, ließ mich aufbegehren gegen diese glatte, selbstgefällige Art, sein Vertrauen, das ihn nicht zweifeln ließ, mich überzeugen zu können.

»Ich glaube, derartige Erkundigungen wären in unseren Fall reine Zeitverschwendung, Gideon. Du hast es nicht für nötig gehalten, diese Möglichkeit überhaupt in Betracht zu ziehen.«
»Bitte, Liebling . . . Ich mußte die Gelegenheit nutzen, und du kannst nicht erwarten, daß ich jede Kleinigkeit berücksichtige . . .«
»O doch, das kannst du – und du hast es auch getan. Denn die Wahrheit ist doch, daß du keinesfalls, was auch immer das Gesetz vorschreibt, eine geschiedene Frau heiraten würdest, nicht wahr?«
»Liebling . . .«
»Und ich glaube, daß du mich niemals in der Öffentlichkeit Liebling nennen würdest, Gideon, weil – nun, weil deine Mutter, die Herzogin, einen hysterischen Anfall bekommen würde und dein Bruder, der Baronet, einiges dagegen einzuwenden hätte. Aber darüber hinaus – und das trifft wohl eher den Kern der Sache – revoltiert dein ausgeprägter Sinn für das Angemessene und Schickliche dagegen.«
»Grace, das ist nicht fair.«
»Nein. Aber wahr. Denn abgesehen von *Listonby* und Westminster würden auch die Goldschmids und die Fauconniers eine derartige Verbindung ablehnen. Eine geschiedene Frau ist ein gesellschaftlicher Affront. Davor hat man mich oft genug gewarnt, und damit würdest du dich nicht belasten, Gideon. Schließlich wären meine hausfraulichen Qualitäten als Gastgeberin völlig nutzlos für dich, wenn die respektablen, die *nützlichen* Leute meinen Einladungen nicht folgen würden. Aber als deine Schwägerin wäre ich dir von unschätzbarem gesellschaftlichem Wert, das ist mir durchaus klar. Und wenn ich gleichzeitig in aller Heimlichkeit auch noch das Bett mit dir teilte, daran würden deine Freunde sich nicht stören. Und außerdem, nun, wie sehr viel bequemer ist es doch, die Geliebte im Haus zu haben, als sich mit ihr im Park zu treffen. Ja, auch das ist mir klar. Oh, ich könnte dir von großem Nutzen sein, Gideon, bis deine Mutter für dich die passende Partie – eine Herzogstochter vielleicht oder eine reiche Kaufmannstochter – findet.«
Ich sah, wie alle Farbe aus seinem Gesicht wich, wie sein Körper sich versteifte und er kalt und abweisend wurde. Dann trat er zurück, verneigte sich steif, nicht weil er die Niederlage akzeptierte, wie mir schien, sondern weil er es hochmütig ablehnte, sich zu verteidigen.
»Es tut mir leid, daß du so eine schlechte Meinung von mir hast«, sagte er schroff. »Wenn du die Güte hättest, mir das Päckchen zu ge-

ben, von dem du gesprochen hast, so werde ich dafür sorgen, daß es nach Fieldhead gebracht wird.«

Aber davon konnte jetzt keine Rede mehr sein. Falls Gideon morgen noch hier in diesem Haus weilen sollte, so mußte ich gehen, denn ich konnte weder dem Mann, den ich beleidigt hatte, gegenübertreten, noch dem Mann, den ich begehrt hatte und womöglich wieder begehren würde. Aber als ich am nächsten Morgen hinunterging, hatte sich die Situation entscheidend verändert, denn es waren Nachrichten von Noel eingetroffen. Er war in Südafrika verwundet worden, wie schwer, konnte nicht in Erfahrung gebracht werden. Blanche war verzweifelt, hatte bereits mehrere Telegramme an ihren Vater in Cullingford mit der flehenden Bitte abgeschickt, seine weltweiten Kontakte einzusetzen, um Näheres über Noel zu erfahren.

Ich blieb in London und verbrachte dort den erdrückend heißen August und einen teilweise verregneten September an ihrer Seite, und meine eigenen Probleme wurden durch ihr quälendes Warten auf Telegramme und Briefe überschattet. Zum ersten Mal in ihrem bis dahin gleichförmigen, oberflächlichen Leben spürte sie die Qualen der Leidenschaft, eine Heftigkeit der Gefühle, die sie erschreckte. Ich bot ihr Trost und Beistand, soweit es mir möglich war. Die Saison war vorüber. Die meisten Bekannten und Freunde waren zur Jagd auf ihre Landsitze abgereist, und es geschah auf einem meiner gelegentlichen einsamen Spaziergänge, daß ich unvermutet Gervase gegenüberstand.

Diese Begegnung war natürlich nicht zufällig zustande gekommen, und als er meinen entgeisterten Gesichtsausdruck sah, eilte er auf mich zu, blaß und dünner, als ich ihn in Erinnerung hatte, Fältchen um die Augen, als er lächelte, den Hut in einem verwegenen Winkel auf dem Kopf, so wie er ihn immer getragen hatte, mit dem beschwingten forschen Auftreten eines jungen Mannes. Doch sein Gesicht wirkte eingefallen und um Jahre gealtert.

»Grace, du siehst mich an, als wäre ich ein Gespenst. Keine Angst. Ich weiß, die Frist, die du mir per Gerichtsbeschluß gesetzt hast, ist bald abgelaufen, aber deswegen bin ich nicht hier. Ich werde nicht ein zweites Mal dein Leben ruinieren.«

»Die Bestimmung lautet, daß wir uns nicht treffen dürfen.«

»Ich weiß. Niemand wird es erfahren.«

Und zum ersten Mal in unserem Leben war die Hand, mit der er meinen Arm umfaßte, ruhig und zuverlässig, während ich am ganzen Körper zitterte, seine Willensstärke größer als meine, denn ich fühlte mich schwach und unsicher.

»Ich wollte dich nur kurz sehen, Grace. Ich habe in London zu tun, und es schien mir absurd, abzureisen, ohne Verbindung mit dir aufzunehmen, denn es ist womöglich das letzte Mal, daß wir uns sehen.«

Aufsteigende Tränen erstickten jede Frage nach seinen Plänen, und ich warf ihm nur einen Blick zu, hob hilflos die Hände, und mein ganzes Wesen war von einem Gefühl tiefer Traurigkeit durchdrungen. Alle Bitterkeit, aller Groll über die erlittenen Demütigungen, die zornige Ohnmacht und Verzweiflung hatten mich verlassen. Ich fühlte mich nur leer, ausgebrannt und erschöpft.

»Ich habe einen Sohn«, erzählte er mir, und ich hörte seine Stimme wie durch eine dichte Nebelwand, lächelte verloren und wähnte mich in einem unwirklichen Traum.

»Ach ja – und wie soll es weitergehen, Gervase?«

Er zuckte die Schultern und lächelte nun ebenfalls. Diese Fältchen um seine Augen, die ersten Anzeichen des Alters in seinem jungenhaften Gesicht, vertieften sich.

»Nun, zunächst muß ich Dianas Leben in Ordnung bringen, und dann werde ich ins Ausland gehen.«

»Ihr Leben ordnen, wie denn?«

»Compton Flood wird demnächst Lord Sternmore werden, und Diana ist sehr begierig auf diesen Titel. Zuerst war er entschieden dagegen, sie wieder aufzunehmen, aber er wird nur den Titel erben, Vermögen ist nicht vorhanden, und deswegen wird er noch einmal gründlich darüber nachdenken. Wenn Diana, nachdem du mit ihr abgerechnet hast, eine Weile im Ausland lebt, bis der Skandal vergessen ist, und sie als reiche Frau zurückkehrt, wird er ihr womöglich verzeihen. Ich nehme an, das wird er tun. Falls nicht, muß sie eben wieder ins Ausland gehen, mit mir.«

»Gervase, liebst du sie noch?«

»Nein. Ich liebe niemanden, Grace.«

Noch immer fühlte ich mich seltsam distanziert. Ich lächelte geistesabwesend und nickte.

»Kannst du verstehen, warum ich die Scheidung will?«

»Ja. Sonst wäre ich wohl zu dir zurückgekehrt, so wie die gerichtliche Aufforderung es verlangt, um Diana diesen Skandal zu erspa-

ren. Das haben sie von mir verlangt. Aber ich habe nicht nachgegeben, weil ich weiß, was die Scheidung dir bedeutet.«
»Ja, das bin ich mir schuldig. Wo wirst du hingehen?«
»Oh – vielleicht nach Australien, um Schafe zu scheren, oder Rinder zu züchten in Amerika. Das ist eigentlich nicht wichtig. Jedenfalls laufe ich diesmal nicht davon, wie du wohl annehmen wirst. Suchen ist wohl der treffende Ausdruck. Aber vorher wollte ich dich noch einmal sehen, um dich zu beruhigen. Ich werde dir keine Hindernisse in den Weg legen, Grace. Mehr wollte ich dir nicht sagen.«
Er nahm meine Hand und drückte sie mit dem ihm eigenen leichten, kühlen Griff. Seine Lippen umspielte nun ein trauriges Lächeln, das ich nie zuvor an ihm gesehen hatte, und wie eine schwere, dunkle Wolke senkte sich Trauer über mich, drohte mich zu erdrücken.
»Leb wohl, Grace – und viel Glück.«
»Gervase – gib auf dich acht.«
»Nun, wir werden sehen.«
Und dann ging er, ließ mich allein zurück in dieser undurchdringlichen Wolke, die mich einschloß und den Schrei in meiner Kehle ersticke. Und als ich schweren Herzens zu Blanches Haus zurückging, umklammerte die Sorge um Gervase mein Herz mit eisiger Kälte.

21

Und so geschah es dann. In Begleitung mehrerer Anwälte, deren Hauptanliegen die Höhe ihres Honorars war, betrat ich den kahlen Gerichtssaal und legte dem Richter mittels Zeugenaussagen von Dienstboten und dem lebenden Beweis eines neugeborenen Kindes dar, daß mein Mann mit der Frau des Colonels Compton Flood Ehebruch begangen hatte. Ich erbrachte ebenfalls schlüssige Beweise, daß das schuldige Paar mehrere Monate öffentlich im *Cullingford Manor* zusammengelebt hatte und davor öfter von Mrs. Floods Dienstmädchen in äußerst kompromittierenden Situationen überrascht worden war. Ich bewies, daß mein Mann mich verlassen und sich geweigert hatte, zu mir zurückzukehren. Ich ruinierte Mrs. Floods gesellschaftliches Ansehen und veranlaßte ihre Flucht vor der Schmach ins Ausland. Ich brach Colonel Compton Floods Herz, der im Verlauf des Prozesses endlich die Nachfolge von Lord Stern-

more antrat und nach dem Tod seines Onkels nunmehr noch erlauchter, und falls er sich zu einem Kompromiß durchringen konnte, auch ein reicher Mann sein würde.
Ich zwang meinen Mann dazu, sein Heim und seine Geliebte aufzugeben und sein schuldbedecktes Haupt irgendwo in den unwegsamen Kolonien zu vergraben, von wo er höchstwahrscheinlich nie zurückkehren würde. Ich brandmarkte einen winzigen Knaben mit dem Stigma eines Bastards. So jedenfalls urteilten bestimmte Presseleute, die eindeutig mit der entehrten, aber offensichtlich heißblütigen Diana Flood sympathisierten, deren dramatisches Schicksal mehr sensationsträchtige Schlagzeilen abgab als das einer kaltherzigen Frau, die bittere Rache genommen hatte. Hätte ich Mrs. Flood aus Eifersucht ein Messer in die Brust gestoßen, hätte man mir wohl eher vergeben. Aber ich hatte kalt berechnend und aus rein eigennützigen Motiven Vergeltung geübt, denn dieser Prozeß verlangte von mir keine Opfer, sondern ich profitierte davon. Ein wenig weibliches Mitgefühl wäre bei soviel Selbstgerechtigkeit wohl angebracht gewesen, schrieben die Zeitungen, und in manchen Artikeln klang durch, daß für die Untreue dieses Ehemannes wohl berechtigte Gründe vorhanden gewesen sein müßten.
Als der Richter das Urteil verkündete, bemühte er sich nicht, seinen Abscheu zu verbergen. Der Anwalt, der mich vertrat, begegnete mir mit äußerster Vorsicht, obgleich er ein früherer Kollege meines Vaters war, denn er dachte wohl, daß einer Frau, die sich von ihrem Mann scheiden ließ, alles mögliche zuzutrauen war, während seine Gehilfen und die Gerichtsbeamten mich mit unverhohlener, unverschämter Neugier betrachteten und mir frech ins Gesicht starrten, was sie wohl nicht gewagt hätten, wäre ich in ihren Augen noch eine Dame gewesen.
Meine Hochzeit hatte einen ganzen Tag gedauert und war in einem Meer weißer Blumen und Strömen von Champagner mit zweihundert glücklichen Gästen gefeiert worden. Mit wenigen beißenden Worten aus dem Mund eines schlechtgelaunten Richters endete meine Ehe. Aber ich wußte, daß die eigentliche Scheidung an einem regnerischen Nachmittag im Hyde Park stattgefunden hatte, als Gervase ohne ein Wort des Bedauerns oder der Entschuldigung einfach nur gesagt hatte: »Leb wohl und viel Glück«, und ich darauf erwiderte: »Gib auf dich acht.« An jenem Tag hatte er mir ein Geschenk gemacht, nicht das Geschenk seiner Liebe, denn ich glaubte

ihm, als er sagte, daß er niemanden liebte, sondern er hatte mir Verständnis entgegengebracht, und ich hatte geweint – weinte noch immer – aus Dankbarkeit und über den Verlust.

Als ich aus dem Gerichtsgebäude trat, war ich wieder eine ledige Frau, eine erwachsene Frau mit einer rechtsgültigen Identität. Nun hieß ich Mrs. Grace Barforth, nicht länger Mrs. Gervase Barforth. Zu Hause angekommen, ging ich sofort ins Bett, schlief den ganzen Tag und die Nacht hindurch, bis zum nächsten Morgen und fuhr dann nach Scarborough, wo meine Großmutter Agbrigg altersbedingt das Recht in Anspruch nahm, sich jeder Kritik oder Meinung zu enthalten, doch sichtlich schockiert war, als sie sah, daß ich meinen Ehering nicht mehr trug.

»Ich bin nur ehrlich, Großmutter.«

»Damit wirst du dir Probleme einhandeln, mein Mädchen. Der Ring hat ein Mal hinterlassen, das für jeden eindeutig zu sehen ist. Und da niemand dich noch für eine Jungfer halten wird, mußt du mit dem Schlimmsten rechnen. Tu mir den Gefallen und trage Handschuhe, wenn du alleine verreist.«

Blanche war über meine Entscheidung, in Cullingford zu bleiben, entsetzt.

»Liebes, bist du denn total verrückt? Niemand weiß, wie er sich dir gegenüber verhalten soll. Wo willst du denn leben. Eine geschiedene Frau wird in Cullingford nicht toleriert. Du tätest gut daran, dir das kleine Haus in London zu kaufen – selbst dort wird das Leben für dich noch schwierig genug sein.«

Doch zu meinem Glück forderte die Rückkehr des schwerverletzten Noel Chard bald die Aufmerksamkeit der ganzen Familie, und meine Angelegenheiten gerieten in Vergessenheit. Ein Speer hatte Noel in den Rücken getroffen, und es wurde befürchtet, er würde nie wieder gehen können. Abgemagert und um Jahre gealtert kehrte er nach *Listonby* zurück.

Doch die gesunde Landluft, Tante Carolines Entschlossenheit und Blanches hingebungsvolle Zuneigung – über die sie selbst erschrocken war – ließen ihn bald genesen. Er würde zeit seines Lebens hinken und einen Stock brauchen und nie wieder ganze Tage im Sattel sitzen können. Aber er würde jetzt in *Listonby* bleiben, das Gut verwalten und bei Blanche sein und es somit Dominic ermöglichen, sich ausschließlich seiner politischen Karriere zu widmen. Noel würde Blanche nach London oder *South Erin* begleiten, ihre heranwachsenden Söhne erziehen, ihnen das Reiten und Schießen und Manieren beibringen, wofür es Dominic an Zeit fehlte. Er würde immer für sie dasein, ihr zuhören, sie aufmuntern und Verständnis dafür zeigen, daß es Tage gab, an denen sie sich nicht schön fühlte, nicht fröhlich war.

»Siehst du, Grace«, sagte sie mir, »für jedes Problem gibt es eine vernünftige Lösung, wenn man sich nur darum bemüht. Man muß einfach nur ein wenig nachgeben, um das zu bekommen, was man haben möchte – ohne dabei andere sinnlos zu verletzten. Warum an dieser rigiden Ehrlichkeit festhalten und alles dabei verlieren? Es genügt doch, den Schein zu wahren. Venetia ist an dieser Ehrlichkeit zerbrochen und manchmal, Grace, bange ich um dich.«

Ich blieb noch eine Weile in Fieldhead und gewöhnte mich langsam an die unverhohlene Verachtung, die mir alle entgegenbrachten. Ich sammelte wie nach einer langen, auszehrenden Krankheit wieder Kräfte, bis mir die abgewandten Köpfe, die unverschämten Blicke in den Straßen nichts mehr ausmachten. Ich betrat das Textilgeschäft in der Miller Gate, und Mrs. Rawnsley starrte durch mich hindurch, als wäre ich Luft. Das erste Mal war eine solche Begegnung eine schmerzliche Erfahrung, beim zweiten Mal war sie mir peinlich, und bald bedeutete sie mir nicht mehr als Mrs. Rawnsley selbst, nämlich sehr wenig. Ich sah, wie die schüchterne Miss Fielding beinahe unter die Hufe eines Pferdes geriet, als sie panikartig auf die andere Straßenseite stürmte, um mir aus dem Weg zu gehen, und ich stand ratlos da, denn auch ich hatte auf der anderen Seite etwas zu erledigen. Beim ersten Mal wartete ich, bis sie außer Sicht war, doch beim nächsten Mal überquerte ich gemächlich die Straße, betrat das Geschäft, grüßte sie freundlich, erledigte meine Einkäufe und ging wieder. Überrascht und dankbar akzeptierte ich Miss Mandelbaums Einladung zum Tee. Doch fand ich sie dann so nervös und verängstigt über ihren eigenen Wagemut vor, ich fühlte, wie sie um ihren guten Ruf bangte, und besuchte sie nicht wieder. Ich erwiderte Mrs. Sheldons angedeutete Verneigung, als ihre Kutsche bereits in sicherer Entfernung war, denn ihr schien es ratsam, auf Distanz zu gehen, bis ihr Mann entschieden hatte, wie sehr der Umgang mit mir seinem politischen Ansehen schaden und ihn Wählerstimmen kosten könnte. Ich ließ eine kurze schroffe Standpauke von Miss Tighe über mich ergehen, die sich nicht um die Meinung anderer Leute kümmerte, da sie so von sich selbst eingenommen war. Mitten

auf der Straße machte sie mir unmißverständlich klar, daß in ihren Augen mein neu gewonnener Status als ledige Frau nicht gelte und ich keinen Anspruch auf das Wahlrecht für unverheiratete Frauen – falls es eines Tages gewährt werden sollte – hätte.
Aber es verletzte mich zutiefst, von Mrs. Winch, der Haushälterin von *Tarn Edge*, geschnitten zu werden, als ich ihr auf dem Marktplatz begegnete. Doch der Butler, Chillingworth, zog höflich seinen Hut und stand an einem Sonntagmorgen eine Viertelstunde neben meiner Kutsche und drückte sein Bedauern aus, daß ich *Tarn Edge* verlassen hätte, und klagte über Mrs. Winchs Unfähigkeit.
Natürlich tat sie ihr Bestes, gab er zu, aber Mr. Chard sei nun einmal sehr anspruchsvoll und Mr. Barforth so bedrückt und schwermütig. Das Kind sei außerdem nach *Listonby* gebracht worden, wo es zusammen mit seinen Cousins, Sir Dominics Jungen, aufwachsen würde. Und das schien doch die beste Lösung für alle, denn in *Listonby* hätte ja nach wie vor Mr. Chards Mutter, die Herzogin, die Zügel in der Hand und führe ein straffes Regiment über die Dienstboten. Es sei denn, so erzählte Chillingworth, Mrs. Nicholas Barforth könnte sich dazu entschließen, nach all den Jahren *Galton Abbey* den Rücken zu kehren und in ihr Heim zurückzukehren. Die Dienstboten würden diesen Entschluß sehr begrüßen, denn Mr. Barforth wäre in letzter Zeit sehr oft in *Galton* gewesen, und der Verlust ihrer beider Kinder – die Tochter lag auf dem Friedhof, und der Sohn war zum Teufel gegangen oder nach Australien, was für sie gleichbedeutend war – könnte doch zu einer Versöhnung führen. Mrs. Winch sähe sich bereits nach einer neuen Stelle um, und wenn Mr. Chard weiterhin Mrs. Kincaids Mahlzeiten derart vernichtend kritisiere, würde auch sie nicht mehr lange bleiben. Während er selbst, Chillingworth, wohl bis zu seiner Pensionierung bleiben würde, und obwohl mich alle schrecklich vermißten, war seine Arbeit jetzt wesentlich leichter geworden. Ohne Hausherrin gab es keine Besucher, Mr. Barforth wurde kaum gesehen, und Mr. Chard konnte auch in betrunkenem Zustand allein nach oben in sein Schlafzimmer finden, ganz im Gegensatz zu Mr. Gervase.
Meine Hände zitterten, als ich davonfuhr. Schmerzhafte Erinnerungen stiegen in mir auf: das winzige elfische Gesicht von Claire Chard, das ich nicht zu berühren gewagt hatte, aus Furcht, die Liebe zu diesem Kind könnte mich an *Tarn Edge* binden; Gervases unstete Schritte, wenn er gutgelaunt in den frühen Morgenstunden ange-

trunken in unser Schlafzimmer getorkelt kam, umgänglich und sanft durch den genossenen Alkohol. Ich wußte nicht, was mit seinem Sohn geschehen war, und man würde es mir auch nicht sagen. Die Erinnerung an meine eigene Fehlgeburt überwältigte mich und weckte ein schmerzliches Gefühl des Versagens in mir, denn danach war ich nicht wieder schwanger geworden und würde es nun nicht mehr werden. Ich fühlte mich besiegt, vom Schicksal betrogen, eine nutzlose unfruchtbare Frau und dann – um meine seelischen Qualen zu vervollständigen – dachte ich auch noch an Gideon.

Aber diese selbstzerstörerischen Gedanken verloren allmählich ihre Macht über mich. Es war wieder Frühling geworden, eine wunderbare Zeit für Veränderungen, und nachdem ich meine Finanzen geprüft und sie als sehr zufriedenstellend befunden hatte, schockierte ich Cullingford erneut und verließ das Haus meines Vaters, wo ich, hätte ich nur ein wenig Anstand besessen, für den Rest meiner Tage hätte dahinwelken können. Ich kaufte mir ein eigenes Haus in der Blenheim Crescent, einer terrassenförmig angelegten Häuserreihe, in der Leute wohnten, die danach trachteten, der vornehmen Bevölkerungsschicht anzugehören, sich den eleganten Luxus der Blenheim Lane aber nicht ganz leisten konnten.

Es war ein schmales Gebäude mit einem langgezogenen Garten nach vorn hinaus. Flache Stufen führten zu einer Tür mit einem geriffelten, buntfarbigen Oberlicht, das mir etwas zu großartig für die Umgebung erschien. Das Entree war ebenfalls schmal, und ein enger Treppenaufgang führte zu zwei Schlafzimmern im ersten Stock, darüber lagen noch drei winzige Kammern. Im Erdgeschoß gab es einen Salon mit anschließendem Eßzimmer, dahinter eine viereckige, dunkle Küche, von wo aus ein paar steile Stufen hinabführten in einen gepflasterten Hof mit Ausblick auf Häusermauern, identisch den meinen.

»Das Haus hat etwas von einem häßlichen Entlein an sich, findest du nicht?« bemerkte Mrs. Agbrigg, und so machte ich mich ans Werk – ich hatte Beschäftigung dringend nötig –, um das Entlein in einen Schwan zu verwandeln. Die düstere, häßliche Küche erhielt einen cremefarbenen und hellblauen Anstrich. Den Steinfußboden bedeckte ich mit Teppichen in fröhlichen Farben, vor den Kamin plazierte ich einen Schaukelstuhl. Ich kaufte einen neuen Herd und ein Kamingitter aus Messing, und bald nistete sich bei mir ein verwaistes, sehr hochmütiges Kätzchen ein. Den schäbigen kleinen

Kamin im Salon ließ ich durch einen Marmorkamin ersetzen, eine Porzellanuhr schmückte die Mitte des Simses, zu beiden Seiten stand je eine Sèvres-Vase. Ich stellte eine Köchin und ein Dienstmädchen ein und einen Mann für die Gartenarbeit, der gleichzeitig als Kutscher fungieren sollte. Ich kaufte mir eine neue, todschicke Kutsche, überließ es allerdings meinem Vater, die Pferde dafür auszuwählen und die Tiere zu versorgen.
Ich eröffnete mein erstes persönliches Konto bei der Bank in Cullingford und stürzte damit Mr. Rawnsley in peinliche Verlegenheit, der zwar sehr versiert in der Verwaltung der Konten von alten Jungfern und Witwen war, aber noch nie eine geschiedene Frau in seinem Büro empfangen hatte.
Ich zog in mein Haus, zusammen mit den drei Dienstboten und der Katze, schloß die Tür, ging zu Bett, stand am nächsten Morgen auf, setzte mich in meinen Salon und wartete – sah wie die Nachmittagssonne mit dem Dämmerlicht des Abends verschmolz, aß zu Abend, ging wieder ins Bett – und wartete, bis auf wenige Stunden leichten unruhigen Schlafs, daß der Morgen anbrach. Tante Faith brachte mir Blumen und tröstete mich mit zuversichtlichen Worten. Sie versicherte mir, daß ihr Haus mir immer offenstünde und bot mir an, falls ich Lust hätte, sie im nächsten Monat nach Venedig zu begleiten.
Jede Woche traf ein Brief von Großmutter Agbrigg ein, die mich dazu drängte, einer sinnvollen Tätigkeit nachzugehen, und Großmutter Elinor schrieb aus Frankreich, bot mir ihr Haus als Asyl an, dort, wo »niemand Bescheid wußte« und gab mir zu verstehen, daß ich, allen düsteren Prognosen zum Trotz, bald einen anderen Mann fände, der mich heiraten würde.
Gervases Eltern kamen mich überraschenderweise gemeinsam besuchen. Mr. Barforth war sehr gealtert. Er wirkte abgeklärter, und Mrs. Barforth überging alle Themen, die wir nicht berühren durften, mit Plaudereien über das schöne Wetter, die gute Ernte, die sonnigen, warmen Frühlingstage und die fruchtbaren Weiden. Doch ehe die beiden mich besuchten, hatten sie Blumen an Venetias Grab gebracht, und eine Aura trauriger Erinnerungen umgab sie.
»Wenn du irgend etwas brauchst, Grace . . .«, sagte Mr. Barforth rauh, als sie sich verabschiedeten. »Kann ich etwas für dich tun?«
Und als er in der Halle war, drückte Mrs. Barforth ihre Wange fest gegen meine und brachte mir endlich Neuigkeiten von Gervase.

»Gervase ist in Mexiko, Liebes. Frag mich nicht warum. Ich dachte, er wolle nach Australien. Gütiger Himmel! Wie weit entfernt das klingt. Aber er schreibt, daß es ihm gutgeht. Diana ist noch in Nizza, aber Compton Flood – Lord Sternmore – will sie auf seiner Heimreise von Indien dort besuchen, und Julian ist sehr optimistisch, daß die beiden wieder zusammenfinden. Grace, darf ich dich wieder besuchen?«

Und sie kam. Manchmal allein, manchmal in Begleitung ihres sanften, nervösen Schäferhundes, was meiner verwöhnten Katze sehr mißfiel. Mr. Barforth besuchte mich auch regelmäßig, gewöhnlich zur Teezeit, und aß geistesabwesend riesige Portionen süßen Gebäcks und trank mehrere Tassen starken Tees, ein sichtbares Zeichen dafür, dachte ich, daß es in *Tarn Edge* Köstlichkeiten dieser Art nicht mehr gab, und darüber hinaus waren seine Besuche ein untrügliches Zeichen dafür, daß er sich einsam fühlte.

Vater kam ebenfalls täglich unter irgendeinem Vorwand. Doch diese familiären Besuche nahmen nur einen Teil meiner Zeit in Anspruch, und ich hatte keine Ahnung, wie ich die restlichen Stunden sinnvoll ausfüllen sollte. Die Cullingforder Gesellschaft blieb mir verschlossen, und es fehlte mir auch an der Lust, diese Barriere zu durchbrechen. Nur eine Frau aus der unmittelbaren Nachbarschaft wechselte gelegentlich ein paar Worte mit mir und auch nur aus dem Grund, weil ihr Mann bei Vater in Fieldhead angestellt war. Alle diese Schwierigkeiten hatte ich erwartet, mich seelisch und moralisch darauf vorbereitet, doch nun, da ich meinen Entschluß in die Tat umgesetzt hatte und der Kampf vorbei war, als ein Tag so ereignislos wie der nächste verstrich, sah ich mich gezwungen, mir die Frage zu stellen, die Blanche mir damals gestellt hatte: »Wofür soll das alles gut sein?«

Was ich dringend nötig hatte, war Arbeit, und die gab es nicht. Ich hatte mein Haus renoviert und möbliert, doch ich hatte nicht vor, mein Leben damit zu verbringen, alle paar Monate neue Tapeten anbringen zu lassen. Welche Möglichkeiten blieben mir? Die wenigen sinnvollen Beschäftigungen, zu denen Frauen Zugang hatten, erforderten einen guten Ruf, und den hatte ich verloren. Es war mir nicht möglich, eine Schule zu gründen, denn kein rechtschaffenes Elternpaar würde mir seine Kinder anvertrauen. Mir war die Beteiligung an der Schulkommission ebenso versagt wie ein Platz im Verwaltungsrat des Armenhauses oder anderen karitativen Einrichtungen, denn jede anständige Frau würde sich weigern, mit mir zusammenzuarbeiten. Ich hatte keine musischen Talente wie Miss Mandelbaum, es mangelte mir an religiöser Opferbereitschaft, um wie Miss Fielding mein Leben dieser ehrenwerten Aufgabe zu widmen. Wofür war das alles also gut gewesen?

Mein ursprünglicher Unternehmungsgeist schwand allmählich dahin, und ich spielte mit dem Gedanken, Tante Faith nach Venedig zu begleiten, ausgedehnte Reisen zu unternehmen und nur gelegentlich nach Cullingford zurückzukehren, um das Versprechen einzuhalten, das ich durch Mrs. Agbrigg meinem Vater gegeben hatte. Blieb mir wirklich nur noch die Flucht? Doch da riß mich Liam Adair aus diesem schwermütigen Trübsinn. An einem klaren, windigen Morgen stürmte er in mein Haus, ein Dutzend Ausgaben des *Cullingforder Star* unter einem Arm, eine Flasche Champagner unter dem anderen, ein riesiges Bukett weißen und violetten Flieders in der Hand, das er zusammen mit seinem Hut auf den Tisch im Entree warf.

»Nun, wie steht's – kannst du den Besuch eines Herrn von der Presse vertragen, nach allem, was einige meiner Kollegen dir angetan haben? Aber du mußt zugeben, daß sowohl der *Star* als auch Eustace Roundwoods *Courier & Review* dich in Ruhe gelassen haben. Ich, weil ich dich von ganzem Herzen liebe, und Roundwood, weil er es sich nicht leisten kann, deinen Vater zu verärgern.«

Ich sah den neugierigen Blick meines Dienstmädchens, als sie hinter Liam die Tür schloß – denn das hatte es wohl erwartet, seit es bei mir in Stellung war – den Besuch eines Mannes mit Blumen und Champagner am frühen Morgen, der mich mit Liebenswürdigkeiten umschmeichelte –, und so lachte ich fröhlich, ließ mich auf die Wange küssen und bat ihn in den Salon.

»Champagner, Liam – zu dieser Tageszeit?«

»Warum nicht? Wenn man eine ungewöhnliche Frau besucht, begnügt man sich nicht mit Tee. Miss Mandelbaum und Miss Tighe verwöhnen mich mit ihrem Gebräu zur Genüge.«

Und für eine wunderbare Stunde genoß ich den Luxus, trank Champagner und lachte mit Liam über die amüsanten Erlebnisse, die sein Dasein als Zeitungsherausgeber mit sich brachten. Er erzählte, wie er beinahe in die Netze einer Witwe geraten wäre, die ihn unbedingt heiraten wollte; von einem verärgerten Hausbesitzer, der auf einen Artikel über die erbärmlichen Wohnverhältnisse in der Gower

Street erbost einen Ziegelstein durch Liams Bürofenster warf; von der Flucht vor der Tochter seiner Zimmerwirtin, die ihn unbedingt in ihr Bett locken wollte und ihn somit zwang, wieder einmal umzuziehen; über seine Sorge um die hohe Sterblichkeitsrate der Säuglinge im Armenhaus; über die Horden Kinder, die sich Tag und Nacht in der Gower Street herumtrieben und Unheil anrichteten, so daß er sich nicht entschließen konnte, ob er für ihre Erschießung plädieren oder die Einrichtung einer Schule fordern sollte; von seiner neuen Zimmerwirtin, die sonntags dreimal in die Kirche ging und aussah wie eine gepeinigte Märtyrerin, ihm aber seit einiger Zeit ganz merkwürdige Blicke aus den Augenwinkeln zuwarf.

»Komm und besuch uns im *Star*, Grace. Ich möchte dir meinen neuen Assistenten vorstellen. Ich verstehe nicht, warum du nicht schon längst einmal gekommen bist.«

Mit der Erwähnung des neuen Assistenten, da dies ja einmal Robin Ashbys Position gewesen war, umging er taktvoll die schmerzliche Erinnerung an Venetia, denn er wußte genau, daß ich aus eben diesem Grund die Räume des *Star* gemieden hatte, in denen Venetia und ich so viele glückliche Stunden verbracht hatten. Aber Liams Besuch hatte meine Lebensgeister geweckt, er gab mir einen Grund, meine neue Kutsche vorfahren zu lassen, mich mit dem neu erworbenen Hut zu schmücken und meine routinemäßigen Ausfahrten nach Fieldhead oder durch die holprige Miller Gate zu durchbrechen. Während ich durch die Straßen kutschierte, verlor ich mich in traurigen Erinnerungen an Venetia, und als ich in die Gower Street einbog, traten mir die Tränen in die Augen. Vor dem schäbigen Redaktionsgebäude angekommen, straffte ich resolut die Schultern, stieg gefaßt aus der Kutsche und erklomm die steilen Treppen, die in Liams vollgestopftes Büro hinaufführten. Gleich darauf fand ich mich in seiner warmherzigen, leicht nach Alkohol und Zigarrenrauch duftenden Umarmung wieder.

»So beehrst du uns also doch mit deinem Besuch? Ich hatte es gehofft.«

»Hier scheint sich nicht viel verändert zu haben.«

»Findest du? Nun, ich bin älter geworden – und du hübscher. Und das hier ist mein neuer Assistent – zumindest eine Veränderung zum Besseren. Ich habe mir immer gewünscht, daß ihr zwei euch begegnet. Grace, das ist Mrs. Inman – Camille, darf ich vorstellen, Grace Barforth, die Enkelin meiner Stiefmutter, von der ich dir erzählt habe.«

»Mrs. Inman!« Und meine Verblüffung, hier eine Frau anzutreffen, wurde noch von der Tatsache übertroffen, daß vor mir eines der liebreizendsten weiblichen Geschöpfe stand, dem ich je begegnet war.

Wie ich später erfuhr, war Mrs. Inman Anfang Dreißig. Sie hatte ein bezauberndes, ovales Gesicht, glänzendes schwarzes Haar, dunkle Augen, die wie Amethyste strahlten und von dichten langen Wimpern umkränzt waren. Sie war groß und sehr schlank, einfach, aber geschmackvoll gekleidet. Den Kragen ihres blaßblauen Kleides schmückte ein Veilchenstrauß, und ihr Lächeln war warm, der Händedruck fest, und die ganze Person verströmte eine so herzliche Freundlichkeit, daß ich sie sofort in mein Herz schloß.

Ich setzte mich auf den Stuhl neben ihren Schreibtisch und lauschte fasziniert den Erzählungen dieser außergewöhnlichen Frau. Meine Neugier war schier unstillbar, und über Tage hinweg vertieften wir uns in angeregten Unterhaltungen. Sie war mit einem Mann verheiratet gewesen, der ihrer Schilderung nach sehr an Robin Ashby erinnerte, doch sie sprach über dieses Leben mit liebevoller Zuneigung und ironischem Humor. Sie war die Tochter eines Missionars und unter ärmlichen Bedingungen in verschiedenen Ländern der Welt aufgewachsen. Nachdem ihre Eltern umgekommen waren – sie ging auf die näheren Umstände nicht ein –, hatte sie allein »hier und dort« gelebt, bis sie zu einer unverheirateten Tante gezogen war, die im East End von London ein Heim für verwahrloste Mädchen leitete. In einem Alter, als Venetia und ich noch keine Ahnung von den grausamen Realitäten des wirklichen Lebens hatten, arbeitete sie bereits in einem Haus, wo sie mit kindlichen Prostitutierten zusammenlebte, diesen armen Opfern häuslicher Gewalttätigkeit und Vergewaltigung. Mit achtzehn hatte sie einen zehn Jahre älteren Journalisten geheiratet und sein abenteuerliches, unstetes Leben geteilt. Wie ihrem Vater und Robin Ashby lag auch ihrem Mann das Elend der Massen mehr am Herzen als sein persönliches Wohlergehen. Doch daran war sie gewöhnt. Als ihr Mann krank wurde, schrieb sie die Artikel für ihn. Nach seiner Genesung arbeiteten sie gemeinsam weiter, und seit seinem Tod vor fünf Jahren verdiente sie sich selbst ihren Lebensunterhalt.

Und als Liam Adair, mit dem sie und ihr Mann seit Jahren befreundet gewesen waren, ihr eine Stellung anbot, hatte sie freudig angenommen. Ihr Verdienst reichte gerade aus, um ihr ein bescheidenes

Leben zu ermöglichen, aber für sie war jeder Tag faszinierend und aufregend. Es störte sie keineswegs, allein durch die Straßen zu spazieren. Für sie hatten die Menschen nichts Bedrohliches. Sie verfügte frei über ihre Zeit, tat uneingeschränkt, was ihr beliebte. Niemand hatte ihr je gesagt, daß sie eine zerbrechliche schutzbedürftige Frau sei, und sie sah deswegen keine Vorzüge darin, diese Rolle zu spielen. Ihren Mann hätten solche weiblichen Schwächen nur gestört, und ihr Vater hätte sie nicht einmal zur Kenntnis genommen. Und sie war der Meinung, daß Frauen keineswegs zarte empfindsame Geschöpfe seien. Sie selbst war ständig beschäftigt und kannte keine Langeweile. Im Moment stellte sie Ermittlungen über die Wohnverhältnisse in den umliegenden Straßen an, und Liam würde ihre Artikel darüber im *Star* veröffentlichen.

»Warum hilfst du ihr nicht dabei?« fragte Liam und legte den Arm auf die Rückenlehne meines Stuhls. »Es ist eine sehr interessante Arbeit, und im Gegensatz zu Camille, der ich ein horrendes Gehalt zahlen muß, würdest du doch sicher gern umsonst arbeiten.«

»Liam, du beutest noch immer Frauen aus.«

»Ja, ja – ich weiß. Aber meine Druckerpressen halten nicht ewig, meine Liebe. Und auch Großmutter Elinor lebt nicht ewig. Denk darüber nach. Camille könnte deine Hilfe gebrauchen, und sie wird dir sagen, wie wunderbar es ist, für mich zu arbeiten.«

Am darauffolgenden Sonntag kam Camille Inman zum Tee zu mir und blieb, auf mein drängendes Bitten hin, auch noch zum Abendessen. Neben vielen anderen Dingen erzählte sie mir auch, daß Liam zwar keineswegs das »Juwel« sei, als das er sich hinstellte, sie aber gern für ihn arbeitete. Auch würde der *Star* unter seiner Leitung nie einen Gewinn abwerfen, aber er wurde nun nicht mehr nur von radikalen Hitzköpfen gelesen, sondern hatte Leser in allen bürgerlichen Gesellschaftsschichten, die ein reges Interesse an der Behebung der schlimmsten sozialen Mißstände hätten. Es war nicht zu leugnen, daß aufgrund der unerschrockenen Aufklärungsarbeit des *Star* das öffentliche Interesse für die Verbesserung der teilweise menschenunwürdigen Lebensumstände in Cullingford geweckt worden war.

Mrs. Inman hatte keine missionarischen Ambitionen wie ihr Vater. Sie sah ihre Aufgabe darin, zu ermitteln und zu informieren und überließ die Moralpredigten anderen. Könnte das nicht auch eine Herausforderung für mich sein? Voraussetzung für diese Arbeit wäre allerdings ein guter Magen, denn sie hätte schon manch wohlmeinende und mitfühlende Seele erlebt, die den *Geruch* menschlicher Armut und menschlichen Leids nicht ertragen konnte.

Am nächsten Morgen fuhr ich zum *Star*, schlicht und unauffällig gekleidet, wie sie mir geraten hatte, und gemeinsam gingen wir die zehn Minuten Fußmarsch von der Gower Street zum St. Marks Fold. Camilles strahlende amethystfarbenen Augen drückten weder Schock noch Ärger, noch Ekel aus, sondern blickten gleichbleibend ernsthaft und freundlich.

Hinter dem wohlklingenden Namen, St. Marks Fold, verbarg sich ein Gewirr von engen, schmutzstarrenden Gassen, die sich wie ein verdrecktes Spinnennetz um die Barforth-Fabriken Low Cross wand. Zu beiden Seiten der schmalen Gassen duckten sich die niederen, baufälligen Behausungen, die Großmutter Elinors erster Mann, Mr. Morgan Aycliffe, errichtet hatte. Gegen die Rückwände dieser Katen lehnten weitere ebenso verwahrloste, zweiräumige Hütten, die nur durch handtuchbreite Schlitze zwischen den Mauern zu erreichen waren.

Und in diesen insgesamt vierzig Hütten, mit achtzig Zimmern, lebten nach Camilles Schätzungen drei- bis vierhundert Menschen. Genaue Zahlen ließen sich nicht feststellen. Zum einen verweigerten die Menschen hier genaue Angaben über ihre Wohnverhältnisse, die ständig wechselnden Untermieter und die herumstreunenden Mädchen, die von zu Hause vertrieben wurden. Nur einer von zwei Säuglingen, die hier geboren wurden, erreichten das Alter von fünf Jahren. Ruhig und gelassen klärte Camille mich über die Hintergründe dieser erbärmlichen Existenzen auf. Sie war damit vertraut. Dies dürfe mir allerdings nicht den falschen Eindruck vermitteln, daß die gesamte Arbeiterklasse Cullingfords in ähnlichem Schmutz und Elend hause. Weit gefehlt, dann das Law Valley brachte auch Menschen hervor, die durch Ausdauer und harte Arbeit, gepaart mit einer gewissen kaltschnäuzigen Gerissenheit, aus diesem Sumpf herauskamen. Sie kannte etliche Häuser, in denen trotz der Armut die Eltern ein Vorbild an Anständigkeit und Fleiß waren, die Familien zusammenhielten und die oft unüberwindlichen Schwierigkeiten gemeinsam bewältigten. Diese Arbeiter bezahlten pünktlich ihre Mieten, legten jeden Penny, den sie sich vom Mund absparen konnten, für schlechte Zeiten zurück, schickten ihre Kinder zur Schule und schafften es immer wieder, aus eigener Kraft Schicksalsschläge zu überwinden. Doch diesen Menschen würde ich im St. Marks Fold nicht begegnen.

Wir kamen langsamer voran, als ich erwartet hatte, und besuchten an diesem Tag nur fünf Häuser. Ungerührt setzte Camille sich auf einen Stuhl, eine Holzkiste, wo immer sie Platz fand, und nahm jedes herumkrabbelnde Baby, Hunde und Katzen, die sich ihr näherten, auf den Schoß. Sie zeigte keinerlei falsches Mitgefühl, sondern sprach ganz gelassen und sachlich über die dringendsten Mißstände. Sie erklärte von Anfang an, daß sie weder Geld noch abgelegte Kleider, noch Körbe mit Essen zu verteilen habe. Es war sinnlos, sie um Geld für Arztrechnungen oder um Schuhe für die Kinder zu bitten, und oft genug zeigte sie als Beweis ihrer eigenen Armut ihre abgetragenen Schuhe vor. Sie könne nur helfen, indem sie anderen Menschen, die etwas zu verschenken hatten, über die grundlegenden Bedürfnisse berichte und an das Gewissen der Hauseigentümer appelliere, wenigstens die regendurchlässigen Dächer zu reparieren.

»Nun, Mrs. Ryan – Mrs. Backhouse – Mrs. O'Flynn – wie viele Betten haben Sie? – Und wie viele Personen schlafen darin?«

Mrs. Ryan hatte im oberen Zimmer ein durchgelegenes Doppelbett, in dem sie und ihr Mann schliefen, zusammen mit ihren drei jüngeren Kindern, zwei Mädchen und ein Junge. Ihre vier älteren Kinder schliefen paarweise im Erdgeschoß auf je einer Strohmatratze. Eine weitere Tochter kam und ging, wie es ihr gefiel, und die Eltern hatten sie seit sechs Monaten nicht mehr gesehen. Mrs. Ryan und ihre älteren Töchter arbeiteten gelegentlich in Low Cross und anderen Fabriken, wo immer sich Arbeit bot, doch wie sie sagte, die Töchter wären zu flatterhaft und frech und gaben jeden Donnerstag ihren Lohn für Vergnügungen aus, ehe sie die Hand darauf legen könne. Ihre Söhne fanden keine Arbeit, und ihr Mann war zu krank, litt wie die meisten Fabrikarbeiter an chronischer Bronchitis, und sie wisse nicht, ob er den nächsten Winter überleben würde. Er war ein guter Mann gewesen, der jeden Penny seines kargen Lohns zu Hause abgeliefert hätte, anstatt ihn in der Kneipe zu vertrinken. Doch jetzt, ohne den Verdienst ihres Mannes, kamen sie kaum über die Runden. Er war auch zu kraftlos und geschwächt, um die Kinder zur Ordnung zu rufen. Die Söhne trieben sich auf der Straße herum, und eine ihrer Töchter bereitete ihr Kummer – denn ohne die starke Hand ihres Vaters verlotterten sie zu leicht. Nein, ihre Kinder gingen nicht zur Schule, der Weg sei zu weit, und da sie selbst jeden Morgen um fünf Uhr dreißig am Fabriktor stünde, könne sie auch nicht dafür sorgen, daß sie sich rechtzeitig auf den Weg machten. Bis jetzt habe sie zwar noch immer die Miete zusammenkratzen können, doch wenn weitere Arztrechnungen auf sie zukämen, dann wisse sie nicht, wie es weitergehen solle.

»Ich danke Ihnen«, sagte Camille, steckte draußen kurz ihre Nase in den Veilchenstrauß an ihrem Kragen und erläuterte mir die Geschichte. »Die älteste Tochter, diejenige, die kommt und geht, ist Prostituierte, und die jüngere Schwester tritt in ihre Fußstapfen. Die Söhne, die sich herumtreiben, sind kleine Diebe und Gauner und werden eines Tages im Gefängnis landen. Von den jüngeren Brüdern werden sie bewundert, denn in St. Marks Fold gelten Sträflinge als besonders mutig und verwegen. Nach ihrer Entlassung stolzieren sie herum wie aufgeblähte Pfaue, und die Mädchen sind ganz verrückt nach ihnen – bis sie wieder im Gefängnis landen. Die arme Mrs. Ryan trifft daran keine Schuld, es sind die Armut und das Elend, die zur Kriminalität führen.«

Mrs. Backhouse blieb in ihrem Bett, als wir zu ihr kamen, erst kürzlich war sie niedergekommen. Ein wimmerndes Bündel, eingeschlagen in die Bettdecke, lag neben ihr, ebenso kraftlos und lebensunfähig wie die Mutter. Völlig apathisch, reagierte die Frau kaum auf Camilles Worte, interessierte sich weder für uns noch sich selbst. Sie hatte keinen Mann, der für sie sorgte, und durch die Schwangerschaft hatte sie auch ihre Arbeit verloren. Mit der Miete war sie im Verzug, und wenn der Hausbesitzer sie hinauswarf, blieb ihr nur das Armenhaus, wo man ihr das Baby sowieso wegnehmen würde, und das war ihr nur recht.

Mrs. O'Flynn lebte mit elf Kindern in zwei Zimmern, und im Keller hausten vier Untermieter. Sie hielt ein Schwein im Hinterhof, woran sich die Nachbarn störten, wie sie unbekümmert zugab. Als kleines Mädchen war sie aus Irland herübergekommen, durch die Hungersnot aus ihrer Heimat vertrieben. Ihre Eltern und fünf Geschwister waren in Liverpool an Land gegangen und hatten sich dann bis nach Cullingford durchgeschlagen. Die Eltern, an die frische Landluft gewöhnt, hatten den Ruß und Schmutz Cullingfords nicht überlebt, und nach deren Tod hatten die Kinder bei verschiedenen Nachbarsfamilien Unterschlupf gefunden und waren so vor dem Armenhaus bewahrt worden. Mrs. O'Flynn hatte mit knapp vierzehn ihr erstes Kind bekommen und war seitdem regelmäßig Opfer ihrer Fruchtbarkeit – wie jemand das als Segen bezeichnen konnte, verstand sie nicht –, ihr hatte es nur Kummer und Leid gebracht. Trotzdem war ihre Familie anständig, und mit strenger Hand sorgte sie für Zucht und Ordnung und scheute sich auch nicht, ihren Mann aus der Kneipe nach Hause zu holen, wenn er dort am Donnerstag seinen Lohn vertrinken wollte. Sie arbeitete in der Weberei von Low Cross, so wie ihre Töchter, sobald sie das Alter von zehn Jahren erreicht hatten. Einer ihrer Söhne war seit einer Explosion im Stahlwerk an beiden Beinen gelähmt, und ihr Mann litt, wie alle Arbeiter hier, an einer schweren Bronchitis. Die Zukunft? Was meinten wir mit Zukunft? Wenn sie es schaffte, von Montag bis Freitag zu überleben, hatte sie keinen Grund sich zu beklagen.

»Vier Häuser«, sagte Camille, nachdem wir noch mit einer geschäftigen, vergnügten Mrs. Clough gesprochen hatten. Sie war achtzehn Jahre alt und seit zwei Jahren verheiratet. Ihr Mann ging einer geregelten Arbeit nach, und in der Wiege lag nur ein Kind. Aufgeräumt versicherte sie uns, daß ihr ein Schicksal, wie es die alten Frauen – ihre Nachbarinnen – getroffen hatte, nicht widerfahren würde.

»Vier Häuser, sechsunddreißig bleiben uns noch. Dem Himmel sei Dank, daß Liam eine kurze Straße ausgesucht hat!«

Tag für Tag begleitete ich Camille auf diesem beschwerlichen und deprimierenden Gang durch das Elend dieser Straße. Ich fühlte mich am Anfang sehr unbehaglich so nahe an Low Cross und fürchtete, meinem Schwiegervater zu begegnen, der sicher nicht damit einverstanden wäre, mich in dieser heruntergekommenen Umgebung anzutreffen. Aber die Arbeit und Camilles Art damit umzugehen, faszinierten mich. Nie war sie von den erbärmlichen Lebensumständen, dem Schmutz und der Brutalität, denen wir in St. Marks Fold begegneten, schockiert. Die Leute träfe keine Schuld wegen ihrer Verderbtheit und Lasterhaftigkeit, die Grausamkeit dieses Lebens in Armut und Elend habe sie so werden lassen. Sie hätten sich nur den Umständen angepaßt, so wie ich mich an den Wohlstand gewöhnt hatte.

Am darauffolgenden Sonntag kam Camille zum Mittagessen zu mir. Wie immer trug sie ihr glänzendes schwarzes Haar hochgesteckt, und diese Frisur ließ ihren Hals sehr schmal und biegsam erscheinen. Die Farbe ihres hellblauen Kleides mit dem hohen Rüschenkragen unterstrich ihre wunderbaren amethystfarbenen Augen. An die Schulter hatte sie sich wieder ein Blumensträußchen gesteckt, da sie keinen Schmuck besaß; und sie war unbeschwert und fröhlich, bewunderte ohne Neid mein Haus und alles, was dazugehörte. Unbekümmert gab sie zu, daß Hausarbeit ihr nicht besonders lag, in ihren Schubladen und Schränken herrsche stets ein heilloses Durcheinander, aber sie erfreute sich offen an der gemütlichen Ordnung bei mir. Wir plauderten vertraulich wie zwei Schulfreundinnen miteinander, tauschten auch frivole Geheimnisse aus und kicherten albern, als es plötzlich läutete und mein Schwiegervater den Salon betrat.

»Camille«, sagte ich und fühlte mich seltsam nervös, »das ist Mr. Nicholas Barforth. Mr. Barforth – Mrs. Inman.«

»Sehr erfreut«, begrüßte sie ihn keineswegs eingeschüchtert und plauderte unbekümmert weiter über dieses und jenes, worauf er nur einsilbige Antworten gab. Sie lächelte, erzählte weiter und ließ sich durch diesen düsteren, mächtigen Besitzer der Barforth-Fabriken nicht beeindrucken, der ihre freizügige Konversation sicherlich wenig damenhaft fand und sie wohl entsprechend beurteilte.

»Jetzt muß ich aber gehen«, rief sie aus, als das Teegeschirr abgeräumt wurde und schüttelte ablehnend den Kopf, als ich ihr anbot, sie in meiner Kutsche zurückfahren zu lassen. Bis meine Kutsche vorgefahren wäre, hätte sie längst ihre Wohnung erreicht. Freundlich, aber entschieden lehnte sie mein Angebot ab.

»Wie weit ist es?« erkundigte sich mein Schwiegervater schroff.

»Nur den Hügel hinab, ich wohne in der Prince Albert Road.«

»Ah, ja – also quer durch das Stadtzentrum, und das an einem Sonntag, wo Horden betrunkener Arbeiter sich in den Straßen herumtreiben. Das kommt nicht in Frage.«

»Wie bitte?«

»Nun hören Sie mir einmal zu, junge Dame«, sagte er grimmig, »Sie nehmen entweder Graces Kutsche, oder ich bringe Sie nach Hause. Meine Kutsche steht vor der Tür, und es ist höchste Zeit, daß ich mich auf den Weg mache. Ich setze Sie unterwegs ab.«

Die Blicke der beiden trafen sich einen Moment offen und ein wenig abwägend, dann lächelte Camille schelmisch, deutete eine Verneigung an und erwiderte mokant:

»Gewiß, Mr. Barforth, Sir.«

»Schön«, sagte er darauf ebenfalls lächelnd. »Dann holen Sie Ihren Hut.«

22

So begegnete ich einer Welt, von deren Existenz ich bis dahin keine Ahnung gehabt hatte, Existenzen die parallel zu meiner verlaufen waren und so unterschiedlich in ihrer grausamen Realität waren. Darin bewegte sich Camille Inman mit bewundernswerter Toleranz und heiterem Gleichmut, sie bot unauffällig und ohne falsche Sentimentalität ihre Hilfe an. Dies war die Umgebung, in der Venetia eine Aufgabe gefunden hätte. Als Miss Grace Agbrigg, Erbin von Fieldhead, hatte mein Leben begonnen. Dann war ich Mrs. Gervase Barforth von *Tarn Edge* geworden. Doch für das Cullingford, in dem ich aufgewachsen war, blieb ich *die* geschiedene Frau, denn es gab keine außer mir. Für Camille und ihre Bekannten war ich einfach nur Grace, die für den *Star* arbeitete, und gewann auf diese Weise eine völlig neue Identität. Ich wurde nur nach meinen eigenen Fähigkeiten beurteilt und nicht nach dem Vermögen meines Vaters, einem perfekt geführten Haushalt oder meiner Stellung in der Gesellschaft.

Eines Abends nahm mich Camille mit zu Dr. Stone und seiner Frau, dem jüngeren der beiden Ärzte, die Venetia im Kindbett betreut hatten. Er erinnerte sich nicht an mich. Und ich sprach ihn nicht darauf an. Ich war zufrieden, seinen herben roten Landwein zu trinken und mich mit einem Mann zu unterhalten, der mich nicht wie ein schwachsinniges Kind behandelte. Wenn Dr. Stone über die Schwangerschaft sprach, so umschrieb er diesen Zustand nicht mit Andeutungen wie »in anderen Umständen sein« oder »in Hoffnung sein«, für ihn waren Frauen eben schwanger. Und diese Offenheit hatte ihm nicht gerade die Wertschätzung von Mrs. Rawnsley oder anderen Damen der Gesellschaft eingetragen, die es stets vorzogen, schamhaft Qualen zu leiden und lieber im Kindbett zu sterben, als ihren nackten Körper vor einem Mann zu entblößen. Wenn Dr. Stone es für angebracht hielt, Schenkel, Brüste oder das Gesäß zu erwähnen, dann tat er es und wurde deswegen selten von diesen Damen konsultiert, die einfach das Vorhandensein derartiger Körperteile leugneten.

Er war ein breitschultriger Mann und sprach mit schonungsloser Offenheit. Als junger Mann hatte er sich wegen seiner radikalen Ansichten – dies berichtete er mit einem Augenzwinkern – jedes Ansehen verscherzt, als er in seiner ersten Praxis in einem Arbeiter-

viertel von Liverpool die Anwendung von Verhütungsmitteln – sofern sie in jenen Tagen verfügbar waren – gepredigt hatte. Konfrontiert mit den elenden Lebensumständen dieser kinderreichen Familien, die nicht wußten, wie sie die zahlreichen Münder stopfen sollten, hatte er in aller Unschuld daran geglaubt, daß Kenntnisse über die Geburtenregelung willkommen sein müßten. Dabei hatte er nicht mit dem Widerstand der Tugendhaften, Engstirnigen und sehr oft Unfruchtbaren gerechnet, die diese unterernährten Großfamilien als Zeugnis sündhafter Lust und primitiver Lebenseinstellung betrachteten. Für diese selbstgerechten Menschen gab es ein einfaches Mittel, die Mißstände zu beseitigen. Die sexuelle Vereinigung diente nur der Zeugung von Kindern. Ein anständiger Mann, der so viele Kinder gezeugt hatte, wie er auch ernähren konnte, verzichtete eben danach auf die Ausübung des Geschlechtsaktes. Ein Paar, das die ursprüngliche Bedeutung des Aktes verkannte oder mißachtete und ihn allein aus lustvollem Vergnügen vollzog, mußte eben die Konsequenzen tragen und in seinem selbstverschuldeten Elend verkommen.
Damals hatte Dr. Stone die Bekanntschaft einer jungen Lehrerin gemacht und sich in sie verliebt. Da er die scheinheilige Moral der »anständigen« Bürger Liverpools keineswegs teilte, sondern vehement und in aller Öffentlichkeit für Verhütungsmaßnahmen in Form von Kondomen eintrat – die normalerweise nur die Gentlemen im Verkehr mit Prostituierten benützten, nicht um diese vor unerwünschten Schwangerschaften, sondern sich selbst vor Geschlechtskrankheiten zu schützen –, wurde er schließlich aus der Stadt vertrieben und nahm die Lehrerin, nun seine Frau, mit.
Eine Zeitlang lebten sie in London, in dem Elendsviertel Seven Dials, wo sie Camille und ihre kämpferische Tante kennenlernten. Vor ein paar Jahren dann waren die Stones nach Norden gezogen und schließlich Dr. Blackwoods Ruf nach Cullingford gefolgt, den die fachlichen Qualifikationen des jüngeren Kollegen beeindruckt hatten und der zu spät dessen radikale Theorien erkannte. Dr. Blackwood, der ältere und weitaus beliebtere Arzt, lebte in einem eleganten Haus im vornehmen Teil der Blenheim Lane, während Dr. Stone an deren unterem Ende, nahe der geschäftigen Miller Gate, ein Haus bezog. Tag und Nacht polterten dort die Kutschen über das holprige Pflaster, bahnten sich ihren Weg durch die arbeitslosen Herumtreiber, die streunenden Kinder, Bettler und Tagediebe, hinunter zum Zentrum unserer Stadt.

Dr. Blackwood war Mitglied des Stadtrates, Vorstand verschiedener Wohltätigkeitskomitees und fehlte bei keinem gesellschaftlichen Ereignis. Dr. Stone hatte für derartige, im Namen der Nächstenliebe gegründete Institutionen keine Zeit und stand diesen wohltätigen Einrichtungen und ihren Mitgliedern mehr als skeptisch gegenüber. Aus seinen Liverpooler Tagen kannte er die selbstgefällige, wenig realistische Einstellung dieser wohlmeinenden Bürger, die wenig Verständnis dafür aufbrachten, daß die Kinder armer Leute der Sonntagsschule einfach aus dem Grund fernblieben, weil sie keine gestärkten weißen Schürzchen anzuziehen hatten. Welch ein Hohn, Sauberkeit zu predigen, wenn ein Stück Seife unerschwinglicher Luxus und heißes Wasser selten verfügbar war. Die Kinder in ihren zerlumpten Kleidern wagten auch nicht die Sonntagsschule zu betreten, weil den Kindern der wohlhabenden Bürger eingetrichtert wurde, jeden Kontakt mit dem armseligen Pack zu vermeiden, aus Angst vor Flöhen und anderem Ungeziefer. Und deshalb wurde Dr. Stone auch in Cullingford von den Versammlungen ausgeschlossen. Seine unbequeme und unverhohlene Kritik war nicht erwünscht. Also gab er seine Ratschläge direkt den Hilfesuchenden, die zu ihm kamen. Ich war bereits mehrere Wochen regelmäßiger Gast in dem Haus des Arztehepaars, als Mrs. Stone mir die Hütte in ihrem Garten zeigte und deren Zweck erklärte.
Anna Stone war eine ruhige, besonnene Frau, die mit beiden Beinen fest auf der Erde stand und jeder Krise gelassen entgegentrat. Wie oft mußte sie hysterische Frauen oder Männer beruhigen, die nachts hilfesuchend an ihre Tür hämmerten, ärztlichen Beistand, Medikamente oder einfach nur Trost wollten. Wie Camilles Tante hatte sie sich der Rettung verstoßener Mädchen verschrieben, die ohne Obdach auf der Straße herumlungerten.
Im Gegensatz zu den aufwendigen sozialen Einrichtungen, die von Kirche und Staat gefördert wurden, boten die beiden unmittelbare, direkte Hilfe an. In dieser Hütte im Garten standen vier schmale Betten, ein alter Tisch und ein Waschtisch. Darüber hing ein Spiegel, hübsche Vorhänge schmückten die Fenster, und eine Vase mit frischen Gartenblumen gab dem Raum einen fröhlichen Farbtupfer. Doch mit dieser Hütte verbanden sich keine übersteigerten Hoffnungen, die Erfolgschancen der beiden waren bescheiden. Die Stones waren keine idealistischen Reformer, die grundlegende Veränderungen und Verbesserungen herbeiführen wollten. Sie lebten

zu nahe an der grausamen Realität, um an eine Besserung des erbärmlichen Daseins, das die Bewohner dieser Elendsviertel fristeten, zu glauben. Sie folgten einfach ihrem praktischen Verstand und wußten, daß das Schicksal eines jungen Mädchens oft von dem Umstand abhing, ob sie für eine Nacht irgendwo Unterschlupf fand. Wenn sie einem dieser Mädchen in der Straße begegneten, boten sie ihm Unterkunft an, ein nahrhaftes Frühstück, medizinische Behandlung, wenn nötig, und vernünftige Ratschläge, die meist in den Wind geschlagen wurden. Für gewöhnlich verschwanden diese Mädchen nach ein, zwei Tagen, wenn die schlimmsten Wunden verheilt waren, der ärgste Hunger gestillt, die Folgen einer Fehlgeburt überstanden, die Schwellung in der Leistengegend keine Syphilis war, wieder.

Zu Anfang verwehrte Mrs. Stone mir den Zutritt zu diesem Zufluchtsort, denn sie stimmte mit Camille überein, daß zwar die Armut und das Elend diese Mädchen zur Prostitution trieben, viele aber an diesem ältesten Gewerbe der Welt Gefallen fanden. Schließlich gab es genügend Vertreterinnen dieser Zunft, die dadurch in Wohlstand und Luxus lebten. Ich selbst hatte Gideon Chard im Gespräch mit einer Frau gesehen, die ihre Gunst gewiß teuer verkaufte. Wenn ich mit Blanche ins Theater fuhr, hatten wir oft prachtvoll gekleidete Frauen gesehen, die am Haymarket promenierten, und wohl nicht der ersten Garnitur hochbezahlter Kurtisanen angehörten, aber einem ausschweifenden, sorglosen Lebenswandel frönten. Doch um das Wohlergehen dieser käuflichen Frauen kümmerten die Stones sich nicht. Auch um die kleinen Mädchen im Alter von acht und neun Jahren, die von den eigenen Müttern an wohlbetuchte Herren für einige Stunden verkauft wurden, bemühten sie sich nicht, denn diese Mädchen hatten zumindest ein Heim, in das sie zurückkehren konnten. Bei allem Entsetzen darüber, daß es solche Mütter gab, durfte man nicht vergessen, daß diese selbst vor Einführung schützender Gesetze bereits im Alter von fünf Jahren siebzehn Stunden in den Fabriken geschuftet hatten und von Aufsehern, Vorarbeitern, den eigenen Brüdern oder Vätern vergewaltigt worden waren, schliefen sie doch zu sechst oder siebt in einem Bett in diesen Elendsquartieren. Für diese Frauen bedeutete der Verlust der Jungfräulichkeit gegen bares Geld wenig.

Diese Zustände waren natürlich schrecklich. Aber Dr. und Mrs. Stones Hilfe konzentrierte sich auf die etwas älteren Kinder, die zwi-

schen zwölf und vierzehn Jahre alt waren und die täglich in jeder Stadt am Bahnhof anzutreffen waren. Mädchen, die aus ihrem ländlichen Heim vertrieben worden waren und sich selbst durchschlagen mußten, weil es zu Hause nicht genug zu essen gab, oder diejenigen, die auf der Suche nach Arbeit in die großen Städte fuhren, als Kindermädchen oder Küchenhilfen angenommen, aber wegen ihrer Untüchtigkeit wieder entlassen wurden und die dann nicht wußten, wohin sie sich wenden sollten.
Dies waren durchwegs brave anständige Mädchen und meist noch unschuldig, im Gegensatz zu den Bälgern, die die Großstädte hervorbrachten. Und Mrs. Stone versicherte mir glaubhaft, daß auf jedem Bahnhof, in jeder Stadt, also auch in Cullingford, gerissene Frauen ihre Netze nach diesen unschuldigen Mädchen vom Land auswarfen, denn der Handel mit der Jungfräulichkeit war weitaus einträglicher als die allgemeine Prostitution.
»Das ist doch nicht möglich!« rief ich entsetzt aus, und Mrs. Stone hatte für meine Reaktion nur ein müdes Lächeln übrig. In meiner Vorstellung war die Jungfräulichkeit nur ein sicherer Garant für die Ehemänner, daß der Erbe, den sie zeugten, auch tatsächlich von ihnen stammte. Sie klärte mich darüber auf, daß es Zeiten gegeben hatte, wo für ein jungfräuliches Mädchen eine Summe von sechzig bis siebzig Pfund gezahlt worden sei, mittlerweile wäre der Preis aber auf fünf Pfund gesunken, nicht weil die Nachfrage nachließ, sondern weil diese Ware ihren Seltenheitswert verloren und im Überfluß angeboten wurde.
Warum war denn die Jungfräulichkeit überhaupt so wertvoll? Nun, es gab natürlich Männer, für die die Entjungferung etwas ganz Besonderes, fast etwas Mysteriöses bedeutete, andere brauchten es als aufreizenden Kitzel, doch für die meisten war es einfach eine hygienische Vorsichtsmaßnahme, denn Jungfrauen litten nicht an ansteckenden Geschlechtskrankheiten. Syphilis war unheilbar, und sie verbreitete sich zeitweise wie eine Epidemie. Es war eine entsetzliche, beschämende Art zu sterben, doch da die Bedürfnisse der Männer vor keinem Risiko zurückschreckten und da die Nachfrage das Angebot steuerte, gab es eben diese Frauen, die mit Jungfrauen handelten und ihren regelmäßigen Kunden bis zu zwei Mädchen pro Woche anboten.
Die verängstigten und ausgehungerten Mädchen wurden am Bahnhof oder in den Parkanlagen angesprochen und mit falschen Ver-

sprechungen in die Häuser gelockt. Ein übles Gewerbe, das unaufhörlich neue Opfer verlangte, denn ein solches Mädchen konnte nur einmal seine Jungfräulichkeit verlieren und wurde dann irgendwo in einer dunklen Straße ausgesetzt. Manchmal fanden die Stones eines dieser Mädchen und nahmen es bei sich auf. Doch die meisten landeten in einem der schmutzigen Bordelle, oder Männer nahmen sie für ein, zwei Nächte mit nach Hause, worauf sie dann doch im Bordell landeten. Ein paar der Mädchen, die zu den Stones kamen, blieben auch noch, nachdem ihre schlimmsten Wunden verheilt und der größte Schock überwunden war. Sie verrichteten dann Arbeiten im Haus oder Garten, doch jede von ihnen reagierte anders. Manche schlichen irgendwann beschämt und heimlich davon, andere wieder zuckten nur die Schultern und gingen bereitwillig dem Beruf nach, zu dem sie so gewalttätig Zugang gefunden hatten. Solange es zahlungswillige, auf ihre eigene Gesundheit bedachte Männer gab, würde sich daran nichts ändern.
Wie besessen arbeitete ich in diesem Frühjahr und weit in den Sommer hinein und trug mit einem Enthusiasmus und der empörten Entrüstung, die nur ein Amateur aufbrachte, alle Fakten über das Elend und die Erbärmlichkeit menschlichen Daseins zusammen, die Liam Adair dann als Artikel im *Star* veröffentlichte. Ich war so begierig darauf, das Gewissen der Welt aufzurütteln, nicht länger die Augen vor dem Elend, das in unserer eigenen Stadt herrschte, zu verschließen, daß ich allmählich den Bezug zu normalen, persönlichen Gefühlen verlor und mir das Leben, das ich bis dahin geführt hatte, als völlig unwirklich und unrealistisch vorkam. Und so merkte ich auch nicht, mit welch träumerisch verklärtem Gesichtsausdruck Camille durchs Leben schwebte und verpaßte den größten Skandal, den Cullingford seit meiner Scheidung erlebt hatte.
»Weißt du«, sagte sie an einem warmen Nachmittag zu mir, als ich wieder einmal sehr beschäftigt war. »Mr. Nicholas Barforth ist wirklich ein attraktiver Mann.«
»Mein Schwiegervater? Ich nehme an, das war er wohl früher.«
»Aber er ist es noch, das kannst du mir glauben. Dieser Typ Mann gewinnt mit zunehmendem Alter. Die Rücksichtslosigkeit wandelt sich in abgeklärte Reife, und die . . . nun . . . die Anziehungskraft bleibt. Und so alt ist er doch auch wieder nicht.«
Womit Camille mir einen versteckten Hinweis auf ihre ganz unwahrscheinliche und doch so zufriedenstellende Affäre mit meinem

Schwiegervater geben wollte, denn sie hatte sich Sorgen gemacht – das erzählte Liam mir später –, daß diese Beziehung mich schockieren könnte. Und ich war tatsächlich entsetzt darüber. Nicht aus irgendwelchen moralischen Bedenken, sondern weil er mein Schwiegervater war und ich insgeheim gehofft hatte, er würde sich wieder mit seiner Frau versöhnen.

Es war alles so schnell gegangen, und Camille war so überrascht darüber gewesen, daß sie niemandem davon erzählte, weil sie gar nicht recht daran glauben konnte. In meinem Haus waren sie sich zum ersten Mal begegnet, und sein hartnäckiges Drängen, sie nach Hause zu fahren, hatte sie gleichzeitig irritiert und erheitert. Instinktiv hatte Camille ihn richtig eingeschätzt, und obwohl seine Ausstrahlung, eine Mischung aus Macht, Gerissenheit, Zähigkeit und Reichtum, durchaus anziehend war, erkannte sie sofort, daß ihre Charaktere und Ansichten zu gegensätzlich waren, und sie glaubte nicht, daß sie sich jemals mit ihm verstehen könnte. Und sie waren auch nicht miteinander ausgekommen. Über eine Stunde hatte sie vor ihrer Haustür in seiner Kutsche gesessen, und er hatte fast zornig sein Mißfallen über das Leben, das sie führte, geäußert, hatte ihre Ideale in Stücke gerissen, die sie ebenso rasch und vehement wieder zusammensetzte und verteidigte. Die Pferde waren unruhig geworden, und so fuhr er zum Bahnhof. Und weil es mittlerweile Abend geworden war und sie beide noch nichts gegessen hatten, bestiegen sie den Zug nach Leeds und speisten in einem überaus vornehmen und wohl auch enorm teuren Restaurant.

In dieser Woche hatten sie sich noch zweimal getroffen, und am Freitag war sie dann mit ihm nach Scarborough gefahren – ja, so bald, und welch haarsträubende Ungehörigkeit! – und war mit ihm bis Sonntagabend in einem Haus hoch über den Klippen geblieben. Während dieser Zeit hatte sie entdeckt – dabei schluckte Camille und errötete, wohl nicht aus Scham, sondern vor glückseliger Erinnerung –, daß sie wunderbar zueinander paßten. Seitdem verbrachten sie jede freie Stunde miteinander, und Camille gab unumwunden zu, daß diese Beziehung wohl ein Anflug von Tollheit sei, aber allein der Gedanke an ihn verursache ihr ein erregendes Prickeln auf der Haut, ließ sie erröten, und sie verzehre sich in Sehnsucht nach ihm, wofür sie sich keineswegs schäme. Seitdem hatte sie jedes Wochenende in Scarborough verbracht. Ich hätte doch sicher bemerkt, mit welch unziemlicher Hast sie immer zum Bahnhof geeilt wäre, um den Zug nicht zu verpassen? Und Mr. Barforth, mein Schwiegervater – den sie nun zu meiner Verblüffung Nicholas nannte –, sehnte er sich auch nach ihr?

»Sei nicht so herzlos«, sagte Camille. »Ich weiß, du hältst es nicht für möglich, aber es ist so. Er ist einfach wunderbar, Grace. Vielleicht glaubst du mir nicht, aber es stimmt.«

Als ich ihm das nächstemal begegnete, wagte ich kaum ihn anzusehen, nicht weil ich es ihm verübelte, daß er Camille begehrte – daraus konnte man keinem Mann einen Vorwurf machen –, sondern weil ihre leidenschaftliche Ekstase mich dazu zwang, ihn nun nicht mehr einfach als einen älteren Verwandten, sondern als einen potenten, sinnlichen Mann zu sehen, und das war mir peinlich. Wie auch immer seine Absichten waren, im Moment jedenfalls machte er keinen Hehl daraus, daß er nicht genug von Camille haben konnte und mich nur besucht hatte, um mit jemandem darüber zu sprechen, wie begehrenswert und wunderbar sie war.

»Warum denn nicht?« fragte Liam Adair, als er mich am darauffolgenden Donnerstagmorgen allein im Büro antraf. »Sie ist also einen Tag früher gefahren? Ich hätte nie gedacht, daß die Affäre noch leidenschaftlicher werden könnte. Doch wie es nun aussieht, habe ich mich wohl getäuscht. Ja, warum nicht? Jeder reiche alte Mann verdient eine junge Frau, um sein Leben abzurunden, als Krönung sozusagen – das jedenfalls behaupten die meisten reichen alten Männer. Ich wünsche ihr viel Glück.«

»Ich hatte eher angenommen, daß du und sie . . .«

»Ach ja – das hatte ich auch einmal gehofft . . . Aber sie ist zu vielen Männern wie mir begegnet, und Nick Barforth ist zumindest ganz anders. Er unterscheidet sich erheblich von ihren bisherigen Bekanntschaften. Wir könnten doch Gideon Chard unsere Glückwünsche schicken, denn wenn der alte Nick von Freitag bis Montag – oder von Donnerstag bis Dienstag – mit Camille in Scarborough ist, kann er Gideon nicht bei der Arbeit tyrannisieren.«

Noch war diese Affäre nicht das Tagesgespräch in Cullingford. Aber die beiden waren sicherlich zusammen gesehen worden, und bald würden Klatschgeschichten die Runde machen. Eigentlich hätte ich nach *Galton* fahren müssen, um meiner Schwiegermutter beizustehen, falls der Skandal ihr bereits zu Ohren gekommen war. Aber ich schob diesen Besuch immer wieder auf, denn ich schreckte vor den Erinnerungen an Gervase zurück, die dieser Ort in sich barg. Doch dann stand sie eines Tages unerwartet vor meiner Tür. Den Falten ihres einfachen grünen Rockes entströmten schwache Düfte nach Farnkräutern und Wald. Ihre üppige Lockenpracht konnte der Hut nicht bändigen, der etwas schief auf ihrem Kopf saß und ihr ein verwegenes, sehr anziehendes Aussehen gab.

»Also dann, meine Liebe«, sagte sie, setzte sich und streifte ihre Reithandschuhe ab. »Ich weiß, du bist in letzter Zeit sehr beschäftigt, und ich will dir nicht viel von deiner kostbaren Zeit stehlen, indem ich lange um den heißen Brei herumrede. Ich bin gekommen, um von dir etwas über diese wunderbare Camille zu erfahren, von der ich so viel gehört habe. Ja, ja, du brauchst mich nicht so erstaunt anzusehen, Grace. Wir sind doch keine Kinder mehr, und mein Mann hat mir selbst davon erzählt. Nun denn, die Tatsache, daß sie wunderbar ist, will ich hier nicht erörtern, darin kann ich mich auf Nick verlassen. Aber was ist sie sonst noch, Grace? Das will ich wissen, denn Nicky hat von Frauen manch bittere Enttäuschung hinnehmen müssen – ich schließe mich da nicht aus –, und ich hätte es nicht gern, wenn er wieder enttäuscht würde. Er ist jetzt in einem Alter, wo die Jahre kostbar werden. Also erzähl mir etwas über diesen Ausbund von Tugend.«

Ich schilderte ihr meine Eindrücke von Camille, und sie hörte aufmerksam zu, den Kopf leicht zur Seite geneigt, und als ich fertig war, nickte sie kurz, wie zustimmend, und schien beruhigt und zufrieden. Eine erstaunliche Reaktion für eine Frau in ihrer Lage.

»Nun, ich hätte nie erwartet, ihn einmal an der Seite einer Fürsorgerin zu sehen. Diese Frauen schienen mir immer ein recht humorloser Menschenschlag zu sein. Aber du sagst, daß sie eine warmherzige, großzügige Frau ist, die gern lacht. Schön. Und sie ist ganz vernarrt in ihn?«

»Sie betet ihn an.«

»Das ist sehr schön. Ich glaube, das hat er immer gebraucht.«

»Mrs. Barforth, ich dachte eher, daß Sie und er . . .«

Und so wie Liam Adair beantwortete sie diese Frage ebenfalls mit einem verschmitzten Lächeln.

»Ja, das kann ich verstehen, und ich gebe zu, wir hatten auch daran gedacht. Venetias Tod machte uns bewußt, wieviel Zeit wir vergeudet hatten, und wir haben uns ausgesöhnt. Wir sind uns wieder nähergekommen, aber nicht als Liebende, Grace. Ja, auch darüber haben wir nachgedacht, aber diese Zeiten sind für uns vorbei, und es wäre töricht, sich da etwas vorzumachen. Aber ich habe mir wegen Nicky Sorgen gemacht, seltsam nicht? Er kam mir immer so stark und unabhängig vor, so distanziert in seinen Gefühlen. Aber ich glaube, seit Venetias Tod war er sehr einsam. Er hat sich nie besonders um sie gekümmert, aber allein ihre Gegenwart hat ihm etwas bedeutet . . . Armer Nicky! Und er wußte wohl auch, daß sie ihn brauchte. Natürlich hat er das nicht zugegeben, aber seit ihrem Tod war er sehr einsam. Bei mir ist das anders. Und da er sich nun in diese Frau verliebt hat, bin ich froh und erleichtert darüber. Es gab zwar einen Moment, und das gestehe ich nur dir, wo ich ganz anders empfunden habe, aber im großen und ganzen gesehen freue ich mich für ihn.«

»Und wie soll es weitergehen?«

»Darüber möchte ich auch mit dir sprechen. Weißt du, Frauen und Männer in unserem Alter, die die Möglichkeit haben, zu verwirklichen, was sie sich wünschen, vergeuden keine kostbare Zeit mehr. Verstehst du, was ich meine, Grace?«

»Ja.«

»Mein Mann wird demnächst mit Camille nach Scarborough ziehen – das vermute ich zumindest – in das Haus, das Blaize und Nicholas früher als Liebesnest benutzten. Er fühlt sich dort sehr wohl, und es ist höchste Zeit, daß er sich Ruhe gönnt und von den Fabriken wegkommt. Wenn Camille bereit ist, ihre Freiheit – ja alles – für ihn aufzugeben und wenn sie miteinander glücklich werden, nun, dann bin ich auch glücklich. Ich werde nicht allein sein und habe auch nicht vor, wieder zu heiraten, denn für eine Frau meiner Generation kommt eine Scheidung nicht in Frage. Aber mit Julian Flood werde ich ein zufriedenes und glückliches Leben führen – er in seinem Haus und ich in meinem. Habe ich dich jetzt enttäuscht?«

Und als ich darauf nicht antwortete, beugte sie sich vor und tätschelte meine Hand. Vor mir saß eine energische, vitale Frau, die entschlossen und selbstsicher über ihr Leben bestimmte.

»Er ist mein Freund, Grace. Ich weiß, er hat dich sehr grob behandelt, aber er hat nur seine Familie verteidigt. Später haben ihm die bösen Worte, die er zu dir gesagt hat, sehr leid getan. Er ist auf eine Art loyal, die ich verstehen kann, und er ist bei weitem nicht mehr so draufgängerisch wie früher. Selbst die leidenschaftlichsten Männer werden mit den Jahren ruhiger, und es läßt sich nicht leugnen, daß er zwanzig Jahre auf mich gewartet hat. Um meinetwillen hat er auf den Erben verzichtet, den die Familientradition von ihm erwartet hatte. Nicky sagte immer, in Julian würde ich meinen Bruder Perry sehen, und damit hat er wohl recht. Perry stand mir sehr nahe. Ja, wir fühlten uns oft wie ein Wesen. Wir gehörten einfach zusammen. Und da Julian nicht mein Bruder ist, verbinden uns auch noch andere Gefühle. Wir lieben uns auf eine andere Art und Weise, empfinden dabei fast dasselbe Zusammengehörigkeitsgefühl. Und das befriedigt meine Bedürfnisse. Nicky, nicht ich, braucht die absolute Hingabe, die große Leidenschaft. Freu dich für mich, Liebes. Und was dich betrifft, Grace, nun – im *Star* ist jetzt für dich eine Stelle frei geworden.«

Liams Artikel über die menschenunwürdigen Lebensumstände im St. Marks Fold, im Commercial Close und in der Silsbridge Street erschienen regelmäßig jede Woche. Sie basierten auf den Nachforschungen, die ich für ihn angestellt hatte und riefen sehr verärgerte Reaktionen hervor. Die öffentliche Anprangerung von herzlosen Hausbesitzern, die ihren Mietern zumuteten, in Behausungen zu leben, die erbärmlicher waren als Schweineställe; von ausbeuterischen Fabrikbesitzern, die ihren Arbeitern Hungerlöhne zahlten, wovon sie sich keine besseren Unterkünfte leisten konnten, brachten die Unzufriedenheit zum Brodeln, die unterschwellig in den Armenvierteln von Cullingford herrschte. Massenweise trafen Leserbriefe im *Star* ein; empörte, selbstgerechte, beleidigende Zuschriften, die Drohungen, aber auch vereinzelt Zustimmung enthielten. Auf die Veröffentlichung einiger Leserbriefe folgte eine weitere Flut von Zuschriften, und damit hatten wir eine Diskussion über soziale Gerechtigkeit entfacht, die wohl Monate die Gemüter nicht zur Ruhe kommen lassen würde. Überall wurde heftigst diskutiert, in den Kneipen und den Bars der besseren Hotels, und Schuldige und Verantwortliche für diese Misere gesucht. Wem gehörten denn die verwahrlosten Hütten in St. Marks Fold, in der Silsbridge Street und im Commercial Close? Würde der Herausgeber des *Star* die Namen der Hausbesitzer veröffentlichen?

»Das ist ja die reinste Hetzkampagne«, stellte Mrs. Agbrigg fest, »und gefährlich obendrein. Jonas, mein Lieber, besitzt du Häuser in diesen Vierteln?«

Doch Liam – so glaubte ich jedenfalls – war nur daran interessiert, die Auflage des *Star* zu erhöhen und prangerte willkürlich die verantwortlichen Hausbesitzer an. Mein Großvater Aycliffe hatte in verschiedenen Gebieten der Stadt Unterkünfte für die aus allen Gebieten Englands und Irlands herbeiströmenden Arbeiter errichtet. Als Folge der industriellen Entwicklung, die Cullingford in unglaublichem Tempo zu Ansehen und Reichtum verhalf, waren diese notdürftigen Behausungen entstanden, in deren feuchten Gemäuern ohne Wasseranschluß und sanitären Einrichtungen, wie Vieh zusammengepfercht, die Ärmsten der Armen ums Überleben kämpften. Ja, wem gehörten diese Häuser? Dutzende, ja Hunderte kamen dafür in Frage – auch Großmutter Elinor gehörte dazu –, und nicht wenige wurden für Tante Faith, Tante Prudence und mich treuhänderisch verwaltet, denn schließlich hatte man seine Anwälte, die dafür sorgten, daß die Miete eingetrieben wurde. Von einer Dame konnte man letztendlich nicht erwarten, daß sie über ihre Besitzverhältnisse informiert war, geschweige denn, sich um feuchte Wände und stinkende, überquellende Aborte Gedanken machte.

Diese Häuser gehörten ganz Cullingford. Wir alle waren die Hausbesitzer, und unsere Gleichgültigkeit machte uns zu Schuldigen.

»Das ist ein sehr treffender Ausdruck, Grace«, sagte Liam. »Ich werde ihn gelegentlich verwenden. Wie wär's, wenn wir uns nun eingehender mit diesen halb verhungerten kleinen Kreaturen im Armenhaus befassen würden? Unsere liebe Miss Tighe ist als Vorsitzende des Aufsichtsrats wiedergewählt worden. Nimm sie doch in die Mangel. Dir wird sie eher Rede und Antwort stehen als Camille – die ja mittlerweile in höheren Sphären schwebt und kaum noch Zeit für irdische Belange hat.«

Miss Tighe fertigte mich recht barsch ab und empfahl mir, mich nicht in Dinge einzumischen, die mich nichts angingen. Mindestens ein-, zweimal die Woche besuchte ich Patrick und Anna Stone und gewöhnte mich allmählich an die Unmenschlichkeit der Armut, dieses hoffnungslose Elend. Jeglicher Sentimentalität beraubt, verebbten allmählich die Samaritergefühle in mir, und nachdem ich noch eine Weile mit dem Gedanken gespielt hatte, mein ganzes Vermögen der Linderung dieser Armut zu opfern, gelangte ich zu der realistischen Einstellung, daß damit niemandem geholfen wäre. Wohltätigkeit, so Anna Stone, war eine Krücke, schuf Abhängigkeit wie Alkohol oder Opium, deren Entzug für den Süchtigen den endgültigen Untergang bedeutete. Nur eine verbesserte Ausbildung, Schulen auch für die Armen und gerechtere soziale Verhältnisse boten eine dauerhafte Lösung. Sie glaubte selbst nicht daran, daß diese Theorie je Wirklichkeit werden würde, hielt sie jedoch für richtig.

Eines Tages im September hielt ich allein im Büro die Stellung – Camille war in Scarborough, Liam trieb sich irgendwo herum –, als ein peinlich gekleideter Herr kam, dessen angewiderter Gesichtsausdruck deutlich machte, wie abscheulich er diese armselige Umgebung fand. Sein fast unverschämter Ton ließ keinen Zweifel darüber aufkommen, daß er mich nicht als Dame betrachtete.

»Mr. Liam Adair?« fragte er schroff.

»Offensichtlich nicht, wie Sie wohl bemerkt haben dürften.«

»Darf ich mich erkundigen, wo er sich aufhält?«

»Sie dürfen. Doch leider habe ich nicht die leiseste Ahnung.«

»Wären Sie wohl so gütig . . . Miss? . . . ihm zu sagen, daß Mr. Gideon Chard ihn in seinem Büro in der Nethercoat-Fabrik heute nachmittag um drei Uhr erwartet?«

»Ich werde es ihm ausrichten, falls ich ihn sehe. Aber wäre es nicht besser, Mr. Chard würde hierherkommen?«

»O nein, keineswegs. Mr. Chard legt darauf keinen Wert«, wies Mr. Chards Angestellter indigniert diesen unverschämten Vorschlag zurück. »Um drei Uhr also. Guten Tag – Miss?«

In jenen Tagen beschäftigte Liam neben Camille und den Arbeitern, die die vorsintflutliche Druckerpresse bedienten, noch einen älteren, sehr gebildeten Mann, Mr. Martin, und einen jungen Burschen, Joss Davey, den Lehrling. Es wurde drei Uhr, dann vier. Und gegen fünf hinterließ ich eine Nachricht für Liam und ging nach Hause.

Ich hatte keine Ahnung, warum Gideon Liam zu sprechen wünschte. Die Arroganz dieser Aufforderung hatte mich teils erheitert, teils geärgert, und es tat mir leid, daß Liam nicht dagewesen war. Er hätte diesen eingebildeten Fatzke umgehend zu Gideon mit der Antwort zurückgeschickt, falls der feine Herr ihn zu sehen wünsche, so könne er sich gefälligst in die Redaktion bemühen. Ich hatte die ganze Angelegenheit bereits wieder vergessen, und so war ich völlig unvorbereitet, als es am frühen Abend plötzlich läutete und Gideon, drei oder vier Ausgaben des *Star* unter dem Arm, in meinen Salon trat.

Seit jener Nacht im letzten Sommer, als er mich bat, seine Mätresse zu werden, hatte ich ihn nicht mehr gesehen. Genau wie ich schien er die Erinnerung an diesen peinlichen Vorfall verdrängt zu haben, denn nichts in seinem herrischen Auftreten verriet irgendwelche

amourösen Absichten. Forschend glitt sein Blick über die Einrichtung des Salons; er schätzte wie immer automatisch den materiellen und ästhetischen Wert jedes einzelnen Gegenstandes, und falls etwas nicht seinem Geschmack entsprochen hätte, würde er es mir mit unverblümter Offenheit sagen.
»Guten Abend, Grace«, begrüßte er mich ruhig und hielt es anscheinend nicht für nötig, darauf einzugehen, warum wir uns in den vergangen Monaten aus dem Weg gegangen waren.
»Guten Abend, Gideon.«
»Du hast dich hier sehr behaglich eingerichtet, wie mir scheint.«
»Ja. Ich wohne jetzt seit – oh, über sechs Monaten in diesem Haus.«
»Ach, tatsächlich? Wie die Zeit vergeht! Hat mein Sekretär heute nachmittag mit dir gesprochen?«
Ich nickte, bat Gideon jedoch nicht, Platz zu nehmen und gab ihm damit zu verstehen, daß ich annahm, er wäre nur zu einem kurzen Besuch vorbeigekommen. Er verstand meine Absicht sofort, nickte ebenfalls und lächelte.
»Dann darf ich wohl annehmen, daß Liam Adair nicht mehr in die Redaktion gekommen ist?«
»Ja, wie der Zufall es wollte. Aber er hätte dich wohl kaum aufsuchen können. Er ist ein vielbeschäftigter Mann.«
In einem Ausdruck spöttischer Überraschung hob er die Augenbrauen, verbarg seinen Ärger unter kühlem Sarkasmus, bereit zuzuschlagen, wenn die Situation es erforderte. Das war der Gideon, den ich kannte – der Gegner, nicht der Liebhaber –, und ich beabsichtigte nicht, mich von ihm einschüchtern zu lassen.
»Ich habe demnach einen Termin mit Liam Adair zu vereinbaren, wenn ich ihn zu sprechen wünsche, wie?«
»Was spricht dagegen?«
»Verschiedenes. Wie auch immer, du kannst mir wohl die Auskünfte geben, die ich haben will, da du ihm ja so eng verbunden bist.«
Und mit unbewegtem Gesicht ließ er die zusammengerollten Ausgaben des *Star* mit fast verächtlicher Nachlässigkeit auf meinen Tisch fallen.
»Diese Artikel, die soviel Staub aufgewirbelt haben – diese Berichte über St. Marks Fold, Commercial Close und Silsbridge Street – kannst du mir sagen, nach welchen Gesichtspunkten gerade diese Straßen ausgewählt wurden?«
»Ja. Rein zufällig, nehme ich an.«

»Wirklich? Und von wem? Von Liam Adair?«
»Ja, natürlich. Gütiger Himmel! Gideon, es standen Dutzende und aber Dutzende ähnlicher Straßen zur Auswahl, man hätte auf der Karte blindlings irgendwelche Viertel markieren können.«
»Richtig«, sagte er gepreßt. »Völlig richtig, Grace. Und es widerspricht allen Gesetzen der Wahrscheinlichkeit, daß er aus dieser Unmenge von Straßen ausgerechnet jene drei ausgewählt hat, die der Nicholas Barforth GmbH und demzufolge auch mir gehören.«
Ich schnappte hörbar nach Luft, denn in meinem Feuereifer, die miserablen Lebensumstände dieser Hausbewohner aufzudecken, hatte ich keinen Gedanken daran verschwendet, welche Auswirkungen diese Nachforschungen haben könnten, und weigerte mich auch jetzt, hier vor Gideon, dessen strenger harter Blick auf mir ruhte, Stellung dazu zu beziehen. Aber er verfolgte beharrlich das Thema weiter.
»Unser Besitz ist sehr umfangreich, Grace«, sagte er, »und der größte Teil davon ist in einem ordentlichen Zustand. Ich nehme an, du weißt das?«
»Ja, durchaus.«
»Und es ist weiterhin eine unbestreitbare Tatsache, daß zu jeder Fabrik in dieser Stadt, in diesem Tal, eine gewisse Anzahl von verwahrlosten Straßenzügen gehören. Zu *jeder* Fabrik, Grace. Und davon gibt es in dieser Stadt an die sechzig oder siebzig, auch die Fabrik deines Vaters in Fieldhead gehört dazu. Aber nicht einen einzigen anderen Fabrikbesitzer treffen die Vorwürfe, die in diesen Artikeln durchklingen, sie sind alle gegen Gideon Chard gerichtet. Ist mein Verdacht daher von der Hand zu weisen, daß Liam Adair diese Nachforschungen nicht aus Gründen der Humanität betreibt, sondern eine ganz persönliche Vendetta gegen mich plant?«
Das war möglich. Ich wandte den Kopf ab, um Gideon nicht meine Betroffenheit sehen zu lassen. Das Elend in diesen Vierteln existierte, und es durfte nichts unversucht gelassen werden, um es zu beheben. Das war sicherlich Liams grundlegende Motivation. Doch wenn er diese Kampagne gleichzeitig als persönliche Waffe einsetzen konnte, so würde er nicht davor zurückschrecken. Schließlich war es Gideon gewesen, der Liam aus den Barforth-Fabriken hinausgedrängt hatte. Gideon hatte Venetia geheiratet, und Gideon hatte von den Verlusten anderer profitiert. Und Liam hatte womöglich beschlossen, ihm dafür eine Rechnung zu präsentieren. Das war durchaus vorstellbar.

»Ich – es tut mir leid, Gideon. Dazu kann ich nichts sagen.«
»Wirklich nicht? Deine Loyalität deinem Arbeitgeber gegenüber ist sehr anerkennenswert – falls er das ist für dich.«
»Ich weiß nicht, was du damit andeuten willst, Gideon. Oder vielmehr ziehe ich es vor, es nicht zu wissen. Ich kann dir nur versichern, daß *ich* über die Besitzverhältnisse in diesen drei Straßen nichts gewußt habe. Wenn eine bestimmte Absicht dahintersteckt, dann halte ich das für unfair und werde es Liam auch sagen. Aber diese Häuser sind wirklich ein Greuel, Gideon. Diese Artikel sind nicht übertrieben. Und wenn Liams Kritik gegen eine bestimmte Person gerichtet ist, so kann das doch ebensogut Nicholas Barforth wie du sein.«
»Das finde ich nicht. Ich bin der Generaldirektor von Lawcroft, Nethercoats und Low Cross. Meinen Namen wird Adair nennen, was völlig richtig ist – darüber beklage ich mich nicht. Ich nehme die Privilegien, die damit verbunden sind, in Anspruch und akzeptiere auch die Verantwortung. Ich möchte nur eines klarstellen: es ist mir bewußt, daß Liam mich als Sündenbock hinstellen will, und ich kenne auch seine Gründe dafür. Ich kann mich sehr gut selbst verteidigen und bin nicht auf fremde Hilfe angewiesen. Unser Schwiegervater ist im Moment sowieso ausschließlich mit seiner neuen Freundin beschäftigt und kümmert sich wenig um die Fabriken . . .«
Ich fuhr herum, froh darüber, daß er mir Gelegenheit bot, endlich meinem Ärger Luft zu machen.
»Camille Inman ist meine Freundin, Gideon. Und ich lasse nicht zu, daß man respektlos über sie spricht.«
Dieses wohlbekannte, blasierte und so verächtliche Lächeln, das so gut in Blanches Londoner Salon, nach *Listonby* und *South Erin* paßte, umspielte jetzt seine Lippen.
»Meine Liebe, ich habe den größtmöglichen Respekt vor Mrs. Inman, die nicht nur den Präsidenten unserer Gesellschaft so nachhaltig von den Geschäften abhält – ein begrüßenswerter Umstand –, sondern ganz entschieden eines der bezauberndsten Wesen . . .«
»Das ist sie. Aber so wie du über sie sprichst, klingt es, als würdest du eine reinrassige Stute auf dem Pferdemarkt in Appleton anpreisen. Und das gefällt mir nicht.« Darauf gab er keine Antwort. Mir fiel nichts weiter zu sagen ein. Ein gefährliches Schweigen herrschte zwischen uns.
»Kann ich in deinen Augen nie etwas richtig machen, Grace?«

»Es ist nicht an mir zu beurteilen, was du tust – es interessiert mich auch nicht – genausowenig wie es dir zusteht . . .«
Ich hörte, wie sich meine Worte in einem kläglichen Gestammel verloren und atmete erleichtert auf, als die Türglocke wieder anschlug und zu meiner Verblüffung Liam in den Salon gestürmt kam. Er warf einen kurzen Blick auf die Kopien des *Star* – sicher hatte er Gideons Kutsche vor dem Haus erkannt –, und seine Lippen verzogen sich zu einem breiten, frechen Grinsen.
»Also, wenn das nicht ein glücklicher Zufall ist? Wie ich höre, wolltest du mich sprechen, Gideon?«
»Ganz recht, Liam. Und ich nehme an, du kennst den Grund dafür.«
Noch immer lächelnd, ging Liam an Gideon vorbei und legte zu meinem größten Entsetzen seine große braune Hand um meinen Nacken und küßte mich. Seine Lippen berührten nur flüchtig meinen Mund, eine selbstverständliche, fast beiläufige Geste, wie sie altvertraute Liebhaber austauschen.
Was danach geschah, war in Sekundenschnelle vorüber, hatte eigentlich nicht stattgefunden, denn jeder einzelne von uns schreckte davor zurück.
»Also dann, Gideon. Weswegen wolltest du mich sprechen?«
»Es ging mir nur um einige Auskünfte, und die habe ich bekommen.«
»Dann darf ich dich wohl hinausbegleiten?«
Und das tat er dann auch – ganz der Herr des Hauses, der einen zufälligen Besucher verabschiedete. Ich blieb allein zurück und war völlig verwirrt. Noch sah ich Gideons verärgerten Gesichtsausdruck vor mir, die mörderische Wut in seinen Augen und kämpfte gegen den heftigen Impuls, ihm nachzulaufen und ihm zuzurufen, daß der Eindruck täusche und Liam ihn absichtlich hinters Licht geführt hatte.
Als Liam zurückkam, lief ich mit erhobenen Fäusten auf ihn zu. Ich zitterte am ganzen Körper.
»Wie kannst du es wagen, mich derart zu mißbrauchen, Liam Adair?«
Sanft, aber mit festem Griff zog er mich in seine Arme und hielt mich umschlungen, bis das Zittern abebbte. Er gab mir Zeit, mich zu beruhigen. Allmählich kam ich wieder zu Sinnen, erinnerte mich daran, daß ich es gewesen war, die Gideon Chards Annäherung abgewiesen hatte. Er bedeutete mir nichts mehr.

Dann entzog ich mich Liams Armen, trat zurück, äußerlich ruhig und gefaßt, aber innerlich zutiefst verletzt und verbittert.
»Du brauchst mich nicht länger festzuhalten, Liam. Falls Gideon zufällig durch das Fenster hereingeschaut hat, wird ihn unser Anblick überzeugt haben – und jetzt ist er gegangen.«
»Nicht deswegen habe ich es getan. Und falls es dich beunruhigt, daß ich wußte, er würde eifersüchtig werden – nun, andere würden nicht auf diesen Gedanken kommen. Es tut mir leid, Grace. Aber wann immer ich Gelegenheit habe, seine aristokratische Haut anzukratzen, kann ich nicht widerstehen.«
»Du hast diese Straßen also aus ganz persönlichen Rachegefühlen ausgewählt? Eine Art Vendetta, wie?«
»Hat er es so bezeichnet? Welch nobler Ausdruck. Du darfst dabei nicht vergessen, Grace, daß diese Untersuchungen notwendig waren und sicherlich zur Verbesserung der Lebensumstände dieser Leute beitragen. Du mußt mir verzeihen, Grace, denn Camille hat eben gekündigt, und ich brauche dich.«
Ich ging zum Fenster und starrte in die beginnende Dunkelheit, ordnete meine schmerzhaft aufgewühlten Gefühle, bis ich mein inneres Gleichgewicht wiedergefunden hatte und drehte mich dann zu Liam um.
»Ja, Liam. Ich nehme Camilles Stelle an, da ich während der vergangenen zwei Monate sowieso ihre Arbeit getan habe – für dasselbe Gehalt, das du ihr bezahlt hast.«
Er lachte, frech und charmant wie zuvor, ein Lachen frei von Leidenschaft oder Rachsucht.
»Was das betrifft, Grace, hatte ich eher gehofft . . .«
»Daß ich weiterhin umsonst für dich arbeite? Natürlich hast du damit gerechnet. Leider muß ich dich enttäuschen. Wir sind Freunde, Liam, obwohl ich mich manchmal frage, warum wir das sind. Und außerdem weitläufig miteinander verwandt. Und ich bin auch nicht auf das Geld angewiesen. Aber das gibt dir noch lange nicht das Recht, von mir zu verlangen, daß ich ohne Bezahlung für dich arbeite. Wir wollen das rein geschäftlich behandeln, nicht wahr – und fair. Ich bin bereit, Camilles Arbeit für Camilles Gehalt zu tun, und im Austausch dafür werde ich jeden Morgen zu der von dir festgesetzten Stunde an meinem Schreibtisch erscheinen und dort bleiben, bis du mir erlaubst, nach Hause zu gehen. Wenn du auf meine Arbeit Wert legst, mußt du mich dafür bezahlen, und ich werde mehr dafür leisten, als du mir geben kannst. Einverstanden?«

Amüsiert schüttelte er den Kopf und grinste breit.
»Du bist eine harte Frau, Grace Barforth.«
»Ja, und du bist nicht der erste Mann, der mir das sagt. Aber es ist eine harte Welt, nicht wahr? Also, bist du einverstanden?«
»Einverstanden«, sagte er, streckte eine Hand aus, die ich mit festem Griff umfaßte. Wir hatten eine geschäftliche Vereinbarung getroffen.
»Bis morgen früh, Grace, um acht.«
»Ich werde pünktlich sein«, antwortete ich, und diese einfachen Worte veränderten mich. Ich war nicht länger eine nette, nutzlose Dame, die mildtätige Gaben an Arme verteilte. Noch war mein Innerstes arg erschüttert und mitgenommen, doch ich hatte eine Arbeit. Ich war angestellt.

23

Camille gab ihre Wohnung in der Prince Albert Road auf und zog nach Scarborough. Sie war ekstatisch wie eine junge, siebzehnjährige Braut. Natürlich war sie keine Braut und würde es wohl nie wieder sein, aber mit grandioser Unbekümmertheit setzte sie sich darüber hinweg. Sie kannte nur noch eine Sehnsucht in ihrem Leben: mit Nicholas zusammenzusein. Fröhlichen Herzens hatte sie diesem Ziel alles geopfert: ihre Unabhängigkeit, ihren guten Ruf und ihre Arbeit. Ich war nicht die einzige, die es überraschte, mit welcher Eile Nicholas die Leitung seines Handelsimperiums in andere Hände legte, unverzüglich auch die Wollkämmerei und die Färberei der Nicholas Barforth GmbH angliederte, um ausschließlich Zeit für seine geliebte Camille zu haben.
»Wie romantisch«, bemerkte Mrs. Agbrigg mit einem spöttischen: »Ich hoffe nur, er besitzt die Kraft, das durchzustehen . . .«
»Wie Männer sich doch selbst zum Narren machen«, entrüstete sich meine Großmutter Agbrigg und war fest entschlossen, Camille nicht zu besuchen, obwohl ihr eigenes Haus in Scarborough nur zwei Meilen entfernt lag.
»Wie sieht sie denn aus?« fragte mich Tante Faith, ein leises Zittern in der Stimme. »Ist sie sehr hübsch? Dunkel, sagst du? Und bezaubernd?«
»Sollen wir ihnen Glück wünschen?« erkundigte sich Onkel Blaize.

»Aber ja, Liebling«, sagte sie zu ihm und griff nach seiner Hand. »Sie sollen so glücklich werden wie wir – denn niemand könnte glücklicher sein.«
»Nun, diese Situation stärkt Gideons Position beträchtlich. Er hat nun sehr viel Macht, nehme ich an«, war Blanches Meinung. »Und es verschafft ihm endlich ein eigenes Haus, denn Onkel Nicholas wird diese Frau wohl kaum nach *Tarn Edge* bringen. Und da Tante Caroline so emsig bemüht ist, Gideon ein zweites Mal zu verheiraten, konnte ihr nichts Besseres passieren, denn Gideons zweite Frau wäre sicher nicht damit einverstanden, mit dem Vater seiner ersten Frau unter einem Dach zu leben.«
Und obwohl Tante Caroline sehr zufrieden mit dieser neuen Regelung war, Gideon als alleinigen Direktor des Barforth-Imperiums und Herrn in *Tarn Edge* zu sehen, brachte die skandalöse Affäre ihres Bruders sie so in Rage, daß sie die Mühen einer Reise nach Scarborough auf sich nahm und dort im *Grand Hotel* abstieg – sie würde keinen Fuß über die Schwelle eines Hauses setzen, in dem eine »liederliche Frauensperson« wohnte – und Nicholas zu sich ins Hotel beorderte. Und er folgte ihrer Aufforderung, so erzählte Camille mir später, lud seine Schwester zu einem verschwenderischen Dinner ein und gab ihr anschließend den freundlichen Rat, sich nicht in seine Angelegenheiten einzumischen. Doch zuvor hatte Tante Caroline vom Fenster ihrer Suite aus Camille bei einem Spaziergang am Meer entlang beobachtet, und der Anblick dieser gesunden, jungen Frau weckte höchst unwillkommene Bedenken in ihr.
»Diese Frau ist jung genug, um Kinder zu gebären«, klagte sie, als träfe uns alle die Schuld daran. »Und es wäre äußerst unfair Gideon gegenüber, sollte Nicholas einen Sohn bekommen.«
»Mein Mann hat bereits einen Sohn«, sagte Mrs. Nicholas Barforth, als ihr diese Bemerkung zugetragen wurde.
Aber Gervase ließ nichts von sich hören.
Jeden Morgen um acht saß ich jetzt an meinem Schreibtisch, obwohl Liam sich meistens erst gegen zehn Uhr blicken ließ, und ich arbeitete den ganzen Tag, oft bis in die Nacht hinein, sprach mit allen möglichen Leuten über die unterschiedlichsten Dinge, die für die Leser des *Star* von Interesse sein könnten. Hätte jemand mich gefragt, ob ich glücklich war, so wäre mir diese Frage höchst unwillkommen gewesen. Ich hatte zu tun, und Arbeit war mir immer eine Lebensnotwendigkeit gewesen. Doch im Grunde genommen spielte

ich nur die unabhängige Frau, und dieser Tatsache war ich mir mit größtem Unbehagen bewußt. Ich verdiente soviel, wie Camille verdient hatte, aber ich war nicht gezwungen, davon zu leben und bekam weiterhin regelmäßig einen großzügigen Zuschuß von meinem Vater. Ich verfügte über ein ansehnliches Bankkonto bei Mr. Rawnsley und hatte eine riesige Erbschaft in Aussicht. Finanziell war ich völlig abgesichert. Nein, ich war nicht glücklich, nicht einmal besonders zufrieden mit dem Leben, das ich führte, denn nachdem der enthusiastische Eifer, mit dem ich mich zu Anfang in die Arbeit gestürzt hatte, abflaute, blieb nur eine alltägliche Routine. Aber ich war beschäftigt und nach wie vor begierig zu lernen, was die Stones und Liam Adair mir beibringen konnten. Ich hatte Arbeit und nahm interessiert am Cullingforder Leben teil, anstatt untätig in meinem Haus in der Blenheim Crescent zu sitzen und mißmutig darüber nachzugrübeln, ob Mrs. Rawnsley mich je besuchen würde. Und das genügte mir.

Ich war jetzt sechsundzwanzig, und mit jedem Monat, der verstrich, verlor ich etwas von meinen idealistischen Ansichten. An Stelle einer gewissen Sentimentalität trat sachliche Vernunft. In mir brannte nicht Kreuzfahrergeist, und ich erkannte, daß selbst unter den günstigsten Bedingungen nur wenig Menschen die gebotenen Chancen nutzen und sich aus eigener Kraft aus dem Elend befreiten. Die meisten verharrten in apathischer Hoffnungslosigkeit – hatten ihren Lebenswillen verloren oder waren von Geburt an nicht mit dieser Kraft ausgestattet worden, gegen die Armut anzukämpfen – und nur selten begegnete ich einem aufgeweckten, ehrgeizigen Mädchen, einem intelligenten, strebsamen Jungen, Jugendlichen, die mit aller Kraft aus diesem Sumpf nach oben strebten. Das waren die Burschen, die nach einem Tag harter Arbeit in Low Cross nach Hause rannten, den Schmutz und Staub abwuschen, hastig eine Scheibe Brot verschlangen und die Abendschule der Technischen Hochschule besuchten. Und die Mädchen blieben anständig, nicht weil die Tugendhaftigkeit es verlangte, sondern weil sie frühzeitig begriffen, in welchen Teufelskreis von Abhängigkeit und Armut ungewollte Schwangerschaften sie stürzten. Und das waren die Mädchen, die als verheiratete Frauen ungeniert Dr. Stone um Verhütungsmittel baten, um ihre Kinderzahl auf zwei oder drei zu beschränken.

Aus diesem Holz – so hatte Camille mir erklärt – waren die Sieger geschnitzt: Burschen, wie Großvater Agbrigg einer gewesen war, und

Mädchen, wie ich eines hätte sein können. Doch da war die Masse der Alten, der Kranken, der Schwachen, die – wie die verheirateten Frauen der bürgerlichen Mittelschicht – keine Rechte besaßen und denen es an Kraft und Mut fehlte, gegen ihr Schicksal anzukämpfen. Ich kümmerte mich nicht mehr mit der Sorgfalt um mein Haus, und mein Lebenswandel bewog die anständigen Dienstmädchen, ihre Stellung bei mir aufzugeben. Ich hatte mir ein forsches Auftreten angewöhnt, eine schützende Mauer aufgebaut, hinter der ich meine Verzweiflung versteckte, die Enttäuschung darüber, daß ich als Frau versagt hatte. Eine Rastlosigkeit und Unruhe wütete in mir, wenn ich sah, wie Camille in ihrer Liebe erblühte, oder die tiefe Zufriedenheit erkannte, die Tante Faith erfüllte, und die vertrauensvolle Freundschaft beobachtete, die Anna und Patrick Stone verband, und Zeuge war, mit welchem Schwung Mrs. Georgiana Barforth ihr neues Leben zusammen mit ihrem engen und liebenden Freund begann. Jeden Morgen um acht saß ich an meinem Schreibtisch. Wenn ich Befehle erteilte, wurden sie gewöhnlich ausgeführt. Ich hatte Freunde und auch ein paar Feinde. Ich war gelegentlichen Anfällen von Trauer, aber auch von überschwenglicher Freude ausgesetzt. Ich arbeitete und hatte vielfältige Interessen. Ich lebte.

Ich begegnete Gideon Chard nicht wieder und sah auch keinen Sinn darin, an ihn zu denken, obwohl ich diesem Vorsatz manchmal untreu wurde. In jener Nacht, als er mich bat, mit ihm zu leben, hatte ich seine Gründe dafür verstanden, oder es zumindest geglaubt, und nun beruhigte ich mich mit dem Gedanken, daß meine Ablehnung nur seinen Stolz verletzt hatte. Und ich zog es vor, an dieser Interpretation festzuhalten, denn seinem Stolz fühlte ich mich gewachsen, damit konnte ich mich auseinandersetzen. Der war mir so vertraut wie meine eigene Halsstarrigkeit, die es mir verwehrte zuzugeben, daß mir oft davor graute, jeden Abend in ein leeres Haus zurückzukehren, wo niemand auf mich wartete, niemand der mich liebte oder niemand mir weh tat.

Und wenn diese trübsinnige Stimmung mich überkam, ging ich nicht nach Hause, sondern blieb im *Star*, oder besuchte die Stones, wo ich Mädchen traf, die wirkliches Elend, körperliche und geistige Qualen erlitten hatten, und immer wieder war eines darunter, das bereit war, erneut streitlustig den Lebenskampf aufzunehmen.

Ich mochte diese Mädchen, erkannte mich in ihnen wieder, obwohl die Bereitwilligkeit, ja oft sehnsüchtige Ungeduld, mit der sie zu

eben den Männern zurückkehrten, die sie so zugerichtet hatten, mich entsetzte.
»Er ist nur eifersüchtig, Miss – das ist alles. Dann dreht er einfach durch. Er würde mich eher umbringen, als mich verlieren wollen.«
»Aber er hätte dich fast umgebracht.«
Doch mit logischen Argumenten war dieser Hörigkeit nicht beizukommen, und in Erwiderung darauf bekam ich oft nur ein selbstgefälliges, überhebliches Lächeln. Die abgemagerten Körper sprachen von einer Sinnlichkeit, die ich, da ich nicht verheiratet und Scheidung ein unbekanntes Wort in der Silsbridge Street war, wohl nicht verstehen konnte.
»Er liebt mich, Miss – darum geht es.«
Und für die ein, zwei Jahre, die es andauerte, bis Armut und ungewollter Kindersegen diese Liebe endgültig zerstörten, lebten sie in einem für mich beneidenswerten Glückszustand.
Während dieser Zeit hielt sich Blanche oft in *Listonby* auf, weil Dominic beim letzten Regierungswechsel seinen Sitz im Parlament verloren hatte und nun ausgedehnte Auslandsreisen unternahm, in wilde, unzivilisierte Länder reiste, um dort Jagd auf exotischere und gefährlichere Tiere als Wildenten und Fasane zu machen. Diese abenteuerlichen Unternehmungen waren für Frauen gänzlich ungeeignet. Blanche gab ihm in London ein Abschiedsdinner und reiste zurück in den Norden, zu ihren Kindern und Noel.
»Ich halte mich für eine weitaus skandalösere Frau, als du es bist«, sagte sie mir bei einem ihrer ersten Besuche in meinem Haus. »Dabei wäre Mrs. Rawnsley in ihrem Übereifer, mich zu grüßen, fast aus ihrem Landauer gefallen. Ich habe dir immer gesagt, es gibt einen richtigen und einen falschen Weg, meine Liebe.«
»So hast du ihm endlich erlaubt, dich zu vergewaltigen, Blanche?«
»Meine Liebe«, erwiderte sie mit unerschütterlicher Gelassenheit, »falls ich das habe – und ich sage keineswegs, daß es so ist –, bleibt dieses Thema tabu.«
Doch in Angelegenheiten, die andere Leute betrafen, war Blanche weitaus zugänglicher und erzählte mir bereitwillig, daß Lord Sternmore seine Frau wieder in Gnaden aufgenommen hatte, die reuige und nun sehr ergebene Diana Flood, die bereits ein Kind von ihm erwartete. Von der zweijährigen Claire Chard berichtete Blanche, sie sei der ausgesprochene Liebling der Kindermädchen in *Listonby*, wo sie – Venetias Wunsch entsprechend – zu einer perfekten Ko-

pie von Blanche erzogen wurde. Was aus ihr werden würde, falls Gideon wieder heiraten sollte, wußte Blanche nicht, denn weder die junge Mademoiselle Fauconnier noch eine gewisse Miss Hortense Madeley-Brown – im Moment anscheinend aussichtsreiche Kandidatinnen – zeigte mütterliche Gefühle für das Kind und würden sich wohl kaum die Tochter von Gideons erster Frau aufbürden lassen.
Kümmerte sich Gideon überhaupt um Venetias Tochter? Blanche zuckte nur die Schultern. Das war schwer zu sagen. Er kam zwar recht häufig nach *Listonby*, ritt mit Noel aus oder ging mit ihm auf die Jagd, und abends spielten sie Karten miteinander. Aber ob er dabei auch gelegentlich von Claire Notiz nahm, konnte sie nicht sagen. Welcher Mann kümmerte sich schon um Kinder? Dominic schien sich der Existenz seiner beiden Söhne auch erst bewußt zu werden, wenn sie sich schlecht benahmen oder nachlässig im Sattel saßen, denn dann bekamen sie seine väterliche Autorität zu spüren. Außerdem würden die beiden Jungen bald in eine Privatschule gehen und als wohlerzogene Fremde nach Hause zurückkehren, und Blanche gefiel es sehr gut, ein kleines Mädchen bei sich zu haben, das sie ganz in ihrem Sinne erziehen und verwöhnen konnte. Gideon hatte dagegen sicher nichts einzuwenden.
In *Tarn Edge* war im Moment sowieso kein Platz für Kinder, da Mrs. Winch und Mrs. Kincaid weggegangen und Chillingworth pensioniert worden war – hatte ich nicht davon gehört? – und Gideon an ihrer Stelle einen französischen Koch und einen sehr vornehmen Butler eingestellt hatte. Damit war es zu einem reinen Männerhaushalt geworden. Hatte ich das nicht gewußt? Gütiger Himmel, interessierte ich mich denn überhaupt nicht mehr für Dinge, die um mich vorgingen – alle diese aufregenden Neuigkeiten?
Mit meiner Arbeit beim *Star* war ich sehr erfolgreich. Auch mein Respekt vor Liam Adair wuchs, und ich mochte seine umgängliche ungezwungene Art. Und die Tatsache, daß er sehr unzuverlässig war, was den Umgang mit Geld und Frauen betraf, täuschte mich nicht über die grundlegende Großzügigkeit seines Charakters und die Ernsthaftigkeit seiner humanitären Einstellung hinweg. Mit unerschrockener Offenheit prangerte er soziale Mißstände an, widerstand dabei allerdings selten der Versuchung, gerade die Unfälle, Mißhandlungen von Arbeitern und soziale Ungerechtigkeiten in seinen Artikeln hervorzuheben, die in Low Cross, Nethercoats oder

Lawcroft Fold passierten – obwohl derlei Vorkommnisse in jeder Fabrik an der Tagesordnung waren – und schob die Verantwortung dafür, ohne auch nur einmal den Namen zu nennen, Gideon Chard in die Schuhe.

»Muß das denn sein?« fragte ich ihn wiederholt, worauf er mich nur frech angrinste.

»Nun, Grace, das ist Ansichtssache. Denn eigentlich tue ich ihm damit ja einen Gefallen. Worüber sollte er sich sonst Sorgen machen? Wenn nicht ich ihn von Zeit zu Zeit ärgere, wird er selbstzufrieden und träge und langweilt sich allein in seinem großen Haus. Er sollte mir für die Abwechslung dankbar sein.«

Und ich werde nie das angriffslustige Funkeln in Liams dunklen Augen vergessen, als bekannt wurde, daß die Barforth GmbH alle Straßen im St. Marks Fold, die ihr nicht bereits gehörten, aufgekauft hatte und die Häuser, die leer standen, nicht wieder vermietet wurden.

»Das ist eine heiße Sache«, sagte Liam nur, und mit Feuereifer stürzte er sich in die Nachforschungen und fand heraus, daß diese elenden Gassen, die das Gelände der Low-Cross-Fabrik umgaben und einengten, niedergerissen werden sollten, um Platz für den Ausbau der Fabrik zu schaffen. Für die Arbeiter sollten neue Unterkünfte auf einem nahe gelegenen Gelände gebaut werden.

»Liam – wir selbst haben stets darauf hingewiesen, daß diese Häuser unbewohnbar sind.«

»Nicht alle. St. Marks ist ein Schweinestall, aber St. Jude ist in Ordnung. Dort stehen saubere Häuser, wohnen anständige Leute, die ihr Leben lang in dieser Straße gelebt haben. Sie werden sich nicht einfach daraus vertreiben lassen. Weißt du, das gibt Ärger.«

»Dafür wirst du schon sorgen.«

Und das tat er auch. Er verglich das Los der Bewohner der St. Jude Street mit den Landarbeitern, die willkürlich von ihrem Squire aus ihren ärmlichen Häusern vertrieben wurden. Neue Häuser für die Arbeiter würden gebaut werden, zugegeben, doch der *Star* wies darauf hin, daß der Weg von Black Abbey Meadow, dem geplanten Arbeiterviertel, bis zur Low-Cross-Fabrik drei Meilen betrug, und das bedeutete an kalten Wintermorgen einen beschwerlichen Fußmarsch, vor allem für die sehr jungen und älteren Arbeiter und die Frauen, die abends todmüde zu ihren kleinen Kindern nach Hause eilen mußten. Außerdem könnten sich wohl nur die Bewohner der

St. Jude Street die Mieten für diese neuen Häuser leisten, und der *Star* äußerte den Verdacht, daß die Leute von St. Marks Fold – zumeist ungelernte Arbeiter, viele darunter krank und unzuverlässig – durch diesen geschickten Schachzug ihrer Anstellung in Low Cross beraubt werden sollten.

Eine größere Fabrik bedeutete gewiß mehr Arbeitsplätze, doch nicht, so hatte es den Anschein, für die Bewohner von St. Marks Fold. Wenn deren verwahrloste Hütten einmal abgerissen waren, blieb ihnen als letzte Zuflucht nur das Armenhaus.

»Hoffst du, Gideons Pläne damit zu durchkreuzen?« erkundigte ich mich.

»Nein, natürlich nicht. Der Bürgermeister und der halbe Stadtrat machen Geschäfte mit ihm. Jede einflußreiche Persönlichkeit der Grafschaft ist entweder mit ihm verwandt oder sucht Zugang zu den vornehmen Kreisen von *Listonby*. Unser Parlamentsabgeordneter wird sich hüten, ihm in die Quere zu kommen, und dem *Courier & Review* sind die Hände gebunden. Natürlich kann ich Gideons Pläne nicht durchkreuzen. Ich stifte nur Unruhe, das ist alles.«

»Dann sei vorsichtig, Liam. Wenn du zu weit gehst, könnte er dich verklagen.«

»Ich hoffe, daß ich ihn dazu provozieren kann. Aber ihm ist eher zuzutrauen, daß er mich eines Tages verprügelt – und das wäre doch eine gute Reklame für den *Star*, findest du nicht? Ich käme schon wieder auf die Beine, keine Angst.«

»Trotzdem, sei vorsichtig.«

Aber ich sprach zu tauben Ohren. Liam schürte weiterhin den Groll und den Unmut der Arbeiter, die das Viertel rund um Low Cross bewohnten, und mit jedem Artikel, der im *Star* erschien, wuchs auch meine Besorgnis, daß Liam eines Tages eine Anklage auf den Schreibtisch flattern würde.

»Du kannst dir einen Prozeß nicht leisten, Liam. Das ist zu teuer. Ich spreche aus persönlicher Erfahrung.«

»Dann wirst du mir sicher das Geld leihen, Grace, nicht wahr, mein Liebling – und mich mit dem großzügigen Gehalt, das ich dir bezahle, unterstützen? Vielleicht wählt Gideon auch eine einfachere Lösung und läßt mich eines Nachts von gedungenen Mördern in einer düsteren Gasse umbringen.«

»Wenn du so weitermachst, wird er etwas gegen dich unternehmen.«

Doch nichts bereitete mich auf den Nachmittag vor, als die Bürotür plötzlich aufgestoßen wurde und Gideon hereinmarschierte, vom Scheitel bis zur Sohle der Squire, Reitgerte in einer, Glacéhandschuhe in der anderen Hand, einen angewiderten Ausdruck im Gesicht, der seine Verachtung für die schäbige Umgebung und die gemeinen, niederträchtigen Leute, die sich darin aufhielten, ausdrückte. Glücklicherweise war Liam außer Haus, nur Mr. Martin saß über seinen Schreibtisch gebeugt da, und nachdem Gideons Blick ihn flüchtig gestreift hatte, blieben seine harten, zornigen Augen auf mir haften, und in scharfem Kasernenhofton befahl er: »Komm mit!«
»Wie bitte?«
»Du kommst mit.«
Aus den Augenwinkeln sah ich, wie Mr. Martin gleichgültig die Schultern hob und mich mit einem Blick auf seine Uhr daran erinnerte, daß Liam jeden Moment zurück sein müßte. Intuitiv begriff ich, daß Gideon keineswegs unverrichteter Dinge wieder abziehen konnte – er würde sein Gesicht verlieren –, und so holte ich meinen Hut und meine Handschuhe und ging trockenen Mundes die Treppe hinab. Ich fürchtete, daß Liam uns begegnen könnte und wehrte mich nicht – wobei ich mir einredete, daß ich keine Wahl hatte –, als Gideon meinen Ellbogen umfaßte und mich fast in seine Kutsche stieß.
In halsbrecherischem Tempo raste er los. Die Kutsche schaukelte und schwankte um die Kurven. Ich schloß die Augen und preßte eine Hand gegen meinen Magen, denn ich fürchtete nicht nur um mein Leben, sondern hatte Angst, meine restliche Würde zu verlieren, sollte ich mich übergeben. Die Kutsche holperte über einen steinigen Fahrweg. Es roch nach Staub und Erde, dann riß Gideon heftig die Zügel zurück, und die Kutsche kam mit einem Ruck neben einem Haufen Ziegelsteine zum Stehen.
»Steig aus!« sagte er barsch, nahm meinen Ellbogen, und mit weichen Knien fand ich mich auf dem unebenen Boden von Black Abbey Meadow, wo die Rohbauten für seine Arbeitersiedlung entstanden.
»Dort hinüber!« befahl er und schob mich mit einer Hand vorwärts, auf eine Hütte am anderen Ende des Baugeländes zu, stieß mit seinem Stiefel die Tür auf und schob mich zu einem Tisch, der mit Zeichnungen und Karten übersät war.
»Da hast du es«, fuhr er mich an. »Also sieh es dir verdammt gut an

– jedes Haus, das abgerissen wird, ersetze ich durch ein neues, jeder verdammte elende Schuppen wird hier neu gebaut. Es entstehen fünfhundert Häuser mit trockenen Kellern, Küchen, Gas und Wasser, Herd und Boiler – genügt dir das? Einige haben zwei Schlafzimmer, andere drei, und die Häuser werden nicht Rücken an Rücken gebaut, sondern durch Gassen voneinander getrennt, so breit, daß eine Kutsche hindurchfahren kann, damit die Abfälle beseitigt und die Aborte geleert werden können. Derlei Begriffe dürften dir wohl kaum noch die Schamesröte ins Gesicht treiben. Einhundertfünfzig Pfund kostet mich jedes einzelne Haus, und für die Häuser der Vorarbeiter muß ich noch achtzig Pfund drauflegen, weil sie noch einen Salon haben und vier oder fünf Schlafzimmer, dahinter gibt es einen kleinen Hof. Wie gefällt dir das? Und die Miete ist nicht höher als zehn Schilling pro Woche für die teuersten, zwei Schilling und neun Pence für die billigsten. Zusätzlich baue ich Waschhäuser und Badehäuser und eine Schule, damit die Gören nicht auf den Straßen herumlungern, während ihre Mütter in der Fabrik arbeiten. Ich baue Geschäfte, damit die Leute ihre Kartoffeln und ihren Speck oder was immer sie kaufen, nicht die drei Meilen von der Stadt hierherschleppen müssen, wobei es keine drei Meilen sind, sondern höchstens eine Meile, wenn die neue Fabrik erst einmal steht, da ich sie in diese Richtung hier bauen werde. Hast du das verstanden,«

Wortlos nickte ich. Doch Gideons Wut war noch nicht verraucht. Seine Hand umfaßte wieder mit eisernem Griff meinen Ellbogen, und er zerrte mich hinaus und schleppte mich wie eine Geisel durch das Baugelände. Er nahm weder Rücksicht auf meine dünnen Schuhe noch auf die Kühle des Märztages.

»Dort«, erklärte er und schüttelte meinen Arm, damit mir auch ja nichts entging, »wird die Schule stehen. Die Bäder dort drüben, Kneipen gibt es in der Umgebung bereits genügend, und niemand wird sich wohl darüber beklagen, die eine Meile dorthin gehen zu müssen. Für die Gläubigen ist ebenfalls gesorgt. Nicht weit entfernt gibt es zwei Kapellen unterschiedlicher Glaubensrichtung. Ich bin extra nach Saltaire gefahren, um zu sehen, was Titus Salt dort für seine Arbeiter gebaut hat – nun, er hat sich selbst ein Denkmal gesetzt – in *seinem* Dorf darf kein Alkohol verkauft werden, über *seine* Straßen darf keine Wäsche aufgehängt werden. Nun, ich bin weder Abstinenzler noch religiös. Ich schaffe nur Unterkünfte für meine Arbeiter, mehr nicht.«

Und eine weitere Stunde, während der Himmel sich verdunkelte und der Wind kälter wurde, schleppte er mich über das Baugelände, lenkte meine Aufmerksamkeit auf die Kanalisation, die Abstände zwischen Küchen- und Aborttüren, die Qualität des Baumaterials, die hohe Mauer, die das Schulgebäude umgeben würde, damit spielende Kinder nicht aus Unachtsamkeit unter die Räder der vorbeifahrenden Kutschen geraten konnten.
»Das war nicht meine Idee«, gab er zu. »Mein Architekt hat es vorgeschlagen. Ich erwähne es nur, weil dies sicher nicht im *Star* zu lesen sein wird.«
Und nachdem er endlich zu dem Schluß gekommen war, daß ich alles gesehen hatte – obwohl ich den Eindruck hatte, daß wir mindestens zweimal jeden Meter begutachtet hatten –, packte er mich wieder in seine Kutsche und fuhr mich in demselben mörderischen Tempo zurück bis vor meine Haustür.
Ich bat ihn nicht ins Haus. Er folgte mir einfach durch die Tür hinein, warf Hut und Handschuhe auf den Tisch im Entree, ging unaufgefordert in meinen Salon und ließ sich in einen Sessel fallen.
»Ich habe Hunger«, sagte er.
»Wie bitte?«
»Ich bin hungrig. Was ist daran so erstaunlich? Es ist Zeit fürs Abendessen. Hast du vergessen, wie man Gäste behandelt?«
Vielleicht fand ich sein unverschämtes Benehmen amüsant. Damit rechtfertigte ich es zumindest vor mir. Und obwohl ich nicht in der Stimmung war, mir die Wahrheit einzugestehen, wußte ich doch insgeheim, daß sein stürmischer Überfall eine anregende Wirkung auf mich hatte. Natürlich hätte ich mich weigern können, mit ihm zu fahren, doch statt dessen war ich ihm willig gefolgt und hatte die Stunden mit ihm genossen. Ich fühlte mich hellwach, war wißbegierig und neugierig, verwegen und kühn. Was war ich doch für ein seltsames Wesen! Ich legte soviel Wert auf Unabhängigkeit, und dabei weckte sein tyrannisches Verhalten alle meine Lebensgeister. Wie sollte ich mir das erklären? Ein Wort von mir würde genügen, ihn zum Gehen zu veranlassen. Und dessen war er sich auch bewußt.
Aber seit langer Zeit hatte nichts mehr meine Sinne aufgerüttelt, distanziert und unbeteiligt war ich in Dramen verwickelt worden, die nichts mit mir zu tun hatten, und diese direkte gefühlsmäßige Konfrontation wollte ich mir nicht entgehen lassen. Endlich passierte mir etwas Aufregendes, das mich erregte und aufwühlte – ganz

gleich, ob es sich positiv oder negativ auswirken würde – *mir* und nicht Camille oder Blanche oder den arg mitgenommenen Mädchen aus der Silsbridge Street –, und dieser Versuchung konnte ich nicht widerstehen.

Und so ging ich folgsam in die Küche, begutachtete die mageren Vorräte, die ich diesem anspruchsvollen Mann vorsetzen konnte, und wußte, daß die Ochsenschwanzsuppe, die Koteletts in Pilzsoße und die Süßspeise, die meine Köchin dann auf den Tisch brachte, seinen verwöhnten Gaumen nicht zufriedenstellen würden.

»Wie ich sehe, zählt die *haute cuisine* nicht mehr zu deinen bevorzugten Beschäftigungen«, bemerkte er kritisch.

»Nicht alle können sich einen französischen Koch leisten, weißt du, Gideon.«

»Ach, du hast die Geheimnisse meiner Küche aufgedeckt, wie? Kein Wunder, daß du für deinen Arbeitgeber eine unerschöpfliche Quelle für Klatschgeschichten bist.«

Ich überging diese Unhöflichkeit, bot ihm Portwein an, den er ablehnte. Doch akzeptierte er dann ein Glas Brandy zum Kaffee, den wir im Salon einnahmen, so wie früher in *Tarn Edge*, nachdem wir allein zu Abend gegessen hatten. Doch in jenen Tagen, von Dienstboten umgeben, waren wir nicht wirklich allein gewesen. Hier, in meinem Salon, der mir plötzlich sehr klein vorkam, als er davon Besitz nahm, waren wir allein.

»Du gibst also zu, daß ich zwar kein Philanthrop wie Titus Salt, aber auch kein menschenfressendes Ungeheuer bin.«

»Ja, du bist keins von beiden.«

»Und daß ich gute Häuser baue?«

»Du würdest kaum deinen Namen unter etwas setzen, was nicht den höchsten Ansprüchen genügt, Gideon.«

»Ganz recht. Worüber beklagt ihr euch also?«

»Gideon, bitte versteh, daß Liam, welch persönlichen Groll er auch gegen dich haben mag, wirklich am Wohlergehen dieser Leute interessiert ist. Du kannst nicht alle in diesen neuen Häusern unterbringen. Das hattest du auch nicht vor. Diese Unterkünfte baust du ausschließlich für deine Arbeiter, das kannst du nicht abstreiten.«

»Natürlich sind sie für meine Arbeiter. Wir waren uns darüber einig, daß ich kein Philanthrop bin. Ich beabsichtige nicht, die Verantwortung für die Unterbringung einer ganzen Stadt zu übernehmen.«

»Das erwartet auch niemand von dir. Ebensowenig wie unsere Großväter sich um das Schicksal der Handweber Sorgen machten, als die Webmaschinen installiert wurden oder Mr. Nicholas Barforth vor dreißig Jahren mit den Kämmaschinen Hunderte von Männern arbeitslos machte. Sie waren Opfer des industriellen Fortschritts, und diese Entwicklung können wir nicht aufhalten.«

»Wie schön, daß du mir da zustimmst.«

»Aber diese Leute von St. Marks Fold sind nicht deine Arbeiter, Gideon – zumindest nur wenige von ihnen. Und selbst, wenn du eines dieser neuen Häuser erübrigen könntest, so hätten sie nicht das Geld, die Miete zu bezahlen. Was soll aus ihnen werden? Ich war der Meinung, man könnte nicht mehr tiefer sinken als die Menschen in St. Marks Fold, aber anscheinend irre ich mich da. Natürlich bleibt ihnen das Armenhaus – darüber weiß ich zuwenig –, aber Liam findet, daß dem der Hungertod vorzuziehen ist. Er ist ein querköpfiger und oft unbesonnener Mann – aber das Schicksal dieser Menschen liegt ihm am Herzen.«

»Glaube mir«, sagte Gideon, ballte eine Hand zur Faust und beugte sich näher zu mir, »Liam Adair und seine Ansichten sind mir verdammt egal. Ich habe es nicht nötig, mich vor ihm zu rechtfertigen. Ich möchte, daß *du* weißt und verstehst, was ich tue – mehr nicht.«

Er kam noch näher, streckte die Hand aus und legte sie auf mein Knie, seine überwältigende Gegenwart füllte den ganzen Raum aus, seine Berührung brannte durch den Stoff hindurch auf meiner Haut, erreichte in heißen Wogen mein Herz und ließ es wild pochen.

»*Gideon.*«

»Ja«, sagte er. »Weshalb bin ich denn hier? Und ich hätte schon vor langer Zeit kommen sollen. Ich begehre dich seit Jahren, Grace, und ich sehe keinen Grund, mir etwas zu verwehren, was andere Männer . . .«

»Es gibt keine anderen Männer.«

»Aber ich sah dich – mit Liam Adair –, hier in diesem Raum. Ich habe es gesehen.«

»Nichts hast du gesehen.«

»Er hat dich geküßt. Ich habe dich noch nie geküßt. Wirst du mich zurückweisen?«

»Natürlich!«

Ich wehrte mich. Ich mußte gegen ihn kämpfen. Mit den Fäusten trommelte ich auf seinen Kopf, gegen seine Brust und gegen seinen

Rücken, als er mich gegen seinen Körper drückte; ich wehrte mich mit allen Mitteln, unterließ jedoch das eine, was ihn sofort aufgehalten hätte – ich rief nicht nach dem Dienstmädchen. Schmerzhaft preßte sich sein Mund auf meine Lippen, gewaltsam zwängte er seine Zunge hindurch, seine Hände ergriffen von mir Besitz, machten mich verrückt. Ich kämpfte mit aller Kraft und war mir dabei allzu bewußt, daß ich nicht kämpfte, um ihn abzuwehren, sondern weil dieser Kampf mich erregte, ein wahres Freudenfest für meine ausgehungerten Sinne war. Erst als sein Mund, seine Hände bereits soweit von meinem Körper Besitz ergriffen hatten, daß es mir sinnlos erschien, ihm den Rest zu verweigern – wie ich mir einredete –, erlosch mein Widerstand bis auf den lahmen, schwachen Hinweis, das Dienstmädchen könnte uns überraschen.
Gideon stand auf, ließ mich völlig aufgelöst im Sessel zurück, und dann hörte ich seine Stimme im Korridor, die gelassen die Anweisung gab: »Deine Herrin braucht dich heute nicht mehr. Du kannst auf dein Zimmer gehen.« Und dann, als er wieder im Salon war, drehte er den Schlüssel im Schloß herum.
Er kam auf mich zu, zog die Jacke aus, lockerte die Krawatte, kniete vor dem Kamin nieder und schürte das Feuer, bis es lichterloh brannte.
»Liebe Grace, ich kann dir gar nicht sagen, wie oft ich gerade um diese Zeit an dich gedacht habe. Ja, nachdem ich allein mein vorzügliches Dinner eingenommen hatte, saß ich da, trank ein Glas Brandy und stellte mir vor, wie du wohl nackt im Schein der Flammen aussehen würdest. Komm zu mir, Grace. Ich hole dich, falls nötig – aber bitte, komm zu mir.«
Ich stand auf – wie in Trance, so wie ich Camille gesehen hatte – und sank neben ihm auf dem Teppich in die Knie, begehrte ihn so heftig, daß es einfach kein Entrinnen gab. Mein Körper brauchte ihn so dringend wie die Luft zum Atmen, und dieses drängende Bedürfnis schwemmte jede Vernunft hinweg. Ich begehrte ihn. Alles andere war unwichtig. Was immer er mir antun würde, welche Demütigungen er mir zufügen mochte, das war jetzt bedeutungslos, und solange dieses Feuer in mir brannte, würde ich ihn begehren.
»Ja, so habe ich dich in meiner Phantasie gesehen, Grace – Hunderte von Malen. Zitternd und stöhnend vor Lust nach mir. Tu es, Grace.«
Ungeduldig zerrte ich mir die restlichen Kleidungsstücke vom Leib

und fiel gegen seine Brust, seine Haut unter meinen Fingern war so weich und zart, wie *ich* es mir vorgestellt hatte. Ohne Scheu gab ich meiner Leidenschaft nach, er fühlte mein Begehren, lachte auf in erregtem Triumph und warf sich über mich und drang mit aller Macht in mich ein.

»Dieses erste Mal wollte ich dich nur besitzen«, sagte er, aber unsere Erregung war nicht abgeklungen und eng aneinandergepreßt lagen wir vor dem Kaminfeuer, ergingen uns in wonnigen Zärtlichkeiten, erforschten unsere Körper mit sanft streichelnden Händen, die mich zum Erglühen brachten, lustvoll bot ich mich seinen Augen, seinen Händen dar, ließ meine Finger genüßlich über seine harten Muskeln gleiten, schmeckte seine Haut auf meiner Zunge, atmete seinen Geruch ein, bis er mich wieder nahm. Doch dieses Mal wollte ich nicht nur besessen werden, alles in mir drängte danach, ihm ganz zu gehören, in ihm aufzugehen, bis die Wogen der Lust mich davontrugen und ich laut aufschrie.

Danach schliefen wir ein. Mein Kopf ruhte an seiner Schulter, und wir wachten auf, als das Feuer niedergebrannt war und die kühle Nachtluft uns frösteln ließ. Als ich vor Kälte zitterte, stand er auf, zog mich auf die Füße und lächelte.

»Ich begehre dich wieder«, sagte er, »aber diesmal will ich dich in deinem Bett lieben.« Und so gingen wir hinauf in mein jungfräuliches Schlafzimmer, er nahm es in Besitz, verwandelte es, und es wurde sein Zimmer, sein Bett, so wie ich seine Frau geworden war. Diesmal war meine Erregung schwächer, die Innigkeit unserer Vereinigung tiefer. Mit viel Muße und unendlicher Zärtlichkeit befriedigten wir nicht nur unsere Sinne. Mit geschlossenen Augen küßte er mein Gesicht, meine Finger, die über seinen ganzen Körper glitten, dann spürte ich seine Lippen an meinem Hals, auf meinen Brüsten, den empfindlichen Innenflächen meiner Arme und Schenkel. Ohne Hast und ohne das Bedürfnis, den anderen in Besitz zu nehmen, wurden unsere Körper eins und führten uns zu unvergleichlichen wollüstigen Höhen.

Dann lag Gideon schweigend auf dem Rücken und starrte an die Decke, bis er entschieden sagte: »Ich heirate dich, falls es möglich ist. Es mag rechtliche Einwände dagegen geben, weil deine Ehe und meine uns zu nächsten Verwandten gemacht haben. Aber falls es das Gesetz erlaubt, heirate ich dich. Und wenn nicht, nehme ich dich, verdammt noch mal, einfach mit zurück nach

Tarn Edge. Du hast doch nichts dagegen, daß ich rauche, nicht wahr?«

Und nachdem er diesen Entschluß gefaßt hatte – entschieden hatte, wann und wohin er mich »bringen« würde –, rauchte er seine Zigarre zu Ende und fiel gleich darauf in tiefen Schlaf. Ich lag neben ihm und fand keine Ruhe, sah, wie der Morgen hinter den Vorhängen empordämmerte, fiel in einen Zustand widersprüchlicher Gefühle und bitterer Selbstvorwürfe, der zu einem festen, wenn auch schmerzlichen Entschluß führte.

Ich begehrte ihn. Ich hatte ihn schon lange, bevor ich mich in Gervase verliebte, begehrt, und dieses Gefühl war so überwältigend und beängstigend gewesen, daß ich es vorzog, bei dem komplizierten und labilen Gervase Zuflucht zu suchen. Und nun hatte sich diese Befürchtung bestätigt. Denn obwohl mir Gervases zartgliedriger Körper sinnliche Freuden gegeben hatte, war es ihm nie gelungen, in dem Maße von mir Besitz zu ergreifen, wie das eben Gideon getan hatte. Bei Gervase hatte ich einen sinnlichen Genuß kennengelernt, der mir meine innere Freiheit ließ, während die Wollust, die ich eben erfahren hatte, sehr leicht und unwiderruflich zu totaler Abhängigkeit, ja sklavischer Hörigkeit für den Mann führen konnte, durch den ich sie erlebt hatte.

Ich hatte Gideon begehrt und mich vor ihm gefürchtet. Ich begehrte ihn jetzt und fürchtete mich noch immer vor ihm. Ich konnte nach *Tarn Edge* gehen und ihm die Frau sein, die er wollte, die Frau, die ich früher war. Aber wollte ich denn wieder diese besessene Hausfrau, die tüchtige Gastgeberin mit all ihren hervorragenden und so belanglosen Fähigkeiten sein? Das war die Frau, die Gideon wollte, und falls dies auch meinen Wünschen entsprach, dann konnte ich diese Frau wieder in mir erwecken und alles für ihn aufgeben – ihm meine Unabhängigkeit opfern, so wie Camille es für Nicholas Barforth getan hatte –, und er würde mich total in Besitz nehmen, denn er war der Stärkere von uns beiden, das hatte ich immer gewußt. Er würde von mir erwarten, daß ich meine Wünsche anpaßte; das tat, was er für richtig hielt; dachte, wie er dachte – nicht aus dem Bedürfnis heraus, mich beherrschen zu wollen, sondern weil er, wie seine Mutter, fest davon überzeugt war, daß sein Weg der einzig richtige war. Er würde sich meiner bemächtigen, totale Selbstaufgabe verlangen, und deswegen fürchtete ich mich vor ihm. Und am meisten Angst hatte ich in diesen Momenten kühler, vernünftiger

Selbsterforschung vor mir selbst, denn ein Teil von mir war bereit, freudig alles für diese gefühlsmäßige Abhängigkeit aufzugeben – meine Intelligenz, meinen Willen, meine Freiheit, jeden Funken meiner Lebenskraft und jede Minute meiner Zeit für das Vergnügen, jede Nacht in seinen Armen vor Wonne zu zerfließen.

Ich begehrte und fürchtete ihn. Und in dieser Stunde, während er schlief, wanderte ich auf diesem schmalen Grad gegensätzlicher Sehnsüchte – einen Moment erschien mir der Preis, den ich für die Erfüllung meiner sinnlichen Begierden – den Verlust meiner Identität – zu zahlen haben würde, gering, und im nächsten Moment erinnerte ich mich voll Wut und Entsetzen daran, welche Auswirkungen dieser Preis auf mein Leben haben würde – die Rückkehr in eine Gefangenschaft, aus der ich mich erst vor kurzem so qualvoll befreit hatte und in die ich versucht war, so blindlings zurückzukehren. Und anders als Gervase würde Gideon mich festhalten, ganz gleich, ob er mich weiterhin begehrte oder nicht. Wenn ich ihm erst einmal gehörte, gab es kein Entrinnen mehr.

Ich begehrte ihn. Und nur das war wichtig, denn wenn einst die Zeit kommen sollte, wo ich mich vernachlässigt fühlte – so wie Gervase mich vernachlässigt hatte –, dann blieb mir zumindest die Erinnerung an die Jahre wonniger Glückseligkeit mit ihm. Ich begehrte ihn, so wie Venetia Robin Ashby begehrt hatte, und wie sie war ich bereit, das Opfer der Selbstaufgabe auf mich zu nehmen. Doch als das fahle Morgenlicht heraufdämmerte, wuchs meine Angst davor. Das Risiko war beängstigend, der Preis zu hoch. Wir waren uns zu ähnlich. Ich würde mit aller Verzweiflung dagegen ankämpfen und schließlich daran zerbrechen. Die Angst davor behielt die Oberhand – und die schmerzhafte, herzzerreißende Erinnerung an Venetia. Ich konnte es nicht tun.

Gideon wachte auf, sah mich auf der Bettkante sitzen, lehnte sich herüber, und seine warmen Hände umfaßten mich mit festem Griff. »*Mein* Bett, das nächste Mal, Grace. Auf meinem seidenen Linnen«, flüsterte er gegen meine Haut, und unweigerlich überliefen mich wonnige Schauder.

»Ach – du schläfst jetzt in seidener Bettwäsche, wie?«

»O ja. Ich umgebe mich mit jedem erdenklichen Luxus, der für Geld zu haben ist. Ich erfülle mir jeden Wunsch, gönne mir jede Extravaganz – das solltest du wissen, mein Liebling.«

»Ich bin keine luxuriöse Frau, Gideon.«

»Aber doch, das bist du. Du bist eine ungewöhnliche Frau – einfach einzigartig. Und was ist kostbarer als das? Was wäre die *Mona Lisa* wert, wenn es Dutzende davon gäbe? In dir finde ich alles, was ich mir wünsche, und deswegen bist du für mich eine luxuriöse Frau.«
»Und was ist mit meinen Wünschen?«
»Du wirst sie dir alle erfüllen können, besser als du dir je erträumt hast. Ich nehme an, du willst, daß ich gehe, ehe das Dienstmädchen aufsteht?«
»Ja.«
»Nun, dann will ich mich beeilen. Für den Moment beuge ich mich der Konvention. Und vergiß nicht – ich werde dich heiraten, Grace, wenn ich kann.«
»Das ist sehr lieb von dir, Gideon.«
Doch mein leicht ironischer Ton konnte seine unbeschwerte gute Laune nicht stören, diese Zufriedenheit eines Mannes nach einer Liebesnacht. Er zog mich an sich und küßte mir den Nacken.
»Spiel mir nicht die unabhängige Frau vor, Grace Barforth. Darüber brauchen wir uns doch jetzt nichts mehr vorzumachen, nicht wahr?«
Und er hatte recht. Ich schmiegte mich in seine Arme, überließ mich seinen Händen, der Wärme und Kraft seines Körpers, unterwarf mich seinem Willen, wollte nur noch einmal diese Wonnen genießen . . . Aber ihm stand der Sinn nicht nach Liebe, der anbrechende Morgen drängte zum Aufbruch, die Pflicht rief ihn. Er mußte nach Hause, die Kleidung wechseln und dann seinen mannigfaltigen Aufgaben nachgehen.
»Bis halb elf habe ich zu tun«, sagte er, während er sich anzog. »Danach spreche ich mit meinem Rechtsanwalt und erkundige mich, wie schnell wir heiraten können. Gegen halb zwölf bin ich dann wieder bei dir.«
Und schon verfügte er über meine Zeit. Falls es ihm möglich war, würde er gegen elf Uhr dreißig zu mir kommen; falls ihm etwas dazwischenkam, mußte ich eben auf ihn warten. Selbstverständlich konnte ich meinen Tätigkeiten nicht dieselbe Bedeutung beimessen wie seinen wichtigen Unternehmungen.
»Um elf Uhr dreißig werde ich nicht hier sein, Gideon. Ich habe Arbeit, die auf mich wartet, vergiß das nicht.«
Doch anstatt mit der erwarteten Ungeduld, reagierte er nur nach-

sichtig und freundlich, er weigerte sich, meinen Einwand ernst zu nehmen.
»Großer Gott! Was das betrifft, schick Liam Adair doch einfach eine Nachricht, daß du verhindert bist. Er bezahlt dich doch nicht für deine Arbeit, oder?«
»Natürlich tut er das.«
»Ach wirklich? Das macht nichts, er wird nicht erwarten, daß du die Kündigungfrist einhältst. Schick ihm einfach eine Nachricht.«
»Das kann ich nicht tun, Gideon.«
»Natürlich kannst du das.«
Ich gab mich geschlagen, gegen diese gute Laune kam ich nicht an, und wechselte rasch das Thema.
»Gideon, ich möchte nicht nach *Tarn Edge* zurückkehren.«
»O doch, das willst du schon – für den Anfang jedenfalls. An *Tarn Edge* ist nichts auszusetzen, was *du* nicht in Ordnung bringen könntest. Für eine Weile werden die Leute uns wohl meiden. Doch wir können die Abende allein verbringen, Brandy vor dem Kaminfeuer trinken – uns in unseren seidenen Betten lieben . . . Und sobald ich es mir leisten kann, baue ich dir ein Schloß. Eines Tages kaufe ich einen riesigen Grundbesitz und errichte darauf ein Haus so groß wie *Listonby*. Du wirst darin die gesamte Grafschaft empfangen, und das wird dir gefallen. Du wärst eine großartige Gastgeberin – einfach erstklassig, Liebling – so großartig wie meine Mutter und verdammt besser als Blanche. Keine Angst, bald werden sich alle um deine Einladungen reißen, wenn sie sich einmal an uns gewöhnt haben. Gesellschaftliche Konventionen sind ja gut und schön, aber im Endeffekt zählt das Geld – und dieses Geld habe ich jetzt. Ich kann es mir *leisten*, eigene Maßstäbe zu setzen, meine Wünsche zu befriedigen. Grace . . . . ich kann es mir leisten, genau das Leben zu führen, das ich mir wünsche und mit der Frau, die ich haben will.«
»Gideon, ich kann nicht . . .«
Aber ohne abzuwarten, was ich sagen wollte, schob er seine Hände unter meine Achseln und beugte sich über mich.
»Liebling, du brauchst dir keine Sorgen zu machen. Natürlich wird es Klatsch und Gerede geben. Aber das macht doch nichts. Meiner Mutter wird es nicht gefallen, und auch Dominic wird nicht begeistert sein, das weiß ich – und das alles hat mich damals in London beeinflußt, das gebe ich zu. Doch jetzt ist es mir verdammt egal.

Meine Schultern sind breit genug, und meine Position in Cullingford ist unantastbar. Ich kann für dich sorgen, Grace.«
»Ich kann für mich selbst sorgen.«
»Das ist jetzt nicht mehr nötig. Und wo bleibt das Vergnügen dabei, Liebling?«
»Aber Gideon . . .«
»Überlaß nur alles mir.«
Ich versuchte, Einwände vorzubringen, doch er küßte meine Worte fort. Ich flehte ihn an, mir zuzuhören, mich zu verstehen, aber er wiegte mich nur in seinen Armen und sagte, daß es keinen Grund gäbe, mich zu fürchten, er würde es nicht zulassen, daß böswillige Zungen mir weh täten. Mit Tränen in den Augen versuchte ich dieser beschwörenden Stimme zu widerstehen, und er lächelte mich an und murmelte, meine nackten Schultern wären im zarten Licht der Morgensonne so verführerisch, daß er nicht widerstehen könne, eine weitere halbe Stunde zu opfern und zu mir ins Bett kommen müsse. Rasch schlüpfte er aus seinen Kleidern, und wir liebten uns noch einmal. Er überzeugte mich erneut, daß ich ohne diese wilde Lust nicht leben konnte, und selbst wenn es mir gelingen sollte, ihn zu verlassen, würde eine Berührung seiner Hand genügen, und ich würde ihm willig überallhin folgen.
»Was war es noch, worüber du dir Sorgen machtest?« flüsterte er in mein Haar. Und dort, weich in seine Arme gebettet, in diesen Momenten der ausklingenden Leidenschaft, die so nachgiebig und verletzlich machen, verspürte ich nur einen Wunsch, eine Sorge: dieses wohlige Beisammensein auszudehnen und so schnell wie möglich wieder in seine Arme zu sinken.
Ich stand am Fenster, blickte seiner Kutsche nach und wußte, daß ich nicht die Kraft hatte, ihm zu widerstehen, wenn er bei mir war, und deswegen durfte ich ihm nicht erlauben, mir wieder nahe zu kommen. Lange stand ich so da, eine Wange gegen das Glas gepreßt, doch dann raffte ich all meine Kraft zusammen, mein Herz ruhte wie ein Stein in meiner Brust, so schwer fiel mir der Entschluß. Ich ging hinunter, setzte mich an meinen Schreibtisch und verfaßte den schwierigsten Brief meines Lebens.
»Lieber Gideon – du möchtest, daß ich wieder die Frau werde, die ich früher war. Das bringe ich nicht fertig, selbst wenn ich wollte. Ich habe mich verändert, ich bin eine andere Frau geworden.«
Aber das genügte nicht, denn dies waren die Worte, die er erst vor

einer Stunde von meinen Lippen weggeküßt hatte, und so schrieb ich wehen Herzens und mit schwerer Hand:
»Wie du bereits vermutet hast, fühle ich mich an einen anderen Mann gebunden, und nach reiflicher Überlegung ist mir bewußt geworden, daß ich diese Beziehung nicht aufgeben möchte. Sie ermöglicht mir genau das Leben zu führen, das ich gewählt habe.«
Ich unterschrieb, faltete den Briefbogen, steckte ihn in einen Umschlag und gab ihn meinem Dienstmädchen mit dem Auftrag, ihn Mr. Gideon Chard in Nethercoats überbringen zu lassen.
»Und sag Richards, er soll sich beeilen, da ich um halb acht in die Gower Street fahren will.«
Die Zeilen, die ich geschrieben hatte, trafen genau den Ton, den die Gesellschaft von einer Frau wie mir erwarten würden, die sich kühl und selbständig über Konventionen hinwegsetzt, und ich nahm nicht an, daß Gideon diesen Brief beantworten würde. Ich hatte ihm eine Absage erteilt, die er weder verzeihen noch übergehen konnte. Ich hatte ihm mitgeteilt, daß ich Liam Adair vorzog.
Ich wartete, bis der Kutscher mit dem Brief davonfuhr, dann ging ich steifbeinig die Treppe hinauf. Im Schlafzimmer angekommen, warf ich mich auf mein Bett und weinte mir die ganze Qual vom Herzen. Dann stand ich auf, trocknete meine Tränen, setzte meinen Hut auf und fuhr in die Gower Street. Und obwohl niemand es bemerkte, fühlte ich mich tagelang sterbenselend.

24

Ich suchte und fand Trost in der Arbeit und konnte nicht über Mangel an Beschäftigung klagen, da die Auflage des *Star* ständig stieg und die zunehmenden Einnahmen aus dem Anzeigenteil bald zwei wöchentliche Ausgaben ermöglichten und zusätzliches Personal eingestellt werden konnte. Irgendwann würden wir sogar die veralteten Druckerpressen ersetzen können, die zu Großvater Aycliffes Tagen in Dienst gestellt worden waren. Jedoch konnten damals, als Tante Faith und meine Mutter noch Kinder waren, nur wenig Arbeiter lesen und schreiben. Im gegenwärtigen aufgeklärten Zeitalter, mit seinen technischen Hochschulen und öffentlichen Büchereien und der Einführung der allgemeinen Schulpflicht – durch Parlamentsbeschluß im Jahre 1880 –, die sich allerdings auf einige Stunden pro Woche für Kinder im Alter zwischen fünf und zehn beschränkte, kauften die Handwerker und Arbeiter – an die der *Star* sich insbesondere richtete – diese Zeitung mit derselben Selbstverständlichkeit wie Gideon Chard die *Times*, die *Yorkshire Post* und den Cullingford *Courier & Review*.

Ich arbeitete jeden Tag von morgens bis abends, sammelte nicht nur Informationen über menschliche Dramen und soziale Ungerechtigkeit, sondern auch über die kleinen alltäglichen Vorkommnisse und Veranstaltungen in unserer Stadt. In zugigen Kirchensälen saß ich auf harten Holzbänken und lauschte gelehrten Vorträgen über Kunst und Wissenschaft, trank dünnen Tee bei Wohltätigkeitsveranstaltungen, bewunderte pflichtschuldigst zierliche Stickarbeiten, die zum Verkauf angeboten wurden, und lobte die karitativen Einrichtungen, denen der Erlös zugute kam. Ich besuchte Aufführungen von Laientheatern und Tanzgruppen, ging in die Oper und notierte gewissenhaft die Namen der Darsteller und die Anzahl der Volants am Kleid der Initiatorin. Ich nahm an Hochzeiten teil – nicht in den vornehmen Kreisen der Blenheim Lane oder Elderleigh –, sondern den Familienfesten der Facharbeiter, Webereiaufseher, Ladeninhaber, Schullehrer, Angestellten und Gastwirte. Und an den Abenden, wo keine Arbeit mich im *Star* zurückhielt, ging ich zu den Stones und sprach mit Frauen, deren existenzielle Not mein persönliches Leid für ein, zwei Stunden zur Belanglosigkeit reduzierte und es somit erträglicher machte.

Jeden Morgen um sieben Uhr dreißig ging ich aus dem Haus und kam selten vor Mitternacht zurück und aß lustlos ein vorbereitetes kaltes Abendessen. Ich verlor an Gewicht, mein Teint war blaß, und ein paar Wochen, nachdem ich den Brief an Gideon abgeschickt hatte, quälte mich eine entsetzliche Ungewißheit wegen einer möglichen Schwangerschaft. Nach drei qualvollen Wochen jedoch wußte ich, daß ich nicht schwanger war, und ich weinte, teils aus Erleichterung, teils aus Trauer über meine Unfruchtbarkeit.

Ich gewöhnte mir ein geschäftsmäßiges Auftreten an, gab mich als kühle, aber nicht unfreundliche Frau, die hohe Anforderungen an sich und andere stellt. Ich trug einfache, aber modische Kleider aus guten Stoffen und in dunklen Farben, die mich größer und schlanker aussehen ließen, frisierte mein Haar zu einem Nackenknoten, da ich keine Zeit hatte, es zu der gewohnten Lockenpracht aufzutürmen. Als einzigen Luxus gönnte ich mir ein schweres Parfüm, das nach

Moschus roch und mir bei meinen Besuchen in der Silsbridge Street gute Dienste leistete. Es gab Tage, an denen ich mich elend und deprimiert fühlte, und dann half mir die Tatsache darüber hinweg, daß ich Gideon aus eigenem freien Entschluß aufgegeben hatte und es wohl sehr töricht und sinnlos war, mir die so schmerzhaft erkämpfte Freiheit durch Trauer um ihn zu verleiden. Ich verbannte die Gedanken an ihn in einen wehen Winkel meines Herzens. Ich wußte nun, daß seine Gefühle für mich tiefer gingen und kein oberflächlicher Flirt gewesen waren, und es war mir auch schmerzhaft bewußt, daß – hätte ich nicht mittlerweile die so gefährlichen und verlockenden Freiheiten eines unabhängigen Lebens kennengelernt – wir jetzt glücklich verheiratet sein könnten. Aber ich hatte Gervase geheiratet und Gideon die wunderbare, verrückte, bezaubernde Venetia, und wir waren nicht glücklich geworden. Es war für uns zu spät. Das wußte ich zutiefst, und allein die Tatsache, daß Gideon meinen Brief weder beantwortet noch ihn mir vor die Füße geworfen hatte, sagte mir, daß es ihm ebenso bewußt war. Ich fing an, mich mit den Zuständen im Armenhaus zu befassen und geriet wieder mit Miss Tighe aneinander, für die ich nun eine kompetente Gegnerin war.

»An der Verwaltung des Armenhauses gibt es nichts auszusetzen«, erklärte sie mir schroff.

»Nicht für die, die es verwalten«, erwiderte ich, »aber es gilt die Meinung der Menschen zu hören, die davon betroffen sind.« Und während der nächsten Monate stellte ich eingehende Nachforschungen in dieser Hinsicht an und veröffentlichte die Ergebnisse, erweitert durch meine persönlichen Ansichten, im *Star*.

Ich hatte noch nie – daran erinnerte mich Miss Tighe – einen Fuß in das Armenhaus gesetzt, und solange sie im Aufsichtsrat saß, würde sie das zu verhindern wissen. Aber es bedurfte keiner großen Vorstellungskraft, um sich auszumalen, daß in diesen kahlen weiß getünchten Sälen, mit den Reihen schmaler Holzbetten, Wohltätigkeit eher ein Akt kalter grausamer Demütigung war. Deshalb sprach ich mit vielen Menschen, die Opfer dieser Wohltätigkeit gewesen waren und die meine schlimmsten Befürchtungen bestätigten.

Die Armenfürsorge war zu Zeiten meines Großvaters eingeführt worden und basierte auf der Annahme, daß – bis auf die Alten, Kranken und Kinder – Armut das Resultat von Faulheit, Wollüstigkeit und Trunksucht war. Und demzufolge hatte ein Komitee elegant gekleideter Herren beschlossen, das alte System kirchlicher Armenpflege, wo die Leute zu Hause betreut wurden, aufzuheben und diejenigen, die sich nicht selbst versorgen konnten, in Armenhäuser einzuweisen – von den Bewohnern »Bastilles« genannt –, wo die Lebensbedingungen so hart und streng waren, daß die körperlich Gesunden, also die Drückeberger und Faulenzer, jede erdenkliche Mühsal auf sich nahmen – womöglich sogar arbeiteten –, um eine Einweisung zu vermeiden.

Das Essen war äußerst dürftig und bestand hauptsächlich aus wäßrigem Haferbrei, Mehlklößen, dünnen Schleimsuppen; und die Mahlzeiten mußten in absolutem Schweigen eingenommen werden. Als Gegenleistung wurden die Armen zur Arbeit gezwungen, die Männer mußten im Steinbruch arbeiten, Werg zupfen und die Frauen grobe Haus- und Näharbeiten verrichten. In allen Armenhäusern wurden die Insassen streng nach Geschlechtern getrennt, eine Vorsichtsmaßnahme, um die Zeugung weiterer Kinder zu verhindern, die dem Armenhaus ebenfalls zur Last fallen würden. Diese Regel galt auch für alte Ehepaare, die längst dem zeugungs- und gebärfähigen Alter entwachsen waren und die diese grausame Trennung selten lange überlebten.

Kleinkinder wurden von ihren Müttern getrennt, und es kursierten wahre Greuelgeschichten über die Erziehungsmethoden. Ungehorsame Kinder wurden zur Strafe nächtelang in die Leichenhalle zu den Toten gesperrt. Es gingen Gerüchte um, daß Wärter junge Mädchen und Buben sexuell mißbrauchten; Seuchen brachen aus, und unerklärliche Todesfälle wurden als Selbstmorde bezeichnet. Dabei muß ich hinzufügen, daß derlei schreckliche Vorkommnisse nicht in Cullingford passierten, denn der Verwaltungsrat unter Leitung von Miss Tighe inspizierte regelmäßig die Unterkünfte. Auch war für die Kinder ein qualifizierter Lehrer eingestellt worden, der ihnen zumindest die Grundbegriffe im Lesen und Schreiben beibrachte. Die Insassen wurden ärztlich betreut, was für die Bewohner der Armenviertel keineswegs zutraf, denn ihnen mangelte es an Geld, um die Arztrechnungen bezahlen zu können.

Aber auch in Cullingford gab es Mißstände subtilerer Art, und Liam war aufgefallen, daß der Leiter des Armenhauses, ein aalglatter kleiner Mann, stets gut und teuer gekleidet war, und diese Extravaganz konnte er sich kaum von seinem Gehalt leisten. Die Wirt-

schafterin, die einen überaus tüchtigen Eindruck machte, hatte kalte, gierige Augen, und Liam traute ihr durchaus zu, den wäßrigen Haferbrei noch mehr zu strecken, und die paar Gramm Fleisch, die jedem Bewohner zustanden, die harten Kanten Brot so weit zu reduzieren, daß sie wie eine geduldige grausame Spinne in ihrem Netz auf jeden Brocken lauerte, mit dem sie sich selbst bereichern konnte.
»Dieses System ist mir zuwider. Es fördert den Mißbrauch und die Boshaftigkeit, und die Ärmsten der Armen haben darunter zu leiden«, entschied Liam. »Ich glaube, ich muß mal wieder Unruhe stiften.«
Und als im nächsten *Star* eine Karikatur erschien, die leicht verändert, aber unverkennbar die Cullingforder »Bastille« darstellte, den Leiter als fette Katze, die Wirtschafterin als Wiesel und die Insassen als zum Skelett abgemagerte Mäuse zeigte, kam die aufgebrachte Miss Tighe, die sich weigerte, einen Fuß in die Redaktionsräume des *Star* zu setzen, zu mir und beklagte sich bitter.
»Guten Morgen, *Mrs.* Barforth«, begrüßte sie mich eisig, ein mörderisches Funkeln in den Augen. »So kann es nicht weitergehen. Ich habe hier eine Ausgabe des *Star*, die Miss Mandelbaum mir überließ, da ich dieses Schmierblatt natürlich nicht kaufe. Das muß aufhören.«
»Der *Star* soll sein Erscheinen einstellen, Miss Tighe?«
»Das wäre wünschenswert. Aber ich beziehe mich auf diese ungerechtfertigten Angriffe auf das Armenhaus, das zu den bestgeleitetsten der Grafschaft gehört, und die unverschämte Beleidigung seiner Angestellten, Mr. Cross und Mrs. Tyrell – denn auf sie spielt diese widerliche Zeichnung wohl an. Mrs. Barforth, ich hätte es nicht für möglich gehalten, daß selbst ein so anrüchiges Blatt wie das Ihre, derart tief sinken kann.«
»Ich werde Ihre Meinung dem Herausgeber mitteilen, Miss Tighe.«
»Das ist das mindeste, was ich von Ihnen erwarte. Und wenn Sie schon dabei sind, können Sie Ihrem Herausgeber, wie Sie ihn nennen, noch mitteilen, daß ich seine einseitige Berichterstattung kritisiere. Während er sich in moralischen Entrüstungen über das Armengesetz ergeht und meine Angestellten unrechtmäßiger Bereicherung beschuldigt, schließt er beide Augen vor den skandalösen Zuständen im Haus seiner Freunde, Dr. und Mrs. Stone.«
Für einen Moment war ich sprachlos.
»Mir ist kein Skandal im Zusammenhang mit den Stones bekannt.«

»Wirklich nicht? Nun, dann muß ich zu meinem Bedauern annehmen, Mrs. Barforth, daß Sie nicht die Wahrheit sagen. Mein Haus liegt dem Haus der Stones direkt gegenüber, und Miss Mandelbaum wohnt ebenfalls in unmittelbarer Nähe, und wir beide haben mit eigenen Augen gesehen, Mrs. Barforth, zu welchen Zwecken er sein Gartenhaus mißbraucht – es ist in aller Munde. Können Sie abstreiten, daß Dr. Stone – falls er überhaupt Arzt ist – des Nachts durch die Gassen streift und – die richtige Bezeichnung verkneife ich mir – *Personen* niedrigster Gesinnung, krank an Leib und Seele – in sein Haus bringt . . .«
»Miss Tighe, Sie wissen so gut wie ich, daß Dr. Stones Handlungen höchsten sittlichen Maßstäben unterliegen.«
»Darüber ist mir nichts bekannt. Ich verlasse mich nur darauf, was ich mit eigenen Augen sehe. Wiederholt habe ich beobachtet, wie dieser Mann allein loszog und in Begleitung einer äußerst fragwürdigen Person zurückkam, mit der er sofort in diesem Schuppen verschwand. Ich hörte Weinen und Schluchzen und die unverkennbaren Geräusche betrunkener Randalierer. Ich sah Mädchen, die absolut nichts in der Blenheim Lane zu suchen hatten und ohne seine Begleitung niemals gewagt hätten, einen Fuß dorthin zu setzen, vor Angst und Schrecken halb wahnsinnig aus seinem Garten fliehen. Und ich stelle mir die Frage, was *diese* Mädchen derart in Panik versetzen kann. Was für entsetzliche Dinge passieren in diesem Garten, Mrs. Barforth? Ist das ein Zufluchtsort für vagabundierende Frauen, wie Dr. Stone behauptet, oder ist dieser Schuppen ein Bordell für seine perversen Freunde?«
»Wie können Sie es *wagen*, Miss Tighe – da Sie doch genau wissen, daß dies nicht der Wahrheit entspricht?«
»Unterstellen Sie mir etwa, daß ich lüge, Mrs. Barforth. Wie können *Sie* es wagen?«
»Das ist doch alles Unsinn, Miss Tighe.«
»Ach, wirklich? Dann scheint die ganze Blenheim Lane verrückt zu sein, denn ich bin nicht die einzige, die das skandalöse Treiben beobachtet hat und sich darüber beschwert.«
»Vertrocknete alte Jungfer«, äußerte Liam dazu mit breitem Grinsen, als ich ihm das Gespräch wiederholte. »Ich gönne ihr das Vergnügen. Sie kann nichts dagegen unternehmen.«
Aber ich war beunruhigt und erwähnte den Vorfall noch am selben Abend Anna Stone gegenüber.

»Armer Patrick«, sagte sie mit einem gelassenen Lächeln. »In Liverpool haben sie uns die Fensterscheiben eingeworfen und ihn in aller Öffentlichkeit beschimpft. Er ist daran gewöhnt. Das einzig traurige daran ist nur, daß Miss Tighe – wäre sie nur ein wenig aufgeschlossener – sehr viel Gutes bewirken könnte. Sie ist davon überzeugt, daß ihr Armenhaus ordnungsgemäß geführt wird und die Insassen menschenwürdig behandelt werden. Und falls Liams Verdacht sich bestätigt, werden die Leiter und die Wirtschafterin Miss Tighes gerechten Zorn zu spüren bekommen.«

Ich kehrte nach Hause zurück, in Gedanken noch mit Anna Stones bewunderungswürdiger Toleranz beschäftigt, und fand zwei Nachrichten vor – eine von Mrs. Barforth, die andere von Tante Faith. Beide teilten mir mit, daß Gervase nach *Galton* zurückgekehrt war.

»Möchten Sie zu Abend essen, Ma'am?« fragte mein Hausmädchen, und geistesabwesend antwortete ich:

»Ja, Jenny. Bring mir etwas zu essen.«

Und während ich die lieblos zusammengestellte Mahlzeit zu mir nahm – ihr Anblick allein hätte Gideon angewidert –, versuchte ich einem Gedanken auf die Spur zu kommen, der mich seit einiger Zeit unbewußt beschäftigte. Ich hatte das Gefühl, irgend etwas erledigen zu müssen, etwas Wichtiges vergessen zu haben.

»Er sieht sehr gut aus«, erzählte Tante Faith mir am darauffolgenden Sonntag. »Wirklich, sehr gut. Ich war letzten Mittwoch in *Galton*, und er war eine halbe Stunde vor mir gänzlich unerwartet dort aufgetaucht. Georgiana war natürlich ganz außer sich vor Freude, denn sie hatte gefürchtet, ihn nie wiederzusehen. Jetzt hat sie ihn zurück, braungebrannt und gesund. Ich glaube, letzten Freitag ist er nach Scarborough zu seinem Vater gefahren. Meine Liebe, falls er hierbleibt, mußt du auf eine Begegnung mit ihm vorbereitet sein.«

Am Montag morgen erhielt ich einen Brief von Camille.

»Liebe Grace, davor hatte ich schreckliche Angst. Was hätte ich erwidern können, falls er mich beschuldigt hätte, das Leben seiner Mutter zu ruinieren? Und weißt du, was er gesagt hat? ›Sind Sie jetzt nicht so etwas wie eine böse Stiefmutter für mich?‹ Wir lachten beide darüber, und gleichzeitig hätte ich vor Erleichterung weinen können. ›Du bist wohl gekommen, weil du Geld brauchst‹, sagte Nicholas zu ihm, was sich sehr unhöflich anhört, hätte er es nicht mit einem Augenzwinkern gesagt. Wir haben einen sehr angenehmen

Abend miteinander verbracht, und über einige von Gervases Reiseabenteuer mußte ich herzhaft lachen, und sogar Nicholas konnte sich ein amüsiertes Lächeln nicht verkneifen. Du weißt, wie schwer es ihm fällt, Gefühle zu zeigen. Gervase sagte, er habe vor, sich in *Galton* niederzulassen und das Gut zu verwalten. Und ich nehme an, falls es ihm ernst ist damit, wird Nicholas ihm als Entschädigung für den Gewinn, den er in den Fabriken hätte erwirtschaften können, zusätzliches Land kaufen. Das hoffe ich zumindest. Gervase ist viel ruhiger und ausgeglichener, als ich ihn mir vorgestellt hatte. Und wir haben natürlich sehr viel von dir gesprochen.«

Ich wartete, noch immer geplagt von dieser merkwürdigen Unruhe, die ich mir nicht erklären konnte. Und dann erhielt ich einen weiteren Brief. Ich drehte ihn unschlüssig zwischen den Fingern, denn ich hatte doch tatsächlich noch nie zuvor Gervases Handschrift gesehen. In steilen, schrägen Schriftzügen schlug er vor, da eine zufällige Begegnung nicht auszuschließen war, dieses Wiedersehen doch nach *Galton* zu verlegen, wo wir uns ungestört unterhalten könnten. Ob ich damit einverstanden sei? Ich war es. Er schrieb zurück und schlug einen bestimmten Tag vor, der mir hoffentlich genehm sei. Er paßte mir vorzüglich. Ich gab meinem Kutscher entsprechende Anweisungen, bat Liam um einen halben freien Tag und ertappte mich dabei, daß ich mit dem albernen Gedanken spielte, einen ganz bestimmten blauen Samthut mit gesprenkeltem Schleier und einem Strauß blauer Seidenrosen, den ich in der Miller Gate gesehen hatte, zu erstehen.

Am selben Abend auf dem Weg nach Hause kaufte ich den Hut und wußte in dem Augenblick, als er in der hohen Schachtel verstaut wurde, daß er zu auffällig und extravagant war, höchstens zu feierlichen Anlässen getragen werden konnte, also in ein Leben paßte, das ich früher einmal geführt hatte.

Schließlich entschied ich mich für einen cremefarbenen Strohhut mit einer schwarzen Samtschleife, farblich passend zu einem Seidenkleid, dessen Rock gerafft war und einen gemusterten Unterrock mit schwarzem Saum zeigte. Mein Aufzug wurde vervollständigt durch einen cremefarbenen Schirm mit schwarzem Knauf, gleichfarbigen Seidenhandschuhen und Glacélederschuhen. Während der Fahrt durch die Stadt, die Blenheim Lane hinauf, vorbei an Lawcroft Fold und *Tarn Edge*, durch Tante Faith' ländliches Elderleigh hindurch, weiter zur Kreuzung, an der sich die Straße gabelte – ein Weg führte nach *Listonby*, der andere nach *Galton* –, plagten mich alle möglichen törichten Ängste: War ich zu elegant gekleidet? Würde der aufgeweichte Boden in *Galton* meine hellen Schuhe ruinieren? Und diese albernen Bedenken halfen mir die Tatsache zu verdrängen, daß ich eigentlich Angst vor dem Wiedersehen mit Gervase hatte.

Es war Anfang Juni, der Himmel von sanftem, hellem Blau, die Hügel um *Galton* dufteten nach frischem Gras, die Hecken standen in voller Blüte. Das Haus machte einen verlassenen Eindruck, als ich mich näherte. Der Fluß, der in einem halbkreisförmigen Bogen daran vorbeiströmte, glitzerte im Sonnenlicht. Die mächtigen Eichen zeigten erste helle Blätter, da der Frühling spät und kühl Einzug gehalten hatte.

Nervös spielte ich mit dem Schirm, öffnete das Samttäschchen – hatte ich auch nicht vergessen, ein Taschentuch einzustecken? –, ließ den Verschluß wieder zuschnappen, und da stand Gervase bereits vor meiner Kutsche, half mir beim Aussteigen und war tatsächlich – diesen ersten Eindruck würde ich nie vergessen – ruhiger und gelassener, als ich ihn in Erinnerung hatte, genau wie Camille in ihrem Brief berichtet hatte. Er strahlte eine innere Ruhe aus, und es fehlte gänzlich diese Rastlosigkeit, die so sehr ein wesentlicher Bestandteil seiner Natur gewesen war, daß er mir fast wie ein Fremder vorkam.

»Grace, ich freue mich so, dich zu sehen.«

»Ja. Wie geht es dir?«

»Ganz ausgezeichnet. Wie elegant du bist.«

Und um diese ersten nervösen von Spannungen getragenen Momente zu überbrücken, ergingen wir uns in Höflichkeitsfloskeln, sprachen über das herrliche Wetter, den Zustand der Straße nach *Galton* und *Listonby*, wie bequem es doch war, in der Blenheim Crescent zu leben, so nahe dem Zentrum der Stadt, über die Dauer seiner Abwesenheit und seine Rückkehr nach *Galton*. Ich zog meine Handschuhe aus, lächelte ihm zu, gab höfliche Antworten, und jedem zufälligen Betrachter wären wir wohl wie zwei oberflächliche Bekannte vorgekommen, die ganz unbeschwert miteinander plauderten.

Die Eingangshalle war unverändert kühl und finster; die Familienporträts kamen mir nach dem hellen Sonnenlicht draußen noch dunkler vor, und ich konnte kaum ein Gesicht vom anderen unterscheiden.

Im Kamin brannte heute kein Feuer, Fliederzweige in kupfernen Krügen standen in der Öffnung, und den langen Tisch schmückten Kupferschalen voller Blüten, deren Duft sich angenehm mit dem Geruch nach Bienenwachs, altem Holz und Stein vermengte.
»Was darf ich dir anbieten, Grace? Tee – oder ein Glas Wein?«
»Ist deine Mutter nicht hier?«
»Nein, sie ist mit Sir Julian nach Leicestershire gefahren.«
»Es macht dir also nichts aus – daß dein Vater mit Camille lebt und deine Mutter mit Sir Julian?«
»Nein, überhaupt nichts. Auch Venetia hätte sich darüber gefreut. Grace, möchtest du eine Erfrischung zu dir nehmen, oder wollen wir ein wenig spazierengehen? Die Erde ist wieder völlig trocken, nach dem Regen gestern.«
Wir schlenderten gemächlich zum Fluß hinunter, zur alten Holzbrücke. Ein Hund, der von mir unbemerkt neben dem Kamin gelegen hatte, trottete hinter uns her.
Äußerlich hatte Gervase sich kaum verändert. Sein kastanienbraunes Haar war etwas heller geworden, ausgebleicht von der Sonne wahrscheinlich, sein Teint dunkler, die spinnwebartigen Fältchen um seine Augen hatten sich vertieft. Der Blick seiner Augen war schärfer, durchdringender geworden, so als hätten sie sich daran gewöhnt, ferne Horizonte, weitere Flächen zu erforschen, als *Galton* oder Cullingford sie boten.
»Was für ein wunderschöner Tag!« rief er aus und atmete tief die feuchte Moorluft, den Geruch der Erde und der waldigen Hügel ein. In der warmen Brise hing der süße Duft von Wiesenblumen und zarten Eichenblättern, unvergleichlich zarter als die Üppigkeit tropischer Pflanzen.
»Du hast *Galton* also vermißt, Gervase?«
»Ja – glücklicherweise.«
»Und du willst jetzt hier leben und den Besitz verwalten?«
»Ja. Und falls du dich fragen solltest, warum ich diesen Entschluß nicht schon vor Jahren gefaßt habe und mir – und dir – viel Kummer hätte ersparen können – nun, deswegen habe ich dich hierher gebeten. Ich will versuchen, es dir zu erklären und dir sagen, wie leid es mir tut.«
Wir waren bei der Brücke angekommen, den Hund noch immer dicht auf den Fersen, der jetzt schwanzwedelnd zu Gervase aufblickte.

»Ja«, sagte er, »lauf«, und gemächlich trottete der Hund zum Flußufer hinunter, schlabberte das kühle Naß und warf uns dabei von Zeit zu Zeit einen Blick zu, um sich zu vergewissern, daß sein Herr noch da war.

»Das letzte Mal, als ich den Hund sah, war er nicht so wohlerzogen.«

»Nein, Mutter versteht es nicht, ihre Hunde zu erziehen. Wie mir scheint, gehört dieser Hund jetzt mir. Grace – ich bin fortgegangen, um herauszufinden, was ich vermissen würde. Und hätte es nichts gegeben, wonach ich mich zurücksehne, so wäre ich nicht wiedergekommen. Aber mir blieb nur eine Sehnsucht: *Galton*. Ich habe erkannt, daß ich ein echter Clevedon bin, und der Grund weswegen alles so verkehrt lief, war der, daß ich versucht habe, der falsche Clevedon zu sein. Verstehst du, was ich sagen will?«

Ich nickte, und vor meinem inneren Auge entstand das Bild seines angespannten, bleichen Gesichts, als er vor Jahren sein Pferd über eine Hürde zwang, die beider Kräfte weit überstieg, den Nervenzusammenbruch und die Scham über sein Versagen – Gefühle, die Perry Clevedon gänzlich fremd gewesen waren. Und plötzlich fühlte ich – nicht Liebe oder Zuneigung für ihn – nein, ich fühlte mich ihm verwandt, ganz eng verbunden.

»Ich verstehe dich sehr gut. Ich glaube, du hättest dich vor diesem Clevedon gefürchtet.«

»Meine Liebe, dieser Clevedon – Peregrine Clevedon – war furchteinflößend. Leider dachte ich von meiner frühesten Kindheit an, daß ich unbedingt wie er sein müsse. Ich habe nur *eine* ganz deutliche Erinnerung an ihn. Meine Mutter hatte mich und die Chard-Söhne auf einen Ausritt mitgenommen. Wir waren damals sechs und sieben Jahre alt. Die Chards ritten ruhige, zuverlässige Ponys, weil Tante Caroline Angst hatte, sie könnten sich das Genick brechen, und ich saß – weil ich ein Clevedon war – natürlich auf einem riesigen, ungestümen Pferd, und kein Mensch kümmerte sich darum, ob ich es reiten konnte. Ich mußte mit meiner Mutter Schritt halten, so wie man es von ihr und meinem Onkel in diesem Alter erwartete – natürlich verlangten sie von mir nicht mehr, als für sie damals selbstverständlich war und woran sie als Kinder Spaß hatten, aber weil ich mich ganz erbärmlich fürchtete, ging es schief. Damals stürzte ich kopfüber in einen Graben, und zuerst dachte ich, sie hätten es gar nicht gemerkt und würden mich einfach dort liegenlassen – es war natürlich verdammt ungemütlich und eisig kalt, aber

ich würde wenigstens nicht mehr auf dieses fürchterliche Pferd steigen müssen. Dann galoppierte Onkel Perry heran, packte mich am Kragen und warf mich meiner Mutter zu – es kam mir damals vor, als flöge ich eine Meile durch die Luft. Sie warf nur den Kopf zurück und fing mich lachend auf, denn diese Art rauher Spielchen waren sie von klein auf gewöhnt, und sie hatten dabei keinen Schaden genommen. Ich kann mich noch genau erinnern, wie großartig die beiden aussahen. Armer Onkel Perry! Am selben Nachmittag bäumte sein Pferd sich auf und stürzte auf ihn. Sie standen beide nicht wieder auf. Dort drüben im Kirchhof der Abtei haben sie ihn begraben, und nach der Beerdigung hat Mutter mich hierhergebracht und mir erklärt, daß das Land und das Haus eines Tages mir gehören würden. Das Vermächtnis, das nach dem Tod des alten Gervase Clevedon an Perry übergegangen wäre, war nun mein Erbe – die Familientradition, der Erhalt des Grundbesitzes für zukünftige Generationen, die Verantwortung, für Nachkommen zu sorgen. Und jedesmal, wenn ich durchs Dorf oder über die Felder ritt, hieß es bei den alten Bauersfrauen, ich sei das Abbild von Master Peregrine.«
»Und so dachtest du, du müßtest Peregrine *sein* und die Dinge tun, die er tat.«
»Ja, ich setzte alles daran, wie er zu sein, hatte aber weder die Kraft noch die Nerven, es durchzuhalten. Denn unglücklicherweise sollte ich gleichzeitig ein ganz anderer Mensch sein, war es nicht so? Ein zweiter Perry Clevedon in *Galton* und ein zweiter Joel Barforth in *Tarn Edge*. Und weil ich meine Mutter mehr liebte als meinen Vater, versuchte ich, ihre Erwartungen zu erfüllen. Aber es gab Zeiten, da wußte ich nicht, wovor ich mich mehr fürchtete: eines von Peregrines wilden Pferden zu reiten oder in diesen Weberei-Hallen und im Kontor zu stehen, in dem vergeblichen Bemühen, die Funktion dieser Maschinen oder den Sinn der Zahlen in den Büchern zu verstehen und Männern Anweisungen zu geben, die etwas davon verstanden.
Und es war nicht nur einfach eine Frage des Mutes. Es war das Gefühl des Versagens, das mir wirklich Kummer machte. Ich sollte zwischen zwei überwältigenden Erbschaften wählen und eignete mich für keine von beiden. Daraus ergab sich folgerichtig die Frage, wozu ich denn überhaupt tauge. Und ich habe alle die Jahre gebraucht, um es herauszufinden und währenddessen dir und anderen Leid zugefügt.«

»Vorhin sagtest du, es täte dir leid. Was tut dir leid? Daß du mich geheiratet hast?«
»Liebe Grace, wie könnte irgendein Mann das bedauern?«
»Ja, nun – das ist natürlich die *richtige* Antwort darauf. Und jetzt sag mir die Wahrheit.«
»Daß ich es bedauere, dich geheiratet zu haben? Um deinetwillen tut es mir leid. Ich habe dich abscheulich behandelt. Ich war ein eigensinniges Kind, das ständig ausprobieren mußte, wie weit es gehen kann. Aber ich gab vor, erwachsen zu sein, und daher waren diese Spiele sehr grausam.«
Schmerzhaft stiegen die Erinnerungen daran in mir auf, und ich atmete tief durch.
»Ja, ich weiß. Du dachtest, ich würde alles für dich in Ordnung bringen, so als hätte ich dafür irgendeine Zauberformel. Und als sich diese Erwartungen nicht erfüllten, warst du sehr böse auf mich.«
»Ja. Und als dein Zauber mich im Stich ließ, wandte ich mich Diana zu und erhoffte dasselbe von ihr. Ich hatte die Gewohnheit angenommen, mich an starke Frauen zu klammern. Verstehst du? Zuerst an meine Mutter, dann an dich. Und dabei habe ich versagt und reagierte darauf wie gewöhnlich – ich lief weg. Nicht weit, nur in die Betten anderer Frauen zunächst. Und lange Zeit war ich fest davon überzeugt, daß ich nur zu derart oberflächlichen Bindungen fähig sei.«
»Bis du dich in Diana verliebt hast.«
»Ja«, antwortete er ruhig. »Diana. Ich habe sie wirklich geliebt und bei ihr ebenso versagt wie bei allem anderen, was ich tat. Als ich fortging, war ich so mit Abscheu und Ekel vor mir selbst erfüllt, daß ich nicht glaubte, überleben zu können. Wie sollte es mir schließlich gelingen, ohne das Bankkonto meines Vater zu existieren – und ohne die Möglichkeit, bei meiner Mutter Unterschlupf zu finden? Wie sollte ich es ertragen, die Fehler bei mir zu suchen, für die ich dir die Schuld gab? Aber ich habe es geschafft. Und für eine Weile lebte ich vollkommen glücklich und zufrieden unter Fremden, die nie etwas von Perry Clevedon oder Joel Barforth – von *Galton* oder *Tarn Edge* – gehört hatten, und diese Erfahrung zählt zu den wunderbarsten Erlebnissen meines Lebens. Für eine Weile ging ich völlig darin auf. Aber nur für eine Weile. Denn dann erkannte ich, wer ich wirklich bin, und versuchte nicht mehr, vor mir selbst davonzulaufen. Ich kann mich jetzt so akzeptieren wie ich bin. Ich bin nicht dafür ge-

schaffen, die Fabriken zu leiten. Darin hatte meine Mutter recht. Und mein Vater hätte es akzeptiert – so wie er es jetzt akzeptiert –, wenn ich mich nur für etwas anderes hätte entscheiden können. Aber mir fehlte die Sicherheit, eine Entscheidung zu treffen. Zuerst mußte ich herausfinden, daß ich wirklich ein Clevedon bin, aber ein gänzlich anderer als Peregrine es gewesen ist.«

Er lächelte wieder und wirkte dabei so weit entfernt, so erleichtert und ruhig. Die hektische Nervosität seines Wesens hatte sich in Gelassenheit umgewandelt, und er wurde nicht mehr durch diesen inneren Zwang angetrieben, sich beweisen zu müssen.

»Grace, damals, als ihr noch Kinder wart, du und Venetia, habt ihr hier in *Galton* meinen Großvater kennengelernt, den alten Squire? Er war ein Mann, der den Platz einnahm, der ihm gefiel. Er war nie reich, denn ein Leben nach den Regeln der Clevedon-Familientradition bringt keine Reichtümer. Aber er liebte dieses Land, so wie Mutter es liebt – wie Peregrine es nie verstanden hat –, und er kannte und verstand die Bedürfnisse jener, die das Land bebauen und ihr Vieh darauf weiden lassen. Wahrscheinlich konnte der alte Squire ebensowenig achtzig Moorhühner mit achtzig Schuß Munition erlegen, wie Peregrine es fertigbrachte – ich jedenfalls kann es nicht –, aber er kümmerte sich um seine Felder, das Moor und die Pächter. Und dieser Clevedon bin ich. Kein bißchen aufregend wie Peregrine, aber erstaunlicherweise ganz solide und vernünftig. Wer hätte das je gedacht?«

Wir kehrten um und fühlten uns frei und ungezwungen. Der Hund lief sofort hinter Gervase her, sauste an uns vorbei, zum Kreuzgang des alten Klosters. Es war der kürzere Weg zum Haus zurück.

»Wie friedlich es hier ist«, sagte Gervase leise. Er atmete wieder tief die Düfte seiner Heimat ein, als wir durch das dämmrige Zwielicht dieses eigenartigen Gebäudes gingen. Mir war hier immer etwas unheimlich zumute, und ich beschleunigte unwillkürlich die Schritte und hatte fast das Ende des Gangs und damit das helle Tageslicht erreicht, als ich Rufen und Gelächter hörte und ein Kind, vermutlich der Obhut des Kindermädchens entkommen, auf mich zutapste.

Wie erstarrt blieb ich stehen, war unfähig, mich zu bewegen, sah nur die kurzen kräftigen Beinchen des etwa dreijährigen Kindes auf mich zukommen, sah die Ärmchen, die sich mir entgegenstreckten, das Gesicht vertrauensvoll zu mir emporgewandt.

»Das ist mein Sohn«, sagte Gervase ruhig.

»Ja, das habe ich mir gedacht«, erwiderte ich und bückte mich, so wie jede Frau sich einem Kind zugeneigt hätte, das erwartungsvoll angelaufen kommt. Der Junge ähnelte niemandem besonders. Er hatte hellbraunes, lockiges Haar, ein rundes rosiges Gesicht und helle Augen, die weder an Gervase oder Venetia noch an Diana Flood erinnerten, sondern eher wie zwei helle kleine Knöpfe aussahen. Es fehlte ihm auch das scharfgeschnittene Profil – das *mein* Kind wohl gehabt hätte –, und zu meinem tiefsten Entsetzen fühlte ich plötzlich, daß ich dieses Kind nicht berühren konnte.
Hastig richtete ich mich auf, wandte das Gesicht zur Mauer, und Tränen strömten über meine Wangen. Ich schämte mich entsetzlich. Gervase fing den Jungen auf und übergab ihn dem Kindermädchen, das herbeigelaufen war. Dann legte er einen Arm um meine Schulter und drückte mich fest und beruhigend an sich.
»Grace, es tut mir leid. Ich hätte dich darauf vorbereiten sollen.«
»Himmel! Ich verstehe nicht, warum ich mich so töricht benehme.«
»Wirklich nicht? Als du damals dein Kind hier in diesem Haus verloren hast – unser Kind –, hab' ich bitter darunter gelitten. Aber damals konnte ich es dir nicht zeigen. Darf ich es dir jetzt sagen?«
»Nein. Erzähl lieber von *ihm* – dem Kind, das du hast. Bitte. Es ist besser so.«
Er wartete, bis ich meine Tränen getrocknet hatte, und verstand, daß es meine Kräfte überstieg, von dem Kind zu sprechen, das ich damals verloren hatte. Er lächelte mich voller Mitgefühl an.
»Nun gut. Er heißt Peregrine, leider. Diesen Namen hat natürlich meine Mutter ausgewählt, und da es damals so aussah, als würde er bei ihr aufwachsen, wagte ich nicht, ihr zu widersprechen.«
»Ich dachte, Diana hätte ihn mit auf den Kontinent genommen.«
»Nein. Diana wollte sich nicht an das Kind gewöhnen, da sie wußte, Compton Flood würde den Jungen nie bei sich aufnehmen. Er hat schließlich den Titel zu vererben und wollte nicht ein Kuckucksei in seinem Nest haben. Diana war damit einverstanden, den Jungen wegzugeben, denn sie wollte unbedingt Lady Sternmore werden. Wie ich gehört habe, hat sie jetzt einen Sohn, einen Erben. Doch Peregrine wurde in die Obhut meiner Mutter gegeben, aber so wie der Hund, scheint er nun mich adoptiert zu haben. Darf ich dir jetzt ein Glas Wein anbieten?«
Es blieb nicht bei diesem einen Glas, und während ich an dem langen, zerschrammten Tisch in der Halle saß, das Porträt Peregrine

Clevedons vor Augen, dem Gervase nach wie vor so sehr ähnelte, saß er in einem Sessel neben dem Kamin und erzählte mir weitere Geschichten von seiner abenteuerlichen Reise, führte uns beide allmählich aus einer Vergangenheit, in der wir beide an der Liebe gescheitert waren, heraus und weckte die Hoffnung auf eine Zukunft in mir, in der wir Freunde sein könnten.

»Jetzt muß ich gehen.«

»Mußt du wirklich? Darf ich dich in der Blenheim Crescent besuchen und damit deine Nachbarn schockieren?«

»O ja, bitte tu das.« Und ich wußte, ich würde bitter enttäuscht sein, falls er nicht käme.

Gervase hatte sich sehr verändert, und als ich in der Kutsche saß, meine Gedanken angenehm verwirrt von dem Wein, den ich genossen hatte, fühlte ich mich sehr erleichtert. Ich wußte, daß ich nun nie wieder Angst um ihn oder Schuldgefühle haben würde. Wie oft war ich in kalten Nächten wachgelegen und hatte mich besorgt gefragt, wo und ob er einen Platz zum Ausruhen gefunden hätte. Nie wieder würde ich mich in seiner Gegenwart unbehaglich fühlen. Er war nicht mehr nervös und nicht mehr angespannt. Er hatte sich mehr verändert als ich – hatte es vielleicht sogar besser als ich geschafft, die Trümmer seines Lebens wieder zusammenzufügen. Wer hätte das je gedacht? Und ich konnte nicht leugnen, daß dieser selbstsichere und ruhige Gervase mich faszinierte.

25

Die neuen Skandale in der Familie Barforth machten erstaunlicherweise meine gesellschaftliche Stellung nicht einfacher. Mr. Nicholas Barforth, der sich noch nie um Konventionen geschert hatte, lebte ganz offen mit einer Frau zusammen, die halb so alt wie er war. Aber Mr. Nicholas Barforth hatte stets nur seine eigenen Gesetze befolgt. Und Mrs. Georgiana Barforth lebte zwar nicht mit Sir Julian Flood zusammen, aber sie verbrachte viel zuviel Zeit mit ihm. Aber Mrs. Barforth hatte ihre Gunst einem anderen distinguierten Herrn geschenkt, eine Tatsache, die die Cullingforder Bürger zwar verabscheuten, jedoch verstehen konnten. Und gegen mich, die ich meinen Mann nicht wegen eines Liebhabers verlassen hatte, sondern nur ein freies Leben führen wollte, richtete sich noch immer Cullingfords Zorn. Ich hatte mein Geschlecht und meine Klasse verraten, indem ich mich nicht wohltätigen Aufgaben widmete, wie es sich für eine Dame geziemte, sondern wie ein gewöhnliches Dienstmädchen für Geld arbeitete.

Und so war es wohl nur natürlich, wenn man hinter meinem Rücken flüsterte, ich wäre Liam Adairs Mätresse.

»Wie schmeichelhaft«, sagte Liam. »Und der Gedanke ist obendrein verführerisch, muß ich gestehen.«

Denn wenn es Liam an etwas mangeln sollte, dann gewiß nicht an Mätressen. Immer noch schlug er sich mit finanziellen Problemen herum; er konnte sich keine neuen Druckerpressen leisten und hatte Mühe, die Gehälter zu zahlen. Aber weitaus größer war das Problem, daß ganze Straßenzüge um Low Cross zerstört wurden. Als die ersten Abbruchkolonnen anrückten, wurde ihm wohl bewußt, daß er mit seiner Kampagne eine Entwicklung eingeleitet hatte, die er nicht beabsichtigte.

Ich wußte, daß die Häuser in St. Marks Fold menschenunwürdige Behausungen waren. Ich wußte, daß man den Tüchtigen weiterhelfen mußte. Und ich wußte, daß der Fortschritt immer seine Opfer unter den Schwachen und Kranken forderte. Die mechanischen Webstühle, die Joel Barforth seinerzeit in unserem Tal eingeführt hatte, hatten eine ganze Generation von Webern brotlos gemacht. Die Kämmaschinen, die Nicholas Barforth zwanzig Jahre später installieren ließ, waren der Grund, daß viele verhungerten und Tausende emigrierten. Und ich wußte, daß Gideon Chard, der überhaupt kein Verständnis für Armut aufbrachte, für die Hunderte von Menschen, die in St. Marks Fold dahinvegetierten, nicht verantwortlich gemacht werden konnte.

Fabrikbesitzer errichteten Häuser so wie Grundbesitzer Cottages errichteten, aus dem einfachen Grund, weil ihre Arbeiter irgendwo wohnen mußten. Doch wenn der Farm- oder Fabrikarbeiter sich als unfähig oder faul erwies, wurde er entlassen und hatte somit kein Dach mehr über dem Kopf. Jeder in Cullingford verstand das, denn wenn die Beschäftigung Hand in Hand mit dem Logis ging, würde ein vernünftiger Mann darauf achten, beides nicht zu verlieren, und falls er krank werden sollte – das waren eben Schicksalsschläge, die jedem zustoßen konnten –, durfte er nicht erwarten, daß der Hauseigentümer ihn dort länger wohnen ließ. Also standen die meisten Cullingforder Bürger geschlossen hinter Gideon Chard. Sie bil-

ligten seine Expandierungspläne, denn schließlich fielen ihnen nur solche Mieter zum Opfer, die ohnehin unerwünscht waren, da sie ihre Hütten vernachlässigten und oft nicht einmal die Miete bezahlen konnten.
Außerdem war Gideon in der Überzeugung aufgewachsen – so wie wir alle –, daß Armut eine Bestrafung für begangene Sünden sei, und es gab Leute in St. Marks Fold, die von Natur aus faul waren. Aber es gab dort auch mutige, tatkräftige Menschen, die jetzt ohne eigene Schuld im Armenhaus enden würden. Und als ich den Lesern in einem Artikel die Scheußlichkeiten des Armenhauses schilderte, wollte ich damit keineswegs Gideon angreifen.
Ich haßte das Armengesetz von ganzem Herzen. Liam und Gideon haßten es auch, und obwohl wir den Leuten von St. Marks Fold sagten, daß die Gesellschaft für ihre miserablen Lebensumstände verantwortlich zu machen wäre – diese beschränkten Vertreter der öffentlichen Fürsorge glaubten, sie könnten die Armut ausmerzen, indem sie sie noch unerträglicher machten –, konnte sich Liam des öfteren nicht enthalten, den neuen Herrn von Low Cross wegen der Mißstände anzuklagen.
»Du solltest damit aufhören, Liam«, warnte ich ihn.
»Ja«, entgegnete er. »Das sollte ich wohl.«
Doch »die Gesellschaft« war ein abstrakter Begriff für die Leute von St. Marks Fold. Und die Beauftragten der öffentlichen Fürsorge waren nicht da. Aber Gideon Chard war da. Jeden Tag ritt er auf seiner prächtigen Stute zur Fabrik, von Kopf bis Fuß ein erlesen gekleideter Gentleman. Und in jener Nacht, nachdem St. Marks Fold nur noch ein rauchender Trümmerhaufen war, rottete sich eine Bande Jugendlicher zusammen und schleuderte Steine auf die Fabrik in Low Cross. Einer der Wachleute wurde bewußtlos geschlagen, Fensterscheiben gingen zu Bruch, und ein Sechzehnjähriger trug schwere Bißverletzungen von einem der Wachhunde davon. Die Bitterkeit der armen Bevölkerung wuchs.
Wir verurteilten diesen Angriff im *Star*, aber ein paar Tage später erhängte sich eine alte Frau, die ihr ganzes Leben in der Fabrik gearbeitet hatte, im Armenhaus, da sie keine Bleibe mehr hatte. Und einen Monat später fand man eine junge Familie, die sich auf die Wanderschaft begeben hatte, um dem Armenhaus zu entgehen, tot in einer verlassenen Scheune auf. Wahrscheinlich war sie verhungert. Liam schrieb anklagende Artikel darüber.

Die Wachmannschaft und Hundemeute im Fabrikhof wurde verstärkt, aber junge Männer sind einfallsreich und tapfer. Fast jede Nacht kletterten sie über die Mauern und warfen Steine. Mit etwas Glück würde kein größerer Schaden als zerbrochene Fensterscheiben entstehen. Und als genug von ihnen gebissen worden waren und man ein paar festgenommen hatte und in die Erziehungsanstalt gesteckt hatte, fingen die Leute an, Black Abbey Meadow zu zerstören und Baumaterial zu stehlen, so daß die Häuser für die Fabrikarbeiter nicht rechtzeitig fertiggestellt werden konnten.
»Du solltest ihnen sagen, damit aufzuhören, Liam, ehe einer von ihnen getötet wird. Auf dich hören sie doch.«
»Ja«, entgegnete er. »Ich weiß.«
Aber er unternahm nichts. Und schließlich wäre fast der Herr von Low Cross ums Leben gekommen und nicht einer der Aufrührer. Ein halbes Dutzend Jugendlicher hatte eines Morgens unanständige Parolen auf die Fabrikmauern geschmiert und beschlossen, auf Gideon zu warten. Als er dann angeritten kam, bewarfen sie ihn mit Fetzen brennenden Kartons.
Man erzählte mir, wie die Vollblutstute stieg und dann von Panik ergriffen ausbrach, bis Pferd und Reiter zu Boden stürzten. Aber nur der Reiter erhob sich wieder.
Gideon hatte sich sicher verletzt; Blut rann über seine Wange und Hand und beschmutzte sein makelloses Hemd zu seinem großen Mißvergnügen, wie ich wußte. Das Pferd hatte sich die Vorderläufe gebrochen und mußte erschossen werden. Die Klügeren der jungen Burschen liefen weg, während der Rest zusah, wie Gideon scheinbar unbewegt sein Pferd erschoß, worauf er seine Reitpeitsche nahm und zwei der Bengel verdrosch, bis sie bluteten.
»Das darfst du nicht schreiben«, sagte ich zu Liam. »*Laß* es.«
»Ja, ich weiß«, sagte er wieder. Doch am nächsten Tag erschien nicht nur der Artikel, sondern auch eine Zeichnung: ein riesengroßer mit Goldketten behängter Fabrikbesitzer, zu dessen Füßen zwei blutende Kinder kauerten.
»Das Pferd hast du vergessen, Liam.«
»Ja. Ich hätte daran denken sollen. Es gibt sicher Leute, die früher in St. Marks Fold lebten, die gern den Kadaver essen würden. Bist du mir sehr böse, Grace?«
»Ich gebe mir Mühe, es nicht zu sein.«
Aber ein paar Tage später, nach Monaten schwierigster Untersu-

chungen, die nicht immer risikolos waren, hatte Liam endlich die Genugtuung, beweisen zu können, daß der Leiter des Armenhauses, Mr. Cross, tatsächlich die Bücher gefälscht hatte. Er stellte Miss Tighe und den Ausschuß vor die Wahl, ihn entweder zu entlassen, oder es zu einem Skandal kommen zu lassen. Nicht daß der Skandal sehr viel Aufsehen erregt hätte, aber Miss Tighes Ruf als eine scharfsinnige Frau litt doch beträchtlich, und zum ersten Mal stellte sich der Ausschuß gegen die Entscheidung von Miss Tighe, die den betrügerischen Armenhausleiter ins Gefängnis werfen lassen wollte. Statt dessen mußte der Mann seine Sachen packen und gehen. Miss Tighe blieb zwar Vorsitzende, aber ihre Autorität hatte beträchtlich gelitten, und wir wußten, sie würde Liam dafür die Schuld geben.
»Deswegen bist du mir wohl nicht böse, Grace?«
»Nein. Aber nimm dich vor Miss Tighe in acht. Sie wird dir schaden, wo sie nur kann.«
»Das wird sie. Aber du kennst mich ja jetzt, Grace. Irgendeine Frau ist immer hinter mir her und will mir schaden. Du stehst mir sicher bei, wenn es soweit ist.«
In jenem Jahr war der Sommer sehr schwül und die Luft voller Staub, während nach und nach eine Straße nach der anderen um Low Cross dem Erdboden gleichgemacht wurde. Die Gower Street blieb intakt, doch die halbe Simon Street existierte nicht mehr, und selbst in den angrenzenden wohlhabenderen Vierteln zogen die Leute aus, als ob sie aus einer belagerten Stadt flüchteten. Niemand konnte die Ungewißheit ertragen, ob Gideon Chard nicht auch dieses Gelände aufkaufen und niederreißen lassen würde.
Die neuen Fabrikgebäude schossen schnell in die Höhe und wurden mit den besten Maschinen ausgestattet.
»Ja«, sagte Gervase anläßlich seines ersten Besuches bei mir, »ich bin über Low Cross gekommen und bin entzückt, wie Gideon unser Vermögen vergrößert. Obwohl es doch eher *sein* Vermögen als meins ist.«
»Darüber bin ich nicht informiert.«
»Nun, in den Einzelheiten kenne ich mich auch nicht aus, aber ich glaube, er macht noch nebenbei Geschäfte, von denen nicht einmal Vater etwas weiß. Doch ich will mich nicht beklagen. Erinnerst du dich an die Weide, wo wir mit unseren Pferden Sprungwettbewerbe veranstalteten? Dort grasen jetzt Kühe. Warum kommst du nicht und siehst sie dir einmal an?«

»Warum sollte ich mir grasende Kühe ansehen?«
»Es ist ein so friedliches Bild und außerdem der Ort, wo du mich zum ersten Mal hast weinen sehen.«
»Ich komme.«
Ich fuhr nach *Galton*, und wir verbrachten einen langen warmen Sommernachmittag zusammen. Wir gingen spazieren und ruhten uns im Gras aus. Als er neben mir lag, nannte er mir alle Namen der Wildblumen und Gräser, der Bäume und Vögel, die er allein an ihrem Gesang erkennen konnte.
»Wann hast du das alles gelernt?«
»Großvater Clevedon brachte es mir bei, als ich ein kleiner Junge war. Ich habe früher nie davon gesprochen, weil . . .«
»Weil du dachtest, Onkel Perry hätte nie über solche Dinge gesprochen. Aber sicher hat er das alles auch gewußt.«
»Wahrscheinlich.«
»Wie langweilig er gewesen sein muß! Nur Pferde und Frauen zählten für ihn.«
»Ach? Dann habe ich dich also auch gelangweilt?«
»O nein. Gelangweilt hast du mich nie.«
Bei meinem zweiten Besuch in *Galton* traf ich Noel Chard. Jetzt glich er seinen Brüdern Dominic und Gideon noch weniger, da er noch immer leicht hinkte, aber ich entdeckte in ihm dieselbe erdverbundene Ruhe, die auch Gervase ausstrahlte.
»Blanche sähe es nicht gern, wenn in der Nähe des Hauses Kühe grasten«, sagte er keineswegs abfällig. Er konstatierte einfach eine Tatsache.
»Grace wäre das egal«, meinte Gervase. Und tatsächlich fand ich die Anwesenheit dieser trägen Tiere, die still vor sich hinkauten, außerordentlich beruhigend.
Blanche hielt sich jetzt fast ständig in *Listonby* auf, da Dominic im Ausland weilte, und wir trafen uns am ersten Sonntag eines jeden Monats auf dem Friedhof, um Venetias Grab mit Blumen zu schmücken. Und an einem heißen Augustnachmittag fuhr sie plötzlich nachdenklich mit der Hand über den kühlen Marmorstein und murmelte – wohl mehr zu Venetia als zu mir –: »Mein Mann hat mir geschrieben, daß er sich in Afrika langweilt. Aber keine Angst, so bald werde ich ihn nicht wiedersehen. Er plant als nächstes, Tiger in Indien zu schießen. Und in Indien kann er wie ein Fürst leben. Warum sollte er zurückkommen?«

»Aber er muß sich doch manchmal um seinen Besitz kümmern, Blanche.«
»Ja, das muß er wohl. Aber ich verlasse mich darauf, daß Indien ihn zurückruft – all diese Träger und Elefanten und zahllosen hübschen braunen Mädchen, die sehr willig sind, wie ich vermute. Er ist ein wahrhaft glücklicher Mann.«
»Und Noel?«
Sie lächelte und stieß für ihre Verhältnisse einen fast ekstatischen Seufzer aus. Dann preßte sie ihre errötende Wange gegen den kalten Grabstein.
»Was hätte ich sonst tun können, Grace? Er liebt mich schon so lange, und ich – o ja, ich gebe es zu – ich tat alles, damit es so blieb. Ich hinderte ihn daran, sich in andere Frauen zu verlieben. Deshalb sagte Venetia damals, sie wünschte, er würde mich vergewaltigen, was er *natürlich* nie getan hätte. Ich fing schon an, mir dasselbe zu wünschen, damit ich eine Entschuldigung hätte und sagen könnte: Was geschehen ist, ist geschehen. Und warum soll es dann nicht weitergehen.«
»Das paßt zu dir, Blanche!«
»Ja. Genau das hat Noel gesagt, als ich es ihm erzählte. Und in derselben Nacht – das ist jetzt schon ziemlich lange her. Natürlich war es keine Vergewaltigung, wenn es auch das Gesetz Inzest nennt. Nun, was Dominic mir in der Hochzeitsnacht antat und ein, zwei Jahre lang, verdient mir wohl eher diese Bezeichnung. Und was den Inzest angeht, es kümmert mich nicht besonders.«
Noch einen Augenblick ruhte ihre Wange an dem Stein. Ihr Gesicht war so fein wie das eines Engels aus Porzellan, ihr Haar schimmerte wie gesponnenes Silber in der Sonne. Die schöne, tüchtige Blanche, wieder einmal hatte sie das bekommen, was sie wollte, und erbat nur schüchtern meine und Venetias Zustimmung für ihr Tun.
»Ich wünschte mir, Venetia hätte damals verstanden, daß wir drei – jeder auf seine Art – sehr glücklich sind. Aber wahrscheinlich hätte sie – genau wie du – reinen Tisch gemacht.«
»Blanche, meine Entscheidung war nur für mich richtig. Und du bist der einzige Mensch, der weiß, was für dich richtig ist. Du darfst nicht erlauben, daß sich jemand in dein Privatleben mischt.«
»Oh, Grace. Ist das deine Überzeugung?«
»Ja. Denn du bist bereit, Verantwortung zu tragen. Und du verletzt niemanden.«

Wir ordneten noch einmal die Blumen und fuhren dann zum Tee zu Tante Faith. Als wir in Elderleigh ankamen, stand schon eine Kutsche in der Einfahrt.

»Oh, mein Gott!« sagte Blanche angewidert. »Das ist Tante Caroline. Ja, ich vergaß es zu erwähnen, sie kam von *South Erin* mit einer ganzen Gefolgschaft, um mir wieder einmal das Leben schwerzumachen. Ich nehme an, sie will Mutter Gideons Verlobte vorstellen.«

»Oh . . .«, sagte ich und schwieg dann abrupt. Doch es gelang mir, kühl hinzuzufügen: »Ich wußte nicht, daß Gideon verlobt ist.«

»Vielleicht ist er es noch nicht, aber seine Mutter treibt die Sache voran, und das Mädchen hat nichts dagegen einzuwenden. Sie ist eine ausgezeichnete Partie, sehr reich, aber äußerst langweilig, doch sie sieht gut aus. Gestern abend war Gideon zum Dinner bei uns und verbrachte mit ihr eine Stunde allein. Da werden wir auf die Verlobung wohl nicht lange warten müssen.«

Die Gesellschaft saß im Garten unter Tante Faith' schattenspendenden Kastanien. Der Tisch war exquisit gedeckt mit feinstem Porzellan und einer silbernen Teekanne. Tante Faith trug wie Blanche ein weißes Seidenkleid, und Tante Caroline war in dunkles Rot gekleidet. Über den Rasen näherte sich noch eine weißgekleidete Gestalt, wie ich flüchtig bemerkte.

Stühle wurden zurechtgerückt, Tante Faith plauderte munter und ignorierte einfach die gespannte Atmosphäre. Sie stellte mir Miss Hortense Madeley-Brown als Gast von Tante Caroline vor, bis die Herzogin, die mir noch immer nicht verziehen hatte, daß ich Camille ihrem Bruder vorgestellt hatte, spitz bemerkte: »Nun, Grace, ich dachte nicht, dich hier heute anzutreffen. Aber Blanche weiht mich nicht immer in ihre Pläne ein, und ich finde diese Situation höchst peinlich. Mein Sohn Gideon wird uns später nach *Tarn Edge* begleiten. Ich weiß nicht, ob er dich sehen will.«

»Wie bitte?« entgegnete ich nicht ganz so scharf, wie ich beabsichtigt hatte, denn einen schrecklichen Moment lang glaubte ich, sie wüßte von unserer kurzen heftigen Affäre. Aber natürlich billigte sie es nicht, daß ich beim *Star* beschäftigt war, und sie sagte mir unmißverständlich, daß man mit mir nicht mehr verkehren könne.

»Caroline«, fiel Tante Faith ihr da ins Wort, »gehst du nicht etwas zu weit?«

»Nein, das ist nun einmal meine Meinung. Verzeih, liebe Hortense, daß wir in deiner Gegenwart solche Dinge erörtern. Aber ich betrachte dich schon als zur Familie gehörig, vor der wir keine Geheimnisse haben. Und wie jede Familie, haben auch wir unsere kleinen Probleme. Grace kann nicht bestreiten, daß sie höchst illoyal gewesen ist . . .«

»Natürlich kann ich das.«

Sie lächelte mich mit derselben Anmaßung an, die mich an Gideon so ärgerte.

»Was für ein Unsinn, meine Liebe. Du kannst es nicht. Ist es nicht illoyal, sich mit einem Mann zu verbinden, der meinen Sohn ständig verleumdet, einem Mann, der so viel Haß schürt, daß mein Sohn deswegen fast sein Leben verloren hätte? Wenn das nicht illoyal ist, verstehe ich die Welt nicht mehr.«

Ich wollte mich nicht vom Zorn hinreißen lassen, einmal um Tante Faith' willen und zweitens, weil ich Gideon gefaßt gegenübertreten wollte. Also sagte ich schnell: »Tante Caroline, die Situation ist sehr komplex, und Gideons Unfall tut mir aufrichtig leid. Aber Liam Adair ist nicht mein Verbündeter. Er ist mein Arbeitgeber. Ich bin für seine Artikel im *Star* nicht verantwortlich, und schließlich gehört auch er zur Familie.«

»Gütiger Himmel!« sagte sie und ging sofort, wie ich es beabsichtigt hatte, auf meine letzte Bemerkung ein. »Er gehört nicht zu uns.«

»Aber natürlich tut er das«, sagte Tante Faith schnell, die meinen Beweggrund verstand.

»Nein, Faith. Graces Großmutter heiratete seinen Vater. Soll das eine verwandtschaftliche Beziehung sein? Ihre Mutter war deine Schwester und meine Cousine. Sie heiratete den Sohn deines Bruders, obwohl man darüber eigentlich schweigen sollte . . .«

»Denkst du wirklich so?« murmelte Blanche da hinterhältig. »Ich finde Gervase sehr zu seinem Vorteil verändert – und Grace sicherlich auch.«

»Wie kommt Grace dazu, Gervase beurteilen zu können?« platzte Tante Caroline heraus. In ihren Augen glomm ein leiser Verdacht auf, während sie höflich lächelnd alle Anwesenden fragend ansah. »Du hast dich doch nicht mit ihm getroffen, Grace?«

Und obgleich sie über diese Tatsache zutiefst schockiert war – wie konnte ich nur so schamlos sein, und welchen Einfluß würde das auf Gideons Erbe haben? –, lenkte es sie wenigstens von Liam Adair

ab, so daß wir in Ruhe unseren Tee trinken konnten, während ich unauffällig Miss Madeley-Brown musterte.
Sie war tatsächlich ein Mädchen, das man in den Londoner Salons als »Schönheit« bezeichnen würde, sehr groß, mit breiten Schultern, und trotz ihrer Jugend – ich schätzte sie auf achtzehn – besaß sie einen herrlichen Busen. Sie hatte ein hübsches, aber ziemlich leeres Gesicht, von goldenen Locken eingerahmt, und einen hochmütigen Blick.
»*Tarn Edge* wird dir gefallen«, sagte Tante Caroline zu ihr. »Natürlich ist es kein Palast, aber es gibt kein schöneres Haus in diesem Teil der Welt. Mein Vater baute es für meine Mutter, und ich muß leider gestehen, daß es seit ihrem Auszug sehr vernachlässigt wurde. Die Frau meines Bruders, Mrs. Nicholas Barforth, kümmerte sich nicht darum und meine Nichte Venetia noch weniger. Und obwohl mein Sohn ständig renovierte, seit Mr. Barforth sich ans Meer zurückgezogen hat, braucht es die ordnende Hand einer Frau. Ich weiß, es wird dir gefallen.«
Hortense Madeley-Brown lächelte und entblößte dabei eine Reihe perlweißer makelloser Zähne. Blanche hob verwundert die Brauen, denn Tante Caroline hatte vollständig vergessen, meine hausfraulichen Fähigkeiten zu erwähnen, und fragte träge: »Ja, das braucht *Tarn Edge* wohl. Aber ich möchte gern eins wissen, Tante Caroline. Wem gehört das Haus jetzt eigentlich?«
Sie bekam keine Antwort, denn Tante Caroline hatte in den Zweigen über ihrem Kopf eine Biene entdeckt. Tante Faith reichte geschwind noch mehr Schokoladenkuchen herum, den Miss Madeley-Brown mit dem gesunden Appetit der Jugend gelassen verzehrte.
Sie würde phantastisch zu Pferd aussehen, dachte ich, in einem engen Reitkostüm. Sie war eine Erscheinung, auf die jeder Mann stolz wäre, genau der Typ Mädchen, von dem ich angenommen hatte, daß Gideon es heiraten würde, als Venetia starb, der Typ, der auch seiner Mutter gefiel: reich, aus guter Familie, nicht zu intelligent. Sie würde ihm gehorchen und ihm gesunde, unkomplizierte Söhne gebären. Was war sie doch für ein hohles Wesen, dachte ich. Sie hatte nichts im Kopf als ihre eigene Schönheit. Wie konnte er sie nur begehren?
Ich mußte solchen Gedanken Einhalt gebieten. Ich trank meinen heißen Tee zu schnell und verbrannte mir die Zunge. Ich hatte ihn zurückgewiesen, auf eine beleidigende Art, so daß er mich jetzt ver-

achten mußte. Und nun, wegen seiner Feindschaft mit Liam, würde er mich noch mehr verachten. Und nun mußte ich ihm gegenübertreten. Diese Begegnung war um so schmerzlicher, da seine Mutter und seine Braut zugegen waren. Aber ich mußte einfach die Zähne zusammenbeißen und es durchstehen. Was blieb mir anderes übrig? Es war sicher nicht der Augenblick, meine Gefühle für ihn zu analysieren. Da verkündete Blanche: »Hier kommt Gideon.« Ich setzte eine undurchdringliche Miene auf und beschloß, mein Verhalten dem seinen anzupassen.
»Tante Faith«, sagte er charmant und küßte ihr die Wange mit genau der angemessenen Zuneigung eines Neffen. »Habe ich mich verspätet? Bitte, entschuldige!«
»Nein, du kommst gerade zur rechten Zeit«, antwortete Tante Caroline statt dessen und drückte ihrem Sohn herzlich die Hand. Blanche wurde mit einem lächelnden Nicken begrüßt, einer sehr familiären Geste. Und dann: »Hortense. Wie geht es dir?« sagte er zärtlich murmelnd, wie ein erfolgreicher Liebhaber, der zwischen sich und der geliebten Frau einen Augenblick der Intimität schafft und die anderen daran teilhaben läßt. Er küßte ihr die Hand, ganz nah über ihren herrlichen Busen gebeugt, eine Geste, weitaus vertrauter, als daß sie nur auf Galanterie schließen ließ.
»Es geht mir sehr gut«, antwortete sie. Das war der längste Satz, den sie bisher gesprochen hatte.
Und erst als Tante Faith ihm eine Tasse gereicht hatte und er langsam den Tee umrührte, warf er mir einen kurzen Blick zu, nickte knapp und sagte: »Grace.«
»Guten Tag, Gideon.«
»Wißt ihr überhaupt«, sagte Tante Faith fröhlich, »daß heute der heißeste Sommernachmittag ist?«
»Oh, das glaube ich nicht, Mutter«, meinte Blanche. »Schon letzten Sonntag herrschte eine glühende Hitze. Was meinen Sie, Hortense?«
»Oh, ja. Ganz recht«, sagte sie. »Es war glühend heiß.«
Und somit hatten wir die gefährliche Klippe umschifft.
Dann nahm Gideon den Arm seiner goldenen jungen Amazone und machte mit ihr einen Spaziergang in den Rosengarten. Kaum waren sie außer Sicht, als Tante Caroline sich zu mir beugte und scharf sagte: »Nun, Grace, ich wollte in Hortenses Gegenwart nicht davon reden, da es ja auch sie betrifft, aber du bist sicher in der Lage, mir

über die Pläne meines Bruders Auskunft zu geben. Will er in Scarborough bleiben, oder hat er so weit den Verstand verloren, daß er diese Person nach *Tarn Edge* bringen will?«

Sie wandte sich mit einer halb ärgerlichen, halb kummervollen Geste an Tante Faith. »Du verstehst mich doch, Faith. Mein armer Gideon hat nicht einmal ein eigenes Heim. Und das nach allem, was er geleistet und auch erlitten hat. *Tarn Edge* gehört Nicholas, wie du ja weißt, und ich kann dir gar nicht sagen, wie ich es bedaure, ihm damals das Haus überlassen zu haben, als Vater starb. Ja, ich wurde ausbezahlt, aber die paar tausend Pfund – ich habe vergessen, wie viele es waren – sind kein Ersatz dafür, sollte diese Frau in dem Haus leben, das sich mein Sohn *verdient* hat. Ja, Faith, verdient – nicht nur durch harte Arbeit, sondern durch die Schmach, die er dort erleiden mußte. Die Madeley-Browns sind eine ausgezeichnete Familie – die beste Verbindung, die ich für ihn arrangieren konnte –, und er braucht eine angemessene Bleibe für seine zukünftige Frau. Und dir, Grace, muß ich sagen, wie ungeheuer es mich schockiert hat, daß du in Kontakt mit Gervase bist. Wie ich hörte, war er auch in Scarborough, um sich bei dieser Person einzuschmeicheln. Er hat wohl gelernt, sich nicht die Butter vom Brot nehmen zu lassen. Gerade hat er dreihundert Morgen Land von den Wintertons gekauft, wie mir Noel erzählte, und da er keine Barforth-Anteile dafür verkauft hat – Gideon wüßte das –, kann ich nur vermuten, daß mein verblendeter Bruder Nicholas ihm das Geld dafür gab. Wahrhaftig, die Welt verändert sich.«

Das traf sicherlich für Tante Caroline zu. Und aus diesem Grund konnte ich auch ihr gegenüber Geduld aufbringen, was mir früher nicht gelungen wäre. Aber ihr Mann, der Herzog, kränkelte seit zwei Jahren, und mit seinem Tod würden auch sein Titel und sein Besitz an den Erben übergehen, und wieder stand Tante Caroline vor demselben Dilemma, in dem sie sich schon beim Tode ihres ersten Mannes befunden hatte.

Sie wäre erstaunt gewesen, wie gut ich ihre Verbitterung verstehen konnte. Sie war eine willensstarke, intelligente Frau, die trotzdem immer die traditionelle Rolle gespielt hatte, die ihr Erziehung und Geschlecht auferlegt hatten; aber diese Rolle hatte sie glänzend gespielt. Ihre eigenen Interessen und Ambitionen hatte sie ihr ganzes Leben in den Dienst ihrer Familie gestellt und sozusagen ein Leben aus zweiter Hand gelebt. Aber jetzt gingen ihre Kinder eigene Wege; sie wurde nicht mehr gebraucht.

Also folgte ich Tante Faith' Beispiel, nippte an meinem Tee, lächelte, produzierte ein zustimmendes oder ablehnendes Murmeln, je nachdem, was von mir erwartet wurde, und sagte: »Wirklich?« – »Wie unerträglich«, während Blanche, die zwischen uns saß, in einen anmutigen Schlaf fiel.

»Wach auf!« sagte Tante Caroline und stieß sie mit dem Knauf ihres Sonnenschirms unsanft an. »Gideon kommt zurück, und Hortense wäre überrascht, dich in diesem Zustand vorzufinden. Sie haben ausgezeichnete Beziehungen, Faith. Ein Onkel ist Bischof, ein anderer hoher Beamter im Finanzministerium, und ein dritter bekleidet eine Stellung bei Hofe. Wie erfreulich dieses Mädchen ist, reich und dazu noch aus guter Familie. Und außerdem ist sie jung genug, um sich *anzupassen* – sich formen zu lassen. Sie hat so einen angenehmen Charakter. Gideon wird sich ihretwegen keine Sorgen zu machen brauchen. Hortense, Liebes, hast du deinen Spaziergang genossen?«

Hortense sagte, sie habe ihren Spaziergang genossen; Tante Caroline strahlte sie voller Wohlwollen an, sie hatte ihre gute Laune wiedergefunden, denn diese Schwiegertochter würde alles tun, was sie ihr sagte, ja, dankbar für ihre Ratschläge sein.

»Wir müssen jetzt gehen, Faith«, sagte sie und zog ihre Handschuhe an. »Denn Gideon will uns ein wenig herumführen – Black Abbey Meadow, die Fabrik in Low Cross und der neue Besitz hinter ...«

»Ein neuer Besitz?« sagte Blanche und stellte damit die Frage, die mir auf den Lippen brannte. Denn dieses Mal hatte Tante Caroline wenig Scharfsinn bewiesen, sondern nur wie eine ältere geschwätzige Frau dahingeplaudert. Jetzt blickte sie Gideon um Unterstützung heischend an.

»Ja. Es wurden neue Grundstücke gekauft. Wo war das noch, Lieber?«

Aber Gideon war zunächst nicht gewillt, darüber nähere Auskunft zu geben.

»Es schien ratsam«, sagte er und lächelte der hinter seiner Mutter stehenden Miss Madeley-Brown zu, die an dem Spitzenbesatz ihres Ärmels zupfte, »in bezug auf die vergangenen Schwierigkeiten, auch das an die Fabrik angrenzende Gelände zu kaufen, ehe uns jemand anders zuvorkam.«

Ich sah Blanche durchdringend an, und sie fragte gehorsam: »Welche Grundstücke, Gideon?«

»Oh, alle, die zu verkaufen waren, hier und da, in der Nähe von Low Cross – und der Gower Street. Im Moment will jeder dort verkaufen. So etwas habe ich noch nie erlebt. Man könnte glauben, daß Dschingis-Khans Horden die Stadt belagerten oder die Pest dort herrschte. Jedes gewünschte Haus ist zu verkaufen und das zu einem sehr niedrigen Preis.«
Ich hatte genug, nahm meine Handschuhe, damit ich etwas zu tun hatte und sagte mit erzwungener Ruhe:
»Was hast du in der Gower Street gekauft, Gideon?«
Und ich brauchte ihn überhaupt nicht anzusehen, um zu wissen, daß es die Büroräume des *Star* waren.

26

»Also ist er der neue Hauseigentümer?« sagte Liam. »Nun gut. Dann werden wir uns auf eine deftige Mieterhöhung gefaßt machen.«
Sie fiel noch deftiger aus, als wir geglaubt hatten, und die Miete würde kontinuierlich steigen, das wußten wir.
»Da kann man nur eins machen«, sagte Liam. »Für dieses Geld werde ich ihn schwitzen lassen. Aber in der Zwischenzeit könntest du dich nach neuen Redaktionsräumen umsehen, Grace, ehe er uns auf die Straße setzt.«
Doch für den *Star* eine neue Bleibe zu finden, war keine leichte Aufgabe, wie Liam – und Gideon – vorausgesehen hatten, denn die besseren Häuser in der Sheepgate und Kirkgate waren entweder für Liam zu teuer oder ihre Besitzer – oft Freunde von Miss Tighe – wollten ihn nicht als Mieter. Und in den ärmeren Vierteln waren die Gebäude zu klein oder derart heruntergekommen, daß wir dort nicht einmal die Druckerpressen hätten installieren können.
»Am besten redest du mal mit unseren Anzeigenkunden«, sagte Liam. »Vielleicht können sie uns weiterhelfen.« Und so kleidete ich mich sorgfältig und legte gerade genug Schmuck an, um Vertrauen zu erwecken, dann machte ich die Runde unter den kleinen Geschäftsleuten, die ihre Dienste im *Star* anboten. Jedem erzählte ich, daß trotz aller Gerüchte die Zeitung weiter erscheinen würde, und doch zogen manche ihre Annoncen zurück, und es schien, als müßten wir uns bald auf eine Ausgabe pro Woche beschränken.
»Am besten fahre ich nach Cannes und rede mit Großmutter Eli-

nor«, sagte Liam. »Das heißt, Grace, falls du eine oder zwei Wochen ohne mich auskommen kannst – und mir das Fahrgeld leihst.«
»Ich könnte dir die Reise ersparen und deine Miete bezahlen, Liam.«
»Das würdest du also tun. Wenn ich nicht mehr weiter weiß, komme ich gern darauf zurück. Aber jetzt geht es noch.«
»Wie du willst. Aber du brauchst mir, wenigstens im Moment nicht, kein Gehalt zu zahlen.«
»Das ist sehr nett von dir, Grace«, sagte er charmant wie immer, trotzdem entging mir nicht, daß er sich manchmal Sorgen machte. »Doch wenn man einmal den Hungerlohn betrachtet, den ich dir zahle . . . der macht den Kohl nicht fett, und ich weiß, was es dir bedeutet. Nun, da wir noch etwas Geld übrig haben, was hältst du davon, wenn ich dich heute abend nach Leeds ins Theater ausführe, und hinterher soupieren wir zusammen?«
Von einem Logenplatz aus genossen wir das Spektakel. Sein Arm ruhte auf meiner Stuhllehne, wohl mehr aus Gewohnheit als wirkliches Interesse an mir, wie ich annahm. Seine Augen glitten während des Essens wohlgefällig über mein Dekolleté, und er fragte mich gutgelaunt, ob ich die Nacht mit ihm verbringen wolle, und nahm ebenso gut gelaunt hin, daß ich ihm einen Korb gab.
»Die Leute behaupten, daß du meine Mätresse bist.«
»Ich weiß. Aber du hast genug Mätressen, Liam. Ich glaube, du brauchst eher eine Freundin.«
»Da hast du sicher recht. Wir wollen darauf anstoßen.«
Und wir tranken auf unsere Freundschaft und kehrten mit dem letzten Zug nach Cullingford zurück, zu einer Stunde, wo keine anständige Frau mehr auf der Straße war.
»Natürlich bittest du mich nicht ins Haus?« fragte er, als wir vor meiner Tür standen.
»Natürlich nicht.« Aber ich hatte nichts dagegen, daß er mich flüchtig auf die Mundwinkel küßte und mußte bei dem Gedanken lächeln, daß Miss Tighe sicher noch wach war – denn jeder wußte, daß Miss Tighe *nie* schlief – und bestimmt beobachtete, wie wir uns umarmten, woraus sie ihre Schlüsse ziehen würde.
Es war ein schöner Abend gewesen, doch als der Sommer fortschritt, die Tage immer heißer wurden, nahmen auch die Angriffe auf Low Cross an Heftigkeit zu. Die jungen Missetäter brüsteten sich mit ihren Verletzungen, die von einem Hundebiß oder Schlägen der Wachleute herrührten.

»Sie sind stolz auf ihre Narben wie auf Orden«, sagte Liam, der dasselbe in diesem Alter getan hätte. Aber diese ständigen Angriffe beeinträchtigten die Bauarbeiten erheblich. Falls im Oktober nicht Richtfest gefeiert werden würde, sähe sich Mr. Chard gezwungen, keine Prämien auszuzahlen oder Bauarbeiter zu entlassen. Es gab häßliche Straßenkämpfe, einer fand direkt unter meinem Bürofenster statt.

»Widerlich«, kommentierte der *Courier* diese Ereignisse. »Bedauerlich«, nannte der *Star* sie, ohne hinzuzufügen für wen. Und so war es nicht verwunderlich, als eines Tages ein gutgekleideter Mann in unser Büro stürmte. Trotz seines gepflegten Anzugs wirkte er nicht wie ein Gentleman, sondern eher grobschlächtig, was durch seinen offensichtlichen Zorn noch unterstrichen wurde. Die großen Hände hatte er zu Fäusten geballt.

»Tom Mulvaney«, verkündete er und hielt das wohl für eine ausreichende Erklärung zu seiner Person, denn jeder wußte, daß das Bauunternehmen Charlesworth und Mulvaney mit der Errichtung der neuen Fabrik in Low Cross und den Arbeiterhäusern in Black Abbey Meadow beauftragt worden war. Mr. Mulvaney blieb in der Tür stehen und überflog mit schnellem Blick das Büro. Da saßen nur der alte Mr. Martin, der die morgendlichen Depeschen sortierte, der Laufbursche, Davey, Liam und ich.

»Guten Morgen«, sagte Liam, ohne aufzustehen. Er zog es vor, den schützenden Schreibtisch zwischen sich und diesem ihm körperlich offensichtlich überlegenen Gegner zu wissen. »Und was kann ich für Sie tun, Mr. Mulvaney?«

»Halten Sie mir dieses Gesindel vom Hals, Adair!«

»Welches Gesindel meinen Sie?«

Mit zwei Riesenschritten hatte Mulvaney den Schreibtisch erreicht und schmetterte seine Faust darauf, so daß das Tintenfaß umfiel und seinen Inhalt über die Papiere ergoß.

»*Mister* Mulvaney«, sagte Liam, lehnte sich in seinem Stuhl zurück und machte ein vorwurfsvoll klickendes Geräusch mit der Zunge. Er verhielt sich derart provozierend, daß ich sofort aufstand. Vielleicht würde sich Mr. Mulvaney durch die Anwesenheit einer Frau etwas Zurückhaltung auferlegen. Mehr Beistand konnte ich Liam nicht bieten. Und er war mindestens zehn Jahre älter als unser ungebetener Besucher, der nur so vor Kraft strotzte.

»Halten Sie mir Ihr dreckiges Gesindel vom Hals, Adair!«

»Ich habe kein Gesindel, Mulvaney.«
»Das ist meine letzte Warnung.«
»Soll das eine Drohung sein? Würden Sie sich vielleicht etwas deutlicher ausdrücken? Und vor einer Dame Ihre Zunge im Zaum halten, alter Junge?«
»Ich sehe hier keine Dame«, geiferte Tom Mulvaney und warf mir einen bösen Blick zu. Ich stellte mich neben den Schreibtisch, so daß er mich zur Seite stoßen mußte, wollte er Liam angreifen.
»Dann will ich Ihnen zur Kenntnis bringen, Mr. Mulvaney, daß Sie vielleicht eine Dame nicht erkennen, ich aber einen Gentleman. Da Sie anscheinend einen Grund zur Klage haben . . .«
»Einen Grund zur Klage? So nennen Sie das? Sobald wir in Black Abbey Fenster einsetzen, zerstört dieses Pack sie. Und wer bezahlt dafür? Nicht Chard, der es sich leisten könnte. *Ich* zahle. Und sollte das so weitergehen, will ich Ihnen sagen . . .«
Er hatte recht, vollkommen recht. Und das sagte ich ihm, immer und immer wieder mit beschwichtigenden Worten, so daß seine ungezügelte Wut sich allmählich legte und einem kalten Zorn Platz machte.
»Sie halten sich wohl für sehr intelligent, Mrs. Barforth? Ich habe schon von Ihnen gehört.«
»Sie *ist* eine intelligente Frau«, sagte Liam.
»Das mag schon sein. Aber mich wickeln intelligente Frauen nicht ein. Und ich warne Sie, Adair. Falls das so weitergeht, wird sie mich das nächste Mal nicht mit schönen Reden beschwichtigen.«
»Auf ein Nächstesmal brauchen Sie nicht zu warten, Mulvaney. Ich stehe Ihnen jederzeit zur Verfügung.«
Aber Tom Mulvaney hatte seine Genugtuung gehabt. Er begnügte sich mit einer verächtlichen Geste, die ich oft genug in der Gower Street gesehen hatte, drehte sich auf den Hacken um und polterte die Treppe hinunter: ganz der Sieger, der das Schlachtfeld verläßt, weil es *ihm* gefällt.
»Dem Himmel sei Dank!« sagte Mr. Martin und wandte sich wieder seinen Depeschen zu.
»Du kannst doch überhaupt nichts dagegen tun, Liam«, sagte ich und spürte plötzlich, wie meine Knie zitterten.
»Nein. Natürlich kann ich nichts tun. Aber dieser rausgeputzte Ire kann mir jederzeit was tun. Es sieht ganz danach aus, als ob du mich Tag *und* Nacht beschützen mußt, Grace, mein Liebling . . . Eine andere Lösung gibt es wohl nicht.«

»Hatte Liam Angst?«
»Natürlich«, entgegnete Anna Stone am Abend jenes Tages und fügte mit der ihr eigenen Ernsthaftigkeit hinzu: »Es gibt keinen Mut ohne Angst.«
»Was bedeutet«, sagte der Arzt augenzwinkernd, »daß Liam ein sehr mutiger Mann ist, wenn man ihn danach beurteilt.«
Aber auch die Stones sahen sich immer größerer Kritik ausgesetzt. Doch das war nichts Neues für sie, schon in Liverpool hatten sie mit ähnlichen Schwierigkeiten zu kämpfen gehabt. Ich vermutete, daß in Cullingford Miss Tighe hinter der feindschaftlichen Kampagne gegen das Arztehepaar stand. Mrs. Stone wurde nur widerwillig in den Geschäften der Millergate bedient, und die etwas wohlhabenderen Patienten blieben der Praxis von Dr. Stone fern. Keine »anständige« Frau konsultierte einen Arzt, der offen für die Empfängnisverhütung eintrat, denn damit setzte sie sich unweigerlich dem Klatsch in der Stadt aus, und die Herren wollten nicht ihren guten Ruf riskieren, Dr. Stones Praxis aufzusuchen, denn man wußte ja, daß er hinten in seinem Garten herumstreunenden Frauen Obdach bot.
Die Stones reagierten jeder auf seine Weise auf diese offenkundige Feindseligkeit: Mrs. Stone stürzte sich noch mehr in die Arbeit, während der Arzt laut pfeifend seiner Tätigkeit nachging und nach wie vor verwahrloste Kinder und Frauen auflas und mit nach Hause brachte. Eines Abends im September kam er mit einer jungen Frau, die ein zweijähriges Kind bei sich hatte.
Ein heftiger Regenguß war niedergegangen, und Dr. Stone hatte die Frau halb ohnmächtig unter einem Torbogen gefunden. Sie war derart geschwächt, daß sie ihr Kind mit einem Schal an ihre Hüfte gebunden hatte, um es nicht zu verlieren.
Sie war schmutzig und sehr abgemagert. Wir brachten sie in das Gartenhäuschen, und als wir die beiden gesäubert und mit Nahrung versorgt hatten, erkannte ich in der jungen Frau Sally Grimshaw, mein ehemaliges Mädchen.
Sie hatte harte Zeiten durchmachen müssen, wie sie mir erzählte, und der Mann, mit dem sie jetzt zusammenlebte, wäre im Gefängnis. Nichts war ihr erspart geblieben, sie hatte selbst auf die Straße gehen müssen, um sich und ihr Kind ernähren zu können. Jetzt warte sie auf die Rückkehr ihres Freundes aus dem Gefängnis. Welche Zukunft sie sich denn für sich und ihren Sohn vorstelle, wollte ich wissen. Zukunft? Sie hob den Kopf von ihrer Tasse heißen süßen

Tees und sah mich voller Verachtung an. Zukunft? Sie hätte mich nicht für so dumm gehalten.
»Du könntest wieder für mich arbeiten, Sally.«
»Das bezweifle ich, Ma'am. Ihre anderen Dienstboten würden sofort das Haus verlassen, wenn ich es betrete.«
»Das ist wohl wahr. Aber ich habe nur ein sehr kleines Haus und empfange keine Gäste. Du könntest es nur mit der Hilfe eines Mädchens für die groben Arbeiten instand halten.«
»Und mein Junge?«
»Er kann bei dir bleiben, das ist kein Problem. Und du hättest wieder eine Zukunft.«
»Ja«, sagte sie. Mehr nicht. Doch als ich am nächsten Tag wiederkam, um sie zu holen, war sie nicht mehr da. Schon frühmorgens war sie aufgebrochen und hatte nur ein Stück Brot und Käse mitgenommen, das würde ihr bis Leeds reichen.
»Warum hat sie das getan?« fragte ich, und Anna Stone schüttelte nur den Kopf und seufzte.
»Sie steckt wohl schon zu tief im Elend«, sagte Dr. Stone voller Mitleid. »Wenn eine Frau einen Unfall erleidet, der sie entstellt, versteckt sie ihr Gesicht. Einmal, weil sie nicht gesehen werden will, und andererseits, weil sie den Leuten diesen Anblick ersparen will. Vielleicht empfindet Sally ähnlich. Und schließlich hat sie sich mit einem Mann zusammengetan und kann keine neuen Schwierigkeiten mehr bewältigen. Der Mann ist ein Dieb, und deswegen fühlt sie sich *ihm* nicht unterlegen. Arme Frau. So geht es vielen.«
Das gleiche hätte Venetia passieren können. Ich ging nach Hause, und Erinnerungen an sie quälten mich. Ich sah sie wieder in diesem heruntergekommenen Zimmer sitzen, unfähig, sich der Realität zu stellen. Die ganze ihr verbliebene Kraft hatte sie dem Kind gegeben. Und ich hatte nichts für dieses Kind getan, außer ihm teure unpersönliche Geschenke zu machen oder mich manchmal voller Schuldgefühl bei Blanche nach ihm erkundigt.
Aber eines konnte ich tun – wenn ich mir auch des Nutzens nicht gewiß war –: einen Artikel über Sally schreiben, den Liam dann auch in der nächsten Freitagausgabe des *Star* veröffentlichte.
Ich klagte niemanden an, ich schrieb nur die Fakten nieder. Doch schon sehr schnell wurden wir mit Leserbriefen überhäuft. Die einen drückten ihren Abscheu und ihre Indignation aus, daß eine Dame über ein solches Thema schreibe, über das am besten ge-

schwiegen würde. Aber es gab auch Briefe voller Mitleid und Verständnis, Leser, die fragten, was zu tun sei.

»Wir müssen mehr solche Artikel bringen«, sagte Liam, und so verbrachte ich drei Abende in der Woche bei den Stones, um das nötige Material zu sammeln. Und dabei konnte ich auch geschickt die Arbeit des Arztehepaares in einem anderen Licht erscheinen lassen. Ich wollte in meinen Artikeln nicht moralisierend den Zeigefinger heben oder meine Meinung anderen aufzwingen. Nein, ich wollte einfach nur sagen, was ich zu sagen hatte, und durch diese sehr subjektive Version der Darstellung verkauften wir weitaus mehr Exemplare des *Star* als üblich.

»Mach so weiter«, sagte Liam, »das rettet uns vielleicht vor dem Bankrott.« Aber einen Tag später bekamen wir die nächste Mieterhöhung.

»Liam, darf ich . . .«

»Nein«, sagte er kurz angebunden, was gar nicht seine Art war. »Nein, Grace. Ich will kein Geld von dir leihen. Ich dachte, ich könnte es. Glaub mir, ich wollte es. Du warst in meinem Unterbewußtsein wohl eine Art Versicherung für mich. Aber jetzt, Grace . . . nein. Ich will dein Geld nicht. Dazu habe ich dich zu gern, viel zu gern.«

27

»Einen wirklichen Unterschied macht es nicht«, sagte Camille. Sie sprach von ihrem unsicheren Status als Nicholas' Geliebte. »Er würde mich sofort heiraten, wenn das möglich wäre, allein schon, um mir etwas zu hinterlassen, ohne daß sich seine Schwester, die Herzogin, einmischen kann. Doch unsere Beziehung würde durch eine Ehe nicht inniger. Ich wünschte, du würdest dich verlieben, Grace.«

»Nein, danke. Kannst du denn nur daran denken, Camille?«

»Ich glaube schon. Für etwas anderes habe ich gar keine Zeit mehr. Das wirst auch du eines Tages begreifen.«

»Ich bezweifle es. Ich möchte nicht mein ganzes Leben von einem anderen Menschen abhängig machen. Man nimmt zwar an, daß Frauen dazu geschaffen sind, völlig in der Ehe aufzugehen, und ich kenne auch einige Frauen, die mit ihren Männern glücklich sind und Erfüllung gefunden haben. Du, zum Beispiel, und Tante Faith. Und

sicherlich *wollte* Venetia das auch, und sie würde bestimmt noch leben, wäre es ihr geglückt. Aber mir erscheint es gefährlich. Vielleicht liegt es nicht in meiner Natur.«
Doch Camille wischte meine Einwände mit dem Lächeln einer Frau hinweg, die das Wort »vielleicht« nicht mehr gebrauchte. Sie *wußte*.
»So habe ich auch gedacht. Ich ging nicht vollständig in der Ehe auf, das kannst du mir glauben. Mein Mann und ich waren Kollegen und Gefährten. Wir fanden diesen Zustand sehr gewagt und fortschrittlich und erzählten jedem, wie gern wir uns mochten. Unser Leben war aufregend und voller Arbeit, manchmal kompliziert, wir mußten ständig irgendwelche Probleme lösen – so wie du jetzt lebst. Doch jetzt ist Nicholas da. Manchmal frage ich mich, ob dieses andere Leben wirklich war.«
»Camille, du kannst doch nicht derart verblendet sein!«
»Das bin ich aber.«
Ich glaubte ihr nicht ganz, doch sie strahlte Glück aus. Das Haus war einsam auf einem Kliff gelegen. Man hatte von dort einen wunderschönen Ausblick über das Meer und die am Abhang liegende Kleinstadt mit ihrem alten Schloß. Es war nicht groß, ein rechteckiger Kasten mit nur vier Räumen im Erdgeschoß und vier weiteren im ersten Stock. Doch es war von einem hübschen Garten umgeben und exquisit nach Camilles Geschmack möbliert.
»Das perfekte kleine Liebesnest«, so hatte Großmutter Agbrigg es beschrieben, obwohl sie nie einen Fuß dorthin gesetzt hatte und ihre diesbezüglichen Erfahrungen wohl eher dürftig waren. Aber das war es: der typische luxuriöse Zufluchtsort eines älteren Millionärs und seiner armen Geliebten, die ihm außer ihrer Jugend auch ihre Liebe schenkte, die sie ohne Scheu zeigte.
»Ich liebe dich, Nicholas«, sagte sie, während sie sich vor dem Kaminfeuer zu ihm beugte und ihre Hand auf seine legte.
»Ausgezeichnet«, gab er brummig zurück. »Dann sieh nur zu, daß es andauert.«
»Oh, das wird es. Denn meine Liebe tut dir so gut. Deine Schwester glaubt zwar, daß sie dich umbringen wird, aber du hast noch niemals so gut ausgesehen. Und den ganzen Winter hast du noch nicht gehustet, selbst während deiner Reisen nach Cullingford nicht.«
Aber Nicholas fuhr immer seltener nach Cullingford. Statt dessen ließ er von Zeit zu Zeit Gideon kommen, um sich Bericht erstatten zu lassen. Diese Besuche waren für Camille nicht einfach, denn ob-

wohl Gideon sie immer mit ausgesuchter Höflichkeit behandelte, war der doch Tante Carolines Sohn, und sie hatte den Eindruck, daß er wie seine Mutter glaubte, sie würde einzig und allein aus finanziellen Interessen mit Nicholas Barforth zusammenleben.

»Manchmal küßt er mir die Hand«, erzählte sie mir, »und bewundert mein Kleid. Doch ich weiß genau, daß er mich für eine schlaue kleine Hexe hält, da ich so viele Diamanten und Pelze besitze und auch in Nicholas' Testament bedacht werde. Und wenn es einmal soweit ist, passe ich besser auf, denn er wird sicher zu verhindern wissen, daß ich erbe. Doch dann werde ich mich vor Leid wohl um gar nichts kümmern. *Ich* werde ihnen keine Schwierigkeiten machen. Wie schrecklich, Grace! Bei Gervase habe ich nie dieses Gefühl, obwohl ich glaube, die Herzogin hat ihn beschuldigt, er habe sich meine Gunst erschlichen. Du meine Güte! Ich dachte nie, daß meine ›Gunst‹ irgendwie von Bedeutung wäre. Aber ich mag Gervase, das gebe ich gern zu. Was für eine Hölle doch diese Familien sind. Nicholas sagt immer, daß für alle genug da ist. Wir wollen doch nur unsere Ruhe.«

Und trotz ihrer verständlichen Zurückhaltung lud sie Gideon und Miss Madeley-Brown kurz nach deren offizieller Verlobung zu einem Dinner ein. Miss Madeley-Brown war in Begleitung ihrer zukünftigen Schwiegermutter nach Scarborough gereist – die Herzogin jedoch blieb im *Grand Hotel*.

»Miss Madeley-Brown sieht wirklich phantastisch aus«, erzählte Camille mir. »Sie trägt einen Solitär, der genauso groß wie meiner ist. Fast den ganzen Abend bewunderte sie sein Feuer im Kerzenlicht. Wahrscheinlich ist sie zu vornehm, um Konversation zu machen. Sie glaubt sicher, daß sie mir gesellschaftlich überlegen ist. Als ich sie nach dem Essen in den Salon bat, wußte ich überhaupt nicht, was ich mit ihr anfangen sollte. Denn die Herren würden sicher eine geschlagene Stunde bei Portwein und Zigarren verbringen. Aber ich brauchte mir keine Sorgen zu machen. Sie betrachtete wieder ihren Ring, ordnete die Falten ihres Kleides und war einfach zufrieden. Sie reitet – wenigstens *das* habe ich aus ihr herausbekommen – und Nicholas meint, daß sie im Bett sehr angenehm sein dürfte. Und was kann sich ein Chard mehr wünschen? Natürlich kam Caroline nicht zum Dinner, aber Nicholas zwang sie, mit mir den Tee im Hotel zu nehmen und sagte ihr geradeheraus, daß er nicht über *Tarn Edge* zu reden wünsche, es sei denn, ihr läge etwas

daran. Ach, dieses fürchterliche Haus! Ich wünschte, Nicholas würde es den beiden zur Hochzeit schenken, denn ich will nie dort leben. Dann wäre diese leidige Frage geklärt.«
Aber *Tarn Edge* war ein wertvoller Besitz und konnte nicht ohne weiteres geteilt werden. Komplizierend war die Tatsache, daß Venetia – und damit Gideon – eine Hälfte geerbt hätte und die andere somit an Gervase fallen würde. Tante Caroline reiste noch einmal nach Scarborough, diesmal allein. Sie ließ den Herzog krank zurück, fest entschlossen, für den Sohn, der ihr ähnlich war, zu kämpfen. Gideon würde eine glänzende Partie machen und brauchte ein passendes Heim für seine Frau. Seit neun Jahren lebte er jetzt in *Tarn Edge* und hatte das Haus die vergangenen zwei Jahre allein unterhalten. Umsonst dort wohnen? Wie konnte ihr Bruder es wagen, einen solchen Vorschlag zu machen. Hatte er bedacht, daß seine Enkelin, Miss Claire Chard – die nicht ihre Enkelin war –, seit ihrer Geburt auf *Listonby* umsonst lebte? Mr. Barforth wünschte nicht, das zu berücksichtigen. Er wollte auch nicht Tante Caroline daran erinnern, daß der Eintritt ihres Sohnes – ohne eigenes Vermögen – und seine Teilhaberschaft einzig und allein der Ehe mit Venetia zu verdanken war. Er wollte sie nicht an diese Dinge erinnern, aber sie zwang ihn ja dazu.
Einen Moment starrten sich die Geschwister an, und es schien zum endgültigen Bruch zu kommen. Doch weil sie sich zutiefst nahestanden, gaben beide schließlich nach. Gideon besäße gewisse Rechte, gestand Mr. Barforth seiner Schwester zu. Er hätte sehr hart gearbeitet und ihm die vergangenen zwei Jahre das Leben beträchtlich erleichtert, und es wäre eine große Entlastung für ihn, die Geschäftsleitung in so fähigen Händen zu wissen. Aber einmal anders betrachtet, wo wäre Gideon heute ohne seinen Onkel? Landpfarrer? Oder irgendein Verwaltungsbeamter in Indien! Und Mr. Barforth wünsche eines klarzustellen: Wenn Gideon der Besitzer von *Tarn Edge* würde, dann nur, weil *er* es so beschlossen habe.
Falls Gideon das Haus haben wolle, könne er es sicher kaufen. Vielleicht sei es am besten, den Besitz schätzen zu lassen, und Mr. Barforth würde es ihm für die Hälfte des Marktwertes überlassen. Diese Summe würde er dann Gervase geben. Auf diese Weise würde Gideon Venetias Anteil erben, was ihm nur gerecht erschien. Denn Mr. Barforth hatte dieses Haus für seine Kinder erhalten, sähe sich aber nicht verpflichtet, dasselbe für die zweite Frau seines Schwiegersohns zu tun.

»Phantastisch!« sagte Gervase, als ich ihn wieder in *Galton* besuchte. »Natürlich werde ich für meinen Anteil Land kaufen. Und dann mache ich der schönen Camille ein großzügiges Geschenk, damit Tante Caroline glaubt, wir alle haben uns gegen sie verschworen. Vielleicht könnten wir beide es zusammen aussuchen?«

»Um Tante Caroline von *unserer* Verschwörung zu überzeugen?«

»Nein, Grace. Einfach, weil ich mich in deiner Gesellschaft wohl fühle.«

»Ich habe keine Zeit für einen Einkaufsbummel. Ich bin nicht Herr auf *Galton* und kann einfach darauf warten, daß die Ernte heranwächst. Ich muß jeden Morgen pünktlich um acht Uhr im Büro erscheinen.«

»Wer sagt, daß du das tun mußt, Grace?«

»Ich.«

Diese Regel hielt ich strikt ein. Manchmal kam ich so früh, daß mich nur ein hungriges Mäuschen begrüßte. Ich wurde eine sonderbare Frau – jedenfalls Miss Tighe behauptete es –, vor allem, weil ich mich wieder intensiv für das Wahlrecht der Frauen einsetzte und diesbezügliche Artikel im *Star* veröffentlichte. Als ich eines Tages mit Liam darüber reden wollte, reagierte er kurz angebunden und bat mich, meine Zeit doch anderen Dingen zu widmen, wie zum Beispiel den Hochzeitsfeierlichkeiten eines unserer größten Anzeigenkunden, denn schon wieder hatten wir eine Mieterhöhung bekommen, und unsere finanzielle Lage war mehr als prekär.

An einem frostigen Samstag im Dezember wohnte ich der Hochzeit bei und verbrachte den Abend lustlos am Schreibtisch, denn diese schmeichelhaften Gesellschaftskolumnen waren mir eigentlich zuwider. Dann schrieb ich einen Brief an Camille und lehnte ihre Einladung zum Weihnachtsfest ab, da ich wußte, auch Gervase würde in Scarborough sein, und ich wollte nicht, daß unsere Beziehung wieder zu eng wurde.

Auch am folgenden Sonntag war es sehr kalt, und am nächsten Morgen weckte mich ein stürmischer Wind früher als gewöhnlich auf. Also ging ich gleich in die Redaktion. Das Büro würde leer sein, denn Liam kam an Montagen nie pünktlich. Deshalb war ich mehr als überrascht, Liams Pferd inmitten einer Menge zu entdecken, die sich vor der Tür versammelt hatte. Was war passiert? Vielleicht hatte Liam die ganze Nacht im Büro verbracht. Doch was hatte es mit den Gaffern auf sich?

»Ach du meine Güte, Richards!« sagte ich zu dem uninteressierten Rücken meines Kutschers. »Ich glaube, wieder mal hat jemand unsere Fenster eingeschlagen.«
»Ja, Madam«, sagte er, nicht im geringsten überrascht, half mir aus der Kutsche und brachte seine wertvollen Pferde und seine eigene kostbare Person so schnell wie möglich vor dem Mob in Sicherheit. Ich blieb auf der Straße stehen und starrte auf die gähnenden Löcher, wo einmal Fenster gewesen waren, und das Chaos drinnen.
Dann ging ich durch die Menge ins Haus, vorbei an der zerborstenen Tür, die schief in den Angeln hing, in die Parterreräume, wo einmal unsere Druckerpressen gestanden hatten. Nichts war übrig geblieben. Der Boden war von zersplittertem Holz und Metall übersät. Es sah aus wie auf dem Hinterhof eines Schrotthändlers. Exemplare des *Star* lagen verdreckt auf dem Boden, und da stand Liam – der weder eine Versicherung noch Kapital, noch Kredit hatte – unrasiert, übernächtigt. Er lächelte gequält.
»Ich kann dir heute freigeben, Grace. Du fährst am besten sofort nach Hause. Es ist zu kalt.«
Ich stolperte über die Trümmer, mein Rock verfing sich darin, und irgend etwas Scharfes, Rostiges durchschnitt meinen Schuh, und ich stellte mich neben Liam. Nähe war jetzt wichtig, dachte ich beim Anblick dieses totalen Desasters. Er war ruiniert, und er wußte es. Darüber brauchten wir nicht zu sprechen. Er war das Opfer eines sinnlosen brutalen Anschlags geworden, für den er ganz allein bezahlen mußte. Das wußte er auch. Und als ich endlich reden konnte, kam nur ein Name über meine Lippen.
»Tom Mulvaney?«
»Ich bezweifle, daß Miss Tighe dessen fähig ist. Also muß es wohl Tom Mulvaney gewesen sein. Wie ich hörte, war er mit den Bauarbeiten im Verzug, und Gideon hat die Prämien ziemlich gekürzt. Ja, Tom Mulvaney steckt dahinter. Ob auf Gideons Geheiß oder nicht, werden wir wohl niemals in Erfahrung bringen.«
Ich legte die Hand auf Liams Arm und drückte ihn. Es hatte keinen Zweck, ihm jetzt zu sagen, daß Gideon nicht in diese Geschichte verwickelt war. Nicht aus Fairneß, sondern weil er es nicht nötig hatte, zu solchen Mitteln zu greifen. Er brauchte nur die Miete weiter zu erhöhen und Liam langsam ausbluten lassen. Doch wenn es Liam erleichterte, jetzt Gideon dafür verantwortlich zu machen, wollte ich nicht mit ihm darüber streiten.

»Wann ist es passiert?«
»Irgendwann nachts. Um zwei Uhr früh schickten sie einen Jungen, aber da war natürlich schon alles vorbei.«
»Liam, das war vor sechs Stunden.«
»Ja.«
»Und seitdem bist du hier?«
»Ja. Ich saß da und starrte das Chaos an. Im ersten Stock sieht es genauso aus. Da gab es zwar keine Maschinen zu zerstören, also haben sie den Fußboden aufgerissen und Löcher in die Wände geschlagen. Ein einziger Trümmerhaufen, Grace.«
Die Treppe war voller Schutt und zersplittertem Holz. Wie es schien, hatten sie Spitzhacken benutzt, um das Zerstörungswerk zu vollenden. Schreibtische und Stühle waren zertrümmert, und überall lag Papier herum. Und damit wir auch ja nichts retten konnten, war alles mit grüner Farbe beschmiert worden.
Das Ganze mußte ziemlichen Lärm verursacht haben, doch niemand hatte eingegriffen. Niemand hatte glücklicherweise nach Liam geschickt, bis alles vorbei war. Und nun, als ich den ersten Schock überwunden hatte, schien es mir, als müßte ich irgend etwas tun, wenn es auch noch so sinnlos war. Also versuchten wir, die zerrissenen und beschmutzten Papiere zu ordnen – eine Aufgabe so sinnlos, als wollte man die Nordsee mit einem Eimer leerschöpfen –, und während ich dort im Schmutz kauerte, an diesem bitterkalten Dezembertag, stieg ein ungeheurer Zorn in mir auf.
Mittags ließen wir uns Brot, Käse und Bier kommen und arbeiteten weiter – sinnlos. In der Zwischenzeit räumten junge Männer, die Liam auf der Straße angeheuert hatte, den Schutt und die Überreste der Druckerpressen im Parterre weg.
»Da geht der *Star* dahin«, sagte Liam und hob die Taschenflasche Brandy, die er immer bei sich hatte, an die Lippen. Ich kauerte immer noch am Boden, und diesmal weinte ich vor Kummer und Zorn. Ich brauchte den *Star*. Ich liebte ihn. Und jetzt wollte ich ihn rächen.
»Was willst du jetzt tun, Liam?«
Er schwieg einen Moment, starrte auf das Chaos und nahm noch einen Schluck aus seiner Brandyflasche.
»Diese Frage solltest du mir jetzt nicht stellen, Grace. Gib mir Zeit bis morgen.«
»Mr. Liam Adair?« hörten wir da eine dünne Stimme rufen, und

durch die klaffende Tür stapfte mühsam ein peinlich ordentlich gekleideter, aufgeblasener, kleiner Mann, den ich als einen der Angestellten von Nethercoats erkannte. Hastig preßte er ein Taschentuch vor Nase und Mund, als hätte er einen Ort betreten, wo die Pest herrschte.

»Mr. Liam Adair?«

»Wer will etwas von ihm?«

»Mr. Gideon Chard läßt grüßen . . .«

»Tut er das, bei Gott?«

». . . und läßt Ihnen diesen Brief überbringen, Sir.«

Er händigte Liam einen langen braunen Umschlag aus, grinste blöde und zog sich dann schnell, nach einem Blick in Liams Gesicht, zurück.

»Soll ich eine Antwort überbringen, Sir?«

»Verschwinden Sie!« Und dem Befehl folgte ein derart unanständiger Fluch, daß der pedantische kleine Kerl sofort die Flucht ergriff.

Ich ließ Liam Zeit, den Brief zu lesen. Dann ging ich zu ihm.

»Was ist los, Liam?«

Er faltete den Brief und steckte ihn sorgfältig wieder in den Umschlag. Sein Gesicht war grau, aber seine Hände zitterten nicht.

»Ja. Was ist los? In Cullingford verbreiten sich Neuigkeiten schnell, wie es scheint. Mr. Chard hat von meinem Unglück gehört und fragt sich, ob er nicht einen Gutachter schicken soll, der *seinen* Schaden schätzt.«

»Liam!«

»Ja. Schließlich sind seine Wände, Türen, Fenster und Böden zerstört worden. Dafür bin ich haftbar.«

»Wieviel verlangt er?«

Liam schüttelte den Kopf, als ob er wieder einen klaren Gedanken fassen wollte.

»Weiß der Himmel! Jedenfalls mehr, als ich mir leisten kann. Genug, um mich in den Bankrott zu treiben, was bedeutet, daß ich endgültig erledigt bin und für immer den Mund halten muß, sollte Gideon gegen mich prozessieren. Und darüber gebe ich mich keinen Illusionen hin, Grace. Du etwa?«

Er schloß die Augen und sah mit einem Mal alt aus. Doch dann grinste er plötzlich.

»Ich werde mich wohl wieder auf die Socken machen müssen. Die Welt ist groß genug. Willst du nicht mit mir kommen, Grace? Ich

wäre nicht der erste, der vor seinen Gläubigern in die Kolonien flieht und als Millionär zurückkommt.«
»Großmutter Elinor hilft dir sicher.«
»Ja, das würde sie tun. Aber jetzt handelt es sich nicht mehr um eine Investition. Und was immer ich auch bin, ein Bettler bin ich nicht. Es wäre nicht recht, jetzt ihr Geld zu nehmen, und ich hoffe, du bietest mir nicht deines an, Grace. Ich denke, heute können wir hier nichts mehr tun. Geh jetzt nach Hause, mein Liebling. Du siehst ganz erledigt aus.«
»Komm mit.«
»Später. Heute abend komme ich bei dir vorbei. Jetzt kann ich nur noch an eins denken. Nein, nein . . . du brauchst dir keine Sorgen zu machen. Ich will Chard nicht das Gehirn wegpusten, auch mein eigenes nicht. Ich will mich nur in Ruhe betrinken. Das ist keine Lösung, ich weiß, aber es tut auch niemandem weh.«
Ich sah, wie er die Treppe hinunterging und mit den Männern redete, die noch immer unten aufräumten. Dann nahm er noch einen Schluck aus seiner Flasche und ging auf die Straße. In meinem ganzen Leben hatte ich noch nicht einen derartigen Zorn empfunden. Ja, nicht einmal gewußt, daß dieses Gefühl derart schmerzhaft sein konnte. Schweigend ging ich nach Hause, schleuderte meine beschmutzten Kleider in eine Ecke und weigerte mich, die törichten Fragen meines Dienstmädchens zu beantworten.
»Du meine Güte, Ma'am! Was haben Sie nur angestellt? Farbe, Ma'am . . . Ihre Schuhe kriege ich nie wieder sauber.«
»Verbrenn alles. Jetzt halt den Mund und hol mir heißes Wasser.«
Ich wusch mich, kleidete mich an und steckte mein Haar auf. Der Zorn schnürte mir noch immer die Brust zu.
»Sag Richards, er soll die Kutsche vorfahren.«
»Aber er hat sie gerade weggebracht.«
»Was geht mich das an?«
Richards fuhr vor, und ich stieg ein. In mir war ein Gefühl, als wäre ich aus Granit. Ich hatte gehofft, daß mein Zorn zu Hause abebben würde. Es war nicht geschehen. Ich wollte daran nicht ersticken, also würde ich jetzt – und nicht morgen, wie geplant – Gideon aufsuchen. Ich nahm noch immer nicht an, daß er befohlen hatte, Liams Eigentum zu zerstören, aber ich wollte wissen, inwieweit er in die Sache verwickelt war. Und was wollte ich noch? Den *Star* retten, falls möglich, und Liam den Bankrott ersparen. Ja, das wollte ich.

Aber ich wollte noch etwas anderes, etwas, das tief in meinem Inneren schlummerte.
Ich hatte Gideon begehrt, wie ich keinen anderen Mann begehrte. Wenn ich mir gegenüber ehrlich war, mußte ich eingestehen, daß ich ihn so sehr geliebt hatte, daß ich unfähig gewesen war, einen anderen Mann zu lieben. Aber er würde Hortense Madeley-Brown heiraten, und ich hatte die Freiheit gewählt, deshalb war es unerläßlich für meinen Seelenfrieden, daß ich ihn ablehnte. Ich wollte mich nie wieder nach ihm sehnen. An seinem Hochzeitsmorgen wollte ich ihm mit amüsierter Distanziertheit gegenübertreten, um im *Star* dann über die Schönheit seiner Braut und die Kostbarkeit ihres Schmucks zu berichten und wie nebenbei eine kleine boshafte Bemerkung einfließen lassen: »Dieses Lärvchen und dieser aufgeblasene Opportunist – sie passen zusammen.« Und um diese Gleichgültigkeit ihm gegenüber zu erreichen, mußte ich ihn hassen. Ich mußte ihn verletzen und ihm Gelegenheit geben, mich zu verletzen.
Ich kannte seine Gewohnheiten. Nachmittags hielt er sich meistens in Nethercoats auf. Man ließ mich warten, ganz wie ich es erwartet hatte. Ich saß mit mehreren mir unbekannten Herren im Vorzimmer, durch das Gideon zweimal ging, ohne mich auch nur eines Blickes zu würdigen.
»Mr. Freeman, wenn Sie jetzt bitte eintreten wollen, Sir?« sagte der Angestellte. Mr. Freeman ging und kam nach einer halben Stunde wieder. Ebenso Mr. Porter. Ich war noch immer sehr zornig.
»Wer ist der nächste?« fragte der Angestellte. Nur noch ich wartete, und ohne ein Wort stand ich auf und betrat unangemeldet Gideons Büro. Die schwere Tür ließ ich hinter mir zufallen.
Vor fünf Jahren – war es schon so lange her? – war ich zum letzten Mal hier gewesen, um ihn zu fragen, ob er seine Frau, die von einem anderen Mann schwanger war, wieder aufnehmen würde. Es war ein schmerzhafter Gang gewesen. Und es würde für uns beide jetzt schmerzhaft werden. Dafür würde ich sorgen.
»Guten Tag, Gideon.«
»Ja?« sagte er knapp, in dem Ton eines Mannes, der für das Anliegen einer Frau keine Zeit hat, da er sowieso immer im Recht ist. Und ich sah, daß er ebenfalls sehr zornig war.
»Du hast mir keinen Platz angeboten.«
»Verzeih. Ich dachte, durch die Kürze deines Besuchs würde sich das erübrigen.«

»Darf ich nicht sagen, was ich auf dem Herzen habe? Das würde ich als Zeichen deiner Niederlage – oder deines schlechten Gewissens – deuten.«
»Dann bist du mir gegenüber im Vorteil, Grace. Denn ich habe nicht die leiseste Ahnung, wovon du sprichst.«
Ich setzte mich und ordnete sorgfältig die Falten meines Rocks, zog meine Handschuhe aus und legte sie mit meinem Muff und meiner Tasche auf seinen Schreibtisch. Eine Geste, die ihn ärgern sollte. Ich wollte mit ihm kämpfen, ihn zutiefst verletzen.
»Dein Brief traf sehr schnell ein, Gideon.«
»Und hat das irgendwelche Bedeutung für dich?«
»Ich weiß nicht recht. Vielleicht kannst du mich aufklären.«
Er beugte sich etwas vor, selbstsicher und spöttisch. Ein Mann, der sich auf eigenem Territorium befand.
»Meine Liebe, du hast so lange für dieses Schmutzblatt gearbeitet, daß es deinen gesunden Menschenverstand benebelt hat. Glaubst du etwa, ich heure eine Bande betrunkener Tagediebe an, damit sie mein eigenes Haus und ein paar altersschwache Druckerpressen zerstören? Das gäbe zwar eine prächtige Schlagzeile für den *Star*, wie ich einräumen muß. Aber der *Star* existiert ja nicht mehr.«
»Du hast mich nicht verstanden, Gideon.«
»Dann klär mich auf.«
»Das werde ich tun. Du hast diese Leute nicht angeheuert, damit sie dein Eigentum zerstören, aber du beschäftigst sie als Bauarbeiter in Black Abbey und Low Cross. Und wenn du deine Angestellten nicht unter Kontrolle halten kannst, bin ich der Meinung, daß du Liam Adair nicht schadenersatzpflichtig machen kannst für das, was sie zerstört haben.«
Er beugte sich wieder vor, ein ungläubiges Lächeln umspielte seinen Mund, und auch so etwas wie Respekt war in seinem Gesicht zu lesen. Doch dann erinnerte er sich vielleicht an den Grund meines letzten Besuchs hier, und seine Züge verhärteten sich.
»Unglücklicherweise hast du das Gesetz nicht auf deiner Seite. Darauf kannst du Adair hinweisen. Wie ich erfahren habe, soll der Schaden beträchtlich sein.«
»Ja. Tom Mulvaney hat ganze Arbeit geleistet.«
»Wie geschickt du deinen . . . Wie soll ich ihn nennen? Deinen Freund? . . . verteidigst.«

»Ja. Er ist mein Freund. Und der Grund dafür ist meine Loyalität, die ich ihm gegenüber empfinde.«
»Nenn es, wie du willst. Es wird vor Gericht nicht ausreichen. Ich habe nicht befohlen, daß man seine Druckerpressen zerstört. Aber jetzt ist er erledigt. Ich hätte andere Wege gefunden. Doch schließlich zählt nur das Resultat.«
»Ich bin mir nicht so sicher, daß er am Ende ist.«
»Aber ja. Vielleicht kann er mit Hilfe einer törichten Frau noch einmal den Kopf aus der Schlinge ziehen. Aber er weiß jetzt, wie verletzbar er ist und wird nicht wieder von vorn anfangen. Es tut mir leid, daß du deine Beschäftigung verloren hast. Aber zweifelsohne wirst du einen anderen Zeitvertreib finden.«
»Du hast schon seit langem geplant, den *Star* zu vernichten, nicht wahr, Gideon?«
»Ja, natürlich.«
»Daran kann ich nichts Natürliches finden.«
»Du bist auch nie Adairs Verleumdungen ausgesetzt gewesen.«
»Das war nicht der einzige Grund, mein lieber Gideon Chard.«
»Du hast recht. Geschichten über Huren und Diebe, das Wühlen im Dreck, sensationslüsterne Berichte . . . und alles stammt aus der Feder einer Dame . . .«
»Wie kannst du es *wagen*, das mir zu sagen?«
»Ich sage dir, was mir beliebt. Wenn du schon das Leben eines Mannes führen willst, mußt du dir auch unangenehme Dinge anhören. Damen gegenüber spricht man nicht so offen. Aber ein *Mann* sollte die Wahrheit ertragen können.«
»Sehr gut«, sagte ich. »Ja. Das ist sehr gut.«
Denn deswegen war ich gekommen. Er verletzte mich, stachelte mich auf und gab mir damit den Vorwand, ihm einen Schlag unter die Gürtellinie zu versetzen.
»Ich lebe also das Leben eines Mannes, weil ich meinen Lebensunterhalt verdiene?«
»Du verdienst deinen Lebensunterhalt nicht. Den bestreitet dein Vater. Du bist von einem Mann abhängig, wie Frauen es sein sollten. Der Hungerlohn, den du *verdienst*, wie du es nennst, würde nicht einmal ausreichen, deine Dienstboten zu bezahlen.«
Diese Argumente hatte ich erwartet und mich entsprechend darauf vorbereitet.
»Ich bekomme nichts aus Fieldhead, was mir nicht zustände, Gi-

deon. Diese Einkünfte stammen aus dem Erbteil meiner Mutter. Außerdem bist du nicht in der Position, mir deswegen Vorhaltungen zu machen, denn schließlich hast du dein Vermögen durch die Ehe erworben.«

Ich hatte es getan. Ich hatte hart und bösartig zugeschlagen, und damit hätte es genug sein müssen. Aber ich spürte noch immer diesen schmerzhaften Knoten in der Brust. Noch hatte ich ihn nicht in mir vernichtet. Ich würde noch einmal zuschlagen müssen.

»Luder!« sagte er sehr ruhig, als ob er es genießen würde, mich so zu nennen. Ich begriff, daß er mich auf dieselbe Weise verletzen wollte, wie ich ihn verletzte. Wir spielten dasselbe Spiel, unterwarfen uns denselben Regeln, und wenn es uns gelang, die nächste halbe Stunde erbarmungslos zu kämpfen, würden sich unsere Wege nie mehr kreuzen.

»Jetzt tauschen wir also Beleidigungen aus, Gideon?«

»Warum nicht? Grace Barforth vom *Star* sollten Schimpfworte doch geläufig sein.«

»Ja. Das sollten sie. Aber eigentlich bin ich gekommen, um dir zu sagen, daß ich dein Benehmen Liam Adair gegenüber empörend finde.«

»*Mein* Benehmen? Hätte ich ihm das Genick brechen sollen?«

»Ich dachte nur, daß ein Gentleman nicht gegen einen Schwächeren vorgeht. Oder irre ich mich?«

»Wie klug von dir, Grace. Aber ein Gentleman läßt sich nicht von hinten angreifen. Und wenn er es mit einem Halunken zu tun hat, muß er sich auf dessen Niveau begeben. Adair hat damit angefangen.«

»Er hatte seine Gründe.«

»Ja. Er liebte meine Frau.«

»Sie war eine liebenswerte Frau.«

»Das leugne ich nicht. Und ich war der brutale Kerl – seiner und deiner Meinung nach –, der sie nicht verdiente?«

»Du hast sie nicht verstanden.«

»Hat sie mich denn verstanden? Ich bin ein umgänglicher Mensch.«

»Das weiß ich. Aber du vertrittst die Ansicht, daß man Frauen nur sehen, nicht hören soll – wie Kinder –, was leicht für eine Frau ist, die nichts zu sagen hat.«

»Ich vertrete den Standpunkt, daß Frauen Frauen sein sollen . . .«

»Ach ja. Sanft, sensibel und anhänglich . . .«

»Was ist daran falsch? Frauen, die Frauen *sind*, scheint es zu gefallen.«
»Häusliche Arbeitstiere.«
»Häusliche Engel, in ihrem Heim akzeptiert und geliebt, wie jede Frau, die . . .«
»Man respektiert kein herausgeputztes Püppchen, das nur gelegentlich den Mund aufmacht und sagt: ›Wie du willst, Lieber. Wie klug von dir, Lieber.‹«
»Vielleicht sind diese Frauen denen vorzuziehen, die ständig reden. Und über was? Um zu beweisen, daß sie ihre weibliche Verantwortung nicht tragen will und so tut, als wäre sie ein Mann.«
»Dann bin ich also verantwortungslos, nicht wahr? Denn ich habe mich ja geweigert, mich weiterhin um deine Hemden und die Temperatur deines Badewassers zu kümmern. Wie schrecklich!«
»Ich werde es überleben. Ich bin sogar froh, daß du nicht mehr dafür sorgst.«
»Das freut mich, Gideon. Ich möchte dir eine Frage stellen: Was bildest du dir eigentlich ein zu glauben, du hättest das Recht, dich von einer Frau mit meinen Fähigkeiten bedienen zu lassen? Warum glaubst du, eine Frau würde dir ein Leben lang gehorchen?«
»Weil ich dafür bezahle«, knurrte er wütend zurück. Jetzt war er gefährlich.
»Dafür bezahlst?« knurrte ich ebenso. »Den Teufel tust du! Du nimmst dir alles. Du hast die Gesetze gemacht, die dir das erlauben.«
»Ich?«
»Ja. Ihr alle. Weil ihr uns körperlich überlegen seid und keine Kinder bekommen könnt.«
»Ach ja. Darüber habe ich etwas im *Star* gelesen.«
»Dann richte dich danach. Du bewunderst sanfte Frauen, weil sie dir schmeicheln und weil sie leicht zu lenken sind.«
»Leicht? Vielleicht. Aber sie sind auch teuer. Denn selbst die sanfteste Frau hat meines Wissens nichts gegen ein wenig Luxus einzuwenden. Und dafür muß es großzügige Männer geben, meine Liebe. Das kann dir jede Frau sagen.«
»Da hast du sicher recht. Aber was ist mit den Frauen, die du in diesen Fabriken beschäftigst, nur weil sie für geringsten Lohn arbeiten und leichter zu manipulieren sind. Und warum sind sie leichter zu manipulieren?«

»Das wirst du mir sicher sagen.«
»Das werde ich. Weil du – und alle Männer – genau wißt, daß eine Mutter alles tun wird, um ihre Kinder zu ernähren.«
»Verzeih, daß ich es erwähne. Aber ich glaube, das habe ich ebenfalls schon im *Star* gelesen.«
»Wenn du mich damit auf die Palme bringen willst . . . Es ist dir gelungen. Wir brauchen nicht weiter zu reden, Gideon.«
»Ach! Und ich glaubte, *du* wärst noch nicht fertig.«
»Nein. Ich bin noch nicht fertig. Ihr nennt diese armen Frauen schwach, dabei sind sie Opfer der Ausbeutung. Ihr habt Gesetze geschaffen, die Frauen kein persönliches Eigentum zugestehen, damit sie von euch abhängig bleiben. Und ich frage mich, warum ihr ein Gesetz braucht, damit eure Frauen euch gehorchen? Du redest von Frauen, die Frauen *sind* und weißt nichts darüber. Du willst nur ein dummes Schaf, das dich anblökt und dir Kinder gebärt. Und das, mein lieber Gideon, ist keine Frau. Natürlich könnte man es Madeley-Brown nennen. Oder ist sie nur eine teure Zuchtstute?«
Seine Hand schnellte vor und umschloß mit hartem Griff mein Handgelenk. Sein Angriff war genauso brutal und kindisch wie meiner.
»Das ist genug.«
»Erst, wenn ich es sage.«
»Wenn ich es sage.«
»Du hast keine Machtbefugnis über mich, Gideon Chard.«
»Ich will auch keine.«
»Ich bin entzückt, das zu hören.«
»Ich will dir einmal sagen, was ich will. Ich will eine junge Frau namens Hortense Madeley-Brown haben, die schön und wesentlich jünger als du ist . . .«
»Oh, ja. Sie kommt direkt aus der Schule, Gideon . . .«
». . . und die mich vollauf befriedigt . . .«
»Ich hoffe, du befriedigst sie. Denn sie scheint einen gesunden Appetit zu haben.«
». . . und die mir wunderschöne Kinder schenken wird. Und das, Grace Barforth, sind meine Wünsche.«
»Laß mich los!«
»Erst wenn ich es will. Denn ich bin dir ja körperlich überlegen, wie du gerade treffend bemerktest, und kann keine Kinder bekommen. Aber du auch nicht.«

Ich versuchte, ihn mit meiner freien Hand zu schlagen. Das war nicht der Moment, Würde zu bewahren. Doch er ergriff sie und hielt mich fest. Er wußte, daß er meinen empfindlichsten Punkt getroffen hatte – eine Wunde, die wohl nie heilen würde – ; und er hatte diese Waffe gnadenlos gegen mich gebraucht. Jetzt durfte ich keine Gnade mehr walten lassen.
»Du solltest besser neun Monate nach deiner Hochzeit abwarten, Gideon, ehe du mir meine Unfruchtbarkeit vorwirfst. Vielleicht sitzen wir im selben Boot, denn bis jetzt hast du ja noch kein Kind gezeugt.«
Und obwohl es nur Worte waren, infantile dumme Worte, hatten sie ihn zutiefst verletzt.
»Eines Tages, Grace«, sagte er, seine Stimme war nur noch ein Flüstern, »eines Tages möchte ich dich hilflos, ohne Geld und . . .«
»Und was, Gideon! Mich schwanger und fügsam sehen – wie Venetia?«
Es war geschehen.
»Verschwinde!« schrie er und ließ plötzlich mein Handgelenk fallen, als hätte ich eine ansteckende Krankheit. »Verschwinde! Sofort!«
Und seine Worte waren halb Drohung, halb Bitte, denn er konnte es nicht länger ertragen, im selben Raum mit mir zu sein. Es war vorüber.
Keiner von uns hatte gesiegt oder verloren. Ein Kampf hatte gar nicht stattgefunden. Ich hatte einen Teil meines Ichs amputiert, damit ich genesen konnte. Es war lebenswichtig gewesen. »Verschwinde!« sagte er wieder, und er hatte recht. Ich mußte schnell gehen, damit ich wieder gesund werden konnte.

28

Blindlings hastete ich durch das äußere Büro, wandte mich dann nach rechts anstatt nach links, verlor die Orientierung in den endlosen Korridoren und hörte plötzlich das Geräusch der Webmaschinen, der widerliche Geruch ungesponnener Wolle stieg mir in die Nase, und endlich merkte ich, daß ich mich den Fabrikhallen näherte.
»Kann ich Ihnen behilflich sein, Ma'am?« fragte ein verblüffter junger Büroangestellter und begleitete mich zu der imposanten Eingangshalle des Bürogebäudes und hinunter zu meiner Kutsche.

»Wohin jetzt, Ma'am?« fragte Richards, mein Kutscher, und ich konnte es ihm nicht sagen.
»Nach Hause, Ma'am?«
Nein, nicht nach Hause. Noch nicht. Ich gab ihm die Anweisung, in Richtung Elderleigh zu fahren, und als die Stadt weit hinter uns lag, bat ich ihn anzuhalten, stieg aus und wanderte durch einen kleinen Wald. Die Bäume streckten ihre kahlen Äste im dämmrigen Zwielicht gegen den klaren Dezemberhimmel. Gefrorene Blätter knirschten im Schnee unter meinen Füßen. Tief atmete ich die frostige Luft ein, bis meine Lungen schmerzten und mein Kopf klar wurde. Jede Art von Gewalt war mir bis jetzt fremd gewesen, doch nun konnte ich die Burschen aus der Gower Street verstehen, die sich gegenseitig die Köpfe blutig schlugen und unempfindlich gegen Schmerzen waren, solange dieser mörderische Rausch anhielt. Erst wenn der Kampf vorüber, der Gegner besiegt war, der rasende Zorn abkühlte und die Raufbolde sich verkrochen, um ihre Wunden zu zählen, spürten sie, wie schmerzhaft ihre Verletzungen waren.
Während der erbitterten Auseinandersetzung mit Gideon hatte ich keine Schmerzen empfunden. Nun durchströmte eine nahezu physische Qual meinen ganzen Körper, und ich wehrte mich nicht dagegen. Ich ließ diesem entsetzlichen Schmerz freien Lauf, bis er allmählich abebbte und nur noch ein dumpfes wehes Gefühl zurückblieb, das ich in mein Unterbewußtsein, irgendwo in einen Winkel meines Herzens verdrängen konnte. Erst da spürte ich die eiskalte Luft, den feuchten frostigen Wind, der mir bewußt machte, daß eine Frau, die allein lebt und auf die gleichgültige Pflege unbeteiligter Dienstboten angewiesen ist, es sich nicht leisten kann, krank zu werden.
»Nach Hause, Richards«, befahl ich meinem Kutscher. Und während der Fahrt beschäftigte ich mich eingehend und ausschließlich mit dem *Star* und Liam.
Erst spät am Abend kam er, frisch rasiert und einigermaßen präsentabel, trotz der Wolke von Whisky und Tabak, die ihn umgab.
»Hast du gegessen?«
»Eine Kleinigkeit.«
»Das war wohl vor Stunden, und die Nahrung, die du zu dir genommen hast, war bestimmt eher von flüssiger Konsistenz.«
Ich ließ ihm eine kalte Mahlzeit servieren, dazu Mengen süßen starken Tees, was er mit einem Grinsen akzeptierte.

»Was ist denn das? Die letzte gute Mahlzeit für den zum Tode Verurteilten?«
»Du wirst es überleben.«
»Da habe ich so meine Zweifel, ehrlich gesagt.«
»Ich an deiner Stelle wäre nicht so pessimistisch. Um nach Australien auszuwandern und Schafe zu scheren, bist du allerdings mittlerweile etwas zu alt.«
Nachdem Liam gegessen und eine zweite Kanne geleert hatte, lächelte er mir zu. Es war ein sehr müdes, gequältes Lächeln, mit dem er versuchte, seinem Ruf als sorglosem Draufgänger gerecht zu werden.
»Willst du mir sagen, wo du heute nachmittag warst, Grace?«
»Nein. Da du es offensichtlich bereits weißt. Hast du dich sinnlos betrunken?«
»Es hat gereicht. Hör mir zu, Grace, es geht nicht um Geld. Ich kann genügend auftreiben, um den Schaden zu bezahlen. Großmutter Elinor wird mich nicht im Schuldturm verkommen lassen. Aber die ganze Sache hat mir irgendwie die Motivation genommen.«
»Unsinn. Du willst damit nur sagen, daß du den Mut verloren hast. Das behauptet jedenfalls Gideon.«
»Also, Grace . . .«
»Ja, Liam. Du hast Gideon den Krieg erklärt, und wir beide wissen warum. Das war falsch, und auch darüber sind wir uns im klaren. Wahrscheinlich hättest du selbst gern schon vor langer Zeit damit aufgehört, aber du konntest nicht mehr zurück. Jetzt mußt du eben die Konsequenzen dafür tragen. Er hat dich besiegt, weil er mehr Geld als du hat. Gideon hat Mulvaney nicht den Auftrag gegeben, deine Druckerpressen zu vernichten. Ihm hätte es viel mehr Vergnügen bereitet, dich langsam auszuhungern. Liam, gegen Geld kannst du nicht ankämpfen – das kann niemand –, außer du hättest selbst Geld genug, um diesen Kampf durchzustehen.«
»Also bin ich ein verdammter Narr . . . Ich geb's ja auch zu.«
»Dem kann ich nicht widersprechen. Aber das ist ein verzeihlicher Fehler. Es wäre schade, deswegen den *Star* aufzugeben. Dagegen sträube ich mich energisch. Die Zeitung bedeutet mir und einem Großteil der Leser sehr viel und sollte nicht deiner persönlichen Fehde mit Gideon geopfert werden. Also wirst du den *Star* wieder aufbauen.«
Mit gesenktem Gesicht saß er eine Weile da, doch dann schüttelte er langsam und mühsam den Kopf.

»Ich weiß, worauf du hinauswillst, Grace. Aber das geht nicht. Von dir werde ich kein Geld annehmen.«
»Ich will es dir auch nicht leihen. Ich werde es investieren.«
»In meine Zeitung? Davon möchte ich dir abraten.«
»Nein, nicht in deine Zeitung. In unser beider Zeitung.«
Er runzelte die Stirn, öffnete den Mund, um gegen diesen Vorschlag zu argumentieren, doch ich wollte dieses Thema sachlich und geschäftsmäßig – falls nötig auch mit Schärfe – diskutieren, und ich erstickte seine eventuellen Einwände mit einer schroffen Geste.
»Ich habe gründlich darüber nachgedacht, Liam. Und so sieht mein Vorschlag aus. Ich bin bei weitem nicht die reichste Frau, die du kennst, aber ich habe etwas Kapital und ein reichlich bemessenes monatliches Einkommen. Mit anderen Worten gesagt, ich habe mehr Geld, als der Wiederaufbau des *Star* erfordert, das ist kein Problem. Es sei denn, du hast etwas dagegen, eine Frau zum Partner zu haben.«
»Nicht, wenn ich selbst etwas dazu beisteuern könnte.«
»Ach, um Himmels willen, Liam. Was für eine lahme Ausrede. Du weißt genau, daß es ohne dich nicht geht. Der *Star* war ein bedeutungsloses Blättchen, als du ihn damals übernommen hast. Mit Geld wäre nur ein zweiter *Courier & Review* daraus geworden. Du hast ihn geprägt und etwas daraus gemacht, und welche Mängel der *Star* auch haben mag, es fehlt ihm jedenfalls nicht an menschlicher Courage, alle die heißen Themen anzupacken, die so wichtig im Kampf für mehr soziale Gerechtigkeit sind. Willst du das aufgeben?«
»Nein, Grace. Mein Gott, das will ich nicht.«
»Nun gut. Damit hätten wir klargestellt, worum es dir geht. *Ich* will damit meinen Lebensunterhalt verdienen. Das ist ohne Risiko nicht möglich, und es wird mir sicherlich nicht gelingen, wenn ich weiterhin nur deine Angestellte bin. Mein Geld und deine Sachkenntnis sind die Grundlagen für dieses Geschäft. Aber ich warne dich, falls du einer Partnerschaft mit mir zustimmen solltest, mußt du darauf vorbereitet sein, in mir auch einen gleichberechtigten Partner zu sehen. Ich werde meinen Teil Arbeit leisten und auch meinen Teil Verantwortung übernehmen – das ist selbstverständlich; aber ich will auch an allen maßgeblichen Entscheidungen beteiligt werden. Für das Risiko, das ich eingehe, erwarte ich auch Machtbefugnis. Wie denkst du darüber?«

»Ich finde, du bist eine feine, liebenswerte Dame, Grace Barforth.«
»Mag sein. Aber bist du mit meinem Vorschlag einverstanden?«
Er streckte die Hand aus und umfaßte meinen Arm mit einem harten Griff, mit dem er die Emotionen ausdrückte, die er mühsam beherrschte. Schwer und zögernd kamen die Worte über seine Lippen.
»Ja, Grace. Ich nehme dein Angebot an.«
Und ich würde alles daransetzen, damit ich diese Vereinbarung niemals bereuen mußte, denn sie besiegelte endgültig meine Freiheit und diente darüber hinaus all jenen, die mir übel wollten, als unumstößlicher Beweis, daß ich nun sozusagen in aller Öffentlichkeit Liam Adairs Geliebte war.
Nachdem bekannt wurde, daß der *Star* wieder finanziell abgesichert war, fanden wir ohne Schwierigkeiten ein geeignetes Gebäude, ein geräumiges, solides dreistöckiges Haus am oberen Ende der Sheepgate. Die Anwälte meines Vaters setzten einen rechtsgültigen Partnerschaftsvertrag auf, obwohl sie ihm dringend davon abrieten, diese absurde und kostspielige Laune seiner unberechenbaren Tochter zu unterstützen. Liam kümmerte sich um den Ankauf und die Installation der Druckerpressen, und ich richtete mit der peinlichen Genauigkeit die Büros ein, die ich früher bei der Haushaltsführung in *Tarn Edge* angewandt hatte. Gemeinsam wählten wir das Personal aus, diskutierten gegensätzliche Meinungen aus und stellten bald fest, daß unsere grundlegend verschiedenen Fähigkeiten sich wunderbar ergänzten. Liams Qualitäten lagen auf dem journalistischen Sektor, er war der Ermittler, der Planer, und ich gab seiner Kreativität Form und Gestalt, war der Koordinator für ihn und die Angestellten, fungierte als Geschäftsfrau. Ich war härter als Liam, traf sachlich nüchterne Entscheidungen, scheute keine Auseinandersetzung und ging weniger bereitwillig auf zweifelhafte Entschuldigungen ein. Aber es war seine Persönlichkeit, sein Flair, die den *Star* prägten. Und in der gegenseitigen Anerkennung des Beitrags, den wir beide dazu leisteten, arbeiteten wir sehr gut zusammen.
Ich nahm wieder Kontakt zu unseren früheren Inserenten auf und gewann neue hinzu. Durch ein erweitertes inhaltliches Spektrum versuchte ich, das Interesse neuer Käufer zu wecken und schickte jeden Morgen junge Reporter zu den gesellschaftlichen Ereignissen, die in Cullingford stattfanden, und wenn sie auch nur widerstrebend an den langweiligen Treffen des Abstinenzlervereins oder philosophischen Vorträgen teilnahmen, so machte ich ihnen unmißver-

ständlich klar, welche Konsequenzen es für sie hatte, wenn sie ihre Aufgaben vernachlässigten. Ich forderte die Leser auf, Stellung zu tagespolitischen Ereignissen zu nehmen, und die interessantesten Briefe wurden mit vollem Namen des Schreibers in der nächsten Ausgabe gedruckt. Mit Hilfe einiger tüchtiger Hausfrauen trug ich Rezepte für einfache, billige Gerichte zusammen, die auch über einem offenen Feuer in der kleinsten Küche zubereitet werden konnten.

Ich setzte die Serie über Einzelschicksale der Bewohner der Gower Street fort, und in diese Artikel ließ ich geschickte Ratschläge für Hygienemaßnahmen und Hinweise über die Symptome von Kinderkrankheiten einfließen, die ich zusammen mit Dr. Stone erarbeitet hatte. Um die Leserinnen wohlsituierter Kreise anzusprechen, kommentierte ich die Modeneuheiten aus London und Paris, die ich durch Blanche erfuhr; eine Rubrik widmete ich der Kosmetik, nannte Kräuterextrakte, die dem Haar einen wunderbaren Glanz und der Haut einen sanften Schimmer verliehen. Ich veröffentlichte Menüvorschläge, deren Zutaten sich jedes jungverheiratete Ehepaar leisten konnte, das mit fünfhundert Pfund im Jahr, einem Dienstmädchen und einer Köchin auskommen mußte, und druckte auch komplizierte Rezepte für mehrgängige Menüs, für deren Zubereitung das Personal und Können von Gideon Chards französischem Küchenchef erforderlich waren, um den Ehrgeiz der begüterten Hausherrinnen anzustacheln.

Die Leitartikel waren stets den wichtigen, weltweiten und nationalen politischen Ereignissen gewidmet. Der lokale Nachrichtenteil befaßte sich mit den Aktivitäten der Honoratioren. Der Wollhändler Mr. Jacob Mandelbaum hatte sich zur Ruhe gesetzt und die Geschäfte seinem Sohn übertragen, und gemeinsam mit seiner Schwester Rebecca Mandelbaum begab er sich auf ausgedehnte Reisen ins Ausland. Miss Tighe wurde ein aktives Mitglied des Abstinenzlervereins, engagierte eine bezahlte Gesellschafterin und legte sich eine Katze mit reinrassigem Stammbaum zu. Der Cullingforder Radfahrerverein und der Cullingforder Foto-Club wurden gegründet, und die Namen der Gründungsmitglieder wurden im *Star* veröffentlicht und somit der Nachwelt erhalten. Im Sommer wurde das neue Fabrikgebäude in Dienst genommen, das nun auf dem Gelände stand, wo sich einst die Simon Street und die Saint Street befunden hatten, und in dem viertausend Arbeiter täglich dreißigtausend Meter Tuch

herstellen würden. An dem großartigen und pompösen Eröffnungsfest würden an die zweitausend Angestellte der Barforth-Unternehmen teilnehmen sowie der Vertreter des Königs unserer Grafschaft, der Bürgermeister mit dem Stadtrat, die Mitglieder des Parlaments, die Friedensrichter, der Herzog und die Herzogin von *South Erin*, die Direktoren der Nicholas Barforth GmbH mit ihren Frauen und Familienangehörigen und zahlreiche weitere Gäste, die mit einer persönlichen Einladung beehrt worden waren.
Und da dies anscheinend noch nicht genügte, die Wichtigkeit dieses Ereignisses hervorzuheben, schlug keine Geringere als Lady Verity Barforth vor, daß zu Ehren und im Gedenken an ihren Mann, Sir Joel Barforth, der gesamte Familienklan sich zu einem weiteren Bankett in Scarborough einfinden sollte.
»Die alte Dame versucht, Frieden zwischen ihren Söhnen zu stiften«, erzählte mir Camille, die völlig überraschend plötzlich in meinem Haus erschien, während Mr. Barforth in Low Cross eine geschäftliche Besprechung mit Gideon hatte. »Es geht ihr hauptsächlich darum, Blaize und Faith mit Nicholas auszusöhnen, wogegen er nichts einzuwenden hat. Ich würde mich freuen, Faith auf meiner Seite zu wissen, denn sie war immer sehr freundlich zu mir. Und wenn ich mit den South Erins, den Chards *und* den Madeley-Browns mithalten will, brauche ich jeden Freund, den ich bekommen kann. Möchtest du bei uns wohnen, Grace! Oder gehst du lieber zu deiner Großmutter Agbrigg?«
»Camille, ich werde an diesem Familienfest nicht teilnehmen.«
»Ach«, sagte sie, »wie stellst du dir das nur vor? Meine Liebe, eine Absage deinerseits wird nicht akzeptiert. Denn beide, Nicholas und Gervase, bestehen darauf, daß du kommst.«
»Mag ja sein, aber . . .«
»Kein Aber, Liebes, du bist überstimmt. Lady Verity hat ausdrücklich den Wunsch geäußert, daß die *ganze* Familie sich um sie versammelt, und da sie doch schon recht alt und gebrechlich ist, wird niemand es wagen, ihr diesen Wunsch abzuschlagen. Sie will Nicholas und Blaize und Faith und freundlicherweise auch mich sehen. Caroline und der Herzog werden dasein. Großmutter Elinor reist aus Frankreich an, und deine Großmutter Agbrigg lebt ja in Scarborough. Sie würde zu gern auch Georgiana sehen, was mir nichts ausmacht, aber wogegen wohl Caroline etwas einzuwenden hat. Und die jüngere Generation wird durch Blanche, Gervase, Noel – und dich, Grace, vertreten sein.«

»Und Gideon.«
»Ja, natürlich. Aber ihn kann man kaum zur jüngeren Generation zählen, da er dieses Fest, wie Nicholas es nennt, in einem typischen Anfall von Chard-Größenwahn organisiert. Er hat einen Sonderzug gemietet; am Samstagabend findet ein pompöses Dinner mit anschließendem Ball statt, und ich weiß nicht was noch alles. Du kannst mich einfach nicht im Stich lassen, Grace. Die Herzogin wird ihre Krallen ausfahren, wenn sie mich sieht. Sie würde mich am liebsten eigenhändig erwürgen, denn Nicholas hat allen deutlich klargemacht, daß sie lieb und nett zu mir sein müssen, sonst sagt er das ganze Fest ab und vertreibt Gideon aus *Tarn Edge*. Grace, wie soll ich da noch der Herzogin allein unter die Augen treten? Laß mich nicht im Stich.«

»Jemand muß über dieses Ereignis in den vornehmsten Cullingforder Kreisen berichten«, sagte Liam zu mir, »und *ich* kann das nicht, Grace.«
»Was wirst du anziehen?« fragte Blanche. »Ich glaube, ich entscheide mich für Weiß, obwohl ich das erst noch mit Mama besprechen muß, denn sie hat ebenfalls eine Vorliebe für Weiß, und ich bin es müde zu hören, wie sehr wir uns ähneln. Die Madeley-Brown wird mit dem protzigen Solitär, den Gideon ihr geschenkt hat, natürlich Aufsehen erregen, und ich habe nicht vor, mich von ihr in den Schatten stellen zu lassen. Ich glaube, du und ich, Grace, wir können ihr die Schau stehlen. Ja, ich werde Weiß tragen, auf der Reise. Und für den Ball wähle ich wohl das Schwarze mit dem tiefen Ausschnitt, denn meine Schultern sind immer noch sehenswert – dazu trage ich Perlen. Ja, das gefällt mir. Und nun zu dir, Grace. Dein Kleid muß einfach Spitze sein, ein Traum, den die Madeley-Brown so schnell nicht vergessen wird.«
»Natürlich wirst du bei mir wohnen«, schrieb Großmutter Agbrigg aus Scarborough. »Dein Zimmer ist bereit.«
»Bitte, komm«, kritzelte Gervase auf die offizielle Einladungskarte.
»Mir fällt kein Grund ein, warum du ablehnen solltest«, sagte Liam. »Und dir?«
Es gab tatsächlich keinen triftigen Grund, und am selben Abend holte ich meine »Londoner« Garderobe hervor und wählte ein eisblaues Taftkleid aus, das vorzüglich für einen warmen Julitag geeignet war, dazu einen blauen Samtschirm mit weißen Seidenspitzen,

den blauen Samthut mit den blauen Satinrosen und dem gesprenkelten Schleier, den ich für mein erstes Zusammentreffen mit Gervase gekauft hatte. Ich besaß noch ein Abendkleid, das ich noch nie getragen hatte. Es war aus cremefarbenem Tüll über mattgoldener Seide, und ein weiteres Kleid, das ich erst einmal getragen hatte, mit einem cremefarbenen Satinrock, der mit Rosenknospen bestickt war und ein karmesinfarbenes Samtoberteil mit winzigen Puffärmeln hatte. So ausgestattet würde ich im *Grand Hotel* Ehre einlegen. Und in meinem Schmuckkästchen, in der untersten Schublade meiner Kommode, die ich nie öffnete, fand ich den Diamantring von Gervase und den Armreif aus feinen Goldkettchen, mit winzigen Amethysten besetzt, den Gideon mir nach jenem Ball in *Tarn Edge* geschenkt hatte.
Doch diese beiden Schmuckstücke gehörten in eine ferne, längst vergangene Zeit, und ich mußte dafür sorgen, daß sie dort blieben. Nach Scarborough würde ich als Gast meines ehemaligen Mannes und als Grace Barforth, Mitherausgeberin des *Star*, reisen.

29

Das Bankett in Low Cross wurde am zweiten und wärmsten Freitag im Juli abgehalten, und alle Barforth-Fabriken, einschließlich der, die Sir Blaize gehörte, blieben an diesem Tag geschlossen. Früh am darauffolgenden Morgen bestiegen wir den Sonderzug nach Scarborough und wurden von den Klängen der Cullingforder Blaskapelle und den guten Wünschen des Bürgermeisters samt Stadtrat begleitet. Die Reise in Gesellschaft von Gervase, Noel und Blanche verlief recht angenehm – Gideons Anordnungen zufolge wurden wir mit einem üppigen Büfett und Champagner verköstigt –, und bei der Ankunft an unserem Bestimmungsort am Meer begrüßten uns die Großeltern Agbrigg, eine weitere Blaskapelle und auf ausdrücklichen Wunsch von Mr. Nicholas Barforth auch Camille.
Camille hatte nicht an den Eröffnungsfeierlichkeiten für die neue Fabrik in Cullingford teilgenommen, weil sie befürchtete, wie sie sich ausdrückte, daß die Herzogin sonst einen Schlaganfall erlitten hätte. Doch als ihr Geliebter aus dem Abteil stieg, schritt sie mit der gelassenen Würde einer Kaiserin auf ihn zu, eine Haltung, die sie wochenlang vor dem Spiegel geübt hatte, wie sie mir anvertraute, doch

diese Würde wich bald der überströmenden Freude, ihn wieder bei sich zu haben. Und so fiel ihre Begrüßung für den Geschmack von Tante Caroline etwas zu überschwenglich aus. Aber da Nicholas Barforth es ausdrücklich verlangt hatte und er noch immer *die* Autoritätsperson war – es ging schließlich unter anderem um das Eigentum von *Tarn Edge* –, zwang sie sich zu einem Lächeln und preßte ein steifes aber deutlich vernehmbares: »Wie geht es Ihnen, Mrs. Inman«, über die Lippen. Sie hatte sich wieder einmal dafür entschieden, ihren Stolz und ihre moralischen Grundsätze dem Wohlergehen ihrer Söhne zu opfern.
In einer langen Prozession von Kutschen wurden wir zum *Grand Hotel* gefahren. In der ersten Kutsche saßen Sir Blaize und Nicholas Barforth mit ihrer Mutter und Schwester und dem Herzog von *South Erin*, der nun sehr gebrechlich war. Danach kamen Camille und Tante Faith, zusammen mit der zierlichen Großmutter Elinor, der Schwester Sir Joel Barforth', die sich in ihrer Weltgewandtheit unverblümt darüber freute, daß einer Geliebten dasselbe Ansehen wie einer Ehefrau zuteil wurde. Als nächstes kam die Kutsche mit Sir Joels zweiter Schwester, Großmutter Agbrigg, und deren Mann, der einst Sir Joels Fabrikleiter und erster Bürgermeister von Cullingford gewesen war. Dann folgten mein Vater und meine jetzt gute Freundin, seine Frau. Die nächste Kutsche war für Gideon, Miss Madeley-Brown und Gervase bestimmt gewesen, doch da die füllige Mrs. Madeley-Brown eineinhalb Plätze für sich beanspruchte, zog er sich höflich zurück und stieg bei Noel, Blanche und mir und der überaus reizend aussehenden kleinen Claire Chard ein. Im *Grand Hotel* wurde uns ein leichter Imbiß serviert. Die Speisen waren sicherlich von Gideon höchstpersönlich ausgewählt worden. Aber die zwanglose Tischordnung mißfiel seiner Mutter, Tante Caroline, offensichtlich.
»Beim Dinner wird doch hoffentlich eine formelle Sitzordnung eingehalten werden«, bemerkte sie indigniert, denn ihrem scharfen Blick war nicht entgangen, daß der Tisch, an dem Gervase – und zu ihrer Entrüstung auch ich – saß, näher bei Mr. Nicholas Barforth stand als der Tisch, an dem Gideon mit seiner goldhaarigen, jungen Verlobten Platz genommen hatte.
»Arme Tante Caroline!« flüsterte Gervase mir zu. »Sie glaubt, daß meine einzige Arbeit darin besteht, pünktlich in Nethercoats zu erscheinen, um meinen Gewinn einzustreichen.«

»Ich nehme doch an, du versäumst diesen Termin nie?«
»Nein, gewiß nicht. Ich erscheine pünktlich auf die Minute. Vergiß dabei bitte nicht, was für ein hartes Leben ein Gutsverwalter führt. Noel kann dir das bestätigen.«
»Mein Sohn befindet sich in einer äußerst mißlichen Lage«, hörte ich Tante Caroline erklärend zu Mrs. Madeley-Brown sagen, »in Gegenwart von Vater und Sohn kann er sich nicht die ihm gebührende Geltung verschaffen.«
Nichtsdestoweniger, als das Mahl beendet war und Kaffee und Brandy serviert werden sollten, und weder Vater noch Sohn Anstalten machten, sich zu erheben, stand Gideon auf und ging plaudernd von Tisch zu Tisch. Bei den Großeltern Agbrigg verweilte er länger und zollte dem ungeschliffenen, aber hoch angesehenen ehemaligen Bürgermeister ehrerbietig Respekt und schüttelte ihm herzlich die Hand. Mit meinem Vater tauschte er einige freundliche Worte; eine knappe Verbeugung und ein zurückhaltendes Lächeln waren angemessen für Vaters Frau.
Er küßte Lady Verity Barforth, seine Großmutter, auf die Wange, und da ihn Großmutter Elinor, mit ihrer allgemein bekannten Vorliebe für große, dunkle Männer, erwartungsvoll anlächelte, küßte er sie ebenfalls. Er nahm Camilles Hand und hielt sie lange genug, um zu zeigen, daß er als Mann von Welt sehr wohl die Vernarrtheit seines Arbeitgebers in diese sinnliche Frau verstehen konnte. Er flüsterte Tante Faith etwas ins Ohr, worauf sie lächelte, plauderte zwanglos mit Onkel Blaize und Mr. Nicholas Barforth, ohne das geringste Anzeichen von Unterwürfigkeit diesen beiden mächtigen Männern gegenüber und zeigte damit deutlich, daß er sich ihnen ebenbürtig fühle.
Dann kam er an unseren Tisch, schlug Noel freundschaftlich auf die Schulter, zerzauste das Haar der hübschen, vierjährigen Claire Chard, die ja als seine Tochter galt, worauf die Kleine, mit mehr Zuneigung als ich erwartet hatte, an seinem Ärmel zupfte.
»Wie geht's, Gervase?«
»Nicht schlecht, ganz und gar nicht schlecht.«
»Klappt es mit deiner Rinderzucht?«
»Ja, ich bin zufrieden.«
Er setzte sich, nahm ein Glas Brandy und unterhielt sich mit Noel und Gervase über junge Bullen und Färsen, ermahnte Claire, sich gut zu benehmen, sagte Blanche, wie schön sie aussähe. Dann stand er

auf, verweilte noch etwas, die Hand auf Noels Rückenlehne, und informierte uns über den weiteren Verlauf des Tages. Dann zerzauste er wieder Claires Locken, machte eine Bemerkung zu einem vorbeigehenden Kellner und schritt davon. Er hatte nicht ein Wort an mich gerichtet.

Auf Lady Veritys Wunsch wurden nach dem Imbiß Fotos gemacht. Eine Kamera war bereits auf der Terrasse aufgestellt worden, und da ich wußte, wie peinlich das Fotografieren werden konnte – denn nicht nur Tante Caroline hatte mit Mißbilligung meine Hand auf Gervases Arm bemerkt –, versuchte ich davor ebenso wie Camille zu fliehen. Aber Großmutter Agbriggs herrischer Ausruf: »Komm hierher, mein Mädchen, und setz dich zu *mir*«, vereitelte mein Vorhaben. Worauf sie ebenso herrisch von mir verlangte, endlich diesen Gerüchten über Liam Adair und mir ein Ende zu setzen.

»Es wäre ratsam für dich, wenn du Elinor nach Frankreich begleiten würdest«, ermahnte sie mich. »Ich habe schon mit ihr darüber gesprochen, und sie würde sich sehr freuen, dich mitzunehmen. Auch mit deinem Vater hatte ich diesbezüglich eine Unterredung . . . Ja, das erstaunt dich, nicht wahr, es ist Jahre her, daß wir nicht mehr miteinander gesprochen haben –, und er erteilte mir gütigst die Erlaubnis, dir diesen Vorschlag zu unterbreiten. Eine recht merkwürdige Antwort, findest du nicht?«

Glücklicherweise rief Tante Caroline Großmutter zu sich, das erste Foto sollte von der älteren Generation gemacht werden – Sir Joel Barforth' Frau, Lady Verity zusammen mit seinen beiden Schwestern.

Danach wurde Lady Verity zwischen ihren beiden Söhnen fotografiert, dann allein mit ihrer Tochter und zum Schluß alle vier gemeinsam. Tante Faith, die Frau ihres ältesten Sohnes, wurde hinzugebeten, womit die Gruppe vollzählig schien, bis Lady Verity mit einem überaus charmanten Lächeln ihre Tochter Caroline und ihren Sohn Nicholas betrachtete und verkündete: »Wenn dies eine Aufnahme mit den Schwiegertöchtern werden soll, so sollten wir wohl Camille mit einschließen, die ich doch als Schwiegertochter betrachten kann. Ja, ganz gewiß, Camille gehört dazu. Meine andere Schwiegertochter, die liebe Georgiana, die leider nicht anwesend ist, würde mir sicher zustimmen.«

»Mutter!« murmelte Tante Caroline schockiert und hoffte wohl, daß den Madeley-Browns die Bedeutsamkeit dieser Anordnung entgangen war. Man schickte nach Camille, stellte sie zwischen Mr. Nicholas Barforth und seinen Bruder, Onkel Blaize. Tante Faith schenkte ihr ein herzliches Lächeln, und Tante Caroline sah sich wieder einmal gezwungen, nachzugeben. Wie so oft in letzter Zeit, und sie versuchte, das Beste daraus zu machen.

Dann gruppierten sich Lady Veritys Enkelkinder um sie herum, Noel, Gideon, Gervase, Blanche, die sich auf die Lippen biß, als sie wohl an die fehlende Venetia dachte – so wie ich an sie dachte – und dann ärgerlich die Stirn runzelte, als Tante Caroline ausrief: »Hortense, meine Liebe, komm und stell dich zu uns – hierher, zwischen Noel und Gideon, mit Blanche an Gideons anderer Seite – und Gervase, oh – neben Noel. Ja, Hortense, komm her – du bist doch sicher damit einverstanden, Mama, denn sie wird schließlich bald auch deine Enkelin sein. Und da Dominic nicht kommen konnte, fehlt sowieso einer.«

Miss Madeley-Brown erhob sich mit einem strahlenden Lächeln. Das wunderschöne gelbe Kleid stand ihr prächtig und ließ ihre vollbusige langbeinige Gestalt vorteilhaft zur Geltung kommen. Ihr Haar, unter dem mit Chrysanthemen geschmückten Hut, schimmerte wie gesponnenes Gold; ein herrliches Gehänge aus Topas zierte ihre Ohren; an einem Finger funkelte der riesige Solitär, und sie hatte keine Ahnung, in welches Hornissennest sie da so gefügig und elegant schritt.

»Blanche!« befahl Tante Caroline scharf, von der Seite erwartete sie den geringsten Widerstand, »mach Platz für Hortense.«

»Ich dachte, daß nur die Enkel dazugehören, Tante Caroline – das hast du doch selbst erst vor einer Minute gesagt.«

»Blanche, mach kein Theater!« warnte Tante Caroline.

»Oh, das liegt mir fern. Ich bemühe mich nur, hilfreich zu sein, Tante Caroline, damit alles seine Richtigkeit hat. Und da nicht nur *ein* Enkelkind fehlt, finde ich, daß Claire die Stelle des zweiten nicht anwesenden Enkelkindes einnehmen sollte. Claire, Liebes, komm hierher, ja, so ist es gut. Nun, Tante Caroline, wo soll Claire Chard sich aufstellen?«

Sie wurde schließlich neben ihren Onkel Noel plaziert. Und als die Gruppe endlich vollzählig zu sein schien, bemerkte Gervase plötzlich: »Es stimmt noch immer nicht ganz, weißt du, denn Grace fehlt.«

»Oh, Grace . . . komm her«, stimmte Blanche sofort zu.

»Gütiger Himmel!« empörte sich Tante Caroline.
»Natürlich muß Grace mit aufs Bild«, beendete Lady Verity die Diskussion. »Ich wollte das gerade sagen.«
»Grace«, sagte Gervase und streckte die Hand nach mir aus, und so wurden wir für die Nachwelt verewigt: Blanche und Noel Seite an Seite mit Venetias Tochter glückstrahlend zwischen sich; Miss Madeley-Brown mit einer Hand auf Gideons Arm, ihr Solitär hob sich funkelnd von dem dunklen Stoff ab; Gervases Finger umschlossen meinen Ellbogen.
Kurz darauf flohen wir aus dieser traulichen Familienfeier – Blanche, Noel, Gervase und ich – und spazierten an den Klippen entlang, genossen die frische, salzige Brise, den warmen Sonnenschein und die entspannte harmonische Atmosphäre zwischen uns. Gervase hielt noch immer meinen Arm umfaßt. Blanche und Noel, mit der übermütig umherhopsenden Claire zwischen sich, benahmen sich ganz freimütig, zwar nicht wie ein Liebespaar, aber wie ein Ehepaar, als das sie sich wohl fühlten. Auf einer schattigen Holzbank ruhten wir eine Weile aus, und Blanche, die um ihren Teint besorgt war, schützte sich vor den Sonnenstrahlen mit ihrem Schirm, während die Männer mit Claire zum Strand hinuntergingen. Onkel Noel und Onkel Gervase trugen sie abwechselnd auf ihren Schultern, suchten Muscheln für sie, zeigten ihr ein Segelschiff am Horizont und die kreischenden, gierigen Möwen auf Futtersuche.
»Ich werde es nie zulassen, daß Gideon sie mir wegnimmt, weißt du«, erzählte mir Blanche und folgte mit den Blicken der dunklen, robusten Gestalt des kleinen Mädchens, das so gar keine Ähnlichkeit mit Venetia hatte.
»Ich wußte gar nicht, daß du Kinder so liebst, Blanche.«
»Nun, das hat mich selbst überrascht, aber . . . dir kann ich es ja eingestehen. Ich betrachte sie als Noels und meine Tochter – verstehst du das? Meine Söhne gehören Dominic und sind mir so fremd geworden wie ihr Vater. Sie ist mir die Tochter, die Noel mir nicht geben darf – dafür sorge ich schon. Und warum auch nicht, Grace? Niemand will sie haben. Die Madeley-Brown wird Gideon eigene Kinder gebären, sobald er sie heiratet – was wohl der Fall sein wird, wenn endlich die leidigen Verhandlungen um *Tarn Edge* ein Ende haben –, und Claire wird in *ihrem* Haus nicht willkommen sein.«
Auf dem Weg zurück zum Hotel begegneten wir Gideon und Miss Madeley-Brown. Sie warf nur einen flüchtigen Blick auf Claire, die

auf Noels Schultern saß und fragte sie süßlich: »Hattest du Spaß am Strand, meine Kleine?« eine Bemerkung, so vermutete Blanche, die Gideons Aufmerksamkeit auf den Sand an Claires Schuhen und Rocksaum lenken sollte, was ihn prompt dazu veranlaßte, seinen Bruder humorvoll zu warnen: »Du wirst dir deine Jacke ruinieren, Noel.«

»Ach . . . wir Landwirte achten auf solche Dinge nicht besonders«, bemerkte Gervase boshaft.

»Glücklicherweise besitzt er eine zweite Jacke«, fügte Blanche aufgebracht hinzu. »Komm jetzt, Noel. Das Kind gehört ins Bett. Das Kindermädchen wartet schon auf uns.«

Und wieder hatte Gideon kein einziges Wort zu mir gesagt.

Für den Abend wählte ich das Kleid mit dem karmesinroten Oberteil und dem cremefarbenen Satinrock, hauptsächlich weil Blanche es als elegant und ungewöhnlich bezeichnet hatte und der Ausschnitt so tief war, daß er Tante Caroline schockieren würde.

»Du hast einen sehr hübschen Busen, Grace – was mich überrascht, da du so dünn geworden bist. Und wenn du dein Haar hochsteckst und aus der Stirn kämmst, kommen deine großen Augen noch besser zur Geltung. Hast du nichts Besseres als dieses Goldkettchen für den Hals? Oh, Grace, du hattest doch früher eine Menge Schmuck.«

»Ja, das war einmal. Ich habe ihn weggelegt und trage ihn nicht mehr.«

»Ach, das tut mir leid. Aber dieses Goldkettchen paßt wirklich nicht dazu. Du solltest Rubine tragen – große Steine, die von Perlen umgeben und in antikes Gold gefaßt sind. Deine Freundin Camille besitzt ein solches Schmuckstück. Aber da Tante Caroline es sicherlich erkennen und wieder völlig falsche Schlüsse daraus ziehen würde, ist es wohl besser, ich leihe dir etwas. Glücklicherweise habe ich mein schwarzes Samtband dabei. Es ist mit Perlen bestickt und wird dir großartig stehen.«

Das jedenfalls fand auch Gervase und drückte seine Bewunderung aus, als er mich zu Tisch geleitete, denn man hatte mir der Form halber für diesen Abend den Platz an seiner Seite eingeräumt. Und so saß ich neben ihm, erlaubte ihm, daß er die Serviette über meine Knie breitete, meine Hand berührte, als er mir die Menükarte reichte, sich über mich beugte, mir seinen Atem ins Gesicht hauchte und mich daran erinnerte – was wohl mehreren der anwesenden Gäste gelegen käme –, wie leicht es für mich wäre, wie *bequem*, wieder

zu ihm und zu seiner Familie zurückzukehren, die mich niemals abgelehnt hatte.
Das Dinner zog sich in die Länge und wurde von mehreren Toasts und Ansprachen unterbrochen. Beide, Gideon und Gervase, richteten das Wort an die Gäste. Mr. Nicholas Barforth dankte kurz und würdevoll, und Sir Blaize Barforth, der in früheren Jahren ein charmanter Frauenheld gewesen war, trank mit witzigen Worten auf das Wohl seiner weiblichen Verwandten. Alles verlief recht harmonisch und war vorzüglich organisiert. Dann wurden die Damen gebeten, die kleinen Päckchen zu öffnen, die neben jedem Teller lagen, und von überraschten freudigen Ausrufen begleitet, entnahmen die Barforth-Damen daraus je eine Goldkette, an der der zu ihnen passende Glücksstein befestigt war. Für Miss Madeley-Brown, so bemerkte ich, war es ein Diamant, für Blanche eine Perle und für mich ein Rubin, genau der Stein, der zu meinem Kleid paßte.
Gervase legte mir die Kette um den Hals, rückte das Juwel zurecht und berührte dabei mit dem Handrücken leicht meinen Busen. Das kostbare Schmuckstück fühlte sich sehr kalt auf meiner Haut an, als er die Hand wegnahm.
»Onkel Nicholas – vielen Dank – oh, wie wunderbar!« trällerte Blanche, die genau den Preis von Perlen kannte und zufrieden die Größe ihrer Perle betrachtete.
»Der Dank gebührt Gideon«, wehrte Nicholas ab, »es war seine Idee, und er hat die Steine entsprechend dem Geburtsmonat ausgewählt.«
»Danke, Gideon«, sagte sie, und da nun alle aufstanden, um zu tanzen, ging sie zu ihm. Sie war etwas beschwipst und stellte sich auf die Zehenspitzen und küßte ihn auf die Wange.
»Ich danke dir ebenfalls, Gideon«, sagte Camille lächelnd. Ein Amethyst glitzerte an ihrem Hals, und sie gab ihm ebenfalls einen Kuß. Alle Barforth-Damen folgten ihrem Beispiel, und auch ich mußte zu ihm gehen, um meinen Dank auszudrücken. Sollte er mir ausweichen oder mich einfach ignorieren, so mußte ich damit fertig werden und jedem, der es bemerken würde – und Gervase würde es sicher nicht entgehen –, glaubhaft machen, daß seine feindselige Haltung mir gegenüber allein meiner Stellung beim *Star* zuzuschreiben war.
Ich ging auf ihn zu. Er schien mich nicht zu bemerken und wandte sich von mir ab. Ich streckte die Hand aus und berührte seinen Arm.

Ich zuckte heftig zurück, als hätte der Stoff mich verbrannt, und als er dann auf mich herabblickte, völlig ausdruckslos, so als würde er mich nicht erkennen, befürchtete ich, meine Stimme würde versagen, so trocken war meine Kehle.
»Danke, Gideon.«
Er nickte schroff und verzog den Mund zu einem schmalen Lächeln. Er beherrschte seine Gefühle, wie es einem Gentleman angemessen war, obwohl er sicherlich zutiefst wünschte, er könnte mich aus seinem Leben verbannen. Und ich verstand plötzlich mit Entsetzen und einem gänzlich unsinnigen Gefühl der Qual, daß er mich mit seinem Schweigen weder bestrafen noch demütigen wollte, sondern daß er es einfach nicht ertragen konnte, mit mir zu sprechen.
Dann ging ich in den Ballsaal und tanzte mit Gervase, suchte wieder Zuflucht bei ihm, denn ich war erschüttert und merkwürdig hilflos. Es kümmerte mich nicht mehr, welche Spekulationen unser Zusammensein bei den anderen hervorrief, ich spürte nur, daß er der einzige Mensch war, den ich jetzt ertragen konnte und der mein Schweigen, mein Leid akzeptierte, ohne eine Frage zu stellen. Allmählich gewann ich meine Fassung zurück und bemerkte, daß ich schon recht lange in seinen Armen lag, vor aller Augen zugegeben, aber es war nichtsdestotrotz eine Umarmung, die Erinnerungen in mir weckte, von Zuneigung und Zärtlichkeit sprach, doch überwiegend freundschaftlich war, sich jedoch ohne weiteres in eine liebevolle Leidenschaft wandeln könnte.
»Wenn ich dir heute zum ersten Mal begegnet wäre«, sagte Gervase, »hättest du mich bereits bezaubert, weißt du das?«
»Dann ist es wohl besser, daß wir uns schon kennen.«
»Nun, und wenn es so wäre, frage ich mich, was du gegen mich einzuwenden hättest. Ich *bin* der Vater eines unehelichen Kindes. Aber die aufgeklärte und unabhängige Grace Barforth vom *Star* sollte mir das wohl verzeihen können.«
»Gervase, das tue ich . . . daraus habe ich dir nie einen Vorwurf gemacht.«
»Ich spreche nicht von der Vergangenheit, Grace. Ich spreche von meinem *jetzigen* Leben, so als wäre ich dir eben erst vorgestellt worden. Der Junge und das Gut sind ein wesentlicher Bestandteil davon. Sie runden sozusagen meine Persönlichkeit ab. Vor dir steht ein *ganzer* Mann – der ich früher nicht gewesen bin. Und dieser Mann mißfällt mir nicht. Wenn wir uns heute abend zum ersten Mal be-

gegnet wären, würde ich alles daransetzen, daß du ihn auch magst.«
»Und du hättest eine sehr faire Chance auf Erfolg.«
»Oh, danke, Grace. Hätte ich vor langer Zeit gewußt, daß dir ein sehr gewöhnlicher Landwirt mit einem nicht sehr großen Gut und einem reizenden, aber wohl auch recht gewöhnlichen Sohn gefallen könnte, dann frage ich mich . . .«
»Laß es lieber. Es hätte nichts geändert. Alles wäre so gekommen, wie es nun einmal gekommen ist.«
»Es sei denn, ich hätte eine echte Begabung fürs Geschäft entwickelt, denn dann wärst du heute abend die Gastgeberin hier – eine Rolle, die dir weitaus besser liegt als der betörenden Madeley-Brown.«
»Es hat auch keinen Sinn, darüber Spekulationen anzustellen.«
»Nun, dann frage ich mich, ob du noch ein Glas Champagner mit mir trinkst? Das scheint mir ein sehr vernünftiger Zeitvertreib für ein geschiedenes Ehepaar zu sein.«
Wir tranken weit mehr Champagner, als ich beabsichtigt hatte, und als wir eine Stunde später in den Ballsaal zurückgingen, sah ich Hortense Madeley-Brown neben Tante Caroline sitzen. Sie war zu selbstgefällig und eingebildet, um zu merken, daß sie vernachlässigt wurde. Ich fragte Gervase: »Was hältst du wirklich von ihr, Gervase?«
»Von Miss Madeley-Brown? Nun, ich würde wohl eine Nacht oder zwei in ihrem Bett sehr genießen, denn ihr Körper ist wirklich atemberaubend, das läßt sich nicht leugnen. Es wäre wohl ein Gefühl, als würde man Aphrodite huldigen, und das könnte doch zumindest ein sehr köstlicher Aperitif sein.«
»Gervase, das ist nicht die Sprache eines Landwirtes.«
»Nein. Aber ich war einmal ein sehr draufgängerischer wilder junger Mann, wie du dich sicher erinnerst.«
»Ja, das habe ich nicht vergessen.«
»Ich bin es nicht mehr, Grace – bitte glaube mir. Aber ich bin weder langweilig noch stumpfsinnig, das hoffe ich wenigstens, sondern recht zuverlässig. Glaubst du mir das?«
»Das will ich dir nicht absprechen, Gervase . . . wie denkst du über mich?«
Mit einer kameradschaftlichen Geste nahm er meine Hand und küßte mich zärtlich auf die Wange.
»Ich mag dich, Grace. Und ich finde, darauf ließe sich etwas aufbauen.«

Das wäre in der Tat möglich. Den ganzen Tag war ich von Menschen umgeben gewesen, die meine Kindheit begleitet hatten, mich erzogen und geformt und nie die Hoffnung aufgegeben hatten, daß ich wieder zu ihnen zurückkehren würde. Ein Dutzend Menschen hier brachten mir aufrichtige Zuneigung entgegen; und ein Mann haßte mich. Die Zuneigung war wie ein dünner Nebelschleier in der Weite eines Herbstmorgens. Der Haß war eine Realität für mich.

Irgendwann nach Mitternacht verließ ich in Begleitung meiner Agbrigg-Großeltern den Ball. Gervase, ganz der höfliche Kavalier, brachte uns zu ihrem Haus, das nur eine halbe Meile entfernt war.

»Wie soll ich das verstehen?« sagte meine Großmutter zu mir, als Gervase durch die Dunkelheit davonschlenderte. »Ich nehme an, er möchte, daß du zu ihm zurückkehrst – als seine Frau, denn etwas anderes kann er nicht von dir erwarten.«

»Ja, ich glaube, das möchte er . . . ja.«

»Nun, ich habe zwar kein Recht, mich einzumischen – das hat dein Vater mir nachdrücklich zu verstehen gegeben –, aber das wäre doch eine zufriedenstellende Lösung, findest du nicht?«

»Vermutlich, ja. Aber es wird ihm keineswegs das Herz brechen, wenn ich ablehne, weißt du. Er hätte es sicherlich gern, wenn ich ja sagen würde, aber er wäre mir auch nicht böse, wenn ich nein sage.«

»Du meine Güte! Welche Kaltblütigkeit du zeigst.«

»Nein, es ist nicht Kälte, Großmutter, sondern nur Vernunft. Er ist jetzt fast ausschließlich mit sich selbst beschäftigt. Man könnte ihn autark nennen – wer hätte das je gedacht? Er mag mich, aber er braucht mich nicht. Nun, das zumindest ist doch erfreulich. Großmutter, es wird dir zwar nicht gefallen, aber ich fahre morgen mit dem Frühzug nach Cullingford zurück.«

»Ach – und du bildest dir ein, in Cullingford wartet jemand auf dich, der dich braucht?«

»Nein, dort gehöre ich nur einfach hin.«

»Hannah«, sagte Großvater barsch, »laß das Mädchen in Ruhe. Sie weiß, was sie tut.«

Aber dieses Vertrauen in mich konnte ich nicht teilen, denn der Entschluß abzureisen wurde keineswegs von der unabhängigen autarken Frau getroffen, die ich vorgab zu sein – ich lief einfach vor Gideon davon.

30

Großvater brachte mich am nächsten Morgen zum Bahnhof, fand – gemäß den Anordnungen meiner Großmutter – ein Abteil für mich, in dem bereits zwei ältere Damen saßen. Er stellte mir keine Fragen. Ich händigte ihm zwei Briefe aus, einen für Camille und einen anderen für Blanche, worin ich meine verfrühte Abreise mit »geschäftlichen Verpflichtungen« erklärte. Das würden die beiden zwar nicht glauben, aber es war mir gleichgültig.
»Diese Zugverbindung ist sehr schlecht«, sagte Großvater. »Du mußt in Leeds umsteigen und hast dort einen längeren Aufenthalt. Gib auf dich acht, mein Mädchen . . .« Und als ich ihm gerade versicherte, daß ich daran gewohnt war, allein zu reisen und mir der Gefahren wohl bewußt war, sah ich Gideon Chard den Bahnsteig entlangschreiten, einen ledernen Aktenkoffer in der Hand, eine Zeitung unter dem Arm. Höflich zog er den Hut, als er mich sah, und stieg in ein Abteil am anderen Ende des Zuges, so weit wie möglich von mir entfernt.
»Was, zum Teufel . . .?« erzürnte sich Großvater, denn welchen Groll Gideon auch immer gegen den *Star* haben mochte, es war höchst unhöflich, ja für einen Gentleman unverzeihlich, einer ihm bekannten Dame Gesellschaft und Schutz auf der Reise zu verweigern – und es war eine unerhörte Beleidigung, wenn diese Dame eine Verwandte war.
»Grace, was fällt ihm nur ein?« Aber die Türen wurden zugeschlagen, der Zug setzte sich in Bewegung, und ich konnte Großvater nur noch durchs Fenster zuwinken. Dann sank ich mit zitternden Knien in den Sitz und versteckte mich vor den neugierigen Blicken der beiden älteren Reisegefährtinnen, indem ich die Augen schloß.
Im ersten Moment, als ich Gideon erspähte, war ich zu Schreck erstarrt, denn ich hatte angenommen, er wäre zum Zug gekommen, um mich zu verabschieden und nicht, weil er ebenfalls nach Cullingford zurückfahren wollte. Und während der nächsten dreißig oder vierzig Meilen zählte ich mir alle Gründe auf, die seine frühzeitige Abreise verursacht haben mochten. Das eigentliche Fest war vorüber. Den Sonderzug am Nachmittag würden nur wenige Familienmitglieder nehmen.
Onkel Blaize und Tante Faith blieben noch für den Rest der Woche in Scarborough bei Lady Verity, die die Versöhnung ihrer beiden

Söhne solange wie möglich auskosten wollte. Blanche und Noel würden nicht vor Mittwoch abreisen und vielleicht ebenfalls länger bleiben, sollte das schöne Wetter andauern. Gervase hatte es ebenfalls nicht eilig, nach *Galton* zurückzukehren. Über Tante Carolines Pläne war ich nicht informiert, doch sie würde sich kaum die Gelegenheit entgehen lassen, ihren Bruder zu einer Entscheidung bezüglich *Tarn Edge* zugunsten von Gideon zu drängen, und es war durchaus möglich, daß sie mit Miss Madeley-Brown im *Grand Hotel* ausharrte, bis die Würfel endlich gefallen waren. Und in dem Fall war es nicht weiter verwunderlich, daß Gideon es vorzog, allein mit dem Frühzug nach Cullingford zurückzukehren, denn auf ihn warteten sicherlich dringende Geschäfte.
Er konnte nicht gewußt haben, daß ich mit demselben Zug fahren würde. Diese Entscheidung hatte ich erst heute nacht getroffen und mit niemandem darüber gesprochen. Mein Anblick hatte ihn ebenso schockiert, wie mich sein unvermutetes Auftauchen auf dem Bahnsteig. Aber das war jetzt gleichgültig. Auch wenn ich gewußt hätte, daß er mit dem Frühzug reisen würde, wäre ich nicht in Scarborough geblieben. Ich wollte zurück in mein eigenes Haus, meine Umgebung, mein Leben, und daß er im selben Zug wie ich saß, war mir zwar peinlich, konnte mich aber nicht aufhalten. Doch während der ganzen heißen, anstrengenden Reise sprach ich kein Wort mit den freundlichen, besorgten Damen, die sich jedesmal, wenn ich die Augen schloß, zuflüsterten, wie elend und blaß ich aussähe. Und als wir endlich in Leeds ankamen, fühlte ich mich tatsächlich erbärmlich.
Auf dem Bahnsteig herrschte geschäftiges Treiben, und Menschen, die sich nicht begegnen wollten, konnten sich wohl aus dem Weg gehen. Ich blieb in meinem Abteil, bis Gideon draußen vorbeiging, folgte ihm dann langsam über den Bahnsteig und verschwand sofort in dem Wartesaal, der für Damen reserviert war. Ich zwang mich, eine halbe Stunde verstreichen zu lassen, ehe ich mich auf die Suche nach dem Anschlußzug nach Cullingford machte und hoffte dabei inständig, daß Gideon in Leeds bleiben oder nach London oder sonstwohin weiterreisen würde, denn auf dem kleinen Bahnhof von Cullingford war es unvermeidbar, daß wir uns begegneten. Aber da entdeckte ich ihn, wie er mit ungeduldigen Schritten auf und ab ging, gereizt an seiner Zigarre sog – und in diesem einen Moment der Unachtsamkeit geschah es, ich spürte wie etwas hart gegen mei-

ne Kniekehlen schlug, hörte schrille Warnrufe und aufgeregtes Geschrei, erkannte noch verschwommen die Umrisse von Koffern und Kisten, ehe ich zu Boden stürzte und in Ohnmacht fiel.
Was passiert war, weiß ich nur aus den Schilderungen der Leute. Als ich allmählich wieder zu mir kam, blinzelte ich verwirrt in dicht über mich gebeugte Gesichter, hörte laute Stimmen, die darüber stritten, ob der Gepäckträger, der mich mit seinem Karren angefahren hatte, betrunken oder einfach rücksichtslos gewesen war oder ob ich an dem Zusammenprall schuld war, weil ich entweder betrunken, taub oder einfach zu dämlich war, um ihm rechtzeitig auszuweichen. Hilflos, verwirrt und unfähig, einen klaren Gedanken zu fassen, versuchte ich mich aufzurichten und war unendlich erleichtert, als Gideon sich durch die versammelte Menge drängte, mir auf die Füße half, und da ich nicht auftreten konnte, mich auf die Arme nahm und irgendwohin trug, mir den Schuh auszog und die Anordnung gab, meinen Knöchel zu versorgen, der zusehends dicker wurde.
Eine tüchtig aussehende Frau badete meinen Fuß in kaltem Wasser und wickelte eine Bandage darum, während ich das Glas Brandy, das Gideon mir reichte, bis auf den letzten Tropfen austrank, was nicht gerade dazu beitrug, mir einen klaren Kopf zu verschaffen. Undeutlich wurde mir bewußt, daß Gideon irgendwie die Abfahrt des Zuges verzögert hatte. Und noch ganz benommen von dem Schreck und dem Brandy erlaubte ich Gideon, mich in ein Abteil zu tragen, wo er mich sorgsam auf die Sitze bettete und mir ein Kissen, das er irgendwie aufgetrieben hatte, in den Rücken stopfte.
Wahrscheinlich hatte ich eine leichte Gehirnerschütterung davongetragen. In dem verstauchten Knöchel pochte es schmerzhaft, und der Brandy war mir zu Kopf gestiegen. Das alles trug wohl dazu bei, daß ich die ganze Situation keineswegs peinlich oder beschämend fand.
»Himmel, Gideon, ist das nicht lächerlich!«
»Unfälle passieren nun mal.«
»Oh . . . wo ist meine Tasche . . .«
»Dort, in der Ecke.«
»Ah, ja . . . Gott, wo ist mein Hut?« Denn ich hatte eben erst gemerkt, daß ich ihn nicht mehr auf dem Kopf hatte.
»Ich fürchte, der ist ruiniert. Die Eisenbahngesellschaft wird dir einen neuen kaufen.«

»Oh . . . *verdammt!*«
»Was ist jetzt?«
»Ich weiß nicht, mir ist nur so komisch zumute.«
»Spar dir die Gefühle. Sei doch froh, daß du nicht alleine warst.«
Da ließ ich mich willig in einen leichten Schlummer sinken, überließ erleichtert Gideon alles – der doch so gern für andere entschied – und unternahm keinen weiteren Versuch, meine verwirrten Sinne zu einer Entscheidung zu zwingen. Und als ich wieder soweit zu mir kam, um mich beunruhigt zu fragen, wie ich hierher in dieses Abteil gekommen war und was ich hier zu suchen hatte, fuhren wir bereits in Cullingford ein.
»Wirst du abgeholt, Grace?«
»Nein. Ich werde erst morgen erwartet.«
»Dann werde ich dich mitnehmen.« Und widerspruchslos, wie ein Kind, ließ ich mich in seine Kutsche tragen, und bald erkannte ich, daß unser Ziel *Tarn Edge* war.
Der Butler, dessen vornehme Eleganz lange das Tagesgespräch von Cullingford war, begrüßte uns mit unbewegtem Gesicht, so als wäre es nichts Ungewöhnliches, daß sein Herr mit einer barhäuptigen, leicht beschwipsten Frau auf den Armen nach Hause kam.
»Bringen Sie Sandwiches und Kaffee in den Salon, Sherston, und eine Flasche gekühlten Chablis.«
»Jawohl, Sir.«
»Und Mrs. Barforth wird sich wohl etwas zurechtmachen wollen.«
»Gewiß . . . sofort, Sir.«
Zwei Hausmädchen und die Haushälterin mit dem Gehabe einer herzoglichen Matrone brachten mich in ein Zimmer, holten heißes Wasser und warme Handtücher, Kämme und Bürsten und führten mich dann, nicht mehr ganz so benebelt, aber noch immer in einem gefährlichen Zustand der Passivität, in den Salon und setzten mich in den Sessel, den Gideon ihnen anwies. Der Salon war angenehm kühl und wohlriechend, ein wahrer Segen nach der Hitze und dem Staub dieses langen Tages.
Die Sandwiches, die dann gebracht wurden, waren mit geräuchertem Lachs belegt und hübsch garniert, der Wein in den hohen Kristallgläsern eisgekühlt, eine Freude für meinen Gaumen und meinen verwirrten Geist.
»Nun, ich wollte dich immer schon schwach und hilflos sehen,

Grace«, sagte Gideon und hob sein Glas. »Und jetzt habe ich es erreicht.«
»Ja.« Nicht für lange, natürlich, doch für den Augenblick war ich ihm zwar nicht völlig ausgeliefert, aber ich hatte den Kampf eingestellt. Die Bedenken meines Großvaters, mich allein reisen zu lassen, hatten sich ironischerweise bewahrheitet – ich war von einem Mann gekidnappt worden. Ich lachte laut auf.
»Was amüsiert dich so?«
Ich erzählte es ihm, und auch er mußte widerwillig lächeln.
»Unglücklicherweise ist es nicht so einfach.«
»Unglücklicherweise?«
»Ja, Grace. Wenn ich dich entführen und irgendwo einsperren und dich oft genug verführen würde, hättest du bald keine Lust mehr dazu, vor mir zu fliehen – das jedenfalls besagt die Theorie. Aber das kann ich nicht tun.«
»Möchtest du es denn tun?«
»O ja. Es gab da mal einen Moment, wo es mir fast gelungen wäre. Mein Unglück war, daß ich erwartete, du würdest als willige Gefangene zu mir kommen.«
»O Gideon . . . *Gideon* . . .«
Nie zuvor in all den Jahren, die ich ihn nun kannte, hatte ich ihn so erschöpft und niedergeschlagen gesehen. Nie zuvor in meinem Leben hatte ich dieses intensive Verlangen verspürt, jemandem körperlich und geistig ganz nahe zu sein. Nie zuvor waren mir meine eigenen Bedürfnisse, meine lächerlich kleine Würde, mein so überaus hochgeschätzter gesunder Menschenverstand, meine eigene Identität so unwichtig erschienen wie jetzt, da ich nur noch das Bedürfnis hatte, ihm alles zu geben. Und es erschien mir ratsam, diesem überwältigenden Gefühl der Selbstaufgabe sofort ein Ende zu setzen.
»Ich dachte, ich hätte dich dazu gebracht, mich zu hassen, Gideon.«
»Das ist dir auch gelungen. Und weil ich den Grund dafür verstanden habe, spielte ich dasselbe Spiel. Ich habe dich gehaßt – sporadisch.«
»Gestern hast du es nicht über dich gebracht, mit mir zu sprechen.«
»Ich weiß.«
»Deswegen habe ich heute den Frühzug genommen. Ich bin vor dir davongelaufen.«
»Ist das etwas Neues? Du bist doch vor mir davongelaufen seit . . .«
»Seit meinem achtzehnten Lebensjahr, als du nach Fieldhead kamst und so tatest, als wolltest du es kaufen und mich gleich dazu – so

dachte ich jedenfalls – und meine Stiefmutter umschmeichelt hast, anstatt mich im Garten abzufangen und zu küssen und mir zu sagen – o Gott, was schwatze ich für albernes Zeug!«

»Anstatt dir zu sagen, daß ich dich liebe? Aber damals habe ich dich noch nicht geliebt, Grace. Das geschah erst später – wäre auf jeden Fall geschehen, ganz gleich unter welchen Umständen. Aber ehe ich ein weiteres Wort dazu sage – denn es geht um meinen Stolz oder vielmehr um das, was davon übriggeblieben ist –, muß ich wissen, ob auch du mich geliebt hast.«

»Ja. Ja natürlich habe ich dich geliebt.«

»Das genügt mir nicht, Grace. Auch wenn du jetzt mit mir nach oben kämst und dich mir rückhaltlos hingäbst, würde es mir nicht genügen.«

»Was erwartest du von mir?«

»Du hast jede Gelegenheit, die sich dir bot, benutzt, um mich zu verletzen und zu demütigen, nicht wahr?«

»Ja, leider.«

»Ich verlange Wiedergutmachung. Du bist eine kluge Frau, und es wird dir sicher etwas einfallen.«

»Und welchem Zweck soll das dienen?«

»Das kümmert mich zum gegenwärtigen Zeitpunkt wenig. Du bist sehr erfinderisch, wenn es darum geht, mir weh zu tun. Jetzt solltest du deine Fähigkeiten als Heilerin unter Beweis stellen. Das habe ich bitter nötig, Grace.«

»Ja.«

Erst letzte Nacht war ich gefragt worden, ob mich in Cullingford jemand brauche, und ich hatte nicht erwartet, daß dieser jemand Gideon sein würde. Und jetzt, obwohl diese Worte niemals über meine Lippen kommen würden, drängte es mich, ihm zu sagen: »Ja, ich will, daß du mich brauchst. Du sollst mein Lebensinhalt sein und alles von mir fordern, was ich dir geben kann, denn ich brauche dich ebenfalls. Verlange alles von mir, und du wirst sehen, wie ich über mich hinauswachse, um dir selbst das scheinbar Unmögliche zu geben.« Dies war die verzehrende Leidenschaft, die Venetia für Robin Ashby empfunden hatte, der Kreuzzug, dessen ich mich für unfähig gehalten hatte. Ich liebte ihn. *Natürlich* liebte ich ihn. Jahre meines Lebens hatte ich im Schatten dieser Liebe gelebt. Und jetzt endlich war ich soweit, daß ich sie ihm gestehen konnte.

»Ich hatte Angst«, sagte ich bedächtig. »Eine physische Angst, weil ich dich begehrte – so heftig begehrte und es nicht verstand. Wie hätte ich es auch verstehen sollen? Achtzehnjährige Mädchen dürfen solche Empfindungen nicht haben. Aber ich kann nicht die ganze Schuld für mein Verhalten auf mich nehmen, Gideon, denn du warst älter und in diesen Dingen erfahrener. Du hättest es verstehen und mir helfen können, damit fertig zu werden. Stimmt das nicht?«

»Nein«, erwiderte er mit einem traurigen Lächeln. »Ich habe mich so verhalten, wie ich erzogen wurde. Das heißt: ein jungfräuliches Mädchen ist für einen Gentleman tabu. Ich war ein paar Jahre älter und hatte ein wenig mehr Erfahrung, aber nicht genug, um zu wissen, daß es besser gewesen wäre, dich einfach zu entführen. Das habe ich erst später gelernt. Aber selbst damals, Grace, war es nicht die Angst allein, die dich vor mir zurückschrecken ließ. Meine Liebe, ich *weiß*, daß du mir nicht vertraut hast, und ich weiß auch, warum, aber das möchte ich gern von dir hören.«

»Ja. Ich begriff, daß du eine reiche Frau heiraten mußtest. Ich war vermögend, und man hatte mir schon frühzeitig beigebracht, daß Männer mich deswegen umwerben würden. Mein Vater hat mich gelehrt, daß Ehen nur aus Vernunftgründen geschlossen werden sollten, kühl und wohlüberlegt. Ich konnte mein Gefühl für dich damals nicht benennen, aber es war alles andere als kühl. Wir alle wissen, wie traurig es ist, wenn Frauen glauben, aus Liebe geheiratet worden zu sein, aber nur des Geldes wegen geheiratet wurden. Davor hatte ich Angst. Und du hast nichts getan, mir diese Angst zu nehmen. Deine Ehe mit Venetia bestätigte meine Befürchtungen.«

»Da warst du bereits mit Gervase verheiratet, Grace. Nicht ich habe dir den Laufpaß gegeben.«

»Aber du warst auch nicht verliebt in mich, nicht wahr?«

Wieder schüttelte er leicht den Kopf, eine Bewegung, die Trauer und Bedauern ausdrückte.

»Ich fürchte, nein. Wenn ich dich damals schon geliebt hätte, meine Liebe, als du achtzehn und reif für die Liebe warst, so hätte ich wohl meine Gentleman-Manieren vergessen und keine Rücksicht auf deine mädchenhafte Scheu genommen . . . Aber auch so warst du der Grund dafür, daß ich meine Hochzeit mit Venetia solange wie möglich hinauszögerte. Der Grund dafür war mir eigentlich nicht bewußt. Ich wollte einfach nicht mit dir in einem Haus leben. Das schien mir nicht sehr klug zu sein. Denn ich ahnte, daß mir das Haus, *dieses* Haus, bald – zu bald – ohne dich unerträglich werden würde. Es waren sehr schwierige Zeiten für mich, Grace. Ich stand am Anfang meiner beruflichen Karriere und mußte sehr viel lernen, gegen Feindseligkeiten und Vorurteile von allen Seiten kämpfen, denn meine eigene Familie deklassierte mich, und jeder Betriebsleiter wartete nur auf eine Gelegenheit, mir ein Bein stellen zu können. Es ist sehr anstrengend, wenn man sich Tag und Nacht nach allen Seiten absichern muß. Du warst der einzige Mensch, der verstand, welche Leistungen ich zu erbringen hatte und wieviel Mühe und Kraft es mich kostete. Du und Nicholas Barforth, ihr wußtet es. Aber selbst er merkte nicht, welchen Widerwillen ich gegen diese Webereien – diese Stadt – am Anfang hatte. Es war nicht mein Wunsch, Geschäftsmann zu werden, Grace. Ich wollte einfach nur reich werden. Wenn ich die Möglichkeit gehabt hätte, auf irgendeine andere Art und Weise zu Geld zu kommen, dann hätte ich mich doch wohl nicht selbst zu zwölfstündiger Plackerei in diesen Fabriken gezwungen. Und ich glaube, auch das hast du verstanden. Ja, ich glaube sogar, daß du an meiner Stelle ebenso gehandelt hättest.«

»Ja, das habe ich verstanden. Und ich habe dich dafür ungeheuer bewundert.«

»Bewunderung? Ist das alles, was du für mich empfunden hast?«

»Wahrscheinlich nicht. Mehr konnte ich mir beim besten Willen nicht zugestehen. Du weißt, in bin sehr eigensinnig. Du warst verheiratet, Gideon. Und ich habe deine Frau wie eine Schwester geliebt.«

»Ich weiß«, erwiderte er. Sein Lächeln war schwer, voller Trauer. »Ich weiß. Und sonderbarerweise waren das auch meine Gefühle für sie. O ja, du magst mich jetzt überrascht und ungläubig anblicken, aber es ist die reine Wahrheit. Genauso habe ich für sie empfunden, wie für eine Schwester. Aber in ihrem Fall war dieses Gefühl natürlich unangemessen. Als sie mich wegen Robin Ashby verließ, unternahm ich keinen Versuch, sie zurückzuholen. Natürlich habe ich den Vorteil sofort erkannt, der sich für mich daraus ergab. Aber ich habe mir ehrlich gewünscht, daß sie glücklich werden möge. Wenn das die Erfüllung ihrer Sehnsüchte bedeutete, so hatte ich nicht vor, ihr dieses Glück zu zerstören. Ihr Leichtsinn grenzte an Wahnsinn. Trotzdem hoffte ich, daß diese Affäre für sie gut ausgehen würde.«

»Gideon . . . wie froh ich bin, daß du mir das gesagt hast.«

»Ja. Ich dachte mir, daß dir das gefallen würde. Was ich dir jetzt erzählen werde, wird dich nicht so erfreuen. Venetia war also aus dem Haus, mit meinem Segen, obwohl sie das nicht ahnte. Ich wußte, wie es um Gervase und Diana Flood stand. Was Nicholas Barforth damals vermutete oder ahnte – ich weiß es nicht. Jedenfalls beobachtete er mich in diesen Monaten wie ein Habicht, und ich mußte mich hüten, dir zu nahe zu kommen. Aber du warst die Frau, die ich haben wollte, und ich wartete nur auf eine günstige Gelegenheit. Wir würden weiterhin so zusammenleben, wie in den Jahren vorher – mit dem Unterschied, daß wir am Ende eines Abends, wenn die letzten Gäste das Haus verlassen hatten, Hand in Hand die Treppe hinaufsteigen und in *ein* Bett gehen würden. Ich wollte dich mit mir auf Reisen nehmen, wollte dich tyrannisieren und verwöhnen und dafür sorgen, daß du mich ebenso verwöhnst. Ich wollte dich haben, Grace . . . und da tauchst du plötzlich auf und verlangst, daß ich Venetia wieder aufnehme. Wieder einmal hatte ich den rechten Zeitpunkt verpaßt und mußte meine Pläne aufgeben.«
»Ich hätte dich immer gebeten, sie wieder aufzunehmen, Gideon. Selbst wenn wir schon ein Liebespaar gewesen wären.«
»Meine Liebe, das weiß ich. Über ihren Tod möchte ich nicht sprechen. Wie du richtig vermutet hast, war ich entsetzt, als ich von deiner Absicht erfuhr, dich von Gervase scheiden zu lassen – entsetzt und außer mir vor Wut. Und ich war fest entschlossen, dich daran zu hindern. Deine Beurteilung meiner Motive damals in London war absolut richtig. Mit dem gesellschaftlichen Stigma einer Scheidung konnte ich mich nicht abfinden, zumal ich keine Notwendigkeit dafür sah. Irgendwie wollte ich dich dazu bringen, dieses Vorhaben aufzugeben und mit mir hierher zurückzukommen, dort, wo du hingehörst. Niemand weist mit anklagendem Finger auf Blanche und Noel. Warum sollte sich jemand an unserem Zusammenleben stören? Ich wäre dir treu gewesen, weißt du – und hätte dich überaus zuvorkommend behandelt, weitaus besser, als wenn du meine Frau gewesen wärst. Nimm dir ein Beispiel an Noel. Ein Ehemann setzt einfach voraus, daß seine Frau ihm alles verzeiht. In den meisten Fällen bleibt ihr auch kaum eine andere Wahl. Aber mit einer Geliebten muß ein Mann viel vorsichtiger umgehen, denn sie ist nicht an ihn gebunden. Hat nicht Grace Barforth sich in dieser Hinsicht im *Star* geäußert? Gibst du zu, daß ich dich hätte glücklich machen können?«

»Ja, absolut glücklich – früher einmal. Das Leben, das du für mich plantest, hätte mich zutiefst zufriedengestellt – früher einmal. Aber zu dem Zeitpunkt, als es möglich wurde, hatte ich mich bereits weiterentwickelt – ob zum Guten oder Schlechten, dessen bin ich mir nicht immer sicher –, aber ich hatte mich auf jeden Fall verändert.«

Er setzte sich auf die Kante meines Sessels, beugte sich über mich, schob einen Arm unter meine Schulterblätter und drückte mich besitzergreifend an sich. Nachgiebig und dankbar schmiegte ich mich in seine Arme.

»Grace, bitte hör mir aufmerksam zu, denn ich glaube nicht, daß ich dir das je wieder sagen werde. Hier ist alles, was ich dir geben kann: das Haus mit seinem ganzen Luxus, das angenehme Leben, das wir gemeinsam führen könnten. Um das zu erreichen, habe ich gearbeitet – und ich stehe erst am Anfang. Meiner eigenen Leistung habe ich es zu verdanken, daß ich dich mit Luxus und Schönheit umgeben kann. Ich kann dir Schutz und Sicherheit bieten. Ich kann für dich sorgen. Das sind die Dinge, von denen ich etwas verstehe und von denen ich immer geglaubt habe, daß Frauen sie sich wünschen. Willst du sie annehmen, Grace?«

Ich legte den Kopf an seine Schulter, schlang die Arme um ihn, hielt ihn fest wie eine Ertrinkende, denn wir beide wußten, daß dies unsere letzte Chance war. Die Zeit hatte uns betrogen, hatte uns dazu gezwungen, separate, wenn auch parallel zueinander verlaufende Wege einzuschlagen. Wir hatten uns nie aus den Augen verloren, immer gehofft und gesucht, aber wir hatten nie ein gemeinsames Ziel erreicht.

»Was erwartest du im Austausch dafür von mir?«

»Dich.«

»Das ist alles, was ich habe. Du würdest mir nicht alles geben, Gideon. Würdest du mir denn erlauben, den *Star* weiterzuführen?«

»Natürlich nicht.« Aber er sagte es mit einem Unterton des Bedauerns, ohne Groll. Es war einfach ein Ausdruck seiner Selbsterkenntnis und seines Bedauerns. Er *konnte* es mir nicht erlauben.

»Würdest du mir erlauben, weiterhin mit Anna und Patrick Stone zusammenzuarbeiten?«

»Nein.«

»Würdest du sie hier empfangen?«

»Ungern.«

»Würdest du von mir erwarten, jeden Kontakt mit ihnen aufzugeben?«
»Ja, das würde ich erwarten. Ich würde dich nicht dazu zwingen, aber doch darauf bestehen.«
»O Gideon . . .«
»Ja, ich weiß«, sagte er, den Mund in mein Haar gepreßt. »Du siehst, wie genau ich mir alles überlegt habe, denn ich bin tatsächlich ein berechnender Mann. Aber in diesem Fall bin ich ebenso ein Gefangener meiner Natur, wie du es bist. Ich kann mich einfach nicht davon freimachen, daß du aus Liebe zu mir bereitwillig auf deine Freunde und Bekannten verzichten würdest. Ich weiß, darin kannst du mir nicht zustimmen, aber ich habe auch nicht das Gefühl, daß ich zu viel von dir verlange. Ich bitte dich, meine Frau zu werden und habe doch sicherlich ein Anrecht darauf, dir zu sagen, wie diese Frau meiner Meinung nach sein sollte? Ich bin bereit, dein Ehemann zu sein, und das verlangt auch von mir eine Menge Opfer. Denn wenn du mich akzeptierst, wird höchstwahrscheinlich meine Mutter – die ich sehr liebe und die nicht mehr die Jüngste ist – nie wieder mit mir sprechen.«
Ich hatte kein Verlangen danach, den tröstlichen Schutz seiner Arme zu verlassen. Aber ich hatte mir die Freiheit der Wahl ausbedungen. Er hatte sie mir gegeben. Und mittlerweile wußte ich, daß die Freiheit, für die ich so hart gekämpft hatte und die ich nicht aufgeben wollte, eine sehr grausame Bürde sein konnte.
»Ich liebe dich, Gideon.«
»Ich frage mich, was mir das wohl nützt?«
»Sehr wenig, nehme ich an, außer du kannst mich so akzeptieren, wie ich bin.«
»Ja. Ich wußte, du würdest das sagen. Darauf war ich vorbereitet. Sprich weiter.«
»Wozu soll das gut sein?«
»Für nichts, nehme ich an, denn auch du kannst mich nicht so akzeptieren, wie ich bin. Aber sprich trotzdem.«
»Gideon, du hast einmal zu mir gesagt, daß ich mir nicht meinen eigenen Lebensunterhalt verdiene, daß ich die Verantwortungen einer Frau ablehne und nicht fähig bin, die Verantwortung eines Mannes zu tragen.«
»Daran erinnere ich mich.«
»Und jetzt verdiene ich meinen Lebensunterhalt oder sehe zumin-

dest eine Möglichkeit dafür. Ich habe die Chance, meine Vorstellungen vom Leben zu verwirklichen, und ich habe die Fähigkeiten, diese Chance erfolgreich zu nutzen. Ich bin dieses Risiko eingegangen. Ich habe gearbeitet und werde weiter arbeiten, gleichgültig, ob es meinen Neigungen entspricht oder nicht. Ich habe es mir wahrhaftig nicht leicht gemacht und keine Mühe und Anstrengung gescheut. Meine Angestellten schicke ich nach Hause, wenn sie erkältet sind oder Kopfschmerzen haben, aber ich bleibe, bis die Arbeit getan ist. Und ich möchte, daß du mich deswegen respektierst und achtest, Gideon. Nicht wegen meiner wohlarrangierten Dinner-Parties und meiner erfolgreichen Bälle, die ja nur oberflächliche Kinkerlitzchen sind und keinerlei existenzielle Bedeutung haben. Du könntest dein Leben nicht mit dem Erstellen von Menü-Karten und dem Verschicken von Einladungen und törichter Konversation ausfüllen. Das weißt du sehr genau. Und ich kann es auch nicht. Ich möchte, daß du an meine Fähigkeiten glaubst, Gideon, und sie schätzt und nicht abtust wie kindische Spielereien. Du hast mir von deinen Anfängen in der Fabrik erzählt und wie schwierig es für dich war, dort akzeptiert zu werden, weil sie deinen Akzent für zu vornehm und deine Hände für zu gepflegt hielten – weil du kein Cullingforder warst. Kannst du dir vorstellen, wie schwierig es für mich – eine Frau – war, Männer überhaupt dazu zu bringen, mir zuzuhören! Ich muß zehnmal härter arbeiten als ein Mann, das kannst du mir glauben, nur um die Leute davon zu überzeugen, daß ich wirklich arbeite. Selbst jetzt noch vergeude ich Stunden – Stunden, die ich nicht übrig habe – mit Männern, die zu engstirnig sind, um mich überhaupt ernst zu nehmen, und mit Frauen, für deren Seelenfrieden ich eine Bedrohung darstelle. Ich bin ehrgeizig – was als unweiblich betrachtet wird –, und ich schäme mich deswegen nicht. Jedes Versprechen, das ich gebe – Frauen wird nun einmal nachgesagt, daß sie flatterhaft sind und gern ihr Wort brechen –, muß ich um jeden Preis einhalten, nicht nur buchstabengetreu, sondern auch auf die Minute. Außerdem ziehe ich es vor, diese Versprechen als »Verpflichtungen« anzusehen, die nicht leichtfertig aufgegeben werden können. Du würdest deine Verpflichtungen einhalten. Ich habe Männer angestellt, die Frau und Kinder haben, die sie ernähren müssen, und dafür bin ich verantwortlich. Deren Existenz kann ich nicht aufs Spiel setzen. Könntest du es?«

»Nein, das könnte ich nicht.«

»Und wenn ich dich dafür respektiere und achte, warum kannst du dieses Gefühl der Verantwortung in mir nicht ebenso respektieren? Ich liebe dich, Gideon. Wenn du mich geheiratet hättest, als ich achtzehn war, wäre ich ein Leben lang deine dich liebende Frau geblieben und hätte nie im Traum daran gedacht, etwas anderes sein zu wollen. Jahrelang habe ich das Leben mit dir geteilt, das du dir wünschtest. Und wenn ich deine Geliebte geworden wäre, ehe ich *Tarn Edge* verließ, dann, ja, dessen bin ich mir sicher, wäre ich heute noch hier, ohne jegliches Gefühl der Frustration oder des Bedauerns. Ich hätte dein Leben zu meinem gemacht, hätte es als mein Leben betrachtet, und das Traurige daran ist, daß ich weiß, daß ich hätte glücklich sein können. Jetzt ist es dafür zu spät, wie sehr ich es mir einesteils auch noch immer wünsche. Aber ich weiß, ich kann nicht zurück. Ich bin bereit, dein Leben zu teilen, aber ich kann nicht allein durch dich leben, aus zweiter Hand sozusagen. Ich möchte, daß du mein Leben teilst, es aber nicht für mich lebst, so daß mein Leben in deinem aufgeht und du sogar so weit gehst, mir eine eigenständige Existenz abzusprechen. Als ich das letzte Mal in dein Büro kam, habe ich schreckliche Dinge zu dir gesagt, aber es war ein Funken Wahrheit darin. Ich glaube, daß Männer und Frauen gleichberechtigt sein sollten, ebenbürtige Partner, falls sie die Voraussetzungen dafür haben. Und ich finde, daß ich dir ebenbürtig bin, Gideon. Ich könnte mit dir ein unabhängiges harmonisches Leben führen und dich ergänzen, dir vertrauen, wie zwei Menschen, die sich lieben. Das sollte doch möglich sein, Gideon.«
»Ja«, sagte er, sein Gesicht vor Müdigkeit und Anstrengung eingefallen. »Ich weiß. Und ich kann dir gar nicht sagen, wie sehr die Erkenntnis mich quält, daß ich es nicht kann . . .«
Er stand auf und ging zum Kamin. Ohne seine wärmende Nähe fröstelte mich, aber noch ehe ich ihn zurückrufen oder zu ihm gehen konnte, öffnete sich die Tür, und der Butler verkündete: »Die Kutsche steht bereit, Sir.«
»Danke, Sherston.«
Der Butler zog sich zurück, und über den breiten, unüberwindlichen Abgrund hinweg, der sich nun zwischen uns aufgetan hatte, sagte Gideon: »Ich hatte angeordnet, daß die Kutsche in einer Stunde vorfahren sollte. Ich hatte wenig Hoffnung in dieses Gespräch gelegt und dachte, eine Stunde würde genügen. Ich habe mir auch die Freiheit genommen, eine Nachricht in dein Haus zu schicken, um

deine Ankunft anzukündigen und daß du dir den Fuß verletzt hast. Du wirst alles für dich vorbereitet finden, und dein Freund, Dr. Stone, wird sich um dich kümmern.«

»Gideon . . .«

»Es gibt nichts mehr zu sagen. Erlaube mir noch ein Wort, obwohl ich kein Recht dazu habe. Ich sähe es nicht gern, wenn du Liam Adair heiraten würdest. Das hat nichts damit zu tun, wie er sich mir gegenüber verhalten hat, absolut nichts . . .«

»Ich werde ihn nicht heiraten. Diese Frage hat sich nie gestellt.«

Er nickte kurz, das Gesicht abgewandt, und erst da merkte ich, daß meine Wangen tränennaß waren. Meine Kehle war wie zugeschnürt, und ich brachte die Frage nicht über meine Lippen, wann und wie er es ertragen konnte, Hortense Madeley-Brown zu heiraten. Doch er hörte meine stumme Frage und tat sie mit einem ungeduldigen Schulterzucken ab.

»In dieser Angelegenheit bin ich schon zu weit gegangen, um mich noch ehrenvoll zurückziehen zu können. Du magst sie für eitel und langweilig halten, aber tatsächlich ist sie nur schüchtern und hat ein gutes Herz. Wir werden schon miteinander auskommen . . . Bitte, entschuldige mich jetzt. Ich habe noch etwas mit Sherston zu besprechen.«

Gideon kam nicht zurück. Der Butler und zwei Dienstboten brachten mich zur Kutsche, und während der ganzen Fahrt nach Hause liefen mir die Tränen über die Wangen.

»Was fehlt dir?« fragte Patrick Stone und meinte damit nicht meinen geschwollenen Knöchel.

»Weiß der Himmel.«

Aber ich wußte es. Und dieses Mal würde ich mich nicht mehr davon erholen.

31

Ich hatte zu tun. Meine Arbeit war das einzige, worüber ich nachdachte und worüber ich sprach. Voll Verzweiflung stürzte ich mich hinein.

In jenem Sommer starb der Herzog von *South Erin*. Dadurch verschob sich Gideons Hochzeitstermin, und als die Trauerzeit vorüber war, hatte sich seine Verlobung irgendwie gelöst. Miss Madeley-

Brown, oder vielmehr ihre Mutter, hatte eine bessere Partie gefunden und wollte nicht länger auf die Entscheidung der Chards warten.

»Sie hat den armen Gideon sitzengelassen«, erzählte mir Blanche, »die Madeley-Brown hat sich einen Baronet geangelt.«

Aber dazu hatte ich nichts zu sagen.

Bald darauf reiste Gideon ins Ausland und besuchte die Fauconniers in Lyon, die Goldschmids in Berlin, wie Blanche wohl dachte, um erneut Mademoiselle Fauconnier ins Auge zu fassen und die vielversprechende Nichte der Goldschmids zu begutachten.

»Er sollte sich beeilen«, erklärte sie, »sonst sitzt Tante Caroline wieder in *Tarn Edge*, ehe er sich versieht, jetzt da die neue Herzogin sie aus *South Erin* vertrieben hat.«

Ich war beschäftigt. Es gab soviel zu tun. Da war mein strahlender neuer *Star*, meine Pläne, die Zeitung noch erfolgreicher, noch strahlender zu machen. Täglich mußten Entscheidungen getroffen werden. Die Zeitung wurde in zunehmendem Maße *mein Star*, da Liam, der den Kampf stets einem langweiligen Sieg vorgezogen hatte, sich mehr und mehr von der Arbeit distanzierte.

»Ich bin in Ordnung, Grace«, erwiderte er auf meine etwas scharfe Frage. »Wirklich. Ich habe eben einen etwas komplizierten Charakter, und um ehrlich zu sein, gibt es Zeiten, da vermisse ich das Leben, das wir in der Gower Street geführt haben.«

»Willst du damit sagen, daß dir alles zu mühelos und zu zivilisiert geworden ist?«

»Ja, da magst du recht haben. Du hast ja gewöhnlich recht. Weißt du, in meinem Leben gab es immer irgendeinen Berg, einen mächtig hohen Berg, den ich erklimmen wollte, nur um mir zu beweisen, daß ich es kann. Und wenn ich dann oben bin, frage ich mich wohl, was, zum Teufel, ich dort oben mit mir anfangen soll. Dann reizt mich eben der nächste Berg.«

Und wenn er es vorzog, der Liam Adair aus der Gower Street zu bleiben, so konnte ich ihn nur dafür achten. Immer häufiger fehlte er Montag morgens in der Redaktion, unternahm längere Reisen, für die er keine Erklärungen abgab. Aber die zusätzliche Arbeit, die mir damit aufgebürdet wurde, kam mir überaus gelegen. So verschlang der *Star* meine ganze Energie und Willenskraft, forderte jede Minute meiner Zeit, und ich konnte nicht über andere Dinge nachdenken.

»Meine Liebe, du wirst ja immer dünner«, sagten mir Anna Stone

und Tessa Delaney. Das hatte ich bereits bemerkt, aber es kümmerte mich nicht.
»Liebste, wir bekommen dich ja gar nicht mehr zu sehen«, beklagte sich sanft Tante Faith. »Komm doch am Sonntag zum Tee zu uns.«
Dazu fehlte mir natürlich die Zeit. Der Sonntag war für mich ein Arbeitstag wie jeder andere, der einzige Tag in der Woche, an dem ich in Ruhe an meinem Schreibtisch sitzen und Pläne für die folgende Woche ausarbeiten konnte.
Im November zog ich mir eine ernsthafte Erkältung zu, von der ich mich nur langsam erholte. Nur widerstrebend beugte ich mich dem Drängen meines Vaters, Patrick Stones und Camilles und stimmte schließlich zu, eine Woche in Scarborough zu verbringen. Kaum hatte ich den Entschluß gefaßt, bereute ich ihn schon wieder, denn ich überließ den *Star* nur ungern Mr. Martin, der mittlerweile zu alt für diese verantwortungsvolle Tätigkeit geworden war, denn Liam vernachlässigte seine Pflichten. Die anderen Angestellten waren zu unerfahren, um ohne mich auszukommen. Liam brachte mich zum Bahnhof. Er lachte unbekümmert über meine Bedenken, küßte mich auf die Wange und setzte mich in ein Abteil, in dem nur noch eine ältere Dame saß. Ich trug einen Sealmantel mit grauem Pelzbesatz, die Hände steckten in einem Muff, auf dem Kopf hatte ich einen eleganten russischen Pelzhut. Kühl und bestimmt trat ich auf, vermittelte den Eindruck einer reichen, erfolgreichen Frau, die ihr Leben selbst bestimmt und Verantwortung für andere trägt. Und abgesehen von einigen Nachwirkungen der Erkältung fühlte ich mich rundum wohl und zufrieden mit mir selbst.
Camille begrüßte mich überschwenglich. Nicholas Barforth verbarg seine Zuneigung wie gewöhnlich hinter einem grimmigen Lächeln und führte uns am Abend zu einem luxuriösen Dinner ins *Grand Hotel*, wobei er sich vergeblich bemühte, Überraschung vorzutäuschen, daß ich keine Ahnung gehabt hätte, daß Gervase ebenfalls da war.
»Habe ich vergessen, das zu erwähnen?« fragte Camille großäugig. »Ja, wahrscheinlich, was kann man schließlich von einer ehrlosen Frau anderes erwarten! Aber da ihr nun einmal beide hier seid, nun, Grace – es wird dir nichts anderes übrigbleiben, als das Beste daraus zu machen.«
Das fiel mir nicht schwer. Wir verbrachten überaus angenehme Stunden beim Dinner. Camille sprühte vor Lebensfreude und

Glück. Mr. Barforth verwöhnte uns königlich, sicher und zufrieden in dem Gefühl, bald wieder mit seiner geliebten Camille allein zu sein. Gervase lächelte mir wiederholt beruhigend zu, so als spürte er, daß mir seine Zuneigung gerade jetzt sehr wohl tat. Denn mir war doch etwas traurig zumute, wenn ich daran dachte, daß ich mir freiwillig dieses Glück, das Camille so erstrahlen ließ, versagt hatte.
»Nicholas«, sagte sie dann zu fortgeschrittener Stunde, »es ist schon spät . . .« Es waren dieselben zärtlichen Worte, die Mrs. Agbrigg zu meinem Vater gesagt hatte und die mir während meiner ganzen Kindheit ein Gefühl des Ausgeschlossenseins vermittelt hatten. Aber nun verstand ich die Freude, die darin verborgen lag, die körperliche Harmonie, die sie versprachen und die ich selbst für kurze Zeit gekannt hatte, wobei mir allerdings die geistige Harmonie versagt geblieben war. Und da war es plötzlich vorbei mit meiner Ruhe und inneren Ausgeglichenheit – und inmitten der glitzernden Pracht des *Grand Hotels* schien ich in ein abgrundtiefes Nichts zu stürzen. Der mühsam aufrechterhaltene Rahmen meiner Fassade fiel in sich zusammen, und wie ein zerbrechliches unwirkliches Gespenst stand ich neben Camille. Ich war mir ihrer Gefühle, ihres Glücks, ihres zutiefst erfüllten Wesens bewußt und erschauerte unwillkürlich unter einem eisigen Lufthauch, der mich nicht nur umwehte, sondern durchdrang. Eine entsetzliche Leere war in mir.
Wir standen vor dem Hotel, und ich hüllte mich dankbar in meinen schweren Mantel, der mir Schutz vor dem kalten Seewind bot. Mir schien, als hätte ich jeglichen Halt verloren.
»Nach Hause«, sagte Camille, denn das war der einzige Platz auf der Welt, wo sie zu sein wünschte.
»Grace und ich wollen noch etwas spazierengehen«, sagte Gervase ganz beiläufig. »Die Nacht ist so wunderbar mit diesem herrlichen Sternenhimmel.«
Und kaum war die Kutsche in der Dunkelheit verschwunden, da brach ich zusammen, lehnte mich an Gervase und schluchzte herzzerreißend. Es war nicht das gequälte, erstickte Weinen verzweifelten Leids, sondern das ungehemmte Weinen, das Erleichterung bringt.
»Trauerst du um die Vergangenheit, Grace?«
»Das muß es wohl sein.«
»Und um unser Kind?«
»Gervase, darüber kann ich nicht sprechen, bitte . . .«

»Ich glaube, du mußt es tun. Du hast es zu lange in dir vergraben. Laß dich gehen, Liebes . . . weine dich aus.«
Und als die Tränenflut versiegte und ich meine Wangen getrocknet, den Hut zurechtgerückt hatte und wir Hand in Hand den Klippenpfad entlangschlenderten, war er mir nur ein schweigender, tröstlicher Beistand.
»Bist du jetzt wieder stark genug, Grace?«
»Wofür?«
»Um meine Beichte anzuhören.«
»Mein Gott! Das glaube ich nicht.«
»Aber ich muß darüber sprechen. Hör mir zu, Liebling . . . wenn ich damals in *Galton* zu dir ans Bett gekommen wäre, anstatt nur verlegen an der Tür herumzustehen, wenn ich neben dir niedergekniet wäre, dich in die Arme genommen und um Verzeihung gebeten hätte, dann wäre wohl nie dieses entsetzliche Schweigen zwischen uns entstanden, und du wärst heute noch meine Frau . . .«
»Gervase, du sprichst immer von Dingen, die gewesen sein könnten.«
»Ich glaube, ich versuche etwas wiedergutzumachen. Ich bin glücklich, Grace. Und ich sehe, daß du es nicht bist. Ich bin zufrieden – absolut zufrieden – mit dem Leben, das ich jetzt führe, denn es befriedigt jede Faser meines Seins. Ich fühle mich völlig ausgefüllt, und das ist ein großartiges Gefühl. Bitte verzeih, Grace, aber mir scheint, du konzentrierst deine ganze Energie nur auf einen Teil deiner selbst – eine Seite, die zugegebenermaßen sehr interessant und herausfordernd ist. Aber es gibt da noch eine andere Seite in dir, die du ganz auf Eis gelegt zu haben scheinst, Liebling. Und das stimmt mich traurig.«
»Tatsächlich?«
»Ja, Mrs. Barforth – tatsächlich. Und es erübrigt sich wohl, mir gegenüber diesen brüsken Ton anzuschlagen, denn ich bin nicht einer deiner Angestellten, der zitternd vor der Besitzerin des *Star* steht.«
»Ich nehme an, du willst damit sagen, daß ich einen Liebhaber brauche.«
»Das könnte durchaus möglich sein. Aber was ich eigentlich sagen will . . . Grace, wenn du Angst hast, eine neue Verbindung einzugehen, weil ich dir einmal so weh getan habe, dann muß ich einen Weg finden, das wiedergutzumachen.«
»Du nimmst eine große Last auf dich, Gervase.«

»Ich würde *dich* nehmen, vorausgesetzt, du willst mich haben.«
Abrupt blieb ich stehen, das Gesicht den Klippen zugewandt, den scharfen kalten Wind im Rücken, und die Antwort kam mir nun ebenso leicht und ungehemmt über die Lippen, wie ich vorhin geweint hatte.
»Es wäre dir gegenüber nicht fair, Gervase. Wenn du mich lieben würdest, dann könnte ich verstehen, daß du es noch einmal mit mir versuchen willst, aber da du mich nicht liebst . . .«
»Tue ich das nicht?«
»Nein. Du magst mich, und ich mag dich. Mehr als irgendeinen Menschen. Aber es wäre schon eine starke Leidenschaft nötig, damit du auch nur einen Zentimeter von dem Weg abweichst, den du – und den ich eingeschlagen habe. Und du bist nicht der Mann für große Leidenschaften, Gervase.«
Er lächelte und küßte mich leicht auf den Mund.
»Nein. Gott sei Dank bin ich das nicht! Venetia war die Barforth der großen Leidenschaften und Nicholas, wie sich herausgestellt hat. Wo es um Gefühle geht, bin ich ein echter Clevedon und habe die Fähigkeit meiner Mutter für tiefe Freundschaften geerbt. Sie ist absolut glücklich mit ihrem lieben Freund, Julian. Könnte ich dich nicht verführen?«
»O doch – aber nicht dazu, die Herrin von *Galton* zu werden.«
Wieder lachte er, küßte mich, und ich stimmte in sein Lachen ein.
»Nun gut. Ich akzeptiere deine Absage. Und selbst auf die Gefahr hin, sehr unromantisch in deinen Augen zu erscheinen, kann ich dir jetzt gestehen, daß ich sie erwartet hatte. Aber ich wollte dich fragen, um dir zu zeigen, daß es eine Alternative gibt, falls du gewollt hättest . . .«
»Ich bin sehr froh, daß du mich gefragt hast, Gervase.«
Ich hatte meine Ruhe und Ausgeglichenheit wiedergefunden und konnte nun gefaßt in Camilles warmes behagliches Haus zurückkehren. Ich ertrug gelassen ihr Glück, ein Glück, das ich wieder von mir gewiesen hatte. Und als ich am nächsten Morgen zum Frühstück hinunterging, war Gervase abgereist.
Wie versprochen blieb ich eine Woche, verdrängte alle besorgten Gedanken bezüglich des *Star* aus meinem Bewußtsein und ließ mich in Camilles traulichem kleinen Salon verwöhnen, während draußen eisige Stürme das Haus umtobten.
»Laß uns am warmen Kaminfeuer bleiben«, sagte sie. Aber ich hatte

nicht ein Leben in Wärme und Sicherheit gewählt, und nichts konnte mich davon abhalten, am darauffolgenden Sonntag trotz heftiger Schneefälle die Rückreise nach Cullingford anzutreten.
Es war von Anfang an eine fürchterliche Reise, der Zug eisig kalt, die Aufenthalte in York und Leeds ließen mir schier das Blut in den Adern gefrieren. Der Zug nach Cullingford fuhr mit einer Stunde Verspätung ab. Der tiefe wolkenverhangene Himmel ließ mich jedes Zeitgefühl verlieren, und als die Dunkelheit hereinbrach, saß ich einsam und von der Umwelt abgeschnitten in meinem Abteil.
Natürlich würde mich niemand am Bahnhof von Cullingford erwarten – vorausgesetzt, wir kamen jemals dort an –, denn niemand würde annehmen, daß ich bei diesem schrecklichen Wetter zurückkommen würde. Und falls mein Kutscher trotzdem zum Bahnhof gefahren war, so hatte er wegen der endlosen Verspätung mittlerweile sicher das Warten aufgegeben und war ins warme Haus zurückgekehrt. Kein anderes Gefährt würde zur Verfügung stehen, und falls die Straßen wegen des Schneefalls unpassierbar waren, mußte ich wohl die Zähne zusammenbeißen und mich zu Fuß auf den Weg machen.
Es war eine finstere und bedrohliche Nacht, als ich endlich in Cullingford ankam, der Wind peitschte dichte Schneeflocken vor sich her. Der Bahnhofsvorsteher, der gar nicht mehr mit der Ankunft des Zuges gerechnet hatte, kümmerte sich widerstrebend und grimmig um mein Gepäck und bedeutete mir ungeduldig, auf den Bahnhofsplatz vorauszugehen. Verwundert erkannte ich im düsteren Licht der wenigen Lampen die verschwommenen Umrisse einer Kutsche. Liam erwartet mich, dachte ich sofort, denn wer sonst könnte dort in dieser unwirtlichen stürmischen Nacht auf mich warten? Froh und erleichtert eilte ich auf die Kutsche zu und fuhr entgeistert zurück, als Gideons Stimme schroff befahl: »Steig ein!«
»Wie bitte?«
»Steig ein. Steig endlich ein. Ich warte hier seit Stunden und bin bis auf die Knochen durchfroren. Steig ein. Steh da nicht herum und streite mit mir.«
Wohin wollte er mich bringen? Ich fragte nicht, denn es erforderte sein ganzes Geschick, die Pferde über die glatten Straßen, durch die schneeverwehten Gassen zu lenken. Wieder einmal ließ ich mich willig von ihm entführen, akzeptierte widerstandslos und erleichtert seine Hilfe. Mit geschlossenen Augen lehnte ich mich im Sitz zu-

rück und überließ mich völlig seiner Willenskraft und Entschlossenheit, so wie damals, als er mich über das Baugelände von Black Abbey Meadow geführt hatte, so wie ich es wohl als junges Mädchen getan hätte, wenn er nur die Initiative ergriffen hätte. Ich war bei ihm, wohl nicht für lange und würde ihm folgen, doch nicht zu weit, denn diese Stunden mit ihm waren ein Vergnügen, das ich hütete wie einen kostbaren Schatz, die einzige Leidenschaft, die ich mir insgeheim gönnte, auch wenn unser Zusammensein wieder nur von kurzer Dauer sein würde.

Wohin brachte er mich? Vor meine eigene Haustür, wo meine eigenen Dienstboten mich erwarteten – war ich überrascht oder enttäuscht darüber? – und dann, als wir uns im Entree gegenüberstanden – sein Gesicht war merkwürdig angespannt und beherrscht –, sagte er schroff aber keineswegs ärgerlich – in seiner Stimme klang ein Unterton mit, der mir fremd war: »Wenn du dich umgezogen hast, würde ich gern mit dir sprechen.«

Im Salon brannte ein anheimelndes Feuer, und nachdem er dort Platz genommen hatte, goß ich ihm ein Glas Brandy ein, eilte nach oben, wechselte rasch die Kleider, kehrte dann mit heftig pochendem Herzen und außer Atem zu ihm zurück.

»Gideon, ich muß dir danken . . .«

»Nein, das ist nicht nötig.«

»Aber natürlich – und du bist sicher völlig durchnäßt. Hoffentlich holst du dir keine Erkältung.«

»Das glaube ich nicht«, sagte er etwas verwundert über meine Annahme, ein Chard könnte sich so leicht erkälten. Aber er sah wirklich ganz durchfroren aus, und ich machte mir Sorgen um ihn.

»Na, gut, wie du meinst – aber trink lieber noch einen Brandy.«

»Danke, das nehme ich gern an. Grace – ich muß dir etwas sagen.«

»Ja?«

Aber als ich trockenen Mundes wartete, mich innerlich darauf vorbereitete, weitere Kränkungen hinzunehmen – mein Herz klopfte mit unverminderter Heftigkeit und drohte, mir die Brust zu sprengen –, saß er schweigend da, hob das Glas, setzte es wieder ab, füllte es, und jede Bewegung zeugte von so viel Unentschlossenheit, die so ganz und gar ungewöhnlich für ihn war.

»Ich wußte, daß es schwierig sein würde, aber es ist noch härter, als ich angenommen hatte, Grace. Es fällt mir schwer . . .«

Ich musterte ihn prüfend und erstaunt, dann sagte ich ungläubig: »Gideon, ich glaube, du bist *nervös.*«
»Ja, sehr nervös.«
»Großer Gott – was ist mit dir?«
»Ich habe mich in eine verdammt unangenehme Situation hineinmanövriert, die außerdem noch ziemlich heikel ist. Und ich allein trage die Schuld daran.«
»Ist es so ernst?«
»Ich fürchte, ja. Ich habe fast alles auf eine Karte gesetzt, was sonst nicht meine Gewohnheit ist. Um die Wahrheit zu sagen, ich weiß nicht, an wen ich mich wenden könnte.«
Aber er war zu mir gekommen.
»Kann ich dir irgendwie helfen, Gideon?«
»Bist du sicher, daß du mir helfen willst?«
»Um Himmels willen! Natürlich bin ich mir da absolut sicher. Es geht um Geld, nehme ich an?«
»Ja, Geld hat auch damit zu tun.«
»Und da alles, was du tust, in enormen Größenordnungen geschieht, brauchst du wohl mehr, als ich aufbringen kann. Ich werde die erforderliche Summe von meinem Vater erbitten.«
Gideon nahm das Glas und trank den Brandy diesmal in einem einzigen Zug aus, hielt dabei den Kopf von mir abgewandt, so daß ich seinen Gesichtsausdruck nicht erkennen konnte.
»Grace, habe ich dich richtig verstanden? Hast du mir eben alles, was du besitzt, angeboten?«
Ja, das hatte ich getan. Und was war daran so verblüffend? Es war mir als die natürlichste Sache der Welt erschienen.
»Nun, ich werde nicht verhungern. Außerdem habe ich das größte Vertrauen, daß du es mir bald zurückzahlen wirst.«
»Und was ist, wenn ich das nicht kann?«
»Dann wirst du einen guten Grund dafür haben. Ich werde trotzdem nicht verhungern.«
»Meine Liebe, das ist keine sehr geschäftstüchtige Antwort. Man akzeptiert nicht einfach einen ›guten Grund‹, wenn Schulden nicht bezahlt werden.«
»Nein. Aber wenn es um eine rein geschäftliche Angelegenheit ginge, hättest du dich wohl an Mr. Rawnsleys Bank gewandt.«
»Ganz recht. Und du hast mich noch immer nicht gefragt, warum ich zu dir gekommen bin.«

»Dann sag es mir doch.«
»Ich glaube, ich habe Angst, es dir zu sagen.«
»Gideon – heraus damit. Nichts kann so schlimm sein, daß wir nicht eine Lösung finden könnten. Wenn es irgendein Mißerfolg, ein Fehler ist, den du begangen und jetzt Angst hast, dein Versagen einzugestehen, so kann ich das sehr gut verstehen. Und wenn du leichtfertig oder skrupellos gehandelt hast, nun das würde mich nicht im geringsten überraschen.«
»Und wenn ich betrogen habe?«
»Ja. Auch dazu wärst du fähig. Aber ich glaube nicht, daß du eine wirklich niederträchtige Gemeinheit begehen könntest.«
Er drehte mir den Rücken zu, starrte eine Weile ins Feuer und wandte mir dann wieder sein Gesicht zu.
»Nun gut. Du hast mich in der Hand, Grace. Ich habe Liam Adair ein Angebot gemacht – ein sehr großzügiges Angebot – für seinen Anteil am *Star*. Er würde es gern annehmen, machte es aber – so wie ich – von deiner Zustimmung abhängig. Also, wie entscheidest du dich?«
Alle möglichen Dinge stürmten auf einmal auf mich ein. In meinem Kopf wirbelten die Gedanken durcheinander, ich war derart fassungslos, daß es mir die Sprache verschlug. Mein Herzschlag dröhnte mir in den Ohren, und ich starrte Gideon nur an, hilflos dem Ansturm der Gefühle in mir ausgeliefert. Ich hatte Angst, den Verstand zu verlieren, schwankte zwischen wahnsinniger Freude und abgrundtiefer Verzweiflung. Irgend etwas ungeheuer Wichtiges war geschehen, das mein Leben von Grund auf verändern würde, und diesen Moment wollte ich festhalten, klammerte mich mit aller Kraft daran. Und dann sprach er weiter.
»Adair will mein Angebot wirklich annehmen, Grace«, wiederholte Gideon streitsüchtig. Er war mit einem Schritt bei mir und umfaßte mit hartem Griff meine Schultern. »Ich habe ihn weder eingeschüchtert noch dazu gezwungen. Ich habe mich im Gegenteil so zivilisiert benommen, daß es ihn und mich gleichermaßen überraschte. Er möchte sich auf die Suche nach einer anderen Gower Street machen – und er sagte, daß du das weißt.«
»Ja.«
»Und er sagte auch, daß du die Zeitung mittlerweile ganz ohne ihn führst.«
»Ja, das stimmt.«

»Dann wach endlich aus deiner Trance auf, verdammt noch mal, und hör mir zu. Du hast mir gesagt, daß du bereit wärst, dein Leben mit mir zu teilen. Wenn ich mich beim *Star* einkaufe, dann will ich es mit dir teilen. Grace – ich habe keine Ahnung, wie man eine Zeitung macht, und es interessiert mich auch nicht. Ich habe nicht die leiseste Absicht, mich da einzumischen oder dir vorzuschreiben, was du druckst, welche Kämpfe du ausfichst, wen oder was du verdammst – das alles bleibt ausschließlich dir überlassen. Ich möchte nur irgendeine Verbindung zwischen uns herstellen, etwas, was die gewöhnlichen Leute verstehen können, ein Trostpflaster für meinen Stolz sozusagen, um den Konventionen Genüge zu tun, denn ich *bin* ein sehr konventioneller Mann, und auf diese Weise würde es mir leichter fallen. Rawnsley, Mandelbaum und Goldschmid würden annehmen, daß *ich* dich finanziell unterstütze, anstelle deines Vaters. Und warum solltest du mir diesen harmlosen Kompromiß abschlagen, wenn du weißt, daß die Leute, auf die es dir ankommt, die wahren Hintergründe kennen? Und wenn durchaus noch die Hoffnung besteht, daß ich deine Forderung irgendwann akzeptieren kann? Ich habe dich so gut verstanden, Grace, als du davon sprachst, wie zwei Menschen, die sich lieben, harmonisch miteinander leben können und dabei ihre Identität voll bewahren. Ich hatte es verstanden, aber ich sah keine Möglichkeit, es zu verwirklichen. Ich brauchte ein Bindeglied – etwas anderes, etwas, das uns, wenn auch auf eine ganz lockere Art, miteinander verbindet. Jetzt habe ich dieses Bindeglied gefunden. Es ist keine ideale Lösung, aber ich glaube, es könnte funktionieren. Grace, um Himmels willen, starr mich nicht einfach nur an. Sag etwas, schick mich zum Teufel, oder . . .«

»Ja, Gideon.«

»*Grace*. Alles, was ich dir damals in *Tarn Edge* sagte, hat weiterhin Gültigkeit. Ich würde immer noch vorziehen, du könntest alles aufgeben und dich ausschließlich mir widmen, aber diese Chance besteht wohl nicht mehr. Du magst mich für eifersüchtig, unsicher – alles mögliche halten –, aber wenn ich die Wahl hätte, so würde ich den anderen Weg vorziehen, mein Gott, das würde ich!«

»Ja, Gideon.«

»Und alles, was du gesagt hast, gilt noch. Es wird nicht einfach sein. Ich will es versuchen, Grace. Das ist der Fortschritt, den ich gemacht habe – ich bin bereit, es zu versuchen, und ich erwarte von dir, daß du dir ebensoviel Mühe gibst. Und falls du jetzt noch einmal ›ja,

Gideon‹ zu mir sagst, könnte ich das mißverstehen. Sind wir Partner?«
»Wie klug du bist, Gideon.«
»Ja. Aber sind wir Partner?«
»Du bist brillant.«
»Das will ich nicht leugnen.«
»Du hast mich einfach überwältigt.«
»Ach ja – und für wie lange? Ich will dir eins sagen, Grace Barforth. Du hast mir sehr viel über kluge Frauen erzählt und daß nur ein starker Mann ihnen gewachsen ist. Nun gut, ich bin ein starker Mann und gebe bereitwillig zu, daß du eine kluge Frau bist. Dann wollen wir doch einmal sehen, wie du mit mir zurechtkommst. Einverstanden?«
Wie betäubt und zitternd lag ich in seinen Armen, so überwältigt von dieser reinen Freude, daß mein ganzes Wesen darin aufging. Jubel und Triumph schwemmten alle Ängste, allen Kummer fort, und zum ersten Mal in meinem Leben war ich wirklich frei.
»Du akzeptierst mich also als deinen Partner, Grace?«
»Ja.«
»Und als deinen Geliebten?«
»O ja.«
»Und als deinen Ehemann – zu gegebener Zeit?«
»Ja. Ich werde dich sogar bitten, mich zu heiraten.«
»Und wirst du mir vertrauen?«
»Ja, das werde ich.«
»Und mir gehorchen?«
»Wenn ich es für richtig halte – was viel öfter sein wird, als du annimmst. Wirst du mir gehorchen?«
»Nun, na gut – das kommt etwas verfrüht, denke ich. Sollte es mir richtig erscheinen, will ich zumindest darüber nachdenken.«
»Das ist immerhin schon etwas.«
»Es ist ungeheuer viel.«
»Aber du wirst mir auch vertrauen, nicht wahr?«
»Ja, das werde ich. Und falls ich je vor dem Bankrott stehe, wie du vorhin geglaubt hast, so weiß ich jetzt, an wen ich mich wenden kann.«
»Gideon, woher wußtest du, daß ich heute nacht nach Hause kommen würde? Du hast Stunden am Bahnhof gewartet und warst nicht überrascht, mich ankommen zu sehen. Aber es wäre doch weitaus

plausibler gewesen, bei diesem Wetter in Scarborough zu bleiben. Woher hast du gewußt, daß ich komme?«

Er hob mich hoch, und dann saßen wir nebeneinander auf dem Sofa, behaglich aneinander geschmiegt. Mein Herz pochte nun wild und ungestüm, da sich diese andere Seite in mir, die ich so sorgfältig auf Eis gelegt hatte, endlich frei und unbeschwert entfalten konnte.

»Woher ich es wußte? Weil hier ›Verpflichtungen‹ auf dich warten, Liebling. Eine Arbeit, die morgen deine Anwesenheit erfordert. Und ich wußte, daß weder das schlechte Wetter noch irgendwelche anderen mißlichen Umstände dich davon abgehalten hätten, morgen früh um acht Uhr an deinem Schreibtisch zu sitzen – so wie ich in mein Büro gehen werde.«

»Gideon – ich glaube, das ist das Wunderbarste, was du je zu mir gesagt hast.«

»Ach ja – wobei ich dir ein wenig geschmeichelt habe, denn ich sitze gewöhnlich schon um sieben an meinem Schreibtisch.«

»Das paßt ja ausgezeichnet! So kann ich dich in meiner Kutsche nach Low Cross bringen, und danach bleibt mir noch genügend Zeit, um pünktlich morgen früh in der Sheepgate zu sein.«

Er hatte tatsächlich einen Weg für uns gefunden, der zwar nicht immer leicht sein würde, aber davor hatten wir keine Angst, denn wir beide wußten, daß Schwierigkeiten dazu da waren, überwunden zu werden. Und diesen Weg würden wir gemeinsam gehen, zwei eigenständige Menschen, die einander liebten. Nur diese Richtung konnte jeder von uns einschlagen, einen Weg, der uns zusammenführte. Es war unser Anfang.

Knaur

Cordes, Alexandra
Nach all diesen Jahren
Nach zwanzig Jahren Ehe entschließt sich Georg Camberg einen Auftrag in Amerika anzunehmen... Nach all diesen Jahren läßt er seine Frau mit scheinbarer Selbstverständlichkeit alleine zurück. Für Gisela Cramberg bricht eine Welt zusammen. 240 S. [1495]

Die Buschärztin
Helga Kreuzer übernimmt im Zululand die Praxis ihres verstorbenen Vaters. Aus Liebe und Fürsorge zu Land und Leuten beschließt sie, Buschärztin zu werden. 192 S. [1149]

Liebe kennt keine Jahre
Ein Roman über zwei Frauen, die zwei Jahrhunderte trennen und die doch schicksalhaft miteinander verbunden sind. 255 S. [829]

Das Lied von Liebe und Tod
Ein junges Paar reist nach Portugal, um dort seine Flitterwochen zu verbringen. Unversehens geraten sie in eine blutige Familienfehde, in der es um Leben und Tod geht. 208 S. [1293]

Wilde Freunde
Die Abenteuer des Rick Hardt. Ein Roman voller Leben, voller Unmittelbarkeit. 192 S. [1160]

Haus der Träume
Um ein altes Patrizierhaus kämpfen zwei, seit Generationen verfeindete Familien. Eine Liebesgeschichte zwischen den Kindern macht diesem Streit schließlich ein Ende. 192 S. [1152]

Gast, Lise
Es ist eine alte Geschichte, doch bleibt sie immer neu
Die Geschichte eines jungen Mädchens, das nach einer zerbrochenen Liebe einen ungeliebten Arbeitsplatz aufgibt, um an der Seite eines älteren Mannes zu leben. 208 S. [1438]

Heim, Peter
Frauenklinik Lenzhalde
Die Frauenklinik ist seine Welt und sein Leben. Frauenarzt Dr. Reinhard wird von seinen Patientinnen geliebt und verehrt. Ihre Ängste und Nöte, ihre Sorgen und Freuden sind auch die seinen. 224 S. [1500]

Hersch, Jeanne
Begegnung
In ihrem einzigen Roman erzählt die Genfer Philosophin in der Rückschau die erste Liebe einer jungen Frau, die ein Kind erwartet. Sie empfindet nochmals die Gefühle, die sie als junges Mädchen einem älteren Mann entgegengebracht hat. 128 S. [1312]

Hill, Rebecca
Die Blauen Hügel
Was ist eine Ehe heute noch wert? Diese Frage muß sich die Psychologin Jeannine stellen, die nach zehn Jahren ehelicher Gemeinschaft in den Schoß ihrer Familie im Süden der USA geflohen ist. 320 S. [1514]

Donner, Florinda
Shabono
Eine Frau in der magischen Welt der Iticoteri. Die Anthropologin Florinda Donner folgt einer sterbenden Indianerin tagelang durch den Dschungel – bis zu ihrem Dorf Shabono. Dies ist der eindrucksvolle Bericht über ihre Erlebnisse. 320 S. [1279]

Clarke, Brenda
Der ferne Morgen
Sie ist schön, sie ist reich. Und ohne es zu wollen, wird sie vielen Männern zum Verhängnis. Um so größer ist die Überraschung, als der alles andere als standesgemäße Tom ihr Ehemann wird... 448 S. [1414]

Zeit der Ginsterblüte
England zur Zeit der Jahrhundertwende. Ein undurchsichtiges Gewirr aus Feindseligkeit, Argwohn und Haß trennt die verschwägerten Familien Read und Hunnicutt, in das die blutjunge Emily gerät... 400 S. [1415]

Romane

Nin, Anaïs

Das Delta der Venus
Das schönste und direkteste Buch der geheimnisvoll-berühmten Autorin. 327 S. [742]

Djuna oder Das Herz mit den vier Kammern
Dies ist die Charakterstudie einer Leidenschaft, geschrieben in einer Sprache, die analytische Klarheit und poetische Bilder in unnachahmlicher Weise vereint. 208 S. [1270]

Die verborgenen Früchte
128 S. mit 15 Abb. [806]

Susann, Jacqueline

Diese eine Liebe
Das Schicksal einer Frau, der das Leben alles gewährt und die doch das Glück nicht halten kann. 128 S. [575]

Die Liebesmaschine
Der erfolgreich verfilmte Weltbestseller. 426 S. [815]

Das Tal der Puppen
Ein hochdramatischer Roman über die gnadenlose Welt des Showgeschäfts. Erfolgreich verfilmt. 368 S. [238]

Nicolson, Catherine

Unter dem Pfirsichmond
Jung, attraktiv und ehrgeizig, will Corrie es mit der Welt aufnehmen, will ihr Talent entwickeln und als Sängerin berühmt werden. Mutig geht sie ihren Weg, mit Phantasie, aber auch mit beharrlichem Eigensinn, um ihr Leben zu meistern, um Erfüllung zu finden. 352 S. [1356]

Rogers, Rosemary

Die Sinnliche
Der Roman von Liebe und Leidenschaft unter Napoleon. 416 S. [1212]

Letzte Liebe, Letzte Liebe
Virginia und Steve – schön, reich, jung und verliebt – sind der glanzvolle Mittelpunkt des gesellschaftlichen Lebens in New Orleans. Doch das Schicksal reißt die Glücklichen auseinander. 320 S. [1271]

Die Blonde
»Blondinen bevorzugt« – unter diesem Gebot steht das Leben der reichen und schönen, aber glücklosen Anne. Als Männerfalle verschrien und als Seelchen verschlissen, kämpft sie verzweifelt darum, Mensch zu sein. 384 S. [1157]

Die Unbesiegbare
Ein weiblicher, von Leidenschaft geprägter Roman – vor dem historischen Hintergrund der gesellschaftlichen Entwicklung des jungen amerikanischen Kontinents. 576 S. [784]

Wildnis der Liebe
Eine titanische Familienfehde, Liebe, Haß und Leidenschaften von nicht alltäglichen Menschen. 377 S. [1008]

Cunningham, E.V.

Club der Geschiedenen
Eine knallharte, packende Story, die Einblick gewährt in aufschlußreiche, nicht immer erfreuliche, amerikanische Ehe- und Scheidungspraktiken. 192 S. [1398]

García, Consuelo

Auf der Suche nach Liebe
Consuelo García hat in ihren persönlichen Erzählungen die Suche des Menschen nach Liebe eingefangen: die Liebe der Frau zum Mann, die Liebe einer Mutter zu ihrem Kind, die Liebe, die sich in der beglückenden Erfahrung der Sexualität äußert, aber auch eine allumfassendere Liebe zu den Mitmenschen und zum eigenen Körper… 192 S. [1417]

Romane

Capote, Truman

Eine Weihnacht
Buddy, das Kind geschiedener Eltern, reist allein nach New Orleans, um bei seinem Vater, den er kaum kennt, die Weihnachtstage zu verbringen. 56 S. [1191]

Musik für Chamäleons
Hier bringt Truman Capote seine schöpferische Auseinandersetzung mit den künstlerischen Möglichkeiten des Journalismus zu einem neuen Höhepunkt. 288 S. [1041]

Cronin, A. J.

Die Bewährung
122 S. [750]

Hinter diesen Mauern
Roman eines Justizirrtums. 232 S. [1043]

Die Schicksalsnacht
128 S. [727]

Die Schlüssel zum Königreich
315 S. [791]

Später Sieg
Arm und verachtet, nur von einer großen Liebe gestützt, findet ein junger Maler die innere Kraft zu großen schöpferischen Leistungen. 430 S. [831]

Wallace, Irving

Countdown eines Wunders
Sie sind unterschiedlich wie Tag und Nacht: Sergej Tichanow, amtierender Außenminister der Sowjetunion, und die schöne Schauspielerin Natale. Doch eines verbindet sie: sie sind unheilbar krank und erhoffen sich Gesundung in Lourdes. Aber unter den Pilgern ist einer, der einen fanatischen Terroranschlag plant... 496 S. [1490]

Palais Rose
Ein ungeheuerliches Komplott wird geschmiedet. 463 S. [482]

Die drei Sirenen
Erlebnisse einer Expeditionsgruppe. 504 S. [586]

Der schwarze Präsident
Ein Farbiger wird Präsident der Vereinigten Staaten. Dem Politiker gelingt es, sich durchzusetzen und an seiner Aufgabe zu wachsen, ohne seine moralische Integrität und menschliche Würde zu verlieren. 856 S. [1357]

Ich, der mächtigste von allen
Der faszinierende Roman über die absolute Machtbesessenheit eines Mannes, der um jeden Preis Menschen, Ereignisse und Geschichte manipulieren will. 384 S. [1238]

Die sieben Minuten
Ein Prozeß wächst sich zum Skandal aus. 478 S. [316]

Die sieben sündigen Tage
Philip Fleming, ein erfolgreicher Schriftsteller in den besten Jahren, trifft eines Tages die attraktive Peggy. Damit beginnt Flemings Gang durch ein Fegefeuer, denn er versagt als Mann und schließlich auch als Schriftsteller... 288 S. [1205]

Wouk, Herman

Der Krieg
Von Pearl Harbour bis zur Wende an der Ostfront. 573 S. [820]

Weltsturm
Dieser Roman schließt den Kreis der monumentalen Romanerfolge, die das Geschehen des Zweiten Weltkrieges noch einmal in einem großen epischen Bild in die Erinnerung zurückruft. 768 S. [1078]

Romane